D0621815

Maria Vargas Llosa

La tante Julia
et le scribouillard

*Traduit de l'espagnol
par Albert Bensoussan*

Gallimard

Titre original :

LA TÍA JULIA Y EL ESCRIBIDOR

Lorsque la table du déjeuner familial est desservie et que s'annonce un après-midi sans surprise et sans sorties, que faire ? En Amérique latine, des millions d'hommes — et surtout de femmes — attendent alors le moment de tourner le bouton de la radio pour absorber leur dose quotidienne de rire, de larmes et de rêve.

C'est derrière les feux de cette rampe-là, faussement clinquante, que le grand romancier péruvien nous mène . acteurs vieillis dont seule la voix séduit encore, tâcherons de l'écriture dévorés par le halo d'une gloire illusoire, requins de l'audiovisuel artisans de la misère de leurs « créateurs ». Pedro Camacho, un as du feuilleton radio, arrive alors à Lima. Il n'a d'autre vie que celle de ses personnages et de leurs intrigues. Enfermé jour et nuit dans la loge de l'immeuble de la radio, il manipule les destinées de ces êtres imaginaires qui font battre le cœur des auditeurs. Mais voilà que, au comble de la gloire, son esprit s'embrume : comme des chevaux fous, ses héros franchissent les barrières, font irruption dans des histoires qui ne sont pas les leurs et engendrent une avalanche de catastrophes : les auditeurs affolés portent plainte...

En contrepoint, nous est contée l'histoire de « Varguitas » : à dix-huit ans, il poursuit, mollement, des études de droit, comme l'exige son père. Installé dans un cagibi, il gagne quelques sous en rédigeant les bulletins de nouvelles pour la radio de Lima et rêve de faire publier les nouvelles qu'il écrit à ses (nombreux) moments perdus.

Pour la première fois, Mario Vargas Llosa parle ici à la première personne et raconte son histoire : « Varguitas » n'est autre que lui et la tante Julia, fraîchement divorcée, de quinze ans son aînée, a bien existé. Malgré l'opprobre familial et le rocambolesque bureaucratique, il finira par l'épouser.

Il est difficile de mieux conjuguer le rétro, le kitsch et le mélo que Mario Vargas Llosa le fait dans ce livre, l'un des plus éblouissants témoignages sur ce qu'est aujourd'hui le vécu, le ressenti, le rêvé de l'homme moyen en Amérique latine.

Mario Vargas Llosa, un des chefs de file de la littérature latino-américaine, est né à Arequipa (Pérou), en 1936. Il a fait ses études en Bolivie, au Pérou et à Madrid. Il a été journaliste dans la presse écrite et à la radio.

Dans son œuvre romanesque, il faut citer *La ville et les chiens*, *La maison verte*, *Conversation à « la cathédrale »*, *Les chiots*, suivi de *Les caïds*, *Pantaleón et les visiteuses*, *La guerre de la fin du monde*. Il a écrit aussi des pièces de théâtre et des essais.

A Julia Urquidi Illanes, à qui nous
devons tant, ce roman et moi.

J'écris. J'écris que j'écris. Mentalement je me vois écrire que j'écris et je peux aussi me voir voir qui écris. Je me rappelle écrivant déjà et aussi me voyant qui écrivais. Et je me vois me rappelant que je me vois écrire et je me rappelle me voyant me rappeler que j'écrivais et j'écris en me voyant écrire que je me rappelle m'être vu écrire que je me voyais écrire que je me rappelais m'être vu écrire que j'écrivais et que j'écrivais que j'écris que j'écrivais. Je peux aussi m'imaginer écrivant que j'avais déjà écrit que je m'imaginais écrivant que je me vois écrire que j'écris.

Salvador Elizondo,
Le Graphographe.

I

En ce temps-là, j'étais très jeune et vivais avec mes grands-parents dans un pavillon aux murs blancs de la rue Ocharán, à Miraflores. J'étudiais à l'université de San Marcos, le Droit, je pense, résigné à gagner plus tard ma vie dans une profession libérale, quoique, au fond, j'aurais mieux aimé devenir écrivain. J'avais un travail au titre pompeux, au salaire modeste, aux attributions illicites et à l'horaire élastique : directeur des Informations à Radio Panamericana. Il consistait à découper les nouvelles intéressantes qui paraissaient dans les journaux et à les maquiller un peu de façon à les lire lors des bulletins radiodiffusés. La rédaction que je dirigeais se limitait à un jeune homme aux cheveux gominés et amateur de catastrophes appelé Pascual. Il y avait des bulletins toutes les heures, d'une minute, sauf ceux de midi et de neuf heures qui duraient quinze minutes, mais nous en préparions plusieurs à la fois, de sorte que j'étais souvent dehors à siroter des cafés à la Colmena, quelquefois à mes cours, ou dans les bureaux de Radio Central, plus animés que ceux de mon travail.

Les deux chaînes de radio appartenaient à un même propriétaire et étaient à côté l'une de l'autre, rue Belén, tout près de la place San Martín. Elles ne se ressemblaient en rien. Ou plutôt, comme ces sœurs de tragédie qui sont nées, l'une pleine de grâces et l'autre de défauts, elles se distinguaient par leurs contrastes. Radio Panamericana occupait le second étage et la terrasse d'un immeuble flambant neuf, et avait, chez son personnel, dans ses ambitions et ses programmes, un petit air cosmopolite et snob, une teinture de modernité, de jeunesse et d'aristocratie. Bien que ses présentateurs ne fussent pas argentins (aurait dit Pedro Camacho) ils méritaient de l'être. On y passait beaucoup de musique, quantité de jazz, de rock et une pincée de musique classique, c'est sur ses ondes que les derniers succès de New York et d'Europe étaient diffusés en premier à Lima, mais on n'y dédaignait pas non plus la musique latino-américaine pourvu qu'elle fût quelque peu sophistiquée ; la musique nationale était admise avec prudence et seulement au niveau de la valse. Il y avait des programmes d'une certaine allure intellectuelle. Portraits du passé, Commentaires internationaux, et même dans les émissions frivoles, les concours de Questions-Réponses ou le Tremplin de la gloire, on notait un souci de ne pas trop tomber dans la stupidité ou la vulgarité. Une preuve de son inquiétude culturelle était ce service d'Informations que Pascual et moi alimentions, dans un cagibi en bois construit sur la terrasse, duquel on pouvait apercevoir les dépotoirs et les dernières fenêtres coloniales des toits liméniens. On y accédait par un ascenseur dont les portes avaient l'inquiétante habitude de s'ouvrir avant l'arrêt.

Radio Central, en revanche, s'entassait dans une vieille maison pleine de cours et de recoins, et il suffisait d'entendre ses présentateurs culottés et l'argot aux lèvres pour reconnaître sa vocation plébéienne, populaire, voire populacière. On y diffusait peu de nouvelles, aussi y régnait en maîtresse et reine la musique péruvienne, y compris celle des Andes, et il n'était pas rare de voir les chanteurs indiens des théâtres participer à des émissions ouvertes au public qui rameutaient les foules bien des heures à l'avance aux portes du studio. Ses ondes étaient aussi parcourues, avec prodigalité, de musique tropicale, mexicaine, argentine, et ses programmes étaient simples, sans imagination, efficaces : Disques des auditeurs, Chansons d'anniversaires, Ragots du monde du spectacle, l'Acétate et le Cinéma. Mais son plat de résistance, dont on usait et abusait, et qui, selon tous les sondages, lui assurait son immense écoute, c'étaient les feuilletons radiophoniques.

Il en passait, au bas mot, une demi-douzaine par jour, et moi, je m'amusais à épier les interprètes au moment de l'enregistrement : actrices et acteurs sur le déclin, faméliques, haillonneux, dont les voix juvéniles, caressantes, cristallines, juraient terriblement avec leur visage vieilli, leur bouche amère et leurs yeux las. « Le jour où l'on installera la télévision au Pérou, ils n'auront plus qu'à se suicider », prédisait Genaro fils en les montrant du doigt à travers les vitres du studio où, comme dans un grand aquarium, texte en main, on les voyait alignés autour du micro, prêts à entamer le chapitre vingt-quatre de *La famille Alvear*. Et, en effet, quelle déception aurait été celle de ces ménagères émues par la voix de Luciano Pando si elles avaient vu son corps contrefait et le strabisme de son regard, et quelle déception celle des retraités chez qui le murmure musical de Josefina Sánchez éveillait des souvenirs, s'ils avaient pu apercevoir son double menton, sa moustache, ses oreilles décollées, ses varices. Mais l'arrivée de la télévision au Pérou n'était pas pour

demain et la discrète subsistance de la faune radio-
théâtrale semblait pour l'heure assurée.

J'avais toujours été curieux de savoir quelles plumes
fabriquaient ces feuilletons qui peuplaient les après-
midi de ma grand-mère, ces histoires dont on me
rebattait les oreilles chez ma tante Laura, ma tante
Olga, ma tante Gaby, ou chez mes nombreuses cousines, quand j'allais leur rendre visite (notre famille était
biblique, très unie et des beaux quartiers de Mirafo-
res). Je me doutais que les feuilletons radiophoniques
étaient importés, mais je fus surpris d'apprendre que
les Genaro ne les achetaient pas au Mexique ni en
Argentine, mais à Cuba. Ils étaient produits par la
C.M.Q., une sorte d'empire radio-télévisuel gouverné
par Goar Mestre, un monsieur aux cheveux argentés
que j'avais vu parfois, de passage à Lima, traverser les
couloirs de Radio Panamericana, escorté par les propriétaires empressés et sous le regard déférent de tout
le monde. J'avais tellement entendu parler de la
C.M.Q. cubaine de la part des présentateurs, animateurs et opérateurs de la Radio — pour qui elle
représentait quelque chose de mythique, tout comme
Hollywood à cette époque pour les cinéastes — que
Javier et moi, tout en prenant notre café au Bransa,
nous imaginions parfois cette armée de polygraphes
qui, là-bas, en la lointaine Havane aux palmiers,
plages paradisiaques, pistoleros et touristes, dans les
bureaux à air conditionné de la citadelle de Goar
Mestre, devaient produire huit heures par jour, sur de
silencieuses machines à écrire, ce torrent d'adultères,
suicides, passions, rencontres, héritages, dévotions,
hasards et crimes qui, depuis l'île antillaise, se répandait sur l'Amérique latine pour, cristallisé dans les
voix des Luciano Pando et des Josefina Sánchez,

meubler d'illusion les après-midi des grands-mères, tantes, cousines et retraités de tous les pays.

Genaro fils achetait (ou plutôt la C.M.Q. vendait) les feuilletons au poids et par télégramme. C'est lui-même qui me l'avait raconté, un après-midi où je lui demandais, à sa grande stupéfaction, si on lisait — lui, ses frères ou son père — les livrets avant de les diffuser. « Serais-tu capable, toi, de lire soixante-dix kilos de papier ? » rétorqua-t-il en me regardant avec la condescendance bienveillante due à l'intellectuel que j'étais à ses yeux depuis qu'il avait vu une de mes nouvelles dans les feuilles dominicales de *El Comercio :* « Calcule le temps qu'il faudrait. Un mois, deux ? Qui peut consacrer deux mois à *s'envoyer* un feuilleton radiophonique ? On s'en remet au hasard et jusqu'à présent, heureusement, le Seigneur des Miracles nous protège. » Dans le meilleur des cas, à travers des agences de publicité, ou des collègues et amis, Genaro fils arrivait à savoir combien de pays — et avec quels résultats d'écoute — avaient acheté le feuilleton qu'on lui proposait ; dans le pire des cas, il se décidait d'après les titres ou, simplement, au petit bonheur la chance. Les feuilletons étaient vendus au poids parce que c'était une formule moins trompeuse que celle du nombre de pages ou de mots, en ce sens que c'était la seule qu'on pouvait vérifier. « Evidemment disait Javier, si l'on n'a pas le temps de les lire, on l'a moins encore de compter tous ces mots. » Il était excité à l'idée d'un roman de soixante-huit kilos et trente grammes, dont le prix, comme celui du bœuf, du beurre et des œufs, était déterminé par une balance.

Mais ce système posait des problèmes aux Genaro. Les textes étaient bourrés de cubanismes que, quelques minutes avant chaque émission, Luciano, Josefa et leurs collègues eux-mêmes traduisaient tant bien

15

que mal (toujours mal) D'un autre côté, parfois, durant le trajet de La Havane à Lima, dans le ventre des bateaux ou des avions, ou à la douane, les rames dactylographiées se détérioraient, des chapitres entiers étaient perdus, l'humidité les rendait illisibles, les pages se mélangeaient, ou les souris les grignotaient au magasin de Radio Central. Comme on ne s'en apercevait qu'au dernier moment, quand Genaro fils distribuait les livrets, c'était l'angoisse. La seule solution c'était de sauter le chapitre perdu, froidement, sans aucun scrupule, ou, dans les cas graves, en faisant tomber malade pour un jour Luciano Pando ou Josefina Sánchez, de sorte qu'on puisse dans les vingt-quatre heures suivantes recoller, ressusciter, éliminer sans traumatismes excessifs, les grammes ou les kilos disparus. Comme, en outre, les prix de la C.M.Q. étaient élevés, on comprendra aisément le bonheur de Genaro fils quand il découvrit l'existence et les dons prodigieux de Pedro Camacho.

Je me rappelle fort bien le jour où il me parla du phénomène radiophonique parce que c'est ce même jour, à l'heure du déjeuner, que je vis pour la première fois tante Julia. C'était la sœur de la femme de mon oncle Lucho et elle était arrivée la veille au soir de Bolivie. Divorcée de fraîche date, elle venait se reposer et se remettre de son échec conjugal. « En réalité, chercher un autre mari », avait décrété, lors d'une réunion familiale, la plus mauvaise langue de la famille, la tante Hortensia. Je déjeunais tous les jeudis chez l'oncle Lucho et la tante Olga, et ce midi-là je trouvai la famille encore en pyjama, rompant la nuit blanche avec des moules en sauce piquante et de la bière froide. Ils étaient restés jusqu'au petit matin à papoter avec la nouvelle venue, et avaient liquidé à eux trois une bouteille de whisky. Ils avaient mal à la tête, mon oncle Lucho se plaignait que son bureau allait se trouver sens dessus dessous, ma tante Olga disait que c'était une honte de veiller si tard en dehors des samedis, et la nouvelle venue, en robe de chambre, nu-pieds et en bigoudis, vidait une valise. Elle ne fut pas gênée que je la visse dans cette tenue négligée où nul ne l'aurait prise pour une reine de beauté.

— Ainsi tu es le fils de Dorita, me dit-elle en m'appliquant un baiser sur la joue. Tu as fini tes années de collège non ?

Je me mis à la détester. Mes légères frictions avec ma famille, en ce temps-là, étaient toutes dues à leur entêtement à tous à me traiter encore comme un enfant et non comme ce que j'étais, un homme accompli de dix-huit ans. Rien ne m'irritait tant qu'on m'appelât Marito ; j'avais l'impression que le diminutif me ramenait aux culottes courtes.

— Il est déjà en première année de Droit et il travaille comme journaliste, lui expliqua mon oncle Lucho, en me tendant un verre de bière.

— A dire vrai, me donna le coup de grâce tante Julia, tu fais encore bébé, Marito.

Pendant le déjeuner, de cet air tendre que prennent les adultes lorsqu'ils s'adressent aux idiots et aux enfants, elle me demanda si j'avais une fiancée, si je fréquentais les bals, quel sport je pratiquais et elle me conseilla, avec une perversité dont je ne pus savoir si elle était délibérée ou innocente mais qui me trans-perça pareillement l'âme, de me laisser, *dès que je pourrais*, pousser la moustache. Ça allait bien aux bruns et cela me faciliterait les choses avec les filles.

— Il ne pense ni aux jupons ni à la bringue, lui expliqua mon oncle Lucho. C'est un intellectuel. Il a publié une nouvelle dans les feuilles dominicales de *El Comercio*.

— Qu'il fasse gaffe, le fils de Dorita, de ne pas tourner du mauvais côté éclata de rire tante Julia et je sentis un élan de solidarité avec son ex-mari.

Mais je souris et la suivis dans cette voie. Pendant le déjeuner elle ne fit que raconter d'horribles blagues boliviennes et me faire marmonner. Au moment de partir, elle voulut, semble-t-il, se faire pardonner ses méchancetés, parce qu'elle me dit d'un air aimable de l'emmener un soir au cinéma, car le cinéma l'enchantait.

J'arrivai à Radio Panamericana juste à temps pour empêcher Pascual de consacrer tout le bulletin de trois heures à la nouvelle d'une bataille rangée, dans les rues exotiques de Rawalpindi, entre des fossoyeurs et des lépreux, publiée par *Ultima bora*. Après avoir préparé les informations de quatre heures et de cinq heures, je sortis prendre un café. A la porte de Radio Central je tombai sur Genaro fils, euphorique. Il m'entraîna par le bras jusqu'au Bransa : « J'ai à te raconter quelque chose de fantastique. » Il s'était rendu quelques jours à La Paz, pour ses affaires, et là il avait vu en action cet homme pluriel : Pedro Camacho.

— Ce n'est pas un homme mais une industrie, se reprit-il avec admiration. Il écrit toutes les pièces de théâtre qu'on représente en Bolivie et il les interprète toutes. Et il écrit tous les feuilletons radio, il les met en scène et il tient toujours le premier rôle.

Mais plus que sa fécondité et la diversité de ses dons, c'est sa popularité qui l'avait impressionné. Pour pouvoir le voir, au théâtre Saavedra de La Paz, il avait dû acheter des billets au marché noir, au double de leur prix.

— Comme aux courses de taureaux, tu te rends compte, s'étonnait-il. Qui a jamais rempli un théâtre à Lima ?

18

Il me raconta qu'il avait vu, deux jours de suite, des tas de jeunes filles, de femmes et de vieilles agglutinées aux portes de Radio Illimani attendant la sortie de l'idole pour lui demander des autographes. La McCann Erickson de La Paz lui avait, d'autre part, assuré que les feuilletons radio de Pedro Camacho avaient la plus grande audience sur les ondes boliviennes. Genaro fils était ce qu'on commençait alors à appeler un imprésario progressiste : plus intéressé par les affaires que par les honneurs, il n'était pas membre du Club national ni désireux de l'être, il était l'ami de tout le monde et son dynamisme fatiguait. Homme aux décisions rapides, après sa visite à Radio Illimani, il avait convaincu Pedro Camacho de venir au Pérou, comme exclusivité de Radio Central.

— Ce ne fut pas difficile, il gagnait un salaire de misère, m'expliqua-t-il. Il s'occupera des feuilletons radio et je pourrai envoyer au diable ces requins de la C.M.Q.

J'essayais de combattre ses illusions. Je lui dis qu'il venait de se convaincre que les Boliviens étaient des plus antipathiques et que Pedro Camacho s'entendrait très mal avec tout le monde à Radio Central. Son accent ne manquerait pas de choquer les auditeurs et son ignorance du Pérou lui ferait commettre gaffe sur gaffe. Mais lui, il souriait, ne se laissant pas atteindre par mes prophéties pessimistes. Bien qu'il n'eût jamais vécu chez nous, Pedro Camacho lui avait parlé de l'âme liménienne aussi bien qu'un fils de Bajo el Puente et son accent était superbe, sans s ni r appuyés, une voix de velours.

— Luciano Pando et les autres acteurs vont n'en faire qu'une bouchée de ce pauvre étranger, rêva Javier. Ou bien la belle Josefina Sánchez va le violer.

Nous étions dans notre cagibi et bavardions tandis

que je tapais à la machine, en changeant adjectifs et adverbes, des nouvelles de *El Comercio* et de *La Prensa* pour le bulletin d'informations de midi à Panamericana. Javier était mon meilleur ami et nous nous voyions quotidiennement, ne fût-ce qu'un moment, pour constater que nous existions. C'était un être aux enthousiasmes changeants et contradictoires, mais toujours sincères. Il avait été la vedette du département de Littérature de l'Université catholique, où l'on n'avait jamais vu auparavant d'élève plus appliqué, de plus lucide lecteur de poésies, ni de commentateur plus aigu de textes difficiles. Ils tenaient tous pour acquis qu'il soutiendrait une thèse brillante, qu'il serait un professeur hors pair et un poète ou un critique également brillant. Mais lui, un beau jour, sans explications, il avait déçu tous le monde, abandonnant la thèse sur laquelle il travaillait, renonçant à la littérature et à l'Université catholique et s'inscrivant à San Marcos comme étudiant en Economie. Quand quelqu'un lui demandait à quoi était due cette désertion, il avouait (ou plaisantait) que la thèse sur laquelle il avait travaillé lui avait ouvert les yeux. Elle devait s'intituler : « Ricardo Palma : « étude parémiologique ». Il avait dû lire les *Traditions péruviennes* à la loupe, à la chasse aux proverbes, et comme il était consciencieux et rigoureux, il avait réussi à remplir un plein tiroir de fiches érudites. Puis un beau matin il brûla le tiroir avec les fiches sur un terrain vague — lui et moi nous dansions une ronde apache autour des flammes philologiques — et il décida qu'il détestait la littérature et que même l'Economie était préférable à ça. Javier faisait son stage à la Banque centrale et trouvait toujours des prétextes pour faire un saut chaque matin jusqu'à Radio Panamericana. De son cauchemar parémiologique il lui était resté l'habitude de m'infliger des proverbes sans rime ni raison.

Je fus fort surpris que tante Julia, bien qu'elle fût bolivienne et vécût à La Paz, n'eût jamais entendu parler de Pedro Camacho. Mais elle me précisa qu'elle n'avait jamais écouté un feuilleton radio, ni mis les pieds dans un théâtre depuis qu'elle avait interprété dans *La Ronde des heures* le rôle du Crépuscule, la dernière année de ses études au collège des Sœurs irlandaises (« N'aie pas le front de me demander combien d'années il y a de cela, Marito »). Nous marchions de chez l'oncle Lucho, au bout de l'avenue Armendáriz, en direction du cinéma Barranco. Elle m'avait imposé l'invitation elle-même, ce midi-là, de la façon la plus astucieuse. C'était le jeudi qui avait suivi son arrivée, et bien que la perspective d'être à nouveau victime de ses plaisanteries boliviennes ne me souriait pas, je ne voulus pas manquer au déjeuner hebdomadaire. J'avais l'espoir de ne pas la trouver, parce que la veille — le mercredi soir ils rendaient visite à la tante Gaby — j'avais entendu la tante Hortensia confier sur le ton de celle qui se trouve dans le secret des dieux :

— Pour sa première semaine à Lima elle est sortie quatre fois et avec quatre amoureux différents, dont l'un marié. Cette divorcée a les dents longues !

Quand j'arrivai chez l'oncle Lucho, après le bulletin de midi, je la trouvai précisément avec un de ses amoureux. Je sentis le doux plaisir de la vengeance en entrant au salon et en découvrant assis près d'elle, lui jetant des regards de conquérant, éclatant de ridicule dans ses vêtements d'une autre époque, son nœud papillon et son œillet à la boutonnière, l'oncle Pancracio, un cousin germain de ma grand-mère. Il était veuf depuis des siècles, marchait les pieds en dehors marquant dix heures dix et dans la famille on commentait malicieusement ses visites parce qu'il ne se gênait pas pour pincer la taille des bonnes à la vue de tous. Il se teignait les cheveux, utilisait une montre gousset avec une léontine en argent et on pouvait le voir quotidiennement aux abords de la rue de l'Union, à six heures du soir, faisant le beau avec les employées des bureaux. En me penchant pour l'embrasser, je murmurai à l'oreille de la Bolivienne, avec toute l'ironie du monde : « Quelle belle conquête, Julita ! » Elle me fit un clin d'œil d'assentiment. Durant le déjeuner, l'oncle Pancracio, après avoir disserté sur la musique andine, dont il était expert — lors des fêtes de famille, il offrait toujours un solo de *cajón*[1] —, se tourna vers elle et, se léchant les babines comme un chat, il lui dit : « A propos, le jeudi soir se réunit l'Amicale Felipe Pinglo, à la Victoria, le cœur du péruanisme. Aimerais-tu entendre un peu de véritable musique péruvienne ? » La tante Julia, sans hésiter une seconde et d'un air désolé qui ajoutait l'insulte au mensonge, répondit en me montrant du doigt : « Comme c'est dommage. Imagine-toi que Marito m'a invitée au cinéma. — Place aux jeunes », s'inclina l'oncle Pancracio, sportivement. Après son départ, je crus m'en tirer quand la tante Olga lui demanda : « Cette histoire de cinéma, c'était seulement pour te débarrasser de ce vert galant ? » Mais la tante Julia la reprit impétueusement : « En aucune façon, sœurette, je meurs d'envie de voir ce film du Barranco, il est déconseillé aux jeunes filles. » Elle se tourna vers moi, qui voyais mon destin nocturne se jouer, et pour me tranquilliser elle ajouta cette

1. Instrument de musique populaire au Pérou ; c'est, en fait, un simple tiroir en bois sur lequel on tambourine avec les doigts ou la paume de la main (*N.d.T.*).

fleur exquise : « Ne t'inquiète pas pour l'argent, Marito. C'est moi qui t'invite. »

Et nous voilà cheminant sur l'obscur Ravin Armendáriz, sur la large avenue Grau, à la rencontre d'un film qui, pour comble, était mexicain et s'appelait *Mère et maîtresse*.

— Ce qu'il y a de terrible pour une femme divorcée, ce n'est pas que tous les hommes se croient obligés de te faire des propositions, m'informait tante Julia. Mais qu'ils pensent, puisque tu es une femme divorcée, qu'il n'est pas besoin de romantisme. Ils ne te font pas la cour, ils ne t'adressent pas de propos galants, ils te proposent la chose de but en blanc le plus vulgairement du monde. Ça me met hors de moi. Aussi, au lieu de me laisser mener au bal, je préfère aller avec toi au cinéma.

Je lui dis merci beaucoup pour ce qui me concernait.

— Ils sont si stupides qu'ils croient que toute femme divorcée est une fille des rues, poursuivit-elle sans se sentir visée. Et puis ils ne pensent qu'à faire des choses. Alors que ce qu'il y a de beau ce n'est pas cela, mais se faire la cour, tu ne crois pas ?

Je lui expliquai que l'amour n'existait pas, que c'était une invention d'un Italien appelé Pétrarque et des troubadours provençaux. Que ce que les gens croyaient être un jaillissement cristallin de l'émotion, une pure effusion du sentiment, était le désir instinctif des chats en chaleur dissimulé sous les belles paroles et les mythes de la littérature. Je ne croyais à rien de cela, mais je voulais me rendre intéressant. Ma théorie érotico-biologique laissa, de surcroît, tante Julia quelque peu incrédule : est-ce que je croyais vraiment à ces stupidités ?

— Je suis contre le mariage, lui dis-je de l'air le plus pédant que je pus. Je suis partisan de ce qu'on appelle l'amour libre, mais que, si nous étions honnêtes, nous devrions appeler, simplement, la copulation libre.

— Copulation cela veut-il dire faire des choses ? rit-elle. — Mais elle prit aussitôt un air déçu : — De mon temps, les garçons écrivaient des acrostiches, ils envoyaient des fleurs aux filles, il leur fallait des semaines pour oser leur donner un baiser. Quelle cochonnerie l'amour est devenu chez les morveux d'aujourd'hui, Marito !

Nous eûmes un semblant de dispute au guichet pour savoir qui payait les billets, et, après avoir subi une heure et demie Dolores del Río gémissant, étreignant, jouissant, sanglotant, courant dans la forêt les cheveux au vent, nous rentrâmes chez l'oncle Lucho, également à pied, tandis que la bruine nous mouillait les cheveux et les vêtements. Nous reparlâmes alors de Pedro Camacho. Etait-elle sûre de n'avoir jamais entendu parler de lui ? Parce que, selon Genaro fils, c'était une célébrité bolivienne. Non, elle ne le connaissait même pas de nom. Je pensai que Genaro s'était fait avoir, ou que, peut-être, la soi-disant industrie radio-théâtrale bolivienne était une invention à lui pour lancer publicitairement un plumitif aborigène. Trois jours plus tard je fis la connaissance de Pedro Camacho en chair et en os.

Je venais de m'accrocher avec Genaro père, parce que Pascual, avec son irrésistible prédilection pour l'atroce, avait consacré tout le bulletin de onze heures à un tremblement de terre à Ispahan. Ce qui irritait Genaro père ce n'était pas tant que Pascual ait rejeté d'autres nouvelles pour rapporter, avec un luxe de détails, comment les Perses qui avaient survécu aux éboulements étaient attaqués par des serpents qui, leurs abris effondrés, affleuraient à la surface, irascibles et sifflants, mais que le tremblement de terre se

24

soit produit depuis une semaine. Je dus convenir que Genaro père n'avait pas tort et je me défoulais en traitant Pascual d'irresponsable. D'où avait-il tiré ce pétard mouillé ? D'une revue argentine. Et pourquoi avait-il fait une chose aussi absurde ? Parce qu'il n'y avait aucune nouvelle d'actualité majeure, et celle-ci, au moins, était amusante. Quand je lui expliquais qu'on ne nous payait pas pour distraire les auditeurs, mais pour leur résumer les nouvelles du jour, Pascual, hochant la tête et conciliant, m'opposait son argument irréfutable : « Ce qui se passe c'est que nous avons des conceptions différentes du journalisme, don Mario. » J'allais lui répondre que s'il s'entêtait, chaque fois que j'avais le dos tourné, à mettre en pratique invariablement sa conception horrifiante du journalisme, nous nous retrouverions bientôt tous deux à la rue, quand une silhouette inattendue se détacha sur la porte du cagibi. C'était quelqu'un de tout petit, tout menu, à la limite de l'homme de petite taille et du nain, le nez important et le regard extraordinairement vif, avec quelque chose de bouillonnant et d'excessif. Il était de noir vêtu, un complet visiblement usé, et sa chemise et son nœud papillon étaient tachés, mais en même temps, dans sa façon de porter ces vêtements, il y avait quelque chose en lui de soigné, d'appliqué, de rigoureux, comme chez ces messieurs des vieilles photos qui semblent prisonniers de leur pardessus amidonné, de leur gilet si ajusté. Il pouvait avoir entre trente et cinquante ans, et arborait une chevelure noire et huilée qui lui tombait aux épaules. Son maintien, ses gestes, son expression semblaient être le démenti même du spontané et du naturel, faisaient penser immédiatement à un pantin articulé, aux fils de la marionnette. Il s'inclina courtoisement et avec une solennité aussi inhabituelle que sa personne il se présenta de la sorte :

25

— Je viens vous dérober une machine à écrire, messieurs. Je vous serais gré de m'aider. Laquelle des deux est la meilleure ?

Son index pointait alternativement vers ma machine à écrire et celle de Pascual. Bien que je fusse habitué aux contrastes entre le physique et la voix par mes escapades à Radio Central, je fus stupéfait que d'une si petite personne, d'allure si maligne, pût jaillir une voix si ferme et si mélodieuse, avec une diction si parfaite. Il semblait dans cette voix que non seulement chaque lettre défilât sans qu'une seule ne fût mutilée, mais aussi les particules et les atomes de chacune, les sons du son. Impatient, sans remarquer la surprise que son culot, son audace et sa voix provoquaient chez nous, il s'était mis à scruter et en quelque sorte à renifler les deux machines à écrire. Il se décida pour ma vieille et énorme Remington, un fourgon funèbre sur lequel les années ne passaient pas. Pascual fut le premier à réagir :

— Vous êtes un voleur ou quoi ? l'attaqua-t-il et je me rendis compte qu'il m'indemnisait là pour le tremblement de terre à Ispahan. Vous vous imaginez que vous allez emporter comme ça les machines à écrire du service d'Informations ?

— L'art est plus important que ton service d'Informations, farfadet, le foudroya le personnage en lui jetant un regard semblable à celui que mérite la bestiole foulée aux pieds, et il poursuivit sa besogne.

Devant l'air ahuri de Pascual qui, sans doute, tâchait de deviner (comme moi-même) ce que voulait dire farfadet, le visiteur tenta de soulever la Remington. Il réussit à lever ce monument au prix d'un effort gigantesque, qui gonfla les petites veines de son cou et faillit faire gicler ses yeux hors de leurs orbites. Sa face se couvrit d'une teinte grenat, son petit front de sueur, mais il ne cédait pas. Serrant les dents, titubant, il parvint à faire quelques pas vers la porte, jusqu'à ce qu'il dut se rendre à l'évidence : une seconde de plus et la charge allait l'entraîner à terre avec elle. Il reposa la Remington sur la petite table de Pascual pour souffler. Mais à peine reprit-il courage, totalement indifférent aux sourires que le spectacle faisait naître chez moi et chez Pascual (il avait déjà levé plusieurs fois un doigt à sa tempe pour m'indiquer qu'il s'agissait d'un fou), il nous reprit avec sévérité :

— Ne soyez pas indolents, messieurs, un peu de solidarité humaine. Donnez-moi un coup de main.

Je lui dis que je regrettais beaucoup mais que pour emporter cette Remington il devrait d'abord passer sur le corps de Pascual et, en dernier ressort, sur le mien. L'homoncule remettait en place sa cravate, sensiblement déplacée par l'effort. A ma grande surprise, avec une grimace de contrariété et donnant des preuves d'une inaptitude totale à l'humour, il rétorqua, en acquiesçant avec gravité :

— Un homme bien né ne refuse jamais un défi. Le lieu et l'heure, messieurs.

L'apparition providentielle de Genaro fils au cagibi déjoua ce qui semblait être la promesse d'un duel. Il entra au moment où l'homoncule têtu tentait de nouveau, tout violacé, de prendre entre ses bras la Remington.

— Laissez, Pedro, je vais vous aider, dit-il et il lui ravit la machine comme s'il s'agissait d'une boîte d'allumettes. — Comprenant alors, à mon air et à celui de Pascual, qu'il nous devait quelque explication, il nous consola d'un air aimable : — Personne n'est mort, il n'y a pas de quoi s'attrister. Mon père vous remplacera la machine bientôt.

— Nous sommes la dernière roue du carrosse, prolestai-je pour la forme. On nous parque dans ce cagibi crasseux, on m'a déjà enlevé un bureau pour le donner au comptable, et maintenant ma Remington. Et sans même me prévenir.

— Nous croyions que ce monsieur était un voleur, m'appuya Pascual. Il a fait irruption en nous insultant et en prenant des airs supérieurs.

— Entre collègues il ne doit pas y avoir de litiges, dit Genaro fils, salomonien. — Il avait placé la Remington sur son épaule et je remarquai que l'homoncule lui arrivait exactement à la boutonnière : — Mon père n'est donc pas venu faire les présentations ? Alors c'est moi qui les fais, et que la paix soit avec vous.

Aussitôt, d'un mouvement rapide et automatique, l'homoncule étira un de ses petits bras, fit quelques pas vers moi, m'offrit une menotte d'enfant, et avec sa jolie voix de ténor, en faisant une nouvelle et courtoise révérence, il se présenta :

— Un ami : Pedro Camacho, Bolivien et artiste.

Il répéta le geste, la courbette et la phrase avec Pascual, qui, visiblement, vivait un instant d'extrême confusion, incapable qu'il était de savoir si l'homoncule se moquait de nous ou s'il était toujours comme ça. Pedro Camacho, après nous avoir cérémonieusement serré la main, se tourna vers le service d'Informations en bloc, et du centre du cagibi, à l'ombre de Genaro fils qui ressemblait derrière lui à un géant et qui l'observait fort sérieusement, il souleva sa lèvre supérieure et fronça son visage en une expression qui découvrit ses dents jaunâtres, en une caricature ou un spectre de sourire. Il prit quelques secondes avant de nous gratifier de ces paroles musicales accompagnées d'un geste de prestidigitateur qui termine son numéro :

— Je ne vous garde pas rancune, je suis habitué à

l'incompréhension des gens. Jusqu'au revoir, messieurs !

Il disparut de la porte du cagibi, en faisant des petits sauts de lutin pour rejoindre l'imprésario progressiste qui, la Remington sur le dos, gagnait à grands pas l'ascenseur.

II

C'était un de ces matins ensoleillés du printemps liménien, où les géraniums poussent plus enflammés, les roses plus odorantes et les bougainvillées plus bouclées, lorsqu'un célèbre thérapeute de la ville, le docteur Alberto de Quinteros — large front, nez aquilin, regard pénétrant, esprit plein de bonté et de droiture — ouvrit les yeux et s'étira dans sa vaste résidence de San Isidro. Il vit, à travers les rideaux, le soleil dorer le gazon du jardin bien entretenu qu'emprisonnaient des haies de fusains, la limpidité du ciel, l'allégresse des fleurs, et il éprouva cette sensation bénéfique que procurent huit heures de sommeil réparateur et la conscience tranquille.

C'était samedi et, sauf complication de dernière minute avec la mère des triplés, il n'irait pas à la clinique et pourrait consacrer sa matinée à faire un peu d'exercice et à prendre un sauna avant le mariage d'Elianita. Sa femme et sa fille se trouvaient en Europe, cultivant leur esprit et renouvelant leur garde-robe, et elles ne rentreraient pas avant un mois. Un autre avec sa fortune et son allure — ses cheveux aux tempes argentées et son port distingué, ainsi que l'élégance de ses manières, éveillaient des regards d'envie même chez les femmes incorruptibles — aurait profité de son célibat momentané pour prendre un peu de bon temps. Mais Alberto de Quinteros était un homme que ni le jeu, ni les jupons, ni l'alcool n'attiraient outre mesure, et parmi ses connaissances, qui étaient légion, circulait cet apophtegme : « Ses vices sont la science, sa famille et la gymnastique. »

Il demanda son petit déjeuner et, tandis qu'on le lui préparait, il appela la clinique. Le médecin de garde l'informa que la mère des triplés avait passé une nuit calme et que les hémorragies de l'opérée du fibrome avaient cessé. Il donna ses instructions, demanda s'il y avait une urgence qu'on l'appelât au gymnase Remigius, ou, à l'heure du déjeuner, chez son frère Roberto, et fit savoir qu'il passerait à la tombée de la nuit. Quand le majordome lui apporta son jus de papaye, son café noir et sa biscotte tartinée de miel d'abeille, Alberto de Quinteros était rasé et habillé d'un pantalon gris en velours côtelé, de mocassins sans talon et d'un chandail vert à col roulé. Il déjeuna en jetant un coup d'œil distrait sur les catastrophes et potins matinaux des journaux, prit sa petite mallette de sport et sortit. Il s'arrêta quelques secondes au jardin pour tapoter l'échine de Puck, l'orgueilleux fox-terrier qui lui dit au revoir avec d'affectueux aboiements.

Le gymnase Remigius était à deux pas de là, rue Miguel Dasso, et le docteur Quinteros aimait à les faire. Il marchait lentement, répondait aux saluts du voisinage, observait les jardins des maisons qui, à cette heure, étaient arrosés et taillés, et s'arrêtait d'ordinaire quelques instants à la librairie Castro Soto pour choisir quelques best-sellers. Malgré l'heure matinale, il y avait déjà devant le Davory les inévitables garçons à la chemise ouverte et à la chevelure broussailleuse, qui suçaient des glaces, sur leur moto ou sur les pare-chocs de leur voiture de sport, en plaisantant et préparant la surprise-partie du soir. Ils le saluèrent respectueusement, mais à peine les dépassa-t-il que l'un d'eux osa lui donner un de ces conseils qui étaient son pain quotidien au gymnase, éternelles blagues sur son âge et sa profession, qu'il supportait avec patience et bonne humeur : « Ne vous fatiguez pas trop, docteur, pensez à vos petits-enfants. » C'est à peine s'il l'entendait car il imaginait déjà combien Elianita serait belle dans sa robe de mariée dessinée pour elle par la maison Christian Dior de Paris.

Il n'y avait pas grand monde au gymnase ce matin. Seulement Coco, le moniteur, et deux fanatiques des poids, Humilla le Noir et Perico Sarmiento, trois montagnes de muscles équivalents à ceux de dix hommes normaux. Ils avaient dû arriver peu de temps auparavant car ils en étaient encore à s'échauffer :

— Mais c'est la cigogne qui arrive, lui serra la main Coco.

— Encore debout malgré les siècles, lui fit bonjour de loin Humilla le Noir.

Perico se contenta de claquer la langue et de lever deux doigts, selon le salut caractéristique qu'il avait importé du Texas. Le docteur Quinteros appréciait cet irrespect, les libertés que prenaient avec lui ses compagnons de gymnase, comme si en se voyant tout nus et en suant ensemble ils avaient nivelé leurs différences d'âge et de position en une même fraternité. Il leur répondit que s'ils avaient besoin de ses services il était à leurs ordres, que dès les premières nausées ou envies ils accourent à son cabinet où il avait tout prêt le gant en caoutchouc pour ausculter leur intimité.

— Change-toi et viens faire un peu de warm up, lui dit Coco qui recommençait à sauter sur place.

— Si tu sens l'infarctus tu ne risques que de claquer,

vétéran, l'encouragea Perico en se mettant au rythme de Coco.

— Le surfiste est à l'intérieur, entendit-il dire Humilla le Noir, en entrant au vestiaire.

Et en effet son neveu Richard était là, en survêtement bleu, mettant ses chaussons. Il le faisait à contrecœur, comme si ses mains étaient devenues en caoutchouc, et il avait une expression amère et absente. Il le regarda avec des yeux bleus totalement vides et une indifférence si absolue que le docteur se demanda s'il n'était pas devenu invisible.

— Seuls les amoureux s'abstraient ainsi — il s'approcha de lui et lui fourragea les cheveux. — Redescends sur terre, mon neveu.

— Excuse-moi, mon oncle, s'éveilla Richard en rougissant violemment, comme si on l'avait surpris à faire quelque chose de vilain. Je réfléchissais.

— J'aimerais savoir à quelles mauvaises choses, rit le docteur Quinteros tandis qu'il ouvrait sa mallette, choisissait un casier et commençait à se déshabiller. Chez toi tout doit être sens dessus dessous. Elle est très nerveuse, Elianita ?

Richard le regarda avec une espèce d'aversion soudaine et le docteur pensa : « Quelle mouche l'a piqué, ce petit ? » Mais son neveu faisant un effort méritoire pour demeurer naturel, ébaucha un sourire :

— Oui, sens dessus dessous. C'est pourquoi je suis venu brûler un peu de graisse jusqu'à ce que ce soit l'heure.

Le docteur pensa qu'il allait ajouter : « De monter à l'échafaud. » Sa voix était lourde de tristesse, ainsi que son expression et la maladresse avec laquelle il nouait ses lacets, les gestes brusques de son corps révélaient de la gêne, un malaise intime, un déboussolement. Ses yeux ne restaient pas en place : il les ouvrait, il les fermait, fixait un point, se détournait, y revenait, s'en écartait encore, comme cherchant quelque chose d'impossible à trouver. C'était le garçon le mieux fait de la terre, un jeune dieu buriné par les intempéries — il faisait du surf même les mois les plus humides de l'hiver et il se distinguait aussi au basket, au tennis, en natation et au baby-foot —, chez qui la pratique du sport avait modelé un corps de ceux que Humilla le Noir qualifiait de « folie de pédérastes » : pas un pouce de graisse, de larges épaules qui descendaient en une ligne lisse de muscles jusqu'à la taille de guêpe et de longues jambes dures et souples qui auraient fait pâlir d'envie le meilleur boxeur. Alberto de Quinteros avait fréquemment entendu sa fille Charo et ses amis comparer Richard à Charlton Heston et décréter qu'il était encore plus sensass, qu'il le laissait loin derrière. Il était en première année d'architecture, et selon Roberto et Margarita, ses parents, il avait toujours été un modèle : studieux, obéissant, gentil avec eux et avec sa sœur, droit, sympathique. Elianita et lui étaient ses neveux et nièce préférés, c'est pourquoi tandis qu'il enfilait suspensoir, survêtement et chaussons — Richard l'attendait près des douches, en donnant de petits coups contre les carreaux de faïence — le docteur Alberto de Quinteros fut peiné de le voir si troublé.

— Des problèmes, mon neveu ? lui demanda-t-il, mine de rien, avec un sourire bienveillant. Je peux faire quelque chose pour toi ?

— Rien du tout, quelle idée, se hâta de répondre Richard en piquant à nouveau un fard. Je suis dans une forme extra et j'ai une envie folle de chauffer.

— Est-ce qu'on a apporté mon cadeau à ta sœur ? se rappela soudain le docteur. Chez Murguía on m'a promis de le faire hier.

— Une gourmette super. — Richard s'était mis à sauter sur les carreaux blancs du vestiaire. — La ratoune elle a adoré.

— C'est ta tante qui s'occupe de ces choses-là, mais comme elle poursuit son voyage quelque part en Europe, j'ai dû la choisir moi-même. — Le docteur Quinteros prit une expression attendrie : — Elianita, en robe de mariée, quelle merveilleuse apparition.

Parce que la fille de son frère Roberto était au féminin ce que Richard était au masculin : une de ces beautés qui font honneur à l'espèce et rendent les métaphores sur les jeunes filles aux dents de perle, aux yeux comme des étoiles, aux cheveux de blé et à la peau de pêche, quelque peu faiblardes. Mince, les cheveux sombres et la peau très blanche, gracieuse même dans sa façon de respirer, elle avait une frimousse aux lignes classiques, des traits qui semblaient dessinés par un miniaturiste d'Orient. D'une année plus jeune que Richard, elle venait d'achever ses études au collège, son seul défaut était la timidité, si excessive que, à leur grand désespoir, les organisateurs n'avaient pu la convaincre de participer au concours de Miss Pérou, et personne, à commencer par le docteur Quinteros, ne pouvait s'expliquer pourquoi elle se mariait si vite, et surtout il fallait voir avec qui. Certes Antúnez le Rouquin avait quelques qualités — bon comme le pain, un titre de Business Administration de l'université de Chicago, la compagnie d'engrais qu'il avait héritée et plusieurs coupes en courses cyclistes — mais, parmi les innombrables gars de Miraflores et San Isidro qui avaient fait la cour à Elianita et qui auraient été jusqu'au crime pour l'épouser, il était assurément le moins beau gosse et (le docteur Quinteros fut honteux de se permettre ce jugement sur celui qui dans quelques heures allait devenir son neveu) le plus niais et le plus bêta.

— Tu es plus lent à te changer que maman, mon oncle, se plaignit Richard tout en sautant.

Quand ils entrèrent dans la salle d'exercices, Coco, chez qui la pédagogie était une vocation plus qu'un métier, faisait la leçon à Humilla le Noir, lui montrant l'estomac, avec cet axiome de sa philosophie :

— Quand tu manges, quand tu travailles, quand tu es au cinéma, quand tu grimpes ta bobonne, quand tu picoles, dans tous les moments de ta vie et, si tu peux, même au cercueil : rentre ton bide !

— Dix minutes de warm up pour réjouir ta carcasse, Mathusalem, ordonna le moniteur.

Tandis qu'il sautait à la corde près de Richard, et sentait une agréable chaleur envahir intérieurement son corps, le docteur Quinteros pensait qu'après tout ce n'était pas si terrible d'avoir cinquante ans si on les portait de la sorte. Qui parmi les amis de son âge pouvait arborer un ventre aussi plat et des muscles aussi saillants. Sans aller plus loin, son frère Roberto, bien que de trois ans plus jeune, avec sa silhouette joufflue et bedonnante, la voussure précoce de ses épaules, en paraissait dix de plus que lui. Pauvre Roberto, il devait être triste du mariage d'Elianita, la prunelle de ses yeux. Parce que, bien sûr, c'était une façon de la perdre. Sa fille Charo aussi allait se marier un de ces jours — son fiancé, Tato Soldevilla, allait obtenir bientôt son diplôme d'ingénieur — et lui aussi, alors, il se sentirait attristé et plus vieux. Le docteur Quinteros sautait à la corde sans s'emmêler ni varier son rythme, avec la facilité que donne la pratique, changeant de pied, croisant et décroisant les mains comme un gymnaste consommé. Il voyait, en revanche, dans la glace son neveu sauter trop vite, précipitamment et en trébuchant. Il avait les dents serrées, la sueur perlait à son front et il gardait les yeux fermés comme pour se concentrer mieux. Quelque problème de jupons, peut-être ?

— Ça suffit la corde, feignasses. — Coco, tout en soulevant des poids avec Perico et Humilla le Noir, ne les perdait pas de vue. — Trois séries de sit up. Et plus vite que ça, fossiles.

Les abdominaux étaient la matière forte du docteur Quinteros. Il les faisait à toute vitesse, les mains derrière la nuque, sur la planche haussée à la seconde position, faisant aller le dos à ras du sol et touchant presque ses genoux du front. Entre chaque série de trente il laissait une minute d'intervalle où il restait allongé, respirant profondément. En achevant les quatre-vingt-dix flexions, il s'assit et vit avec satisfaction qu'il l'avait emporté sur Richard. Cette fois il suait des pieds à la tête et sentait son cœur battre à tout rompre.

— Je n'arrive pas à comprendre pourquoi Elianita se marie avec Antúnez le Rouquin, s'entendit-il dire à lui-même soudain. Qu'est-ce qu'elle lui trouve.

C'était un acte manqué et il s'en repentit sur-le-champ, mais Richard ne parut pas surpris. Haletant — il venait d'achever ses abdominaux — il lui répondait par une blague :

— On dit que l'amour est aveugle, mon oncle.

— C'est un excellent garçon et je suis sûr qu'il la rendra heureuse, rétablit la situation le docteur Quinteros quelque peu interloqué. Je voulais dire que, parmi les admirateurs de ta sœur, il y avait les meilleurs partis de Lima. Et elle les a tous envoyés paître pour finir par accepter le Rouquin, qui est un brave garçon, mais si, enfin...

— Si con, tu veux dire ? l'aida Richard.

— Je n'aurais pas dit cela aussi crûment, aspirait et

expulsait l'air le docteur Quinteros en ouvrant et fermant les bras. Mais à vrai dire, je le trouve un peu tombé du nid. Avec toute autre il seroit parfait, mais Elianita, si belle, si vive, il ne lui arrive pas à la cheville. — Il se sentit gêné par sa propre franchise. — Mais tu sais, ne le prends pas mal, mon neveu.

— Ne t'en fais pas, mon oncle, lui sourit Richard. Le Rouquin est une bonne pâte et si la ratoune a fait cas de lui ce n'est pas pour des prunes.

— Trois séries de trente side bonds, invalides ! rugit Coco avec quatre-vingts kilos au-dessus de la tête, enflé comme un crapaud. En rentrant le bide, pas en le sortant !

Le docteur Quinteros pensa qu'avec la gymnastique Richard oublierait ses problèmes, mais tandis qu'il faisait des flexions latérales, il le vit exécuter ses exercices avec une fureur renouvelée : son visage se décomposait à nouveau en une expression d'angoisse et de mauvaise humeur. Il se rappela que la famille Quinteros comptait de nombreux névrosés et il pensa que l'aîné de Roberto avait peut-être bien reçu en partage le maintien de cette tradition parmi les nouvelles générations, puis il changea de sujet en pensant qu'après tout il aurait été peut-être plus prudent de faire un saut à la clinique avant le gymnase pour jeter un œil sur la mère des triplés et l'opérée du fibrome. Puis il n'y pensa plus car l'effort physique l'absorba totalement et tout en abaissant et levant les jambes (leg rises, cinquante fois !) il faisait des flexions du tronc (trunk twist avec barre, trois séries, jusqu'à cracher les poumons !), il faisait travailler le dos, le torse, les avant-bras, le cou, obéissait aux ordres de Coco (force donc, arrière-grand-père ! plus vite, cadavre !), il ne fut plus qu'un poumon aspirant et expirant de l'air, une peau qui crachait de la sueur et des muscles qui s'efforçaient, se fatiguaient et souffraient. Quand Coco cria : « Trois séries de quinze pull-overs avec les poids ! » il avait atteint son sommet. Il tâcha, néanmoins, par amour-propre, de faire au moins une série avec douze kilos, mais il en fut incapable. Il était épuisé. Le poids lui échappa des mains au troisième essai et il dut subir les plaisanteries des culturistes (les momies au tombeau et les cigognes au zoo ! Téléphonez aux pompes funèbres ! *Requiescat in pace, Amen !*) et voir, avec une muette envie, Richard, toujours pressé, toujours furieux, compléter sa routine sans difficulté. La discipline, la constance, pensa le docteur Quinteros, les menus équilibrés, la vie méthodique ne suffisent pas. Cela compensait les différences jusqu'à une certaine limite ; passée celle-ci l'âge établissait des distances infranchissables, des murailles invincibles. Plus tard, nu au sauna, aveuglé par la sueur qui lui dégoulinait entre les cils, il répéta avec mélancolie une phrase qu'il avait lue dans un livre : Jeunesse, dont le souvenir désespère ! En sortant, il vit que Richard s'était joint aux culturistes et qu'il s'exerçait avec eux. Coco lui fit un geste moqueur, en le désignant :

— Le beau gosse a décidé de se suicider, docteur.

Richard ne sourit même pas. Il soulevait haut les haltères et son visage, ruisselant, rouge, aux veines saillantes, exprimait une exaspération qui semblait sur le point de se retourner contre eux. L'idée traversa le docteur que son neveu allait leur aplatir la tête à tous quatre avec les haltères qu'il serrait dans ses mains. Il leur dit au revoir et murmura : « A tout à l'heure à l'église, Richard. »

De retour chez lui, il se tranquillisa en apprenant que la mère des triplés voulait jouer au bridge avec des amies dans sa chambre à la clinique et que l'opérée du fibrome avait demandé si elle pouvait manger aujourd'hui des nids d'hirondelle trempés dans de la sauce de tamarins. Il autorisa le bridge et les nids d'hirondelle, et, tout à fait calme, il passa son complet bleu sombre, chemise en soie blanche et cravate argentée qu'il fixa avec une perle. Il parfumait son mouchoir quand une lettre de sa femme arriva, avec un post-scriptum de Charito. Elles l'avaient envoyée de Venise, la quatorzième ville du Tour, et lui disaient : « Quand tu recevras cette lettre, nous aurons fait au moins sept autres villes, toutes plus jolies les unes que les autres. » Elles étaient heureuses et Charito très entichée des Italiens, « des artistes de cinéma, papi, et tu t'imagines pas comme ils sont galants, mais n'en dit rien à Tato, mille baisers, tchao ».

Il se rendit à pied jusqu'à l'église de Santa María, sur l'Ovale Gutiérrez. Il était encore tôt et les invités commençaient à arriver. Il s'installa dans les rangées de devant et pour se distraire se mit à observer l'autel, orné de lis et de roses blanches, et les vitraux qui ressemblaient à des mitres de prélats. Une fois de plus il constata que cette église ne lui plaisait pas du tout, à cause de sa combinaison exacerbée de stucs et de briques et ses prétencieux arcs oblongs. De temps en temps, il saluait d'un sourire des connaissances. Evidemment, il ne pouvait en être autrement, tout le monde arrivait à l'église : des parents reculés, des amis qui refaisaient surface après des siècles et, naturellement, la fine fleur de la ville, des banquiers, des ambassadeurs, des industriels, des politiciens. Ce Roberto, cette Margarita, toujours aussi frivoles, pensait le docteur Quinteros, sans âcreté, plein de bienveillance pour les faiblesses de son frère et de sa belle-sœur. Ils allaient sûrement, au déjeuner, jeter l'argent par les fenêtres. Il fut ému en voyant entrer la mariée, au moment où retentissaient les premières mesures de la *Marche nuptiale.* Elle était vraiment très belle, dans sa robe blanche vaporeuse, et son minois, profilé sous le voile, avait quelque chose d'extraordinairement gracile, léger, spirituel, tandis qu'elle avançait vers l'autel, les yeux baissés, au bras de Roberto qui, corpulent et auguste, dissimulait son émotion en adoptant des airs de maître du monde. Antúnez le Rouquin semblait moins laid, ceint de sa jaquette flambant neuve et le visage resplendissant de bonheur, et même sa mère — une Anglaise dégingandée qui bien qu'au Pérou depuis un quart de siècle s'emmêlait encore avec les prépositions — semblait, dans sa longue robe sombre et avec sa coiffure à deux étages, une dame pleine d'attrait. Assurément, pensa le docteur Quinteros, patience et longueur du temps. Parce que le pauvre Rouquin Antúnez avait poursuivi Elianita de ses assiduités dès l'enfance, et l'avait assiégée de délicatesses et d'attentions qu'elle recevait invariablement avec un dédain olympien. Mais il avait supporté toutes les rebuffades et les sorties d'Elianita, et les terribles plaisanteries par lesquelles les gosses du quartier raillaient sa résignation. Garçon tenace, pensait le docteur Quinteros, il était parvenu à ses fins, et il était là maintenant, pâle d'émotion, glissant l'alliance à l'annulaire de la plus belle fille de Lima. La cérémonie était terminée et, au milieu d'une masse bruissante, inclinant la tête à dextre et senestre, le docteur Quinteros gagnait la sacristie quand il aperçut, debout près d'une colonne, comme s'écartant avec dégoût des gens, Richard.

Tandis qu'il faisait la queue pour arriver jusqu'aux nouveaux mariés, le docteur Quinteros dut endurer une douzaine de blagues contre le gouvernement racontées par les frères Febre, deux jumeaux si identiques que, à ce qu'on disait, leur propre mère ne pouvait les différencier. La foule était telle que le salon de l'église semblait sur le point de s'effondrer ; beaucoup de gens étaient restés dans les jardins, attendant leur tour pour entrer. Un essaim de garçons circulait en proposant du champagne. On entendait des rires, des blagues, des toasts et tout le monde disait que la mariée était la plus belle. Quand le docteur Quinteros put enfin arriver jusqu'à elle, il vit qu'Elianita était toujours élégante et florissante malgré la chaleur et la presse. « Cent ans de bonheur, ratoune », lui dit-il en l'embrassant, et elle lui raconta à l'oreille : « Charito m'a appelée ce matin de Rome pour me féliciter, et j'ai également parlé avec tante Mercedes. Qu'elles sont chou de m'appeler ! » Antúnez le Rouquin, suant, rouge comme une crevette, étincelait de bonheur : « Maintenant aussi je devrais vous appeler mon oncle, don Alberto ? — Eh oui ! mon neveu, — le docteur Quinteros lui donna l'accolade — et tu devras me tutoyer. »

Il sortit à demi asphyxié du salon des mariés et, entre les flashes des photographes les frôlements et les salutations, il put atteindre le jardin. La condensation humaine y était moindre et l'on pouvait respirer. Il prit une coupe et se trouva noyé dans le cercle de ses amis médecins, sous d'intarissables plaisanteries autour du voyage de sa femme : Mercedes ne reviendrait pas, elle resterait avec quelque *franchute*, de chaque côté du front il allait lui pousser des petites cornes. Le docteur Quinteros, tout en entrant dans le jeu, pensa, en se rappelant le gymnase, que c'était son tour aujourd'hui d'être en haut du cocotier. Il voyait parfois, au-dessus d'une mer de têtes, Richard, à l'autre bout du salon, au milieu de garçons et de filles qui riaient : sérieux, renfrogné, il vidait les coupes de champagne comme si c'était de l'eau. « Peut-être est-il peiné qu'Elianita se marie avec Antúnez, pensa-t-il ; lui aussi aurait souhaité sans doute quelqu'un de plus brillant pour sa sœur. » Mais non, il traversait probablement une de ces crises de transition. Et le docteur Quinteros se rappela que lui aussi, à l'âge de Richard, il avait passé une période difficile, hésitant entre la médecine et le génie aéronautique. (Son père l'avait convaincu avec un argument de poids : au Pérou comme ingénieur aéronautique il n'aurait eu d'autre issue que de se consacrer aux cerfs-volants ou à l'aéromodélisme.) Peut-être Roberto, toujours si absorbé par ses affaires, n'était-il pas en mesure de conseiller Richard. Et le docteur Quinteros, dans un de ses élans de générosité qui lui avaient valu l'estime générale, décida qu'un de ces jours, avec toute la délicatesse requise par cette affaire, il inviterait son neveu et examinerait subtilement la façon de l'aider.

La maison de Roberto et Margarita se trouvait dans l'avenue Salaverry, à quelques rues de l'église de Santa María, et, à la fin de la réception à la sacristie, les invités au déjeuner défilèrent sous les arbres et le soleil de San Isidro, en gagnant la bâtisse aux briques rouges et toit de bardeaux, entourée de pelouse, de fleurs, de grilles, et joliment décorée pour la fête. Dès que le docteur Quinteros atteignit la porte, il comprit que la cérémonie dépasserait ses propres prévisions et qu'il allait assister à un événement que les chroniqueurs locaux qualifieraient de « magnifique ».

On avait disposé en long et en large du jardin des tables et des parasols, et, au fond, près du chenil, une énorme bâche protégeait une table à la nappe immaculée, poussée le long du mur et hérissée de plateaux aux canapés multicolores. Le bar était près du plan d'eau aux poissons japonais chevelus et l'on voyait autant de coupes, de bouteilles, de shakers, de carafes de rafraîchissement que pour étancher la soif de tout un régiment. Des garçons en veston blanc et des soubrettes à coiffe et tablier recevaient les invités en les accablant dès l'entrée de pisco-sours, de pisco-caroubes, de vodka-*maracuya*[1], de whisky, de gin ou de coupes de champagne, et des cubes de fromage, des petites pommes de terre au piment, des cerises farcies au lard, des crevettes panées, des vol-au-vent et tous les amuse-gueule conçus par l'imagination liménienne pour ouvrir l'appétit. A l'intérieur, d'énormes paniers et des branches de rosiers, de nards, de glaïeuls, de giroflées et d'œillets appuyés contre les murs, disposés le long des escaliers ou sur les fenêtres et les meubles, rafraîchissaient l'atmosphère. Le parquet était ciré, les rideaux lavés, les porcelaines et l'argenterie brillantes, et le docteur Quinteros sourit en imaginant que même les céramiques guacas avaient été astiquées. Dans le vestibule il y avait aussi un buffet, et dans la salle à manger s'étalaient des monceaux de douceurs — massepains, fromage glacé, friands, œufs battus au sirop, meringues, fruits confits, pâtes d'amande — autour de l'imposante pièce montée, une construction de tulle et de colonnes, pleine de crème et d'arrogance, qui arrachait des trilles d'admiration aux femmes. Mais ce qui excitait la curiosité féminine par-dessus tout, c'étaient les cadeaux, au second étage ; il y avait une queue si longue pour les voir que le docteur Quinteros décida rapidement de ne pas la faire, bien qu'il eût aimé savoir l'effet produit sur l'ensemble par sa gourmette.

Après avoir fourré son nez un peu partout, serrant des mains, recevant et prodiguant des accolades, il retourna au jardin et alla s'asseoir sous un parasol

1. Fruit de l'Amazonie (*N.d.T.*).

44

pour déguster calmement sa seconde coupe de la journée. Tout était très bien, Margarita et Roberto savaient faire les choses en grand. Et bien qu'il n'appréciât pas excessivement l'idée de l'orchestre — on avait retiré les tapis, le guéridon et le buffet avec les ivoires pour que les couples eussent où danser — il excusa cette inélégance comme une concession aux nouvelles générations, car, on le sait bien, pour la jeunesse une fête sans bal n'était pas une fête. On commençait à servir la dinde et le vin, et maintenant Elianita, debout sur la seconde marche de l'entrée, jetait son bouquet de mariée que des dizaines de camarades du collège et du quartier attendaient les mains en l'air. Le docteur Quinteros aperçut dans un coin du jardin la vieille Venancia, la nounou d'Elianita depuis le berceau : la vieille femme, émue jusqu'aux entrailles, essuyait ses yeux avec le bout de son tablier.

Son palais ne put deviner la marque de vin mais il sut immédiatement qu'il était étranger, peut-être espagnol ou chilien et il n'écarta pas non plus — parmi les folies du jour — qu'il fût français. La dinde était tendre, la purée comme du beurre, et il y avait une salade de choux et de raisins secs telle que, malgré ses principes diététiques, il ne put s'empêcher d'en reprendre. Il savourait un deuxième verre de vin et commençait à sentir une agréable somnolence quand il vit venir Richard vers lui. Il balançait un verre de whisky à la main ; il avait le regard vitreux et la voix changeante.

— Y a-t-il quelque chose de plus stupide qu'une noce, mon oncle ? murmura-t-il en faisant un geste de mépris vers tout ce qui les entourait et s'écroulant sur la chaise à côté.

Sa cravate était dénouée, une petite tâche fraîche souillait le revers de son complet gris, et dans ses yeux, outre les restes d'alcool, on lisait contenue une rage océanique.

— Eh bien! je t'avoue que je ne suis pas grand amateur des fêtes, dit avec bonhomie le docteur Quinteros. Mais que tu ne le sois pas, toi, à ton âge, cela me surprend, mon neveu.

— Je les déteste de toute mon âme, marmonna Richard avec un regard qui semblait vouloir faire disparaître tout le monde. Je ne sais foutre pas pourquoi je suis là.

— Pense à ce qu'aurait représenté pour ta sœur ton absence à sa noce.

Le docteur Quinteros réfléchissait aux imbécillités que fait dire l'alcool : est-ce qu'il n'avait pas vu Richard s'amuser à des surprises-parties comme un fou? N'était-il pas un excellent danseur? Combien de fois son neveu n'avait-il pas pris la tête de la bande de filles et de garçons qui venaient improviser un bal dans les appartements de Charito? Mais il ne lui rappela rien de tout cela. Il vit Richard vider son whisky et demander à un garçon de lui en servir un autre.

— De toute façon, il faut t'y préparer, lui dit-il. Parce que lorsque tu te marieras, tes parents te feront une noce encore plus grandiose que celle-là.

Richard porta le nouveau verre de whisky à ses lèvres et, lentement, fermant à demi les yeux, il but d'un trait. Puis, sans lever la tête, d'une voix sourde et qui parvint au docteur comme quelque chose de très lent et presque inaudible, il marmotta :

— Je ne me marierai jamais, mon oncle, je te le jure devant Dieu.

Avant qu'il puisse lui répondre, une jeune fille stylisée aux cheveux clairs, à la silhouette bleue et à l'allure décidée, se planta devant eux, prit Richard par

46

la main, et sans lui donner le temps de réagir, l'obligea à se lever :

— Tu n'as pas honte de rester assis avec les vieux ? Viens danser, idiot.

Le docteur Quinteros les vit disparaître dans le vestibule de la maison et se sentit brusquement sans forces. Résonnant dans le pavillon de ses oreilles, comme un écho pervers, il entendait toujours ce petit mot « vieux » qu'avec tant de naturel et d'une voix si délicieuse la fille cadette de l'architecte Aramburú avait prononcé. Après avoir pris le café, il se leva et alla jeter un coup d'œil au salon.

La fête battait son plein et le bal s'était propagé, depuis cette matrice qu'était la cheminée où était installé l'orchestre, jusqu'aux pièces alentour où il y avait aussi des couples qui dansaient, chantaient à tue-tête les cha-cha-cha et les merengues, les cumbias et les valses. L'onde de joie, alimentée par la musique, le soleil et les alcools s'était propagée des jeunes aux adultes et des adultes aux vieux, et le docteur Quinteros eut la surprise de voir que même don Marcelino Huapaya, un octogénaire apparenté à la famille, agitait de façon désordonnée sa croulante personne sur le rythme de *Nube gris* avec sa belle-sœur Margarita entre les bras. L'atmosphère de fumée, de bruit, de mouvement, de lumière et de liesse donna un léger vertige au docteur Quinteros ; il s'appuya à la balustrade et ferma les yeux un moment. Puis, souriant, heureux lui aussi, il observa Elianita qui, dans sa robe de mariée encore, mais déjà sans voile présidait le bal. Elle n'arrêtait pas une seconde ; à la fin de chaque morceau, vingt cavaliers l'entouraient, sollicitant cette danse, et elle, les joues empourprées et le regard brillant, choisissait indifféremment et retournait au tourbillon. Son frère Roberto surgit à côté de lui. Au lieu de jaquette, il portait un complet marron léger et était en sueur car il achevait de danser.

— Je n'arrive pas à croire qu'elle soit mariée, Alberto, dit-il en désignant Elianita.

— Elle est magnifique, lui sourit le docteur Quinteros. Tu as jeté l'argent par les fenêtres, Roberto.

— Pour ma fille, ce qu'il y a de mieux au monde, s'écria son frère, avec un arrière-goût de tristesse dans la voix.

— Où vont-ils passer leur lune de miel ? demanda le docteur.

— Au Brésil et en Europe. C'est le cadeau des parents du Rouquin. — Il fit un geste amusé en direction du bar. — Ils devaient partir demain très tôt, mais si ça continue comme ça, mon gendre ne sera pas en état.

Un groupe de jeunes gens entouraient Antúnez le Rouquin et se relayaient pour trinquer avec lui. Le nouveau marié, plus rouge que jamais, en riant un brin inquiet, essayait de les tromper en trempant ses lèvres dans la coupe, mais ses amis protestaient et exigeaient qu'il fît cul sec. Le docteur Quinteros chercha Richard du regard, mais il ne le vit ni au bar ni en train de danser, ni dans la partie du jardin que découvraient les fenêtres.

Cela se produisit à ce moment. La valse *Idolo* s'achevait, les couples s'apprêtaient à applaudir, les musiciens écartaient les doigts de leur guitare, le Rouquin affrontait le vingtième toast, quand la nouvelle mariée porta la main droite à ses yeux comme pour chasser une mouche, tituba et, avant que son cavalier n'arrive à la retenir, s'écroula. Son père et le docteur Quinteros restèrent immobiles, croyant peut-être qu'elle avait glissé, qu'elle allait se relever sur-le-champ morte de rire, mais l'agitation qui s'ensuivit au salon — les exclamations, la bousculade, les cris de la mère : « Ma petite fille, Eliana, Elianita ! » — les fit se précipiter aussi à son secours. Déjà Antúnez le Rouquin avait bondi, l'avait prise dans ses bras et, escorté d'un groupe, montait l'escalier, derrière Margarita qui disait : « Par ici, dans sa chambre, lentement, doucement », et demandait : « Un docteur, qu'on appelle un docteur. » Quelques membres de la famille — l'oncle Fernando, la cousine Chabuca, don Marcelino — tranquillisaient les amis, ordonnaient à l'orchestre de se remettre à jouer. Le docteur Quinteros vit que son frère Roberto lui faisait signe du haut de l'escalier. Mais quel imbécile, est-ce qu'il n'était pas médecin ? qu'attendait-il ? Il grimpa les marches deux par deux, fendant la foule qui s'ouvrait à son passage.

On avait mené Elianita dans sa chambre, une pièce en rose qui donnait sur le jardin. Autour du lit, où la jeune fille, encore pâle, reprenait peu à peu conscience et commençait à ciller, il y avait Roberto, le Rouquin, la nounou Venancia, tandis que sa mère, assise à ses côtés, lui frottait le front avec un mouchoir imbibé d'alcool. Le Rouquin lui avait pris une main et la regardait avec ravissement et angoisse.

— Pour le moment, tout le monde dehors, qu'on me laisse seul avec la mariée, ordonna le docteur Quinteros en prenant possession de son rôle. — Et tandis qu'il les poussait tous vers la porte : — Ne vous inquiétez pas, cela n'est rien. Sortez, laissez-moi l'examiner.

La seule qui résista fut la vieille Venancia : Margarita dut presque la traîner dehors. Le docteur Quinteros revint au lit et s'assit près d'Elianita, qui le regarda entre ses longs cils noirs, troublée et craintive. Il lui baisa le front et, tandis qu'il prenait sa température, lui souriait : Ce n'était rien, il ne fallait pas avoir peur. Son pouls était agité et elle respirait avec difficulté. Le

docteur remarqua que sa poitrine était trop compri-
mée et l'aida à se déboutonner :

— Comme de toute façon tu dois te changer, tu
gagnes ainsi du temps, ma nièce.

Quand il vit la gaine si serrée, il comprit immédiatement de quoi il s'agissait, mais il ne fit pas le moindre
geste, ne posa la moindre question qui puissent révéler
à sa nièce qu'il savait. Tandis qu'elle ôtait sa robe,
Elianita avait terriblement rougi et elle était maintenant si troublée qu'elle ne levait les yeux ni ne remuait
les lèvres. Le docteur Quinteros lui dit qu'il n'était pas
nécessaire d'enlever son linge de corps, seulement la
gaine, qui l'empêchait de respirer. En souriant, tout en
l'assurant d'un air apparemment distrait que c'était la
chose la plus naturelle au monde que le jour de ses
noces, sous le coup de l'émotion, et les fatigues et
préoccupations précédentes, et surtout si elle était
assez folle pour danser des heures et des heures
d'affilée, une nouvelle mariée eût un étourdissement, il
lui palpa les seins et le ventre (qui, libéré de la
puissante étreinte de la gaine, avait littéralement
sauté) et déduisit, avec l'assurance d'un spécialiste
entre les mains de qui étaient passées des milliers de
femmes enceintes, qu'elle devait en être au quatrième
mois. Il lui examina la pupille, lui posa quelques
questions stupides pour lui donner le change, et lui
conseilla de se reposer quelques minutes avant de
retourner en bas. Mais surtout, qu'elle ne continue pas
à danser autant.

— Tu vois, ce n'était qu'un peu de lassitude, ma
nièce. De toute façon, je vais te donner quelque chose
pour combattre les fatigues de ce jour.

Il lui caressa les cheveux et, pour lui donner le temps
de se remettre avant que n'entrent ses parents, il lui
posa quelques questions sur son voyage de noces. Elle

50

lui répondait d'une voix languide. Faire un voyage comme ça c'était une des meilleures choses qui pouvaient arriver à une personne; lui, avec tout son travail, il n'aurait jamais le temps d'effectuer un séjour complet. Et cela faisait près de trois ans qu'il n'était allé à Londres, sa ville préférée. Tout en parlant, il voyait Elianita cacher subrepticement la gaine, enfiler une robe de chambre, disposer sur une chaise une robe, un chemisier au col et manchettes brodés, des souliers, et revenir s'étendre au lit en se couvrant d'un édredon. Il se demanda s'il n'aurait pas mieux valu parler franchement avec sa nièce et lui donner quelques conseils pour le voyage. Mais non, la pauvre aurait passé un mauvais moment, elle se serait sentie très gênée. Et puis elle avait sans doute vu un médecin en cachette durant tout ce temps et était donc parfaitement au courant de ce qu'elle devait faire. De toute façon, porter une gaine aussi serrée était un risque, elle aurait pu avoir de quoi s'effrayer vraiment, ou, par la suite, compromettre la santé du bébé. Il fut ému qu'Elianita, cette nièce à laquelle il ne pouvait penser que comme une enfant sage, eût conçu. Il gagna la porte, l'ouvrit, et tranquillisa la famille à voix haute pour que la mariée l'entendît :

— Elle se porte mieux que vous et moi, mais elle est morte de fatigue. Achetez-lui ce calmant et laissez-la se reposer un moment.

Venancia s'était précipitée dans la chambre et, par-dessus son épaule, le docteur Quinteros vit la vieille domestique cajoler Elianita. Ses parents entrèrent aussi et Antúnez le Rouquin s'apprêtait à les imiter quand le docteur, discrètement, lui prit le bras et l'entraîna vers la salle de bains. Il ferma la porte :

— Cela a été une imprudence dans son état de danser ainsi toute la soirée, Rouquin, lui dit-il du ton le plus naturel du monde, tout en se savonnant les mains. Elle aurait pu faire une fausse couche. Conseille-lui de ne pas mettre de gaine, et surtout pas aussi serrée. Elle est de combien ? Trois, quatre mois ?

C'est alors que rapide et mortifère comme une piqûre de cobra, le doute traversa l'esprit du docteur Quinteros. Avec terreur, sentant que le silence de la salle de bains s'était électrisé, il regarda dans la glace. Le Rouquin avait les yeux incrédulement écarquillés, la bouche tordue en une moue qui donnait à son visage un air absurde, et il était livide comme un mort.

— Trois, quatre mois ? L'entendit-il articuler en se troublant. Une fausse couche ?

Il sentit le ciel lui tomber sur la tête. Quel crétin, quel animal je fais, pensa-t-il. Et alors oui, avec une atroce précision, il se rappela que tout, les fiançailles et la noce d'Elianita, avait été l'affaire de quelques semaines. Il avait détourné les yeux d'Antúnez et s'essuyait les mains trop lentement et son esprit cherchait ardemment quelque mensonge, un alibi qui sortît ce garçon de l'enfer où il venait de le pousser. Il ne parvint qu'à articuler quelque chose qui lui sembla aussi stupide :

— Elianita ne doit pas savoir que je m'en suis rendu compte. Je lui ai fait croire que non. Et surtout ne t'inquiète pas. Elle va très bien.

Il sortit rapidement, en le regardant de biais au passage. Il le vit au même endroit, les yeux dans le vide, la bouche maintenant ouverte et le visage en sueur. Il sentit qu'il fermait à clé la salle de bains de l'intérieur. Il va se mettre à pleurer, pensa-t-il, à se cogner la tête et s'arracher les cheveux, il va me maudire et me détester encore plus qu'elle et que, qui ? Il descendait l'escalier lentement avec un sentiment désolé de culpabilité, plein de doutes, tandis qu'il

52

répétait comme un automate aux gens qu'Elianita n'avait rien, qu'elle allait bientôt redescendre. Il sortit au jardin respirer une bouffée d'air qui lui fit du bien. Il s'approcha du bar, but un verre de whisky pur et décida de rentrer chez lui sans attendre le dénouement du drame que, par ingénuité et avec les meilleures intentions, il avait provoqué. Il avait envie de s'enfermer dans son bureau et, carré dans un fauteuil de cuir noir, se noyer dans Mozart.

A la porte d'entrée, assis sur la pelouse, dans un état désastreux, il trouva Richard. Il avait les jambes croisées comme un Bouddha, le dos appuyé contre la grille, le complet froissé et couvert de poussière, de taches, d'herbe. Mais c'est son visage qui effaça pour un instant, chez le docteur, le souvenir du Rouquin et d'Elianita et le fit s'arrêter : dans ses yeux injectés l'alcool et la fureur semblaient avoir augmenté à des doses identiques. Deux filets de bave pendaient à ses lèvres et son expression était pitoyable et grotesque.

— Ce n'est pas possible, Richard, murmura-t-il en se penchant sur son neveu et tâchant de le faire se relever. Tes parents ne peuvent pas te voir dans cet état. Viens, allons chez moi jusqu'à ce que ça te passe. Je n'aurais jamais cru te voir dans cet état, mon neveu.

Richard le regardait sans le voir, la tête pendante, et quoique, obéissant, il essaya de se lever, ses jambes lui manquaient. Le docteur dut le prendre par les deux bras et presque le soulever en l'air. Il le fit marcher, en le maintenant par les épaules ; Richard titubait comme une poupée de chiffon et semblait tomber en avant à tout moment. « Voyons si nous trouvons un taxi, murmura le docteur, s'arrêtant au bord de l'avenue Salaverry et soutenant Richard d'un bras, parce qu'en marchant tu n'arriveras même pas au coin de la rue, mon neveu. » Quelques taxis passaient, mais occupés. Le docteur avait la main levée. L'attente, ajoutée au souvenir d'Elianita et Antúnez, et l'inquiétude pour l'état de son neveu, commençait à le rendre nerveux, lui qui jamais ne s'était départi de son calme. A ce moment, il distingua, dans un murmure incohérent et tout bas qui s'échappait des lèvres de Richard le mot « revolver ». Il ne put que sourire et, faisant contre mauvaise fortune bon cœur, il dit, comme pour lui-même, sans attendre que Richard l'écoutât ou lui répondît :

— Et pourquoi veux-tu un revolver, mon neveu ?

La réponse de Richard, qui regardait dans le vide avec des yeux errants et homicides, fut lente, rauque, parfaitement claire :

— Pour tuer le Rouquin. — Il avait prononcé chaque syllabe avec une haine glaciale. Il marqua une pause et, d'une voix brusquement brisée, il ajouta : — Ou pour me tuer, moi.

Il se remit à bredouiller et Alberto de Quinteros ne comprit plus ce qu'il disait. Là-dessus un taxi s'arrêta. Le docteur poussa Richard à l'intérieur, donna l'adresse au chauffeur et monta. Au moment où la voiture démarrait, Richard éclata en sanglots. Il le regarda à nouveau, le garçon se laissa aller contre lui, appuya sa tête contre sa poitrine et continua à sangloter, le corps secoué de tremblements nerveux. Le docteur passa une main autour de ses épaules, lui ébouriffa les cheveux comme il l'avait fait un moment auparavant avec sa sœur, et tranquillisa d'un geste qui voulait dire « le garçon a trop bu » le chauffeur qui le regardait dans le rétroviseur. Il laissa Richard recroquevillé contre lui, pleurant et salissant de ses larmes, baves et morves son complet bleu et sa cravate argentée. Il ne cilla même pas, ni son cœur ne s'agita quand dans l'incompréhensible soliloque de son neveu, il parvint à saisir, deux ou trois fois répétée, cette phrase qui sans laisser d'être atroce était aussi belle et même pure : « Parce que je l'aime comme un homme et je me fous de tout le reste. » Dans le jardin de la maison, Richard vomit avec d'âpres spasmes qui effrayèrent le fox-terrier et soulevèrent les regards désapprobateurs du majordome et des domestiques. Le docteur Quinteros prit Richard par le bras et le conduisit à la chambre d'amis, le fit se rincer la bouche, le déshabilla, le mit au lit, lui fit avaler un fort somnifère, et resta à ses côtés, le calmant avec des gestes et des mots affectueux — qu'il savait ne pouvoir être vus ni entendus du jeune homme — jusqu'à ce qu'il le sentît dormir du sommeil profond de la jeunesse.

Il appela alors la clinique et dit au médecin de garde qu'il n'irait pas avant le lendemain à moins d'une catastrophe, il informa son majordome qu'il n'y était pour personne, se servit un double whisky et alla s'enfermer dans sa chambre à musique. Il mit sur le tourne-disque une pile d'Albinoni, Vivaldi et Scarlatti, car il avait décidé que quelques heures vénitiennes, baroques et superficielles seraient un bon antidote contre les graves ombres de son esprit, et enfoncé dans la chaude mollesse de son fauteuil en cuir, la pipe écossaise en écume de mer fumant entre ses lèvres, il ferma les yeux et attendit que la musique opérât son inévitable miracle. Il pensa que c'était là une occasion privilégiée pour mettre à l'épreuve cette norme morale qu'il avait faite sienne depuis son jeune âge et selon laquelle il valait mieux comprendre que juger les hommes. Il ne se sentait ni horrifié ni indigné ni trop surpris. Il observait chez lui plutôt une émotion cachée, une bienveillance invincible, mêlée de tendresse et de pitié, quand il se disait que c'était maintenant bien clair pourquoi une fille aussi belle avait décidé d'épouser au plus vite un idiot et pourquoi le roi de la planche hawaïenne, le beau gosse du quartier, nul ne lui avait jamais connu de petite amie et pourquoi il avait toujours rempli sans protester, avec un zèle si louable, les fonctions de chaperon de sa petite sœur. Tout en savourant le parfum du tabac et dégustant l'agréable feu de la boisson, il se disait qu'il ne fallait pas trop s'en faire pour Richard. Il trouverait moyen de convaincre Roberto de l'envoyer poursuivre ses études à l'étranger, à Londres par exemple, une ville où il trouverait assez de nouveautés et d'incitations pour oublier le passé. Ce qui l'inquiétait, en revanche, ce qui le dévorait de curiosité, c'est ce qui allait se passer avec les deux autres personnages de l'histoire. Tandis que la musique l'enivrait, de plus en plus faibles et espacées, un tourbillon de questions sans réponses tournait dans sa tête : le Rouquin abandonnerait-il ce soir même sa téméraire épouse ? L'avait-il déjà fait ? Ou bien se tairait-il et, donnant une preuve tout à la fois de noblesse et de stupidité, resterait-il avec cette jeune fille trompeuse qu'il avait tant poursuivie de ses assiduités ? Le scandale éclaterait-il ou un pudique voile de dissimulation et d'orgueil foulé aux pieds cacherait-il pour toujours cette tragédie de San Isidro ?

III

Je revis Pedro Camacho peu de jours après l'incident. Il était sept heures et demie du matin, et, après avoir préparé le premier bulletin, je me disposais à aller prendre un café au lait au Bransa quand, en passant devant la loge du concierge de Radio Central, j'aperçus ma Remington. Je l'entendis fonctionner, j'entendis le son de ses grosses touches contre le rouleau, mais je ne vis personne derrière elle. Je passai la tête par la fenêtre, le dactylo était Pedro Camacho. On avait installé son bureau dans ce réduit. Dans cette pièce au plafond bas et aux murs rongés par l'humidité, la vieillesse et les graffiti, il y avait maintenant un meuble de bureau en ruine mais aussi imposant que la machine qui trônait sur la table. Les dimensions du meuble et de la Remington avalaient littéralement la petite personne de Pedro Camacho. Il avait ajouté au siège un couple de coussins, mais même comme cela son visage n'arrivait qu'à la hauteur du clavier, de sorte qu'il tapait à la machine les mains à la hauteur des yeux et donnait l'impression d'être en train de boxer. Sa concentration était totale, il ne remarquait pas ma présence bien que je fusse à côté de lui. Ses yeux exorbités fixaient la feuille de papier, il tapait avec deux doigts et se mordait la langue. Il portait son complet sombre du premier jour, il n'avait ôté ni sa veste ni son nœud papillon, et en le voyant ainsi, absorbé et affairé, avec ses cheveux longs et son accoutrement de poète du XIXe siècle, raide et grave, assis devant ce bureau et cette machine qui lui allaient si grands et dans cette niche qui était pour eux trois si petite, j'eus l'impression de quelque chose d'à la fois pitoyable et comique.

— Que vous êtes matinal, monsieur Camacho, le saluai-je en passant la moitié du corps dans la pièce.

Sans écarter les yeux de son papier, il se borna à me faire signe d'un mouvement autoritaire de la tête de me taire ou d'attendre, ou les deux choses à la fois. Je choisis la seconde, et tandis qu'il terminait sa phrase, je vis que sa table était couverte de feuilles dactylographiées, et le sol jonché de feuilles froissées, jetées là par manque de corbeille à papier. Peu après il écarta ses mains du clavier, me regarda, se mit debout, me tendit sa main droite cérémonieusement et répondit à mon salut par une sentence :

— Il n'y a pas d'heure pour l'artiste. Bien le bonjour, mon ami.

Je ne m'avisai pas de lui demander s'il se sentait à l'étroit dans cet antre parce qu'à coup sûr il m'aurait répondu que l'inconfort convenait à l'art. Je l'invitai plutôt à prendre un café. Il consulta un engin préhistorique qui ballotait à son poignet tout menu et murmura : « Après une heure et demie de production je mérite un rafraîchissement. » En nous rendant au Bransa, je lui demandai s'il se mettait toujours à travailler d'aussi bonne heure, il me répondit que dans son cas, à la différence d'autres « créateurs », l'inspiration était proportionnelle à la lumière du jour.

— Elle naît avec le soleil et se réchauffe avec lui, m'expliqua-t-il musicalement tandis qu'autour de nous un garçon somnolent balayait la sciure pleine de mégots et de cochonneries du Bransa. Je me mets à écrire dès la première clarté. A midi mon cerveau est une torche. Puis il perd de son feu et le soir venu j'arrête parce qu'il ne reste que des braises. Mais peu importe, parce que c'est l'après-midi et le soir que l'acteur donne le meilleur de lui-même. J'ai un système bien organisé.

Il parlait d'un ton sérieux et je m'aperçus qu'il semblait remarquer à peine que j'étais toujours là ; il était de ces hommes qui n'admettent pas d'interlocuteurs mais d'auditeurs. Comme la première fois je fus surpris de son total manque d'humour, malgré les sourires mécaniques — lèvres retroussées, front plissé, dents exhibées — dont il agrémentait son monologue. Il disait tout avec une extrême solennité, ce qui, ajouté à sa diction parfaite, à son physique et ses vêtements extravagants, à ses gestes théâtraux, lui donnait un air terriblement insolite. Il était évident qu'il croyait dur comme fer tout ce qu'il disait : on sentait chez lui tout à la fois l'homme le plus affecté et le plus sincère de la terre. Des hauteurs artistiques où il pérorait, je tentai de le faire descendre au terrain médiocre des questions pratiques et lui demandai s'il était bien installé, s'il avait des amis, comment il se sentait à Lima. Il se souciait de ces choses terrestres comme d'une guigne. D'un ton impatient il me répondit qu'il s'était trouvé un « atelier » pas loin de Radio Central, dans la rue Quilca, et qu'il se sentait à l'aise n'importe où, car, n'est-ce pas, la patrie de l'artiste n'était-elle pas le monde ? Au lieu de café il demanda une infusion de verveine-menthe qui, m'indiqua-t-il, outre sa saveur au palais, « fortifiait l'esprit ». Il la but à gorgées brèves et régulières, comme s'il comptait le temps exact qu'il fallait pour porter la tasse à ses lèvres et, sitôt fini, il se leva, insista pour partager les consommations, et me demanda de l'accompagner pour acheter un plan des rues et des quartiers de Lima. Nous trouvâmes ce qu'il voulait au kiosque ambulant de la rue de la Unión. Il étudia le plan en le dépliant en l'air et fut satisfait des couleurs qui différenciaient les arrondissements. Il exigea un reçu pour les vingt sols qu'il coûtait.

— C'est un instrument de travail et les marchands doivent me le rembourser, décréta-t-il tandis que nous retournions à la radio.

Sa façon de marcher aussi était originale : rapide et nerveuse, comme s'il avait craint de louper le train. A la porte de Radio Central, en nous séparant, il me désigna son étroit bureau comme s'il exhibait un palais.

— Il est pratiquement sur la rue, dit-il, content de lui-même et de la tournure des événements. C'est comme si je travaillais sur le trottoir.

— Tout ce bruit des gens et des voitures ne vous distrait pas ? me hasardai-je à insinuer.

— Au contraire, me tranquillisa-t-il, heureux de me gratifier d'une dernière formule, j'écris sur la vie et mes œuvres exigent ce cachet d'authenticité.

Je m'en allai lorsqu'il me rappela de l'index. Me montrant le plan de Lima, il me demanda de lui fournir plus tard ou demain quelques renseignements. Je lui dis que j'en serais ravi.

Dans mon cagibi de Panamericana, je trouvai Pascual avec le bulletin de neuf heures tout prêt. Il débutait par une de ces nouvelles qu'il aimait tant. Il l'avait copiée de *La Crónica,* en l'enrichissant d'adjectifs de son propre cru : « Dans la tempétueuse mer des Antilles a sombré la nuit dernière le cargo panaméen *Shark,* entraînant dans la mort ses huit hommes d'équipage, noyés et déchiquetés par les requins qui infestent la mer susnommée. » Je changeai « déchiquetés » par « dévorés » et je supprimai « tempétueuse » et « susnommée » avant de lui donner le feu vert. Il ne se fâcha pas, parce que Pascual ne se fâchait jamais, mais il manifesta néanmoins son mécontentement :

— Ce Mario, toujours à bousiller mon style.

J'avais tâché toute cette semaine d'écrire une nouvelle, à partir d'une histoire que je connaissais par mon oncle Pedro qui était médecin dans une hacienda d'Ancash. Un paysan en avait effrayé un autre, une nuit, en se déguisant en « *pishtaco* » (diable) et en surgissant devant lui au milieu de la cannaie. La victime de la farce avait eu tellement peur qu'elle avait asséné un coup de machette sur le « pishtaco » et l'avait expédié dans l'autre monde le crâne fendu en deux. Puis elle avait fui dans la montagne. Quelque temps plus tard, un groupe de paysans, au sortir d'une fête, avait surpris un « pishtaco » qui rôdait aux alentours du village et l'avait tué à coups de bâton. Le mort n'était autre que l'assassin du premier « pishtaco », qui utilisait un déguisement de diable pour aller voir la nuit sa famille. Les assassins, à leur tour, avaient fui dans la montagne et, déguisés en « pishtacos », se rendaient la nuit au village où deux d'entre eux avaient déjà été anéantis à coups de machette par des paysans terrifiés qui, à leur tour, etc. Ce que je voulais raconter ce n'était pas tant ce qui était arrivé dans l'hacienda de mon oncle Pedro, que la fin qui m'était venue à l'esprit : à un moment donné, parmi tant de faux « pishtacos » se glissait le diable pour tout de bon. J'allais intituler ma nouvelle « le saut qualitatif » et je voulais qu'elle fût froide, intellectuelle, condensée, ironique comme une nouvelle de Borges, que je venais de découvrir dernièrement. Je consacrais à mon récit toutes les bribes de temps que me laissaient les bulletins de Panamericana, l'université et les cafés du Bransa, et j'écrivais aussi chez mes grands-parents à midi et le soir. Cette semaine-là je ne déjeunai chez aucun de mes oncles, ne rendis pas l'habituelle visite à mes cousines, ni n'allai au cinéma. J'écrivais et je déchirais, ou pour mieux dire à peine avais-je écrit une phrase qu'elle me paraissait horrible et je la recommençais. J'avais la certitude qu'une faute de calligraphie ou d'orthographe n'était jamais fortuite, mais constituait un appel d'attention, un avertissement (du subconscient, de Dieu ou de quelque autre personne) que la phrase n'allait pas et qu'il fallait la refaire. Pascual se plaignait : « Merdoume, si les Genaro s'aperçoivent de ce gaspillage de papier, on le prendra sur notre salaire. » En fin de compte, un jeudi je crus avoir achevé ma nouvelle. C'était un monologue de cinq pages ; à la fin on découvrait que le narrateur n'était autre que le diable. Je lus *Le saut qualitatif* à Javier dans mon cagibi, après le bulletin panaméricain de midi.

— Excellent, mon vieux, estima-t-il en applaudissant. Mais est-il encore possible d'écrire sur le diable ? Pourquoi pas une nouvelle réaliste ? Pourquoi ne pas supprimer le diable et laisser tout se passer entre les faux « pishtacos » ? Ou bien, une nouvelle fantastique, avec tous les fantômes que tu voudras. Mais sans diables, sans diables, parce que cela sent la religion, la bigoterie, des choses passées de mode.

Quand il partit, je déchirai en mille morceaux *Le saut qualitatif*, le jetai dans la corbeille à papier, décidai d'oublier les « pishtacos » et m'en allai déjeuner chez mon oncle Lucho. Là j'appris que quelque chose qui ressemblait à une romance était né entre la Bolivienne et quelqu'un dont j'avais entendu parler :

le riche Adolfo Salcedo, sénateur d'Arequipa, apparenté d'une certaine manière à la tribu familiale.

— Ce qu'il y a de bien chez ce prétendant c'est qu'il a de l'argent, une brillante situation et que ses intentions envers Julia sont sérieuses, commentait ma tante Olga. Il lui a proposé le mariage.

— Ce qu'il y a de mal c'est que don Adolfo a cinquante ans et n'a pas encore démenti cette terrible accusation, répliquait l'oncle Lucho. Si ta sœur se marie avec lui elle devra être chaste ou adultère.

— Cette histoire avec Carlota est une des calomnies typiques d'Arequipa, rétorquait tante Olga. Adolfo a tout l'air d'un homme complet.

L' « histoire » du sénateur et de doña Carlota je la connaissais fort bien parce qu'elle avait servi de thème à une autre nouvelle que les éloges de Javier avaient vouée à la poubelle. Leur mariage avait ému le sud de la République car don Adolfo et doña Carlota possédaient l'un et l'autre des terres à Puno et leur alliance avait des résonances latifundiaires. Ils avaient fait les choses en grand, en se mariant dans la belle église de Yanahuara, avec des invités venus de tout le Pérou et un banquet pantagruélique. Au bout de deux semaines de lune de miel, la jeune mariée avait planté là son mari quelque part dans le monde et était rentrée scandaleusement seule à Arequipa en annonçant à la stupéfaction générale qu'elle allait demander l'annulation du mariage à Rome. La mère d'Adolfo Salcedo avait rencontré doña Carlota un dimanche, à la sortie de la messe de onze heures, et dans l'enceinte même de la cathédrale elle l'avait furieusement invectivée :

— Pourquoi as-tu abandonné mon pauvre fils, vaurienne ?

D'un geste magnifique, la latifundiste de Puno avait

répondu à haute voix, de façon à être entendue de tous :

— Parce que votre fils, ce que les hommes ont il ne s'en sert que pour faire pipi, madame.

Elle avait réussi à faire annuler le mariage religieux et Adolfo Salcedo était devenu une source inépuisable de plaisanteries dans les réunions familiales. Depuis qu'il avait fait la connaissance de tante Julia, il l'accablait d'invitations au Grill Bolívar et au « 91 », lui offrait des parfums et la bombardait de corbeilles de roses. Moi j'étais heureux de cette romance et j'espérais que tante Julia allait se faire les griffes sur son nouveau soupirant. Mais elle frustra mes espérances en se présentant dans la salle à manger à l'heure du café — elle arrivait avec un tas de paquets — et annonçant dans un éclat de rire :

— Les ragots étaient fondés. Le sénateur Salcedo n'est qu'une baudruche.

— Julia, je t'en prie, ne sois pas mal élevée, protesta tante Olga. On pourrait croire que...

— Il me l'a raconté lui-même ce matin, expliqua tante Julia, heureuse de la tragédie du latifundiste.

Il avait été très normal jusqu'à l'âge de vingt-cinq ans. C'est alors, au cours de vacances infortunées aux Etats-Unis, que l'accident était survenu. A Chicago, San Francisco ou Miami — tante Julia ne se rappelait pas — le jeune Adolfo avait fait la conquête (croyait-il) d'une dame dans un cabaret, qui l'avait conduit dans un hôtel, et il était en pleine action quand il avait senti dans son dos la pointe d'un couteau. Il s'était retourné, c'était un borgne qui mesurait deux mètres. Ils ne l'avaient ni frappé ni blessé, mais seulement délesté de sa montre, d'une médaille et de ses dollars. C'est ainsi que cela avait commencé. Jamais plus. Dès qu'il était avec une femme et allait entrer en action, il sentait le

64

froid de la lame sur sa colonne vertébrale, il voyait le visage ravagé du borgne, il se mettait à transpirer et son élan retombait. Il avait consulté des tas de médecins, de psychologues, et même un guérisseur d'Arequipa, qui le faisait enterrer vivant les nuits de lune au pied des volcans.

— Ne sois pas méchante, ne te moque pas, le pauvre, tremblait de rire tante Olga.

— Si j'étais sûre qu'il va rester comme ça, je me marierais avec lui, pour son argent, disait cyniquement tante Julia. Mais si je le guéris ? Tu t'imagines ce vieux débris voulant rattraper le temps perdu avec moi ?

Je pensai au bonheur qu'aurait causé à Pascual l'aventure du sénateur d'Arequipa, l'enthousiasme avec lequel il lui aurait consacré un bulletin complet. L'oncle Lucho faisait remarquer à tante Julia que si elle se montrait aussi exigeante elle ne trouverait pas de mari au Pérou. Elle se plaignait qu'ici aussi, comme en Bolivie, les beaux garçons étaient pauvres et les riches laids, et que lorsque apparaissait un beau garçon riche il était toujours marié. Soudain, elle me toisa et me demanda si je n'étais pas apparu de toute la semaine de crainte d'être entraîné à nouveau au cinéma. Je lui dis que non, j'inventai des examens et je lui proposai d'y aller ce soir même.

— Au poil, au Leuro, décida-t-elle dictatorialement. C'est un film où l'on pleure à torrents.

Dans le taxi collectif, de retour à Radio Panamericana, je fis trotter dans ma tête l'idée d'un autre essai de nouvelle avec l'histoire d'Adolfo Salcedo ; quelque chose de léger et de plaisant, à la façon de Somerset Maugham, ou d'un érotisme malicieux comme chez Maupassant. A la radio, Nelly, la secrétaire de Genaro fils, riait toute seule à son bureau. Pour quelle raison ?

— Il y a eu un sac d'embrouilles à Radio Central entre Pedro Camacho et Genaro père, me raconta-t-elle. Le Bolivien ne veut aucun acteur argentin dans ses feuilletons ou alors, dit-il, il s'en va. Il a réussi à se faire appuyer par Luciano Pando et Josefina Sánchez et il a obtenu satisfaction. Les contrats vont être annulés, c'est quelque chose, non ?

Il y avait une rivalité féroce entre les speakers, animateurs et acteurs locaux et les Argentins — ils arrivaient au Pérou par vagues, la plupart expulsés pour raison politique — et j'imaginai que le scribe bolivien avait agi ainsi pour gagner la sympathie de ses compagnons de travail aborigènes. Eh bien ! non, je découvris bien vite qu'il était incapable de ce genre de calcul. Sa haine des Argentins en général, et des acteurs et actrices argentins en particulier, semblait désintéressée. J'allai le voir après le bulletin de sept heures, pour lui dire que j'avais un moment de libre et que je pouvais lui fournir les renseignements dont il avait besoin. Il me fit entrer dans sa tanière et d'un geste munificent m'offrit le seul siège possible en dehors de sa chaise : un coin de la table qui lui servait de bureau. Il avait gardé son veston et son petit nœud papillon, et il était entouré de feuilles dactylographiées qu'il avait soigneusement empilées près de la Remington. Le plan de Lima, cloué avec des punaises, couvrait une partie du mur. Il comportait plus de couleurs, surchargé d'étranges figures au crayon rouge et d'initiales distinctes dans chaque quartier. Je lui demandai ce que représentaient ces marques et ces lettres.

Il acquiesça d'un de ces petits sourires mécaniques où entraient toujours une intime satisfaction et une sorte de bienveillance Se calant confortablement sur sa chaise, il pontifia :

— Je travaille sur la vie, mes œuvres collent à la

réalité comme le cep à la vigne. C'est pour cela que j'en ai besoin. Je veux savoir si ce monde est ou n'est pas ainsi.

Il me désignait le plan et j'approchai la tête pour tâcher de déchiffrer ce qu'il voulait me dire. Les initiales étaient hermétiques, elles ne correspondaient à aucune institution ni personne identifiable. La seule chose claire c'est qu'il avait isolé dans des cercles rouges les quartiers dissemblables de Miraflores et San Isidro, de la Victoria et El Callao. Je lui dis que je n'y comprenais rien et le priai de m'expliquer la chose.

— C'est très facile, me répondit-il avec impatience et une voix de curé. Ce qui importe le plus c'est la vérité, qui est toujours de l'art alors que le mensonge, par contre, ne l'est pas, ou seulement de rares fois. Je dois savoir si Lima est ainsi que je l'ai marquée sur mon plan. Par exemple, les deux *A* correspondent-ils à San Isidro ? Est-ce un quartier d'Altière Aristocratie, d'Aristocratique Argent ?

Il donna de l'emphase à ces *A* initiaux, avec une intonation qui voulait dire : « Seuls les aveugles ne voient pas la lumière du soleil. » Il avait classé les quartiers de Lima selon leur importance sociale. Mais le plus curieux était le type de qualificatif, la nature de la nomenclature. Dans certains cas il était tombé juste, dans d'autres l'arbitraire était total. Par exemple, j'admis que les initiales *M.P.E.F.* (Mésocratie Professionnelle des Femmes au Foyer) convenait au quartier de Jesús María mais je lui fis remarquer qu'il était assez injuste d'accoler à la Victoria et El Porvenir l'atroce devise *V.P.V.P.* (Vagabonds Pédés Vauriens Prostituées) et extrêmement discutable de réduire El Callao à *M.P.M.* (Marins Pêcheurs Métis) ou El Cercado et El Agustino à *D.O.P.I.* (Domestiques Ouvriers Paysans Indiens).

— Cette classification n'est pas scientifique mais artistique, m'informa-t-il en faisant des passes magiques avec ses mains de pygmée. Ce ne sont pas tous les gens qui composent chaque quartier qui m'intéressent, mais les plus voyants, ceux qui donnent à chaque endroit son parfum et sa couleur. Si un personnage est gynécologue il doit vivre à l'endroit qui correspond à sa profession, et de même s'il est brigadier de gendarmerie.

Il me soumit à un interrogatoire prolixe et amusant (pour moi, car il gardait son sérieux funèbre) sur la topographie humaine de la ville et je remarquai que les choses qui l'intéressaient le plus se rapportaient aux extrêmes : millionnaires et mendiants, Blancs et Noirs, saints et criminels. Selon mes réponses, il ajoutait, changeait ou supprimait des initiales sur le plan d'un geste rapide et sans hésiter une seconde, ce qui me fit penser qu'il avait inventé et utilisait ce système de catalogage depuis longtemps. Pourquoi avait-il distingué seulement les quartiers de Miraflores, San Isidro, la Victoria et El Callao ?

— Parce qu'ils seront indubitablement les scènes principales, dit-il en promenant ses yeux exorbités avec une suffisance napoléonienne sur les quatre districts urbains. Je suis quelqu'un qui déteste les demi-teintes, l'eau trouble, le café faible. J'aime le oui ou le non, les hommes virils et les femmes féminines, le jour ou la nuit. Dans mes œuvres il y a toujours des aristocrates ou la plèbe, des prostituées ou des madones. La mésocratie ne m'inspire pas plus moi que mon public.

— Vous ressemblez aux écrivains romantiques, eus-je l'idée de lui dire, malencontreusement.

— En tout cas, ce sont eux qui me ressemblent, sauta-t-il sur sa chaise avec ressentiment. Je n'ai jamais plagié personne. On peut tout me reprocher sauf cette infamie. En revanche, moi, on m'a volé de la façon la plus inique.

Je voulus lui expliquer que ma comparaison avec les romantiques ne voulait pas l'offenser, que c'était pour plaisanter, mais il ne m'écoutait pas, car soudain il était devenu extraordinairement furieux, et, gesticulant comme s'il se trouvait devant un auditoire attentif, il déblatérait de sa magnifique voix :

— Toute l'Argentine est inondée d'œuvres de moi, avilies par des plumitifs du Rio de la Plata. Avez-vous jamais rencontré des Argentins ? Quand vous en verrez un, changez de trottoir, parce que l'argentinité, comme la gale, est contagieuse.

Il était devenu pâle, et son nez vibrait. Il serra les dents et fit une grimace de dégoût. Je me sentis confus devant cette nouvelle expression de sa personnalité et je bégayai quelque chose de vague et de général. Je déplorai qu'il n'y eût pas en Amérique latine de loi sur les droits d'auteur, qu'on n'y protégeât pas la propriété intellectuelle. Je venais à nouveau de gaffer.

— Il ne s'agit pas de cela, peu m'importe d'être plagié, répliqua-t-il encore plus furieux. Les artistes, nous ne travaillons pas pour la gloire, mais par amour pour l'homme. Que pourrais-je souhaiter davantage que la diffusion de mon œuvre dans le monde, fût-ce sous d'autres signatures ? Ce qu'on ne peut pardonner aux cacographes de La Plata, c'est qu'ils altèrent mes livrets, qu'ils les encanaillent. Savez-vous ce qu'ils leur font ? Outre changer leur titre et les noms des personnages, évidemment ? Ils les assaisonnent toujours avec des essences argentines...

— L'arrogance, l'interrompis-je, sûr de mettre cette fois dans le mille, la futilité.

Il secoua la tête avec mépris et prononça, avec une

solennité tragique et d'une voix lente et caverneuse qui résonna dans sa tanière, les deux seuls gros mots que je lui entendis jamais dire :

— La connerie et la pédérastie.

Je sentis le désir de lui tirer les vers du nez, de savoir pourquoi sa haine des Argentins était plus véhémente que celle des gens normaux, mais, en le voyant tellement décomposé, je n'en eus point l'audace. Il eut une expression amère et passa une main devant ses yeux comme pour chasser certains fantômes. Puis d'un air douloureux, il ferma les fenêtres de sa tanière, bloqua le rouleau de la Remington et plaça la housse, remit en place son nœud papillon, tira de son bureau un gros livre qu'il glissa sous son bras et me fit signe de sortir. Il éteignit la lumière, et dehors, ferma à clé le réduit. Je lui demandai quel était ce livre. Il passa affectueusement la main sur le dos du volume, comme s'il avait caressé un chat.

— Un vieux compagnon d'aventures, murmura-t-il avec émotion, en me le tendant. Un ami fidèle et d'un grand secours pour mon travail.

Le livre, publié en des temps préhistoriques par Espasa-Calpe — ses grosses couvertures portaient toutes les taches et les égratignures du monde et ses pages étaient jaunies — était d'un auteur inconnu et au curriculum pompeux (Adalberto Castejón de la Reguera, licencié ès lettres classiques, grammaire et rhétorique de l'Université de Murcie), et le titre en entier était : *Dix mille citations littéraires des cent meilleurs écrivains du monde*. Il avait pour sous-titre : « Ce qu'ont dit Cervantès, Shakespeare, Molière, etc., sur Dieu, la vie, la mort, l'amour, la souffrance, etc. »

Nous étions déjà rue Belén. En lui donnant la main j'eus l'idée de regarder ma montre. Quelle panique : il était dix heures du soir. J'avais l'impression d'être resté une demi-heure avec l'artiste alors qu'en réalité l'analyse sociologico-cancanographique de la ville et l'abomination des Argentins en avaient duré trois. Je courus à Panamericana, convaincu que Pascual avait consacré les quinze minutes du bulletin de neuf heures à quelque pyromane de Turquie ou quelque infanticide d'El Porvenir. Mais les choses n'avaient pas dû mal se passer, parce que je tombai sur les Genaro dans l'ascenseur et ils ne semblaient pas furieux. Ils me racontèrent qu'ils avaient signé cet après-midi un contrat avec Lucho Gatica pour qu'il vienne une semaine à Lima en exclusivité de Panamericana. Dans mon cagibi, je revis les bulletins, ils étaient convenables. Sans me presser, j'allais prendre le taxi collectif à Miraflores, place San Martín.

J'arrivai chez mes grands-parents à onze heures du soir ; ils dormaient déjà. Ils me laissaient toujours mon repas au four, mais cette fois, outre l'assiette de steak pané au riz avec un œuf au plat — mon menu invariable — il y avait un message à l'écriture toute tremblée : « Ton oncle Lucho a appelé. Il dit que tu as posé un lapin à Julita, que vous deviez aller au cinéma, que tu es un bandit, que tu l'appelles pour t'excuser : Grand-père. »

Je pensai qu'oublier les bulletins radiophoniques et un rendez-vous avec une dame pour le scribe bolivien c'était trop. Je me couchai fâché et de mauvaise humeur par mon involontaire grossièreté. Je tournai et retournai dans mon lit avant de trouver le sommeil, essayant de me convaincre que c'était de sa faute à elle qui m'imposait d'aller au cinéma, à ses terribles truculences, et cherchant quelque excuse pour le lendemain quand je lui téléphonerais. Je n'en trouvais aucune de plausible et je n'osais pas lui dire la vérité. Je fis plutôt un geste héroïque. Après le bulletin de huit heures, je me rendis chez une fleuriste du centre et lui envoyai un bouquet de roses qui me coûta cent soles avec une carte sur laquelle, après maintes hésitations, j'écrivis ce qui me parut un prodige de laconisme et d'élégance : « Plates excuses. »

L'après-midi, je fis quelques ébauches, entre les bulletins, de ma nouvelle érotico-picaresque sur la tragédie de sénateur d'Arequipa. Je me proposais d'y travailler ferme ce soir-là, mais Javier vint me chercher après le bulletin panaméricain pour me mener à une séance de spiritisme à Barrios Altos. Le médium était un greffier dont j'avais fait la connaissance aux bureaux de la Banque centrale. Il m'en avait souvent parlé, car il lui racontait toujours ses aventures avec les esprits qui entraient en communication avec lui non seulement quand il les convoquait en séance officielle, mais aussi spontanément, dans les circonstances les plus inattendues. Ils lui faisaient des farces telles que faire sonner le téléphone à l'aube : en décrochant il entendait à l'autre bout de la ligne l'inoubliable rire de son arrière-grand-mère, morte un demi-siècle auparavant et domiciliée depuis (elle le lui avait dit elle-même) au purgatoire. Ils lui apparaissaient dans les autobus, les taxis collectifs, marchant dans la rue. Ils lui parlaient à l'oreille et lui, il devait rester coi et impassible (« les dédaigner » à ce qu'il disait) pour que les gens ne le prennent pas pour un fou. Fasciné, j'avais demandé à Javier d'organiser une séance avec le greffier-médium. Ce dernier avait accepté, mais il nous lanternait depuis plusieurs semaines sous des prétextes climatiques. Il était indispensable d'attendre certaines phases de la lune, le changement des marées et même des facteurs plus spécialisés car, semble-t-il, les esprits étaient sensibles à l'humidité, aux constellations et aux vents. Finalement le jour était arrivé.

Nous eûmes un mal fou à trouver la maison du greffier-médium, un appartement sordide, coincé au fond d'un lotissement de la rue Cangallo. Le personnage était, en réalité, beaucoup moins intéressant que ce qu'en avait dit Javier. Sexagénaire, vieux garçon, chauve et sentant le liniment, il avait un regard bovin et une conversation si obstinément banale que nul n'aurait pu se douter de sa familiarité avec les esprits. Il nous reçut dans un petit salon déglingué et graisseux, il nous offrit des biscuits à la cuiller avec de petits bouts de fromage frais et à peine un doigt de pisco. Jusqu'à ce que sonnent les douze coups de minuit il nous raconta, d'un air conventionnel, ses expériences de l'au-delà. Elles avaient commencé lors de son veuvage, vingt années auparavant. La mort de sa femme l'avait plongé dans une tristesse inconsolable, jusqu'à ce qu'un jour un ami le sauve en lui montrant la voie du spiritisme. C'était l'événement le plus important de son existence.

— Non seulement parce qu'on a ainsi la possibilité de continuer à voir et à entendre les êtres chers, nous disait-il du ton dont on commente une fête de baptême, mais parce que cela distrait beaucoup, les heures passent sans qu'on s'en aperçoive.

En l'écoutant, on avait l'impression que parler avec les morts était quelque chose de comparable, en essence, à un film ou un match de football (et, sans doute, moins amusant). Sa version de l'autre monde était terriblement quotidienne, démoralisatrice. Il n'y avait aucune différence « qualitative » entre là-bas et ici, à en juger d'après ce qu'il racontait : les esprits tombaient malades ou amoureux, se mariaient, se reproduisaient, voyageaient et la seule différence est qu'ils ne mouraient jamais. Je lançais des regards assassins à Javier, quand minuit sonna. Le greffier nous fit asseoir autour de la table (pas ronde, mais carrée), il éteignit la lumière et nous ordonna d'unir nos mains. Il y eut quelques secondes de silence et j'eus alors, sous l'effet de l'impatience, l'illusion que les choses allaient devenir intéressantes. Mais les esprits commencèrent à défiler et le greffier, du même ton monotone, se mit à leur demander les choses les plus ennuyeuses du monde : « Alors, comment vas-tu, Zoilita ? Ravi de t'entendre ; je suis ici avec ces amis, tous de braves gens, qui voudraient entrer en contact avec ton monde, Zoilita. Comment, quoi ? Que je les salue ? Bien sûr, Zoilita, de ta part. Elle dit qu'elle vous salue tous affectueusement et que, si vous pouvez, vous priiez pour elle de temps en temps pour qu'elle sorte plus vite du purgatoire. » Après Zoilita il y eut une ribambelle de parents et d'amis avec lesquels le greffier eut des dialogues semblables. Ils étaient tous au purgatoire, ils nous envoyaient tous leurs salutations, ils demandaient tous des prières. Javier s'obstina à appeler quelqu'un qui se trouvait en enfer, pour nous ôter d'un doute, mais le médium, sans hésiter une seconde, nous expliqua que c'était impossible : ceux qui étaient *là-bas* ne pouvaient être *convoqués* que les trois premiers jours des mois impairs et c'est à peine si l'on entendait leur voix. Javier demanda alors la nourrice qui l'avait élevé, lui, ses frères et sa mère. Doña Gumercinda apparut, envoya ses salutations, dit qu'elle gardait un souvenir très affectueux de Javier et qu'elle bouclait ses bagages pour sortir du purgatoire et aller à la rencontre du Seigneur. Je demandai au greffier d'appeler mon frère Juan, et, de façon surprenante (parce que je n'avais jamais eu de frère), il vint et me fit dire, par la voix benoîte du médium, que je ne devais pas me soucier de lui car il était avec Dieu et priait toujours pour moi. Rassuré par cette nouvelle, je me désintéressai de la séance et me mis à écrire mentalement ma nouvelle sur le sénateur. Un titre énigmatique me vint à l'esprit : « Le visage incomplet ». Je décidai, tandis que Javier, infatigable, exigeait du greffier qu'il convoquât quelque ange, ou, à tout le moins, quelque personnage historique comme Manco Cápac, que le sénateur finirait par résoudre son problème au moyen d'une fantaisie freudienne : il mettrait à son épouse, au moment de l'amour, un bandeau de pirate sur l'œil.

La séance se termina à près de deux heures du matin. Tandis que nous marchions dans les rues de Barrios Altos, à la recherche d'un taxi collectif qui nous ramenât place San Martín, pour prendre l'autobus, je rendais chèvre Javier en lui disant que par sa faute l'au-delà avait perdu pour moi sa poésie et son mystère, que par sa faute j'avais vu à l'évidence que tous les morts devenaient idiots, que par sa faute je ne pouvais plus être agnostique et devrais vivre avec la certitude que dans l'autre vie, *qui existait*, m'attendait une éternité de crétinisme et d'ennui. Nous trouvâmes un taxi et pour sa punition Javier paya la course.

A la maison, près du steak pané, de l'œuf et du riz, je trouvai un autre message : « Julita t'a appelé. Elle dit qu'elle a reçu tes roses, qui sont très belles, qui lui ont fait bien plaisir. Que tu ne croies pas que les roses te dispensent de l'emmener au cinéma un de ces jours. Grand-père. »

Le lendemain c'était l'anniversaire de l'oncle Lucho. Je lui achetai une cravate en cadeau et m'apprêtais à aller chez lui à midi quand Genaro fils fit une irruption intempestive dans mon cagibi et m'obligea à aller déjeuner avec lui au Raimondi. Il voulait que je l'aide à rédiger la publicité qui apparaîtrait dans la presse de dimanche, annonçant les feuilletons radio de Pedro Camacho qui débuteraient le lundi. N'aurait-il pas été plus logique que l'artiste lui-même intervînt dans la rédaction de ces publicités ?

— Le hic c'est qu'il a refusé, m'expliqua Genaro fils, en fumant comme une cheminée. Ses livrets se passent de publicité mercenaire, ils s'imposent tout seuls et je ne sais quelles autres sottises. Ce type est vraiment compliqué, beaucoup de manies. Tu as appris l'histoire des Argentins, non ? Ils nous a obligés à résilier des contrats, à payer des indemnisations. J'espère que ses programmes justifient ces exigences.

Tout en rédigeant les avis de publicité, avalant deux soles, buvant de la bière glacée et regardant de temps en temps glisser le long des poutres du Raimondi ces petites souris grises qui semblent mises là comme preuve d'antiquité de l'établissement, Genaro fils me raconta un autre conflit qu'il avait eu avec Pedro Camacho. Le motif : les protagonistes des quatre feuilletons radio avec lesquels il débutait à Lima. Dans les quatre, le héros était un quinquagénaire « qui se conservait merveilleusement jeune ».

— Nous lui avons expliqué que tous les sondages ont montré que le public veut des héros entre trente et trente-cinq ans, mais c'est une tête de mule, s'affligeait Genaro fils en rejetant la fumée par la bouche et le nez. Et si on fait une gaffe et que le Bolivien se révèle un immense fiasco ?

Je me rappelai qu'à un moment de notre conversation la veille dans sa tanière de Radio Central, l'artiste avait plaidé, avec feu, pour l'homme de la cinquantaine. L'âge de l'apogée cérébrale et de la force sensuelle, disait-il, de l'expérience et de la maturité. L'âge où l'on est le plus désiré des femmes et le plus redouté des hommes. Et il avait insisté en soulignant, curieusement, que la vieillesse était quelque chose d'« optatif ». J'en déduisis que le scribe bolivien avait cinquante ans et que la vieillesse le terrifiait : un petit trait de faiblesse humaine chez cet esprit marmoréen.

Quand nous achevâmes de rédiger la publicité, il était trop tard pour faire un saut à Miraflores, de sorte que j'appelai mon oncle Lucho au téléphone pour lui dire que j'irai l'embrasser le soir. Je croyais trouver toute la famille autour de lui, mais il n'y avait personne, à part tante Olga et tante Julia. Les parents avaient défilé toute la journée à la maison. Ils sirotaient du whisky et m'en servirent un verre. Tante Julia me remercia encore pour les roses — je les vis sur la desserte du salon, il y en avait très peu — et se mit à plaisanter, comme toujours, en me demandant quel genre de « programme » m'était tombé dessus le soir où je lui avait posé le lapin : une « minette » de l'université, une de ces nanas de la radio ? Elle portait une robe bleue, des souliers blancs, à son maquillage et ses cheveux on voyait qu'elle sortait du salon de coiffure, elle riait d'un rire fort, direct et avait une voix rauque, un regard insolent. Je découvris, un peu tard, qu'elle était séduisante. L'oncle Lucho, dans un élan d'enthousiasme, dit que cinquante ans on ne les a qu'une fois dans sa vie et nous invita au Grill Bolívar. Je pensai que pour le second jour consécutif j'allais devoir négliger la rédaction de ma nouvelle sur le sénateur eunuque et pervers (et si je lui donnais ce titre ?). Mais je ne le regrettai pas, je me sentis au contraire très content de me voir embarqué dans cette fête. Tante Olga, après m'avoir examiné, décréta que mon allure n'était pas la plus appropriée pour le Grill Bolívar et me fit prêter par l'oncle Lucho une chemise propre et une cravate criarde qui compenseraient un pou mon vieux complet tout froissé. La chemise m'était trop grande, et je vis avec inquiétude mon col flotter (ce qui autorisa tante Julia à m'appeler Popeye).

Je n'avais jamais été au Grill Bolívar, qui me parut l'endroit le plus raffiné et le plus élégant du monde, et la nourriture la plus exquise que j'eusse jamais goûtée. Un orchestre jouait des boléros, des paso doble, des blues et la vedette du show était une Française, blanche comme le lait, qui disait d'un ton caressant ses chansons tout en donnant l'impression de masturber le micro entre ses mains, et que l'oncle Lucho, avec une bonne humeur qui augmentait au rythme des verres, encourageait en un jargon qu'il appelait français : « Vravoooo ! Vravoooo mamouazel chérie ! » Je fus le premier à m'élancer sur la piste de danse en y entraînant tante Olga, à ma propre surprise car je ne savais pas danser (j'étais alors fermement convaincu que ma vocation littéraire était incompatible avec la danse et le sport) mais, heureusement, il y avait du monde, et, dans l'ombre et à l'étroit, nul ne put le remarquer. Tante Julia, de son côté, faisait passer un mauvais quart d'heure à l'oncle Lucho en l'obligeant à danser loin d'elle et en faisant des figures. Elle dansait bien et presque tous les hommes la suivaient des yeux.

Au morceau suivant j'invitai tante Julia et la prévins que je ne savais pas danser, mais comme l'orchestre jouait un blues très lent, je remplis honorablement ma mission. Nous fîmes deux danses et nous nous éloignâmes insensiblement de la table d'oncle Lucho et tante Olga. Au moment où, à la fin du morceau, tante Julia faisait un mouvement pour s'écarter de moi, je la retins et baisai sa joue, tout près des lèvres. Elle me regarda stupéfaite, comme si elle assistait à un prodige. Il y avait changement d'orchestre et nous dûmes regagner notre table. Là, tant Julia se mit à blaguer oncle Lucho sur ses cinquante ans, âge à partir duquel les hommes devenaient des verts galants. De temps en temps elle me lançait un rapide coup d'œil, comme pour vérifier que j'étais vraiment là, et l'on pouvait clairement lire dans ses yeux qu'elle n'arrivait pas encore à croire que je l'eusse embrassée. Tante Olga était fatiguée et voulait que nous rentrions, mais j'insistai pour faire une danse de plus. « L'intellectuel se corrompt », constata oncle Lucho et il entraîna tante Olga pour la dernière danse. J'entraînai tante Julia sur la piste et tandis que nous dansions elle restait (pour la première fois) muette. Quand, dans la masse des couples, oncle Lucho et tante Olga furent loin de nous, je la serrai un peu contre moi et collai ma joue contre la sienne. Je l'entendis murmurer, confuse : « Ecoute, Marito... », mais je l'interrompis en lui disant à l'oreille : « Je t'interdis de m'appeler Marito. » Elle écarta un peu son visage pour me regarder et essaya de sourire, alors, en un geste presque mécanique, je me penchai et l'embrassai sur la bouche. Ce fut un contact très rapide, mais elle ne s'y attendait pas et la surprise la fit cesser un moment de danser. Maintenant sa stupéfaction était totale : elle ouvrait les yeux et restait la bouche ouverte. Quand le morceau s'acheva, oncle Lucho paya les consommations et nous nous en allâmes. Sur le trajet de Miraflores — nous étions tous les deux sur la banquette arrière — je pris la main de tante Julia, je la serrai avec tendresse et la gardai dans la mienne. Elle ne la retira pas, mais je la sentis surprise et elle n'ouvrait pas la bouche. Au retour, chez mes grands-parents, je me demandai combien d'années elle devait avoir de plus que moi.

IV

Dans la nuit d'El Callao, humide et sombre comme une gueule de loup, le sergent Lituma releva le col de sa capote, se frotta les mains et se disposa à faire son devoir. C'était un homme dans la fleur de l'âge, la cinquantaine, que toute la Garde Civile respectait ; il avait servi dans les commissariats les plus déshérités sans se plaindre et son corps gardait quelques cicatrices de sa lutte contre le crime. Les prisons du Pérou grouillaient de malfaiteurs auxquels il avait passé les menottes. Il avait été cité en exemple dans les ordres du jour, loué dans des discours officiels, et par deux fois décoré ; mais ces gloires n'avaient pas altéré sa modestie, aussi grande que son courage et son honnêteté. Depuis un an il servait au quatrième commissariat d'El Callao et il était depuis trois mois déjà chargé de la plus dure obligation que le destin peut réserver à un sergent du port : la ronde de nuit.

Les cloches lointaines de l'église Notre-Dame-du-Carmel de la Legua égrenèrent les douze coups de minuit, et, toujours ponctuel, le sergent Lituma — large front, nez aquilin, regard pénétrant, esprit plein de bonté et de droiture — se mit en chemin. Derrière lui, une lueur dans les ténèbres, il laissait la vieille baraque en bois du quatrième commissariat. Il

80

imagina : le lieutenant Jaime Concha devait lire *Donald le canard*, les agents Mocos Camacho et Manzanita Arévalo devaient sucrer le café qu'ils venaient de passer et l'unique prisonnier du jour — un pickpocket surpris en flagrant délit dans l'autobus Chucuito-La Parada et amené au commissariat, avec d'abondantes contusions, par une demi-douzaine d'usagers furibonds — devait dormir en boule sur le sol de l'ergastule.

Il commença sa ronde par le secteur de Puerto Nuevo, où était de service Chato Soldevilla, un gars de Túmbez qui chantait des *tonderos*[1], d'une voix inspirée. Puerto Nuevo était la terreur des agents et détectives d'El Callao parce que dans son labyrinthe de baraquements en bois, tôle, brique et zinc, seule une infime partie des habitants gagnait sa vie comme ouvriers portuaires ou pêcheurs. La plupart étaient clochards, voleurs, ivrognes, pickpockets, maquereaux et tapettes (pour ne pas parler des innombrables prostituées) qui au moindre prétexte sortaient le couteau et, parfois, se tiraient dessus. Ce secteur sans eau ni tout-à-l'égout, sans lumière, sans chaussée, avait été bien souvent taché du sang des agents de la loi. Mais cette nuit-là il était exceptionnellement pacifique. Tandis qu'en trébuchant sur d'invisibles cailloux, le visage froncé par l'odeur des excréments et des matières en décomposition qui montait à son nez, il parcourait les méandres du quartier à la recherche de Chato, le sergent Lituma pensa : « Le froid a fait rentrer tôt les noctambules. » Car c'était la mi-août, le plein cœur de l'hiver, et un brouillard épais qui effaçait et déformait tout, ainsi qu'une bruine tenace qui imbibait l'air, avaient fait de cette nuit quelque chose de triste

1. Danse populaire de la côte nord du Pérou (*N.d.T.*).

et d'inhospitalier. Où était passé Chato Soldevilla ?
Cette espèce de gros pédé de Tumbes, effrayé par le
froid ou les mauvais garçons, était bien capable d'être
allé se mettre au chaud et boire un coup dans les bars
de l'avenue Huáscar. « Non, il n'oserait pas, pensa le
sergent Lituma. Il sait que je fais la ronde et que s'il
abandonne son poste, il est foutu. »

Il trouva Chato sous un lampadaire, au coin en face
de la morgue nationale. Il se frottait furieusement les
mains, son visage s'enfouissait dans un foulard fantomatique qui ne laissait que les yeux à l'air libre. En le
voyant, il sursauta et porta sa main au ceinturon. Puis,
le reconnaissant, il claqua les talons.

— Vous m'avez fait peur, sergent, dit-il en riant.
Comme ça, de loin, surgissant de l'obscurité, j'ai cru
voir un fantôme.

— Fantôme de mes deux, lui tendit la main Lituma.
Tu as cru que c'était un voyou.

— Ça je voudrais, avec ce froid il n'y a pas de voyous
en liberté, se refrotta les mains Chato. Les seuls fous
qui cette nuit ont l'idée de déambuler avec le froid
qu'il fait, c'est vous et moi. Et ceux-là.

Il montra du doigt le sommet de la morgue et le
sergent, aiguisant son regard, réussit à voir une demi-
douzaine d'urubus étroitement serrés et le bec dans les
ailes, formant une ligne droite au sommet du toit. « Ce
qu'ils doivent avoir faim, pensa-t-il. Bien qu'ils se
gèlent, ils restent là à flairer la mort. » Chato Soldevilla signa son rapport à la pauvre clarté du lampadaire, avec un bout de crayon mordillé qui lui tombait
des doigts. Rien à signaler : ni accident, ni délit, ni
ivrognerie.

— Une nuit tranquille, sergent, lui dit-il en l'accompagnant quelques pas, jusqu'à l'avenue Manco Cápac.

J'espère qu'il en sera ainsi jusqu'à la relève. Et après, le monde pourra s'écrouler, je m'en fiche.

Il rit, comme s'il avait dit quelque chose de très drôle, et le sergent Lituma pensa : « Quelle mentalité on trouve chez certains agents. » Comme s'il avait deviné, Chato Soldevilla ajouta, sérieux :

— Parce que moi je ne suis pas comme vous, sergent. Moi, ça ne me plaît pas, tout cela. Je porte l'uniforme uniquement parce qu'il me donne à manger.

— Si cela dépendait de moi, tu ne le porterais pas, murmura le sergent. Je ne garderais au corps que ceux qui y croient dur comme fer.

— Il n'y aurait pas grand monde à la Garde Civile, rétorqua Chato.

— Il vaut mieux être seul que mal accompagné, rit le sergent.

Chato rit aussi. Ils marchaient dans l'obscurité, le long du terrain vague qui entoure le Comptoir Guadalupe, où les petits voyous brisaient toujours à coups de pierre les ampoules des lampadaires. On entendait au loin la rumeur de la mer, et, de temps à autre, le moteur de quelque taxi qui traversait l'avenue Argentina.

— Vous aimeriez qu'on soit tous des héros, s'écria soudain Chato. Qu'on donne notre peau pour défendre ce tas d'ordures. — Il désigna El Callao, Lima, le monde. — Nous en est-on reconnaissant ? N'avez-vous pas entendu ce qu'on nous crie dans la rue ? Est-ce qu'on nous respecte ? Les gens nous méprisent, sergent.

— Nous nous quittons ici, dit Lituma, à l'entrée de l'avenue Manco Cápac. Ne sors pas de ton secteur. Et ne te fais pas de mauvais sang. Tu meurs d'envie de quitter le corps, mais le jour qu'on te donnera la quille, tu vas souffrir comme un chien. C'est ce qui s'est passé avec Pechito Antezana. Il venait nous voir au commissariat et ses yeux se remplissaient de larmes. « J'ai perdu ma famille », disait-il.

Il entendit Chato grogner dans son dos : « Une famille sans femmes, qu'est-ce que c'est que cette famille ! »

Peut-être avait-il raison, Chato, pensa le sergent Lituma tout en avançant dans l'avenue déserte, au milieu de la nuit. C'est vrai que les gens n'aimaient pas les policiers, ils ne se souciaient d'eux que lorsqu'ils avaient peur de quelque chose. Et puis alors ? Il ne se cassait pas la tête pour que les gens le respectent ou l'aiment. « Moi, les gens, je m'en contrefiche », pensa-t-il. Mais alors pourquoi ne considérait-il pas la Garde Civile comme ses compagnons, sans se tuer à la tâche, essayant de ne pas s'en faire, en profitant pour ne rien fiche ou pour se faire quelques pots-de-vin à l'ombre des supérieurs ? Pourquoi, Lituma ? Il pensa : « Parce que toi, ça te plaît. Tout comme les autres aiment le football ou les courses de chevaux, toi, tu aimes ton travail. » Il lui vint à l'idée que la prochaine fois qu'un fana du football lui demanderait : « Es-tu supporter du Sport Boys ou du Chalaco, Lituma ? » il lui répondrait : « Je suis supporter de la Garde Civile. » Il riait, dans le brouillard, dans la bruine, dans la nuit, content de ce trait d'esprit, lorsqu'il entendit le bruit. Il sursauta, porta sa main à la ceinture, s'immobilisa. Il avait été si surpris qu'il avait presque eu peur. « Presque, seulement, pensa-t-il, parce que tu n'as jamais, tu n'auras jamais peur, tu ne sais pas à quoi ça ressemble, la peur, Lituma. » Il avait à sa gauche le terrain vague et à sa droite le quai du premier des entrepôts du port maritime. C'était venu de là : très fort, un fracas de caisses et de bidons qui s'écroulent entraînant dans leur chute d'autres caisses et bidons. Mais maintenant tout était à nouveau tranquille et l'on n'entendait que le claquement lointain de la mer et le sifflement du vent qui cognait aux toitures ou s'enroulait aux barbelés du port. « Un chat qui poursuivait un rat et qui a fait tomber une caisse qui en a entraîné une autre et ainsi de suite », pensa-t-il. Il pensa au pauvre chat, écrabouillé près du rat, sous une montagne de ballots et de barriques. Il se trouvait là dans le secteur de Choclo Román. Mais évidemment Choclo n'était pas par là ; Lituma savait fort bien qu'il était à l'autre bout de son secteur, au Happy Land, ou au Blue Star, ou dans quelque autre bar et bordel de marins de ceux qui s'entassaient au bout de l'avenue, dans cette ruelle que les mauvaises langues d'El Callao appelaient la rue du chancre. Il devait se trouver là, à l'un de ces zincs ébréchés, éclusant une bière aux frais de la princesse. Et tout en se dirigeant vers ces antres, Lituma pensa au visage effrayé qu'aurait Román s'il surgissait dans son dos, tout soudain : « Alors on boit de l'alcool pendant son service ? Tu es cassé, Choclo. »

Il avait parcouru quelque deux cents mètres quand il s'immobilisa. Il tourna la tête : là, dans l'ombre, un de ses murs à peine éclairés par un lampadaire miraculeusement indemne des frondes des petits voyous, maintenant silencieux, se trouvait l'entrepôt. « Ce n'est pas un chat, pensa-t-il, ce n'est pas un rat. » C'était un voleur. Son cœur se mit à battre violemment et il sentit son front et ses mains se mouiller. C'était un voleur, un voleur. Il demeura immobile quelques secondes, mais il savait déjà qu'il allait revenir. Il en était sûr : il avait eu en d'autres occasions ce pressentiment. Il dégaina son pistolet, enleva la sécurité et empoigna sa lampe de la main gauche. Il revint à grands pas, son cœur battait à tout rompre. Oui, absolument, c'était un voleur. Arrivé à la hauteur de l'entrepôt il s'arrêta à nouveau, haletant. Et s'il n'y en avait pas un mais plusieurs ? Ne valait-il pas mieux chercher Chato, Choclo ? Il secoua la tête : il n'avait besoin de personne, il suffisait amplement à la tâche. S'ils étaient plusieurs, tant pis pour eux et tant mieux pour lui. Il prêta l'oreille, collant son visage au bois du mur : silence total. On n'entendait au loin que la mer et quelque voiture ici et là. « Voleur de mes deux, Lituma, pensa-t-il. Tu rêves. C'était un chat, un rat. » Le froid l'avait quitté, il sentait chaleur et fatigue. Il contourna l'entrepôt, cherchant la porte. Quand il l'eut trouvée, à la lumière de sa lampe il vérifia que la serrure n'avait pas été forcée. Il s'en allait déjà, en se disant « le doigt dans l'œil, Lituma, ton flair n'est plus ce qu'il était », quand, d'un mouvement machinal de la main, le disque jaune de la lampe encadra l'ouverture. C'était à quelques mètres de la porte ; on l'avait faite brutalement, brisant le bois à coups de hache ou à coups de pied. La brèche était assez grande pour permettre à un homme de passer à quatre pattes.

Il sentit alors son cœur s'emballer, s'affoler. Il éteignit la lampe, vérifia qu'il avait bien enlevé la sécurité de son pistolet, regarda autour de lui : il ne vit que des ombres et, au loin, comme des flammes d'allumettes, les lampadaires de l'avenue Huáscar. Il emplit d'air ses poumons et, de toute la force dont il était capable, il rugit :

— Entourez-moi ce dépôt de vos hommes, brigadier. Si quelqu'un cherche à s'échapper, feu à volonté. Allez vite, les gars !

Et pour que cela fût plus crédible, il se mit à courir à droite et à gauche en frappant du pied avec force. Puis il colla son visage à la cloison de l'entrepôt et cria, à tue-tête :

— Vous êtes cuits, vous êtes foutus. On vous cerne. Sortez par où vous êtes entrés, un par un. Vous avez trente secondes pour vous exécuter !

Il entendit l'écho de ses cris se perdre dans la nuit, et ensuite la mer et quelques aboiements. Il compta non pas trente mais soixante secondes. Il pensa : « Te voilà ridicule, Lituma. » Il sentit monter la colère. Il cria :

— Ouvrez les yeux, les gars. Au premier geste, vous me les descendez, brigadier !

Et résolument il se mit à quatre pattes et rampant, agile malgré son âge et le lourd uniforme, il traversa la brèche. A l'intérieur, il se releva vivement, il courut sur la pointe des pieds vers un des côtés et se colla le dos au mur. Il ne voyait rien et ne voulait pas éclairer sa lampe. Il n'entendit aucun bruit mais avait à nouveau une certitude absolue. Il y avait là quelqu'un, tapi dans l'obscurité, tout comme lui, écoutant et tâchant de voir. Il lui sembla percevoir une respiration, un souffle. Il avait le doigt sur la détente et le pistolet à la hauteur de la poitrine. Il compta jusqu'à trois et éclaira sa lampe. Le cri le prit tellement au dépourvu que, dans sa peur, la lampe lui échappa des mains et roula par terre, révélant des paquets, des ballots qui semblaient être du coton, des barriques, des madriers, et (fugace, intempestive, invraisemblable) la silhouette du Noir tout nu et recroquevillé tâchant des mains de se voiler la face, et, cependant, regardant entre ses doigts, ces grands yeux épouvantés, fixant la lampe, comme si le danger pouvait venir seulement de la lumière.

— Tiens-toi tranquille ou je te descends ! Tranquille ou tu es mort, zambo ! rugit Lituma, si fort que sa gorge lui fit mal, tandis qu'accroupi, il cherchait à tâtons désespérément sa lampe. Puis, avec une satisfaction sauvage : — Tu es foutu, zambo ! Tu es fichu, zambo !

Il criait tellement qu'il se sentait étourdi. Il avait récupéré sa lampe et le halo de lumière tournoya, à la recherche du Noir. Il n'avait pas fui, il était là, et Lituma écarquillait les yeux, incrédule, doutant de ce qu'il voyait. Cela n'avait pas été un effet de son imagination, un rêve. Il était tout nu, oui, tel que sa mère l'avait fait : sans souliers, sans chaussettes, sans chemise, sans rien. Et il ne semblait pas avoir honte ni même se rendre compte qu'il était tout nu, parce qu'il ne se couvrait pas ses parties honteuses, qui ballottaient joyeusement à la clarté de la lampe. Il restait recroquevillé, le visage à demi caché derrière ses doigts, et il ne bougeait pas, hypnotisé par le petit rond de lumière.

— Les mains sur la tête, zambo, ordonna le sergent sans avancer vers lui. Et tiens-toi tranquille si tu ne veux pas recevoir du plomb dans le ventre. Tu es prisonnier pour avoir violé la propriété privée et te promener les noisettes à l'air.

Et en même temps — l'oreille tendue pour le cas où le moindre bruit dénoncerait quelque complice dans l'ombre de l'entrepôt — le sergent se disait : « Ce n'est pas un voleur. C'est un fou. » Non seulement parce qu'il était nu en plein hiver, mais à cause du cri qu'il avait poussé en étant découvert. Ce n'était pas d'un homme normal, pensa le sergent. C'était un bruit très étrange, entre le hurlement, le braiment, l'éclat de rire et l'aboiement. Un bruit qui ne sortait pas seulement de la gorge, mais du ventre, du cœur, de l'âme.

— J'ai dit mains sur la tête, nom de Dieu, cria le sergent en faisant un pas vers l'homme.

Celui-ci n'obéit pas, il ne bougea pas. Il était très foncé de teint et si maigre que dans la pénombre Lituma distinguait ses côtes gonflant sa peau et ces roseaux qui étaient ses jambes, mais il avait le ventre bombé qui lui retombait sur le pubis, et Lituma se rappela immédiatement les enfants squelettiques des bidonvilles au ventre gonflé par les parasites. Le zambo se couvrait toujours le visage, tranquille, et le sergent fit encore deux pas vers lui, le mesurant du regard, sûr qu'à n'importe quel moment il allait se mettre à courir. « Les fous ne respectent pas les revolvers », pensa-t-il, et il avança encore de deux pas. Il était à peine à deux mètres du zambo et ce n'est qu'alors qu'il put apercevoir les cicatrices qui lui zébraient les épaules, les bras, le dos. « Crénom de Dieu, crénom d'un chien », pensa Lituma. Etait-ce de maladie ? Etaient-ce des blessures ou des brûlures ? Il parla tout bas pour ne pas l'effaroucher :

— Reste bien tranquille, zambo. Les mains sur la tête et en avant vers le trou par où tu es entré. Si tu te tiens bien, au commissariat je te donnerai du café. Tu dois être mort de froid, tout nu comme ça et par ce temps.

Il allait faire un pas de plus vers le Noir quand celui-ci, subitement, ôta ses mains de son visage — Lituma fut stupéfait en découvrant, sous la masse de cheveux crépus, ces yeux troublés, ces cicatrices horribles, cette énorme lippe d'où ne sortait qu'une seule et longue dent aiguisée —, poussa à nouveau cet hurlement hybride, incompréhensible et inhumain, regarda de part et d'autre, inquiet, indocile, nerveux, comme un animal qui cherche un chemin pour fuir, et enfin, stupidement, choisit celui qu'il ne devait pas, celui que bloquait le sergent de son corps. Parce qu'il ne s'élança pas contre lui mais tenta d'échapper à travers lui. Il courut et ce fut si inattendu que Lituma ne parvint pas à l'arrêter et le sentit s'écraser contre lui. Le sergent avait les nerfs solides : son doigt n'appuya pas, le coup ne lui échappa pas. Le zambo, en le heurtant, grogna et alors Lituma lui donna une bourrade et le vit tomber à terre comme s'il était en coton. Pour qu'il restât tranquille, il lui donna quelques coups de pied.

— Lève-toi, lui ordonna-t-il. Non seulement tu es fou, mais tu es idiot. Et ce que tu pues.

Il avait une odeur indéfinissable, de goudron, d'acétone, de pipi de chat. Il s'était tourné et, le dos au sol, il le regardait avec panique.

— Mais d'où as-tu bien pu sortir, murmura Lituma.

Il approcha un peu la lampe et examina un moment, confus, cet incroyable visage traversé et zébré par ces incisions rectilignes, de petites nervures qui parcouraient ses joues, son nez, son front, son menton et se perdaient dans son cou. Comment un type avec cette bobine, et les noisettes à l'air, avait-il pu marcher dans les rues d'El Callao, sans que personne ne s'en rendît compte.

— Lève-toi une bonne fois ou je te fais ta fête, dit Lituma. Fou ou pas fou, j'en ai marre de toi.

Le type ne bougea pas. Il s'était mis à faire des bruits avec sa bouche, un murmure indéchiffrable, un ronronnement, un marmottement, quelque chose qui tenait davantage de l'oiseau, de l'insecte ou du fauve que de l'homme. Et il regardait toujours la lampe avec une terreur infinie.

— Lève-toi, n'aie pas peur, dit le sergent et, tendant une main, il saisit le zambo par le bras.

Il n'opposa pas de résistance mais ne fit pas non plus le moindre effort pour se mettre debout. « Ce que tu es maigre », pensa Lituma, presque amusé par le miaulement, le gargouillement, l'ânonnement incessant de l'homme : « Et quelle peur tu as de moi ! » Il l'obligea à se lever et ne pouvait croire qu'il pesât si peu ; à peine le poussa-t-il un peu en direction de l'ouverture de la cloison, il sentit qu'il trébuchait et tombait. Mais cette fois il se leva tout seul, à grand-peine. en s'appuyant sur un baril d'huile.

— Tu es malade ? dit le sergent. Tu ne peux presque pas marcher, zambo. Mais d'où diable a bien pu sortir un fantoche tel que toi.

Il le traîna vers l'ouverture, le fit se baisser et l'obligea à gagner la rue, devant lui. Le zambo émettait toujours des bruits, sans cesse, comme s'il mâchait un bout de fer en même temps qu'il parlait « Oui, pensa le sergent, c'est un fou. » La bruine avait cessé mais maintenant un vent fort et sifflant balayait les rues et ululait autour d'eux, tandis que Lituma, donnant de petites bourrades au zambo pour le faire avancer, filait vers le commissariat. Sous sa grosse capote, il sentit le froid.

— Tu dois être gelé, mon vieux ? dit Lituma. Tout nu avec le temps qu'il fait et à cette heure. Si tu n'attrapes pas une pneumonie ce sera un miracle.

Le Noir claquait des dents et marchait les bras croisés sur la poitrine, en se frottant les flancs de ses grandes mains longues et osseuses, comme si le froid l'attaquait surtout aux côtes. Et toujours sa voix rauque, rugissante ou croassante, mais maintenant pour lui-même, et il tournait docilement la rue sur les indications du sergent. Ils ne rencontrèrent dans les rues ni automobiles, ni chiens, ni ivrognes. Quand ils arrivèrent au commissariat — les lumières de ses fenêtres, avec leur éclat huileux, réjouirent Lituma comme un naufragé qui voit la plage — le rude clocher de l'église de Notre-Dame-du-Carmel de la Legua sonnait deux heures.

En voyant apparaître le sergent avec le Noir tout nu, le jeune et fringant lieutenant Jaime Concha ne lâcha pas son *Donald* — c'était le quatrième de la nuit qu'il lisait, sans compter trois *Superman* et deux *Mandrake*

— mais sa bouche s'ouvrit si démesurément que pour un peu elle se démantibulait. Les agents Camacho et Arévalo qui faisaient une petite partie de dames ouvrirent aussi tout grands les yeux.

— D'où as-tu sorti cet épouvantail? dit enfin le lieutenant.

— Est-ce un homme, un animal ou une chose? demanda Manzanita Arévalo en se mettant debout et en flairant le Noir.

Celui-ci, depuis qu'il se trouvait dans le commissariat, restait muet et bougeait la tête dans toutes les directions, avec une grimace de terreur, comme s'il voyait pour la première fois de sa vie de la lumière électrique, des machines à écrire, des gardes civils. Mais en voyant s'approcher Manzanita il poussa à nouveau son terrifiant hurlement — Lituma vit le lieutenant Concha tomber presque par terre avec sa chaise tant il était impressionné et Mocos Camacho renverser les pions du damier — et tenta de retourner dehors. Le sergent le retint d'une main et le secoua un peu : « Du calme, Zambo n'aie pas peur. »

— Je l'ai trouvé au nouvel entrepôt de la gare maritime, mon lieutenant, dit-il. Il est entré en fracturant la cloison. Dois-je faire un rapport pour vol, pour violation de propriété, pour conduite immorale ou pour les trois à la fois?

Le zambo se recroquevillait à nouveau, tandis que le lieutenant, Camacho et Arévalo le scrutaient des pieds à la tête.

— Ce ne sont pas des cicatrices de variole, mon lieutenant, dit Manzanita en désignant les incisions au visage et sur le corps. On les lui a faites au couteau, c'est incroyable.

— C'est l'homme le plus maigre que j'aie vu de ma vie, dit Mocos en regardant les os de l'homme nu. Et le plus laid. Mon Dieu, ce qu'il est crépu. Et les pattes qu'il se paye.

— On est curieux de savoir, dit le lieutenant. Raconte-nous ta vie, noiraud.

Le sergent Lituma avait ôté son képi et déboutonné sa capote. Assis à la machine à écrire, il commençait à rédiger son rapport. De là, il cria :

— Il ne sait pas parler, mon lieutenant. Il émet des bruits qu'on ne comprend pas.

— Tu es de ceux qui jouent aux fous ? s'intéressa le lieutenant. Ce n'est pas aux vieux singes qu'on apprend à faire des grimaces. Dis-nous qui tu es, d'où tu sors, qui était ta maman.

— Ou nous te rendons l'usage de la parole à coups de torgnoles, ajouta Manzanita. Mets-toi à table comme un bon petit, blanchette.

— Sauf que si ces rayures étaient faites au couteau, il aurait fallu lui donner mille coups de couteau, s'étonna Mocos, en regardant encore une fois les incisions qui quadrillaient le Noir. Mais comment est-ce possible qu'un homme soit marqué de la sorte ?

— Il meurt de froid, dit Manzanita. Ses dents s'entrechoquent comme des maracas.

— Ses molaires, corrigea Mocos, en l'examinant comme une fourmi, de tout près. Ne vois-tu pas qu'il n'a qu'une dent devant, cette défense d'éléphant ? Purée, quel type : un vrai cauchemar.

— Je crois qu'il est dingo, dit Lituma, sans cesser d'écrire. Aller comme ça, avec ce froid, il ne faut pas avoir sa raison, vous ne croyez pas, mon lieutenant ?

Et juste à cet instant, la confusion le fit lever les yeux : le zambo, soudain électrisé par quelque chose, venait de bousculer le lieutenant et passait comme une flèche entre Camacho et Arévalo. Mais non vers la rue, vers la table du damier ; Lituma le vit se précipiter sur un sandwich à moitié mangé qu'il engloutissait et avalait en un seul avide et bestial mouvement. Quand Arévalo et Camacho furent sur lui et lui lancèrent une paire de gifles, le Noir engloutissait avec la même avidité le reste de l'autre sandwich.

— Ne le frappez pas, les gars, dit le sergent. Donnez-lui plutôt un café, soyez charitables.

— On n'est pas un bureau de bienfaisance, dit le lieutenant. Je ne sais quoi diable faire de cet individu. Il regarda le zambo, qui après avoir avalé les sandwichs, avait encaissé les baffes de Mocos et Manzanita sans sourciller et restait prostré par terre, tranquille, haletant doucement. Il finit par s'attendrir et grogna : — C'est bien. Donnez-lui un peu de café et mettez-le au cachot.

Mocos lui tendit une demi-tasse de café du thermos. Le zambo but lentement, en fermant les yeux, et quand il eut fini il lécha l'aluminium à la recherche des dernières gouttes jusqu'à le laisser brillant. Il se laissa mener au cachot pacifiquement.

Lituma relut son rapport : tentative de vol, viol de propriété, conduite immorale. Le lieutenant Jaime Concha s'était rassis à son bureau et son regard errait :

— Ça y est, je sais à qui il ressemble, sourit-il heureux en montrant à Lituma le tas de revues multicolores. Aux Noirs des histoires de Tarzan, ceux d'Afrique.

Camacho et Arévalo avaient repris leur partie de dames et Lituma remit son képi et boutonna sa capote. Au moment où il sortait, il entendit les cris du pickpocket qui venait de se réveiller et protestait contre son compagnon de cellule :

— Au secours, sauvez-moi ! Il va me violer !

— Tais-toi, ou c'est nous qui allons te violer, l'admonestait le lieutenant. Laisse-moi lire mes histoires en paix.

De la rue, Lituma put voir que le Noir s'était couché par terre, indifférent aux cris du pickpocket, un Chinois tout maigre qui continuait à avoir peur. « Se réveiller et se trouver en face de pareil croquemitaine », riait Lituma, en affrontant de nouveau avec sa massive stature le brouillard, le vent, les ombres. Les mains dans les poches, les revers de la capote relevée, tête basse, sans se presser, il continua sa ronde. Il alla d'abord rue du chancre, où il trouva Choclo Román accoudé au zinc du Happy Land, riant aux blagues de Paloma del Llanto, la vieille tapette aux cheveux teints et aux fausses dents qui servait comme barman. Il consigna dans son rapport que l'agent Román « avait l'air d'avoir ingéré des boissons alcoolisées durant les heures de service », bien qu'il sût que le lieutenant Concha, homme plein de compréhension pour les faiblesses des autres et les siennes, fermerait les yeux. Il s'éloigna ensuite de la mer et remonta l'avenue Sáenz Peña, plus morte à cette heure qu'un cimetière, et il eut toutes les peines du monde à trouver Humberto Quispe qui avait le secteur du Marché. Les débits étaient fermés et il y avait moins de clochards que les autres fois, dormant pelotonnés sur des sacs ou des journaux, sous les escaliers et les camions. Après maints tours inutiles et maints coups de sifflet avec le signal de reconnaissance, il tomba sur Quispe à l'angle de Colón et Cochrane, portant secours à un chauffeur de taxi à qui deux bandits avaient ouvert le crâne pour le voler. Ils le menèrent à l'hôpital pour qu'on le lui recouse. Puis, ils burent une soupe de poisson dans le premier débit qui ouvrit, celui de doña Gualberta, vendeuse de poisson frais. Une patrouille volante prit en charge Lituma à Sáenz Peña et le propulsa jusqu'à la forteresse de Real Felipe, sous les murailles de laquelle était en faction Manitas Rodríguez, le benjamin du commissariat. Il le surprit jouant à la marelle, tout seul, dans l'obscurité. Il sautait très sérieusement de place en place, sur un pied, sur deux, et en voyant le sergent il se mit au garde-à-vous :

— L'exercice permet de se réchauffer, lui dit-il en montrant le dessin fait à la craie sur le sol. Enfant vous ne jouiez jamais à la marelle, sergent ?

— C'était plutôt à la toupie et j'étais assez calé pour manœuvrer les cerfs-volants, lui répondit Lituma.

Manitas Rodríguez lui rapporta un incident qui, disait-il, avait réjoui sa faction. Il parcourait la rue Paz Soldán, vers les minuit, quand il avait vu un individu grimper par une fenêtre. Il lui avait fait les sommations revolver en main, mais l'individu s'était mis à pleurer en lui jurant qu'il n'était pas cambrioleur mais un mari à qui l'épouse demandait d'entrer de la sorte, en pleine obscurité et par la fenêtre. Et pourquoi pas par la porte, comme tout le monde ? « Parce qu'elle est à moitié timbrée, pleurnichait l'homme. Figurez-vous que de me voir entrer comme un voleur la rend plus caressante. D'autres fois il faut que je lui fasse peur avec un couteau et même que je me déguise en diable. Et si je ne lui fais pas plaisir je n'ai même pas droit à un baiser, monsieur l'agent ».

— Il t'a vu venir avec ton air candide et il s'est joliment moqué de toi, souriait Lituma.

— Mais c'est tout ce qu'il y a de plus vrai, insista Manitas. J'ai frappé à la porte, nous sommes entrés et la dame, une mulâtresse effrontée, m'a demandé pourquoi ils n'auraient pas le droit, son mari et elle, de jouer aux voleurs. Ce qu'on ne voit pas dans ce métier, hein ! sergent !

— C'est vrai, petit, acquiesça Lituma en pensant au Noir.

— Cela dit, avec une femme comme ça on ne doit jamais s'ennuyer, sergent, se pourléchait les babines Manitas.

Il accompagna Lituma jusqu'à l'avenue Buenos Aires où ils se séparèrent. Tandis qu'il se dirigeait vers la frontière de Bellavista — la rue Vigil, la place de la Guardia Chalaca —, long trajet où généralement il commençait à ressentir fatigue et sommeil, le sergent se souvenait du Noir. Se serait-il échappé de l'asile ? Mais l'asile de Larco Herrera était si loin que quelque agent ou voiture de patrouille l'aurait vu et arrêté. Et ces cicatrices ? Les lui aurait-on faites au couteau ? Purée, ce que ça devait faire mal, comme de brûler à petit feu. Qu'on vous fasse méthodiquement blessure sur blessure jusqu'à vous barbouiller le visage de rayures, merdoume. Et s'il était né comme ça ? Il faisait encore nuit noire mais déjà l'on percevait les approches de l'aube : des autos, un camion par-ci par-là, des silhouettes matinales. Le sergent se demandait : Et toi qui as vu tant de types bizarres pourquoi te préoccuper de cet homme à poil ? Il haussa les épaules : simple curiosité, une façon d'occuper l'esprit pendant la ronde.

Il n'eut pas de mal à trouver Zárate, un agent qui avait servi avec lui à Ayacucho. Il le trouva avec son rapport déjà signé : seulement un accident de la circulation, sans blessés, rien d'important. Lituma lui raconta l'histoire du Noir et Zárate ne trouva amusant que l'épisode des sandwichs. Il avait la manie de la philatélie, et tout en accompagnant le sergent un bout de chemin, il lui confia qu'il s'était procuré ce matin des timbres triangulaires d'Ethiopie, avec des lions et des vipères, en vert, rouge et bleu, qui étaient très rares, contre lesquels il avait échangé cinq timbres argentins sans aucune valeur.

— Mais dont on croira sans doute qu'ils valent beaucoup, l'interrompit Lituma.

La manie de Zárate, qu'il tolérait d'habitude avec bonne humeur, l'agaça maintenant et il fut content de s'en séparer. Un éclat bleuté s'insinuait dans le ciel et dans le noir surgissaient, fantomatiques, grisâtres, rouillés, populeux, les édifices d'El Callao. Presque au trot, le sergent comptait les pâtés de maisons qui manquaient pour arriver au commissariat. Mais cette fois, s'avoua-t-il à lui-même, sa hâte n'était pas due tant à la fatigue de la nuit et au chemin parcouru qu'au désir de revoir le Noir. « On dirait que tu as cru que tout n'avait été qu'un rêve et que le négro n'existait pas, Lituma. »

Mais il existait : il était là, endormi et roulé en boule sur le sol de la cellule. Le pickpocket était tombé endormi à l'autre bout, et avait encore sur son visage une expression de peur. Les autres aussi dormaient : le lieutenant Concha penché en avant sur une pile de bandes dessinées et Camacho et Arévalo épaule contre épaule sur le banc de l'entrée. Lituma resta un long moment à contempler le Noir : ses os saillants, ses cheveux frisés, sa grosse lippe, sa dent orpheline, ses mille cicatrices, les frissons qui le parcouraient. Il pensait : « Mais d'où es-tu sorti, zambo. » Finalement il remit son rapport au lieutenant qui ouvrit des yeux gonflés et rougis :

— Voilà cette corvée qui se termine, lui dit-il la bouche pâteuse. Un jour de moins à tirer, Lituma.

« Et un jour de moins à vivre, aussi », pensa le sergent. Il partit en faisant claquer bien fort ses talons. Il était six heures du matin et il était libre. Comme toujours il se rendit au Marché, chez doña Gualberta prendre une soupe fumante, des *empanadas*[1], des haricots au riz et un flan, puis il gagna la petite chambre où il vivait rue Colón. Il tarda à trouver le sommeil et quand il y parvint il se mit immédiatement à rêver au Noir. Il le voyait entouré de lions et de vipères rouges, vertes et bleues, au cœur de l'Abyssinie, avec un chapeau melon, des bottes et un fouet de dompteur. Les fauves faisaient des numéros au rythme de son fouet et une foule disposée entre les lianes, les troncs et le feuillage égayé de chants d'oiseaux et de cris de singes, l'applaudissait à tout rompre. Mais, au lieu de saluer le public, le Noir se mettait à genoux, tendait ses mains d'un geste suppliant, ses yeux se remplissaient de larmes et sa grosse lippe s'ouvrait et, douloureux, précipité, tumultueux, commençait à jaillir le charabia, son absurde musique.

Lituma s'éveilla vers les trois heures de l'après-midi, de mauvaise humeur et très fatigué, bien qu'il eût dormi sept heures. « On a dû l'emmener à Lima », pensa-t-il. Tandis qu'il se débarbouillait comme un chat et s'habillait, il imaginait le trajet du Noir : la patrouille de neuf heures avait dû le prendre, on lui avait donné un chiffon pour se couvrir, puis conduit à la préfecture où on lui avait ouvert un dossier avant de l'envoyer à la cellule des prévenus en instance de jugement, où il devait se trouver, dans cette cave obscure, parmi les clochards, filous, agresseurs et trublions des dernières vingt-quatre heures, tremblant de froid et mort de faim, grattant ses poux.

C'était un jour gris et humide ; dans la bruine les gens évoluaient comme des poissons en eau sale et Lituma, lentement et pensif, alla déjeuner chez doña

---

1. Sorte de rissoles typiques au Pérou et au Chili (*N.d.T.*).

Gualberta : deux pains avec du fromage frais et un café.

— Je te trouve bizarre, Lituma, lui dit doña Gualberta, une petite vieille qui connaissait la vie. Des problèmes d'argent ou d'amour ?

— Je suis en train de penser à un négro que j'ai trouvé hier soir, répondit le sergent en goûtant son café de la pointe de la langue. Il s'était flanqué dans un entrepôt de la gare maritime.

— Et qu'est-ce que cela a de curieux ? demanda doña Gualberta.

— Il était tout nu, plein de cicatrices, les cheveux en broussaille et il ne sait pas parler, lui expliqua Lituma. D'où peut venir un type comme ça ?

— De l'enfer, rit la petite vieille en encaissant.

Lituma alla place Grau trouver Pedralbes, un quartier-maître. Ils s'étaient connus des années auparavant, quand le sergent était simple agent de police et Pedralbes matelot, et ils servaient tous deux à Pisco. Puis leur affectation respective les avait séparés pendant près de dix ans, mais ils s'étaient à nouveau retrouvés depuis deux ans. Ils passaient ensemble leurs jours de sortie et Lituma se sentait chez les Pedralbes comme chez lui. Ils allèrent à la Punta, au club des quartiers-maîtres et matelots, prendre une bière et jouer au tonneau. La première chose que fit le sergent fut de lui raconter l'histoire du Noir. Pedralbes trouva immédiatement une explication :

— C'est un sauvage d'Afrique qui est venu comme passager clandestin dans un bateau. Il a fait le voyage caché et en arrivant à El Callao il s'est mis à l'eau la nuit venue et est entré au Pérou en contrebande.

Lituma crut voir sortir le soleil : tout lui devint soudain lumineux.

— Tu as raison, c'est tout à fait ça, dit-il en claquant

la langue, en applaudissant. Il est venu d'Afrique. Naturellement. Et ici, à El Callao, on l'a débarqué pour une raison ou une autre. Pour ne pas payer, parce qu'on l'a découvert dans la cale, pour s'en débarrasser.

— Ils ne l'ont pas livré aux autorités parce qu'ils savaient qu'elles n'allaient pas le recevoir, complétait l'histoire Pedralbes. Ils l'ont débarqué de force : débrouille-toi comme tu peux, macaque.

— Autrement dit le négro ne sait même pas où il se trouve, dit Lituma. Et les bruits qu'il émet ne sont pas ceux d'un fou mais d'un sauvage, c'est-à-dire que ces bruits sont sa langue.

— C'est comme si tu te flanquais dans un avion et allais atterrir sur Mars, mon vieux, l'aidait Pedralbes.

— Ce qu'on est intelligents, dit Lituma. Nous venons de découvrir toute la vie du négro.

— Ou plutôt, ce que je suis intelligent, protesta Pedralbes. Et maintenant que vont-ils faire du Noir ?

Lituma pensa : « Qui sait. » Ils jouèrent six parties de tonneau et le sergent en gagna quatre, de sorte que Pedralbes paya les bières. Ils s'en allèrent ensuite rue Chanchamayo où vivait Pedralbes, dans une maisonnette avec des fenêtres à barreaux. Domitila, la femme de Pedralbes, finissait de donner à manger aux trois enfants, et dès qu'elle les vit, elle mit le plus petit au lit et ordonna aux deux autres de ne même pas passer le nez par la porte. Elle se repeigna un peu, leur donna le bras à chacun, et ils sortirent. Ils entrèrent au cinéma Porteño, rue Sáenz Peña, voir un film italien. Lituma et Pedralbes n'aimèrent pas, mais elle dit qu'elle irait même le revoir. Ils marchèrent jusqu'à la rue Chanchamayo — les enfants s'étaient endormis — et Domitila leur servit à manger des *olluquitos con charqui*[1]. Quand Lituma partit, il était dix heures et demie. Il arriva au Quatrième Commissariat à l'heure où commençait son service : onze heures pile.

Le lieutenant Jaime Concha ne lui donna pas le temps de souffler : il le prit à part et lui donna ses instructions tout à trac, en quelques mots bien appuyés qui donnèrent le tournis à Lituma dont les oreilles bourdonnèrent.

— Les supérieurs savent ce qu'ils font. — Le lieutenant lui remonta le moral en lui tapant dans le dos. — Et ils ont des raisons qu'il faut comprendre. Les supérieurs ne se trompent jamais, n'est-ce pas, Lituma ?

— Bien sûr que non, balbutia le sergent.

Manzanita et Mocos faisaient ceux qui étaient occupés. Lituma voyait, du coin de l'œil, l'un qui examinait des feuilles de route comme s'il s'agissait de photos de femmes nues, et l'autre arrangeant, dérangeant et re-arrangeant son bureau.

— Puis-je poser une question, mon lieutenant ? dit Lituma.

— Tu peux, dit le lieutenant. Mais je ne sais si je pourrai te répondre.

— Pourquoi les supérieurs m'ont choisi, moi, pour ce travail ?

— Ça, je peux te le dire, dit le lieutenant. Pour deux raisons. Parce que c'est toi qui l'as capturé et qu'il est juste que l'histoire soit terminée par celui qui l'a commencée. Et en second lieu, parce que tu es le meilleur agent de ce commissariat et, peut-être, d'El Callao.

---

1. Plat typique de la cuisine péruvienne comprenant de la viande séchée et salée accompagnée de sortes de pommes de terre (*N.d.T.*).

— Quel honneur on me fait ! murmura Lituma sans une once de joie.

— Les supérieurs savent fort bien qu'il s'agit d'une tâche difficile, c'est pourquoi ils te la confient, dit le lieutenant. Tu devrais être fier qu'ils t'aient choisi parmi les centaines d'agents qu'il y a à Lima.

— Par-dessus le marché je devrais leur dire merci.

— Lituma hocha la tête, stupéfait, il réfléchit un moment et ajouta à voix très basse : — Il faut que ce soit fait tout de suite ?

— Illico, dit le lieutenant d'un ton faussement jovial. Ne remets pas à demain ce que tu peux faire aujourd'hui.

Lituma pensa : « Tu sais maintenant pourquoi la bobine du Noir ne te sortait pas du ciboulot. »

— Veux-tu emmener l'un d'eux pour te donner un coup de main ? entendit-il dire le lieutenant.

Lituma sentit que Camacho et Arévalo restaient pétrifiés. Un silence polaire s'installa au commissariat tandis que le sergent observait les deux agents, et, délibérément, pour leur faire passer un mauvais moment, il tardait à faire son choix. Manzanita gardait la liasse de feuilles gigotant entre ses doigts et Mocos, le visage dissimulé derrière son bureau.

— Lui, dit Lituma en désignant Arévalo. Il sentit Camacho respirer profondément et vit jaillir dans le regard de Manzanita toute la haine du monde contre lui, et il comprit à ses yeux qu'il insultait sa mère.

— Je suis grippé et j'allais vous demander l'autorisation de ne pas sortir cette nuit, mon lieutenant, bégaya Arévalo en prenant un air idiot.

— Arrête de faire le con et enfile ta capote, interrompit Lituma en passant près de lui sans le regarder. On y va cette fois.

Il se dirigea vers la cellule et l'ouvrit. Pour la

première fois de la journée il observa le Noir. On lui avait mis un pantalon en loques, qui lui venait à peine aux genoux, et un sac de docker lui couvrait la poitrine et le dos, avec un trou pour la tête. Il était pieds nus et tranquille ; il regarda Lituma dans les yeux, sans joie ni crainte. Assis par terre, il mâchait quelque chose ; au lieu de menottes, il avait une corde aux poignets, suffisamment longue pour qu'il puisse se gratter ou manger. Le sergent lui fit signe de se lever, mais le Noir ne parut pas comprendre. Lituma s'approcha, le prit par le bras, et l'homme se mit docilement debout. Il marcha devant lui, avec la même indifférence. Manzanita Arévalo avait maintenant passé sa capote, un foulard enroulé autour de son cou. Le lieutenant Concha ne les regarda même pas partir son visage était enfoui dans un *Donald* (« mais il ne se rend pas compte qu'il est à l'envers » pensa Lituma). Camacho, en revanche, leur adressa un sourire de condoléances.

Dehors, le sergent se plaça du côté de la rue et laissa le mur à Arévalo. Le Noir marchait entre les deux, de son allure habituelle, longue et désinvolte, toujours mastiquant.

— Cela fait près de deux heures qu'il mâche ce bout de pain, dit Arévalo. Cette nuit, quand on l'a ramené de Lima, on lui a donné tous les pains durs du gardemanger, ceux qui sont devenus comme des pierres. Et il les a tous mangés. Mastiquant comme un broyeur. Quelle terrible faim, non ?

« Le devoir avant tout et les sentiments ensuite », pensait Lituma. Il se concentra sur l'itinéraire : monter par la rue Carlos Concha jusqu'à Contralmirante Mora, puis descendre l'avenue jusqu'à la berge du Rimac et longer le fleuve jusqu'à la mer. Il calcula : trois quarts d'heure pour aller et revenir, une heure tout au plus.

— C'est de votre faute, sergent, grognait Arévalo. Qui vous a demandé de le capturer. Lorsque vous vous êtes rendu compte que ce n'était pas un voleur, vous auriez dû le laisser partir. Voyez dans quels beaux draps nous sommes maintenant. Et dites-moi, vous croyez à ce que pensent les supérieurs ? qu'il est venu caché dans un bateau ?

— C'est aussi l'avis de Pedralbes, dit Lituma. C'est possible. Parce que autrement, comment diable t'expliques-tu qu'un type avec cette dégaine, sa tignasse, ces cicatrices et à poil, et qui parle ce charabia surgisse sans crier gare dans le port d'El Callao. Ce doit être ce qu'ils disent.

Dans la rue sombre résonnaient les deux paires de bottes des agents ; les pieds nus du zambo ne faisaient aucun bruit.

— Si cela dépendait de moi, je l'aurais laissé en prison, reprit Arévalo. Parce que, sergent, un sauvage d'Afrique n'est pas coupable d'être un sauvage d'Afrique.

— C'est à cause de ça qu'il ne peut rester en prison, murmura Lituma. Tu as bien entendu le lieutenant : la prison c'est pour les voleurs, les assassins et les bandits. A quel titre l'Etat peut-il le maintenir en prison ?

— Alors on aurait dû le renvoyer dans son pays, ronchonna Arévalo.

— Et comment diable savoir quel est son pays ? haussa la voix Lituma. Tu as bien entendu le lieutenant. Les supérieurs ont essayé de parler avec lui dans toutes les langues : l'anglais, le français, même l'italien. Il ne parle pas de langues : c'est un sauvage.

— Autrement dit vous trouvez bien que parce qu'il est sauvage nous lui flanquions deux balles dans la peau, grogna encore Manzanita Arévalo.

— Je ne dis pas que je trouve ça bien, murmura Lituma. Je te répète ce que, d'après le lieutenant, ont dit les supérieurs. Ne sois pas idiot.

Ils débouchèrent sur l'avenue Contralmirante Mora quand les cloches de Notre-Dame-du-Carmel de la Legua sonnaient minuit, lugubrement aux oreilles de Lituma. Il regardait droit devant lui, décidé, mais parfois, malgré lui, son visage se tournait sur sa gauche et il jetait un regard sur le Noir. Il le voyait, une seconde, traversant le cône de lumière blafarde de quelque lampadaire et restait impassible : remuant les mâchoires fort sérieusement et marchant à leur rythme, sans le moindre indice d'angoisse. « La seule chose qui semble lui importer au monde c'est de mastiquer », pensa Lituma. Et un moment après : « C'est un condamné à mort qui l'ignore. » Et presque aussitôt : « Il n'y a pas de doute, c'est un sauvage. » Là-dessus il entendit Manzanita.

— Et enfin pourquoi les supérieurs ne le laissent pas partir d'ici et se débrouiller comme il pourra, grommelait-il de mauvaise humeur. Qu'il soit un vagabond de plus, comme il y en a beaucoup à Lima. Un de plus, un de moins, qu'est-ce que cela fout.

— Tu as bien entendu le lieutenant, répliqua Lituma. La Garde Civile ne peut pas encourager le délit. Et si tu laisses ce gars en liberté sur la place il n'aura d'autre solution que de voler. Ou alors il mourra comme un chien. En réalité, nous lui faisons une faveur. Un coup de feu dure une seconde. C'est préférable à la mort lente, de faim, de froid, de solitude, de tristesse.

Mais Lituma sentait que sa voix n'était pas très persuasive et il avait l'impression, en s'écoutant, d'entendre parler une autre personne.

— Quoi qu'il en soit, laissez-moi vous dire une

chose, entendit-il protester Manzanita. Cette corvée ne me plaît pas et vous m'avez joué un sale coup en me choisissant.

— Et moi, tu crois que ça me plaît ? murmura Lituma. Et moi, les supérieurs ne m'ont-ils pas joué un sale coup en me choisissant ?

Ils passèrent devant l'Arsenal naval au moment où retentissait une sirène, et en traversant le terrain vague, à la hauteur de la cale sèche, un chien sortit de l'ombre pour aboyer après eux. Ils marchèrent en silence, entendant le claquement de leurs bottes par terre, la rumeur voisine de la mer, sentant dans leurs narines l'air humide et salé.

— Sur ce terrain des gitans étaient venus trouver refuge l'année dernière, dit Manzanita, soudain, la voix brisée. Ils montèrent leur chapiteau et donnèrent une représentation de cirque. Ils lisaient la bonne aventure et faisaient des tours de prestidigitations. Mais le maire nous a obligés à les déloger parce qu'ils n'avaient pas l'autorisation municipale.

Lituma ne répondit pas. Il ressentit de la peine, soudain, non seulement pour le Noir mais aussi pour Manzanita et pour les gitans.

— Et allons-nous le laisser jeté là sur la plage, pour que les pélicans le déchirent du bec ? sanglota presque Manzanita.

— On le laissera sur le dépotoir, pour que les camions municipaux le trouvent, l'emmènent à la morgue et l'offrent à la faculté de Médecine pour que les étudiants le dissèquent, se fâcha Lituma. Tu as bien entendu les instructions, Arévalo, ne me les fais pas répéter.

— Je les ai entendues, mais je n'arrive pas à me faire à l'idée que nous devons le tuer, comme ça, froidement, dit Manzanita quelques minutes après. Et vous non plus, malgré tous vos efforts. Je me rends compte au son de votre voix que vous non plus vous n'êtes pas d'accord avec cet ordre.

— Notre devoir n'est pas d'être d'accord avec l'ordre, mais de l'exécuter, dit faiblement le sergent. — Puis, après une pause, encore plus lentement : — C'est sûr que tu as raison. Je ne suis pas d'accord moi non plus. J'obéis parce qu'il faut obéir.

A ce moment l'asphalte, l'avenue, les lampadaires venaient de se terminer, et ils se mirent à marcher dans les ténèbres sur la terre meuble. Une puanteur épaisse, presque solide, les enveloppa. Il se trouvaient aux dépotoirs des bords du Rimac, tout près de la mer, dans ce quadrilatère entre la plage, le lit du fleuve et l'avenue, où les camions de la voirie venaient, à partir de six heures du matin, déposer les ordures de Bellavista, la Perla et El Callao et où, approximativement à la même heure, une foule d'enfants, d'hommes, de vieux et de femmes commençaient à fouiller les immondices à la recherche d'objets de valeur, et à disputer aux oiseaux de mer, aux charognards, aux chiens vagabonds les restes comestibles jetés parmi les ordures. Ils étaient tout près de ce désert, sur le chemin de Ventanilla, d'Ancón, où s'alignent les usines de farine de poisson d'El Callao.

— C'est le meilleur endroit, dit Lituma. Les camions des ordures passent tous par ici.

La mer battait très fort. Manzanita s'arrêta et le Noir s'arrêta aussi. Les agents avaient allumé leur lampe et examinaient, à la lumière tremblotante, le visage sillonné de zébrures, mastiquant imperturbablement.

— Ce qu'il y a de pire c'est qu'il n'a pas de réflexes et ne devine pas les choses, murmura Lituma. N'importe qui se rendrait compte et serait effrayé, tenterait de fuir. Ce qui m'embête c'est sa tranquillité, la confiance qu'il a en nous.

— J'ai une idée, sergent. — Arévalo claquait des dents comme s'il se gelait. — Laissons-le s'échapper. Nous dirons que nous l'avons tué et, enfin, n'importe quoi pour expliquer la disparition du cadavre...

Lituma avait tiré son revolver et en enlevait la sécurité.

— Tu oses me proposer de désobéir aux ordres des supérieurs et, par-dessus le marché, de leur mentir, retentit, tremblante, la voix du sergent. Sa main dirigeait le canon de l'arme vers la tempe du Noir.

Mais deux, trois, plusieurs secondes s'écoulèrent et il ne tirait pas. Le ferait-il ? Obéirait-il ? Le coup de feu allait-il éclater ? Le mystérieux immigrant roulerait-il sur les ordures indéchiffrables ? Ou aurait-il la vie sauve et fuirait-il, aveugle, sauvage, sur les plages des environs, tandis qu'un sergent irréprochable demeurait là, au milieu des odeurs putrides et du va-et-vient des vagues, confus et meurtri pour avoir failli à son devoir ? Comment se terminerait cette tragédie d'El Callao ?

V

Le passage de Lucho Gatica à Lima fut qualifié par
Pascual dans nos bulletins d'informations de « superbe
événement artistique et grand hit de la radiodiffusion
nationale ». En ce qui me concerne, la plaisanterie me
coûta une nouvelle, une cravate et une chemise presque neuve, ainsi qu'un lapin posé à la tante Julia pour
la seconde fois. Avant l'arrivée du chanteur de boléros
chilien, j'avais vu dans la presse une prolifération de
photos et d'articles élogieux (« publicité non payée,
celle qui vaut le plus », disait Genaro fils), mais je ne
me rendis vraiment compte de sa renommée qu'en
voyant des files de femmes, rue Belén, attendant
d'avoir des places pour l'émission. Comme l'auditorium était petit — une centaine de fauteuils — seules
quelques privilégiées purent y assister. Le soir de la
retransmission la bousculade fut telle aux portes de
Panamericana que Pascual et moi dûmes gagner notre
cagibi par un immeuble voisin dont la terrasse communiquait avec la nôtre. Nous fîmes le bulletin de sept
heures mais il ne fut pas possible de le descendre au
second étage :
— Il y a une méga-chiée de femmes qui bouchent
l'escalier, la porte et l'ascenseur, me dit Pascual. J'ai

essayé de me faufiler mais elles m'ont pris pour un resquilleur.

Je téléphonai à Genaro fils, il exultait :

— Il manque encore une heure pour l'audition de Lucho et la foule a déjà interrompu la circulation rue Belén. Tout le Pérou en ce moment est à l'écoute de Radio Panamericana.

Je lui demandai si, vu les circonstances, on pouvait sacrifier les bulletins de sept et de huit heures, mais il ne manquait pas de ressources, aussi eut-il l'idée de nous faire téléphoner les nouvelles aux speakers. C'est ce que nous fîmes et, dans l'intervalle, Pascual écoutait, ravi, la voix de Lucho Gatica à la radio tandis que je relisais la quatrième version de ma nouvelle sur le sénateur-eunuque, que j'avais finalement intitulée à la manière d'un conte fantastique : « Le visage endommagé ». A neuf heures pile nous écoutâmes la fin de l'émission, la voix de Martínez Morosini prenant congé de Lucho Gatica et l'ovation du public qui, cette fois, ne venait pas d'un disque mais était bien réelle. Dix secondes plus tard le téléphone sonna et j'entendis la voix inquiète de Genaro fils :

— Descendez comme vous pouvez, les choses commencent à se gâter.

Nous eûmes un mal fou à faire une trouée dans le mur de femmes entassées dans l'escalier que contenait, à la porte de l'auditorium, le corpulent concierge Jesusito. Pascual criait : « Ambulance ! Ambulance ! On vient prendre un blessé ! » Les femmes, jeunes pour la plupart, nous regardaient avec indifférence ou souriaient, mais ne s'écartaient pas et il fallait les pousser. A l'intérieur, un spectacle déconcertant s'offrit à nous : le célèbre artiste réclamait la protection de la police. Il était petit de taille, livide et plein de haine pour ses admiratrices. Son imprésario essayait de le calmer, il lui disait qu'appeler la police serait très mauvais effet, cette nuée de jeunes filles était un hommage à son talent. Mais la vedette ne se laissait pas convaincre :

— Je les connais bien, celles-là, disait-il mi-atterré mi-furibond. Elles commencent par demander un autographe et elles finissent par griffer et par mordre.

Nous, on riait, mais la réalité confirma ses prédictions. Genaro fils décida d'attendre une demi-heure, en croyant que les admiratrices finiraient par s'en aller. A dix heures et quart (j'avais rendez-vous avec tante Julia pour aller au cinéma) nous étions fatigués d'attendre qu'elles soient fatiguées et nous décidâmes de sortir. Genaro fils, Pascual, Jesusito, Martínez Morosini et moi nous formâmes un cercle en nous tenant les bras, et nous plaçâmes au centre la vedette dont la pâleur s'accentua jusqu'à la blancheur dès que nous ouvrîmes la porte. Nous pûmes descendre les premières marches sans grand dommage, en donnant des coups de coude, de genou, de tête et de poitrine contre l'océan féminin qui, pour le moment, se contentait d'applaudir, de soupirer et de tendre la main pour toucher l'idole — qui, d'albâtre, souriait et murmurait entre ses dents : « Attention les gars, ne lâchez pas les bras » — mais nous dûmes soudain faire face à une agression en règle. Elles nous saisissaient par les vêtements et tiraient, puis poussant des hurlements elles tendaient les ongles pour arracher des morceaux de la chemise et du costume de l'idole. Quand, au bout de dix minutes d'asphyxie et de bourrades, nous arrivâmes au couloir d'entrée, je crus que nous allions lâcher et j'eus une vision : le petit chanteur de boléros nous était arraché et ses admiratrices le mettaient en pièces sous nos yeux. Cela n'arriva pas, mais quand nous le mîmes dans l'auto de Genaro père, qui attendait au volant, depuis une heure et demie, Lucho

112

Gatica et nous, sa garde de fer, nous étions transformés en survivants d'une catastrophe. Moi, elles m'avaient arraché la cravate et mis en lambeaux ma chemise, Jesusito, elles avaient déchiré son uniforme et volé sa casquette, et Genaro fils avait le front violacé d'un coup de sac. L'étoile était indemne, mais de ses vêtements il ne conservait d'intacts que les souliers et le slip. Le lendemain, tandis que nous prenions notre petit café de dix heures au Bransa, je racontai à Pedro Camacho les hauts faits des admiratrices. Il n'en fut absolument pas surpris :

— Mon jeune ami, me dit-il philosophiquement, en me regardant de très loin, la musique *aussi* atteint l'âme de la foule.

Tandis que je luttais pour défendre l'intégrité physique de Lucho Gatica, doña Agradecida avait fait le ménage du cagibi et jeté aux ordures la quatrième version de ma nouvelle sur le sénateur. Au lieu d'en ressentir de l'amertume, je me sentais libéré d'un poids et j'en déduisis que c'était un avertissement du ciel. Quand je dis à Javier que je ne la récrirais plus, au lieu de me dissuader il me félicita de ma décision.

Tante Julia rit beaucoup de mon expérience de garde du corps. Nous nous voyions presque quotidiennement, depuis la nuit des baisers furtifs au Grill Bolívar. Le lendemain de l'anniversaire de l'oncle Lucho je me rendis sans crier gare rue Armendáriz et, heureusement, tante Julia était seule.

— Ils sont partis rendre visite à ta tante Hortensia, me dit-elle en me faisant entrer au salon. Je n'ai pas voulu les suivre parce que je sais que cette concierge passe sa vie à raconter des histoires sur mon compte.

Je la pris par la taille, l'attirai à moi et essayai de l'embrasser. Elle ne me repoussa pas mais ne m'embrassa pas pour autant : je sentis sa bouche froide contre la mienne. En nous séparant, je vis qu'elle me regardait sans sourire. Pas surprise, comme la veille, plutôt avec une certaine curiosité et un peu moqueuse.

— Ecoute, Marito — sa voix était affectueuse, tranquille — j'ai fait bien des folies dans ma vie, mais *celle-là* je ne vais pas la faire. — Elle lança un éclat de rire : — Moi, corrompre un mineur ? Jamais de la vie !

Nous nous assîmes et bavardâmes près de deux heures. Je lui racontai toute ma vie, pas ma vie passée mais celle que j'aurais plus tard, quand je vivrais à Paris et serais écrivain. Je lui dis que je voulais écrire depuis que j'avais lu pour la première fois Alexandre Dumas, et que je rêvais depuis de me rendre en France et de vivre dans une mansarde, dans le quartier des artistes, entièrement voué à la littérature, la chose la plus formidable au monde. Je lui racontai que j'étudiais le Droit pour faire plaisir à ma famille, mais que le barreau me semblait être la plus épaisse et la plus sotte des professions et que je ne serais jamais avocat. Je me rendis compte, à ce moment, que je parlais de façon très fougueuse et je lui dis que c'était la première fois que j'avouais ces choses intimes pas à un ami mais à une femme.

— Tu me prends pour ta mère, c'est pourquoi tu me fais ces confidences, me psychanalysa tante Julia. Ainsi donc le fils de Dorita veut devenir bohème, eh bien ! eh bien ! L'ennui c'est que tu vas mourir de faim, mon enfant.

Elle me raconta qu'elle avait passé toute la nuit sans sommeil à penser aux baisers furtifs du Grill Bolívar. Que le fils de Dorita, le petit garçon qu'elle avait hier encore accompagné avec sa mère au collège La Salle, le morveux qu'elle croyait encore en culotte courte, le bébé dont elle se faisait accompagner pour ne pas aller toute seule au cinéma, l'ait embrassée de but en blanc

114

sur la bouche comme si c'était un homme accompli, voilà ce qu'elle n'arrivait pas à croire.

— Je suis un homme accompli, l'assurai-je en lui prenant la main, en l'embrassant. J'ai dix-huit ans. Et cela fait déjà cinq ans que je ne suis plus puceau.

— Et moi que suis-je alors, moi qui ai trente-deux ans et qui ne le suis plus depuis quinze ? rit-elle. Une vieille décrépite !

Elle avait un rire rauque, fort, direct et joyeux, qui la faisait ouvrir tout grand sa bouche, aux lèvres épaisses, et qui lui faisait plisser les yeux. Elle me regardait avec ironie et malice sans se convaincre que je fusse cet homme accompli, mais déjà plus comme un morveux. Elle se leva pour me servir un whisky :

— Après tes audaces de la nuit passée, je ne peux plus t'offrir du coca-cola, me dit-elle en feignant d'être peinée. Je dois te traiter comme un de mes prétendants.

Je lui dis que la différence d'âge n'était pas non plus terrible.

— Pas terrible non, répondit-elle. Mais presque, presque assez pour que tu puisses être mon fils.

Elle me raconta l'histoire de son mariage. Les premières années tout s'était très bien passé. Son mari avait une propriété à l'intérieur et elle s'était si bien habituée à la vie de la campagne qu'elle ne se rendait que rarement à La Paz. Sa maison était très confortable et la tranquillité du lieu, la vie simple et saine l'enchantaient : monter à cheval, faire des excursions, assister aux fêtes des Indiens. Les nuages avaient envahi son ciel parce qu'elle ne pouvait avoir d'enfants ; son mari souffrait à l'idée de rester sans descendance. Puis il s'était mis à boire et dès lors le ménage avait glissé sur la pente des disputes, séparations et réconciliations, jusqu'à la dispute finale. Après le divorce ils étaient restés bons amis.

— Si d'aventure je me marie, je n'aurai jamais d'enfants, lui dis-je. Les enfants et la littérature sont incompatibles.

— Cela veut-il dire que je peux poser ma candidature et me mettre sur les rangs ? fit la coquette tante Julia.

Elle avait le sens de la répartie, elle racontait des histoires salées avec grâce et était (comme toutes les femmes que j'avais connues jusqu'alors) terriblement a-littéraire. Elle donnait l'impression que durant les longues heures creuses de sa propriété bolivienne elle n'avait lu que des revues argentines, quelques mauvais livres de Delly, et à peine un ou deux romans qu'elle jugeait mémorables : *L'Arabe* et *Le Fils de l'Arabe* d'un certain H. M. Hull. En la quittant ce soir-là je lui demandai si nous pouvions aller au cinéma et elle me répondit : « Ça oui. » Nous sommes allés, depuis, presque chaque soir au cinéma, et tout en ingurgitant une bonne quantité de mélodrames mexicains et argentins nous nous sommes donné une quantité considérable de baisers. Le cinéma devint un prétexte ; nous choisissions les salles les plus éloignées de la rue Armendáriz (le Montecarlo, le Colina, le Marsano) pour rester ensemble plus longtemps. Nous marchions longuement après la séance, en faisant *empanaditas* (c'est comme cela qu'on dit en Bolivie se tenir par la main), zigzaguant dans les rues vides de Miraflores (nous nous lâchions chaque fois que surgissait un piéton ou une voiture), bavardant sur tous les sujets, tandis que — c'était alors la saison médiocre qu'à Lima on appelle l'hiver — la bruine nous transperçait. Tante Julia sortait toujours pour déjeuner ou prendre le thé avec ses nombreux prétendants, mais elle me réservait ses soirées. Nous allions au cinéma, en effet, et nous nous asseyions tout au fond, où (surtout si le film était mauvais) nous pouvions nous embrasser sans gêner les autres spectateurs et sans qu'on puisse nous reconnaître. Notre relation s'était rapidement stabilisée dans le flou, elle se situait quelque part entre les catégories opposées d'amoureux et d'amants. C'était le sujet constant de nos conversations. Nous avions des amants la clandestinité, la crainte d'être découverts, la sensation du risque, mais nous l'étions spirituellement, non matériellement, car nous ne faisions pas l'amour (et, comme Javier s'en scandaliserait plus tard, nous ne « nous touchions » même pas). Nous avions des amoureux le respect de certains rites classiques du couple adolescent de Miraflores de ce temps (aller au cinéma, s'embrasser pendant le film, marcher dans les rues la main dans la main) et la conduite chaste (en cet âge de pierre les filles de Miraflores arrivaient généralement vierges au mariage et ne se laissaient toucher les seins et le sexe que lorsque l'amoureux accédait au statut formel de fiancé), mais comment aurions-nous pu l'être avec la différence d'âge et le lien de parenté ? Face à l'ambiguïté et l'extravagance de notre romance, nous jouions à la baptiser « fiançailles anglaises », « romance suédoise », « drame turc ».

— Les amours d'un bébé et d'une vieillarde qui est en plus quelque chose comme sa tante, me dit un soir tante Julia tandis que nous traversions le Parc Central. Tout à fait ce qu'il faut pour un feuilleton radio de Pedro Camacho.

Je lui rappelai qu'elle n'était que ma tante par alliance et elle me raconta que dans le feuilleton de trois heures un garçon de San Isidro, très beau et grand surfiste, avait des rapports avec rien de moins que sa sœur qu'il avait, pour comble d'horreur, engrossée.

— Depuis quand écoutes-tu des feuilletons radio ?
lui demandai-je.

— C'est ma sœur qui m'a passé le vice, me répondit
elle. Il faut dire que ceux de Radio Central sont
fantastiques, de ces drames qui vous fendent le cœur.

Et elle m'avoua que parfois, tante Olga et elle en
avaient les larmes aux yeux. Ce fut le premier indice
que j'eus de l'impact provoqué dans les foyers liméniens par la plume de Pedro Camacho. J'en eus
d'autres, les jours suivants, dans la famille. J'arrivais
chez tante Laura et dès qu'elle me voyait entrer au
salon, elle m'ordonnait de me taire d'un doigt aux
lèvres, tandis qu'elle restait penchée sur son poste de
radio comme pour pouvoir non seulement entendre
mais aussi sentir, toucher la (tremblante ou âpre,
ardente ou cristalline) voix de l'artiste bolivien. Je
surgissais chez tante Gaby et je les trouvais, tante
Hortensia et elle, qui défaisaient une pelote de laine
absorbées par le dialogue plein d'accents frémissants
et de gérondifs de Luciano Pando et Josefina Sánchez.
Et dans ma propre maison, mes grands-parents, qui
avaient toujours eu « goût aux petits romans », comme
disait ma grand-mère Carmen, avaient contracté une
authentique passion radiophonique. Je m'éveillais au
matin en entendant les mesures de l'indicatif de la
radio — ils se préparaient avec une avance maladive
pour le premier feuilleton, celui de dix heures —, je
déjeunais en entendant celui de deux heures de l'après-
midi, et quelle que soit l'heure à laquelle je rentrais, je
trouvais mes deux petits vieux et la cuisinière pelotonnés au salon, profondément concentrés sur la radio,
qui était grande et lourde comme un buffet et que pour
comble de malheur ils mettaient à plein volume.

— Pourquoi aimes-tu tant ces feuilletons ? demandai-je un jour à grand-mère. Qu'ont-ils que les livres n'aient pas, par exemple ?

— C'est plus vivant d'entendre parler les personnages, c'est plus réel, m'expliqua-t-elle après avoir réfléchi. Et puis, à mon âge, l'ouïe se porte mieux que la vue.

Je tentai la même enquête auprès des autres parents et les résultats furent indécis. Les tantes Gaby, Laura, Olga et Hortensia aimaient les feuilletons radio parce qu'ils étaient amusants, tristes ou puissants, parce qu'ils distrayaient et les faisaient rêver, vivre des choses impossibles dans la vie réelle, parce qu'ils enseignaient quelques vérités ou parce qu'elles se sentaient quelque peu l'âme romantique. Quand je leur demandai pourquoi elles les préféraient aux livres, elles protestèrent : quelle sottise, comment comparer, les livres c'était la culture, les feuilletons radio de simples petites choses pour passer le temps. Mais ce qu'il y a de sûr c'est qu'elles vivaient collées à la radio et que je n'en avais jamais vu aucune ouvrir un livre. Dans nos randonnées nocturnes, tante Julia me résumait parfois quelques épisodes qui l'avaient impressionnée et moi je lui racontais mes conversations avec le scribouillard, de sorte qu'insensiblement Pedro Camacho devint une composante de notre romance.

Genaro fils lui-même me confirma le succès des nouveaux feuilletons le jour où j'obtins enfin, après mille et une protestations, qu'on me rendît ma machine à écrire. Il apparut dans notre cagibi un dossier à la main et le visage radieux :

— Cela dépasse les calculs les plus optimistes, nous dit-il. En deux semaines l'écoute des feuilletons a augmenté de vingt pour cent. Savez-vous ce que cela signifie ? Augmenter de vingt pour cent la facture des annonceurs !

— Et augmentera-t-on notre salaire de vingt pour cent, don Genaro ? sauta sur son fauteuil Pascual.

— Vous ne travaillez pas à la Radio Central mais à Panamericana, nous rappela Genaro fils. Nous sommes une station de bon goût et ne passons pas de feuilletons radio.

Les journaux, dans les pages spécialisées, se firent bientôt l'écho de l'audience conquise par les nouveaux feuilletons radio et se mirent à faire l'éloge de Pedro Camacho. C'est Guido Monteverde qui le consacra, dans les colonnes de *Ultima Hora*, en l'appelant « feuilletoniste expert à l'imagination tropicale et au verbe romantique, intrépide directeur symphonique de feuilletons radio et lui-même acteur versatile à la voix de miel ». Mais le bénéficiaire de ces adjectifs semblait ignorer les vagues d'enthousiasme qu'il soulevait autour de lui. Un de ces matins où je le prenais pour aller boire un café au Bransa, je trouvai collé sur la fenêtre de son réduit un papier avec cette inscription écrite en lettres grossières : « Les journalistes ne sont pas admis ni les autographes accordés. L'artiste travaille ! Respectez-le ! »

— C'est sérieux ou c'est une blague ? lui demandai-je tout en sirotant mon café crème tandis qu'il avalait son cocktail cérébral de verveine et menthe.

— Très sérieux, me répondit-il. Toute la presse locale s'est mise à me harceler, et si je n'y mets pas le holà il y aura bientôt des queues d'auditeurs dans le coin — il montra du doigt d'un air dégagé la place San Martín —, demandant des photos et des autographes. Mon temps vaut de l'or et je ne peux pas le perdre en vétilles.

Il n'y avait pas une once de vanité dans ce qu'il

120

disait, seulement une sincère inquiétude. Il portait son complet noir habituel, son petit nœud papillon et il fumait des cigarettes infectes, des « Aviación ». Et comme toujours il était suprêmement sérieux. Je crus le flatter en lui confiant que toutes mes tantes étaient devenues ses fanatiques auditrices et que Genaro fils débordait de joie après les résultats des sondages sur l'écoute de ses feuilletons. Mais il me fit taire, ennuyé, comme si tout cela était inévitable, comme s'il l'avait toujours su, et il me fit part, plutôt, de son indignation devant le manque de sensibilité des « marchands » (expression qu'à partir d'alors il employa pour désigner les Genaro).

— Il y a quelque chose qui cloche dans mes feuilletons, j'ai le devoir d'y remédier et eux de m'aider, affirma-t-il en fronçant le sourcil. Mais il est clair que l'art et la bourse sont ennemis mortels, comme les cochons et les marguerites.

— Quelque chose qui cloche ? m'étonnai-je. Mais ils constituent tous des succès.

— Les marchands ne veulent pas renvoyer Pablito, malgré mon exigence, m'expliqua-t-il. Pour des considérations sentimentales, parce qu'il travaille depuis je ne sais combien d'années à Radio Central et des bêtises de ce genre. Comme si l'art avait quelque chose à voir avec la charité. L'incompétence de ce malade est un véritable sabotage de mon travail !

Le Grand Pablito était un de ces personnages pittoresques et indéfinissables comme en attire ou en produit la radio. Le diminutif suggérait qu'il s'agissait d'un petit gars, alors que c'était en réalité un métis quinquagénaire, qui traînait les pieds et avait des crises d'asthme qui remplissaient de miasmes tout ce qui l'entourait. Il rôdait matin et soir à Radio Central et à Panamericana, faisant mille choses, aussi bien donner un coup de main aux balayeurs qu'acheter des billets de cinéma ou de corrida pour les Genaro, voire distribuer des entrées pour les émissions. Mais son travail le plus permanent il l'exerçait dans les feuille tons où il était chargé des effets spéciaux.

— Ces gens-là croient que les effets spéciaux sont des petites choses toutes bêtes que n'importe quel idiot peut faire, déblatérait, aristocratique et glacial, Pedro Camacho. En réalité c'est aussi de l'art, et que connaît à l'art ce brachycéphale à demi moribond de Pablito ?

Il m'assura que, « le cas échéant », il n'hésiterait pas à supprimer de ses propres mains tout obstacle à la « perfection de son travail » (et il le dit de telle façon que je le crus). Il ajouta, à regret, qu'il n'avait pas le temps de former un technicien en effets spéciaux, en les lui enseignant de A à Z, mais qu'après un rapide examen de l'« effectif local », il avait trouvé ce qu'il cherchait. Il baissa la voix, jeta un œil autour de lui et conclut d'un air méphistophélique :

— L'élément qui nous convient se trouve à Radio Victoria.

Nous analysâmes, Javier et moi, les possibilités qu'avait Pedro Camacho de matérialiser ses visées homicides sur le Grand Pablito et nous convînmes que le sort de ce dernier dépendait exclusivement des sondages : si la progression d'écoute des feuilletons se maintenait, il serait sacrifié sans miséricorde. Et en effet, une semaine ne s'était pas écoulée que Genaro fils surgit dans notre cagibi, me surprenant en pleine rédaction d'un nouveau conte — il dut noter ma confusion, la vitesse avec laquelle j'arrachai la page de la machine à écrire et la mêlai aux bulletins, mais il eut la délicatesse de ne rien dire — et il s'adressa conjointement à Pascual et moi avec un large geste de mécène :

— A force de vous plaindre vous avez obtenu le nouveau rédacteur que vous vouliez, tas de fainéants. Le Grand Pablito travaillera désormais avec vous. Ne vous endormez pas sur vos lauriers !

Le renfort que reçut le service d'Informations fut plus moral qu'autre chose, car le lendemain matin quand le Grand Pablito se présenta très ponctuellement à sept heures au bureau en me demandant ce qu'il devait faire et que je le chargeai de mettre en forme une dépêche parlementaire, il prit un air épouvanté, eut un accès de toux qui le laissa violacé et bégaya que c'était impossible :

— C'est que je ne sais ni lire ni écrire, monsieur.

J'appréciai comme une fine preuve de l'esprit badin de Genaro fils qu'il nous eût choisi comme nouveau rédacteur un analphabète. Pascual qui s'était quelque peu fâché en apprenant que la rédaction se partageait entre le Grand Pablito et lui, accueillit la nouvelle de son analphabétisme avec une joie franche. Il gronda devant moi son flambant collègue pour son esprit apathique, pour n'avoir pas été capable de s'éduquer, comme il l'avait fait, lui, à l'âge adulte, en suivant les cours du soir gratuits. Le Grand Pablito, très effrayé, acquiesçait en répétant comme un automate : « C'est vrai, je n'y avais pas pensé, c'est exact, vous avez tout à fait raison », et en me regardant avec l'air de quelqu'un qu'on va sur-le-champ congédier. Je le tranquillisai en lui disant qu'il n'aurait qu'à descendre les bulletins aux speakers. En réalité, il devint un esclave de Pascual qui le faisait trotter toute la sainte journée du cagibi à la rue et vice versa, pour aller lui chercher des cigarettes, ou des pommes farcies chez le vendeur ambulant de la rue Carabaya, et même pour aller voir s'il pleuvait. Le Grand Pablito supportait son esclavage avec un excellent esprit de sacrifice et il manifestait même plus de respect et d'amitié à celui qui le torturait qu'à moi. Quand il n'effectuait pas les courses de Pascual, il s'asseyait dans un coin du bureau et, appuyant la tête contre le mur, il s'endormait instantanément. Il ronflait de manière synchronique et sifflante, d'une façon telle qu'on eût dit un ventilateur rouillé. C'était un esprit généreux. Il ne gardait pas la moindre rancune à Pedro Camacho qui l'avait remplacé par un blanc-bec de Radio Victoria. Il parlait toujours dans les termes les plus élogieux du scribe bolivien, pour lequel il sentait la plus grande admiration. Il me demandait fréquemment la permission d'aller assister aux répétitions des feuilletons. Chaque fois il en revenait plus enthousiaste :

— Ce type est un génie, disait-il en s'étouffant. Il lui passe par la tête des choses miraculeuses.

Il rapportait toujours des anecdotes très amusantes sur les prouesses artistiques de Pedro Camacho. Un jour il nous jura qu'il avait conseillé à Luciano Pando de se masturber avant d'interpréter un dialogue amoureux en faisant valoir que cela affaiblissait la voix et lui donnait un halètement très romantique. Luciano Pando n'avait rien voulu savoir.

— Je comprends maintenant pourquoi chaque fois qu'il y a une scène sentimentale il se rend aux toilettes du bas, don Mario, se signait et se baisait les doigts le Grand Pablito. Pour se taper la queue, sinon pourquoi. Et après il a cette voix si douce.

Nous discutâmes longuement, Javier et moi, pour savoir si c'était vrai ou si c'était une invention du nouveau rédacteur et nous conclûmes qu'il y avait, en tout cas, des bases suffisantes pour ne pas considérer la chose tout à fait impossible.

— C'est sur ces choses que tu devrais écrire une

nouvelle et pas sur Doroteo Martí, me conseillait Javier. Radio Central est une mine pour la littérature.

La nouvelle que je m'efforçais d'écrire ces jours-là était basée sur une anecdote que m'avait rapportée tante Julia, quelque chose à quoi elle avait elle-même assisté au théâtre Saavedra de La Paz. Doroteo Martí était un acteur espagnol qui parcourait l'Amérique en faisant verser toutes les larmes de leur corps aux foules avec *La Malquerida* et *Todo un hombre* ou des calamités encore plus truculentes. Même à Lima, où le théâtre était une curiosité en voie d'extinction depuis le siècle dernier, la troupe de Doroteo Martí avait rempli le théâtre municipal avec une représentation de ce qui, selon la légende, constituait le nec plus ultra de son répertoire : *Vie, passion et mort de Notre-Seigneur.* L'artiste était doté d'un sens pratique aigu et les mauvaises langues disaient qu'il arrivait parfois que le Christ interrompît sa sanglotante nuit de douleur au Jardin des Oliviers pour annoncer, d'une voix aimable, au cher public dans la salle que le lendemain la troupe proposerait une représentation de faveur où chaque cavalier pourrait amener sa cavalière gratis (et il poursuivait le Calvaire). C'est précisément une représentation de la *Vie, passion et mort* qu'avait vue tante Julia au théâtre Saavedra. A l'instant suprême, tandis que Jésus-Christ agonisait en haut du Golgotha, le public remarqua que le bois auquel était attaché, parmi les nuages d'encens, Jésus-Christ, commençait à plier. Etait-ce un accident ou un effet prévu ? Prudents, échangeants des regards en secret, la Vierge, les apôtres, les légionnaires, le peuple en général se mirent à reculer, à s'écarter de la croix oscillante sur laquelle, la tête encore inclinée sur la poitrine, Doroteo-Jésus commençait à murmurer, tout bas, mais de façon audible aux premiers rangs de l'orchestre : « Je tombe,

125

je tombai. Paralysés sans doute par l'horreur du sacrilège, personne parmi les invisibles occupants des coulisses n'accourait pour tenir la croix qui mainte nant pivotait en défiant les nombreuses lois physiques au milieu d'une rumeur alarmée qui avait remplacé les prières. Quelques secondes plus tard les spectateurs de La Paz purent voir Martí de Galilea venir s'aplatir sur son glorieux plateau, sous le poids du bois sacré, et entendre le fracas qui secoua le théâtre. Tante Julia me jurait que le Christ avait réussi à rugir sauvagement avant de s'écrabouiller sur les planches. « Je tombe, putain. » C'était surtout cette fin que je voulais recréer ; la nouvelle se terminerait comme cela, d'une façon dramatique, sur le rugissement et le gros mot de Jésus. Je voulais que ce fût une nouvelle comique et, pour assimiler les techniques de l'humour, je lisais dans les bus, les taxis et au lit avant de m'endormir tous les écrivains drôles qui me tombaient sous la main, depuis Mark Twain et Bernard Shaw jusqu'à Jardiel Poncela et Fernández Flórez. Mais, comme toujours, ça ne me venait pas et Pascual et le Grand Pablito comptaient les feuilles que j'envoyais au panier. Heureusement qu'en ce qui concernait le papier les Genaro savaient se montrer dispendieux envers le service d'Informations.

Deux ou trois semaines se passèrent avant que je fisse la connaissance de l'homme de Radio Victoria qui avait remplacé le Grand Pablito. A la différence de ce qui se passait avant son arrivée, où chacun pouvait assister librement à l'enregistrement des feuilletons, Pedro Camacho avait formellement interdit que per sonne, en dehors des acteurs et des techniciens, n'en trât au studio et, pour l'empêcher, il fermait les portes et installait devant la masse désarmante de Jesusito. Genaro fils lui-même n'avait pu y échapper. Je me rappelle l'après-midi où, comme toujours lorsqu'il avait des problèmes et avait besoin de s'épancher, il surgit au cagibi le visage vibrant encore d'indignation et s'ouvrit de ses plaintes :

— J'ai essayé d'entrer au studio, il a arrêté le programme aussi sec et s'est refusé à l'enregistrer jusqu'à ce que je m'en aille, me dit-il d'un ton irrité. Il m'a promis que la prochaine fois que j'interromprais une répétition il me jetterai le micro à la tête. Qu'est-ce que je fais ? Je le fous à la porte comme un malpropre ou j'avale la couleuvre ?

Je lui dis ce qu'il voulait que je lui dise : qu'eu égard au succès des feuilletons (« en hommage à la radiodiffusion nationale, etc. ») il avale la couleuvre et ne remette plus le nez dans les affaires de l'artiste. C'est ce qu'il fit et moi je fus malade de curiosité d'assister à l'enregistrement d'un des feuilletons du scribe.

Un matin, à l'heure de notre café classique, après un prudent détour je m'enhardis à sonder Pedro Camacho. Je lui dis que j'avais envie de voir en action le nouveau technicien des effets spéciaux, de savoir s'il était aussi bon qu'il me l'avait dit :

— Je n'ai pas dit bon mais moyen, me corrigea-t-il immédiatement. Mais je fais son éducation et il pourrait devenir bon.

Il but une gorgée de son infusion et me regarda de ses petits yeux froids et cérémonieux, pris de doutes intérieurs. Se résignant finalement, il acquiesça :

— Fort bien. Venez demain pour le feuilleton de trois heures. Mais cela ne pourra pas se répéter, je le regrette beaucoup. Je n'aime pas que les acteurs soient distraits, toute présence étrangère les trouble, ils me glissent entre les doigts et c'en est fait de la catharsis. L'enregistrement d'un épisode est une messe, mon ami.

En réalité, c'était quelque chose de plus solennel. Parmi toutes les messes que je me rappelais (cela faisait des années que je n'allais pas à l'église) je ne vis jamais de cérémonie aussi pénétrée, de rite aussi vécu que cet enregistrement du chapitre dix-sept des *Aventures et mésaventures de Don Alberto de Quinteros* auquel je fus admis. Le spectacle ne dut pas durer plus de trente minutes — dix de répétition et vingt d'enregistrement — mais il me sembla durer des heures. Je fus impressionné, d'emblée, par l'atmosphère de recueillement religieux qui régnait dans la petite pièce vitrée au poussiéreux tapis vert qui répondait au nom de « Studio d'enregistrement n° 1 » de Radio Central. Seuls le Grand Pablito et moi y assistions comme spectateurs ; les autres étaient d'actifs participants. Pedro Camacho, en entrant, nous avait fait savoir d'un regard martial que nous devions demeurer ainsi que des statues de sel. Le librettiste-directeur semblait transformé : plus grand, plus fort, un général qui instruit des troupes disciplinées. Disciplinées ? Plutôt ravies, ensorcelées, fanatisées. J'eus du mal à reconnaître la moustachue et variqueuse Josefina Sánchez que j'avais tant de fois vue enregistrer ses tirades en mâchant du chewing-gum, en tricotant, tout à fait en dehors du coup et l'air de ne pas savoir ce qu'elle disait, en cette petite personne si sérieuse qui, lorsqu'elle ne relisait pas, comme l'on prie, le livret, n'avait d'yeux, respectueuse et docile, que pour l'artiste, avec le tremblement ingénu de la fillette qui regarde l'autel le jour de sa première communion. Et il en allait de même pour Luciano Pando et les trois autres acteurs (deux femmes et un très jeune homme). Ils n'échangeaient pas un mot, ils ne se regardaient pas entre eux : leurs yeux comme aimantés allaient des livrets à Pedro Camacho, et même le technicien du son, ce gandin d'Ochoa, de l'autre côté de la vitre, partageait le ravissement : très sérieux, il vérifiait les contrôles, pressant des boutons et allumant des lumières, et suivait d'un froncement grave et attentif ce qui se passait dans le studio.

Les cinq acteurs étaient debout en cercle autour de Pedro Camacho qui — avec toujours son complet noir, son nœud papillon et la chevelure tourbillonnante — les sermonnait sur le chapitre qu'ils allaient enregistrer. Ce n'étaient pas des instructions qu'il leur communiquait, du moins au sens prosaïque d'indications concrètes sur l'intonation des tirades — avec mesure ou exagération, lentement ou rapidement — mais, selon son habitude, en pontifiant, noble et olympien, des considérations esthétiques et philosophiques. C'étaient naturellement les mots « art » et « artistique » qui revenaient le plus dans ce fiévreux discours, comme quelque formule magique qui ouvrait et expliquait tout. Mais, plus insolite que les paroles du scribe bolivien, il fallait voir la ferveur avec laquelle il les proférait et, peut-être plus encore, l'effet qu'elles provoquaient. Il parlait en gesticulant et en se dressant, de la voix fanatique de l'homme qui est en possession d'une vérité urgente et doit la propager, la partager, l'imposer. Il y parvenait totalement : les cinq acteurs l'écoutaient hébétés, suspendus, ouvrant grand les yeux comme pour mieux absorber ses sentences sur leur travail (« votre mission », disait le librettiste-directeur). Je regrettai que tante Julia ne fût pas là, parce qu'elle n'allait pas me croire quand je lui raconterais que j'avais vu se transfigurer, s'embellir, se spiritualiser durant une éternelle demi-heure, cette poignée de représentants de la plus misérable profession de Lima, sous la rhétorique effervescente de Pedro Camacho. Le grand Pablito et moi nous étions assis par terre dans un coin du studio ; en face de nous, entouré d'un étrange outillage, se trouvait le transfuge de Radio Victoria, la toute nouvelle acquisition. Lui aussi avait écouté avec une attitude mystique la harangue de l'artiste ; à peine l'enregistrement du chapitre commença-t-il qu'il devint pour moi le centre du spectacle.

C'était un petit homme trapu au teint bistre, les cheveux raides, habillé presque comme un mendiant : un pardessus râpé, une chemise reprisée, des godasses sans lacets. (J'appris plus tard qu'on le connaissait sous le mystérieux surnom de Foulon.) Ses instruments de travail consistaient en une planche de bois, une porte, un bidet plein d'eau, un sifflet, une feuille de papier d'argent, un ventilateur et d'autres babioles de même aspect domestique. Foulon constituait à lui seul un spectacle de ventriloque, d'acrobate, de multiplication de personnalité, d'imagination physique. A peine le directeur-acteur faisait-il le signe indiqué — une vibration professorale de l'index dans l'air chargé de dialogues, de soupirs et d'émois —, Foulon marchant sur sa planche à un rythme savamment décroissant faisait s'approcher ou s'éloigner les pas des personnages, ou, à un autre signe, orientant le ventilateur à différentes vitesses sur le papier d'argent il faisait naître la rumeur de la pluie, ou le rugissement du vent, et, à un autre, s'enfonçant trois doigts dans la bouche et sifflant, il inondait le studio de gazouillis qui, à l'aube d'un printemps, éveillaient l'héroïne dans sa maison de campagne. Il était spécialement remarquable quand il sonorisait la rue. A un moment donné, deux personnages traversaient la place d'Armes en bavardant. Ce gandin d'Ochoa envoyait, au moyen d'une bande magnétique, un bruit de moteurs et d'avertissements, mais tous les autres effets étaient produits par Foulon, claquant la langue, gloussant,

marmottant, susurrant (il semblait tout faire à la fois)
et il suffisait de fermer les yeux pour sentir, reconsti-
tués dans le petit studio de Radio Central, les voix, les
mots épars, les rires, les cris que l'on peut entendre
distraitement dans une rue fréquentée. Mais comme si
c'était trop peu, Foulon, en même temps qu'il produisait des dizaines de voix humaines, marchait ou
bondissait sur sa planche, fabriquant les pas des
piétons sur les trottoirs et le frôlement des corps. Il
« marchait » en même temps sur les pieds et les mains
(qu'il enfilait dans une paire de chaussures), à quatre
pattes, les bras pendants comme ceux d'un singe, se
frappant les cuisses des coudes et des avant-bras. Après
avoir été (acoustiquement) la place d'Armes à midi,
c'était finalement, d'une certaine manière une
prouesse insignifiante que de bruiter — en faisant
tinter deux bouts de fer, en frottant un verre, et, pour
imiter le glissement des chaises et des personnes sur de
souples tapis, en raclant son derrière avec de petites
tablettes de bois — la demeure d'une Liménienne
huppée qui reçoit pour le thé — dans des tasses de
porcelaine chinoise — un groupe d'amies, ou, en rugissant, croassant, grognant, hurlant, incarner phonéti-
quement (en l'enrichissant de plusieurs exemplaires) le
zoo de Barranco. En finissant l'enregistrement il avait
l'air d'avoir couru le marathon olympique : il haletait,
les traits creusés et il suait comme un cheval.

Pedro Camacho avait communiqué à ses collaborateurs son sérieux sépulcral. C'était un changement
énorme, les feuilletons de la C.M.Q. cubaine étaient
enregistrés le plus souvent dans une atmosphère de
foire et les acteurs, tout en interprétant leurs rôles, se
faisaient des grimaces ou des gestes obscènes, se
moquant d'eux-mêmes et de ce qu'ils disaient. On
avait maintenant l'impression que si quelqu'un avait

fait la moindre blague les autres lui auraient sauté dessus pour le punir du sacrilège. Je pensai un moment qu'ils faisaient peut-être semblant par servilité envers leur chef, pour ne pas être vidés comme les Argentins, qu'ils n'étaient au fond pas aussi sûrs que lui d'être « les prêtres de l'art », mais je me trompais. De retour à la Panamericana, je fis quelques pas rue Belén en compagnie de Josefina Sánchez qui, entre deux feuilletons, allait se faire un petit thé chez elle, et je lui demandai si dans tous les enregistrements le scribe bolivien prononçait ces harangues préliminaires ou si cela avait été quelque chose d'exceptionnel. Elle me regarda avec un mépris qui fit trembler son double menton :

— Aujourd'hui il a peu parlé et il n'était pas inspiré. Il y a des fois où cela fait mal de savoir que ces idées ne seront pas retenues par la postérité.

Je lui demandai si elle, « qui avait tant d'expérience », pensait réellement que Pedro Camacho était une personne de très grand talent. Elle mit quelques secondes à trouver les mots adéquats pour formuler sa pensée :

— Cet homme sanctifie la profession de l'artiste.

VI

Par un resplendissant matin d'été, soigné et ponctuel comme à l'accoutumée, le Dr Don Pedro Barreda y Zaldívar entra dans son bureau de juge d'instruction de la première chambre (pénale) de la Cour supérieure de Lima. C'était un homme dans la fleur de l'âge, la cinquantaine, et dans sa personne — large front, nez aquilin, regard pénétrant, esprit plein de bonté et de droiture — la pureté éthique se dégageait de l'élégance naturelle au point de lui valoir sur-le-champ le respect des gens. Il s'habillait avec la modestie qui convient à un magistrat au maigre salaire qui est biologiquement inapte à la subornation, mais avec une correction telle qu'elle produisait une impression d'élégance. Le palais de justice commençait à émerger de sa torpeur nocturne et sa surface s'inondait d'une foule affairée d'avocats, de ronds-de-cuir, d'huissiers, de plaignants, d'avoués, d'exécuteurs testamentaires, d'étudiants et de curieux. Au cœur de cette ruche, le Dr Don Barreda y Zaldívar ouvrit sa serviette, tira deux dossiers, s'assit à son bureau et se disposa à commencer sa journée. Quelques secondes après surgit dans la pièce, rapide et silencieux comme un aérolithe dans l'espace, le secrétaire, Dr Zelaya, un petit homme à lunettes et minuscule moustache qui remuait au rythme de ses paroles.

— Bonjour, monsieur le juge, salua-t-il le magistrat d'une courbette qui le plia en deux.

— Bonjour, Zelaya, lui sourit d'un air affable le Dr Don Barreda y Zaldívar. Quoi de neuf ce matin ?

— Attentat à la pudeur sur personne de mineure avec circonstances aggravantes de violence mentale — le secrétaire déposa sur le bureau un dossier bien volumineux. — Le responsable, un habitant de la Victoria au profil lombrosien, nie les faits. Les principaux témoins se trouvent dans le couloir.

— Avant de les entendre, j'ai besoin de relire le rapport de police et la plainte de la partie civile, lui rappela le magistrat.

— Ils attendront ce qu'il faudra, répondit le secrétaire. Et il sortit du bureau.

Le Dr Don Barreda y Zaldívar avait, sous sa rude cuirasse juridique, une âme de poète. Une lecture des froids documents judiciaires lui suffisait pour, en écartant la croûte rhétorique des clauses et des latinismes, parvenir par l'imagination jusqu'aux faits. Aussi, lisant le rapport établi à la Victoria, reconstitua-t-il dans tous ses détails l'objet de la plainte. Il vit donc entrer lundi dernier au commissariat de ce secteur bigarré et coloré, une fillette de treize ans, élève du groupe scolaire « Mercedes Cabello de Carbonera », nommée Sarita Huanca Salaverría. Elle était en larmes, et le visage couvert d'ecchymoses, ainsi que les jambes et les bras, entre ses parents don Casimiro Huanca Padrón et doña Catalina Salaverría Melgar. La mineure avait été déshonorée la veille dans l'immeuble de l'avenue Luna Pizarro n° 12, appartement H, par le dénommé Gumercindo Tello, habitant du même immeuble (appartement J). Sarita, surmontant sa confusion, avait révélé d'un ton hésitant aux gardiens de l'ordre que cet attentat à la pudeur n'était que le solde tragique d'un long et secret siège auquel elle avait été soumise par le violeur. Ce dernier, en effet, il y avait de cela huit mois — c'est-à-dire du jour où il était venu s'installer, comme un extravagant oiseau de mauvais augure, dans l'immeuble n° 12 —, poursuivait Sarita Huanca, à l'insu de ses parents ou des autres voisins, par des galanteries de mauvais goût et des insinuations hardies (comme de lui dire : « J'aimerais presser les citrons de ton verger » ou « Un de ces jours, je vais te traire »). Des prophéties, Gumercindo Tello était passé aux actes, réalisant diverses tentatives de tripotage et de baisers de la pubère, dans la cour de l'immeuble n° 12 ou dans les rues adjacentes, quand la fillette rentrait de l'école ou quand elle sortait faire des courses. Par pudeur naturelle, la victime n'avait pas prévenu ses parents de ce harcèlement.

La nuit du dimanche, dix minutes après que ses parents étaient sortis en direction du cinéma Metropolitan, Sarita Huanca, qui faisait ses devoirs de classe, entendit de petits coups à la porte. Elle alla ouvrir et se trouva devant Gumercindo Tello. « Que désirez-vous ? » lui demanda-t-elle poliment. Le violeur, prenant l'air le plus inoffensif du monde, prétexta qu'il n'y avait plus de carburant dans son poêle : il était trop tard pour aller en acheter, aussi venait-il emprunter un doigt de mazout pour préparer son repas (il promettait de le rendre le lendemain). Généreuse et naïve, la petite Huanca Salaverría fit entrer l'individu et lui montra le bidon de mazout entre le fourneau et le seau qui tenait lieu de ouatère.

(Le Dr Don Barreda y Zaldívar sourit à ce faux pas du gardien de l'ordre qui avait enregistré la plainte et qui, sans le vouloir, dénonçait chez les Huanca Salaverría cette coutume des gens de Buenos Aires de faire leurs

(Le Dr Don Barreda y Zaldívar sourit...)

besoins dans un seau là même où ils mangent et ils dorment.)

A peine parvint-il à s'introduire, au moyen de ce stratagème, dans l'appartement H, l'accusé referma la porte. Puis il se mit à genoux et, joignant les mains, se mit à murmurer des mots d'amour à Sarita Huanca Salaverría qui, seulement à ce moment, fut prise d'inquiétude. Dans un langage que la fillette décrivait comme romantique, Gumercindo Tello lui conseillait d'accéder à ses désirs. Lesquels ? De se déshabiller totalement et se laisser toucher, embrasser et ravir son hymen. Sarita Huanca, se ressaisissant, repoussa avec énergie ces propositions, réprimanda Gumercindo Tello et le menaça d'appeler les voisins. C'est en entendant cela que l'accusé, renonçant à son attitude suppliante, tira de sa poche un couteau et menaça la fillette de la poignarder au moindre cri. Se mettant debout, il s'avança vers Sarita en disant : « Allons, allons, fous-toi à poil, mon amour », et comme celle-ci, malgré tout, ne lui obéissait pas, il lui administra une série de coups de pied et de poing jusqu'à la faire tomber par terre. Là, en proie à une hystérie qui, selon la victime, lui faisait claquer des dents, le violeur lui arracha ses vêtements en les déchirant, se déboutonna aussi et se coucha sur elle jusqu'à perpétrer, là même, sur le sol, l'acte charnel qui, à cause de la résistance offerte par la jeune fille, fut agrémenté de nouveaux coups dont pouvaient témoigner bosses et hématomes. Ses désirs satisfaits, Gumercindo Tello abandonna l'appartement H non sans recommander auparavant à Sarita Huanca Salaverría de ne pas souffler mot de ce qui s'était passé si elle voulait faire de vieux os (et il agita son couteau pour montrer qu'il parlait sérieusement). Les parents, en rentrant du Metropolitan, trouvèrent leur fille en larmes et le corps tuméfié. Après avoir soigné ses blessures ils l'exhortèrent à dire ce qui s'était passé, mais elle, dans sa honte, s'y refusait. Et ainsi s'écoula la nuit entière. Le lendemain matin, néanmoins, un peu remise du choc émotif que représenta la perte de son hymen, la fillette raconta tout à ses parents qui, aussitôt, se rendirent au commissariat de la Victoria pour déposer plainte.

Le Dr Don Barreda y Zaldívar ferma un moment les yeux. Il ressentait (en dépit du commerce quotidien avec le délit il ne s'était pas endurci) de la pitié pour ce qui était arrivé à la fille, mais il se dit en lui-même qu'à première vue il s'agissait d'un délit sans mystère, prototypiquement, millimétriquement consigné au Code Pénal, au chapitre du viol et détournement de mineur, avec les circonstances aggravantes les plus caractérisées de préméditation, violences de fait et de paroles, et cruauté mentale.

Le document suivant qu'il relut était le rapport des gardiens de la paix qui avaient effectué l'arrestation de Gumercindo Tello.

Conformément aux instructions de leur supérieur, le capitaine G. C. Enrique Soto, les gardiens Alberto Cusicanqui Apéstegui et Huasi Tito Parinacocha s'étaient présentés avec un mandat d'amener à l'immeuble n° 12 de l'avenue Luna Pizzaro, mais l'individu ne se trouvait pas chez lui. Grâce aux voisins, ils apprirent qu'il était mécanicien de profession et travaillait au garage de réparation de voitures et soudure autogène « El Inti », situé à l'autre bout du secteur, presque sur les flancs de la colline El Pino. Les gardiens s'y déplacèrent aussitôt. Au garage, ils eurent la surprise d'apprendre que Gumercindo Tello venait de partir, le patron du garage, M. Carlos Príncipe, les informant qu'il avait demandé à s'absenter pour un baptême. Quand les gardiens s'enquirent auprès des mécaniciens de l'église dans laquelle il pouvait se trouver, ceux-ci échangèrent des regards malicieux et des sourires. M. Príncipe expliqua que Gumercindo Tello n'était pas catholique mais Témoin de Jéhova et que dans cette religion le baptême ne se célébrait pas à l'église et avec un curé mais à l'air libre et au moyen de plongeons.

Soupçonnant (comme cela s'est déjà produit) que cette congrégation n'était qu'une confrérie d'invertis, Cusicanqui Apéstegui et Tito Parinacocha exigèrent de se faire conduire à l'endroit où se trouvait l'accusé. Après un long moment d'hésitations et d'échange de paroles, le patron d' « El Inti » en personne les guida jusqu'à l'endroit où, dit-il, il était possible que Tello se trouvât, parce qu'une fois, il y avait déjà longtemps, quand il essayait de les convertir, lui et ses compagnons de garage, il l'avait invité à assister à une cérémonie (expérience à la suite de laquelle le susdit n'avait nullement été convaincu).

M. Príncipe conduisit dans son automobile les gardiens de la paix jusqu'aux confins de la rue Maynas et du parc Martinetti, terrain vague où les gens des alentours brûlent leurs ordures et où il y a un petit bras du fleuve Rimac. Et en effet, les Témoins de Jéhova étaient là. Cusicanqui Apéstegui et Tito Parinacocha découvrirent une douzaine de personnes de tous âges et sexes immergées jusqu'à la taille dans les eaux boueuses, non pas en maillots de bain mais très habillés, quelques hommes portant cravate et l'un d'eux même un chapeau. Indifférents aux plaisanteries, quolibets, jets d'épluchures et autres gamineries des gens du cru qui s'étaient rassemblés sur la berge pour les voir, ils poursuivaient très sérieusement une cérémonie qui parut être aux gardiens de la paix, dans un premier temps, rien de moins qu'une tentative collective d'homicide par immersion. Voici ce qu'ils virent : en même temps qu'ils chantaient d'une voix très convaincue d'étranges cantiques, les Témoins tenaient par les bras un vieillard en poncho et bonnet de laine, qu'ils plongeaient dans les eaux immondes, dans le but de le sacrifier à leur Dieu ! Mais quand les gardiens, revolver au poing et crottant leurs guêtres, leur donnèrent l'ordre d'interrompre leur acte criminel, le vieillard fut le premier à se fâcher, exigeant des gardiens qu'ils se retirent et les traitant de noms étranges (tels que « romains » et « papistes »). Les gardiens de la paix durent se résigner à attendre la fin du baptême pour arrêter Gumercindo Tello, qu'ils avaient identifié grâce à M. Príncipe. La cérémonie dura quelques minutes de plus, au cours desquelles ils poursuivirent les prières et les immersions du baptisé jusqu'à ce que celui-ci se mît à tourner de l'œil, à avaler de l'eau et s'étrangler, moment où les Témoins décidèrent de le reconduire jusqu'à la berge, où l'on commença à le féliciter pour la nouvelle vie qui, disaient-ils, commençait à partir de cet instant.

C'est alors que les gardiens capturèrent Gumercindo Tello. Le mécanicien n'offrit pas la moindre résistance, ne tenta de fuir, ni ne fut surpris d'être arrêté, se bornant à dire aux autres en recevant les menottes : « Frères, jamais je ne vous oublierai. » Les Témoins entonnèrent aussitôt de nouveaux cantiques, regardant le ciel et faisant les yeux blancs, et les accompagnèrent de la sorte jusqu'à l'auto de M. Príncipe qui transporta les gardiens et l'inculpé au commissariat de la Victoria, où il prit congé en le remerciant des services rendus.

Au commissariat, le capitaine G. C. Enrique Soto demanda à l'accusé s'il voulait faire sécher ses souliers et son pantalon dans la cour, à quoi Gumercindo Tello répondit qu'il était habitué à rester mouillé du fait de la croissance des conversions à la vraie foi que l'on enregistrait dernièrement à Lima. Immédiatement, le capitaine Soto procéda à l'interrogatoire, auquel l'accusé se prêta avec un esprit coopératif. Interrogé sur son identité, il dit s'appeler Gumercindo Tello, né de doña Gumercinda Tello, native de Moquegua, décédée, et de père inconnu, probablement à Moquegua aussi il y a quelque vingt-cinq ou vingt-huit ans. Au sujet de son âge, il expliqua que sa mère l'avait déposé, peu après sa naissance, dans un orphelinat tenu dans cette ville par une secte papiste, dans les aberrations de laquelle, dit-il, il avait été élevé et dont il s'était heureusement libéré vers les quinze ou dix-huit ans. Il indiqua qu'il était resté jusqu'à cet âge dans l'orphelinat, jusqu'à ce que cet orphelinat disparut dans un grand incendie, où furent brûlées toutes les archives, ce qui explique le mystère de son âge exact. Il expliqua que ce sinistre fut pour lui providentiel, car il connut en cette occasion un couple de sages qui voyageait du Chili à Lima, par voie de terre, ouvrant les yeux des aveugles et débouchant les oreilles des sourds sur les vérités de la philosophie. Il précisa qu'il était venu à Lima avec ce couple de sages dont il s'excusa de ne pas révéler le nom en disant qu'il suffisait de savoir qu'ils existaient sans avoir à les étiqueter, et qu'il y avait vécu depuis lors partageant son temps entre la mécanique (métier qu'il avait appris à l'orphelinat) et la propagation de la croyance en la vérité. Il dit qu'il avait vécu dans les quartiers de Breña, de Vitarte, de Barrios Altos, et s'était installé à la Victoria depuis huit mois, depuis qu'il avait obtenu un emploi au garage de réparation de voitures et soudure autogène « El Inti », qui se trouvait trop loin de son domicile antérieur.

L'accusé admit qu'il résidait depuis lors dans l'immeuble n° 12 de l'avenue Luna Pizarro, en qualité de locataire. Il reconnut de même la famille Huanca Salaverría, à laquelle, dit-il, il avait proposé plusieurs fois des discussions éclairantes et de bonnes lectures, sans succès parce qu'ils étaient, tout comme les autres locataires, très intoxiqués par les hérésies romaines. En ce qui concerne sa victime présumée, Sarita Huanca Salaverría, il dit qu'il se souvenait d'elle et il insinua que, étant donné l'âge encore tendre de cette personne, il ne perdait pas l'espoir de la mettre un jour sur le bon chemin. Confronté alors aux circonstances de l'accusation, Gumercindo Tello manifesta une vive surprise niant les charges qui pesaient sur lui pour, un moment après (feignant une perturbation qui allait servir à sa future défense?), éclater de rire, très content, en disant que c'était là la preuve que Dieu lui réservait pour apprécier sa foi et son esprit de sacrifice. Ajoutant qu'il comprenait maintenant pourquoi il n'avait pas été appelé au service militaire, occasion qu'il attendait avec impatience pour, prêchant par l'exemple, se refuser à porter l'uniforme et à jurer fidélité au drapeau, attributs de Satan. Le capitaine G. C. Enrique Soto lui demanda s'il était contre le Pérou, à quoi il répondit qu'en aucune façon et qu'il ne se référait qu'à des choses de la religion. Et il entreprit alors, d'une façon fougueuse, d'expliquer au capitaine Soto et aux gardiens que le Christ n'était pas Dieu mais Son Témoin et qu'il était faux, comme l'affirmaient en mentant les papistes, qu'on l'eût crucifié alors qu'en réalité on l'avait cloué à un arbre, et cela la Bible le prouvait. A cet égard il leur conseilla de lire *Réveille-toi*, bimensuel qui, pour le prix de deux sols, éclairait sur ce point et d'autres thèmes de culture tout en procurant un sain divertissement. Le capitaine Soto le fit taire, en lui faisant remarquer qu'il était interdit dans l'enceinte du commissariat de faire de la propagande commerciale. Et il l'adjura de dire où il se trouvait et ce qu'il faisait la veille, à l'heure où Sarita Huanca Salaverría assurait avoir été violée et frappée par lui. Gumercindo Tello affirma que cette nuit, comme toutes les nuits, il était resté chez lui, tout seul, livré à la méditation sur le Tronc et sur le thème selon lequel, contrairement à ce que faisaient croire certaines gens, il n'était pas vrai que tous les hommes ressusciteraient le jour du Jugement dernier, alors que beaucoup ne ressusciteraient jamais, ce qui prouvait la mortalité de l'âme. Rappelé à l'ordre une fois de plus, l'accusé fit ses excuses et dit qu'il ne le faisait pas exprès, mais qu'il ne pouvait s'empêcher, à tout moment, de jeter un peu de lumière aux autres, car il était désespéré de voir dans quelles ténèbres vivaient les gens. Et il affirma qu'il ne se souvenait pas d'avoir vu Sarita Huanca Salaverría ce soir-là ni la veille non plus, et il demanda à ce que soit consigné au procès verbal que, bien que calomnié, il ne gardait pas rancune à cette jeune fille et qu'il lui était même reconnaissant parce qu'il pensait qu'à travers elle Dieu voulait éprouver la force de sa foi. Voyant qu'il ne serait pas possible d'obtenir de Gumercindo Tello d'autres précisions sur les charges formulées contre lui, le capitaine G. C. Enrique Soto mit fin à l'interrogatoire et transféra l'accusé à la prison du palais de justice, afin que le juge d'instruction puisse donner à l'affaire le développement correspondant.

Le Dr Don Barreda y Zaldívar ferma le dossier et, en ce matin de fièvre judiciaire, il réfléchit. Les Témoins de Jéhova ? Il les connaissait. Il y avait quelques années, un homme qui parcourait le monde à bicyclette était venu frapper à la porte de sa maison et lui proposer le journal *Réveille-toi* qu'il avait, dans un moment de faiblesse, acquis. Dès lors, avec une ponctualité astrale, le Témoin avait fait le siège de sa maison, à différentes heures du jour et de la nuit, insistant pour lui apporter ses lumières, l'accablant de prospectus, livres et revues de différente taille et matière, jusqu'à ce que, incapable d'éloigner de sa demeure le Témoin de Jéhova par les méthodes civilisées de la persuasion, la prière, la harangue, le magistrat avait eu recours à la force policière. Ainsi donc le violeur était l'un de ces impétueux catéchistes. Le Dr Don Barreda y Zaldívar se dit que l'affaire devenait intéressante.

C'était encore le milieu de la matinée et le magistrat, caressant distraitement le long et acéré coupe-papier à poignée de Tiahuanaco qu'il avait eu sur son bureau comme preuve de l'affection de ses supérieurs, collègues et subordonnés (ils le lui avaient offert lorsqu'il avait fêté ses noces d'argent), il appela le secrétaire et lui demanda de faire entrer les déposants.

Les gardiens Cusicanqui Apéstegui et Tito Parinacocha entrèrent d'abord et, parlant respectueusement, confirmèrent les circonstances de l'arrestation de Gumercindo Tello, en faisant remarquer que celui-ci, bien qu'il eût nié les faits, s'était montré serviable, quoique un peu fatigant avec sa manie religieuse. Le Dr Zelaya, ses lunettes dansant sur son nez, rédigeait l'acte tandis que les gardiens parlaient.

Puis entrèrent les parents de la mineure, un couple dont l'âge avancé surprit le magistrat : comment ce couple de vieillards avaient-ils pu procréer cela faisait seulement treize ans ? Edenté, les yeux à moitié chassieux, le père, don Isaías Huanca, répéta rapidement ce qui le concernait dans le rapport de police et voulut savoir ensuite, de la façon la plus urgente, si Sarita contracterait le mariage avec M. Tello. A peine eût-il formulé cette question que Mme Salaverria de Huanca, une petite femme toute ridée, s'avança vers le magistrat, lui baisa la main et lui demanda, d'une voix implorante, d'être assez bon et d'obliger M. Tello à conduire Sarita à l'autel. Le Dr Don Barreda y Zaldívar eut peine à expliquer à ces vieillards que parmi les hautes fonctions qui lui avaient été confiées ne figurait pas celle de marieur. Le couple, apparemment, semblait plus soucieux de marier la fillette que de punir le détournement de mineur, fait qu'ils mentionnaient à peine et seulement quand on les en priait, et ils perdaient beaucoup de temps à énumérer les qualités de Sarita, comme s'ils l'avaient mise en vente.

Souriant en lui-même, le magistrat pensa que ces pauvres paysans — il n'y avait aucun doute qu'ils venaient des Andes et avaient vécu au contact de la glèbe — le faisaient se sentir un père acrimonieux qui refuse d'autoriser le mariage de son fils. Il tenta de les faire réfléchir sérieusement : comment pouvaient-ils souhaiter comme mari de leur fille un homme capable de commettre un attentat à la pudeur contre une enfant sans défense ? Mais ils se coupaient la parole, ils insistaient, Sarita serait une épouse modèle, malgré son jeune âge elle savait faire la cuisine, coudre et tout, eux ils étaient vieux maintenant et ils ne voulaient pas la laisser orpheline, M. Tello semblait sérieux et travailleur ; bien qu'il soit allé trop loin l'autre soir avec Sarita ils ne l'avaient jamais vu ivre, il était respectueux, il partait très tôt à son travail avec sa sacoche à outils et son paquet de journaux qu'il vendait de maison en maison. Un garçon qui luttait de la sorte pour la vie n'était-ce donc pas un bon parti pour Sarita ? Et les deux vieillards tendaient les mains vers le magistrat : « Ayez pitié et aidez-nous, monsieur le juge. »

Dans l'esprit du Dr Don Barreda y Zaldívar flotta, petit nuage noir lourd de pluie, une hypothèse : et si tout cela n'avait été qu'une ruse tramée par ce couple afin de caser leur rejeton ? Mais le rapport médical était catégorique : la fillette avait été violée. Non sans difficulté, il renvoya les témoins. Il fit alors entrer la victime.

L'entrée de Sarita Huanca Salaverría illumina l'austère bureau du juge d'instruction. En homme qui avait tout vu, devant qui avaient défilé victimes ou meurtriers, toutes les bizarreries, toutes les psychologies humaines, le Dr Don Barreda y Zaldívar se dit, cependant, qu'il se trouvait devant un spécimen authentiquement original. Sarita Huanca Salaverría était-elle une fillette ? Certes, à en juger d'après son âge, et son petit corps où pointaient timidement les turgescences de la féminité, elle en était une, sans parler des tresses de ses cheveux, de sa jupette et du tablier d'écolière qu'elle portait. Mais, en revanche, dans sa façon de se déplacer, si féline, et de se tenir debout, jambes écartées, déhanchée, les épaules rejetées en arrière et les petites mains posées avec une désinvolture aguichante à sa taille, et surtout par sa façon de regarder, avec ses yeux velouteux, et de mordiller la lèvre inférieure avec ses petites dents de souris, Sarita Huanca Salaverría semblait avoir une vaste expérience, une sagesse séculaire.

Le Dr Don Barreda y Zaldívar avait un tact extrême pour interroger les mineurs. Il savait leur inspirer confiance, user de détours pour ne pas blesser leurs sentiments, et il lui était facile, avec douceur et patience, de les amener à aborder des sujets scabreux. Mais son expérience cette fois ne lui servit pas. A peine

145

eut-il demandé en termes voilés à la mineure s'il était
vrai que Gumercindo Tello l'embêtait depuis longtemps par des propos mal élevés, Sarita Huanca se mit
à parler avec volubilité. Oui, depuis qu'il vint vivre à la
Victoria, à toute heure, en tout endroit. Il allait
l'attendre à l'arrêt de l'autobus et la raccompagnait
chez elle en lui disant : « J'aimerais sucer ton miel »,
« Tu as deux petites oranges et moi une petite
banane » et « Pour toi je dégouline d'amour ». Ce ne
furent pas ces allégories, si inconvenantes dans la
bouche d'une enfant, qui chauffèrent les joues du
magistrat et entravèrent la dactylographie du
Dr Zelaya, mais les actes par lesquels Sarita se mit à
illustrer les harcèlements dont elle avait été l'objet. Le
mécanicien essayait toujours de la toucher, ici : et les
deux menottes s'élevant se gonflèrent sur sa tendre
poitrine et s'employèrent à la chauffer amoureuse-
ment. Et ici aussi : et les menottes tombaient sur ses
genoux et les parcouraient, et elles montaient, montaient, froissant la jupe, le long des (naguère encore
impubères) petites cuisses. Battant des cils, toussant,
échangeant un rapide regard avec le secrétaire, le
Dr Don Barreda y Zaldívar expliqua paternellement à
la fillette qu'il n'était pas nécessaire d'être aussi
concrète, qu'elle pouvait s'en tenir aux généralités. Et
il la pinçait aussi ici, l'interrompait Sarita, se tournant
à moitié et tendant vers lui une croupe qui sembla
subitement pousser, se gonfler comme une bulle. Le
magistrat eut le vertigineux pressentiment que son
bureau pouvait devenir d'un moment à l'autre un
temple du strip-tease.

Faisant un effort pour surmonter sa nervosité, le
magistrat, d'une voix calme, incita la mineure à
oublier les prolégomènes et à se concentrer sur l'acte
même du viol. Il lui expliqua que, bien qu'elle dût

rapporter avec objectivité les événements, il n'était pas indispensable qu'elle s'arrêtât aux détails, et il la dispensa de ceux qui — et le Dr Don Barreda y Zaldívar se racla la gorge, avec une pointe d'embarras — pourraient blesser sa pudeur. Le magistrat voulait, d'une part, abréger l'entretien, et de l'autre, le rendre décent, et il pensait qu'en rapportant l'agression érotique la fillette, logiquement choquée, allait se montrer expéditive et synoptique, prudente et superficielle.

Mais Sarita Huanca Salaverría, en entendant la suggestion du juge, ainsi qu'un coq de combat à l'odeur du sang, s'enhardit, exagéra, se lança toute dans un soliloque salace et une représentation mimico-séminale qui coupa le souffle du Dr Don Barreda y Zaldívar et plongea le Dr Zelaya en un trouble corporel franchement malséant (et peut-être masturbatoire ?). Le mécanicien avait frappé à la porte ainsi, et dès qu'elle avait ouvert il l'avait regardée comme si, et parlé comme ça, puis il s'était mis à genoux ainsi, se touchant le cœur comme ça, et lui avait adressé une déclaration comme ci, en lui jurant qu'il l'aimait comme ça. Ahuris, hypnotisés, le juge et le secrétaire voyaient la femme-enfant battre des ailes comme un oiseau, se dresser sur les pieds ainsi qu'une danseuse, s'accroupir, se redresser, sourire et se fâcher, changer sa voix et la doubler, s'imiter elle-même et Gumer-cindo Tello, et, finalement, tomber à genoux et décla-rer (lui, elle) son amour. Le Dr Don Barreda y Zaldívar allongea une main, balbutia que cela suffisait, mais déjà la victime loquace expliquait que le mécanicien l'avait menacée d'un couteau comme ci, s'était jeté sur elle comme ça, en la faisant glisser comme ci et s'étendant sur elle comme ça, et lui saisissant la jupe comme ci, et à ce moment le juge — pâle, noble, majestueux, courroucé prophète biblique — bondit de son siège et rugit : « Assez ! Assez ! Ça suffit ! » C'était la première fois de sa vie qu'il élevait la voix.

Du sol où elle s'était étendue en arrivant au point névralgique de sa graphique déposition, Sarita Huanca Salaverría regardait effrayée l'index qui semblait fulminer contre elle.

— Je n'ai pas besoin d'en savoir plus, répéta-t-il, plus doucement. Relève-toi, remets ta jupe en place, retourne vers tes parents.

La victime se releva en acquiesçant, avec un petit visage libéré de tout histrionisme et impudeur, fillette à nouveau, visiblement contrite. Faisant d'humbles saluts de la tête elle recula jusqu'à la porte et sortit. Le juge se retourna alors vers le secrétaire et, d'un ton mesuré, nullement ironique, il lui suggéra de cesser de taper à la machine car est-ce qu'il ne voyait donc pas que la feuille de papier avait glissé à terre et qu'il tapait sur le rouleau ? Cramoisi, le Dr Zelaya bégaya qu'il avait été troublé par ce qui s'était passé. Le Dr Don Barreda y Zaldívar lui sourit :

— Il nous a été donné d'assister à un spectacle hors du commun, philosopha le magistrat. Cette enfant a le diable au corps et, ce qui est pire encore, elle ne le sait probablement pas.

— Est-ce cela que les Américains appellent une Lolita, monsieur le juge ? tenta d'accroître ses connaissances le secrétaire.

— Sans aucun doute, une Lolita typique. — Et faisant contre mauvaise fortune bon cœur, loup de mer impénitent qui même des cyclones tire des leçons optimistes, il ajouta : — Réjouissons-nous, au moins, de savoir que dans ce domaine le colosse du Nord n'a pas l'exclusivité. Cette arborigène peut souffler son mâle à n'importe quelle Lolita yankee.

— On comprend qu'elle ait fait sortir de ses gonds le

bonhomme et qu'il l'ait violée, divagua le secrétaire. Après l'avoir vue et entendue, on jurerait que c'est elle qui l'a dépucelé.

— Halte-là, je vous interdis ce genre de présomptions, le reprit le juge et le secrétaire pâlit. Ne jouons pas les devins. Qu'on fasse entrer Gumercindo Tello.

Dix minutes plus tard, quand il le vit entrer dans son bureau, escorté de deux policiers, le Dr Don Barreda y Zaldívar comprit immédiatement que le catalogage du secrétaire était abusif. Il ne s'agissait pas d'un lombrosien mais de quelque chose, dans un certain sens, d'infiniment plus grave : un croyant. Avec un frisson mnémotechnique qui l'horripila jusqu'à la nuque, le juge, en voyant le visage de Gumercindo Tello, se rappela l'immuable regard de l'homme à la bicyclette et la revue *Réveille-toi* qui lui avait causé tant de cauchemars, ce regard tranquillement obstiné de celui qui sait, de celui qui ne doute pas, de celui qui a résolu les problèmes. C'était un garçon qui n'avait sans doute pas encore trente ans, et dont le physique chétif, la peau et les os sans plus, proclamait à tous les vents le mépris qu'il vouait au manger et à la matière, avec des cheveux coupés presque à ras, brun et plutôt petit. Il portait un costume gris cendré, ni dandy ni mendiant, mais entre les deux, sec maintenant mais très froissé à cause des plongeons baptismaux, une chemise blanche et des bottines avec des fers aux semelles. Un coup d'œil suffit au juge — homme au flair anthropologique — pour savoir que ses signes distinctifs étaient la discrétion, la sobriété, les idées fixes, l'impassibilité et la vocation spirituelle. Avec beaucoup d'éducation, à peine eût-il franchi la porte qu'il souhaita respectueusement au juge et au secrétaire le bonjour.

Le Dr Don Barreda y Zaldívar ordonna aux policiers de lui ôter les menottes et de sortir. C'était une habitude à lui : même les criminels les plus crapuleux, il les avait toujours interrogés seul à seul, sans contrainte, paternellement, et dans ces tête à tête ceux-ci ouvraient souvent leur cœur comme un pénitent à un confesseur. Il n'avait jamais eu à se repentir de cette pratique risquée. Gumercindo Tello se frotta les poignets et remercia de cette preuve de confiance. Le juge lui désigna un siège et le mécanicien s'assit, juste sur le bord, dans une attitude rigide, en homme que la notion même de confort incommodait. Le juge composa mentalement la devise qui régissait assurément la vie du Témoin de Jéhova : se lever du lit en ayant sommeil, de table en ayant faim et (si d'aventure il y allait) sortir du cinéma avant la fin. Il essaya de l'imaginer appâté, enflammé par la vamp infantile de la Victoria, mais cette opération imaginaire effaça sur-le-champ comme une lessive les droits de la défense. Gumercindo Tello s'était mis à parler :

— C'est vrai que nous ne nous soumettons pas aux gouvernements, partis, armées et autres institutions visibles qui sont toutes filles de Satan, disait-il avec douceur, que nous ne jurons fidélité à aucun bout de chiffon de couleur, parce que nous ne nous laissons pas embobiner par le clinquant et le déguisement, et que nous n'acceptons pas les greffes de peau ou les transfusions de sang, parce que ce que Dieu a fait la science ne le défera pas. Mais rien de cela veut dire que nous ne tenions pas nos obligations. Monsieur le juge, je suis à votre disposition pour tout ce que vous voudrez, et sachez que même avec des motifs je ne vous manquerais de respect.

Il parlait de façon posée, comme pour faciliter la tâche du secrétaire qui accompagnait d'une musique dactylographique sa péroraison. Le juge le remercia de ses aimables propos, lui fit savoir qu'il respectait

150

toutes les idées et croyances, tout spécialement les religieuses et se permit de lui rappeler qu'il n'était pas arrêté pour celles qu'il professait mais sous l'inculpation de coups et violence à mineure.

Un sourire abstrait traversa le visage du garçon de Moquegua.

— Témoin est celui qui témoigne, qui teste et atteste, révéla-t-il sa science sémantique en regardant fixement le juge, celui qui sachant que Dieu existe le fait savoir, celui qui connaissant la vérité la fait connaître. Je suis Témoin et vous deux pourriez l'être aussi avec un peu de volonté.

— Merci, pour une autre fois, l'interrompit le juge en levant l'épais dossier et lui passant sous les yeux comme s'il s'agissait d'un mets. Le temps presse et c'est cela qui importe. Au fait. Et pour commencer, un conseil : ce qui est recommandable, ce qui convient, c'est la vérité, toute la vérité.

L'accusé, ému par quelque remémoration secrète, soupira profondément.

— La vérité, la vérité, murmura-t-il tristement. Laquelle, monsieur le juge ? Ne s'agirait-il pas plutôt de ces calomnies, de ces contrebandes, de ces supercheries vaticanes qui, profitant de l'ingénuité du peuple, veulent se faire passer pour la vérité ? Modestie mise à part, je crois que je connais la vérité, mais, et je vous le demande sans vouloir vous offenser, la connaissez-vous ?

— Je me propose de la connaître, dit le juge, en tapotant astucieusement le dossier.

— La vérité autour de la fantaisie de la croix, de la farce de Pierre et de la pierre, des mitres, peut-être du crêpage de chignon papal autour de l'immortalité de l'âme ? se demandait sarcastiquement Gumercindo Tello.

— La vérité sur le délit commis par vous en abusant de la mineure Sarita Huanca Salaverría, contre-attaqua le magistrat. La vérité sur l'agression d'une innocente enfant de treize ans. La vérité sur les coups que vous lui avez donnés, les menaces dont vous l'avez terrorisée, le viol dont vous l'avez humiliée et peut-être mise enceinte.

La voix du magistrat s'était élevée, accusatrice et olympienne. Gumercindo Tello le regardait fort sérieux, raide comme la chaise qu'il occupait, sans manifester ni confusion ni repentir. A la fin, il secoua la tête avec une mansuétude de bête :

— Je suis prêt à supporter toute épreuve à laquelle voudra me soumettre Jéhova, assura-t-il.

— Il ne s'agit pas de Dieu mais de vous, le ramena sur la terre le magistrat. De vos appétits, de votre luxure, de votre libido.

— Il s'agit toujours de Dieu, monsieur le juge, s'entêta Gumercindo Tello. Jamais de vous, ni de moi ni de personne. De Lui, seulement de Lui.

— Soyez responsable, l'exhorta le juge. Tenez-vous-en aux faits. Admettez votre faute et la Justice en tiendra compte. Procédez comme l'homme religieux qui essaie de me faire croire qu'il l'est.

— Je me repens de toutes mes fautes, qui sont infinies, dit lugubrement Gumercindo Tello. Je sais très bien que je suis un pécheur, monsieur le juge.

— Bien, les faits concrets, le pressa Don Barreda y Zaldívar. Décrivez-les-moi, sans délectation morbide ni jérémiades, comment vous l'avez violée ?

Mais le Témoin de Jéhova avait éclaté en sanglots, se couvrant le visage de ses mains. Le magistrat ne se troubla pas. Il était habitué à ces brusques alternances cyclothymiques des accusés et savait en profiter pour l'examen des faits. Voyant Gumercindo Tello ainsi prostré, le corps secoué, les mains humides de larmes, Don Barreda y Zaldívar se dit, sobre et orgueilleux, en professionnel qui vérifie l'efficacité de sa technique, que l'accusé était arrivé à cet état émotif où, incapable désormais de dissimuler il allait confesser spontanément, avidement, abondamment la vérité.

— Des faits, des faits, insista-t-il. Faits, lieux, positions, paroles dites, actes. Allons, courage !

— C'est que je ne sais pas mentir, monsieur le juge, balbutia Gumercindo Tello, entre deux hoquets. Je suis prêt à souffrir tout ce que l'on voudra, insulte, prison, déshonneur. Mais je ne peux pas mentir ! Je n'ai jamais appris, j'en suis incapable !

— Bien, bien, cette incapacité vous honore, s'écria d'un geste encourageant le juge. Démontrez-la-moi. Allons, comment est-ce que vous l'avez violée ?

— Tout le problème est là, se désespéra-t-il en avalant sa salive. Je ne l'ai pas violée !

— Je vais vous dire quelque chose, monsieur Tello, articula le magistrat avec une douceur de serpent qui est encore plus méprisante. Vous êtes un faux Témoin de Jéhova ! un imposteur !

— Je ne l'ai pas touchée, je ne lui ai jamais parlé seul à seul, je ne l'ai même pas vue hier, disait, agneau qui bêle, Gumercindo Tello.

— Un cynique, un farceur, un prévaricateur spirituel, assenait le juge de glace. Si la Justice et la Morale ne vous importent pas, respectez au moins ce Dieu que vous nommez tant. Pensez qu'en ce moment même il vous regarde, et il doit être dégoûté de vous entendre mentir.

— Ni par le regard ni par la pensée je n'ai offensé cette enfant, répéta d'un accent déchirant Gumercindo Tello.

— Vous l'avez menacée, frappée et violée, éclata le

153

magistrat. Avec une luxure dégoûtante, monsieur Tello.

— Une lu-xu-re-dé-goû-tan-te ? répéta le témoin comme s'il venait de recevoir un coup de marteau.

— Avec une luxure dégoûtante, oui monsieur, répéta le magistrat et, après une pause : Avec votre verge pécheresse !

— Avec ma-ver-ge-pé-che-res-se ? bégaya, voix défaillante et expression ahurie, l'accusé. Ma-ver-ge-pé-che-res-se-a-vez-vous-dit ?

Exorbités, extravagants, excentriques et exacerbés, ses yeux allèrent du secrétaire au juge, du sol au plafond, de la chaise au bureau et là demeurèrent, parcourant papiers, dossiers, tampons-buvards. Jusqu'à s'illuminer sur le coupe-papier Tiahuanaco qui se dégageait entre tous les objets avec un éclat artistique préhispanique. Alors, d'un mouvement si rapide qu'il ne laissa pas le temps au juge ni au secrétaire de tenter un geste pour l'empêcher, Gumercindo Tello tendit la main et s'empara du poignard. Il ne fit aucun geste menaçant, tout au contraire, il étreignit, mère qui protège son petit, le couteau argenté contre sa poitrine, et adressa un regard apaisant, bienveillant et triste aux deux hommes pétrifiés de surprise.

— Vous m'offensez en croyant que je pourrais vous faire du mal, dit-il d'une voix de pénitent.

— Vous ne pourrez jamais fuir, insensé, l'avertit, en se reprenant, le magistrat. Le palais de justice est plein de policiers, ils vous tueront.

— Fuir, moi ? demanda avec ironie le mécanicien. Comme vous me connaissez mal, monsieur le juge.

— Vous ne voyez pas que vous vous dénoncez ? insista le magistrat. Rendez-moi le coupe-papier.

— Je vous l'ai emprunté pour prouver mon innocence, expliqua sereinement Gumercindo Tello.

154

Le juge et le secrétaire se regardèrent. L'accusé s'était mis debout. Il avait une expression nazaréenne, dans sa main droite le couteau lançait un éclair prémonitoire et terrible. Sa main gauche glissa sans hâte vers la rainure du pantalon qui cachait la fermeture éclair et il disait, en même temps, d'une voix douloureuse :

— Je suis pur, monsieur le juge, je n'ai jamais connu de femme. Chez moi, ce qui sert aux autres pour pécher, cela ne me sert qu'à faire pipi...

— Halte-là, l'interrompit avec un doute atroce Don Barreda y Zaldívar. Qu'allez-vous faire ?

— Le couper et le jeter aux ordures pour vous prouver le peu de cas que j'en fais, répliqua l'accusé, en montrant du menton la corbeille à papier.

Il parlait sans orgueil, avec une tranquille détermination. Le juge et le secrétaire, bouche bée, n'arrivaient pas à crier. Gumercindo Tello tenait déjà dans la main gauche le corps du délit et levait le couteau pour, bourreau qui brandit la hache et mesure la trajectoire jusqu'au cou du condamné, l'abattre et consommer l'inconcevable preuve.

Le ferait-il ? Se priverait-il ainsi, d'un coup, de son intégrité ? Sacrifierait-il son corps, sa jeunesse, son honneur en vue d'une démonstration éthico-abstraite ? Gumercindo Tello transformerait-il le plus respectable bureau judiciaire de Lima en autel de sacrifices ? Comment se terminerait ce drame juridique ?

VII

Les amours avec tante Julia avaient le vent en poupe, mais il devenait de plus en plus difficile de garder le secret. D'un commun accord, pour ne pas faire naître de soupçons dans la famille, j'avais considérablement espacé mes visites chez mon oncle Lucho. Je continuais seulement à aller ponctuellement déjeuner les jeudis. Pour nous rendre au cinéma le soir nous inventions diverses ruses. Tante Julia sortait de bonne heure, téléphonait à tante Olga pour lui dire qu'elle dînerait avec une amie et elle m'attendait au lieu de rendez-vous. L'inconvénient c'est que tante Julia devait alors passer des heures dans les rues, jusqu'à ce que je sorte du travail, sans compter que le plus souvent je ne dînais pas. D'autres fois j'allais la chercher en taxi, sans descendre ; elle était sur ses gardes et dès qu'elle le voyait s'arrêter elle sortait en courant. Mais c'était risqué : si l'on m'avait découvert, on aurait su immédiatement qu'il y avait quelque chose entre nous ; et, de toute façon, ce mystérieux inviteur, embusqué au fond d'un taxi, finirait par éveiller la curiosité, la malice, bien des questions.

Nous avions donc choisi de nous voir moins le soir et plus le jour, en profitant des creux à la radio. Tante Julia se rendait dans le centre vers les onze heures du matin, ou sur les cinq heures de l'après-midi, elle m'attendait dans une cafétéria du Camaná, ou au Cream Rica de la rue de la Unión. Je laissais revus et corrigés deux bulletins d'informations et nous pouvions passer deux heures ensemble. Nous avions écarté le Bransa de la Colmena à cause de tous les gens de Panamericana et de Radio Central qui y venaient. De temps en temps (plus exactement, les jours de paie) je l'invitais à déjeuner et nous pouvions alors être trois heures ensemble. Mais mon maigre salaire ne permettait pas pareils excès. J'avais obtenu de Genaro fils, après un discours élaboré, un matin où je le rencontrai euphorique à cause des succès de Pedro Camacho, une augmentation de salaire, ce qui me permettait de l'arrondir à cinq mille sols. J'en donnai deux mille à mes grands-parents pour les aider à la maison. J'avais bien assez des trois mille restants pour mes petits vices : le tabac, le cinéma et les livres. Mais depuis mes amours avec tante Julia ils se volatilisaient littéralement et j'étais toujours fauché, recourant fréquemment à des prêts, et même à la Caisse nationale de Prêt sur gages, sur la place d'Armes. Comme, d'autre part, j'avais de solides préjugés hispaniques sur les relations entre hommes et femmes et ne permettais en aucun cas à Julia de régler l'addition, ma situation économique devenait dramatique. Pour y remédier, je me mis à faire quelque chose que Javier qualifia sévèrement de « prostitution de plume ». C'est-à-dire que je rendais compte des livres et publiais des reportages dans des suppléments littéraires et des revues de Lima. Je les publiais sous un pseudonyme, pour avoir moins à rougir de leur piètre qualité. Mais les deux ou trois cents sols que cela me rapportait chaque mois tonifiaient mon budget.

Ces rendez-vous dans les brasseries du centre de

Lima étaient presque innocents, longues conversations très romantiques nous prenant la main, les yeux dans les yeux, et, si la topographie du lieu le permettait, en nous frôlant les genoux. Nous ne nous embrassions que lorsque personne ne pouvait nous voir, ce qui arrivait souvent, parce qu'à ces heures-là les cafés étaient toujours pleins d'employés de bureau effrontés. Nous parlions de nous, naturellement, du danger que nous courions d'être surpris par quelque membre de la famille, de la façon de conjurer ce danger, nous nous racontions avec force détails tout ce que nous avions fait depuis la dernière fois (c'est-à-dire quelques heures auparavant ou la veille), mais, en revanche, nous ne tirions aucun plan pour l'avenir. C'était un sujet tacitement banni de nos dialogues, sans doute parce qu'aussi bien elle que moi, nous étions convaincus que notre relation n'en pouvait avoir aucun. Cependant je pense que ce qui avait commencé comme un jeu devint de plus en plus sérieux dans ces chastes rencontres des cafés enfumés du centre de Lima. C'est là que, sans nous en rendre compte, nous devînmes amoureux.

Nous parlions aussi beaucoup de littérature; ou, plutôt, tante Julia écoutait et moi, je lui parlais de la chambre de bonne à Paris (ingrédient indispensable de ma vocation) et de tous les romans, les drames, les essais que j'allais écrire quand je serais écrivain. Le soir où Javier nous découvrit, au Cream Rica, je lisais à tante Julia ma nouvelle sur Doroteo Martí. Elle s'intitulait médiévalement *L'humiliation de la croix* et elle avait cinq pages. C'était la première nouvelle que je lui lisais et je le faisais très lentement, pour dissimuler mon inquiétude de son verdict. L'expérience fut catastrophique pour la susceptibilité du futur écrivain. A mesure que je progressais dans ma lecture, tante Julia m'interrompait :

— Mais ce n'était pas comme ça, tu as tout mis sens dessus dessous, me disait-elle, surprise et même fâchée, mais ce n'est pas ce que je t'ai dit, mais non...

Au comble de l'angoisse, je m'arrêtai pour lui expliquer que ce qu'elle entendait n'était pas le récit fidèle de l'anecdote qu'elle m'avait racontée, mais *une nouvelle, une nouvelle,* et que toutes les choses ajoutées ou supprimées étaient des artifices pour obtenir certains effets :

— Des effets *comiques,* soulignai-je, afin qu'elle comprenne et, ne fût-ce que par compassion, je souriais.

— Mais au contraire, protesta tante Julia qui n'en démordait décidément pas, avec ce que tu as changé tu as enlevé à l'histoire tout son sel. Qui va croire qu'il se passe tant de temps depuis que la croix commence à bouger jusqu'à ce qu'elle tombe. Et comment en rire maintenant ?

Bien que j'eus décidé, en mon for intérieur humilié, d'expédier la nouvelle sur Doroteo Martí au fond du panier, je m'enfonçais dans une défense ardente et douloureuse des droits de l'imagination littéraire à transgresser la réalité, quand je sentis qu'on me tapait sur l'épaule.

— Si je gêne, vous me le dites et je dégage, parce que je déteste casser les pieds, dit Javier en tirant une chaise à lui, s'asseyant et commandant un café au garçon. — Il sourit à tante Julia : — Enchanté, je suis Javier, le meilleur ami de ce prosateur. Tu la tenais bien gardée, l'ami.

— C'est Julia, la sœur de ma tante Olga, lui expliquai-je.

— Comment ? La célèbre Bolivienne ? s'écria-t-il, les yeux comme deux ronds de flan. — Il nous avait trouvés main dans la main, nous ne nous étions pas lâchés, et maintenant il regardait fixement, sans l'assurance mondaine qu'il affichait auparavant, nos doigts entrelacés. — Eh bien! Eh bien! Mon petit Vargas!

— Je suis la célèbre Bolivienne? demanda tante Julia. Célèbre pourquoi?

— A cause de tes moqueries si désagréables à mon égard, quand tu es arrivée, l'informai-je. Javier ne connaît que la première partie de l'histoire.

— Tu m'avais caché le meilleur, mauvais narrateur et pire ami, dit Javier en retrouvant son aisance habituelle et désignant nos mains enlacées. Qu'est-ce qu'on ne m'a pas dit, qu'est-ce qu'on ne m'a pas dit!

Il fut vraiment sympa, parlant à jet continu et sans cesser de blaguer. Tante Julia en fut ravie. Je me réjouis qu'il nous eût découverts; je n'avais pas prévu de lui raconter mes amours, parce que je répugnais aux confidences sentimentales (et plus encore dans ce cas, si compliqué) mais puisque le hasard l'avait rendu complice du secret, j'eus plaisir à pouvoir commenter avec lui les péripéties de cette aventure. Ce matin-là il s'en alla en embrassant tante Julia sur la joue en faisant une courbette :

— Je suis un entremetteur de première, vous pouvez compter sur moi.

— Pourquoi n'as-tu pas dit aussi que tu nous borderais au lit? le grondai-je l'après-midi, dès qu'il surgit dans mon pigeonnier de Radio Panamericana, avide de détails.

— C'est quelque chose comme ta tante, non? dit-il en me tapotant le dos. Elle est vachement bien, je suis impressionné. Une maîtresse vieille, riche et divorcée : vingt sur vingt!

— Ce n'est pas ma tante, mais la sœur de la femme de mon oncle, lui expliquai-je mais il le savait bien, tout en mettant en forme un article de *La Prensa* sur la guerre de Corée. Ce n'est pas ma maîtresse, elle n'est pas vieille et elle n'a pas de fric. Elle est divorcée, c'est la seule chose de vraie.

— Vieille, je voulais dire plus âgée que toi, et pour ce qui est de la richesse ce n'était pas une critique mais des félicitations, je suis partisan de mariages d'argent, se mit à rire Javier. Ainsi donc tu n'es pas son amant ? Quoi, alors ? Son amoureux ?

— Entre les deux, lui dis-je en sachant que j'allais l'irriter.

— Ah ! tu veux jouer les mystères, eh bien ! va te faire fiche, s'écria-t-il. En plus, tu es un misérable : moi je te raconte toutes mes amours avec Nancy et toi tu m'avais caché ta bonne fortune.

Je lui racontai l'histoire depuis le début, les complications que nous avions pour nous voir et il comprit pour quoi ces dernières semaines je l'avais tapé deux ou trois fois. Il s'intéressa à notre histoire, m'accabla de questions et finit par me jurer qu'il deviendrait ma bonne fée. Mais en partant il prit un ton grave :

— Je suppose que ça n'est qu'un jeu, me sermonna-t-il en me regardant dans les yeux comme un père attentif. N'oubliez pas que malgré tout vous et moi sommes encore deux morveux.

— Si je tombe enceinte, je te jure que je me ferai avorter, le tranquillisai-je.

Une fois parti, et tandis que Pascual distrayait le Grand Pablito en lui racontant un choc en série en Allemagne où une vingtaine d'automobiles s'étaient incrustées les unes dans les autres par la faute d'un touriste belge distrait qui avait stationné en pleine route pour secourir un petit chien, je restai pensif. Etait-ce sûr que cette histoire ne devenait pas sérieuse ? Oui, sûr. Il s'agissait d'une expérience différente, un peu plus mûre et audacieuse que toutes celles que j'avais vécues, mais, pour que le souvenir en fût bon, elle ne devrait pas durer longtemps. J'en étais là de mes réflexions quand Genaro fils vint m'inviter à déjeuner. Il m'emmena à Magdalena, dans un jardin péruvien, il m'imposa un riz au canard et des beignets au miel, puis à l'heure du café il me présenta la facture :

— Tu es son seul ami, parle-lui, il est en train de nous fourrer dans de beaux draps. Moi, je peux rien lui dire, il me traite d'ignorant, d'inculte, hier il a traité mon père de mésocrate. Je veux éviter d'autres histoires avec lui. Ou alors il faudrait que je le vire et ce serait une catastrophe pour l'entreprise.

Le problème c'était une lettre de l'ambassadeur d'Argentine adressée à Radio Central, d'une encre méphitique, qui protestait contre les allusions « calomnieuses, perverses et psychotiques » à la patrie de Sarmiento et San Martín qui surgissaient partout dans les feuilletons radio (que le diplomate appelait « histoires dramatiques à épisodes »). L'ambassadeur donnait quelques exemples qui, assurait-il, n'avaient pas été cherchés *ex professo* mais recueillis au hasard par le personnel de la Légation « affecté à ce genre d'émission ». Dans l'un deux on suggérait, rien de moins, que la proverbiale virilité des Portègnes était un mythe car presque tous pratiquaient l'homosexualité (et, de préférence, passive) ; dans un autre, que dans les familles de Buenos Aires, si grégaires, on sacrifiait par faim les bouches inutiles — vieillards et malades — pour alléger le budget ; dans un autre, que les bœufs ne servaient que pour l'exportation parce que dans les chaumières le mets véritablement prisé était le cheval ; dans un autre, que la pratique généralisée du football, à cause surtout du coup de tête au

162

ballon, avait lésé les gènes nationaux, ce qui expliquait l'abondance proliférante, sur les bords du Río couleur fauve, d'oligophrènes, d'acromégaliques et autres sous-variétés de crétins ; que dans les foyers de Buenos Aires — « pareille cosmopolis », précisait la lettre — il était courant de faire ses besoins à l'endroit même où l'on mangeait et dormait, dans un simple seau..

— Tu ris, et nous aussi on riait, dit Genaro fils en se rongeant les ongles, mais aujourd'hui nous avons eu la visite d'un avocat qui nous a ôté l'envie de rire. Si l'ambassade proteste auprès du gouvernement on peut nous interdire de diffuser nos feuilletons, nous flanquer une amende, fermer la radio. Supplie-le, menace-le, mais qu'il oublie une bonne fois les Argentins.

Je lui promis de faire mon possible, mais sans grand espoir connaissant les convictions inflexibles de notre homme. J'étais arrivé à me sentir son ami ; outre la curiosité entomologique qu'il m'inspirait, j'avais de l'estime pour lui. Mais était-ce réciproque ? Pedro Camacho ne semblait pas capable de perdre son temps, son énergie en amitié ni en rien qui l'eût distrait de « son art », c'est-à-dire son travail ou son vice, cette nécessité urgente qui balayait hommes, choses, appétits. Bien qu'à la vérité il me tolérât plus que les autres. Nous prenions le café (lui sa verveine-menthe), je me rendais à son réduit et lui servais de pause entre deux pages. Je l'écoutais avec la plus grande attention et cela peut-être le flattait-il ; peut-être me tenait-il pour un disciple, ou simplement étais-je pour lui ce qu'est le chien de manchon pour la vieille fille et les mots croisés pour le retraité : quelqu'un, quelque chose pour meubler le vide.

Trois choses me fascinaient chez Pedro Camacho : ce qu'il disait, l'austérité de sa vie totalement consacrée à une obsession, et sa capacité de travail. Cela surtout.

Dans la biographie d'Emil Ludwig j'avais lu la résistance de Napoléon, comment ses secrétaires s'écroulaient et lui continuait à dicter, et je me plaisais à imaginer l'empereur des Français avec le visage au nez allongé du feuilletoniste, aussi l'appelions-nous durant quelque temps, Javier et moi, le Napoléon de l'Altiplano — en alternance avec le surnom de Balzac péruvien. Par curiosité, j'en vins à établir son horaire de travail, et bien que je l'eus vérifié plusieurs fois, il me parut toujours impossible.

Il commença par quatre feuilletons par jour, mais à la vue du succès leur nombre arriva à dix, diffusés du lundi au samedi, avec une durée d'une demi-heure chaque chapitre (en réalité, vingt-trois minutes, car la publicité en accaparait sept). Comme il les dirigeait et interprétait tous, il devait rester au studio quelque sept heures par jour, en calculant que la répétition et l'enregistrement de chaque programme duraient quarante minutes (entre dix et quinze sa harangue initiale et les répétitions). Il écrivait les feuilletons au fur et à mesure qu'on les diffusait ; je m'aperçus que chaque chapitre lui prenait à peine le double du temps de son interprétation, soit une heure. Ce qui signifiait, de toute façon, quelque dix heures à la machine à écrire. Cela diminuait un peu grâce aux dimanches, son jour libre, qu'il passait, naturellement, dans son réduit, avançant son travail de la semaine. Son horaire était, donc, entre quinze et seize heures du lundi au samedi et de huit à dix heures le dimanche. Toutes heures pratiquement productives, d'un rendement « artistique » fracassant.

Il arrivait à Radio Central à huit heures du matin et en repartait vers minuit ; ses seules sorties dans la rue il les faisait avec moi, au Bransa, pour prendre ses infusions cérébrales. Il déjeunait dans sa tanière d'un sandwich et un rafraîchissement qu'allaient lui acheter dévotement Jesusito, le Grand Pablito ou l'un de ses collaborateurs. Il n'acceptait jamais d'invitation, jamais je ne l'entendis dire qu'il avait été au cinéma, au théâtre, à un match de football ou à quelque fête. Jamais je ne le vis lire un livre, une revue ou un journal, hormis son gros bouquin de citations et de ces plans qui constituaient ses « instruments de travail ». Mais je mens : un jour je lui découvris un annuaire des membres du Club national.

— J'ai corrompu le postier avec un peu de monnaie, m'expliqua-t-il comme je m'en étonnai. D'où pourrais-je tirer les noms de mes aristocrates ? Pour les autres, mes oreilles me suffisent : les plébéiens je les ramasse dans le ruisseau.

La fabrication du feuilleton, l'heure qu'il lui fallait pour produire, sans s'arrêter, chaque livret, me laissaient toujours incrédule. Je le vis bien des fois rédiger ses chapitres. Contrairement aux enregistrements dont il défendait jalousement le secret, il ne lui importait pas qu'on le regardât écrire. Tandis qu'il tapait sur sa (ma) Remington, entraient l'interrompre ses acteurs, Foulon ou le technicien du son. Il levait les yeux, répondait aux questions, faisait un geste baroque, renvoyait son visiteur avec son petit sourire épidermique, le plus opposé au rire que j'ai connu, et il continuait d'écrire. J'entrais souvent dans son réduit sous prétexte d'étudier, en disant qu'il y avait trop de bruit et de gens dans mon pigeonnier (je suivais les cours de Droit en vue des examens et j'oubliais tout après les avoir passés : qu'on ne m'ait jamais collé ne donnait pas une bonne opinion de moi mais une mauvaise de l'université). Pedro Camacho n'y voyait pas d'objection et même il semblait ne pas être fâché de cette présence humaine qui le sentait « créer ».

Je m'asseyais sur le rebord de la fenêtre et plongeais le nez dans quelque code. En réalité, je l'épiais. Il écrivait avec deux doigts, très rapidement. Je le voyais et n'en croyais pas mes yeux : il ne s'arrêtait jamais pour chercher quelque mot ou caresser une idée, jamais n'apparaissait dans ses petits yeux fanatiques et saillants l'ombre d'un doute. Il donnait l'impression de mettre au propre un texte qu'il connaissait de mémoire, dactylographiant quelque chose qu'on lui dictait. Comment était-ce possible qu'à la vitesse où tombaient ses petits doigts sur les touches il fût neuf, dix heures par jour à *inventer* les situations, les anecdotes, les dialogues de plusieurs histoires différentes ? Et pourtant c'était possible : les livres sortaient de cette petite tête obstinée et de ces mains infatigables, l'un après l'autre, à la mesure adéquate, comme des chapelets de saucisses d'une machine. Une fois terminé le chapitre, il ne le corrigeait ni même le relisait ; il le remettait à la secrétaire pour qu'elle en fasse des copies et il se mettait, sans solution de continuité, à fabriquer le suivant. Je lui dis une fois que le voir travailler me rappelait la théorie des sur-réalistes français sur l'écriture automatique, celle qui jaillit directement de l'inconscient, esquivant les censures de la raison. J'obtins une réponse nationaliste :

— Les cerveaux de notre Amérique métisse peuvent enfanter de meilleures choses que les *Franchutes*. Pas de complexes à avoir, mon ami.

Pourquoi n'utilisait-il pas, comme base pour ses histoires liméniennes, celles qu'il avait écrites en Bolivie ? Je le lui demandai et il me répondit avec ces généralités dont il était impossible de rien tirer de concret. Les histoires, pour atteindre le public, devaient être fraîches, comme les fruits et les légumes, car l'art ne supportait pas les conserves et moins encore les aliments que le temps avait pourris. D'autre part, il fallait que ce soient « des histoires de la même province que les auditeurs ». Comment les Liméniens pouvaient-ils s'intéresser à des histoires situées à La Paz ? Mais il donnait ces raisons parce que chez lui la nécessité de théoriser, de tout transformer en vérité impersonnelle, en axiome éternel, était aussi impérieuse que celle d'écrire. La raison pour laquelle il n'utilisait pas ses vieux feuilletons était sans doute plus simple : parce qu'il n'avait pas le moindre intérêt à s'épargner du travail. Vivre était, pour lui, écrire. La durée de ses œuvres n'avait pour lui aucune importance. Une fois diffusés, il oubliait ses livrets. Il m'assura qu'il ne conservait aucun double de ses feuilletons. Il les avait composés tacitement convaincu qu'ils devaient se volatiliser après avoir été digérés par le public. Je lui demandai une fois s'il n'avait jamais pensé publier :

— Mes écrits sont conservés dans un lieu plus indélébile que les livres, m'instruisit-il sur-le-champ : la mémoire des auditeurs.

J'évoquai la protestation argentine le jour même du déjeuner avec Genaro fils. Je me pointai sur le coup de six heures dans son réduit et l'invitai au Bransa. Redoutant sa réaction, je lui lâchai la nouvelle par petits bouts : il y avait des gens très susceptibles, incapables de supporter l'ironie, et, d'autre part, au Pérou, la législation en matière de diffamation était des plus sévères, une radio pouvait être fermée pour une bagatelle. L'ambassade d'Argentine, dans l'ignorance des usages élémentaires, s'était sentie blessée par quelques allusions et menaçait de déposer une plainte officielle devant la Chancellerie...

— En Bolivie on menaça même de rompre les relations diplomatiques, m'interrompit-il. Un libelle fit même courir le bruit d'une concentration de troupes aux frontières.

Il le disait d'un ton résigné, comme pensant : l'obli gation du soleil est d'envoyer des rayon , que faire si cela provoque quelque incendie.

— Les Genaro vous demandent autant que possible d'éviter de dire du mal des Argentins dans vos feuilletons, lui avouai-je en trouvant un argument que je croyais efficace : Aussi, il vaut mieux qu'on ne s'occupe même pas d'eux, en valent-ils seulement la peine?

— Oui, parce qu'*ils* m'inspirent, m'expliqua-t-il, en donnant pour terminée cette discussion.

De retour à la radio il me fit savoir, avec une inflexion espiègle dans la voix, que le scandale de La Paz « les piqua au vif » et qu'il fut provoqué par une œuvre de théâtre sur « les habitudes bestiales des gauchos ». A Panamericana je dis à Genaro fils qu'il ne devait pas se faire d'illusions sur mon efficacité comme médiateur.

Deux ou trois jours plus tard, je connus la pension de famille de Pedro Camacho. Tante Julia était venue me rejoindre à l'heure du dernier bulletin d'informations, parce qu'elle voulait voir un film qu'on donnait au ciné Metro, avec un des grands couples romantiques : Greer Garson et Walter Pidgeon. Vers les minuit nous traversions la place San Martín pour prendre le bus quand j'aperçus Pedro Camacho qui sortait de Radio Central. Dès que je le lui montrai, tante Julia voulut lui être présentée. Nous approchâmes et, en apprenant qu'il s'agissait d'une de ses compatriotes, il se montra fort aimable.

— Je suis une de vos grandes admiratrices, lui dit tante Julia, et pour lui plaire encore davantage elle mentit; depuis la Bolivie, je ne manque pas vos feuilletons.

Nous marchâmes avec lui, presque sans nous en rendre compte, jusqu'à la rue Quilca, et durant le trajet Pedro Camacho et tante Julia eurent une conversation patriotique dont je fus exclu, où défilèrent les mines du Potosí et la bière Taquiña, cette soupe de maïs qu'ils appellent *lagua*, le maïs au fromage frais. Le climat de Cochabamba, la beauté des femmes de Santa Cruz et autres orgueils boliviens. Le scribe semblait fort satisfait de dire monts et merveilles de sa patrie. En arrivant à la porte d'un immeuble avec des balcons et des jalousies il s'arrêta. Mais ne se sépara pas de nous :

— Montez, nous proposa-t-il. Bien que mon dîner soit simple, nous pouvons le partager.

La pension La Tapada était une de ces vieilles maisons à deux étages du centre de Lima, construites au siècle dernier et qui furent souvent amples, confortables et peut-être somptueuses, mais qui ensuite, au fur et à mesure que les gens aisés désertaient le centre pour gagner les stations balnéaires et que la vieille Lima baissait de catégorie, tombèrent en ruine et se remplirent d'habitants, se subdivisant jusqu'à devenir de véritables ruches, grâce à des cloisons qui doublent ou quadruplent les pièces et à de nouveaux réduits bâtis n'importe comment dans les halls d'entrée, les terrasses, voire les balcons et les escaliers. La pension La Tapada donnait l'impression d'être sur le point de s'écrouler ; les marches par où nous montâmes à la chambre de Pedro Camacho se balançaient sous notre poids, et des nuages de poussière s'élevaient qui faisaient éternuer tante Julia. Une croûte de misère recouvrait tout, murs et sols, et il était évident que la maison n'avait jamais été ni balayée ni lavée. La chambre de Pedro Camacho ressemblait à une cellule. Elle était très petite et presque vide. Il y avait un sommier sans dosseret, recouvert d'une couverture décolorée et un oreiller sans housse, une petite table recouverte de toile cirée et une chaise paillée, une valise et une ficelle tendue entre deux murs sur laquelle se balançaient des caleçons et des chaussettes. Que le scribe lavât lui-même son linge je n'en fus pas surpris, mais qu'il se fasse à manger, oui. Il y avait un réchaud sur le rebord de la fenêtre, une bouteille d'essence, des assiettes et des couverts en fer-blanc, quelques verres. Il proposa la chaise à tante Julia et à moi le lit d'un geste magnifique :

— Prenez place. La demeure est pauvre mais le cœur est grand.

Il prépara le dîner en deux minutes. Il avait les ingrédients dans un sac en plastique, mias au frais sur la fenêtre. Le menu consista en saucisses bouillies avec un œuf frit, du pain avec du beurre et du fromage, et un yaourt au miel. On le vit le préparer adroitement, en homme habitué à le faire quotidiennement, et j'eus la certitude que ce devait être son menu de toujours.

Tandis que nous mangions, il se montra bavard et galant, et condescendit à traiter des thèmes tels que la recette de la crème renversée (que tante Julia lui demanda) et la lessive la plus économique pour le linge blanc. Il n'acheva pas son repas ; en écartant son assiette, montrant les restes, il se permit une blague :

— Pour l'artiste manger est un vice, mes amis.

En voyant sa bonne humeur, je me risquai à l'interroger sur son travail. Je lui dis que j'enviais sa résistance et que, malgré un horaire de galérien, il ne parût jamais fatigué.

— J'ai ma stratégie pour que la journée soit attrayante, nous avoua-t-il.

Baissant le ton, comme pour que des rivaux fantomatiques n'aillent pas découvrir ses secrets, il nous dit

170

qu'il n'écrivait jamais plus de soixante minutes une même histoire et que passer d'un sujet à un autre était rafraîchissant, car il avait chaque heure l'impression de commencer un travail.

— C'est dans la diversité que se trouve le plaisir, messieurs, répétait-il, les yeux excités et avec des grimaces de gnome maléfique.

C'est pourquoi il était important que les histoires fussent ordonnées non par affinité mais pas contraste : le changement total de climat, de lieu, de sujet et de personnages renforçait la sensation rénovatrice. D'un autre côté, les infusions de verveine-menthe étaient utiles, elles dégageaient les conduits cérébraux et l'imagination en était reconnaissante. Et cette idée, au bout d'un certain temps, de laisser la machine pour se rendre au studio, ce passage de l'écriture à la direction et à l'interprétation étaient aussi des repos, des transitions tonifiantes. Mais, en outre, il avait découvert au cours des années quelque chose, quelque chose qui pourrait sembler aux ignares et aux insensibles peut-être un enfantillage. Quoique, était-ce important ce que pouvait bien penser cette engeance ? Nous le vîmes hésiter, se taire et son petit visage de caricature s'attrister :

— Ici, malheureusement, je ne peux le mettre en pratique, dit-il avec mélancolie. Excepté les dimanches, où je suis seul. Les jours de semaine il y a trop de curieux et ils ne comprendraient pas.

Depuis quand ces scrupules chez lui qui regardait olympiennement les mortels ? Je vis tante Julia aussi suspendue que moi à ses lèvres :

— Vous ne pouvez pas nous laisser l'eau à la bouche, le supplia-t-elle. Quel est ce secret, monsieur Camacho ?

Il nous observa un moment en silence, comme

l'illusionniste qui contemple, satisfait, l'attention qu'il est parvenu à éveiller. Puis, avec une lenteur sacerdotale, il se leva (il était assis sur la fenêtre, près du réchaud), se dirigea vers sa valise, l'ouvrit, et se mit à tirer de ses entrailles, comme le prestidigitateur tire des colombes ou des drapeaux de son haut-de-forme, une collection inattendue d'objets : une perruque de magistrat anglais, des moustaches postiches de toutes tailles, un casque de pompier, un insigne militaire, des masques de grosse femme, de vieillard, d'enfant stupide, le bâton d'un agent de la circulation, la casquette et la pipe d'un loup de mer, la blouse blanche d'un médecin, un faux nez, des oreilles postiches, une barbe en coton... Comme un robot électrique, il montrait les accessoires et, était-ce pour que nous les appréciions mieux, par nécessité intime ? il les passait, mettait, ôtait avec une dextérité qui dénonçait une habitude invétérée, un maniement assidu. De la sorte, devant tante Julia et moi qui le regardions ahuris, il se transformait en médecin, en marin, en juge, en vieille dame, en mendiant, en bigote, en cardinal... Tout en opérant ces transformations, il parlait plein d'ardeur :

— Pourquoi n'aurais-je pas le droit, pour entrer dans la peau des personnages de ma propriété, de leur ressembler ? Qui m'interdit d'avoir, tandis que je les décris, leur nez, leurs cheveux, leur manteau ? disait-il en troquant un chapeau de cardinal pour une bouffarde, la bouffarde pour un cache-poussière, le cache-poussière pour une béquille. Qui cela peut-il gêner que j'excite mon imagination de ces quelques frusques ? Qu'est-ce que le réalisme, messieurs, le soi-disant réalisme, qu'est-ce que c'est ? Quelle meilleure façon de faire de l'art réaliste que de s'identifier matériellement avec la réalité ? Et le travail n'en est-il pas plus facile, plus amène, plus dynamique ?

Mais, bien sûr — et sa voix se fit d'abord furieuse, puis désolée —, l'incompréhension et la stupidité des gens interprétaient tout de travers. Si on le voyait à Radio Central écrire déguisé, que de médisances sur son compte! on ferait courir le bruit que c'est un travesti, son bureau se transformerait en aimant attirant la foule morbide. Il finit de ranger ses masques et autres objets, ferma la valise et revint à sa fenêtre. Maintenant il était triste. Il murmura qu'en Bolivie, où il travaillait toujours dans son propre *atelier*, il n'avait jamais eu de problème « avec les frusques ». Ici, en revanche, il ne pouvait écrire selon son habitude que le dimanche.

— Ces déguisements vous vous les procurez en fonction des personnages ou inventez-vous les personnages à partir des déguisements que vous avez déjà ? lui demandai-je, pour dire quelque chose, encore sous le coup de ma stupéfaction.

Il me regarda comme un nouveau-né :

— On voit bien que vous êtes très jeune, me reprit-il doucement. Vous ne savez donc peut-être pas que ce qui vient en premier c'est toujours le verbe ?

Quand, après l'avoir remercié chaleureusement pour son invitation, nous regagnâmes la rue, je dis à tante Julia que Pedro Camacho nous avait donné une preuve de confiance exceptionnelle en nous faisant part de son secret, et que j'en étais ému. Elle était contente : elle n'avait jamais imaginé que les intellectuels puissent être des types aussi drôles.

— Bon, ils ne sont pas tous comme ça, me moquai-je. Pedro Camacho est un intellectuel entre guillemets. As-tu remarqué qu'il n'y a pas un seul livre dans sa chambre ? Il m'a expliqué qu'il ne lit pas pour ne pas être influencé dans son style.

Nous rentrâmes par les rues taciturnes du centre,

main dans la main et je lui disais qu'un dimanche je me rendrais à Radio Central uniquement pour voir le scribe entrer dans la peau de ses personnages au moyen de ses déguisements.

— Il vit comme un mendiant, on n'a pas le droit, protestait tante Julia. Alors que ses feuilletons sont si fameux, je croyais qu'il devait gagner des sommes folles.

Elle était préoccupée de n'avoir vu dans la pension de La Tapada ni une baignoire ni une douche, à peine un cabinet et un lavabo rongés d'humidité à l'entresol. Est-ce que je croyais que Pedro Camacho ne se baignait jamais ? Je lui dis que le scribe se souciait de ces vétilles comme d'une guigne. Elle m'avoua qu'en voyant la malpropreté de la pension elle avait ressenti du dégoût, qu'elle avait fait un effort surhumain pour avaler la saucisse et l'œuf. Une fois dans le taxi collectif, une vieille guimbarde qui s'arrêtait à chaque angle de l'avenue Arequipa, tandis que je l'embrassais doucement dans l'oreille, dans le cou, je l'entendis dire alarmée :

— Ou alors les écrivains sont des crève-la-faim. Est-ce que ça signifie que tu vivras toujours dans la misère, Varguitas ?

Depuis qu'elle l'avait entendu de Javier, elle aussi m'appelait Varguitas.

VIII

Don Federico Téllez Unzátegui regarda sa montre,
vit qu'il était midi, dit à la demi-douzaine d'employés
de « Dératisation S.A. » qu'ils pouvaient s'en aller
déjeuner, et ne leur rappela pas qu'ils devaient être de
retour à trois heures pile, pas une minute plus tard,
parce qu'ils savaient tous pertinemment que, dans
cette entreprise, le manque de ponctualité était sacrilège : on était mis à l'amende et même renvoyé. Dès
qu'ils furent partis, don Federico, selon son habitude,
ferma lui-même les bureaux à double tour, enfonça son
chapeau gris souris et se dirigea, par les trottoirs
grouillants de la rue Huancavelica, vers le parc de
stationnement où il rangeait son automobile (une
limousine Dodge).

C'était un homme qui inspirait de la crainte et des
idées lugubres, quelqu'un à qui il suffisait de traverser
la rue pour qu'on voie tout de suite qu'il était différent
de ses concitoyens. Il était dans la fleur de l'âge, la
cinquantaine, et ses signes particuliers — large front,
nez aquilin, regard pénétrant, esprit plein de rectitude
— auraient pu faire de lui un don Juan s'il s'était
intéressé aux femmes. Mais don Federico Téllez Unzátegui avait consacré son existence à une croisade et il
ne permettait que rien ni personne — sauf les indispen-

sables heures de sommeil, de nourriture et de vie de famille — ne l'en détournait. Cela faisait quarante ans qu'il livrait cette bataille dont le but était l'extermination de tous les rongeurs du territoire national.

La raison de cette chimère, ses relations et même sa femme et ses quatre enfants l'ignoraient. Don Federico Téllez Unzátegui la cachait mais ne l'oubliait pas : jour et nuit elle hantait sa mémoire, cauchemar persistant dont il tirait de nouvelles forces, haine renouvelée pour persévérer dans ce combat que certains considéraient comme saugrenu, d'autres repoussant et, la plupart, commercial. A cet instant même, tandis qu'il pénétrait dans le parc de stationnement, vérifiait d'un œil de condor que la Dodge avait été lavée, la mettait en marche et attendait deux minutes (montre en main) que le moteur chauffât, ses pensées une fois de plus, papillons voletant autour des flammes où ils brûleraient leurs ailes, remontaient le temps, l'espace, jusqu'au village reculé de son enfance et l'effroi où se forgea son destin.

C'était arrivé dans la première décennie du siècle, quand Tingo María était à peine une croix sur la carte, un groupe de cabanes entourées par la jungle abrupte. C'est là qu'échouaient parfois, après des fatigues infinies, des aventuriers qui abandonnaient la mollesse de la capitale avec l'illusion de conquérir la forêt vierge. C'est ainsi qu'était arrivé dans la région l'ingénieur Hildebrando Téllez, avec sa jeune épouse (dans les veines de laquelle, ainsi que le proclamaient son prénom Mayte et son nom Unzátegui, coulait le sang bleu des Basques) et un jeune enfant : Federico. L'ingénieur nourrissait des projets grandioses : abattre des arbres, exporter des bois précieux pour le bâtiment et le mobilier des gens riches, cultiver l'ananas, l'avocat, la pastèque, le corossol et la sapote pour les palais exotiques du monde, et, avec le temps, un service de bateaux à vapeur sur les fleuves de l'Amazonie. Mais les dieux et les hommes réduisirent en cendres ces feux. Les catastrophes naturelles — pluies, fléaux, inondations — et les limites humaines — manque de main-d'œuvre, paresse et crétinisme de celle dont il disposait, alcool, manque de crédit — ruinèrent l'un après l'autre les idéaux du pionnier qui, deux ans après son arrivée à Tingo María, devait gagner sa pitance modestement avec une petite exploitation de patates, en amont du fleuve Pendencia. C'est là, dans une cabane de troncs et de palmes, qu'une nuit chaude les rats mangèrent vive, dans son berceau sans mousti-quaire, sa fillette nouveau-née María Téllez Unzátegui.

Cela arriva d'une façon simple et atroce. Le père et la mère étaient les parrains d'un baptême et passaient la nuit, pour les fêtes traditionnelles, de l'autre côté du fleuve. L'exploitation agricole était restée à la charge du contremaître qui, avec les deux autres péons, avait un abri loin de la cabane du patron. C'est là que dormaient Federico et sa sœur. Mais le garçon avait l'habitude, à la saison chaude, de tirer son grabat au bord du Pendencia où il dormait bercé par le bruit de l'eau. C'est ce qu'il avait fait cette nuit-là (il devait se le reprocher sa vie durant). Il se baigna à la lumière de la lune, se coucha et s'endormit. Dans ses rêves il lui sembla entendre un sanglot de petite fille. Il ne fut pas suffisamment fort ou long pour le réveiller. A l'aube, il sentit des petites dents acérées sur son pied. Il ouvrit les yeux et crut mourir, ou, plutôt, être mort et se trouver en enfer : des dizaines de rats l'entouraient, trébuchant, se poussant, se tortillant et, surtout, masti-quant ce qui était à leur portée. Il bondit du grabat, prit un bâton, à force de cris réussit à alerter le contremaître et les péons. A eux tous, avec des torches, des bâtons, à coups de pied ils éloignèrent la colonie de rongeurs. Mais quand ils entrèrent dans la cabane (plat de résistance du festin des bêtes affamées) de la fillette il ne restait plus qu'un petit tas d'os.

Les deux minutes s'étaient écoulées et don Federico Téllez Unzátegui partit. Il avança, en un serpent d'automobiles, sur l'avenue Tacna, pour prendre les avenues Wilson et Arequipa, vers le quartier du Barranco où l'attendait son déjeuner. En freinant aux feux rouges, il fermait les yeux et sentait, comme toujours lorsqu'il se rappelait ce petit matin terrifiant, une sensation acide et effervescente. Parce que, comme le dit la sagesse des nations, « un malheur ne vient jamais seul ». Sa mère, la jeune femme de lignée basque, sous l'effet de la tragédie, contracta un hoquet chronique qui lui provoquait des spasmes, l'empêchait de manger et déclenchait l'hilarité des gens. Elle ne prononça plus jamais un mot; seulement des bruits rauques et des gargouillis. Elle était toujours les yeux épouvantés, secouée de hoquets, se consumant jusqu'à mourir quelques mois plus tard d'épuisement. Son père se laissa aller, perdit son ambition, son énergie, l'habitude de se laver. Quand, par négligence, il se laissa ravir son exploitation, il gagna un temps sa vie comme batelier, faisant passer des hommes, des marchandises et des animaux d'une rive à l'autre du Huallaga. Mais un jour les eaux du courant brisèrent son radeau contre les arbres et il n'eut pas le courage d'un fabriquer un autre. Il s'enfonça dans les flancs libidineux de cette montagne aux mamelles maternelles et aux hanches avides que l'on appelle la Belle au Bois Dormant, se construisit un refuge avec des tiges et des feuilles, laissa pousser ses cheveux et sa barbe et il resta là des années à manger des herbes et fumant des feuilles qui donnent le vertige. Quand Federico, adolescent, abandonna la forêt, l'ex-ingénieur était appelé le sorcier de Tingo María et vivait près de la Grotte de Las Pavas, acoquiné avec trois indigènes de Huanaco dont il avait eu plusieurs enfants rustiques au ventre rond.

Seul Federico sut faire face à la catastrophe avec créativité. Ce même matin, après avoir été fouetté pour avoir laissé seule sa sœur dans la cabane, l'enfant (devenu homme en quelques heures), s'agenouillant devant le monticule qui était la tombe de María, jura de se consacrer jusqu'à son dernier souffle à l'anéantissement de l'espèce assassine. Pour donner plus de force à son serment, il arrosa du sang de sa flagellation la terre qui recouvrait la fillette.

Quarante ans plus tard, constance des hommes probes qui déplace les montagnes, don Federico Téllez Unzátegui pouvait se dire, tandis que sa limousine roulait sur les avenues vers son frugal déjeuner quotidien, qu'il avait prouvé qu'il était un homme de parole. Parce que durant tout ce temps, grâce à son œuvre et son inspiration, très probablement plus de rongeurs avaient péri que n'étaient nés de Péruviens. Tâche difficile, pleine d'abnégation, sans récompense, qui avait fait de lui un être strict et sans amis, aux habitudes à part. Au début, alors qu'il était encore un enfant, le plus dur fut de vaincre son dégoût pour les bestioles grisâtres. Sa technique initiale avait été primitive : le piège. Il acheta avec ses économies, au bazar du matelassier « *Au profond Sommeil* » de l'avenue Raimondi, un piège qui lui servit de modèle pour en fabriquer plusieurs autres. Il coupait les bouts de bois, les fils de fer, les tordait et deux fois par jour les disposait dans les limites de l'exploitation agricole. Parfois, quelques bestioles attrapées étaient encore vivantes. Tout remué, il les achevait à petit feu, ou les faisait souffrir en les piquant, les mutilant ou leur crevant les yeux.

Mais quoique enfant son intelligence lui fit comprendre que s'il s'abandonnait à ces penchants il échouerait : son devoir était quantitatif, pas qualitatif. Il ne s'agissait pas d'infliger la plus grande souffrance par unité d'ennemi mais de détruire le plus grand nombre d'unités à la fois. Avec une lucidité et une volonté remarquables pour son âge, il extirpa de lui tout sentimentalisme, et procéda désormais, dans sa tâche génocide, selon un critère glacial, statistique, scientifique. Prenant sur ses heures au collège des Frères Canadiens et sur son sommeil (mais non pas sur ses récréations, parce que depuis la tragédie il ne joua plus jamais), il perfectionna les pièges, leur adjoignant une lame qui tailladait le corps de la victime de façon qu'elle ne restât jamais vivante (non pour lui épargner de souffrir mais pour ne pas perdre du temps à l'achever). Il fabriqua ensuite des pièges multifamiliaux, larges à la base, où une fouchette à arabesques pouvait écrabouiller simultanément le père, la mère et quatre petits. Cette occupation fut vite connue dans la région et, insensiblement, elle passa du stade de la vengeance, de la pénitence personnelle à celui d'un service communautaire, tant bien que mal rétribué. On appelait l'enfant des terres voisines ou éloignées dès qu'il y avait des indices d'invasion et lui, avec la diligence d'une fourmi omnipotente, il les nettoyait en quelques jours. De Tingo María aussi on commença à solliciter ses services, des cabanes, des maisons, des bureaux, et l'enfant eut son moment de gloire quand le capitaine de la Garde Civile le chargea de débarrasser le commissariat, qui avait été occupé par les muridés. Tout l'argent qu'il recevait, il le dépensait à fabriquer de nouveaux pièges afin d'étendre ce que les naïfs croyaient être sa perversion ou son négoce. Quand l'ex-ingénieur s'enfonça dans l'enchevêtrement sexueloïde de la Belle au Bois Dormant, Federico, qui avait abandonné le collège, commençait à compléter l'arme blanche des pièges par une autre, plus subtile : les poisons.

Ce travail lui permit de gagner sa vie à un âge où les autres garçons font tourner des toupies. Mais le transforma aussi en pestiféré. On l'appelait pour tuer les prolifiques rongeurs, mais on ne l'asseyait jamais à sa table ni ne lui disait de paroles affectueuses. Si cela le fit souffrir, il ne permit jamais qu'on le remarquât, et même on aurait dit plutôt que la répugnance de ses concitoyens le flattait. C'était un adolescent renfermé, laconique, que nul ne pouvait se targuer d'avoir fait ou vu rire, et dont l'unique passion semblait être celle de tuer les immondes. Il prenait de modestes honoraires pour sa peine, mais faisait aussi des campagnes *ad honorem,* dans les maisons des pauvres, où il se présentait avec son sac de pièges et ses fioles de poisons dès qu'il s'informait que l'ennemi y avait établi son camp. A la mort des maudits, technique que le jeune homme raffinait sans repos, s'ajouta le problème de l'élimination des cadavres. C'était ce qui dégoûtait le plus les familles, maîtresses de maison ou domestiques. Federico agrandit son entreprise en entraînant l'idiot du village, un bossu aux yeux strabiques qui vivait chez les servantes de Saint-Joseph, pour qu'en échange de sa pitance il recueillît dans un sac les restes des suppliciés et allât les brûler derrière le Coliseo Abad ou les offrir comme festin aux chiens, chats, cochons et vautours de Tingo María.

Combien de temps s'était écoulé depuis lors ! Au feu rouge de l'avenue Javier Prado, don Federico Téllez Unzátegui se dit qu'il avait indubitablement progressé depuis qu'adolescent Il parcourait du matin au soir les rues boueuses de Tingo María, suivi par cet idiot, livrant artisanalement la guerre contre les assassins de María. C'était alors un jeune homme qui n'avait d'autre linge que celui qu'il portait et à peine un aide. Trente-cinq ans plus tard, il dirigeait un complexe technico-commercial, qui avait des ramifications dans toutes les villes du Pérou, auquel appartenaient quinze fourgons et soixante-dix-huit experts en fumigation de cachettes, mélange de poisons et installation de pièges. Ceux-ci opéraient sur le front de bataille — les rues, maisons et terres du pays — voués à la recherche, l'encerclement et l'extermination, et recevaient ordres, assistance et appui logistique de l'état-major qu'il présidait (les six technocrates qui venaient de s'en aller déjeuner). Mais en plus de cette constellation, don Federico faisait intervenir dans la croisade deux laboratoires, avec lesquels il avait signé des contrats (qui étaient pratiquement des subventions) afin que d'une façon continue, ils expérimentent de nouveaux poisons, étant donné que l'ennemi avait une prodigieuse capacité d'immunisation : après deux ou trois campagnes, les toxiques devenaient obsolètes, simples mets pour ceux qu'ils avaient l'obligation de tuer. En outre, don Federico — qui, à cet instant, à l'apparition du feu vert, mettait en première et poursuivait sa route vers les quartiers du bord de mer — avait institué une bourse grâce à laquelle « Dératisation S.A. » envoyait chaque année un chimiste frais émoulu à l'université de Baton Rouge se spécialiser en raticides.

C'est précisément ce sujet — la science au service de sa religion — qui avait poussé, vingt ans auparavant, don Federico Téllez Unzátegui à se marier. Etre humain au bout du compte, il avait conçu un jour dans son cerveau l'idée d'une dense phalange d'hommes de son propre sang et de son même esprit, auxquels il inculquerait dès le berceau la fureur contre les Dégoûtants, et qui, exceptionnellement éduqués, continueraient, peut-être au-delà des frontières de leur patrie, sa mission. L'image de six, sept Téllez diplômés, dans des universités en renom, qui répéteraient et éterniseraient son serment, le poussa, lui qui était l'inappétence maritale incarnée, à recourir à une agence matrimoniale, laquelle, moyennant une rétribution quelque peu excessive, lui fournit une épouse de vingt-cinq ans, peut-être pas d'une beauté rayonnante — il lui manquait des dents et, comme ces petites dames de la région irriguée par l'hyperboliquement nommé Río de la Plata, elle avait des bourrelets de graisse à la taille et aux mollets —, mais avec les trois qualités qu'il avait exigées : une santé irréprochable, un hymen intact et une grande fécondité.

Doña Zoila Saravia Durán était une jeune fille de Huanuco dont la famille, revers de la vie qui joue des hauts et des bas, était descendue de l'aristocratie provinciale au sous-prolétariat de la capitale. Elle avait été élevée à l'école gratuite que les Mères salésiennes possédaient — raisons de conscience ou de publicité ? — près de l'école payante, et elle avait poussé, comme toutes ses camarades, avec un complexe argentin qui, dans son cas, se traduisait par la docilité, le mutisme et l'appétit. Elle avait passé sa vie à travailler comme surveillante chez les salésiennes et le statut vague, indéterminé de sa fonction — domestique, ouvrière, employée ? — avait aggravé cette insécurité servile qui la faisait acquiescer et remuer moutonnièrement la tête à tout propos. Lorsqu'elle devint, à vingt-quatre ans, orpheline, elle se hasarda à rendre visite, après bien des hésitations, à l'agence matrimoniale qui la mit en contact avec celui qui allait être son époux et son maître. L'inexpérience érotique des époux fit que la consommation du mariage fut très lente, un véritable feuilleton où, entre les velléités et les fiascos par précocité, manque de précision dans le tir et fausse route, les chapitres se succédaient, le suspense allait croissant, et l'hymen têtu n'était toujours pas perforé. Paradoxalement, s'agissant d'un couple si vertueux, doña Zoila perdit d'abord sa virginité (non par vice mais par hasard stupide et manque d'entraînement des nouveaux mariés) de façon hétérodoxe, c'est-à-dire sodomique.

Hormis cette abomination fortuite, la vie du couple avait été fort correcte. Doña Zoila était une épouse diligente, économe et obstinément disposée à respecter les principes (que d'aucuns appelleraient excentricités) de son mari. Elle n'avait jamais contesté, par exemple, l'interdiction imposée par don Federico d'utiliser de l'eau chaude (parce que, selon lui, cela énervait la volonté et provoquait des rhumes) quoique même encore, après vingt ans, elle devînt toujours violacée en entrant sous la douche. Elle n'avait jamais enfreint la clause du (non écrit mais su par cœur) code familial établissant que nul ne dormirait au foyer plus de cinq heures, pour ne pas contracter de la mollesse, quoique chaque aurore quand, à cinq heures, sonnait le réveil, leurs bâillements de crocodile fissent trembler les vitres. Elle avait accepté avec résignation que fussent exclus des distractions familiales, comme immorales, le cinéma, la danse, le théâtre, la radio, et, comme onéreuses, les restaurants, les voyages et toute fantaisie dans la tenue corporelle et la décoration mobilière. Mais seulement pour son péché mignon, la gourmandise, elle avait été incapable d'obéir au maître de la maison. Bien des fois étaient apparus au menu de la viande, du poisson et des desserts à la crème. C'était le seul chapitre de sa vie où don Federico Téllez Unzátegui n'avait pu imposer sa volonté : un strict végétarisme.

Mais doña Zoila n'avait jamais tenté de pratiquer son vice en cachette de son mari qui, à cet instant, pénétrait avec sa limousine dans le coquet quartier de Miraflores, en se disant que cette sincérité, si elle ne rachetait pas, excusait du moins le péché de son épouse. Quand ses besoins urgents étaient plus forts que son esprit d'obéissance, elle dévorait son bifteck aux petits oignons, ou sa sole aux piments, ou sa tarte aux pommes et à la crème Chantilly, sous ses yeux, rouge de honte et d'avance résignée au châtiment correspondant. Elle n'avait jamais protesté contre les sanctions. Si don Federico (pour une grillade ou une tablette de chocolat) lui interdisait de parler pendant trois jours, elle se bâillonnait elle-même pour ne pas même fauter en rêve, et si la peine était de vingt fessées, elle se hâtait de défaire sa jupe et de préparer l'arnica.

Non, don Federico Téllez Unzátegui, tandis qu'il jetait un regard au gris (couleur qu'il haïssait) océan Pacifique, au-dessus du quai de Miraflores, que sa limousine venait de fouler, se dit qu'après tout doña Zoila ne l'avait pas déçu. Le grand échec de sa vie c'étaient ses enfants. Quelle différence entre l'avant-garde aguerrie de princes de l'extermination à laquelle il avait rêvé et ces quatre héritiers que lui avaient infligés Dieu et la gourmande.

Tout d'abord il n'avait eu que des mâles, au nombre de deux. Mais voilà, jamais il n'avait pensé que doña Zoila pût enfanter des femelles. Rude coup pour lui. La première fille constitua une déception, quelque chose qu'on pouvait attribuer au hasard. Mais comme la quatrième grossesse déboucha aussi sur un être sans phallus ni testicules visibles, don Federico atterré à l'idée de procréer désormais des êtres incomplets, interrompit drastiquement toute velléité de descendance (ce pourquoi il remplaça le grand lit dans leur chambre par deux lits jumeaux). Il ne détestait pas les femmes ; simplement, comme il n'était ni érotomane ni vorace, à quoi pouvaient bien lui servir des personnes dont les meilleures aptitudes étaient la fornication et la cuisine ? Se reproduire n'avait eu pour lui d'autre raison que de perpétuer sa croisade. Cet espoir partit en fumée avec l'arrivée de Teresa et de Laura, car don Federico n'était pas de ces modernistes qui prétendent que la femme, outre son clitoris, a aussi de la cervelle et peut travailler d'égal à égal avec l'homme. D'un autre côté, il était angoissé à l'idée que son nom roulât dans le ruisseau. Les statistiques ne répétaient-elles pas jusqu'à la nausée que quatre-vingt-quinze pour cent des femmes ont été, sont ou seront des prostituées ? Pour faire en sorte que ses filles réussissent à se placer parmi les cinq pour cent de femmes vertueuses, don Federico avait organisé leur vie selon un système pointilleux : jamais de décolletés, hiver comme été des bas sombres, des tabliers et des chandails à manches longues, jamais de maquillage aux ongles, lèvres, yeux ni joues, jamais de coiffure en tresses, rouleau ou queue de cheval et tout l'attirail pour harponner les garçons ; ne jamais pratiquer de sports ni de loisirs qui impliquent la promiscuité de l'homme, comme d'aller à la plage ou d'assister aux fêtes d'anniversaire. Les contraventions étaient toujours punies corporellement.

Mais ce n'est pas seulement l'immixtion de femelles dans sa descendance qui l'avait découragé. Les garçons — Ricardo et Federico fils — n'avaient pas hérité les vertus du père. Ils étaient mous, paresseux, aimant les activités stériles (comme de mâcher du chewing-gum ou de jouer au football) et n'avaient pas manifesté le moindre enthousiasme lorsque Federico leur avait expliqué l'avenir qu'il leur réservait. Durant les vacances, quand, pour les entraîner, il les faisait travailler avec les combattants des premières lignes, ils se montraient nonchalants, se rendaient avec une évidente répugnance sur le champ de bataille. Et une fois il les surprit à murmurer des obscénités contre l'œuvre de sa vie, à avouer qu'ils avaient honte de leur père. Il les avait tondus comme des bagnards, naturellement, mais cela ne l'avait pas libéré du sentiment de trahison que lui avait causé cette conversation de conspirateurs. Don Federico, maintenant, ne se faisait plus d'illusions. Il savait qu'une fois mort ou affaibli par les ans, Ricardo et Federico fils s'éloigneraient de la voie qu'il leur avait tracée, changeraient de profession (en en choisissant une autre pour ses attraits chrématistiques) et que son œuvre resterait — comme certaine célèbre symphonie — inachevée.

C'est à cette seconde précise que don Federico Téllez Unzátegui, pour son malheur psychique et physique, aperçut la revue qu'un vendeur de journaux passait par la fenêtre de sa limousine, la couverture aux couleurs pécheresses dans le soleil du matin. Son visage se contracta en une grimace courroucée en voyant sur la couverture la photo d'une plage avec deux baigneuses dans ce simulacre de maillot qu'osaient porter certaines hétaïres, quand avec une sorte de déchirement douloureux du nerf optique et ouvrant la bouche comme un loup qui hurle à la lune, don Federico reconnut les deux baigneuses demi nues au sourire obscène. Il sentit une horreur qui pouvait rivaliser avec celle qu'il avait éprouvée, ce matin amazonique, sur les bords du Pendencia, en apercevant sur un berceau noirci de crottes de souris le squelette disloqué de sa sœur. Le feu passait au vert, les autos derrière lui klaxonnaient. Maladroitement il tira son portefeuille, paya le produit licencieux, démarra et, sentant qu'il allait entrer en collision — le volant lui échappait des mains, l'auto faisait des embardées —, il freina et se rangea le long du trottoir.

Là, tremblant d'indignation, il observa plusieurs minutes la terrible évidence. Il n'y avait pas de doute possible : c'étaient ses filles. Photographiées par surprise, sans doute, par un photographe effronté, caché parmi les baigneurs, les fillettes ne regardaient même pas l'objectif, elles semblaient bavarder, allongées sur un sable voluptueux qui pouvait être celui d'Agua Dulce ou de la Herradura. Don Federico reprit son souffle ; dans son anéantissement, il réussit à penser à l'incroyable enchaînement de hasards. Qu'un photographe ambulant capturât en image Laura et Teresa, qu'une ignoble revue les exposât au vu et au su de ce monde pourri, qu'il les découvrît... Et toute l'épouvantable vérité venait resplendir ainsi, par stratégie du hasard, sous ses yeux. Ainsi donc ses filles ne lui obéissaient que lorsqu'il était présent ; ainsi donc, dès qu'il tournait le dos, avec la complicité, sans doute, de ses frères et aussi, hélas ! — don Federico sentit un dard s'enfoncer dans son cœur — de sa propre épouse, foulaient aux pieds ses commandements, descendaient à la plage, se déshabillaient et s'exhibaient. Les larmes mouillèrent son visage. Il examina les maillots de bain : deux pièces minuscules dont la fonction n'était pas de ne rien cacher mais exclusivement de catapulter l'imagination au bout du vice. Et voilà, à la portée de tout un chacun, les jambes, les bras, le ventre, les épaules, le cou de Laura et de Teresa. Il ressentit un ridicule ineffable en se souvenant qu'il n'avait jamais vu ces extrémités et membres qui se prodiguaient maintenant à l'univers entier.

Il sécha ses yeux et remit la voiture en marche. Il s'était calmé en surface, mais au fond de ses entrailles crépitait un bûcher. Tandis que, tout lentement, la limousine poursuivait sa route en direction de sa maisonnette de l'avenue Pedro de Osma, il se disait que, puisqu'elles allaient à la plage toutes nues, il était naturel qu'en son absence elles allassent aussi à des surprises-parties, portassent des pantalons, fréquentassent des hommes, se vendissent... Recevaient-elles, peut-être, leurs galants sous son propre toit ? est-ce que doña Zoila se chargeait de fixer les tarifs et d'encaisser ? Ricardo et Federico fils se chargeaient probablement de l'immonde tâche de recruter les clients. S'étouffant, don Federico Téllez Unzátegui vit sous ses yeux l'effrayante distribution : tes filles, les putains ; tes fils, les maquereaux, et ton épouse, la taulière.

La fréquentation quotidienne de la violence — après tout, il avait donné la mort à des milliers et des milliers d'êtres vivants — avait fait de don Federico un homme que l'on ne pouvait provoquer sans risque grave. Un jour, un ingénieur agronome aux prétentions de diététicien, avait osé dire en sa présence qu'étant donné le manque de bétail au Pérou, il était nécessaire d'intensifier l'élevage du cochon d'Inde aux fins de l'alimentation nationale. Poliment, don Federico Téllez Unzátegui rappela à l'audacieux que le cochon d'Inde était cousin germain du rat. Celui-ci, insistant, cita des statistiques, parla de vertus nutritives et de chair agréable au palais. Don Federico se mit alors à le gifler et quand le diététicien roula à terre en se frottant le visage il l'appela du nom qu'il méritait : impudent défenseur d'homicides. Maintenant, en descendant de voiture, la fermant, avançant sans se hâter, les sourcils froncés, très pâle, vers la porte de sa maison, l'homme de Tingo Maria sentait monter en son for intérieur, comme le jour où il avait corrigé le diététicien, une lave volcanique. Il tenait dans sa main droite, comme un fer incandescent, la revue infernale, et il sentait une forte démangeaison aux yeux.

Il était si troublé qu'il n'arrivait pas à imaginer un châtiment capable d'égaler la faute. Il sentait son esprit embrumé, la colère dissipait ses idées, et cela augmentait son amertume, car don Federico était un homme chez qui la raison décidait toujours de la conduite, et qui méprisait cette race de primaires qui agissent, comme les bêtes, par instinct et pressentiment plus que par conviction. Mais cette fois, tandis qu'il prenait sa clé et, avec difficulté, car la rage engourdissait ses doigts, il ouvrait et poussait la porte de sa maison, il comprit qu'il ne pouvait agir de façon sereine et calculée, mais sous l'emprise de la colère, suivant l'inspiration du moment. Après avoir fermé la porte, il respira profondément, tâchant de se calmer. Il avait honte que ces ingrats puissent remarquer l'étendue de son humiliation.

Sa maison comprenait, en bas, un petit vestibule, une entrée, la salle à manger et la cuisine, et à l'étage les chambres à coucher. Don Federico aperçut sa femme à l'entrée. Elle se tenait près du buffet, mâchant avec délice quelque répugnante gourmandise — bonbon, chocolat, pensa don Federico, gomme, toffee — dont elle gardait les restes entre ses doigts. En le voyant, elle lui sourit d'un air intimidé, lui désignant ce qu'elle mangeait d'un geste résigné.

Don Federico avança sans se hâter, dépliant la revue des deux mains, pour que son épouse puisse contempler l'image dans toute son indignité. Il la lui mit sous les yeux sans dire un mot, et jouit de la voir pâlir violemment, les yeux exorbités et ouvrir la bouche dont commença à couler un filet de salive imprégnée de biscuit. L'homme de Tingo María leva la main droite et gifla la tremblante femme de toutes ses forces. Elle poussa un gémissement, trébucha et tomba à genoux ; elle continuait à regarder l'image avec une expression de dévotion, d'illumination mystique. Droit, raide, justicier, don Federico la contemplait d'un air accusateur. Puis, il appela sèchement les coupables :

— Laura ! Teresa !

Un bruissement lui fit lever la tête. Elles étaient là au pied de l'escalier. Il ne les avait pas entendues descendre. Teresa, l'aînée, portait un tablier, comme si elle avait fait le ménage, et Laura, l'uniforme de son collège. Les filles regardaient, confuses, leur mère agenouillée, leur père qui avançait, lent, hiératique, grand prêtre se dirigeant vers la pierre des sacrifices où l'attendent le couteau et la vestale, et, enfin, la revue que don Federico, arrivé à leur hauteur, leur mettait judiciairement sous les yeux. La réaction de ses filles ne fut pas celle qu'il espérait. Au lieu de devenir livides, de tomber à genoux en balbutiant des explications, les précoces, rougissant, échangèrent un regard rapide qui ne pouvait être que de complicité, et don Federico se dit, au fond de sa désolation et de sa colère, qu'il n'avait pas encore bu le verre de ce matin jusqu'à la lie. Laura et Teresa *savaient* qu'elles avaient été photographiées, que la photo allait être publiée et, même — que pouvait dire d'autre cette étincelle dans leurs pupilles ? — cela les réjouissait. La révélation que dans son foyer, qu'il croyait d'une innocence originelle, il ait pu incuber non seulement le vice municipal du nudisme de plage, mais aussi l'exhibitionnisme (et, pourquoi pas, la nymphomanie) fit se relâcher ses muscles, lui donna un goût de chaux dans la bouche et l'amena à considérer si la vie valait d'être vécue. Egalement — tout cela ne prit qu'une seconde — à se demander si la seule punition légitime pour pareille horreur n'était pas la mort. L'idée de devenir infanticide le tourmentait moins que de savoir que des milliers d'humains avaient maraudé (seulement avec les yeux ?) sur l'intimité physique de ses filles.

Il passa alors à l'action. Il laissa tomber la revue pour avoir plus de liberté, saisit de la main gauche Laura par la casaque de son uniforme, l'attira de quelques centimètres vers lui pour la placer plus à portée du coup, leva la main droite suffisamment haut pour que la puissance de la gifle fût maximale, et l'abattit de toute sa rancœur. Il connut alors — ô journée extraordinaire — la seconde incroyable surprise, peut-être plus aveuglante encore que celle de l'image libidineuse. Au lieu de la douce joue de Laurita, sa main trouva le vide et, ridicule, frustrée, souffrit d'une élongation. Ce ne fut pas tout : plus grave fut ce qui se passa ensuite. Parce que la fillette ne se contenta pas d'esquiver la gifle — quelque chose que, dans son immense amertume, don Federico se rappela que jamais aucun membre de la famille n'avait fait — mais plutôt, après avoir reculé, son minois de quatorze ans décomposé par une grimace de haine, elle s'élança contre lui — lui, lui — et se mit à le frapper de ses poings, à le griffer, à le pousser et à lui donner des coups de pied.

Il eut l'impression que son propre sang, tant il était stupéfait, cessait de couler dans ses veines. C'était comme si les astres soudain échappaient à leur orbite, se précipitaient les uns contre les autres, roulaient hystériquement dans l'espace. Il ne parvenait pas à réagir, il reculait, les yeux démesurément ouverts, traqué par la fillette qui, s'enhardissant, s'exaspérant, non seulement cognait sur lui mais aussi criait : « Maudit, salaud, je te hais, crève, disparais une bonne fois. » Il crut devenir fou quand — et tout cela se passait si vite que c'est à peine s'il prenait conscience que la situation avait changé — il vit Teresa courir vers lui, mais au lieu de maîtriser sa sœur elle l'aidait. Maintenant sa fille aînée aussi l'agressait, rugissant les plus abominables insultes — « radin, stupide, maniaque, dégoûtant, tyran, fou, ratier » — et à elles deux les furies adolescentes le coinçaient contre le mur. Il avait commencé de se défendre, sortant enfin de sa stupéfaction paralysante, et tâchait de couvrir son visage, quand il sentit un aiguillon dans le dos. Il se retourna : doña Zoila était en train de le mordre.

Il put encore se stupéfaire en remarquant chez son épouse, plus encore que chez ses filles, une transfiguration. Etait-ce bien doña Zoila, la femme qui n'avait jamais murmuré une plainte, levé la voix, eu un mouvement d'humeur, ce même être aux yeux farouches et aux mains brutales qui le rouait de coups de poing et de bourrades, crachait sur lui, déchirait sa chemise et vociférait comme une folle : « Tuons-le, vengeons-nous, qu'il avale ses manies, arrachons-lui les yeux » ? Les trois hurlaient et don Federico pensa que le bruit avait fait éclater ses tympans. Il se défendait de toutes ses forces, tâchait de rendre les coups, mais n'y parvenait pas, parce que, mettant en pratique une technique, vilement mise au point ? elles se relayaient deux par deux pour lui tenir les bras tandis que la troisième lui rentrait dedans. Il sentait des brûlures, des enflures, des élancements, il voyait des étoiles et, soudain, des petites taches sur les mains de ses assaillantes lui révélèrent qu'il saignait.

Il ne se fit pas d'illusions quand il vit apparaître par

l'escalier Ricardo et Federico fils. Converti au scepticisme en quelques secondes, il sut qu'ils venaient s'ajouter aux autres et lui porter le coup de grâce. Atterré, sans dignité ni honneur, il ne pensa qu'à atteindre la porte d'entrée et fuir. Mais ce n'était pas facile. Il put faire deux ou trois bonds avant qu'un croc en jambes l'envoyât rouler de tout son long par terre. Et là, ramassé sur lui-même pour protéger sa virilité, il vit ses héritiers se ruer sur lui à coups de pied féroces tandis que son épouse et ses filles s'armaient de balais, plumeaux, tisonnier pour continuer à le rosser. Avant de se dire qu'il ne comprenait rien, si ce n'est que le monde était devenu absurde, il réussit à entendre ses fils lui dire aussi, au rythme des coups de pied, maniaque, radin, immonde et ratier. Tandis que les ténèbres fonçaient sur lui, gris, petit, intrus, soudain, d'une invisible brèche dans un coin de la salle à manger, surgit un rat aux canines blanches qui contempla l'homme abattu avec un éclat moqueur dans ses petits yeux vifs...

Etait-il mort, don Federico Téllez Unzátegui, l'infatigable bourreau des rongeurs du Pérou ? Un parricide s'était-il consommé, un épithalamicide ? ou bien était-il seulement étourdi, cet époux et père qui gisait, au milieu d'un désordre sans pareil, sous la table de la salle à manger, tandis que sa famille, avec ses biens rapidement empaquetés, abandonnait exultante le foyer ? Comment finirait cette malheureuse affaire du quartier de Barranco ?

IX

L'échec de ma nouvelle sur Doroteo Martí me laissa
quelques jours découragé. Mais le matin où j'entendis
Pascual raconter au Grand Pablito sa découverte de
l'aéroport, je sentis ma vocation ressusciter et me mis
à échafauder une nouvelle histoire. Pascual avait
surpris des petits vagabonds à pratiquer un sport
risqué et excitant. Ils se couchaient, au crépuscule, au
bout de la piste de décollage de l'aéroport de Limatambo et Pascual jurait que chaque fois qu'un avion
décollait, sous l'effet de la pression de l'air déplacé, le
garçon couché s'élevait de quelques centimètres en
lévitation, comme dans un spectacle de magie, jusqu'à
ce que, quelques secondes après, l'effet étant disparu, il
retombe au sol d'un coup. J'avais vu ces jours-ci un
film mexicain (seulement des années après j'appren-
drais qu'il était de Buñuel et qui était Buñuel) qui
m'enthousiasma : *Los Olvidados*. Je décidai d'écrire
une nouvelle dans le même esprit : un récit d'enfants-
hommes, de jeunes loups, endurcis par les âpres
conditions de vie dans les faubourgs. Javier se montra
sceptique et m'assura que l'anecdote était fausse, que
la pression de l'air provoquée par les avions ne soulevait même pas un nouveau-né. Nous discutâmes, je
finis par lui dire que dans ma nouvelle les personnages

entreraient en lévitation et que, cependant, ce serait une nouvelle réaliste (« non, fantastique », criait il) et finalement nous résolûmes, un soir, d'aller Pascual et moi jusqu'aux terrains vagues de la Corpac pour vérifier ce qu'il y avait de vrai et de faux dans ces jeux dangereux (c'était le titre que j'avais choisi pour la nouvelle).

Je n'avais pas vu tante Julia ce jour-là mais j'espérais la voir le lendemain, jeudi, chez mon oncle Lucho. Cependant, en arrivant rue Armendáriz ce midi, pour le déjeuner traditionnel, je vis qu'elle n'était pas là. La tante Olga me raconta qu'elle était invitée à déjeuner par « un bon parti » : le docteur Guillermo Osores. C'était un médecin vaguement en relation avec la famille, un quinquagénaire très présentable, avec un peu de fortune, veuf depuis peu.

— Un bon parti, répéta la tante Olga, en me faisant un clin d'œil. Sérieux, riche, joli garçon, et avec seulement deux fils qui sont déjà assez grandets. N'est-ce pas là le mari qu'il faut à ma sœur ?

— Ces dernières semaines elle perdait son temps de vilaine façon, commenta mon oncle Lucho, également très satisfait. Elle ne voulait sortir avec personne, elle menait une vie de vieille fille. Mais l'endocrinologue lui a tapé dans l'œil.

Je sentis une jalousie qui m'ôta l'appétit, une mauvaise humeur saumâtre. Il me semblait que par le trouble que je manifestais mes oncle et tante allaient deviner ce qui m'arrivait. Je n'eus pas besoin de leur soutirer plus de détails sur tante Julia et le docteur Osores parce qu'ils ne parlaient pas d'autre chose. Elle l'avait connu cela faisait quelque dix jours lors d'un cocktail à l'ambassade de Bolivie, et apprenant où elle logeait, le docteur Osores était venu lui rendre visite. Il lui avait envoyé des fleurs, téléphoné, l'avait invitée à prendre le thé au Bolívar et maintenant à déjeuner au club de la Unión. L'endocrinologue avait blagué l'oncle Lucho : « Ta belle-sœur est de première, Luis, est-ce que ce ne serait pas la candidate que je cherche pour me marisuicider une seconde fois ? »

Je tâchai de manifester du désintérêt, mais je le faisais très mal et l'oncle Lucho, à un moment où nous nous trouvâmes seuls, me demanda ce que j'avais : est-ce que je n'avais pas fourré le nez où je ne devais pas et avais chopé une bonne blenno ? Par chance tante Olga se mit à parler des feuilletons radio et cela me permit de souffler. Tandis qu'elle disait que parfois Pedro Camacho avait la main lourde et qu'elle trouvait, ainsi que ses amies, que l'histoire du Témoin de Jéhova qui se « blessait » avec un coupe-papier devant le juge pour prouver qu'il n'avait pas violé une fillette était excessive, j'allais silencieusement de rage en déception et de déception en rage. Pourquoi tante Julia ne m'avait pas dit un mot de ce médecin ? Ces dix derniers jours nous nous étions vus plusieurs fois et elle ne l'avait jamais mentionné. Etait-ce vrai, comme disait tante Olga, qu'elle s'était enfin « intéressée » à quelqu'un ?

Dans le taxi collectif qui me ramenait à Radio Panamericana, je sautai de l'humiliation à l'orgueil. Nos amours avaient duré beaucoup trop, à tout moment on allait nous surprendre et cela provoquerait scandale et rires dans la famille. Par ailleurs, que faisais-je à perdre mon temps avec une dame qui, comme elle le disait elle-même, pouvait presque être ma mère ? Comme expérience, cela suffisait. L'apparition d'Osores était providentielle, elle m'épargnait d'avoir à me débarrasser de la Bolivienne. Je sentis en moi une agitation, des impulsions inusitées comme de vouloir me saouler la gueule ou de frapper quelqu'un, et à la Radio je me heurtai à Pascual qui, fidèle à sa nature, avait consacré la moitié du bulletin de trois heures à un incendie à Hambourg qui avait carbonisé une douzaine d'immigrants turcs. Je lui dis qu'à l'avenir il lui était interdit de faire la moindre allusion à des morts sans mon autorisation et je traitai sans amitié un compagnon de San Marcos qui m'appela pour me rappeler que la faculté existait encore et m'avertir que le lendemain m'attendait un examen de droit pénal. A peine avais-je raccroché, le téléphone sonna à nouveau. C'était tante Julia :

— Je t'ai plaqué pour un endocrinologue, Varguitas, je suppose que tu as regretté mon absence, me dit-elle, fraîche comme une laitue. Tu n'es pas fâché ?

— Fâché, pourquoi ? lui répondis-je. N'es-tu pas libre de faire ce que tu veux ?

— Alors tu es fâché, l'entendis-je dire, d'un ton plus sérieux. Ne sois pas idiot. Quand est-ce qu'on se voit, pour que je t'explique ?

— Aujourd'hui je ne peux pas, lui répliquai-je sèchement. Je t'appellerai.

Je raccrochai, plus furieux envers moi qu'envers elle et en me sentant ridicule. Pascual et le Grand Pablito me regardaient d'un œil amusé, et l'amoureux des catastrophes se vengea délicatement de ma réprimande :

— Eh bien ! quel bourreau des cœurs ce don Mario !

— Tu fais bien de les traiter comme ça, m'appuya le Grand Pablito. Elles n'aiment que la manière forte.

J'envoyai mes deux rédacteurs se faire foutre, je rédigeai le bulletin de quatre heures et m'en allai voir Pedro Camacho. Il enregistrait un livret et je l'attendis dans son réduit, fouillant dans ses papiers, sans comprendre ce que je lisais parce que je ne cessais de me demander si cette conversation téléphonique avec tante Julia équivalait à une rupture. En quelques secondes je passais de la haine mortelle que je lui vouais à un désir de la revoir de tout mon cœur.

— Accompagnez-moi pour acheter du poison, me dit lugubrement Pedro Camacho, depuis la porte, en agitant sa crinière de lion. Il nous restera du temps pour aller boire.

Tout en parcourant les rues transversales de l'avenue de la Unión à la recherche du poison, l'artiste me raconta que les souris de la pension La Tapada étaient devenues insupportables.

— Si elles se contentaient de courir sous mon lit, cela ne me gênerait pas, ce ne sont pas des enfants, les animaux, moi, je n'en ai pas la phobie, m'expliqua-t-il tout en flairant de son nez proéminent une poudre jaune qui, selon le droguiste, pouvait tuer un bœuf. Mais ces Moustachus mangent mes provisions, toutes les nuits ils mordillent les provisions que je laisse au frais sur ma fenêtre. Je n'en peux plus, je dois les exterminer.

Il marchanda le prix avec des arguments qui laissèrent pantois le droguiste, paya, se fit envelopper les sachets de poison et nous allâmes nous asseoir à un café de la Colmena. Il commanda son breuvage végétal et moi un café.

— J'ai une peine d'amour, ami Camacho, lui confessai-je de but en blanc, me surprenant moi-même de la formule radiothéâtrale. — Mais je sentis qu'en lui parlant ainsi, je me distançais de ma propre histoire et en même temps parvenais à me soulager. — La femme que j'aime me trompe avec un autre homme.

Il m'écouta profondément, ses petits yeux saillants plus froids et inexpressifs que jamais. Son costume noir avait été lavé, repassé et usé tellement qu'il était aussi brillant qu'une pelure d'oignon.

— Le duel, dans ces pays de plebe, est puni de prison, décréta-t-il fort gravement en faisant des mouvements convulsifs avec ses mains. Quant au suicide, plus personne n'apprécie le geste. Quelqu'un se tue et au lieu de remords, frissons, admiration, il ne provoque que des rires. Le mieux ce sont les recettes pratiques, mon ami.

Je me réjouis de lui avoir fait ces confidences. Je savais que, comme pour Pedro Camacho il n'existait personne d'autre en dehors de lui, mon problème, il ne s'en souviendrait même pas, ce n'était qu'un pur dispositif pour mettre en action son système théorisant. L'entendre me consolerait davantage (et avec des conséquences moindres) qu'une bonne cuite. Pedro Camacho, après une velléité de sourire, me détaillait sa recette :

— Une lettre dure, blessante, lapidaire à la femme adultère, me disait-il en adjectivant avec autorité, une lettre qui la fasse se sentir cloporte sans cœur, hyène immonde. Lui prouvant que vous n'êtes pas idiot, que vous connaissez sa trahison, une lettre qui respire le mépris, qui lui donne conscience de son adultère. — Il se tut, médita un instant et, changeant légèrement de ton, il me donna la plus grande preuve d'amitié que l'on pouvait attendre de lui : — Si vous voulez, je vous l'écris.

Je l'en remerciai chaleureusement, mais je lui dis que, connaissant ses horaires de galérien, je ne pourrais en aucun cas accepter de le surcharger avec ma vie privée. (Par la suite je regrettai ces scrupules qui me privèrent d'un texte olographe du scribouillard.)

— Quant au séducteur, poursuivit-il immédiatement avec un éclat mauvais dans le regard, le mieux c'est la lettre anonyme avec toutes les calomnies nécessaires. Pourquoi la victime devrait-elle se tenir tranquille tandis que les cornes lui poussent ? Pourquoi permettrait-elle que le couple adultère s'esbaudisse en forniquant ? Il faut leur gâcher l'amour, les frapper où ça leur fait le plus mal, les empoisonner de doutes. Que jaillisse la méfiance, qu'ils commencent à se regarder d'un mauvais œil, à se haïr. Est-ce que cette vengeance n'est peut-être pas douce ?

J'insinuai qu'avoir recours aux lettres anonymes n'était sans doute pas se conduire en gentleman, mais il me rassura aussitôt : on doit se conduire en gentleman avec les gentlemen et en canaille avec les canailles. Voilà l' « honneur bien entendu » : tout le reste n'est qu'idiotie.

— Avec la lettre adressée à elle et les lettres anonymes à lui les amants sont châtiés, lui dis-je. Mais, et mon problème ? Qui va me guérir du dépit, de la frustration, de la peine ?

— Pour tout cela il n'y a rien de tel que le lait de magnésie, me répliqua-t-il en me laissant sans forces même pour rire. Je sais bien, cela vous semblera d'un matérialisme excessif. Mais, croyez-moi, j'ai l'expérience de la vie. La plupart du temps, ce que l'on appelle des peines de cœur, et caetera, sont de mauvaises digestions, des haricots tenaces qui ne se défont pas, un poisson pas de la dernière fraîcheur, de la constipation. Un bon purgatif foudroie la folie d'amour.

Cette fois il n'y avait plus de doute, c'était un humoriste subtil, il se moquait de moi et de ses auditeurs, il ne croyait pas un mot de ce qu'il disait, il pratiquait le sport aristocratique qui consiste à se prouver à soi-même que, les humains, nous ne sommes que d'indécrottables imbéciles.

— Avez-vous eu une vie sentimentale très riche,

avec vous connu beaucoup d'amour? lui demandai-je.

— Très riche, oui, acquiesça-t-il en me regardant dans les yeux par-dessus sa tasse de verveine-menthe qu'il avait portée à ses lèvres. Mais je n'ai jamais aimé une femme en chair et en os.

Il marqua une pause théâtrale, comme s'il mesurait l'ampleur de mon innocence ou de ma stupidité.

— Croyez-vous qu'il me serait possible de faire ce que je fais si les femmes absorbaient mon énergie? m'admonesta-t-il avec du dégoût dans la voix. Croyez-vous qu'on peut produire des enfants et des histoires en même temps? Que l'on peut inventer, imaginer si l'on vit sous la menace de la syphilis? La femme et l'art s'excluent, mon ami. Dans chaque vagin est enterré un artiste. Se reproduire, quel plaisir? Est-ce que les chiens, les araignées, les chats ne le font pas? Il faut être originaux, mon ami.

Sans solution de continuité il se dressa d'un bond, m'avertissant qu'il avait juste le temps de se rendre au studio pour le feuilleton de cinq heures. Je me sentis déçu, j'aurais passé mon après-midi à l'écouter, j'avais l'impression que, sans le vouloir, j'avais touché un point névralgique de sa personnalité.

Dans mon bureau de Panamericana, tante Julia m'attendait. Assise à ma table, comme une reine, elle recevait les hommages de Pascual et du Grand Pablito qui, zélés, diligents, lui montraient les bulletins et lui expliquaient le fonctionnement du service. Elle semblait souriante et tranquille, mais en entrant je la vis devenir sérieuse et pâlir légèrement.

— Tiens, quelle surprise, dis-je pour dire quelque chose.

Mais tante Julia n'était pas d'humeur à supporter ces euphémismes.

— Je suis venue te dire que moi, personne ne me raccroche au nez, me dit-elle d'un ton résolu. Et encore moins un morveux comme toi. Veux-tu me dire quelle mouche t'a piqué ?

Pascual et le Grand Pablito restèrent statiques et remuaient la tête d'elle à moi et vice-versa, des plus intéressés par ce commencement de drame. Quand je les priai de partir un moment, ils prirent un air furieux, mais n'osèrent pas se révolter. Ils s'en allèrent en lançant à tante Julia des regards pleins de mauvaises pensées.

— Je t'ai raccroché au nez, mais en réalité j'avais envie de te tordre le cou, lui dis-je quand nous restâmes seuls.

— Je ne te connaissais pas ces accès, dit-elle en me regardant dans les yeux. Peut-on savoir ce qui t'arrive ?

— Tu sais très bien ce qui m'arrive, ne fais pas l'innocente, lui dis-je.

— Tu es jaloux parce que je suis sortie déjeuner avec le docteur Osores ? me demanda-t-elle sur un petit ton moqueur. On voit bien que tu es un morveux, Marito.

— Je t'ai défendu de m'appeler Marito, lui rappelai-je. — Je sentais la colère s'emparer de moi, ma voix tremblait et je ne savais plus ce que je disais. — Et maintenant je t'interdis de me traiter de morveux.

Je m'assis dans un coin du bureau et, comme pour faire contrepoids, tante Julia se mit debout et fit quelques pas en direction de la fenêtre. Les bras croisés sur la poitrine, elle resta à regarder le matin gris, humide, discrètement fantomatique. Mais elle ne le voyait pas, elle cherchait ses mots pour me dire quelque chose. Elle portait un tailleur bleu et des souliers blancs, et soudain j'eus envie de l'embrasser.

— Mettons les choses à leur place, me dit-elle enfin en me tournant toujours le dos. Toi, tu ne peux rien m'interdire, même pour rire, pour la simple raison que tu n'es rien pour moi. Tu n'es pas mon mari, tu n'es pas mon fiancé, tu n'es pas mon amant. Ce petit jeu de nous prendre la main, de nous embrasser au cinéma, n'est pas sérieux, et surtout ne te donne pas de droits sur moi. Tu dois te fourrer ça dans la tête, mon petit.

— Eh bien ! tu parles comme si tu étais ma mère, lui dis-je.

— C'est que je *pourrais* être ta mère, dit tante Julia, et son visage s'attrista. — C'est comme si sa fureur était tombée et qu'à sa place il restait seulement une vieille contrariété, une profonde amertume. Elle se tourna, fit quelques pas vers le bureau, s'arrêta tout près de moi. Elle me regardait, peinée : — Tu me fais me sentir vieille, sans que je le sois, Varguitas. Et ça ne me plaît pas. Ce qu'il y a entre nous n'a pas de raison d'être et encore moins d'avenir.

Je la pris par la taille et elle se laissa aller contre moi, mais tandis que je l'embrassais, avec beaucoup de tendresse, sur la joue, dans le cou, dans l'oreille — sa peau tiède battait sous mes lèvres et je ressentais une joie immense à sentir la secrète vie de ses veines — elle poursuivit sur le même ton :

— J'ai beaucoup pensé et cela ne me plaît plus, Varguitas. Est-ce que tu te rends compte que c'est absurde ? J'ai trente-deux ans, je suis divorcée, veux-tu me dire ce que je fais avec un morveux de dix-huit ans ? Ce sont là des perversions de femmes de cinquante ans, moi je n'ai pas encore l'âge à ça.

Je me sentais si ému et si amoureux en l'embrassant dans le cou, en baisant ses mains, en mordillant doucement son oreille, en promenant mes lèvres sur son nez, ses yeux ou en embrouillant ses cheveux de mes doigts, que j'oubliais par instants ce qu'elle me

204

disait. Sa voix aussi avait des hauts et des bas, parfois elle s'affaiblissait jusqu'à n'être qu'un murmure.

— Au début, c'était amusant, à cause de nos petits secrets, disait-elle, en se laissant embrasser, mais sans faire aucun geste réciproque, et surtout parce que je me sentais redevenir une jeune fille.

— Où en sommes-nous alors? murmurai-je à son oreille. Est-ce qu'avec moi tu te sens une vicieuse de cinquante ans ou une jeune fille?

— Me trouver avec un morveux mort de faim, se prendre seulement la main, aller seulement au cinéma, s'embrasser seulement avec tant de délicatesse, me faisait retrouver mes quinze ans, continuait tante Julia. C'est vrai que c'est joli de s'amouracher d'un petit jeune homme timide, qui te respecte, qui ne te tripote pas, qui n'ose pas coucher avec toi, qui te traite comme une fillette de première communion. Mais c'est un jeu dangereux, Varguitas, il est basé sur un mensonge...

— A propos, j'écris une nouvelle qui va s'intituler *Les jeux dangereux*, lui murmurai-je. Sur des galopins qui entrent en lévitation à l'aéroport grâce aux avions qui décollent.

Je la sentis rire. Un moment après elle jeta ses bras à mon cou et approcha son visage.

— Bon, ma colère est passée, dit-elle. Parce que j'étais venue décidée à t'arracher les yeux. Malheur à toi si tu recommences à me raccrocher au nez.

— Malheur à toi si tu ressors avec l'endocrinologue, lui dis-je, cherchant sa bouche. Promets-moi de ne plus jamais sortir avec lui.

Elle s'écarta et me regarda avec une lueur bagarreuse dans les yeux.

— N'oublie pas que je suis venue à Lima me chercher un mari, plaisanta-t-elle à demi. Et je crois que cette fois j'ai trouvé ce qui me convient. Bel homme, cultivé, avec une bonne situation et les tempes grisonnantes.

— Es-tu sûre que cette merveille va se marier avec toi ? lui dis-je, éprouvant à nouveau fureur et jalousie.

Se tenant les hanches, en une pose provocante, elle me répondit :

— Je peux faire en sorte qu'il se marie avec moi.

Mais en voyant mon air elle éclata de rire, jeta à nouveau ses bras autour de mon cou, et nous étions ainsi, en train de nous embrasser avec amour passion, quand nous entendîmes la voix de Javier :

— On va vous arrêter pour scandale et pornographie.

Il était heureux, et nous embrassant tous deux, il nous annonça :

— La petite Nancy a accepté mon invitation à la corrida, il faut fêter ça.

— Nous venons d'avoir notre première grande dispute et tu nous piques en pleine réconciliation, lui expliquai-je.

— Comme on voit que tu ne me connais pas, me prévint tante Julia. Dans les grandes disputes, moi, je casse la vaisselle, je griffe, je tue.

— Ce qu'il y a de bon dans les disputes c'est quand on se rabiboche, dit Javier qui était un expert en la matière. Mais nom de nom, je viens avec la bouche enfarinée vous parler de ma petite Nancy et vous, c'est comme s'il pleuvait, quelle sorte d'amis êtes-vous ? Allez, tout cela ça s'arrose.

Ils m'attendirent le temps de rédiger deux bulletins, nous descendîmes à un petit café de la rue Belén qui ravissait Javier parce que, bien qu'étroit et crasseux, c'est là qu'on préparait le meilleur lard frit de Lima. Je trouvai Pascual et le Grand Pablito à la porte de

Panamericana, draguant les passantes, et je les renvoyai à la rédaction. Bien que ce fût de jour et en plein centre, au vu et su des regards innombrables de parents et amis de la famille, tante Julia et moi marchions main dans la main, et je l'embrassais tout le temps. Elle était rouge comme une paysanne et débordante de joie.

— Assez de pornographie, égoïstes, pensez à moi, protestait Javier. Parlons un peu de ma petite Nancy.

La petite Nancy était une cousine à moi, mignonne et très coquette, dont Javier était amoureux depuis qu'il avait l'usage de la raison, et qu'il poursuivait avec une constance de limier. Elle n'était jamais parvenue à faire tout à fait cas de lui, mais s'arrangeait toujours pour lui faire croire que peut-être, que bientôt, que la prochaine fois... Cette pré-romance durait depuis que nous étions au collège et moi, comme confident, ami intime et entremetteur de Javier, j'en avais suivi tous les détails. Innombrables étaient les lapins que la petite Nancy lui avait posés, infinies les sorties du dimanche où elle l'avait laissé attendre à la porte du Leuro tandis qu'elle s'en allait au Colina ou au Metro, infinies les fois où elle avait rappliqué avec un autre cavalier à la surprise-partie du samedi. La première cuite de ma vie je l'eus en compagnie de Javier, pour noyer ses peines dans le vin et la bière, dans un petit bistrot de Surquillo, le jour où il avait appris que la petite Nancy avait accepté les avances de l'étudiant en agronomie Eduardo Tiravanti (très populaire à Miraflores parce qu'il savait s'enfoncer une cigarette allumée dans la bouche, puis la retirer et continuer à fumer comme si de rien n'était). Javier pleurnichait et moi, outre que je devais le consoler, j'avais pour mission d'aller le coucher dans sa pension quand il aurait atteint un état comateux (« Je vais picoler jusqu'à plus soif », m'avait il prévenu, en imitant Jorge Negrete). Mais c'est moi qui succombai, avec de bruyants vomissements et une attaque de delirium tremens au cours de laquelle — c'était la version canaille de Javier — je m'étais juché sur le comptoir et haranguais les ivrognes, noctambules et voyous qui composaient la clientèle d'El Triunfo :

— Baissez les pantalons, vous êtes devant un poète.

Il me reprochait toujours qu'au lieu de m'occuper de lui et de le consoler ce soir si triste, je l'avais obligé à me traîner dans les rues de Miraflores jusqu'au lotissement d'Ocharán dans un tel état de décomposition qu'il avait remis mes restes à ma grand-mère effrayée avec ce commentaire insensé :

— Madame Carmencita, je crois que Varguitas va nous claquer entre les doigts.

Depuis lors, la petite Nancy avait accepté et repoussé une demi-douzaine de gars de Miraflores, et Javier avait eu aussi des amoureuses, mais elles n'effaçaient pas, elles renforçaient son grand amour pour ma cousine, à laquelle il continuait de téléphoner, de rendre visite, d'envoyer des invitations, de faire sa déclaration, indifférent aux refus, insultes, affronts et lapins. Javier était un de ces hommes qui peuvent faire passer la passion avant la vanité et il se moquait vraiment éperdument des moqueries de tous ses amis de Miraflores, parmi lesquels ses assiduités pour ma cousine étaient une source constante de plaisanteries. (Dans notre quartier un gars jurait qu'il l'avait vu s'approcher un dimanche de la petite Nancy, à la sortie de la messe de onze heures, et lui faire la proposition suivante : « Salut Nancyta, belle matinée, on va prendre quelque chose ? un coca-cola, un petit verre de champagne ? ») La petite Nancy sortait quelquefois avec lui, généralement entre deux flirts, pour aller au cinéma ou danser, et Javier abritait alors de grandes espérances, devenait euphorique. Ainsi était-il à cette heure, parlant comme un moulin, tandis que nous prenions du café au lait et des sandwichs au lard frit dans ce bar de la rue Belén qui s'appelait El Palmero. Tante Julia et moi nous nous faisions du genou sous la table, nos doigts entrelacés, nous nous regardions yeux dans les yeux et écoutions, comme une musique de fond, Javier parler de la petite Nancy.

— Mon invitation l'a impressionnée, nous dit-il. Parce que, veux-tu me dire quel crève-la-faim de Miraflores invite une fille à la corrida ?

— Comment as-tu fait ? lui demandai-je. Tu as décroché le gros lot ?

— J'ai vendu la radio de la pension, nous dit-il sans le moindre remords. Ils croient que c'est la cuisinière qui l'a volée et ils l'ont mise à la porte.

Il nous expliqua qu'il avait préparé un plan infaillible. Au milieu de la corrida il ferait à la petite Nancy la surprise de lui offrir un cadeau persuasif : une mantille espagnole. Javier était un grand admirateur de la Mère Patrie et de tout ce qui s'y rattachait : les taureaux, le flamenco, Sarita Montiel. Il rêvait de se rendre en Espagne (comme moi d'aller en France) et l'idée de la mantille lui était venue en voyant une publicité dans un journal. Il y avait claqué son salaire d'un mois à la Banque centrale mais il était sûr que l'investissement porterait ses fruits. Il nous expliqua comment les choses allaient se passer. Il amènerait la mantille aux arènes discrètement enveloppée et attendrait un moment de grande émotion pour ouvrir le paquet, déplier le châle et le placer sur les épaules délicates de ma cousine. Qu'est-ce que nous en pensions ? Quelle serait la réaction de la petite ? Je lui conseillai d'arrondir le lot, en lui offrant aussi la *peineta* sévillane et des castagnettes, et de lui chanter un fandango, mais tante Julia l'appuya avec enthousiasme, et lui dit que son plan était très beau et que Nancy, si elle avait du cœur, en serait émue jusqu'aux larmes. Elle, si un garçon lui faisait ces démonstrations d'affection, elle en serait conquise.

— Tu vois ce que je te dis toujours ? me dit-elle comme si elle me grondait. Javier, lui, est romantique, il courtise comme l'on doit courtiser.

Javier, enchanté, nous proposa de sortir tous les quatre ensemble, un jour de la semaine prochaine, au cinéma, prendre le thé, danser.

— Et que dira la petite Nancy si elle nous voit tous les deux ? lui dis-je pour le ramener sur terre.

Mais il nous lança un plein seau d'eau froide :

— Ne sois pas idiot, elle sait tout et elle trouve ça très bien, je le lui ai dit l'autre jour.

Et en voyant notre surprise, il ajouta d'un ton espiègle :

— C'est que je n'ai pas de secrets avec ta cousine, quoi qu'elle fasse, elle finira par se marier avec moi.

Je fus inquiet en apprenant que Javier lui avait tout dit de notre romance. Nous étions très unis et j'étais sûr qu'elle n'irait pas nous dénoncer, mais cela pouvait lui échapper, et la nouvelle prendrait comme un incendie dans la forêt familiale. Tante Julia était restée muette, mais maintenant elle dissimulait en encourageant Javier dans son projet sentimentalo-taurin. Nous nous séparâmes à la porte de Panamericana et nous convînmes, tante Julia et moi, de nous revoir ce soir, sous prétexte d'aller au cinéma. En l'embrassant, je lui dis à l'oreille : « Grâce à l'endocrinologue je me suis rendu compte que j'étais amoureux de toi. » Elle acquiesça : « C'est ce que je vois, Varguitas. »

Je la vis s'éloigner, avec Javier, vers la station de

210

taxis collectifs, et ce n'est qu'alors que je remarquai la foule agglutinée aux portes de Radio Central. C'étaient surtout de jeunes femmes, bien qu'il y eût aussi quelques hommes. Ils étaient en rang par deux, mais au fur et à mesure que d'autres personnes arrivaient la queue se défaisait, à coups de coude et de bourrades. Je m'approchai en curieux parce que je supposai que la raison devait en être Pedro Camacho. En effet, c'étaient des collectionneurs d'autographes. A la fenêtre du réduit, je vis le scribe, escorté par Jesusito et Genaro père, griffonnant une signature à arabesques sur des cahiers, carnets, feuillets, journaux et renvoyant ses admirateurs d'un geste olympien. Ceux-ci le regardaient avec ravissement et s'approchaient de lui dans une attitude timide, balbutiant des compliments.

— Il nous occasionne des maux de tête, mais, il n'y a pas de doute, c'est le roi de la radiodiffusion nationale, me dit Genaro fils en me posant une main sur l'épaule et me montrant la foule, qu'est-ce que tu en penses ?

Je lui demandai depuis quand fonctionnait le service des autographes.

— Depuis une semaine, une demi-heure par jour, de six heures à six heures et demie, tu n'es pas très observateur, me dit l'imprésario dans le vent. Ne lis-tu pas nos publicités, n'écoutes-tu pas la radio où tu travailles ? J'étais sceptique, mais je me trompais. Je pensais qu'il y en aurait pour deux jours et je vois maintenant que cela peut durer un mois.

Il m'invita à boire un coup au bar du Bolívar. Je demandai un coca-cola, mais il insista pour que je prenne un whisky avec lui.

— Est-ce que tu te rends compte de ce que signifient ces queues ? m'expliqua-t-il. C'est une démonstration publique de la popularité des feuilletons radio de Pedro.

Je lui dis que j'en étais bien d'accord et il me fit rougir en me recommandant puisque j'avais moi aussi « des goûts littéraires », de suivre l'exemple du Bolivien, d'apprendre ses trucs pour conquérir les masses. « Tu ne dois pas t'enfermer dans ta tour d'ivoire », me conseilla-t-il. Il avait fait imprimer cinq mille photos de Pedro Camacho et à partir de lundi les chasseurs d'autographes les recevraient en guise de cadeau. Je lui demandai si le scribe avait mis une sourdine à ses diatribes contre les Argentins.

— Cela n'a plus d'importance, maintenant il peut dire du mal de tout le monde, me dit-il d'un air mystérieux. Tu ne connais pas la nouvelle ? Le Général ne manque pas un feuilleton de notre Pedro.

Il me fournit des précisions, pour me convaincre. Le Général, comme les affaires du gouvernement ne lui permettaient pas de les entendre durant le jour, se les faisait enregistrer et les écoutait la nuit, l'un après l'autre, avant de s'endormir. Le Président en personne l'avait raconté à plusieurs dames de Lima.

— Il semble que le Général soit un homme sensible, malgré ce que l'on dit, conclut Genaro fils. De sorte que si l'autorité suprême est avec nous, qu'est-ce que ça peut faire que Pedro se fasse plaisir en déblatérant contre les « Che ». Ne le méritent-ils pas ?

La conversation avec Genaro fils et la réconciliation avec tante Julia m'avaient remonté le moral, aussi regagnai-je mon pigeonnier pour écrire avec ardeur ma nouvelle sur les as de la lévitation, tandis que Pascual expédiait les bulletins. J'avais maintenant la fin du récit : lors d'un de ces jeux, un gosse s'élevait plus haut que les autres, tombait brutalement, se brisait la nuque et mourait. La dernière phrase montrerait les visages surpris, effrayés de ses compagnons, le contemplant sous le fracas des avions. Ce serait un récit spartiate, précis comme un chronomètre, dans le style de Hemingway.

Quelques jours plus tard, je rendis visite à ma cousine Nancy pour savoir comment elle avait pris l'histoire de la tante Julia. Je la trouvai encore sous l'effet de l'Opération Mantille :

— Tu te rends compte du ridicule à cause de cet idiot ? disait-elle tout en courant dans toute la maison à la recherche de Lasky. Soudain, en pleines arènes d'Acho, il a ouvert son paquet, tiré une cape de toréador et me l'a mise dessus. Tout le monde s'est mis à me regarder, même le taureau mourait de rire. Il m'a obligée à la porter durant toute la corrida. Et il voulait que je sorte dans la rue avec cette chose, tu vois un peu ! Je n'ai jamais eu si honte de ma vie !

Nous trouvâmes Lasky sous le lit du majordome — non seulement il était poilu et laid, mais c'était aussi un chien qui voulait toujours me mordre —, nous le menâmes à sa niche et la petite Nancy m'entraîna dans sa chambre voir le corps du délit. C'était un vêtement moderniste qui faisait penser à des jardins exotiques, à des baraques de gitanes, à des bordels de luxe : toute moirée, elle abritait dans ses plis toutes les nuances du rouge, depuis le vermillon jusqu'au rosâtre, elle avait des franges noires, longues et noueuses et ses pierreries et ses pendeloques brillaient tellement qu'elles donnaient la nausée. Ma cousine faisait des passes tauromachiques ou s'en enveloppait en riant aux éclats. Je lui dis que je ne lui permettais pas de se moquer de mon ami et lui demandai si en fin de compte elle allait faire cas de lui.

— J'y pense, me répondit-elle comme toujours. Mais comme ami il m'enchante.

Je lui dis que c'était une coquette sans cœur, que Javier en était arrivé à voler pour lui faire ce cadeau.

Et toi? me dit-elle en pliant et rangeant la mantille dans l'armoire. Est-ce vrai que tu es avec tante Julia? Tu n'as pas honte? Avec la sœur de tante Olga?

Je lui dis que c'était vrai, que je n'avais pas honte et je sentis mon visage me brûler. Elle aussi se troubla un peu, mais sa curiosité de fille de Miraflores fut plus forte et elle ajusta droit au but :

— Si tu te maries avec elle, dans vingt ans tu seras encore jeune et elle une petite mémé.

Elle me prit le bras et me fit descendre les escaliers jusqu'au salon :

— Viens, on va entendre de la musique et tu me raconteras tes amours de A à Z.

Elle choisit une pile de disques — Nat King Cole, Harry Belafonte, Frank Sinatra, Xavier Cugat — tandis qu'elle m'avouait que depuis que Javier lui avait tout raconté, elle avait une peur bleue que la famille l'apprenne, et alors que se passerait-il? Est-ce que nos parents n'étaient peut-être pas indiscrets au point que, le jour où elle sortait avec un garçon différent, dix oncles, huit tantes et cinq cousines téléphonaient à sa mère pour le lui raconter? Moi amoureux de tante Julia! Quel scandale, Marito! Et elle me rappela que la famille se faisait des illusions sur mon compte, que j'étais l'espoir de la tribu. C'était vrai : ma cancéreuse famille attendait de moi que je devienne un jour millionnaire, ou, dans le pire des cas, président de la République. (Je n'ai jamais compris pourquoi ils s'étaient fait une opinion aussi haute de moi. En tout cas, pas à cause de mes notes de collège, qui n'avaient jamais été brillantes. Peut-être parce que, depuis tout petit, j'écrivais des poèmes à toutes mes tantes ou parce que je fus, semble-t-il, un enfant précoce qui discutait de tout.) Je fis jurer à la petite Nancy de

214

rester muette comme un tombeau. Elle mourait d'envie de connaître les détails de la romance :

— Julita est-ce qu'elle te plaît seulement ou est-ce que tu es fou d'elle ?

Je lui avais fait quelquefois des confidences sentimentales et maintenant, puisqu'elle savait déjà, je les lui fis aussi. L'histoire avait commencé comme un jeu, mais, soudain, exactement le jour où je sentis de la jalousie pour un endocrinologue, je me suis rendu compte que j'étais vraiment amoureux. Cependant, plus j'y pensais, plus j'étais persuadé que cette romance était un casse-tête. Non seulement à cause de la différence d'âge. Il me manquait trois ans pour terminer mes études d'avocat et je me doutais que je n'exercerais jamais cette profession parce que la seule chose qui me plaisait c'était écrire. Mais les écrivains mouraient de faim. Pour le moment je gagnais seulement de quoi m'acheter mes cigarettes, quelques livres et aller au cinéma. Tante Julia allait-elle m'attendre jusqu'à ce que je devienne un homme solvable, si j'arrivais un jour à l'être ? Ma cousine Nancy était si bonne qu'au lieu de me contredire, elle me donnait raison :

— Bien sûr, sans compter qu'alors Julita peut-être ne te plaira plus et tu la laisseras, me disait-elle avec réalisme. Et la pauvre aura perdu son temps misérablement. Mais dis-moi, est-ce qu'elle est amoureuse de toi ou joue-t-elle seulement ?

Je lui dis que tante Julia n'était pas une girouette frivole comme elle (ce qui l'enchanta réellement). Mais je m'étais posé cette même question plusieurs fois. Je la posai aussi à tante Julia quelques jours après. Nous avions été nous asseoir face à la mer, dans un joli petit parc au nom imprononçable (Domodossola ou quelque chose comme ça) et là, enlacés, nous embrassant sans trêve, nous eûmes notre première conversation sur l'avenir.

— Je le connais dans tous ses détails, je l'ai vu dans une boule de cristal, me dit tante Julia, sans la moindre amertume. Dans le meilleur des cas, notre histoire durera trois, peut-être quatre ans, c'est-à-dire jusqu'à ce que tu tombes sur une petite morveuse qui sera la mère de tes enfants. Alors tu me repousseras et je devrai séduire un autre monsieur. Alors apparaît le mot fin.

Je lui dis en lui baisant les mains que cela lui faisait du mal d'écouter des feuilletons à la radio.

— On voit que tu ne les entends jamais, me reprit-elle. Dans les feuilletons de Pedro Camacho il y a rarement des histoires d'amour ou qui y ressemblent. Maintenant par exemple, Olga et moi nous sommes passionnées par celui de trois heures. La tragédie d'un jeune homme qui ne peut dormir parce qu'à peine ferme-t-il les yeux, il recommence à écraser une pauvre fillette.

Je lui dis en revenant à notre sujet que j'étais plus optimiste. Fougueusement, pour me convaincre moi-même en même temps qu'elle, je lui affirmai que, quelles que soient les différences, l'amour basé sur le physique pur durait peu. Avec la disparition de la nouveauté, avec la routine, l'attrait sexuel diminuait et finalement mourait (surtout chez l'homme), et le couple ne pouvait alors survivre que s'il y avait entre eux d'autres aimants : spirituels, intellectuels, moraux. Pour cette sorte d'amour l'âge n'importait pas.

— C'est joli ce que tu dis et ça m'arrangerait que ce soit vrai, dit tante Julia en frottant contre ma joue un nez qui était toujours froid. Mais c'est faux d'un bout à l'autre. Le physique quelque chose de secondaire ?

216

C'est ce qu'il y a de plus important pour que deux personnes puissent se supporter, Varguitas.

Avait-elle recommencé à sortir avec l'endocrinologue ?

— Il m'a appelée à plusieurs reprises, me dit-elle en me tenant en haleine. — Puis m'embrassant, elle dissipa mes doutes : — Je lui ai dit que je ne sortirai plus avec lui.

Au comble du bonheur, je lui parlai un long moment de ma nouvelle sur les as de la lévitation : elle avait dix pages, elle venait bien et j'essaierais de la publier dans le supplément de *El Comercio* avec une dédicace cryptique : « Au féminin de Julio ».

X

La tragédie de Lucho Abril Marroquín, jeune visiteur médical à qui tout laissait augurer un avenir prometteur, commença un matin ensoleillé d'été dans les faubourgs d'une localité historique : Pisco. Il venait d'achever sa tournée qui, depuis qu'il assumait cette profession itinérante, cela faisait dix ans, le menait par les villages et villes du Pérou, visitant dispensaires et pharmacies pour offrir des échantillons et prospectus des laboratoires Bayer, et il s'apprêtait à rentrer à Lima. La visite aux médecins et pharmaciens de l'endroit lui avait pris quelque trois heures. Et bien qu'il eût au 9e escadron aérien de San Andrés un camarade de collège, qui était maintenant capitaine et chez qui il déjeunait généralement quand il venait à Pisco, il décida de rentrer directement à la capitale. Il était marié, en effet, avec une petite jeune femme à la peau blanche et au nom français, et son jeune sang, son cœur amoureux lui commandaient de retrouver instamment les bras de son épouse.

Il était un peu plus de midi. Sa Volkswagen flambant neuf, acquise à tempérament en même temps que les liens conjugaux — trois mois auparavant — l'attendait, en stationnement sous un eucalyptus ombreux de la place. Lucho Abril Marroquín y déposa sa valise aux

218

échantillons et prospectus, enleva sa cravate et son veston (qui, selon les normes helvétiques du laboratoire, devaient toujours être portés par les représentants pour donner une impression de sérieux), confirma sa décision de ne pas rendre visite à son ami l'aviateur, et au lieu d'un déjeuner en règle, décida de prendre seulement un rafraîchissement pour éviter qu'une digestion pesante ne lui rende plus assommantes les trois heures de désert.

Il traversa la place en direction du café-glacier Piave, commanda à l'Italien un coca-cola et une glace à l'abricot, et tandis qu'il consommait son repas spartiate, il ne pensa pas au passé de ce port sudiste, au débarquement coloré du douteux héros San Martín et son Armée de Libération, mais, égoïsme et sensualité des hommes brûlants d'amour, à sa tendre petite femme — en réalité, presque une enfant —, au teint de neige, aux yeux bleus et boucles dorées, et à sa façon, dans l'obscurité romantique des nuits, de le pousser aux extrêmes d'une fièvre néronienne en lui chantant à l'oreille, avec des plaintes de petite chatte langoureuse, dans la langue érotique par excellence (un français d'autant plus excitant qu'il était incompréhensible), une chanson intitulée *Les feuilles mortes*. S'apercevant que ces réminiscences maritales commençaient à lui faire de l'effet, il chassa ces pensées, paya et sortit.

Chez un pompiste tout près il fit le plein d'essence, remplit d'eau son radiateur et partit. Bien qu'à cette heure de soleil maximum les rues de Pisco fussent vides, il conduisait lentement et précautionneusement, en pensant non pas à l'intégrité des piétons mais à sa Wolkswagen jaune qui, après sa blonde petite Française, était la prunelle de ses yeux. Il pensait à sa vie. Il avait vingt-huit ans. En sortant du collège, il avait décidé de se mettre à travailler, car il était trop impatient pour la transition universitaire. Il était entré aux laboratoires après un examen. Durant ces dix années il avait progressé en salaire et situation, et son travail n'était pas ennuyeux. Il préférait travailler dehors que végéter derrière un bureau. Sauf que maintenant il n'était pas question de passer son temps en voyages en laissant la délicate fleur de France à Lima, ville qui, c'est bien connu, regorge de requins qui vivent à l'affût des sirènes. Lucho Abril Marroquín en avait parlé à ses chefs qui l'appréciaient et l'avaient rassuré : il continuerait à voyager seulement quelques mois encore et au début de l'année prochaine on lui donnerait un poste en province. Et le Dr Schawlb, Suisse laconique, avait précisé : « Un poste qui sera une promotion. » Lucho Abril Marroquín ne pouvait s'empêcher de penser qu'on lui offrirait peut-être la direction de la filiale de Trujillo, Arequipa ou Chiclayo. Que demander d'autre ?

Il était sorti de la ville et avait pris la route. Il l'avait faite et refaite tant et tant de fois — en car, en taxi, conduit ou conduisant — qu'il la connaissait par cœur. Le ruban noir asphalté se perdait au loin, entre des dunes et des collines pelées, sans le moindre scintillement lumineux qui annonçât un véhicule. Il avait devant lui un vieux camion brinquebalant et il allait le dépasser quand il aperçut le pont et le carrefour où la route du Sud fait une boucle et dégage cette route qui monte vers la sierra, en direction des montagnes métalliques de Castrovirreina. Il décida alors, prudence de l'homme qui aime sa machine et craint la loi, d'attendre jusqu'après la déviation. Le camion ne roulait pas à plus de cinquante à l'heure et Lucho Abril Marroquín, résigné, réduisit sa vitesse et se maintint à dix mètres de distance. Il voyait s'approcher le pont, le carrefour, de maigres constructions — kiosques à

boissons, débits de cigarettes, la guérite de l'autoroute
— et des silhouettes dont il ne distinguait pas le visage
— elles étaient à contre-jour — allant et venant près
des cabanes.

La fillette surgit à l'improviste, à l'instant où il
finissait de franchir le pont et sembla apparaître de
dessous le camion. Dans le souvenir de Lucho Abril
Marroquín, elle devait rester gravée à jamais cette
petite forme qui subitement s'interposait entre la route
et lui, le petit visage effrayé et les mains en l'air, qui
venait s'incruster comme une pierre contre l'avant de
la Volkswagen. Cela fut si rapide qu'il ne réussit à
freiner et à détourner sa voiture qu'après la catastrophe (le commencement de la catastrophe). Consterné,
et avec la curieuse impression qu'il s'agissait de
quelque chose d'étrange, il sentit le sourd impact du
corps contre le pare-chocs, le vit s'élever, tracer une
parabole et tomber huit ou dix mètres plus loin.

C'est alors qu'il freina, et si sèchement que le volant
lui frappa la poitrine, et avec un étourdissement
cotonneux et un bourdonnement insistant, il descendit
rapidement de la Volkswagen, courut en trébuchant et
pensant : « Je suis un Argentin puisque je tue des
enfants », il s'approcha de la fillette et la prit dans ses
bras. Elle devait avoir cinq ou six ans, elle était pieds
nus et mal habillée, le visage, les mains et les genoux
avec des croûtes de crasse. Elle ne saignait d'aucune
partie visible, mais ses yeux étaient fermés et elle ne
semblait pas respirer. Lucho Abril Marroquín, titubant
tel un ivrogne, tournait autour de lui, regardait à
droite et à gauche et criait vers le sable, le vent et les
lointaines vagues : « Une ambulance, un médecin. »
Comme en rêve, il put entendre sur le chemin de la
sierra descendre un camion et peut-être remarqua-t-il
que sa vitesse était excessive pour un véhicule qui

s'approche d'un carrefour. Mais s'il réussit à s'en rendre compte, son attention fut immédiatement distraite en voyant venir à lui en courant depuis les cabanes un agent de police. Haletant, en sueur, fonctionnel, le gardien de l'ordre, regardant la fillette, demanda : « Est-elle endormie ou déjà morte ? »

Lucho Abril Marroquín se demanderait le reste des années qu'il avait à vivre quelle devait être en cet instant la réponse exacte. Etait-elle blessée ou avait-elle expiré ? Il ne put répondre à l'haletant gardien parce que ce dernier, sitôt posée sa question, eut une telle expression d'horreur que Lucho Abril Marroquín réussit à tourner la tête juste à temps pour comprendre que le camion qui descendait de la sierra leur venait droit dessus, véhicule fou et klaxonnant. Il ferma les yeux, un fracas lui ravit la fillette des bras et le plongea dans une obscurité pleine de petites étoiles. Il perçut encore le bruit atroce, des cris, des gémissements, tandis qu'il plongeait dans une stupeur de nature presque mystique.

Longtemps après il sut qu'il avait été heurté, non qu'il existât une justice immanente chargée de réaliser le proverbe équitable « Œil pour œil, dent pour dent », mais parce que le camion des mines avait rompu ses freins. Et il apprit aussi que le gardien était mort sur le coup et que la pauvre enfant — véritable fille de Sophocle —, en ce second accident (pour le cas où le premier ne l'aurait pas réussi), non seulement était morte mais avait été spectaculairement aplatie quand lui était passé dessus, carnaval de joie pour les diables, la double roue arrière du camion.

Mais au bout des années, Lucho Abril Marroquín allait se dire que de toutes les expériences instructives de ce matin-là, la plus indélébile avait été non pas le premier ni le second accident, mais ce qui s'était passé ensuite. Parce que, curieusement, en dépit de la violence du choc (qui l'avait immobilisé plusieurs semaines à l'hôpital de la Sécurité sociale, reconstruisant son squelette, abîmé par d'innombrables fractures, luxations, coupures et déchirures), le visiteur médical n'avait pas perdu conscience ou l'avait seulement perdue quelques secondes. Quand il ouvrit les yeux il sut que tout venait de se passer, parce que, des cabanes qu'il avait en face, venaient courant à lui, toujours à contre-jour, dix, douze, peut-être quinze pantalons et jupes. Il ne pouvait remuer, mais il ne sentait pas de douleur, seulement une sérénité soulagée. Il pensa qu'il n'avait plus à penser ; il pensa à l'ambulance, aux médecins, aux infirmières dévouées. Ils étaient là, ils étaient déjà arrivés, et lui essayait de sourire aux visages qui se penchaient sur lui. Mais alors, par des chatouilles, des pincements et des élancements, il comprit que les nouveaux venus n'étaient pas en train de lui porter secours : ils lui arrachaient sa montre, fourraient leurs doigts dans ses poches, lui tiraient d'une main brutale son portefeuille, lui arrachaient d'un coup sec la médaille de Notre-Seigneur de Limpias qu'il portait au cou depuis sa première communion. Alors, ébahi par les hommes, Lucho Abril Marroquín s'enfonça dans la nuit.

Cette nuit, compte tenu des effets pratiques, dura un an. Au début, les conséquences de la catastrophe semblaient seulement physiques. Quand Lucho Abril Marroquín retrouva ses esprits il était à Lima, dans une petite chambre d'hôpital, bandé des pieds à la tête, et de chaque côté de son lit, anges gardiens qui rendent la paix à l'agité, le regardant avec inquiétude, se trouvaient la blonde compatriote de Juliette Gréco et le Dr Schwalb des laboratoires Bayer. Au milieu de l'ivresse que provoquait chez lui l'odeur de chloro-

forme, il éprouva de la joie et sur ses joues coulèrent
des larmes quand il sentit les lèvres de son épouse sur
la gaze qui couvrait son front.

La suture des os, le retour des muscles et des tendons
à leur place, la fermeture et cicatrisation des blessures,
c'est-à-dire le raccommodage de la moitié animale de
sa personne prit quelques semaines, relativement sup-
portables grâce à l'excellence des chirurgiens, la diligence des infirmières, la dévotion magdalénienne de
son épouse et la solidarité des laboratoires qui se
montrèrent impeccables du point de vue du sentiment
et du portefeuille. A l'hôpital de la Sécurité sociale, en
pleine convalescence, Lucho Abril Marroquín apprit
une nouvelle flatteuse : la petite Française avait conçu
et dans sept mois elle serait la mère d'un enfant à lui.

C'est après qu'il fut sorti de l'hôpital et eut réintégré
sa maison de San Miguel et son travail que se révélèrent les blessures secrètes et complexes que les accidents avaient causées dans son esprit. L'insomnie était
le plus bénin des maux qui s'abattirent sur lui. Il
passait ses nuits à veiller, à déambuler dans sa maison
en pleine obscurité, fumant sans arrêt, en état de vive
agitation et prononçant des discours hachés où son
épouse s'étonnait d'entendre un mot qui revenait tout
le temps : « Hérode. » Quand les insomnies furent
chimiquement vaincues par les somnifères, le résultat
fut pire : le sommeil d'Abril Marroquín était visité de
cauchemars dans lesquels il se voyait mettant en
pièces sa propre fille pas encore née. Ses hurlements
désordonnés terrifièrent son épouse et finirent par la
faire avorter d'un fœtus de sexe probablement féminin.
« Le rêve s'est accompli, j'ai assassiné ma propre fille,
je n'ai plus qu'à aller vivre à Buenos Aires », répétait
nuit et jour, lugubrement, l'onirique infanticide.

Mais ce ne fut pas là non plus le pire. Aux nuits

224

éveillées et cauchemardesques succédaient des jours atroces. Depuis l'accident, Lucho Abril Marroquín concevait une phobie viscérale contre tout ce qui avait des roues, véhicules auxquels il ne pouvait accéder ni comme chauffeur ni comme passager, sans sentir des vertiges, avoir des vomissements, suer à grosses gouttes et se mettre à crier. Vaines furent toutes les tentatives de vaincre ce tabou, si bien qu'il dut se résigner à vivre, en plein vingtième siècle, comme dans l'empire des Incas (société sans roue). Si les distances qu'il devait parcourir n'avaient été seulement que ces cinq kilomètres qui séparaient sa maison des laboratoires Bayer, la chose n'aurait pas été bien grave ; pour un esprit tourmenté ces deux heures de promenade matinale et les deux de la promenade vespérale auraient peut-être eu une action sédative. Mais s'agissant d'un visiteur médical dont le centre d'opérations était le vaste territoire du Pérou la phobie antiroulante devenait tragique. Comme il n'y avait pas la moindre possibilité de ressusciter l'époque athlétique des courriers, l'avenir professionnel de Lucho Abril Marroquín se trouva sérieusement menacé. Le laboratoire consentit à lui donner un travail sédentaire, dans les bureaux de Lima, et bien qu'on ne diminuât pas son salaire, du point de vie moral et psychologique, le changement (il avait maintenant la charge de l'inventaire des échantillons) constitua une dégradation. Pour comble de malheur la petite Française qui, digne émule de la Pucelle d'Orléans, avait supporté courageusement les atteintes nerveuses de son conjoint, succomba aussi, surtout après l'évacuation du fœtus Abril, à l'hystérie. Une séparation jusqu'à de meilleurs jours fut décidée et la jeune fille, pâleur qui rappelle l'aube et les nuits antarctiques, retourna en France chercher consolation dans le château de ses parents.

Tel était Lucho Abril Marroquín un an après l'accident : abandonné par sa femme, le sommeil et la
tranquillité, détestant les roues, condamné à marcher
(stricto sensu) dans la vie, sans autre ami que l'angoisse. (La Wolkswagen jaune se couvrit de lierre et de
toiles d'araignées, avant d'être vendue pour payer le
billet pour la France de la blonde.) Ses collègues et
connaissances murmuraient déjà qu'il n'avait d'autre
choix que l'asile ou la solution fracassante du suicide,
quand le jeune homme apprit l'existence — manne qui
tombe du ciel, pluie sur sablière assoiffée — de quelqu'un qui n'était pas prêtre ni sorcier et néanmoins
soignait les âmes : la doctoresse Lucía Acémila.

Femme supérieure et sans complexes, arrivée à ce
que la science considère d'ordinaire comme l'âge idéal,
la cinquantaine, la doctoresse Acémila — large front,
nez aquilin, regard pénétrant, esprit plein de bonté et
de droiture — était la négation vivante de son nom[1]
(dont elle se sentait orgueilleuse et qu'elle lançait, dans
ses cartes de visite ou les plaques de son cabinet, à la
tête des mortels ainsi qu'une prouesse), quelqu'un chez
qui l'intelligence était un attribut physique, quelque
chose que ses patients (elle préférait les appeler
« amis ») pouvaient voir, entendre, sentir. Elle avait
obtenu des diplômes excellents et abondants dans les
grands centres du savoir — Berlin la teutonique,
Londres la flegmatique, Paris la pécheresse —, mais la
principale université où elle avait appris la somme de
ce qu'elle savait sur la misère humaine et ses remèdes
avait été (naturellement) la vie. Comme tout être élevé
au-dessus de la moyenne, elle était discutée, critiquée
et verbalement raillée par ses collègues, ces psychiatres et psychologues incapables (à la différence d'elle)

1. Acémila = Bête de somme, et, au sens figuré, personne stupide
(*N.d.T.*).

de faire des miracles. Il était indifférent à la doctoresse Acémila qu'on l'appelât sorcière, sataniste, corruptrice de corrompus, aliénée et autres bassesses. Elle se contentait, pour savoir que c'était elle qui avait raison, de la gratitude de ses « amis », cette légion de schizophrènes, parricides, paranoïaques, incendiaires, maniaco-dépressifs, onanistes, catatoniques, criminels mystiques et bègues qui, une fois passés entre ses mains, soumis à son traitement (elle aurait préféré dire ses « conseils ») étaient retournés à la vie pères très aimants, fils obéissants, épouses vertueuses, travailleurs honnêtes, causeurs fluides et citoyens pathologiquement respectueux de la loi.

C'est le docteur Schwalb qui conseilla à Lucho Abril Marroquín de rendre visite à la doctoresse et lui-même qui, promptitude helvétique qui a donné au monde des réveils très ponctuels, pris rendez-vous. Plus résigné que confiant, l'insomniaque se présenta à l'heure indiquée à la demeure aux murs roses, entourée d'un jardin aux daturas odorants, dans le quartier de San Felipe, où se trouvait le cabinet (temple, confessionnal, laboratoire de l'esprit) de Lucía Acémila. Une infirmière très soignée prit quelques informations sur son compte et le fit entrer dans le cabinet de la doctoresse, une haute pièce aux rayons bondés de livres reliés en cuir, un bureau en acajou, des tapis moelleux et un divan en velours vert menthe.

— Débarrassez-vous de vos préjugés, ainsi que de votre cravate et de votre veston, l'apostropha avec le naturel désarmant des savants la doctoresse Lucía Acémila en lui désignant le divan. Etendez-vous là, sur le dos ou sur le ventre, non par bigoterie freudienne mais parce que je veux que vous soyez à l'aise. Et maintenant ne me racontez pas vos rêves et ne m'avouez pas que vous êtes amoureux de votre mère, mais dites-moi plutôt avec la plus grande exactitude comment fonctionne cet estomac.

Timidement, le visiteur médical, maintenant allongé sur le confortable divan, se hasarda à murmurer, croyant à une erreur sur la personne, qu'il ne venait pas la consulter pour son ventre mais pour son esprit.

— Ils sont indissociables, l'éclaira la praticienne. Un estomac qui évacue ponctuellement et totalement est jumeau d'un esprit clair et d'une âme bien accordée. Au contraire, un estomac lourd, paresseux, avare engendre de mauvaises pensées, aigrit le caractère, fait naître des complexes et des appétits sexuels désordonnés, et crée une vocation de délit, un besoin de punir chez les autres la torture excrémentielle.

Instruit de la sorte, Lucho Abril Marroquín avoua qu'il souffrait parfois de dyspepsies, de constipation et même que ses oboles, outre qu'elles étaient irrégulières, étaient aussi versatiles en coloration, volume et, sans doute — il ne se souvenait pas de les avoir palpées les dernières semaines — consistance et température. La doctoresse acquiesça avec bienveillance en murmurant : « Je le savais. » Et elle décréta que le jeune homme devrait consommer chaque matin, jusqu'à nouvel ordre et à jeun, une demi-douzaine de pruneaux.

— Cette question préalable étant résolue, passons aux autres, ajouta la philosophe. Pouvez-vous me raconter ce qui vous arrive. Mais sachez d'avance que je ne vous castrerai pas de votre problème. Je vous apprendrai à l'aimer, à vous sentir aussi fier de lui que Cervantès de son bras inutile ou Beethoven de sa surdité. Parlez.

Lucho Abril Marroquín, avec une facilité d'élocution née de dix années de dialogues professionnels avec esculapes et apothicaires, résuma son histoire avec sincérité, depuis le malheureux accident de Pisco jusqu'à ses cauchemars de la veille et les conséquences apocalyptiques que ce drame avait eues sur sa famille. Emu de lui-même, sur la fin il éclata en sanglots et acheva son exposé sur une exclamation qui chez toute autre personne que Lucía Acémila aurait fendu l'âme : « Docteur, aidez-moi ! »

— Votre histoire, au lieu de m'attrister, m'ennuie tant elle est banale et sotte, le réconforta affectueusement cet ingénieur des âmes. Nettoyez votre morve et soyez convaincu que, dans la géographie de l'esprit, votre mal est équivalent à ce qui, dans celle du corps, serait un mal blanc. Et maintenant écoutez-moi.

Avec des façons de femme qui fréquente les salons de la haute société, elle lui expliqua que ce qui perdait les hommes c'était la crainte de la vérité et l'esprit de contradiction. Pour le premier point, elle éclaira l'esprit de l'insomniaque en lui expliquant que le hasard, le soi-disant *accident* n'existaient pas, c'étaient des subterfuges inventés par les hommes pour dissimuler combien ils étaient mauvais.

— En résumé, vous avez voulu tuer cette enfant et vous l'avez tuée, asséna la doctoresse. Puis, honteux de votre acte, craignant la police ou l'enfer, vous avez voulu être écrasé par le camion, pour recevoir un châtiment ou comme alibi à l'assassinat.

— Mais, mais, balbutia le visiteur médical avec des yeux qui en s'exorbitant et un front qui en suant révélaient un désespoir stupide, et l'agent de police ? Est-ce que lui aussi je l'ai tué ?

— Qui n'a pas tué une fois un agent de police ? réfléchit la femme de science. Peut-être vous, peut-être le routier, peut-être fut-ce un suicide. Mais ce n'est pas une représentation de faveur où deux personnes entrent avec un seul billet. Occupons-nous de vous.

Elle lui expliqua qu'en contredisant leurs pulsions naturelles, les hommes froissaient leur esprit, lequel se vengeait en suscitant des cauchemars, des phobies, des complexes, de l'angoisse et de la dépression.

— On ne peut pas combattre avec soi-même, parce que dans ce combat il n'y a qu'un perdant, pontifia l'apôtre. Ne rougissez pas de ce que vous êtes, consolez-vous en pensant que tous les hommes sont des hyènes et qu'être bon signifie simplement savoir dissimuler. Regardez-vous dans la glace et dites-vous : je suis un infanticide et un lâche du volant. Assez d'euphémismes : ne me parlez pas d'accidents ni du syndrome de la roue.

Et passant aux exemples, elle lui raconta qu'aux onanistes émaciés qui venaient la supplier à deux genoux de les guérir elle offrait des revues pornographiques et aux toxicomanes, scories qui rampent au sol et s'arrachent les cheveux en invoquant la fatalité, elle offrait des cigarettes de marijuana et des poignées de cocaïne.

— Allez-vous me prescrire de continuer à tuer des enfants ? rugit, agneau qui se métamorphose en tigre, le visiteur médical.

— Si c'est votre goût pourquoi pas ? lui répondit froidement la psychologue qui le prévint : Et n'élevez pas la voix. Je ne suis pas de ces marchands qui croient que le cient a toujours raison.

Lucho Abril Marroquín s'effondra à nouveau en larmes. Indifférente, la doctoresse Lucía calligraphia durant dix minutes plusieurs feuilles portant le titre général d' « Exercices pour apprendre à vivre avec sincérité ». Elle les lui remit et lui fixa rendez-vous pour dans huit semaines. En le raccompagnant, avec une poignée de mains, elle lui rappela de ne pas oublier les pruneaux à jeun du matin.

Comme la plupart des patients de la doctoresse Acémilia, Lucho Abril Marroquín sortit du cabinet avec l'impression d'avoir été victime d'une embuscade psychique, sûr d'être tombé dans les filets d'une extravagante détraquée qui aggraverait son mal s'il commettait la folie de suivre ses prescriptions. Il était décidé à jeter les « Exercices » dans les cabinets sans les regarder. Mais cette même nuit, insomnie débilitante qui incite aux excès, il les lut. Ils lui semblèrent pathologiquement absurdes et il rit tellement qu'il eut le hoquet (qu'il conjura en buvant un verre d'eau en se penchant sur le bord du verre opposé aux lèvres, comme lui avait appris sa mère); puis il sentit la curiosité le démanger. Comme distraction, pour remplir les heures vides de sommeil, sans croire à leur vertu thérapeutique, il décida de les pratiquer.

Il n'eut pas de mal à trouver au rayon jouets de Sears l'auto, le camion numéro un et le camion numéro deux qu'il lui fallait, de même que les petites figurines chargées de représenter la fillette, l'agent de police, les voleurs et lui-même. Conformément aux instructions, il peignit les véhicules aux couleurs originales qu'il se rappelait, tout comme les vêtements des figurines. (Il était doué pour la peinture, de sorte que l'uniforme de l'agent et les vêtements humbles et les croûtes de la fillette furent tout à fait réussis.) Pour imiter les sablières de Pisco il utilisa du papier kraft sur lequel, poussant à l'extrême le goût de la fidélité, il peignit à un bout l'océan Pacifique : une frange bleue ourlée d'écume. Le premier jour, cela lui prit environ une heure, agenouillé sur le sol de son salon-salle à manger, pour reproduire l'histoire, et quand il termina, c'est-à-dire quand les voleurs se précipitaient sur le visiteur médical pour le dépouiller, il se sentit presque aussi atterré et meurtri que le jour où c'était arrivé. Par terre sur le dos, il avait des sueurs froides et sanglotait. Mais les jours suivants, l'impression nerveuse diminua, et l'opération acquit des virtualités sportives, devint un exercice qui lui rendait son enfance et meublait ces heures qu'il n'aurait su occuper, maintenant qu'il était sans épouse, lui qui ne s'était jamais targué d'être rat de bibliothèque ou mélomane. C'était comme de monter un meccano, d'assembler un puzzle ou de faire des mots croisés. Parfois, au magasin des laboratoires Bayer, tandis qu'il distribuait des échantillons aux visiteurs médicaux, il se surprenait à se creuser la tête à la recherche de quelque détail, geste, motif de l'événement réel qui lui permît d'introduire quelque variante, d'allonger les représentations nocturnes. La femme de ménage, en voyant le sol du salon-salle à manger jonché de figurines en bois et de petites autos en plastique lui demanda s'il songeait à adopter un enfant, l'avertissant que dans ce cas elle demanderait davantage. Conformément à la progression assignée dans les « Exercices », il effectuait alors chaque nuit seize représentations à l'échelle liliputienne de l'accident (?).

La partie des « Exercices pour apprendre à vivre avec sincérité » concernant les enfants lui sembla plus saugrenue que celle des figurines, mais — inertie qui pousse au vice ou curiosité qui fait progresser la science ? — là aussi il obéit. Elle était subdivisée en deux parties : « Exercices théoriques » et « Exercices pratiques », et la doctoresse Acémila signalait qu'il était indispensable que ceux-là précédassent ceux-ci, car l'homme n'était pas un être rationnel chez qui les idées précédaient les actes ? La partie théorique offrait toute latitude à l'esprit observateur et spéculatif du visiteur médical. Elle se bornait à prescrire : « Réfléchissez chaque jour sur les calamités causées par les enfants à l'humanité. » Il devait le faire à toute heure, en tout lieu, de façon systématique.

Quel mal faisaient à l'humanité les innocents bambins ? N'étaient-ils pas la grâce, la pureté, la joie, la vie ? se demanda Lucho Abril Marroquín le matin du premier exercice théorique tandis qu'il parcourait les cinq kilomètres qui le séparaient de son bureau. Mais, plus pour jouer le jeu que par conviction, il admit qu'ils pouvaient être bruyants. En effet, ils pleuraient beaucoup, à toute heure et pour n'importe quel motif, et comme ils n'avaient pas encore l'usage de leur raison, ils ne tenaient pas compte du préjudice causé par cette propension et ne pouvaient non plus être *persuadés* de vertus du silence. Il se rappela alors le cas de cet ouvrier qui, après d'exténuantes journées à la mine, rentrait chez lui et ne pouvait dormir à cause des pleurs frenetiques du nouveau-né qu'il finit par assassiner (?). Combien de millions de cas semblables étaient-ils recensés de par le monde ? Combien d'ouvriers, de paysans, de commerçants et d'employés qui — coût élevé de la vie, bas salaires, étroitesse de logements — vivaient dans des pièces minuscules qu'ils partageaient avec leur progéniture, étaient ainsi empêchés de jouir d'un sommeil mérité par les hurlements d'un enfant incapable de dire si ses beuglements signifiaient diarrhée ou tétée supplémentaire ?

En cherchant, en cherchant bien, cet après-midi, sur les cinq kilomètres du trajet retour, Lucho Abril Marroquín trouva qu'on pouvait leur imputer aussi bien des dégâts. A la différence de tout animal, ils tardaient trop à se débrouiller tout seuls, et combien de catastrophes découlaient de cette tare ! Ils brisaient tout, bibelot artistique ou vase de cristal, ils arrachaient les rideaux qu'en se brûlant les yeux la maîtresse de maison avait cousus, et sans le moindre embarras ils posaient leurs mains souillées de caca sur la nappe amidonnée ou la mantille de dentelle achetée avec privation et amour. Sans compter qu'ils four-raient aussi leurs doigts dans les prises de courant et provoquaient des courts-circuits ou s'électrocutaient stupidement ce qui signifiait pour la famille : petit cercueil blanc, pierre tombale, veillée funèbre, faire-part dans *El Comercio,* vêtements de deuil, obsèques.

Il acquit l'habitude de se livrer à cette gymnastique durant ses allées et venues entre le laboratoire et San Miguel. Pour ne pas se répéter, il faisait au début une rapide synthèse des charges accumulées lors de la réflexion antérieure avant de passer au développement d'une nouvelle charge. Les thèmes s'imbriquaient les uns aux autres avec facilité et il n'était jamais à court d'arguments.

Le délit économique, par exemple, lui fournit de la matière pour trente kilomètres. Parce que, n'était-il pas désolant de *les* voir ruiner le budget familial ? Ils grevaient les revenus paternels en proportion inverse de leur taille, non seulement par leur gloutonnerie tenace et la délicatesse de leur estomac qui exigeait des aliments spéciaux, mais par les infinies institutions qu'*ils* avaient engendrées, marraines, berceuses mater-nelles, crèches, jardins d'enfant, nourrices, cirques, écoles maternelles, matinées enfantines, boutiques de jouets, tribunaux pour enfants, maisons de redresse-ment, sans parler des spécialités en enfants qui, parasi-tes arborescents qui asphyxient les plantes-mères, avaient poussé à la médecine, la psychologie, l'odonto-logie et autres sciences, armée en somme de gens qui devaient être habillés, nourris et pensionnés par les pauvres *pères.*

Lucho Abril Marroquín fut un jour sur le point de pleurer en pensant à ces mères jeunes, zélées, respec-

tueuses de la morale et du qu'en-dira-t-on, qui s'enter-
rent vivantes pour s'occuper de leurs bébés, et renon-
cent aux fêtes, cinémas, voyages, de sorte qu'elles sont
finalement abandonnées par leurs maris qui, à force de
sortir seuls, finissent forcément par pécher. Et comment ces bébés payaient-ils ces veilles et ces souffran-
ces ? En poussant, en formant un foyer à part, en
abandonnant leur mère à l'orphelinage de la vieillesse.

Par cette voie, insensiblement, il finit par démolir le
mythe de *leur* innocence et bonté. Est-ce que, avec ce
soi-disant alibi de leur manque de raison, ils n'arrachaient pas les ailes des papillons, ils ne mettaient pas
des poulets vivants dans le four, ils ne retournaient pas
sur le dos les tortues jusqu'à ce qu'elles mourussent et
ne crevaient pas les yeux des écureuils ? Et ne se
montraient-ils pas implacables avec les enfants les
plus faibles ? Par ailleurs, comment appeler *intelligents*
des êtres qui, à l'âge où n'importe quel chaton se
procure déjà sa pitance, se tiennent encore lourdement
sur leurs jambes, se cognent aux murs et se font des
bosses ?

Lucho Abril Marroquín avait un sens esthétique aigu
et ce thème lui donna du fil à retordre pendant
plusieurs trajets. Il aurait voulu que toutes les femmes
se conservassent fermes et luxuriantes jusqu'à leur
ménopause et il fut peiné d'inventorier les ravages que
provoquent les accouchements chez les mères ; les
tailles de guêpe qui tenaient en une main éclataient en
graisse, et aussi ces seins, ces fesses, ces ventres lisses,
plaques de métal charnu que les lèvres ne bossellent,
s'amollissaient, s'enflaient, se distendaient, se plis-
saient, et certaines femmes, à la suite des poussées et
des crampes des accouchements difficiles, restaient
bancales comme des canards. Lucho Abril Marroquín,
se remémorant le corps de statue de la petite Française

qui portait son nom, se réjouit avec soulagement qu'elle eut accouché non d'un être potelé et dévastateur de sa beauté mais, à peine, d'un détritus d'homme. Un autre jour, il s'aperçut, tandis qu'il allait à la selle — les pruneaux avaient rendu son estomac aussi ponctuel qu'un train anglais — que cela ne le faisait plus frémir de penser à Hérode. Et un matin il se surprit à donner une taloche à un petit mendiant.

Il sut alors que, sans se l'être proposé, il était passé, naturel des astres qui passent de la nuit au jour, aux « Exercices pratiques ». La doctoresse Acémila avait sous-titré « Action directe » ces instructions et Lucho Abril Marroquín crut entendre sa voix scientifique tandis qu'il les relisait. Celles-ci oui, contrairement aux théoriques, étaient précises. Il s'agissait, une fois acquise la conscience claire des calamités qu'*ils* apportaient, d'exercer, à titre individuel, de petites représailles. Il fallait le faire de façon discrète, en tenant compte des démagogies du genre « enfance abandonnée », « ne pas battre un enfant même avec une rose » et « le fouet donne des complexes ».

Assurément il lui en coûta au début et, quand il croisait l'un d'*eux* dans la rue, celui-ci et lui-même ne savaient si cette main sur la petite tête enfantine était un châtiment ou une rude caresse. Mais avec l'assurance que donne la pratique, peu à peu il surmonta sa timidité et ses ancestrales inhibitions, s'enhardissant, prenant des initiatives, améliorant son score, et au bout de quelques semaines, conformément aux prévisions des « Exercices », il remarqua que ces taloches qu'il distribuait aux coins de rue, ces pinçons qui provoquaient des bleus, ces coups de pied qui faisaient beugler les récipiendaires, n'étaient plus une corvée qu'il s'imposait pour des raisons morales et théoriques, mais une sorte de plaisir. Il aimait voir pleurer ces vendeurs ambulants qui venaient lui proposer le gros lot et recevaient avec stupéfaction une gifle, et il éprouvait la même excitation qu'aux courses de taureaux quand le petit guide d'une aveugle qui l'avait abordé, soucoupe en fer-blanc qui tinte au matin, tombait par terre en se frottant le mollet qui venait de recevoir son coup de pied. Les « Exercices pratiques » étaient risqués, mais chez le visiteur médical qui se reconnut un cœur téméraire, cela, au lieu de le dissuader, le stimulait. Pas même le jour où il creva un ballon et fut poursuivi à coups de bâton et de pierre par une meute de pygmées, il ne recula dans sa détermination.

De sorte que, durant les semaines que dura le traitement, il commit maintes actions de ce genre que, paresse mentale qui abrutit les gens, on a coutume de qualifier de méchantes Il décapita les poupées avec quoi, dans les parcs, les bonnes d'enfants *les* amusaient, il arracha des sucettes, des toffees, des bonbons qu'ils étaient sur le point de porter à leurs lèvres et les piétina ou les jeta aux chiens, il alla hanter les cirques, les matinées enfantines, les théâtres de marionnettes et, jusqu'à en avoir mal aux doigts, il tira des tresses et des oreilles, pinça des petits bras, des mollets, des petites fesses et, naturellement, il usa du séculaire stratagème qui consiste à leur tirer la langue et leur faire des grimaces, et leur parla jusqu'à l'aphonie et l'enrouement du Croquemitaine, du Grand Méchant Loup, du Policier, du Squelette, de la Sorcière, du Vampire et autres personnages créés par l'imagination adulte pour leur faire peur.

Mais, boule de neige qui en dévalant la montagne devient avalanche, un jour Lucho Abril Marroquín eut tellement peur qu'il se précipita, dans un taxi pour arriver plus vite, au cabinet de la doctoresse Acémila.

Dès qu'il entra dans son sévère bureau, sueurs froides, voix tremblante, il s'écria :

— J'ai failli pousser une fillette sous les roues du tramway à San Miguel. Je me suis contenu au dernier moment parce que j'ai vu un agent de police.

Et, sanglotant comme l'un d'*eux,* il cria :

— J'ai failli devenir un criminel, docteur !

— Criminel, vous l'avez déjà été, jeune homme, avez-vous oublié ? lui rappela la psychologue en martelant chaque syllabe. Puis l'observant de haut en bas avec satisfaction elle décréta : Vous êtes guéri.

Lucho Abril Marroquín se rappela alors — éblouissement dans les ténèbres, pluie d'étoiles sur la mer — qu'il était venu en taxi ! Il allait tomber à genoux mais la savante le contint :

— Personne ne me lèche les mains, sauf mon danois. Assez d'effusions ! Vous pouvez vous retirer, car de nouveaux *amis* m'attendent. Vous recevrez la facture en temps opportun.

« C'est vrai, je suis guéri », se répétait heureux le visiteur médical : la dernière semaine il avait dormi sept heures par nuit et, au lieu de cauchemars, il avait des rêves agréables où, sur des plages exotiques, il se laissait rôtir par un soleil triomphant en voyant le lent cheminement des tortues entre des palmiers lancéolés et les coquines fornications des dauphins dans les ondes bleues. Cette fois, décision et perfidie de l'homme qui joue avec le feu, il prit un autre taxi pour se rendre aux laboratoires et, durant le trajet, il pleura en s'apercevant que le seul effet que *rouler* lui faisait n'était plus la terreur sépulcrale et l'angoisse cosmique, mais à peine un léger barbouillement. Il courut baiser les mains amazoniques de don Federico Téllez Unzátegui en l'appelant « mon conseiller, mon sauveur, mon nouveau père », geste et propos que son chef accepta avec la déférence que tout maître qui se respecte doit à ses esclaves, en lui signalant de toute façon, calviniste de cœur sans place pour le sentiment, que, guéri ou pas de ses complexes homicides, il devait arriver à l'heure à « Dératisation S.A. », sous peine d'amende.

C'est ainsi que Lucho Abril Marroquín sortit du tunnel qu'était devenue, depuis l'accident poudreux de Pisco, sa vie. Dès lors tout commença à se redresser. La douce fille de France, absoute de ses peines grâce aux gâteries familiales et réconfortée par les menus normands — camembert coulant et escargots visqueux —, revint à la terre des Incas avec des joues pimpantes et le cœur plein d'amour. Les retrouvailles du ménage furent une lune de miel prolongée, baisers enivrants, étreintes enflammées et autres dissipations émotives qui conduisirent les amoureux époux au bord même de l'anémie. Le visiteur médical, serpent à la vigueur redoublée après la mue, retrouva vite le poste prééminent qu'il occupait aux laboratoires. A sa propre demande, lui qui voulait se démontrer qu'il était le même qu'avant, le docteur Schwalb lui confia à nouveau la responsabilité, par air, terre, fleuve et mer, de parcourir villes et villages du Pérou en vantant, auprès des médecins et des pharmaciens, les produits Bayer. Grâce aux vertus épargnantes de son épouse, le couple put très tôt liquider toutes les dettes contractées durant la crise et acquérir, à tempérament, une nouvelle Volkswagen qui, naturellement, fut également jaune.

Rien, en apparence (mais la sagesse populaire ne recommande-t-elle pas de ne « pas se fier aux apparences » ?), n'altérait le cadre où se déroulait la vie des Abril Marroquín. Le visiteur médical se souvenait rarement de l'accident, et, quand cela se produisait, au

lieu de chagrin il éprouvait de l'orgueil, ce que,
mesodrate respectueux des formes sociales, il se gardait de dire en public. Mais dans l'intimité de son
foyer, nid de tourterelles, cheminée qui brûle au
rythme des violons de Vivaldi, quelque chose avait
survécu — lumière qui brille encore dans l'espace
quand l'astre qui l'a émise n'existe plus, ongles et
cheveux qui poussent encore chez le mort — de la
thérapie du professeur Acémila. C'est-à-dire, d'une
part, un goût exagéré, étant donné l'âge de Lucho Abril
Marroquín, pour les figurines de bois, les meccanos, les
trains, les soldats de plomb ; sa chambre s'emplit de
jouets qui déconcertaient voisins et domestiques, et les
premières ombres de l'harmonie conjugale surgirent
quand la petite Française se mit un jour à se plaindre
de ce que son mari passait ses dimanches et jours fériés
à pousser des bateaux de papier dans sa baignoire ou à
manœuvrer des cerfs-volants sur la terrasse. Mais, plus
grave que ce penchant, et à l'évidence opposé à lui,
était, d'un autre côté, la phobie des enfants qui avait
continué dans l'esprit de Lucho Abril Marroquín
depuis l'époque des « Exercices pratiques ». Il ne lui
était pas possible de croiser l'un d'*eux* dans la rue, le
parc ou la place publique, sans lui infliger ce que le
vulgaire appellerait une cruauté, et dans ses conversations avec son épouse il avait coutume de les nommer
de façon méprisante telle que les « sevrés » et les
« limbomanes ». Cette hostilité se transforma en
angoisse le jour où la blonde fut à nouveau enceinte. Le
couple, talons que la peur transforme en hélices, vola
solliciter morale et science auprès de la doctoresse
Acémila. Celle-ci les écouta sans s'effrayer :

— Vous souffrez d'infantilisme et vous êtes, en
même temps, un récidiviste infanticide potentiel, éta-
blit-elle avec un art télégraphique. Deux bêtises qui ne

240

méritent pas qu'on y prête attention et que je soigne avec la facilité avec laquelle je crache. N'ayez pas peur : il sera guéri avant que le fœtus ne commence à avoir des yeux.

Le guérirait-elle ? Lucho Abril Marroquín échapperait-il à ses phantasmes ? Le traitement contre l'infantophobie et l'hérodisme serait-il aussi hasardeux que celui qui l'avait émancipé du complexe de la rue et l'obsession du crime ? Comment finirait ce psychodrame de San Miguel ?

XI

Les examens semestriels à la faculté s'approchaient
et moi qui depuis mes amours avec tante Julia assistais
moins aux cours et écrivais plus de nouvelles (pyrrhi-
ques), j'étais mal préparé pour cette épreuve. Mon
salut était un camarade de cours, un garçon de
Camaná nommé Guillermo Velando. Il vivait dans une
pension du centre, du côté de la place Dos de Mayo, et
c'était un étudiant modèle qui ne manquait pas un
cours, prenait note même de la respiration des professeurs et apprenait par cœur, comme moi les vers, les
articles du Code. Il parlait toujours de son village où il
avait une fiancée, et il n'espérait qu'être reçu avocat
pour quitter Lima, ville qu'il détestait, et s'installer à
Camaná où il lutterait pour le progrès de sa terre. Il me
prêtait ses notes, me soufflait aux examens et quand
ceux-ci me tombaient dessus j'allais chez lui pour qu'il
m'administre quelque synthèse miraculeuse de ce
qu'on avait fait en cours.

C'est de sa pension que je venais ce dimanche, après
avoir passé trois heures dans la chambre de Guillermo,
la tête embrouillée de formules juridiques, effrayé par
la quantité de latinismes qu'il fallait me fourrer dans
le crâne, quand, atteignant la place San Martín, je vis
au loin, sur la façade plombée de Radio Central, la

lucarne ouverte du réduit de Pedro Camacho. Naturellement, je décidai d'aller lui dire bonjour. Plus je le fréquentais — bien que nos relations soient toujours limitées à de brèves conversations autour d'une table de café — plus grand était le charme qu'exerçaient sur moi son physique, sa rhétorique, sa personnalité. Tout en traversant la place pour gagner les studios, je pensais une fois de plus à cette volonté de fer qui donnait à l'ascétique homoncule sa capacité de travail, cette aptitude à produire matin et soir, jour et nuit, d'orageuses histoires. A quelque heure du jour où je me le rappelais, je pensais : « Il est en train d'écrire », et je le voyais, comme je l'avais tant de fois vu, frappant avec deux petits doigts rapides les touches de la Remington et regardant le cylindre de ses yeux hallucinés, et je sentais une curiosité mêlé de pitié et d'envie.

La fenêtre du réduit était entrouverte — on pouvait entendre le bruit rythmé de la machine — et je la poussai tout en m'écriant : « Bonjour, monsieur le travailleur. » Mais j'eus l'impression de m'être trompé d'endroit ou de personne, et ce n'est qu'après plusieurs secondes que je reconnus, sous le déguisement composé de la blouse blanche, du bonnet de médecin et de la longue barbe noire et rabbinique, le scribe bolivien. Il continuait à écrire immuable, sans me regarder, légèrement penché sur son bureau. Au bout d'un moment, comme faisant une pause entre deux pensées, mais sans tourner la tête vers moi, je l'entendis dire de sa voix au timbre parfait et caressant :

— Le gynécologue Alberto de Quinteros est en train d'accoucher de triplés une de ses nièces, et l'un des têtards s'est mis en travers. Pouvez-vous m'attendre cinq minutes ? Je fais une césarienne à la petite et nous allons prendre ma verveine-menthe.

J'attendis, en fumant une cigarette, assis sur le

rebord de la fenêtre, qu'il eût fini de mettre au monde les triplés de travers, opération qui, en effet, ne lui prit pas plus de quelques minutes. Puis, tandis qu'il ôtait son déguisement, le pliait soigneusement et, près de la barbe patriarcale postiche, le rangeait dans un sac en plastique, je lui dis :

— Pour un accouchement de triplés, avec césarienne et tout, il ne vous faut que cinq minutes, que voulez-vous de mieux ? Moi j'ai mis trois semaines pour écrire une nouvelle sur trois garçons qui entrent en lévitation en profitant de la pression des avions.

Je lui racontai, tandis que nous allions au Bransa, qu'après plusieurs récits avortés, celui des garçons en lévitation m'avait semblé convenable et que je l'avais amené au supplément dominical de *El Comercio,* en tremblant de peur. Le directeur l'avait lu devant moi et m'avait donné une réponse mystérieuse : « Laissez-le, et vous verrez ce que nous en faisons. » Depuis, deux dimanches avaient passé où je m'étais précipité, plein de fièvre, acheter le journal et jusqu'à maintenant rien. Mais Pedro Camacho ne perdait pas de temps avec les problèmes des autres :

— Sacrifions le rafraîchissement et marchons, me dit-il en me prenant le bras quand j'allais déjà m'asseoir, et me ramenant jusqu'à la Colmena. J'ai des fourmis aux jambes qui annoncent la crampe. C'est la vie sédentaire. J'ai besoin d'exercice.

Seulement parce que je savais ce qu'il allait me répondre je lui suggérai de faire comme Victor Hugo et Hemingway : écrire debout. Mais cette fois je me trompai :

— A la pension La Tapada il se passe des choses intéressantes, me dit-il sans même me répondre, tout en me faisant tourner en rond, presque au trot, autour

244

du monument de San Martín. Il y a un jeune homme qui pleure les nuits de lune.

Je venais rarement au centre les dimanches et j'étais surpris de voir la différence avec les gens que je voyais la semaine. Au lieu d'employés de classe moyenne, la place était couverte de bonniches en leur jour de sortie, de petits montagnards rougeauds et en godasses, de petites filles à longues tresses et pieds nus et, parmi la foule bigarrée, on voyait des photographes ambulants et des marchandes de nourriture. J'obligeai le scribe à s'arrêter devant la dame à tunique qui, dans la partie centrale du Monument, représente la Patrie, et, pour voir si je le faisais rire, je lui racontai pourquoi elle portait cet extravagant auchénien sur sa tête : en coulant le bronze, ici à Lima, les artisans avaient confondu l'indication du sculpteur « flamme votive » avec le lama [1]. Naturellement, il ne sourit même pas. Il me reprit le bras et tout en me faisant avancer, en heurtant les promeneurs, il reprit son monologue, indifférent à tout ce qui l'entourait, à commencer par moi :

— On n'a pas vu son visage, mais on peut supposer qu'il s'agit de quelque monstre, un fils bâtard de la maîtresse de la pension ? affligé de tares, bosses, nanisme, bicéphalie que doña Atanasia cache le jour pour ne pas nous effrayer et laisse sortir seulement la nuit pour prendre l'air.

Il parlait sans la moindre émotion, comme un magnétophone, et moi, pour lui tirer les vers du nez, je lui rétorquai que son hypothèse était exagérée : ne pouvait-il s'agir d'un jeune homme qui pleurait des peines de cœur ?

1. Jeu de mot sur flamme et lama qui se disent tous deux « llama » en espagnol (*N.d.T.*).

— S'il s'agissait d'un amoureux, il aurait une guitare, un violon, ou il chanterait, me dit-il en me
regardant avec un mépris mêlé de pitié. Celui-ci ne fait
que pleurer.

Je fis des efforts pour qu'il m'expliquât tout depuis le
début, mais il était plus diffus et déconcerté que
d'habitude. Je pus seulement tirer au clair que quelqu'un, depuis plusieurs nuits, pleurait dans un coin de
la pension et que les locataires de La Tapada se
plaignaient. La patronne, doña Atanasia, disait qu'elle
ne savait rien et, selon le scribe, elle usait de l' « alibi
des fantômes ».

— Il est possible aussi qu'il pleure un crime, observa
Pedro Camacho d'un ton de comptable qui fait des
additions à voix haute et en me poussant, toujours me
tenant par le bras, vers Radio Central, après une
dizaine de tours autour du Monument. Un crime
familial ? Un parricide qui s'arrache les cheveux et se
griffe le visage sous l'effet du repentir ? Un fils de
l'homme aux rats ?

Il n'était pas excité le moins du monde, mais je le
remarquai plus distant que d'autres fois, plus incapable que jamais d'écouter, de bavarder, de se rappeler
qu'il avait quelqu'un à côté de lui. J'étais sûr qu'il ne
me voyait pas. J'essayai d'allonger son monologue, car
c'était comme voir son imagination en pleine action,
mais, avec la même brusquerie avec laquelle il avait
commencé à parler de l'invisible pleureur, il se tut. Je
le vis s'installer de nouveau dans son réduit, ôter son
veston noir et son nœud papillon, emprisonner sa
chevelure dans une résille, et enfiler une perruque de
femme à chignon qu'il tira d'un autre sac en plastique.
Je ne pus me retenir et partis d'un grand éclat de rire :

— A qui ai-je l'honneur ? lui demandai-je, en riant
encore.

246

— Je dois donner quelques conseils à un laborantin francophile qui a tué son fils, m'expliqua-t-il d'un air moqueur, en mettant sur son visage cette fois, au lieu de la barbe biblique, des boucles d'oreille de couleur et un grain de beauté fort coquin. Adieu, *l'ami.*

A peine eus-je fait demi-tour pour m'en aller, j'entendis — renaissant, égal, sûr de lui-même, compulsif, éternel — le tapotement de la Remington. Dans le taxi collectif qui me ramenait à Miraflores, je pensais à la vie de Pedro Camacho. Quel milieu social, quel enchaînement de personnes, relations, problèmes, hasards, faits, avaient produit cette vocation littéraire (littéraire ? mais quoi, alors ?) qui avait réussi à se réaliser, se cristalliser en une œuvre et obtenir une audience ? Comment pouvait-on être, d'un côté, une parodie d'écrivain et, en même temps, le seul qui, pour le temps consacré à son métier et l'œuvre réalisée, méritait ce nom au Pérou ? Etaient-ils peut-être écrivains ces politiciens, ces avocats, ces professeurs qui détenaient le titre de poètes, romanciers, dramaturges, parce qu'en de brèves parenthèses de vie consacrées aux quatre cinquièmes à des activités étrangères à la littérature, ils avaient produit une plaquette de vers ou un recueil constipé de nouvelles ? Comment ces personnages qui se servaient de la littérature comme ornement ou prétexte pouvaient-ils être plus écrivains que Pedro Camacho, lui qui vivait *seulement* pour écrire ? Pourquoi avaient-ils lu (ou du moins savaient qu'ils devaient avoir lu) Proust, Faulkner, Joyce, et Pedro Camacho était-il à peu près analphabète ? Quand je pensais à ces choses je ressentais tristesse et angoisse. Il me semblait chaque fois plus évident que tout ce que je voulais être dans la vie c'était écrivain et chaque fois, aussi, je me convainquais davantage que la seule façon de l'être était de se livrer corps et âme à la littérature. Je ne voulais d'aucune manière être un écrivain au rabais ou à moitié, mais l'être vraiment, comme qui ? Ce qui se rapprochait le plus de cet écrivain à temps complet, obsédé et passionné par sa vocation, c'était le feuilletoniste bolivien : c'est pourquoi il me fascinait tellement.

Chez mes grands-parents, Javier m'attendait, débordant de bonheur, avec un programme dominical de quoi ressusciter les morts. Il avait reçu le mois que lui viraient ses parents depuis Piura, avec un bon supplément pour la Fête nationale, et décidé que nous dépenserions ces sous en plus tous les quatre ensemble.

— En ton honneur, j'ai fait un programme intellectuel et cosmopolite, me dit-il en me tapotant énergiquement le dos. Troupe argentine de Francisco Petrone, repas allemand chez Rincón Toni et fin de soirée à la française au Negro-Negro, dansant des boléros dans l'obscurité.

Tout comme, dans ma courte vie, Pedro Camacho était ce qui ressemblait le plus à un écrivain à mes yeux, Javier était, parmi toutes mes connaissances, ce qui ressemblait le plus à un prince de la Renaissance par sa générosité et son exubérance. Il était, de plus, d'une grande efficacité : déjà tante Julia et Nancy étaient informées de ce qui nous attendait ce soir et il avait déjà dans sa poche les billets pour le théâtre. Le programme ne pouvait être plus séduisant et il dissipa d'un coup toutes mes lugubres réflexions sur la vocation et le destin mendiant de la littérature au Pérou. Javier aussi était très content : depuis un mois il sortait avec Nancy et cette assiduité prenait des airs de romance formelle. Avoir avoué à ma cousine mes amours avec tante Julia lui avait été très utile parce que, sous le prétexte de nous servir d'entremetteur et de faciliter nos sorties, il s'arrangeait pour voir Nancy plusieurs fois par semaine. Ma cousine et tante Julia étaient maintenant inséparables : elles allaient ensemble faire les courses, au cinéma et s'échangeaient leurs secrets. Ma cousine était devenue une fée et une marraine enthousiaste de notre romance et un soir elle me remonta le moral par cette réflexion : « Julia a une façon de voir qui efface toutes les différences d'âge, mon cousin. »

Le grandiose programme de ce dimanche (où je crois, se décida stellairement une bonne part de mon avenir) commença sous les meilleurs auspices. Il y avait peu d'occasions dans les années cinquante à Lima de voir du théâtre de qualité, et la troupe argentine de Francisco Petrone nous apporta une série d'œuvres modernes qu'on n'avait pas jouées au Pérou. Nancy passa prendre tante Julia chez la tante Olga et toutes deux se rendirent dans le centre en taxi. Javier et moi, nous les attendions à la porte du théâtre Segura. Javier qui, dans ce genre de choses, avait coutume d'exagérer, avait loué une loge, qui se trouva être la seule occupée, de sorte que nous fûmes un centre d'observation presque aussi visible que la scène. Avec ma mauvaise conscience, je supposai que plusieurs parents et connaissances allaient nous voir et comprendre. Mais sitôt commencée la représentation, mes craintes se dissipèrent. Ils donnèrent *La Mort d'un commis voyageur*, d'Arthur Miller, et c'était la première pièce d'un caractère non traditionnel que je voyais, la première a bousculer les conventions d'espace et de temps. Mon enthousiasme et mon excitation furent tels qu'à l'entracte je me mis à parler comme un moulin, faisant un éloge vibrant de l'œuvre, commentant ses personnages, sa technique, ses idées, et ensuite, tandis que nous mangions des charcuteries et buvions de la bière au Rincón Toni de la Colmena, je continuai à le faire d'une façon si absorbante que Javier, ensuite, m'en fit reproche : « On aurait dit une perruche à qui l'on aurait donné de la poudre de cantharide. » Ma cousine Nancy, à qui mes velléités littéraires avaient toujours semblé aussi extravagantes que les manies de l'oncle Eduardo — un petit vieux, frère de mon grand-père, juge à la retraite qui se livrait au rare passe-temps de collectionner les araignées —, après m'avoir entendu tant pérorer sur l'œuvre que nous venions de voir, sentit que mes penchants pouvaient mal finir : « Tu commences à devenir dingo, mon petit. »

Le Negro-Negro avait été choisi par Javier pour finir la soirée parce que c'était un endroit avec une certaine auréole de bohème intellectuelle — les jeudis on y donnait de petits spectacles : des pièces en un acte, des monologues, des récitals, auxquels assistaient des peintres, des musiciens et des écrivains —, mais aussi parce que c'était la boîte la plus obscure de Lima, une cave sous les porches de la place San Martín qui n'avait pas plus de vingt tables, avec un décor que nous croyions « existentialiste ». C'était un endroit qui, les rares fois où j'y avais été, me donnait l'illusion de me trouver dans une cave de Saint-Germain des Prés. On nous assit à une petite table au bord de la piste de danse et Javier, plus fastueux que jamais, commanda quatre whiskys. Nancy et lui se levèrent aussitôt pour danser et moi, dans le réduit étroit et bondé, je continuai à parler à Julia de théâtre et d'Arthur Miller. Nous étions l'un tout contre l'autre, les mains entrelacées ; elle m'écoutait avec abnégation et moi je lui disais que ce soir-là j'avais découvert le théâtre : cela pouvait être quelque chose d'aussi complexe et d'aussi profond que le roman, et même, parce que c'était quelque chose de vivant, qui faisait intervenir pour sa

250

réalisation des êtres en chair et en os, ainsi que d'autres arts, la peinture, la musique, c'était peut-être supérieur.

— Soudain, changement de genre et au lieu de nouvelles je me mets à écrire des drames, lui dis-je au comble de l'excitation. Que me conseilles-tu ?

— En ce qui me concerne il n'y a pas d'inconvénient, me répondit tante Julia en se levant. Mais maintenant, Varguitas, fais-moi danser et dis-moi des choses douces à l'oreille. Entre un morceau et un autre, si tu veux, je te donne la permission de me parler littérature.

Je suivis ses instructions au pied de la lettre. Nous dansions très serrés, en nous embrassant, moi je lui disais que j'étais amoureux d'elle, elle qu'elle était amoureuse de moi, et c'est la première fois que, aidé par l'ambiance intime, excitante, troublante, et par les whiskys de Javier, je ne dissimulai pas le désir qu'elle me provoquait ; tandis que nous dansions mes lèvres s'enfonçaient nonchalamment dans son cou, ma langue entrait dans sa bouche et j'avalais sa salive, je l'étreignais avec force pour sentir sa poitrine, son ventre et ses cuisses, et ensuite, à la table, à l'abri de l'ombre, je lui caressais les jambes et les seins. Ainsi étions-nous, étourdis et heureux, quand ma cousine Nancy, dans une pause entre deux boléros, nous glaça le sang :

— Mon Dieu, regardez qui est là : l'oncle Jorge.

C'était un danger auquel nous aurions dû penser. L'oncle Jorge, le plus jeune de mes oncles, mariait audacieusement, dans une vie superagitée, toutes sortes d'affaires et d'aventures commerciales, avec une intense vie nocturne, jupons, bals et boissons. On racontait de lui un malentendu tragi-comique qui eut pour scène une autre boîte : El Embassy. Le show venait de commencer, la fille qui chantait ne pouvait le faire parce que, depuis une des tables, un ivrogne l'interrompait par ses injures. Devant la boîte bondée, l'oncle Jorge s'était levé, rugissant comme un Don Quichotte : « Silence, misérable, je vais t'apprendre à respecter une dame », et s'avançant vers l'idiot en montrant les poings, il s'aperçut alors, une seconde après, qu'il se couvrait de ridicule, parce que l'interruption de la chanson par le pseudo-client faisait partie du numéro. Il était là, en effet, à seulement deux tables de nous, très élégant, le visage à peine éclairé par les allumettes des fumeurs et les lampes des garçons. A côté de lui je reconnus sa femme, ma tante Gaby, et bien qu'ils fussent à peine à deux mètres de nous, tous deux s'efforçaient de ne pas regarder de notre côté. C'était très clair : ils m'avaient vu embrasser tante Julia, ils s'étaient rendu compte de tout, ils avaient opté pour une cécité diplomatique. Javier demanda l'addition, nous sortîmes du Negro-Negro presque immédiatement, Jorge et Gaby s'abstinrent de nous regarder même quand nous les frôlâmes en passant. Dans le taxi qui nous ramenait à Miraflores — nous étions tous quatre muets et le visage allongé — la petite Nancy résuma ce que nous pensions tous : « Eh bien ! c'est cuit, c'est le grand scandale qui se prépare. »

Mais comme dans un bon film à suspense, les jours suivants il ne se passa rien. Aucun indice ne permettait de savoir si la tribu familiale avait été alertée par Jorge et Gaby. L'oncle Lucho et la tante Olga ne dirent pas un mot à tante Julia qui lui permît de supposer qu'ils savaient, et ce jeudi, quand je me pointai courageusement chez eux pour déjeuner, ils furent avec moi aussi naturels et affectueux que de coutume. La cousine Nancy ne fut non plus l'objet d'aucune question captieuse de la part de tante Laura et oncle Juan. Chez moi, les grands-parents semblaient dans la lune et continuaient à me demander, de l'air le plus angélique qui soit, si j'accompagnais toujours au cinéma Julia, « qui est tellement cinoque ». Ce furent des jours inquiets où, exagérant les précautions, tante Julia et moi décidâmes de ne pas même nous voir en cachette, du moins pour une semaine. Mais en revanche nous nous téléphonions. Tante Julia descendait au bar du coin au moins trois fois par jour pour m'appeler et nous nous communiquions nos observations respectives sur la réaction redoutée de la famille et faisions toutes sortes d'hypothèses. Etait-il possible que l'oncle Jorge eût décidé de garder le secret ? Je savais que c'était impensable compte tenu des habitudes familiales. Alors quoi ? Javier avançait la thèse selon laquelle la tante Gaby et l'oncle Jorge auraient eu dans le gosier tant de whiskys qu'ils ne se seraient pas bien rendu compte des choses, de sorte qu'ils n'auraient gardé en mémoire qu'un vague soupçon et qu'ils n'auraient pas voulu déclencher un scandale pour quelque chose d'absolument pas prouvé. Un peu par curiosité, un peu par masochisme, je parcourus cette semaine les foyers du clan, afin de savoir à quoi m'en tenir. Je ne remarquai rien d'anormal, si ce n'est une omission curieuse qui suscita en moi une explosion de spéculations. La tante Hortensia qui m'invita à prendre le thé avec des biscottes, ne mentionna en deux heures de conversation pas même une seule fois tante Julia. « Ils savent tout et ils préparent quelque chose », assurais-je à Javier qui, fatigué que je ne lui parle pas d'autre chose, répondait : « Au fond, tu meurs d'envie qu'il y ait ce scandale pour avoir de quoi écrire. »

Cette semaine-là, féconde en événements, je me trouvai inespérément mêlé à une rixe et transformé en quelque chose comme le garde du corps de Pedro

Camacho. Je sortais de l'université de San Marcos, après avoir été consulter les résultats d'un examen de droit pénal, plein de remords d'avoir obtenu une note plus élevée que mon ami Velando, qui était celui qui savait, quand, en traversant le parc universitaire, je tombai sur Genaro père, le patriarche de la phalange propriétaire des radios Panamericana et Central. Nous marchâmes ensemble en devisant jusqu'à la rue Belén. C'était un monsieur toujours habillé de sombre et toujours sérieux, auquel le scribe bolivien se référait parfois en l'appelant, il était facile de supposer pourquoi, « le Négrier ».

— Votre ami, le génie, continue toujours de me donner des maux de tête, me dit-il. J'en ai jusque-là. S'il n'était aussi productif je l'aurais déjà flanqué à la porte.

— Une autre protestation de l'ambassade d'Argentine ? lui demandai-je.

— Je ne sais quel sac d'embrouilles il est en train de faire, se plaignait-il. Il se paie la tête des gens, il fait passer les personnages d'un feuilleton à un autre, il change les noms pour déconcerter les auditeurs. Ma femme me l'avait déjà fait remarquer et maintenant on donne des coups de téléphone, il y a même deux lettres de protestation. Le curé de Mendocita s'appelle comme le Témoin de Jéhova et celui-ci comme le curé. Moi je suis trop occupé pour entendre ces feuilletons. Vous les écoutez, vous, de temps à autre ?

Nous descendions par la Colmena en direction de la place San Martín, entre les autocars qui desservaient la province et les petits cafés chinois, et je me souvins que, quelques jours plus tôt, en parlant de Pedro Camacho, tante Julia m'avait fait rire et confirmé mes soupçons selon lesquels le scribouillard était un humoriste qui dissimulait :

— Il s'est passé quelque chose d'extravagant : la fille a accouché de l'avorton, il est mort à la naissance et on l'a enterré selon les règles. Comment t'expliques-tu que dans le feuilleton de cet après-midi on assiste à son baptême à la Cathédrale ?

Je répondis à Genaro père que moi non plus je n'avais pas le temps de les entendre et que, peut-être, ces échanges et ces embrouilles étaient une façon originale, bien à lui, de raconter des histoires.

— Nous ne le payons pas pour qu'il soit original mais pour qu'il distraie notre public, me dit Genaro père, qui n'était évidemment pas un directeur progressiste, mais un traditionaliste. Avec de telles plaisanteries il va nous faire perdre nos auditeurs et les annonceurs nous enlèveront les publicités. Vous qui êtes son ami, dites-lui qu'il renonce à ces modernismes ou sinon il se retrouvera sans travail.

Je lui suggérai de le lui dire lui-même qui était le patron : la menace aurait plus de poids. Mais Genaro père secoua la tête, d'un air contrit dont avait hérité Genaro fils :

— Il n'admet même pas que je lui adresse la parole Le succès lui est monté à la tête et chaque fois que j'essaie de lui parler il me manque de respect.

Il était allé lui dire, le plus poliment du monde, qu'on recevait des coups de fil et des lettres de protestation. Pedro Camacho, sans répondre un mot, avait pris les deux lettres, les avait déchirées sans les ouvrir et jetées au panier. Puis il s'était mis à taper à la machine comme s'il n'y avait personne, et Genaro père l'avait entendu murmurer quand, au bord de l'apoplexie, il quittait cette tanière hostile : « Chacun son métier, et les vaches seront bien gardées. »

— Je ne peux m'exposer à une autre grossièreté de ce genre, je devrais le flanquer dehors et cela non plus ne serait pas réaliste, conclut il d'un geste las. Mais vous, vous n'avez rien à perdre, Il ne va pas vous insulter, vous êtes aussi un demi-artiste, non ? Prêtez-nous main-forte, faites-le pour la maison, parlez-lui.

Je lui promis de le faire et, en effet, après le bulletin de midi, j'allai, pour mon malheur, inviter Pedro Camacho à prendre une verveine-menthe. Nous sortions de Radio Central quand deux grands gaillards nous barrèrent le chemin. Je les reconnus aussitôt : c'étaient les cuistots, deux frères à grosses moustaches, de la Parillada Argentina, un restaurant situé dans la même rue, face au collège des sœurs de Belén, où eux-mêmes, avec des tabliers blancs et de hautes toques de cuisiniers, préparaient les viandes saignantes et les tripes. Ils entourèrent le scribe bolivien d'un air menaçant et le plus gros et le plus âgé des deux l'interpella :

— Alors comme ça on tue des gosses, hein, Camacho de mes deux ? Tu crois donc, espèce de cloche, que dans ce pays il n'y a personne pour t'apprendre à ne pas manquer de respect ?

Il s'excitait tout en parlant, il devenait rouge et bafouillait. Le cadet acquiesçait et, au moment où la colère étranglait le cuistot son aîné, il y alla aussi de son couplet :

— Et les poux ? Alors tu crois que la gourmandise de nos femmes ce sont les vermines qu'elles tirent des cheveux de leurs enfants, espèce de fils de pute ? Tu crois que je vais rester les bras croisés pendant que tu insultes ma mère ?

Le scribe bolivien n'avait pas reculé d'un millimètre et les écoutait, promenant de l'un à l'autre ses yeux saillants d'un air doctoral. Soudain, faisant sa caractéristique courbette de maître de cérémonies et d'un ton très solennel, il leur adressa la plus courtoise des questions :

— Est-ce que par hasard vous ne seriez pas argentins ?

Le gros cuistot qui déjà écumait dans ses moustaches — son visage était à vingt centimères de celui de Pedro Camacho, ce pourquoi il devait se pencher beaucoup — rugit avec patriotisme :

— Argentins, oui, enfant de putain, et on en est fiers !

Je vis alors que, devant cette confirmation — en réalité superflue parce qu'il suffisait de les entendre parler deux minutes pour savoir qu'ils étaient argentins — le scribe bolivien, comme si quelque chose avait explosé en lui, pâlissait, ses yeux devenaient en feu, il adoptait une expression menaçante et, fustigeant l'air de son index, il les apostropha de la sorte :

— Je m'en doutais. Eh bien ! allez-vous-en immédiatement chanter vos tangos !

L'ordre n'était pas humoristique, mais glacial. Les cuistots demeurèrent un instant sans savoir que dire. Il était évident que le scribe ne plaisantait pas : depuis sa petitesse têtue et sa totale absence de défense physique, il les regardait avec férocité et mépris.

— Qu'avez-vous dit ? articula enfin le gros cuistot, éberlué et fulminant. De quoi, de quoi ?

— Chanter vos tangos et vous laver les oreilles ! renchérit Pedro Camacho avec sa parfaite prononciation. — Puis, avec une tranquillité incroyable, il articula avec une audace recherchée ce qui nous perdit : — Si vous ne voulez pas recevoir une calotte.

C'est moi cette fois qui fus encore plus surpris que les cuistots. Que cette petite personne chétive, avec un physique d'enfant de sixième, promît une correction aux deux Samsons de cent kilos était du délire, et un

257

véritable suicide. Mais déjà l'aîné des géants réagissait, attrapait par le cou notre scribe et, au milieu des rires de la foule qui nous entourait, le soulevait comme une plume en hurlant :

— Une calotte, à moi ? Tu vas voir un peu, minus...

Quand je vis que l'aîné des cuistots s'apprêtait à volatiliser Pedro Camacho d'un direct du droit, je n'eus d'autre moyen que d'intervenir. Je lui tins le bras en même temps que j'essayais de libérer le polygraphe qui, violacé et suspendu, gigotait en l'air comme une araignée, tout en disant quelque chose comme : « Ecoutez, n'abusez pas de votre force, lâchez-le », quand le cadet des cuistots m'allongea, sans préambule, un coup de poing qui m'envoya au tapis. De là, tandis qu'étourdi je me relevais avec difficulté en me préparant à mettre en pratique la philosophie de mon grand-père, un homme de la vieille école, qui m'avait appris qu'aucun gars d'Arequipa digne de ce nom ne doit refuser une invitation à se battre (et surtout une invitation aussi convaincante qu'un direct au menton), je vis l'aîné des cuistots assener une véritable pluie de gifles (il avait préféré les gifles aux coups de poing, miséricordieusement, vu la carrure lilliputienne de son adversaire) sur l'artiste. Puis, tandis que j'échangeais des bourrades et des coups avec le cadet des cuistots (« pour la défense de l'art », pensais-je), je ne vis plus grand-chose. Le pugilat ne dura guère, mais quand à la fin les gens de Radio Central nous sortirent des mains des balèzes, j'étais couvert de bosses et le scribe avait le visage si enflé et tuméfié que Genaro père dut le conduire au dispensaire public. Au lieu de me remercier d'avoir risqué ma peau pour défendre sa vedette exclusive, Genaro fils, cet après-midi, me reprocha une note d'information que Pascual, profitant de la confusion, avait glissée dans deux bulletins consécutifs et

258

qui commençait (non sans exagération) ainsi : « Des voyous du Río de la Plata ont criminellement agressé aujourd'hui notre directeur, le célèbre journaliste, etc. »

Cet après-midi, quand Javier se pointa dans mon cagibi de Radio Panamericana, il rit aux éclats de l'histoire du pugilat, et m'accompagna demander au scribe comment il allait. On lui avait mis un bandeau de pirate sur l'œil droit et deux sparadraps, l'un sur le cou et l'autre sous le nez. Comment se sentait-il ? Il fit un geste dédaigneux, sans attacher d'importance au sujet, et ne me remercia pas de m'être mêlé, par solidarité avec lui, à la rixe. Son seul commentaire enchanta Javier :

— En nous séparant, on les a sauvés. Une minute de plus, les gens m'auraient reconnu et alors pauvres d'eux : on les lynchait.

Nous allâmes au Bransa où il nous raconta qu'en Bolivie, un jour, un footballeur « de ce pays », qui avait entendu ses feuilletons, était venu au studio avec un revolver que, par chance, les gardiens avaient détecté à temps.

— Il va falloir faire attention, le prévint Javier. Lima est pleine d'Argentins maintenant.

— Qu'est-ce que ça peut faire, tôt ou tard les vers nous mangeront, philosopha Pedro Camacho.

Et il nous parla de la transmigration des âmes, qui lui semblait un article de foi. Il nous fit une confidence : s'il avait la possibilité de choisir, lui, dans sa prochaine réincarnation, il aimerait être quelque animal marin, calme et de grand âge, tel que les tortues ou les baleines. Je profitai de ses bonnes dispositions pour exercer *ad honorem* cette fonction de pont entre les Genaro et lui que j'avais assumée depuis quelque temps, et lui transmis le message de Genaro père : les coups de fils, les lettres, les épisodes des feuilletons que quelques personnes ne comprenaient pas, Le vieux le priait de ne pas compliquer les sujets, de tenir compte du niveau de l'auditeur moyen qui était plutôt bas. Je tâchai de lui dorer la pilule en me mettant de son côté (en réalité je l'étais) : cette requête était absurde, naturellement, on devait être libre d'écrire comme on voulait, je me bornais à lui dire ce qu'on m'avait demandé.

Il m'écouta si muet et inexpressif qu'il me mit mal à l'aise. Et quand je me tus, il ne dit pas un mot non plus. Il but sa dernière gorgée de verveine-menthe, se leva, marmonna qu'il devait retourner à son atelier et partit sans dire au revoir. S'était-il offensé parce que j'avais parlé des coups de téléphone devant un étranger? Javier le croyait et me conseilla de lui faire des excuses. Je me jurai de ne jamais plus intervenir au nom des Genaro.

Cette semaine où je ne vis pas tante Julia, je sortis plusieurs soirs avec des amis de Miraflores que, depuis mes amours clandestines, j'avais délaissés. C'étaient des camarades de collège ou de quartier, des garçons qui voulaient devenir ingénieurs, comme Negro Salas, ou médecins, comme Colorao Molfino, ou qui s'étaient mis à travailler, comme Coco Lañas, et avec qui, depuis tout petit, j'avais partagé des choses merveilleuses : le baby-foot et le parc Salazar, la natation au Terrazas et le surf à Miraflores, les surprises-parties du samedi soir, les flirts et les films. Mais en sortant avec eux, après des mois d'absence, je me rendis compte que quelque chose dans notre amitié s'était perdu. Nous n'avions plus autant de points communs qu'auparavant. Nous fîmes, ces soirs-là, nos exploits habituels, comme d'aller rôder au petit et vieux cimetière de Surco pour, à la lumière de la lune entre les tombes déglinguées par les tremblements de terre, tâcher de voler quelque crâne, comme de nous baigner nus dans l'immense piscine de Santa Rosa, près d'Ancón, encore en construction, comme de faire le tour des obscurs bordels de l'avenue Grau. Ils n'avaient pas changé, ils faisaient les mêmes plaisanteries, parlaient des mêmes filles, mais moi je ne pouvais leur faire partager ce qui m'importait : la littérature et tante Julia. Si je leur avais dit que j'écrivais des nouvelles et rêvais de devenir écrivain, nul doute qu'à l'instar de la petite Nancy ils auraient pensé que j'avais un grain. Si je leur avais dit — comme eux qui me parlaient de leurs conquêtes — que c'était une femme divorcée, qu'elle n'était pas ma maîtresse mais mon amoureuse (au sens le plus miraflorin du mot), ils m'auraient tenu pour, selon une belle et ésotérique expression à la mode alors, un con à la voile. Je ne les méprisais pas qu'ils ne lisent pas de la littérature, ni ne me considérais supérieur d'aimer une femme au plein sens du terme, mais ce qu'il y a de sûr c'est que ces soirs-là où nous hantions des tombes entre les eucalyptus et les quais de Surco, ou pataugions sous les étoiles de Santa Rosa, ou buvions de la bière et discutions du prix avec les putes de Nanette, je m'ennuyais et pensais davantage aux *Jeux dangereux* (qui pas plus cette semaine n'était paru dans *El Comercio*) et à tante Julia qu'à ce qu'ils me disaient.

Quand je rapportais à Javier ma décevante rencontre avec mes copains du quartier il me répondit en bombant le torse :

— C'est qu'ils sont encore des morveux. Toi et moi maintenant nous sommes des hommes, Varguitas.

XII

Au centre poussiéreux de la ville, à mi-parcours de l'avenue Ica, il y a une vieille maison à balcons et jalousies dont les murs maculés par le temps et les passants incultes (mains sentimentales qui gravent flèches et cœurs et grattent des prénoms de femmes, doigts pervers qui sculptent sexes et gros mots) laissent voir encore, comme au loin, traces de ce qu'avait été la peinture originale, cette couleur qui à la Colonia rehaussait les demeures aristocratiques : le bleu indigo. La construction, ancienne résidence de marquis ? est aujourd'hui une pauvre bâtisse rafistolée qui résiste miraculeusement, non plus aux tremblements de terre, mais même aux doux vents liméniens, voire à la plus légère bruine. Rongée de haut en bas par les termites, foyer de rats et de musaraignes, elle a été divisée et subdivisée bien des fois, cours et pièces que le besoin transforme en ruches, pour abriter de plus en plus de locataires. Une foule de condition modeste y vit entre (et peut périr écrasée sous) ses fragiles cloisons et ses toits rachitiques. C'est là, au second étage, dans une demi-douzaine de pièces encombrées de vieilleries, peut-être pas des plus belles, mais moralement impeccables, que fonctionne la Pension Coloniale.

Ses propriétaires et administrateurs sont les Bergua,

une famille de trois personnes venue à Lima depuis la pierreuse ville de la Sierra aux innombrables églises, Ayacucho, voici trente ans, et qui là, ô mânes de la vie, a décliné physiquement, économiquement, socialement, voire psychiquement, et qui assurément dans cette Ville des Rois rendra l'âme et transmigrera en poisson, oiseau ou insecte.

Aujourd'hui, la Pension Coloniale connaît une douloureuse décadence, et ses clients sont des personnes humbles et insolvables, dans le meilleur des cas de petits curés de province qui se rendent à la capitale pour des formalités archiépiscopales, et dans le pire des petites paysannes aux joues violacées et aux yeux de vigogne qui gardent leur argent dans des mouchoirs roses et disent leur chapelet en quechua. Il n'y a pas de domestiques dans la pension, naturellement, et tout le travail, les lits, les courses à faire, les repas à préparer, retombe sur doña Margarita Bergua et sa fille, une demoiselle de quarante ans qui répond au nom parfumé de Rosa. Doña Margarita Bergua est une grenouille de bénitier, toute menue, plus ridée qu'un raisin sec, et qui sent curieusement le chat (il n'y a pas de chats dans la pension). Elle travaille sans relâche de l'aube jusqu'à la nuit, et ses évolutions dans la maison, dans la vie, sont spectaculaires, car, ayant une jambe plus courte de vingt centimètres, elle porte un soulier comme une échasse, avec une plate-forme en bois comme celle qu'utilisent les cireurs dans la rue, que lui fabriqua il y a de cela bien des années un habile sculpteur de retables d'Ayacucho, et qui en se traînant fait trembler le plancher. Elle a toujours été économe mais, avec l'âge, cette vertu a dégénéré en manie, et maintenant c'est sans nul doute d'avarice qu'il faut parler. Par exemple, elle n'aurorise ses pensionnaires à se baigner que le premier vendredi du mois et elle a imposé la coutume argentine — si populaire dans les foyers de ce beau pays — de ne tirer la chasse des cabinets qu'une fois par jour (elle le fait elle-même, avant de se coucher) à quoi la Pension Coloniale doit, à cent pour cent, ce fumet constant, épais et tiède qui, surtout au début, donne la nausée aux pensionnaires (elle, imagination de femme qui a réponse à tout, soutient que c'est grâce à cela qu'ils dorment mieux).

Mlle Rosa a (ou plutôt avait, parce qu'après la grande tragédie nocturne même cela changea) une âme et des doigts d'artiste. Fillette, à Ayacucho, quand la famille était à son apogée (trois maisons en pierre et des terrains avec des brebis) elle apprit le piano et en joua si bien qu'elle put même donner un récital au théâtre de la ville auquel assistèrent le maire et le préfet et où ses parents, entendant les applaudissements, en pleurèrent d'émotion. Encouragés par cette glorieuse soirée, où dansèrent aussi des Ñustas, ces petites princesses Incas, les Bergua décidèrent de vendre tout ce qu'ils avaient et de déménager à Lima pour que leur fille puisse devenir concertiste. Aussi firent-ils l'acquisition de cette bâtisse (qu'ils vendirent ensuite et louèrent par petits bouts), achetèrent-ils un piano et inscrirent-ils l'enfant douée au Conservatoire national. Mais la grande cité lascive détruisit rapidement les illusions provinciales. Car les Bergua découvrirent très vite ce qu'ils n'avaient jamais soupçonné : Lima était un antre d'un million de pécheurs et tous, sans la moindre misérable exception, voulaient commettre le stupre avec l'inspirée ayacuchienne. C'était du moins ce que, grands yeux que la peur arrondit et mouille, racontait l'adolescente aux tresses brillantes matin, midi et soir : le professeur de solfège s'était jeté sur elle en soufflant bruyamment et avait prétendu consommer le péché sur un matelas de partitions, le concierge du Conservatoire lui avait demandé obscènement : « Voudrais-tu être ma courtisane ? », deux compagnons de cours l'avaient entraînée aux toilettes pour qu'elle les voie faire pipi, l'agent de police du carrefour à qui elle avait demandé son chemin, la prenant pour une autre, avait voulu lui tâter les seins et dans le bus, le chauffeur, en encaissant son billet, lui avait pincé le mamelon... Décidés à défendre l'intégrité de cet hymen que, morale de la Sierra aux préceptes infrangibles, la jeune pianiste devrait sacrifier seulement à son époux et maître, les Bergua renoncèrent au Conservatoire, engagèrent une demoiselle qui lui donnait des leçons à domicile, habillèrent Rosa comme une nonne et lui interdirent de sortir dans la rue si ce n'est accompagnée par eux deux. Vingt-cinq ans ont passé depuis et, en effet, l'hymen reste entier et à sa place, mais au point où nous en sommes la chose n'a plus beaucoup de mérite, parce que en dehors de cet attrait — si dédaigné, d'ailleurs, par les jeunes gens modernes — l'ex-pianiste (depuis la tragédie les leçons furent supprimées et le piano vendu pour payer l'hôpital et les médecins) n'en a pas d'autres à offrir. Elle s'est alourdie, est devenue petite et tordue et, engoncée dans ces tuniques anti-aphrodisiaques qu'elle a coutume de porter et ces capuches qui dissimulent ses cheveux et son front, elle ressemble davantage à un paquet qui marche qu'à une femme. Elle continue à dire que les hommes la touchent, l'effarouchent par des propositions fétides et veulent la violer, mais, au point où elle en est, même ses parents se demandent si ces chimères furent un jour vraies.

Mais la figure véritablement émouvante et tutélaire de la Pension Coloniale est don Sebastián Bergua, vieillard au front large, nez aquilin, regard pénétrant, esprit plein de bonté et de droiture. Homme façonné à l'ancienne, si l'on veut, il a conservé de ses lointains ancêtres, ces conquistadores hispaniques, les frères Bergua, natifs des hauteurs de Cuenca, venus au Pérou avec Pizarro, pas tant cette aptitude aux excès qui les poussa à administrer la garrotte à des centaines d'Incas (chacun) et à engrosser un nombre comparables de vestales d'El Cuzco, que l'esprit profondément catholique et l'audacieuse conviction que les chevaliers de vieille souche peuvent vivre de leurs rentes et de rapine, mais pas de leur sueur. Depuis son enfance, il allait à la messe tous les jours, communiait chaque vendredi en hommage au Seigneur de Limpias dont il était dévot opiniâtre, et se flagellait ou portait le silice au moins trois jours par mois. Sa répugnance au travail, vile occupation d'Argentins, avait toujours été extrême au point qu'il s'était même refusé à encaisser le loyer des propriétés qui lui permettaient de vivre, et, une fois installé à Lima, ne s'était jamais fatigué à aller à la banque toucher les intérêts des actions dans lesquelles il avait placé son argent. Ces obligations, sujets pratiques qui sont à la portée des jupons, avaient toujours été du ressort de la diligente Margarita, et, quand elle fut grande, de l'ex-pianiste aussi.

Jusqu'avant la tragédie qui accéléra cruellement la décadence des Bergua, malédiction de famille dont il ne restera pas même le nom, la vie de don Sebastián dans la capitale avait été celle d'un gentilhomme chrétien scrupuleux. Il se levait toujours tard, non par paresse mais pour ne pas déjeuner avec les pensionnaires — il ne méprisait pas les humbles mais croyait en la nécessité des distances sociales et, principalement, raciales —, il prenait une frugale collation et allait entendre la messe. Esprit curieux et perméable à l'histoire, il visitait toujours des églises différentes — San Agustín, San Pedro, San Francisco, Santo

Domingo — pour, tout en faisant son devoir envers Dieu, réjouir sa sensibilité en contemplant les chefs-d'œuvre de la foi coloniale ; ces réminiscences pétrées du passé transportaient, en outre, son esprit aux temps de la Conquête et de la Colonie — aussi colorés que le présent était grisâtre — où il aurait préféré vivre et être un capitaine téméraire ou un pieux destructeur d'idolâtries. Imbu d'imaginations passéistes, don Sebastián revenait par les rues affairées du centre — raide et réservé dans son complet noir soigné, sa chemise à col et poignets postiches où brillait l'amidon et ses escarpins vernis fin de siècle — en direction de la Pension Coloniale où, commodément installé dans un rocking-chair devant le balcon aux jalousies — tellement accordés à son esprit péricholiste — il passait le reste de la matinée à lire en marmonnant les journaux, publicités incluses, pour savoir comment allait le monde. Loyal à sa race, après le déjeuner — qu'il n'avait d'autre solution que de partager avec les pensionnaires, qu'il traitait néanmoins avec urbanité — il sacrifiait au rite très espagnol de la sieste. Puis il remettait son complet sombre, sa chemise amidonnée, son chapeau gris et marchait posément jusqu'au club Tambo-Ayacucho, institution qui, sur les hauteurs de l'avenue Cailloma, rassemblait plusieurs compatriotes de sa belle terre andine. Jouant aux dominos, au poker d'as, à la manille, papotant politique et, parfois — humain comme il l'était — de sujets qui ne convenaient pas aux jeunes filles, il voyait tomber le jour et se lever la nuit. Il retournait alors, sans hâte, à la Pension Coloniale, il prenait sa soupe, son pot-au-feu tout seul dans sa chambre, écoutait quelque émission à la radio et s'endormait en paix avec sa conscience et avec Dieu.

Mais cela c'était avant. Aujourd'hui, don Sebastián

ne met jamais les pieds dehors, il ne change jamais sa
tenue — qui est, jour et nuit, un pyjama couleur
brique, une robe de chambre bleue, des bas de laine et
des chaussons d'alpaga — et, depuis la tragédie, il n'a
plus prononcé une phrase. Il ne va plus à la messe, il ne
lit plus les journaux. Quand il se sent bien, les vieux
pensionnaires (depuis qu'ils avaient découvert que
tous les hommes au monde étaient des satires, les
propriétaires de la Pension Coloniale n'acceptaient que
des clients féminins ou décrépits, des hommes d'appétit sexuel diminué à première vue par l'âge ou la
maladie) le voient déambuler comme un fantôme dans
les pièces sombres et séculaires, le regard perdu, non
rasé et les cheveux pleins de pellicules en désordre, ou
le voient assis, se balançant doucement dans son
rocking-chair, muet et stupéfait, des heures et des
heures. Il ne prend plus son petit déjeuner ni son
déjeuner avec les hôtes, car, souffrant du ridicule qui
poursuit les aristocrates jusqu'à l'hospice, don Sebastián ne peut porter son couvert à sa bouche et c'est sa
femme et sa fille qui lui donnent à manger. Quand il se
sent mal, les pensionnaires ne le voient plus : le noble
vieillard demeure au lit, sa chambre fermée à clé. Mais
ils l'entendent ; ils entendent ses rugissements, ses
plaintes, ses gémissements ou ses hurlements qui font
trembler les vitres. Les nouveaux venus à la Pension
Coloniale sont surpris de voir, durant ces crises, tandis
que le descendant des conquistadores hurle, doña
Margarita et Mlle Rosa continuer à balayer, à faire le
ménage, à cuisiner, à servir et à bavarder comme si de
rien n'était. Ils pensent qu'elles sont indifférentes,
qu'elles n'ont pas de cœur, se moquent de la souffrance
de l'époux et père. Aux impertinents qui, montrant la
porte fermée, ont l'audace de demander : « Don Sebastián se sent-il mal ? », doña Margarita répond de

mauvaise grâce : « Il n'a rien, il se rappelle une peur, ça va lui passer. » Et en effet, au bout de deux ou trois jours, la crise se termine et don Sebastián émerge dans les couloirs et pièces de la Pension Bayer, pâle et maigre parmi les toiles d'araignée et avec une grimace de terreur.

Quelle tragédie fut celle-là ? Où, quand, comment arriva-t-elle ?

Tout commença avec l'arrivée à la Pension Coloniale, vingt ans auparavant, d'un jeune homme aux yeux tristes qui portait l'habit du Seigneur des Miracles. C'était un voyageur de commerce, originaire d'Arequipa, il souffrait de constipation chronique, avait un prénom de prophète et un nom de poisson — Ezequiel Delfín[1] et malgré son jeune âge il fut admis comme pensionnaire parce que son physique spirituel (extrême maigreur, pâleur intense, attaches fines) et sa religiosité manifeste — outre ses cravate, pochette et brassard mauves, il cachait une Bible dans son bagage et un scapulaire dépassait des plis de ses vêtements — semblaient une garantie contre toute tentative de souillure de la pubère.

Et en effet, au début, le jeune Ezequiel Delfín donna toute satisfaction à la famille Bergua. Il manquait d'appétit et était bien élevé, il réglait ponctuellement sa pension, et avait des gestes sympathiques tels que d'arriver de temps en temps avec un bouquet de violettes pour doña Margarita, un œillet pour la boutonnière de don Sebastián et d'offrir des partitions et un métronome à Rosa pour son anniversaire. Sa timidité, qui ne lui permettait d'adresser la parole à personne si on ne la lui adressait pas auparavant, et, dans ce cas, parler toujours à voix basse et les yeux au

1. Delfín = Dauphin, en espagnol (N.d.T.).

sol, jamais en face de son interlocuteur, et la correction de ses manières et de son vocabulaire plurent beaucoup aux Bergua, qui se prirent bientôt d'affection pour leur hôte et, peut-être, au fond de leurs cœurs, famille vouée par la vie à la philosophie du moindre mal, se mirent-ils à caresser le projet, le temps aidant, de l'élever à la dignité de gendre.

Don Sebastián, tout spécialement, s'attacha beaucoup à lui : ou peut-être, chez ce délicat représentant, à ce fils que la diligente boiteuse n'avait pas su lui donner ? Un après-midi de décembre il l'amena en promenade jusqu'à l'ermitage de Sainte-Rose de Lima où il le vit jeter une pièce d'or au puits et demander une faveur secrète, et certain dimanche d'ardent été il l'invita à prendre un sorbet d'agrumes sous les porches de la place San Martín. Le jeune homme lui semblait élégant, par son silence et sa mélancolie. Avait-il quelque mystérieuse maladie de l'âme ou du corps qui le dévorait, quelque inguérissable blessure d'amour ? Ezequiel Delfín était comme un tombeau et quand, parfois, avec les précautions d'usages, les Bergua s'étaient offerts à recevoir ses confidences et lui avaient demandé pourquoi, alors qu'il était si jeune, était-il toujours seul, pourquoi n'allait-il jamais à quelque fête, au cinéma, pourquoi ne riait-il pas, pourquoi soupirait-il tant, le regard perdu dans le vide, il se bornait à rougir et, balbutiant une excuse, il courait s'enfermer aux toilettes où il passait parfois des heures sous prétexte de constipation. Il allait et venait dans ses déplacements comme un véritable sphinx — la famille ne put jamais savoir même dans quelle branche il travaillait, ce qu'il vendait — et ici, à Lima, quand il ne travaillait pas, il restait enfermé dans sa chambre, priant sa Bible ou se consacrant à la méditation. Entremetteurs et apitoyés, doña Margarita et don Sebastián l'encourageaient à assister aux exercices de piano de Rosita « pour se distraire », et il obéissait : immobile et attentif dans un coin du salon, il écoutait et, à la fin, applaudissait poliment. Bien des fois il accompagna don Sebastián à ses messes matutinales, et pour la semaine sainte de cette année il fit le chemin de croix avec les Bergua. De sorte qu'il semblait déjà faire partie de la famille.

C'est pour cela que le jour où Ezequiel, qui venait de rentrer d'un voyage dans le Nord, éclata subitement en sanglots au milieu du déjeuner, donnant un haut-le-cœur aux autres pensionnaires — un juge de paix d'Ancachs, un curé de Cajatambo et deux filles de Huanuco, étudiantes infirmières — et renversa sur la table la maigre ration de lentilles qu'on venait de lui servir, les Bergua s'inquiétèrent fort. A eux trois ils l'accompagnèrent dans sa chambre, don Sebastián lui prêta son mouchoir, doña Margarita lui prépara une infusion de verveine-menthe, Rosa posa une couverture sur ses pieds. Ezequiel Delfín se calma au bout de quelques minutes, fit ses excuses pour « sa faiblesse », expliqua qu'il était dernièrement très nerveux, et que sans savoir pourquoi, très fréquemment, à n'importe quelle heure, n'importe où, il se mettait à pleurer. Honteux, presque sans voix, il leur révéla qu'il avait la nuit des accès de terreur : il restait jusqu'à l'aube recroquevillé et éveillé, avec des sueurs froides, pensant à des fantômes et s'apitoyant lui-même de sa solitude. Sa confession fit pleurnicher Rosa et se signer la boiteuse. Don Sebastián s'offrit à dormir dans sa chambre pour inspirer confiance et soulagement au peureux. Ce dernier, en guise de remerciement, lui embrassa les mains.

Un lit fut installé dans la chambre et diligemment préparé par doña Margarita et sa fille. Don Sebastián était alors dans la fleur de l'âge, la cinquantaine, et avait coutume de faire, avant de se mettre au lit, une demi-centaine d'abdominaux (il faisait ses exercices en se couchant et non en s'éveillant pour se distinguer là aussi du vulgaire), mais cette nuit-là, pour ne pas troubler Ezequiel, il s'abstint. Le nerveux s'était couché tôt, après avoir soupé d'un affectueux bouillon aux restes de poulet, et assuré que la compagnie de don Sebastián l'avait apaisé d'avance et qu'il était sûr qu'il allait dormir comme une marmotte.

Les détails de cette nuit n'allaient plus jamais s'effacer de la mémoire du gentilhomme d'Ayacucho : dans sa veille et son sommeil ils le harcèleraient jusqu'à la fin de ses jours et, qui sait, le poursuivraient peut-être dans sa prochaine réincarnation. Il avait éteint la lumière de bonne heure, il avait perçu dans le lit voisin la respiration régulière du jeune homme sensible, et pensé, satisfait : « Il s'est endormi. » Il sentait aussi le sommeil le gagner et il avait entendu les cloches de la cathédrale et le lointain éclat de rire d'un ivrogne. Puis il s'endormit et rêva placidement du plus agréable et réconfortant des rêves : dans un château pointu, arborescent d'écus, de parchemins, de fleurs héraldiques et d'arbres généalogiques qui suivaient la piste de ses ancêtres jusqu'à Adam, le Seigneur d'Ayacucho (c'était lui !) recevait le tribut abondant et l'hommage fervent de foules d'Indiens pouilleux, qui grossissaient simultanément ses coffres et sa vanité.

Soudain, s'était-il écoulé quinze minutes ou trois heures ? quelque chose qui pouvait être un bruit, un pressentiment, le faux pas d'un esprit, le réveilla. Il put distinguer, dans l'obscurité à peine allégée par un fil de clarté des rues au travers du rideau, une silhouette qui du lit voisin se dressait et silencieusement flottait vers la porte. A demi étourdi de sommeil, il supposa que le jeune constipé allait aux cabinets faire effort, ou qu'il recommençait à se sentir mal, et à mi-voix il demanda : « Ezequiel, allez-vous bien ? » En guise de réponse, il entendit très clairement le verrou de la porte (qui était rouillé et grinçait). Il ne comprit pas, se redressa sur son lit et, légèrement surpris, demanda à nouveau : « Avez-vous quelque chose, Ezequiel, puis-je vous aider ? » Il sentit alors que le jeune homme, hommes-chats si élastiques qu'ils semblent partout à la fois, était revenu et se trouvait là maintenant, debout près de son lit, cachant le rai de lumière de la fenêtre. « Mais répondez-moi, Ezequiel, que vous arrive-t-il ? » murmura-t-il, cherchant à tâtons l'interrupteur de la lampe de chevet. A cet instant il reçut le premier coup de couteau, le plus profond et le plus taraudeur, qui s'enfonça dans son plexus comme dans du beurre et lui trépana une clavicule. Il était sûr d'avoir crié, demandé secours à grands cris, et tout en essayant de se défendre, de se défaire des draps qui s'enroulaient à ses pieds, il était surpris de ne voir accourir ni sa femme ni sa fille ni les autres pensionnaires. Mais en réalité nul n'entendit rien. Plus tard, tandis que la police et le juge reconstituaient la scène, tous s'étaient étonnés qu'il n'eût pu désarmer le criminel, lui qui était robuste et Ezequiel si chétif. Ils ne pouvaient savoir que, dans les ténèbres ensanglantées, le visiteur médical semblait possédé d'une force surnaturelle : don Sebastián ne pouvait que pousser des cris imaginaires et tâcher de deviner le trajet du prochain coup de couteau pour le parer de ses mains.

Il en reçut entre quatorze et quinze (les médecins pensaient que la plaie ouverte à la fesse gauche pouvait avoir été provoquée, coïncidences prodigieuses qui font blanchir un homme en une nuit et font croire en

Dieu, par deux coups de couteau au même endroit), équitablement distribués sur son corps en long et en large, à l'exception du visage qui — miracle du Seigneur de Limpias comme pensait doña Margarita ou de sainte Rose comme disait son homonyme ? — n'avait pas même une égratignure. Le couteau, on le vérifia ensuite, appartenait à la famille Bergua, une lame très aiguisée de quinze centimètres qui avait disparu mystérieusement de la cuisine depuis une semaine et qui avait laissé le corps de l'homme d'Ayacucho plus cicatrisé et troué que celui d'un spadassin.

Comment se fit-il qu'il ne mourut pas ? La raison en revint au hasard, à la miséricorde de Dieu et (surtout) à une quasi-tragédie plus grande. Personne n'avait rien entendu, don Sebastián avec quatorze — quinze ? — coups de couteau dans le corps venait de perdre connaissance et se vidait de son sang dans l'obscurité, l'impulsif aurait pu gagner la rue et disparaître à jamais. Mais, comme tant d'hommes célèbres de l'histoire, il fut perdu par un caprice extravagant. En ayant fini avec la résistance de sa victime, Ezequiel Delfín lâcha le couteau et au lieu de s'habiller se déshabilla. Nu comme il était venu au monde, il ouvrit la porte, traversa le couloir, entra dans la chambre de doña Margarita Bergua et, sans autres explications, se jeta sur son lit avec l'intention non équivoque de forniquer. Pourquoi elle ? Pourquoi vouloir violenter une dame, de vieille souche, certes, mais quinquagénaire et courte d'une jambe, menue, amorphe et, en somme, selon toutes les esthétiques connues, laide sans circonstances atténuantes ni remède ? Pourquoi n'avoir pas tenté, plutôt, de cueillir le fruit défendu de la pianiste adolescente qui, en plus de sa virginité, avait du souffle, les boucles très noires et la peau d'albâtre ?

274

Pourquoi n'avoir pas tenté de franchir le sérail secret des infirmières de Huanuco, qui avaient vingt ans et, probablement, des chairs fermes et savoureuses ? Ce furent ces considérations humiliantes qui amenèrent le pouvoir judiciaire à accepter la thèse de la défense selon laquelle Ezequiel Delfín était fou et à l'envoyer à Larco Herrera au lieu de l'enfermer en prison.

En recevant la visite galante et inattendue du jeune homme, doña Margarita Bergua comprit que quelque chose de très grave se passait. C'était une femme réaliste et sans illusions sur ses charmes : « Moi, on ne vient pas me violer même en rêve, j'ai compris tout de suite que cet homme nu était dément ou criminel », déclara-t-elle. Elle se défendit, donc, comme une lionne enragée — dans son témoignage elle jura sur la Vierge que le fougueux n'avait réussi à lui infliger pas même un baiser — et outre qu'elle empêcha l'outrage à son honneur, elle sauva la vie de son mari. En même temps qu'à coups de griffes, de dents, de coudes, de genoux, elle contenait le dégénéré, elle poussait des cris (elle oui) qui réveillèrent sa fille et les autres locataires. Entre Rosa, le juge d'Ancachs, le curé de Cajatambo et les infirmières de Huanuco, l'exhibitionniste fut maîtrisé et ligoté, et ils coururent tous ensemble à la recherche de don Sebastián : vivait-il ?

Il leur fallut près d'une heure pour obtenir une ambulance et le conduire à l'hôpital Archevêque-Loayza, et près de trois pour que la police vienne sortir Lucho Abril Marroquín des griffes de la jeune pianiste qui, hors d'elle (à cause des blessures infligées à son père ? à cause de l'offense à sa mère ? peut-être, âme humaine à la pulpe trouble et aux replis empoisonnés, à cause de l'affront fait à elle ?), prétendait lui arracher les yeux et boire son sang. Le jeune visiteur médical, au commissariat, retrouvant sa traditionnelle douceur de gestes et de voix, rougissant en parlant à force de timidité, nia fermement l'évidence. La famille Bergua et les pensionnaires le calomniaient : il n'avait jamais agressé personne, il n'avait jamais eu l'intention de violer une femme et encore moins une infirme comme Margarita Bergua, une dame qui, par ses bontés et ses égards, était — après, naturellement, son épouse, cette jeune femme aux yeux italiens, aux coudes et genoux musicaux, qui venait du pays du chant et de l'amour — la personne qu'il respectait et estimait le plus au monde. Sa sérénité, sa courtoisie, sa douceur, les magnifiques références que donnaient de lui ses chefs et collègues des laboratoires Bayer, la blancheur de son casier judiciaire firent hésiter les gardiens de l'ordre. Pouvait-il s'agir, magie insondable des apparences trompeuses, d'une conjuration de la femme et de la fille de la victime ainsi que des pensionnaires contre ce garçon délicat ? Le quatrième pouvoir de l'Etat considéra cette thèse avec sympathie et la retint.

Pour compliquer les choses et maintenir le suspense dans la ville, l'objet du délit, don Sebastián Bergua, ne pouvait dissiper les doutes, car il se débattait entre la vie et la mort dans le populaire hôpital de l'avenue Alfonso Ugarte. Il recevait d'abondantes transfusions de sang, qui mirent au bord de la tuberculose maints compatriotes du club Tambo-Ayacucho qui, sitôt informés de la tragédie, étaient accourus offrir leur sang, et ces transfusions, plus les sérums, les sutures, les désinfections, les bandages, les infirmières qui se relayaient à son chevet, les médecins qui soudèrent ses os, reconstruisirent ses organes et apaisèrent ses nerfs, dévorèrent en quelques semaines les déjà bien maigres (à cause de l'inflation et du galopant coût de la vie) revenus de la famille. Celle-ci dut liquider à vil prix ses actions, découper et louer par petits bouts sa propriété et s'entasser au second étage où maintenant elle végétait.

Don Sebastián échappa à la mort, certes, mais son rétablissement, au début, ne sembla pas suffisant pour aplanir les soupçons de la police. Sous l'effet des coups de couteau, de la peur subie, ou du déshonneur moral de sa femme, il resta muet (et même, murmurait-on, idiot). Il était incapable de prononcer un mot, il regardait tout et tous avec l'inexpressivité léthargique d'une tortue, et ses doigts n'obéissaient pas non plus de sorte qu'il ne put (voulut ?) même pas répondre par écrit aux questions posées lors du jugement de l'aliéné.

Le procès eut un retentissement considérable et la Ville des Rois demeura en haleine tant que durèrent les audiences. Lima, le Pérou, toute l'Amérique métisse ? suivirent avec passion les discussions juridiques, les réponses, les contre-réponses des experts, les arguments de l'avocat général et de l'avocat de la défense, un fameux jurisconsulte venu spécialement de Rome, la ville-marbre, défendre Lucho Abril Marroquín, parce qu'il était l'époux d'une petite Italienne qui, outre qu'elle était sa compatriote, était aussi sa fille.

Le pays fut divisé en deux clans. Ceux qui étaient convaincus de l'innocence du visiteur médical — tous les journaux — soutenaient que don Sebastián avait été la victime de son épouse et de son rejeton, en collusion avec le juge d'Ancachs, le cureton de Cajatambo et les infirmières huanuquiennes, sans doute aux fins d'héritage et de lucre. Le jurisconsulte romain défendit impérialement cette thèse en affirmant que, prévenus de la démence paisible de Lucho Abril Marroquín, la famille et les pensionnaires s'étaient conjurés pour lui faire endosser le crime (ou l'induire, peut-être, à le commettre ?). Et il accumula des arguments que les organes de presse grossissaient, approuvaient et

donnaient pour avérés, qui peut croire raisonnablement qu'un homme puisse recevoir quatorze et peut-
être quinze coups de couteau dans un silence respectueux ? Et si, comme c'était logique, don Sebastián
Bergua avait hurlé de douleur, qui raisonnablement
pouvait croire que ni son épouse, ni sa fille, ni le juge,
ni le curé, ni les infirmières n'eussent entendu ses cris,
alors que les murs de la Pension Coloniale n'étaient
que des cloisons de torchis qui laissaient passer le
bourdonnement des mouches et les pas d'un scorpion ?
Et comment était-ce possible, les pensionnaires de
Huanuco étant des élèves infirmières aux notes élevées, qu'elles n'eussent réussi à administrer au blessé
les premiers secours, attendant impavides, tandis que
le gentilhomme perdait son sang, qu'arrivât l'ambulance ? Et comment était-ce possible, enfin, qu'aucune
des six personnes adultes, voyant que l'ambulance
tardait, n'eut l'idée, élémentaire même pour un oligophrène, de chercher un taxi, alors qu'il y avait une
station de taxis au coin même de la Pension Coloniale ?
Tout cela n'était-il pas curieux, tortueux, éclairant ?
   Au bout de trois mois, retenu à Lima, le curé de
Cajatambo qui était venu dans la capitale seulement
pour quatre jours afin d'acquérir un nouveau Christ
pour l'église de son village parce que les voyous avaient
décapité le précédent à coup de fronde, convulsé à la
perspective d'être condamné pour tentative d'homicide et de passer le reste de ses jours en prison, eut le
cœur qui lâcha et mourut. Sa mort électrisa l'opinion
et eut un effet dévastateur pour la défense ; les journaux, maintenant, tournèrent le dos au jurisconsulte
importé, l'accusèrent de casuistique, de colonialisme,
d'étrangeté et de bel canto, ainsi que d'avoir provoqué
par ses insinuations sibyllines et antichrétiennes la
mort d'un bon pasteur, et les juges, souplesse des

roseaux qui dansent dans le vent de la presse, l'invalidèrent comme étranger, le privèrent du droit de plaider devant les tribunaux et, en un jugement que les journaux célébrèrent avec des roucoulements nationalistes, le rendirent indésirablement à l'Italie.

La mort du curé de Cajatambo sauva la mère, la fille et les locataires d'une probable condamnation pour semi-homicide et manœuvre criminelle. Au rythme de la presse et de l'opinion, le procureur sympathisa à nouveau avec les Bergua et accepta, comme au début, leur version des faits. Le nouvel avocat de Lucho Abril Marroquín, un juriste indigène, changea radicalement de stratégie : il reconnut que son client avait commis les délits en question, mais fit valoir son irresponsabilité totale pour cause de nouure et rachitisme anémiques, combinés de schizophrénie et autres velléités dans le domaine de la pathologie mentale que de distingués psychiatres corroborèrent en d'amènes dépositions. On y allégua, comme preuve définitive de dérangement mental, que l'inculpé, parmi les quatre femmes de la Pension Coloniale, avait choisi la plus vieille et la seule boiteuse. Durant l'ultime plaidoirie du procureur, climat dramatique qui divinise les acteurs et donne le frisson au public, don Sebastián qui était jusqu'alors resté silencieux et chassieux sur sa chaise, comme si le procès ne le concernait pas, leva lentement une main et les yeux rougis par l'effort, la colère ou l'humiliation, désigna fixement, durant une minute vérifiée par chronomètre (un journaliste *dixit*), Lucho Abril Marroquín. Le geste fut jugé aussi extraordinaire que si la statue équestre de Simon Bolívar s'était mise effectivement à galoper... La Cour accepta toutes les thèses de l'avocat général et Lucho Abril Marroquín fut enfermé à l'asile.

La famille Bergua ne releva plus la tête. Sa chute

materielle et morale commune.» Ruinée par la médecine et le barreau, elle dut renoncer aux leçons de
piano (et par conséquent à l'ambition de faire de Rosa
une artiste mondiale) et réduire son niveau de vie au
point de friser les mauvaises habitudes du jeûne et de
la saleté. La vieille bâtisse vieillit encore davantage et
la poussière l'imprégna, les toiles d'araignée l'envahi-
rent, les termites la rongèrent ; sa clientèle diminua et
elle dut baisser de catégorie jusqu'à atteindre la
bonniche et le portefaix. Elle toucha le fond le jour où
un mendiant frappa à la porte et demanda, terriblement : « Est-ce ici le *Dortoir* Colonial ? »

Ainsi, jour après jour, mois après mois, trente années
passèrent.

La famille Bergua semblait désormais acclimatée à
sa médiocrité quand quelque chose survint soudain,
bombe atomique qui un matin désintègre des villes
japonaises, qui la mit en effervescence. Cela faisait
bien des années que la radio ne fonctionnait pas et tout
autant que le budget familial interdisait d'acheter des
journaux. Les nouvelles du monde n'arrivaient, donc,
aux Bergua que rarement et indirectement, à travers
les commentaires et commérages de leurs hôtes
incultes.

Mais cet après-midi, quel hasard, un routier de
Castrovirreyna partit d'un éclat de rire vulgaire
accompagné d'un crachat verdâtre, en marmonnant :
« Il est impayable cet espèce de timbré ! » et il jeta sur
la petite table éraflée du salon l'exemplaire de *Ultima
Hora* qu'il venait de lire. L'ex-pianiste le ramassa, le
feuilleta. Soudain, pâleur de femme qui a reçu le baiser
du vampire, elle courut dans sa chambre en appelant à
grands cris sa mère. Toutes deux lirent et relirent
l'incroyable nouvelle, puis, en criant et en se relayant,
elles la lirent à don Sebastián qui, sans le moindre

doute, comprit, car il contracta sur le-champ une de ces crises sonores qui lui donnaient le hoquet, le faisaient transpirer, pleurer en criant ou se tordre comme un possédé.

Quelle nouvelle provoquait semblable alarme dans cette famille crépusculaire ?

A l'aube du jour précédent, dans un pavillon surpeuplé de l'hôpital psychiatrique Victor Larco Herrera, de Magdalena del Mar, un pensionnaire qui avait passé entre ces murs le temps d'une mise à la retraite, avait égorgé un infirmier à l'aide d'un bistouri, pendu un vieillard catatonique qui dormait dans un lit voisin du sien et s'était enfui en ville en sautant athlétiquement par-dessus le mur de la Costanera. Sa conduite causa une grande surprise parce qu'il avait toujours été remarquablement pacifique, on ne l'avait jamais vu avoir un geste de mauvaise humeur ni entendu élever la voix. Sa seule occupation, en trente ans, avait été de célébrer des messes imaginaires au Seigneur de Limpias et de distribuer des hosties invisibles à d'inexistants communiants. Avant de s'enfuir de l'hôpital, Lucho Abril Marroquín — qui venait d'atteindre l'âge insigne de l'homme : cinquante ans — avait rédigé un faire-part poli d'adieu : « Je le regrette mais je n'ai d'autre solution que sortir. Un incendie m'attend dans une vieille maison de Lima, où une boiteuse ardente comme une torche et sa famille offensent mortellement Dieu. J'ai reçu pour mission d'éteindre les flammes. » Le ferait-il ? Les éteindrait-il ? Réapparaîtrait-il, ce ressuscité du fond des âges, pour plonger une seconde fois les Bergua dans l'horreur tout comme maintenant il les avait plongés dans l'effroi ? Comment finirait cette famille épouvantée d'Ayacucho ?

XIII

La mémorable semaine commença par un pittoresque épisode (sans les caractéristiques violentes de la rencontre avec les cuistots argentins) dont je fus témoin et à moitié protagoniste. Genaro fils passait sa vie à faire des innovations dans les émissions et il décida un jour que, pour alléger les bulletins d'informations, nous devions les assortir d'interviews. Il nous mit en action, Pascual et moi, et dès lors nous commençâmes à diffuser une interview quotidienne, sur quelque thème d'actualité, au Bulletin Panaméricain du soir. Cela représenta plus de travail pour le service d'Informations (sans augmentation de salaire) mais je ne le regrettai pas, parce que c'était amusant. En interrogeant dans le studio de la rue Belén ou devant un magnétophone des artistes de cabaret et des parlementaires, des footballeurs et des enfants prodiges, j'appris que tout le monde, sans exception, pouvait constituer un thème de nouvelle.

Avant le pittoresque épisode, le personnage le plus curieux que j'interviewai fut un toréador vénézuélien. Cette saison-ci dans les arènes d'Acho il avait eu un succès gigantesque. A sa première corrida il reçut plusieurs oreilles et, à la seconde après une *faena* miraculeuse, on lui donna une patte et la foule le porta en triomphe depuis le Rimac jusqu'à son hôtel, place San Martín. Mais à sa troisième et dernière corrida — les billets avaient été revendus, par lui, à des prix astronomiques — il ne parvint pas à voir les taureaux, parce que, en proie à une peur de biche, il courut devant eux tout l'après-midi ; il ne leur fit pas une seule passe digne et les tua à grand-peine, au point qu'il reçut pour le second quatre avertissements. Le chahut dans les gradins fut indescriptible : on tenta de mettre le feu aux arènes et de lyncher le Vénézuélien qui, au milieu des huées et de la pluie de coussins, dut être escorté jusqu'à son hôtel par la Garde Civile. Le lendemain matin, quelques heures avant qu'il prenne son avion, je l'interviewai dans un petit salon de l'hôtel Bolívar. Je restai perplexe en me rendant compte qu'il était moins intelligent que les taureaux qu'il combattait et presque aussi incapable qu'eux de s'exprimer au moyen de la parole. Il ne pouvait construire une phrase cohérente, il ne tombait jamais sur le temps juste en maniant ses verbes, sa façon de coordonner ses idées faisait penser à des tumeurs, à l'aphasie, aux hommes-singes. La forme était non moins extraordinaire que le fond : il parlait avec un accent malheureux, fait de diminutifs et d'apocopes, qu'il nuançait, durant ses fréquents vides mentaux, par des grognements zoologiques.

Le Mexicain que j'eus à interviewer le lundi de cette semaine mémorable était, au contraire, un homme lucide et un commentateur plein d'aisance. Il dirigeait une revue, il avait écrit des livres sur la révolution mexicaine, il présidait une délégation d'économistes et était logé aussi au Bolívar. Il accepta de se rendre aux studios et j'allai le chercher moi-même. C'était un homme grand et droit, bien vêtu, aux cheveux blancs, qui devait aller sur ses soixante ans. Il était accompagné de sa femme, une personne aux yeux vifs, menue, qui portait un petit chapeau à fleurs. Chemin faisant, nous préparâmes l'interview qui fut enregistrée en quinze minutes, et Genaro fils s'alarma fort quand l'économiste et historien, en réponse à une question, attaqua durement les dictatures militaires (au Pérou nous en subissions une, avec à sa tête un certain Odría).

Cela se produisit tandis que je raccompagnais le couple au Bolívar. Il était midi et la rue Belén et la place San Martín regorgeaient de monde. La femme avançait sur le trottoir, son mari au milieu et moi du côté de la route. Nous venions de passer devant Radio Central, et, pour dire quelque chose, je répétais à l'homme important que son interview était sortie magnifiquement, quand je fus très clairement interrompu par la petite voix de la dame mexicaine :

— Jésus Marie, je défaille...

Je la regardai, elle était hâve, ouvrant et fermant les yeux, remuant la bouche d'une façon très bizarre. Mais ce qui me surprit ce fut la réaction de l'économiste et historien. En l'entendant, il lança un regard stupide à son épouse, puis un autre à moi, d'un air confus et, aussitôt, regarda de nouveau devant lui et, au lieu de s'arrêter, se mit à allonger le pas. La dame mexicaine resta à côté de moi, en faisant des grimaces. Je réussis à lui prendre le bras comme elle allait s'écrouler. Elle était frêle, heureusement, aussi pus-je la soutenir et l'aider, tandis que l'homme important fuyait à grands pas, et me confiait la délicate tâche de traîner sa femme. Les gens s'écartaient devant nous, s'arrêtaient pour nous regarder, et à un moment donné — nous étions à la hauteur du cinéma Colón et la petite dame mexicaine, en plus de ses simagrées, se répandait en bave, morve et larmes — j'entendis un vendeur de

284

cigarettes s'écrier : « Et en plus elle se pisse dessus. »
C'était vrai : l'épouse de l'économiste et historien (qui
avait traversé la Colmena et disparaissait dans la foule
rassemblée aux portes du bar du Bolívar) laissait
derrière nous un sillage jaune. En arrivant à l'angle, je
n'eus d'autre moyen que de la porter et de parcourir de
la sorte, spectaculaire et galant, les cinquante derniers
mètres, parmi les conducteurs qui klaxonnaient, les
agents de police qui sifflaient et les gens qui nous
montraient du doigt. Dans mes bras, la petite dame
mexicaine se tortillait sans cesse, poursuivait ses
grimaces, et, semblait-il, mes mains et mon nez me
disaient qu'en plus du pipi elle était en train de faire
quelque chose d'encore plus vilain. Son gosier émettait
un bruit atrophié, intermittent. En entrant au Bolívar,
j'entendis qu'on m'ordonnait sèchement : « Chambre
301. » C'était l'homme important : il était à demi
caché derrière des rideaux. A peine m'eût-il donné cet
ordre qu'il disparut à nouveau, gagnant d'un pas léger
l'ascenseur, et, tandis que nous montions il ne daigna
pas une seule fois me regarder ou regarder son épouse,
comme s'il ne voulait pas paraître impertinent. Le
liftier m'aida à conduire la dame jusqu'à sa chambre.
Mais dès que nous l'eûmes déposée sur son lit,
l'homme important nous poussa littéralement jusqu'à
la porte et sans dire merci ni au revoir il nous la claqua
au nez brutalement ; il avait l'air saumâtre.

— Ce n'est pas un mauvais mari, devait m'expliquer
ensuite Pedro Camacho, mais un type sensible et avec
un grand sens du ridicule.

Cet après-midi je devais lire à tante Julia et Javier
une nouvelle que je venais d'achever : *La tante Eliana*.
El Comercio ne publia jamais l'histoire des as de la
lévitation et je m'en consolai en écrivant une autre
histoire, fondée sur quelque chose qui était arrivé dans

ma famille. Eliana était une des nombreuses tantes qui apparaissaient chez nous quand j'étais enfant et je la préférais aux autres parce qu'elle m'apportait du chocolat et parfois m'emmenait boire du thé au Cream Rica. Sa gourmandise était un objet de moquerie dans les réunions de la tribu, où l'on disait qu'elle gaspillait tout son salaire de secrétaire en gâteaux crémeux, croissants croustillants, babas au rhum et en chocolat épais de la Tiendecita Blanca. C'était une petite boulotte affectueuse, riante et bavarde et je prenais sa défense car dans la famille, dans son dos, on ajoutait qu'elle allait coiffer sainte Catherine. Un jour, mystérieusement, tante Eliana cessa de venir chez nous et la famille n'en reparla plus. Je devais avoir alors six ou sept ans et je me souviens avoir ressenti de la méfiance devant les réponses de mes parents quand je demandais après elle : elle est en voyage, elle est malade, elle viendra un de ces jours. Quelque cinq ans plus tard, la famille entière, tout soudain, prit le deuil, et ce soir-là, chez mes grands-parents, j'appris qu'ils avaient assisté à l'enterrement de tante Eliana, qui venait de mourir d'un cancer. Le mystère s'éclaira alors. Tante Eliana, alors qu'elle semblait condamnée à rester vieille fille, s'était mariée de but en blanc avec un Chinois, propriétaire d'un magasin d'alimentation à Jesús María, et la famille, à commencer par ses parents, horrifiée face à pareil scandale — je crus alors que le scandaleux était que son mari fût chinois, mais maintenant je déduis que sa tare principale était d'être épicier — avait décrété sa mort de son vivant et ne lui avait jamais plus rendu visite, ne l'avait plus jamais reçue. Mais quand elle mourut vraiment ils lui pardonnèrent — nous étions une famille sentimentale, au fond —, ils allèrent à la veillée funèbre et à son enterrement, et versèrent bien des larmes pour elle.

Ma nouvelle était le monologue d'un enfant qui, couché dans son lit, essayait de déchiffrer le mystère de la disparition de sa tante, et, en épilogue, la veillée funèbre de la protagoniste. C'était une nouvelle « sociale », pleine de colère contre les parents et leurs préjugés. Je l'avais écrite en deux semaines et en parlais tant à tante Julia et Javier qu'ils capitulèrent et me demandèrent de la leur lire. Mais avant de le faire, l'après-midi de ce lundi, je leur racontai ce qui était arrivé avec la petite dame mexicaine et l'homme important. Ce fut une erreur que je payai cher parce que cette anecdote leur parut beaucoup plus amusante que ma nouvelle.

Tante Julia avait maintenant l'habitude de venir à Panamericana. Nous avions découvert que c'était l'endroit le plus sûr, puisque nous comptions, en fait, sur la complicité de Pascual et du Grand Pablito. Elle arrivait après cinq heures, au moment où commençait une période calme : les Genaro s'en étaient allés et presque personne ne venait rôder dans notre cagibi. Mes camarades de travail, d'un accord tacite, demandaient la permission d' « aller prendre un petit café », de sorte que tante Julia et moi nous puissions nous embrasser et parler seul à seul. Parfois je me mettais à écrire et elle à lire une revue ou à parler avec Javier qui, invariablement, nous rejoignait vers les sept heures. Nous avions ainsi formé un groupe inséparable et mes amours avec tante Julia gagnaient, dans cette petite pièce cloisonnée, un naturel merveilleux. Nous pouvions nous prendre la main ou nous embrasser sans que nul n'y prêtât attention. Cela nous rendait heureux. Franchir à l'intérieur les limites du pigeonnier c'était être libres, maîtres de nos actes, nous pouvions nous aimer, parler de ce que nous voulions et nous sentir entourés de compréhension. Les franchir à l'extérieur c'était entrer dans un domaine hostile, où nous étions obligés de mentir et de nous cacher.

— Est-ce qu'on peut dire que c'est notre nid d'amour ? me demandait tante Julia. Où est-ce que ça fait un peu cucul ?

— Bien sûr que ça fait cucul, on ne peut pas le dire, lui répondais-je. Mais nous pouvons l'appeler Mont-martre.

Nous jouions au professeur et à l'élève et je lui expliquais ce qui était cucul, ce qu'on ne pouvait pas dire ni faire et j'avais établi une censure inquisitoriale dans ses lectures, lui défendant tous ses auteurs favoris, depuis Frank Yerby jusqu'à Corín Tellado. Nous nous amusions comme des fous et parfois Javier intervenait, avec une dialectique fougueuse, dans ce jeu des choses cucul la praline.

A la lecture de *La tante Eliana* Pascual et le Grand Pablito assistèrent aussi, parce qu'ils se trouvaient là et que je n'eus pas le front de les chasser, et c'est une chance parce qu'ils furent les seuls à applaudir à ma nouvelle, quoique, comme ils étaient mes subordonnés, leur enthousiasme devînt suspect. Javier la trouva irréelle, personne ne croirait qu'une famille condamne à l'ostracisme une jeune femme parce qu'elle se marie avec un Chinois et il m'assura que si son mari était noir ou indien l'histoire pouvait être sauvée. Tante Julia me porta l'estocade en estimant que la nouvelle était mélodramatique et que certains mots, tels que trem-blante et sanglotante, lui avaient paru cucul. Je com-mençais à défendre *La tante Eliana* quand j'aperçus à la porte du cagibi la petite Nancy. Il suffisait de la voir pour comprendre la raison de sa présence :

— Cette fois le scandale a éclaté, dit-elle précipitam-ment.

Pascual et le Grand Pablito, flairant une bonne

histoire de famille, allongèrent la tête. Je contins ma cousine, demandai à Pascual de préparer le bulletin de neuf heures, et nous descendîmes prendre un café. A une table du Bransa elle nous détailla la nouvelle. Elle avait surpris, tandis qu'elle se lavait la tête, une conversation téléphonique entre sa mère et sa tante Jesús. Son sang s'était glacé en entendant parler du « petit couple » et en découvrant qu'il s'agissait de nous. Ce n'était pas très clair, mais ils étaient au courant de nos amours depuis déjà pas mal de temps, parce qu'à un moment la tante Laura avait dit : « Tu te rends compte que même Camunchita les a vus une fois qui se tenaient par les mains, ces dévergondés, à l'Olivar de San Isidro » (quelque chose que nous avions effectivement fait, un seul après-midi, il y avait des mois de ça). En sortant de la salle de bains (« toute tremblante », disait-elle) la petite Nancy s'était trouvée face à face avec sa mère et avait tâché de dissimuler, elle avait le bourdonnement du séchoir électrique dans les oreilles, elle ne pouvait rien entendre, mais la tante Laura la fit taire et la gronda en l'appelant « entremetteuse de cette dévoyée ».

— La dévoyée, c'est moi ? demanda tante Julia, plus curieuse que furieuse.

— Oui, c'est toi, expliqua ma cousine en rougissant. Ils croient que c'est toi qui as tout manigancé.

— C'est vrai, je suis mineur, je vivais tranquillement en suivant mes cours de Droit, jusqu'à ce que, dis-je, mais personne ne rit.

— S'ils savent que je vous l'ai dit, ils me tuent, dit la petite Nancy. Ne dites pas un mot, jurez-le-moi.

Ses parents l'avaient avertie formellement que si elle commettait quelque indiscrétion ils l'enfermeraient pendant un an sans sortir même pour aller à la messe. Ils lui avaient parlé d'une façon si solennelle qu'elle avait même hésité à le leur raconter. La famille savait tout depuis le début et avait gardé une attitude discrète en pensant qu'il s'agissait d'une bêtise, de la coquetterie sans conséquence d'une femme légère qui voulait inscrire à son tableau de chasse une conquête exotique, un adolescent. Mais comme tante Julia n'avait plus scrupule à s'afficher dehors avec ce morveux et que chaque fois plus d'amis et de parents découvraient ces amours — même les grands-parents étaient au courant, par un ragot de la tante Celia — c'était une honte, quelque chose qui allait nuire au petit (c'est-à-dire moi) qui, depuis que la divorcée lui avait tourné la tête, n'avait probablement plus l'esprit à ses études, la famille avait décidé d'intervenir.

— Et que vont-ils faire pour me sauver ? demandai-je, pas encore trop effrayé.

— Ecrire à tes parents, me répondit la petite Nancy. Ils l'ont déjà fait. Tes oncles Jorge et Lucho.

Mes parents vivaient aux Etats-Unis et mon père était un homme sévère qui m'avait toujours fait peur. J'avais été élevé loin de lui, avec ma mère et ma famille maternelle, puis, quand mes parents s'étaient réconciliés et que j'avais été vivre avec lui, nous nous étions toujours mal accordés. Il était conservateur et autoritaire, avec des colères froides, et si c'était vrai qu'ils lui avaient écrit, la nouvelle allait lui faire l'effet d'une bombe et sa réaction allait être violente. Tante Julia me prit la main sous la table :

— Tu es devenu tout pâle, Varguitas. Cette fois tu tiens un bon sujet de nouvelle.

— Ce qu'il faut surtout c'est garder la tête froide, me remonta le moral Javier. N'aie pas peur, mettons au point une bonne stratégie pour affronter l'avalanche.

— Ils sont aussi furieux après toi, l'avertit Nancy. Toi aussi ils te croient...

— Entremetteur ? sourit tante Julia. — Et se tournant vers moi tristement : — L'important c'est qu'ils vont nous séparer et je ne pourrai plus jamais te voir.

— Ça c'est cucul et on ne peut le dire de cette façon, lui expliquai-je.

— Ils ont bien caché leur jeu, dit tante Julia. Ni ma sœur, ni mon beau-frère, ni aucun de tes parents ne m'ont fait me douter qu'ils savaient et qu'ils me détestaient. Ils étaient toujours très affectueux avec moi, ces hypocrites.

— Pour le moment, il faut cesser de vous voir, dit Javier. Que Julita sorte avec des flirts, toi, invite d'autres filles. Que la famille croie que vous vous êtes disputés.

Découragés, tante Julia et moi convînmes que c'était la seule solution. Mais quand la petite Nancy s'en alla — nous lui jurâmes de ne jamais la trahir — et Javier derrière elle, tante Julia m'accompagna jusqu'à Panamericana, tous deux, sans avoir besoin de nous le dire, tandis que nous descendions la tête basse et main dans la main la rue Belén, humide de bruine, nous savions que cette stratégie pouvait transformer le mensonge en vérité. Si nous ne nous voyions pas, si chacun sortait de son côté, notre amour, tôt ou tard, finirait. Nous décidâmes de nous téléphoner tous les jours, à heures fixes, et nous nous séparâmes en nous embrassant longuement sur la bouche.

Dans l'ascenseur brinquebalant qui me hissait à mon cagibi, je sentis, comme d'autres fois, un désir inexplicable de raconter mes misères à Pedro Camacho. Ce fut comme une prémonition, car au bureau m'attendaient, absorbés dans une conversation animée avec le Grand Pablito, tandis que Pascual truffait de catastrophes le bulletin d'informations (il n'avait jamais respecté mon interdiction d'inclure des morts, naturellement), les principaux collaborateurs du scribe bolivien : Luciano Pando, Josefina Sánchez et Foulon. Ils attendirent docilement que je donne un coup de main à Pascual pour les dernières nouvelles et quand celui-ci et le Grand Pablito nous souhaitèrent bonne nuit, et que nous restâmes tous quatre dans le cagibi, ils se regardèrent, gênés, avant de parler. Il s'agissait, sans aucun doute, de l'artiste.

— Vous êtes son meilleur ami, c'est pourquoi nous sommes là, murmura Luciano Pando. — C'était un petit homme tordu, sexagénaire, affecté d'un strabisme divergent, qui portait hiver comme été, jour et nuit, un cache-nez graisseux. On ne lui connaissait que ce complet marron à rayures bleues, qui était déjà une loque à force de lavage et repassage. Son soulier droit avait une cicatrice au cou-de-pied par où l'on voyait la chaussette. — Il s'agit de quelque chose de très délicat. Vous vous en doutez...

— Vraiment pas, don Luciano, dis-je. S'agit-il de Pedro Camacho ? Bon, nous sommes amis, c'est vrai, mais vous savez bien que c'est quelqu'un qu'on ne finit jamais de connaître. Il a quelque chose ?

Il acquiesça, mais resta muet, regardant ses souliers, comme accablé de ce qu'il allait dire. J'interrogeais des yeux sa compagne et Foulon qui étaient sérieux et immobiles.

— Nous faisons cela par tendresse et reconnaissance, gazouilla de sa belle voix de velours Josefina Sánchez. Parce que personne ne peut savoir, jeune homme, ce que nous devons à Pedro Camacho, nous qui travaillons dans ce métier si mal payé.

— Nous avons toujours été la cinquième roue de la charrette, on ne misait pas deux sous sur notre talent, nous nous sentions complexés et au-dessous de tout, dit Foulon, si ému que j'imaginais soudain un accident. Grâce à lui nous avons découvert notre métier, nous avons appris ce qui était artistique.

— Mais vous en parlez comme s'il était mort, leur dis-je.

— Parce que, que feraient les gens sans nous ? Josefina Sánchez cita, sans m'entendre, son idole : Qui leur donne l'illusion et l'émotion qui les aident à vivre ?

C'était une femme à qui l'on avait donné cette belle voix pour la dédommager d'une certaine façon de l'accumulation d'erreurs qu'était son corps. Il était impossible de deviner son âge, bien qu'elle dût avoir derrière elle le demi-siècle. Brune, elle oxygénait ses cheveux qui dépassaient, jaune paille, d'un turban grenat et croulaient sur ses oreilles, sans parvenir malheureusement à les cacher, car elles étaient énormes, épanouies et comme avidement projetées sur les bruits du monde. Mais le plus voyant chez elle c'était son double menton, un sac de peau qui tombait sur ses chemisiers multicolores. Elle avait un duvet épais qu'on aurait pu qualifier de moustache et elle cultivait l'atroce habitude de le tripoter en parlant. Elle bandait ses jambes avec des bas élastiques de footballeur, parce qu'elle souffrait de varices. A tout autre moment, sa visite m'aurait rempli de curiosité. Mais ce soir-là j'étais trop préoccupé par mes propres problèmes.

— Bien sûr que je sais ce que vous devez tous à Pedro Camacho, dis-je avec impatience. Ce n'est pas pour rien que ses feuilletons radio sont les plus populaires du pays.

Je les vis échanger un regard, se donner du courage.

— Précisément, dit enfin Luciano Pando, anxieux et affligé. Au début, nous n'y avons pas prêté attention. Nous pensions que c'étaient des fautes d'inattention, des absences qui arrivent à tout le monde. D'autant plus chez quelqu'un qui travaille du matin au soir.

— Mais qu'est-ce qui lui arrive à Pedro Camacho ? l'interrompis-je. Je ne comprends rien, don Luciano.

— Les feuilletons, jeune homme, murmura Josefina Sánchez, comme si elle commettait un sacrilège. Ils deviennent chaque fois plus bizarres.

— Les acteurs et les techniciens, nous nous relayons pour répondre au téléphone de Radio Central et amortir les protestations des auditeurs, enchaîna Foulon. — Il avait des cheveux de porc-épic luisants comme s'il avait mis de la brillantine ; il portait comme toujours une salopette de débardeur, des souliers délacés et semblait au bord des larmes. — Pour que les Genaro ne le mettent pas à la porte, monsieur.

— Vous savez bien qu'il n'a aucune ressource et qu'il est également fauché comme les blés, ajouta Luciano Pando. Que deviendra-t-il si on le chasse ? Il peut mourir de faim !

— Et nous autres ? dit orgueilleusement Josefina Sánchez. Que deviendrions-nous sans lui ?

Ils se mirent à se disputer la parole, à me raconter tout avec luxe de détails. Les incongruités (les « gaffes » disait Luciano Pando) avaient commencé voici près de deux mois, mais elles étaient au début si insignifiantes que seuls les acteurs les avaient probablement remarquées. Ils n'en avaient pas soufflé mot à Pedro Camacho parce que, connaissant son caractère, nul n'avait osé, et puis, pendant un certain temps, ils s'étaient demandé s'il ne s'agissait pas d'astuces délibérées. Mais ces trois dernières semaines les choses s'étaient considérablement aggravées.

— Tout est devenu un méli-mélo, jeune homme, dit Josefina Sánchez, désolée. Les feuilletons s'embrouil-

294

lent les uns les autres et nous-mêmes nous sommes incapables de débrouiller l'écheveau.

— Hipólito Lituma fut toujours brigadier de police, terreur du crime à El Callao dans le feuilleton de dix heures, dit d'une voix altérée Luciano Pando. Mais depuis trois jours voilà que c'est devenu le nom du juge du feuilleton de quatre heures. Alors que le juge s'appelait Pedro Barreda. C'est un exemple.

— Et maintenant don Pedro Barreda parle de faire la chasse aux rats parce qu'ils ont mangé sa petite fille, reprit Josefina Sánchez les larmes aux yeux. Alors qu'il s'agissait de la fille de don Federico Téllez Unzátegui.

— Vous imaginez ce que nous endurons lors des enregistrements, balbutia Foulon. Disant et faisant des choses qui n'ont ni queue ni tête.

— Et il n'y a pas moyen d'en sortir, susurra Josefina Sánchez. Vous avez vu de vos propres yeux comment monsieur Camacho contrôle ses émissions. Il ne permet pas qu'on change une virgule. Ou alors, il a des colères terribles.

— Il est fatigué, voilà l'explication, dit Luciano Pando en remuant la tête avec tristesse. On ne peut pas travailler vingt heures par jour sans qu'à la fin les idées ne se mélangent. Il a besoin de vacances pour redevenir ce qu'il était.

— Vous vous entendez bien avec les Genaro, dit Josefina Sánchez. Vous ne pourriez pas leur parler ? Leur dire seulement qu'il est fatigué, qu'ils lui donnent quelques semaines de repos.

— Le plus dur sera de le convaincre, lui, de les prendre, dit Luciano Pando. Mais cela ne peut pas continuer ainsi. Ils finiraient par le renvoyer.

— Les gens téléphonent tout le temps à la radio, dit Foulon. Il faut des miracles d'ingéniosité pour éviter de leur répondre. Et l'autre jour quelque chose est déjà sorti dans *La Crónica*.

Je ne leur dis pas que Genaro père savait déjà et qu'il m'avait confié une démarche auprès de Pedro Camacho. Nous convînmes que je sonderais Genaro fils et que, selon sa réaction, nous déciderions s'il était souhaitable qu'ils viennent eux-mêmes, au nom de tous leurs collègues, prendre la défense du scribe. Je les remerciai de leur confiance et tâchai de leur rendre un peu d'optimisme : Genaro fils était plus moderne et compréhensif que Genaro père, il se laisserait sûrement convaincre et lui accorderait ces vacances. Nous continuâmes à parler tandis que j'éteignais et fermais le cagibi. Rue Belén nous nous serrâmes la main. Je les vis se perdre dans la rue vide, laids et généreux, sous la bruine.

Cette nuit-là il me fut impossible de fermer l'œil. Comme d'habitude, je trouvai le repas servi et au chaud chez mes grands-parents, mais je ne pus avaler une bouchée (et pour que grand-mère ne s'inquiétât pas je jetai aux ordures le steak pané au riz). Mes petits vieux étaient couchés mais pas encore endormis et, quand j'entrai les embrasser, je les scrutai comme un policier, essayant de lire sur leur visage leur inquiétude pour mes amours scandaleuses. Rien, aucun signe : ils étaient affectueux et empressés, et grand-père me demanda quelque chose pour ses mots croisés. Mais ils m'annoncèrent la bonne nouvelle : maman avait écrit et allait venir avec papa à Lima en vacances très prochainement, ils avertiraient de la date d'arrivée. Ils ne purent me montrer la lettre, une tante l'avait emportée. C'était le résultat des lettres de dénonciation, il n'y avait pas de doute. Mon père avait dû dire : « Allons au Pérou mettre les choses en ordre. » Et ma mère : « Comment Julia a pu faire une chose comme ça! » (Tante Julia et elle avaient été amies, quand ma famille vivait en Bolivie et que je n'avais pas encore l'usage de ma raison.)

Je dormais dans une petite pièce bourrée de livres, valises et malles où mes grands-parents rangeaient leurs souvenirs, les nombreuses photos de leur splendeur d'antan, quand ils possédaient une exploitation de coton à Camaná, quand grand-père jouait les paysans pionniers à Santa Cruz de la Sierra, quand il était consul à Cochabamba ou préfet à Piura. Etendu sur le dos dans mon lit, dans l'obscurité, je pensai longuement à tante Julia ; d'une façon ou d'une autre, sans aucun doute, tôt ou tard, on allait effectivement nous séparer. J'étais très en colère et tout me semblait stupide et mesquin, et alors l'image de Pedro Camacho me passait soudain par la tête. Je pensais aux coups de fil d'oncles et tantes, cousins et cousines, sur tante Julia et moi, et je commençais à entendre aussi les appels des auditeurs désorientés par ces personnages qui changeaient de nom et sautaient du feuilleton de trois heures à celui de cinq heures, et par ces épisodes qui s'enchevêtraient comme une forêt, et je m'efforçais de deviner ce qui se passait dans la tête intriquée du scribe, mais cela ne me faisait pas rire, au contraire j'étais ému de penser aux acteurs de Radio Central, conspirant avec les techniciens du son, les secrétaires et les portiers pour détourner les appels téléphoniques et sauver l'artiste du renvoi. J'étais ému que Luciano Pando, Josefina Sánchez et Foulon eussent pensé que moi, la cinquième roue du carrosse, je pouvais avoir de l'influence sur les Genaro. Ce qu'ils devaient se sentir peu de chose, quelle misère ils devaient gagner pour que je leur semble si important ! Par moments j'avais aussi un désir insoutenable de voir, toucher, embrasser au même instant tante Julia. Jusqu'à ce que je visse poindre le jour et j'entendisse aboyer les chiens de l'aube.

Je fus dans mon cagibi de Panamericana plus tôt que de coutume et quand Pascual et le Grand Pablito arrivèrent, à huit heures, j'avais déjà préparé les bulletins et lu, annoté et quadrillé de rouge (pour le plagiat) tous les journaux. Tout en faisant ces choses, je regardais la montre. Tante Julia m'appela exactement à l'heure convenue.

— Je n'ai pas fermé l'œil de la nuit, me susurra-t-elle d'une voix qui se perdait au loin. Je t'aime beaucoup, Varguitas.

— Moi aussi, de toute mon âme, murmurai-je, indigné de voir Pascual et le Grand Pablito s'approcher pour mieux entendre. Moi non plus je n'ai pu fermer l'œil, en pensant tout le temps à toi.

— Tu ne peux savoir comme ils ont été affectueux avec moi, ma sœur et mon beau-frère, dit tante Julia. On a joué aux cartes. J'ai peine à croire qu'ils savent et qu'ils conspirent.

— Mais ils le font, lui racontai-je. Mes parents ont annoncé leur arrivée à Lima. La seule raison c'est celle-là. Ils ne voyagent jamais à cette époque.

Elle se tut et je devinai, à l'autre bout du fil, son air triste, furieux, déçu. Je lui redis que je l'aimais.

— Je t'appelle à quatre heures, comme convenu, me dit-elle enfin. Je suis chez le Chinois au coin de la rue et il y a la queue. A bientôt.

Je descendis chez Genaro fils, mais il n'était pas là. Je laissai la commission — il fallait que je lui parle de toute urgence —, et, pour faire quelque chose, pour meubler en quelque sorte le vide que je sentais, j'allai à l'université. C'était un cours de droit pénal, dont le professeur m'avait toujours paru un personnage de nouvelle. Parfaite combinaison de satyriasis et de coprolalie, il regardait les étudiantes comme s'il les déshabillait et tout lui servait de prétexte pour dire des phrases à double sens et des obscénités. Une fille qui répondit bien à une question et qui avait la poitrine plate, il la félicita en se délectant du mot : « Vous êtes très *synthétique*, mademoiselle », et en commentant un article il se lança dans une péroraison sur les maladies vénériennes. A la radio, Genaro fils m'attendait dans son bureau :

— Je suppose que tu ne viens pas me demander une augmentation, m'avertit-il dès l'entrée. Nous sommes au bord de la faillite.

— Je veux te parler de Pedro Camacho, le tranquillisai-je.

— Sais-tu qu'il s'est mis à faire toutes sortes d'énormités ? me dit-il comme pour rire d'une bonne blague. Il fait passer des types d'un feuilleton à l'autre, il leur change le nom, embrouille les intrigues et transforme toutes les histoires en une seule. Tu ne trouves pas ça génial ?

— Eh bien ! j'en ai entendu parler, lui dis-je, déconcerté par son enthousiasme. Précisément hier j'ai parlé avec les acteurs. Ils sont préoccupés. Il travaille trop, ils pensent qu'il peut s'agir de surmenage. Tu pourrais perdre la poule aux œufs d'or. Pourquoi ne lui donnes-tu pas des vacances, pour qu'il se remette un peu ?

— Des vacances à Camacho ? s'épouvanta le directeur progressiste. C'est lui qui t'a demandé pareille chose ?

Je lui dis que non, que c'était une suggestion de ses collaborateurs.

— Ils sont fatigués de travailler comme ça et veulent se débarrasser de lui pendant quelques jours, m'expliqua-t-il. Ce serait une folie de lui donner des vacances en ce moment. — Il prit des papiers et les brandit d'un air triomphant : — Nous venons du battre à nouveau le record d'écoute ce mois-ci. Donc l'idée de mélanger les histoires marche bien. Mon père était inquiet de ces existentialismes, mais ils donnent de bons résultats, les sondages sont là. — Il rit à nouveau —. Alors, tant que le public aime ça, il faut supporter ces excentricités.

Je n'insistai pas, pour ne pas gaffer. Après tout, pourquoi Genaro fils n'aurait-il pas raison ? Pourquoi ces incongruités ne pouvaient-elles pas être parfaitement programmées par le scribe bolivien ? Je n'avais pas envie d'aller chez moi et je décidai de jeter l'argent par les fenêtres. Je convainquis le caissier de la radio de me verser une avance, puis je me rendis au réduit de Pedro Camacho pour l'inviter à déjeuner. Il tapait à la machine de façon effrénée, naturellement. Il accepta sans enthousiasme, en m'avertissant qu'il n'avait pas beaucoup de temps.

Nous allâmes à un restaurant typique, derrière le collège de la Inmaculada, sur l'avenue Chancay, où l'on servait des plats d'Arequipa qui, lui dis-je, lui rappelleraient peut-être les fameux ragoûts pimentés de Bolivie. Mais l'artiste, fidèle à sa norme frugale, se contenta d'un consommé à l'œuf et d'une purée de haricots rouges à laquelle il toucha à peine. Il ne commanda pas de dessert et protesta, avec des grands mots qui émerveillèrent les garçons, parce qu'on n'avait pas su lui préparer sa mixture de verveine et de menthe.

— Je suis dans une mauvaise passe, lui dis-je sitôt passée la commande. Ma famille a découvert mes amours avec votre compatriote, et comme elle est plus âgée que moi et divorcée, ils sont furieux. Ils vont faire quelque chose pour nous séparer et cela me remplit d'amertume.

— Ma compatriote ? s'étonna le scribe. Vous avez

300

une liaison avec une Argentine, pardon, une Bolivienne ?

Je lui rappelai qu'il connaissait tante Julia, que nous avions été chez lui à La Tapada, que nous avions partagé son repas, que je lui avais déjà fait part de mes problèmes de cœur et qu'il m'avait conseillé de les soigner avec des pruneaux à jeun et des lettres anonymes. Je le fis à dessein, en insistant sur les détails et l'observant. Il m'écoutait très sérieusement, sans sourciller.

— Ce n'est pas un mal d'avoir ces contrariétés, dit-il en avalant sa première cuillerée de consommé. La souffrance apprend la vie.

Et il changea de sujet. Il pérora sur l'art de la cuisine et la nécessité d'être sobre pour se conserver en bonne santé spirituelle. Il m'assura que l'abus de graisses, de féculents et de sucres ankylosait les principes moraux et poussait les personnes au délit et au vice.

— Faites une statistique parmi les gens que vous connaissez, me conseilla-t-il. Vous verrez que les pervers se recrutent surtout parmi les gros. En revanche, il n'y a pas de maigre aux mauvais penchants.

Malgré mes efforts pour le cacher, je me sentais mal à l'aise. Il ne parlait pas avec le naturel et la conviction des autres fois, mais, c'était évident, de façon toute superficielle, distrait par des soucis qu'il voulait cacher. Dans ses petits yeux saillants, il y avait une ombre inquiète, une crainte, une honte et de temps en temps il se mordait les lèvres. Sa longue chevelure était couverte de pellicules et autour du cou, dansant à l'intérieur de sa chemise, je découvris qu'il portait une médaille qu'il caressait parfois de ses doigts. Il m'expliqua en me la montrant : « Un monsieur très miraculeux : le Seigneur de Limpias. » Son veston noir lui tombait des épaules et il était très pâle. J'avais décidé de ne pas parler des feuilletons radio, mais là, soudain, en voyant qu'il avait oublié l'existence de tante Julia et nos conversations à son sujet, je sentis une curiosité malsaine. Nous avions fini le consommé à l'œuf et nous attendions le plat de résistance en buvant de la chicha brune.

— J'ai parlé ce matin de vous avec Genaro fils, lui racontai-je du ton le plus désinvolte. Une bonne nouvelle : selon les sondages des agences de publicité, vos feuilletons ont accru leur écoute. Même les pierres les entendent.

Je notai qu'il se raidissait, qu'il détournait les yeux et se mettait à plier et déplier sa serviette, très rapidement, en clignant incessamment des yeux. Je me demandai si j'allais poursuivre ou non sur ce terrain, mais ma curiosité fut la plus forte :

— Genaro fils croit que l'augmentation du taux d'écoute vient de votre idée de mêler les personnages d'un feuilleton à l'autre, de relier les histoires entre elles, lui dis-je en le voyant lâcher sa serviette, me chercher des yeux, devenir blanc. Il trouve cela génial.

Comme il ne disait rien, me regardant seulement, je poursuivis en me sentant bredouiller. Je parlai d'avant-garde, d'expérimentation, je citai ou inventai des auteurs qui, lui assurai-je, faisaient sensation en Europe avec des innovations semblables aux siennes : changer l'identité des personnages au cours de l'histoire, accumuler les incongruités pour maintenir le lecteur en haleine. On avait apporté les haricots en purée et je commençai à manger, heureux de pouvoir me taire et de baisser les yeux pour ne pas continuer à voir le malaise du scribe bolivien. Nous gardâmes le silence un bon moment, moi mangeant, lui tournant avec sa fourchette la purée de haricots, les grains de riz.

— Il m'arrive quelque chose d'ennuyeux, l'entendis-je dire, enfin, à voix très basse, comme pour lui-même. Je ne maîtrise pas bien mes livrets, j'ai des doutes, et des confusions se glissent. — Il me regarde avec angoisse. — Je sais que vous êtes un jeune homme loyal, un ami à qui l'on peut se confier. Pas un mot surtout aux marchands !

Je feignis la surprise, l'accablai de protestations d'affection. Il était différent : tourmenté, incertain, fragile, et la sueur brillait sur son front verdâtre. Il toucha ses tempes :

— Ma tête est un volcan d'idées, naturellement, affirma-t-il. C'est la mémoire qui est traître. A propos des noms, je veux dire. En confidence, mon ami. Je ne les mélange pas, ils se mélangent. Quand je m'en rends compte, il est trop tard. Il faut des tours de passe-passe pour les remettre à l'endroit correspondant, pour expliquer les changements. Une boussole qui confond le Nord avec le Sud, cela peut être grave, très grave.

Je lui dis qu'il était fatigué, personne ne pouvait travailler à ce rythme sans se détruire, qu'il devait prendre des vacances.

— Des vacances ? Seulement au tombeau, me rétorqua-t-il menaçant, comme si je l'avais offensé.

Mais un moment plus tard, avec humilité, il me dit qu'en se rendant compte de « ses oublis » il avait tenté d'établir un fichier. Sauf que c'était impossible, il n'avait pas le temps, pas même de consulter les émissions diffusées ; toutes ses heures étaient prises par la production de nouveaux livrets. « Si j'arrête, c'est la fin du monde », murmura-t-il. Et pourquoi ces collaborateurs ne pouvaient-ils l'aider ? Pourquoi ne les consultait-il pas quand il avait des doutes ?

— Ça jamais, me répondit il. Ils perdraient le respect qu'ils ont pour moi. Ils ne sont qu'une matière première, mes soldats, et si je me trompe leur devoir est de se tromper avec moi.

Il interrompit abruptement ce dialogue pour sermonner les garçons au sujet de son infusion, qu'il trouva insipide, puis nous dûmes rentrer au trot à la radio où l'attendait le feuilleton de trois heures. En le quittant, je lui dis que je ferais n'importe quoi pour l'aider.

— Tout ce que je vous demande, c'est le silence, me dit-il. — Et d'un petit rire glacé il ajouta : — Ne vous en faites pas : aux grands maux, les grands remèdes.

Dans mon cagibi, je relus les journaux de l'après-midi, entourai les nouvelles, aménageai une interview pour six heures avec un neurochirurgien qui avait procédé à une trépanation avec des instruments incas prêtés par le musée d'Anthropologie. A trois heures et demie, je commençai à regarder la montre et le téléphone, alternativement. Tante Julia appela à quatre heures pile. Pascual et le Grand Pablito n'étaient pas arrivés.

— Ma sœur m'a parlé à l'heure du déjeuner, me dit-elle d'un ton lugubre. Le scandale est trop grand, tes parents viennent m'arracher les yeux. Elle m'a demandé de retourner en Bolivie. Que puis-je faire ? Je dois m'en aller, Varguitas.

— Veux-tu te marier avec moi ? lui demandai-je. Elle rit, faussement joyeuse.

— Je te parle sérieusement, insistai-je.

— Tu me demandes de t'épouser vraiment ? se remit à rire tante Julia, cette fois plus amusée.

— C'est oui ou c'est non ? lui dis-je. Dépêche-toi, Pascual et le Grand Pablito vont arriver.

— Tu me demandes ça pour démontrer à ta famille que tu es grand maintenant ? me dit tante Julia avec tendresse.

— Aussi pour ça, reconnus-je.

XIV

L'histoire du Révérend Père don Seferino Huanca Leyva, ce curé du dépotoir qui jouxte le quartier footballistique de la Victoria et qui se nomme Mendocita, commença voici un demi-siècle, une nuit de Carnaval, quand un jeune homme de bonne famille, qui aimait les bains de peuple, viola dans une ruelle du Chirimoyo une lavandière délurée, la Négresse Teresita.

Quand celle-ci découvrit qu'elle était enceinte et comme elle avait déjà huit enfants, manquait de mari et qu'il était improbable qu'avec tant de gosses un homme la conduisît à l'autel, elle eut rapidement recours aux services de doña Angélica, une vieille de la place de la Inquisición qui faisait office de sage-femme, mais était surtout fournisseuse des limbes (plus simplement dit : avorteuse). Cependant, en dépit des breuvages empoisonnés (sa propre urine où avaient macéré des souris) que doña Angélica fit boire à Teresita, le fœtus du stupre, avec un entêtement qui laissait présager ce que serait son caractère, refusa de se détacher du placenta maternel, et resta là, entortillé comme une vis, poussant et se formant, jusqu'à ce que, neuf mois après le Carnaval fornicatoire, la lavandière n'eût d'autre solution que de le mettre au monde.

On lui donna le prénom de Seferino pour plaire à son parrain, un concierge du Congreso qui s'appelait de la sorte, ainsi que les deux patronymes de sa mère. Dans son enfance, rien ne permit de deviner qu'il serait curé, parce que ce qui lui plaisait ce n'étaient pas les pratiques pieuses mais de jouer à la toupie ou de manier des cerfs-volants. Mais toujours, même avant de savoir parler, il montra qu'il avait du caractère. La lavandière Teresita pratiquait une philosophie de l'éducation intuitivement inspirée de Sparte ou de Darwin, qui consistait à faire savoir à ses enfants que s'ils voulaient continuer à faire partie de cette jungle, ils devaient apprendre à recevoir et à donner des coups de dents, et que boire du lait et manger était une affaire qui les concernait pleinement à partir de trois ans, parce qu'en lavant du linge dix heures par jour et en le livrant dans tout Lima huit autres heures, elle avait juste de quoi subsister elle et les enfants qui n'avaient pas encore l'âge minimum pour voler de leurs propres ailes.

Le fils du stupre montra pour survivre le même entêtement qu'il avait démontré pour vivre quand il était dans le ventre de sa mère : il fut capable de se nourrir en avalant toutes les cochonneries qu'il ramassait dans les bidons d'ordures et qu'il disputait aux mendiants et aux chiens. Tandis que ses demi-frères mouraient comme des mouches, tuberculeux ou intoxiqués, ou, enfants qui atteignent l'âge adulte affligés de rachitisme et de tares psychiques, ils ne passaient l'épreuve qu'à moitié, Seferino Huanca Leyva poussa en bonne santé, robuste et mentalement acceptable. Quand la lavandière (atteinte d'hydrophobie ?) ne put plus travailler, c'est lui qui subvint à ses besoins, et plus tard il lui paya un enterrement de première classe à la Maison Guimet que le Chirimoyo considéra comme le meilleur de l'histoire du quartier (il était alors curé de Mendocita).

Le garçon fit un peu de tout et fut précoce. En même temps qu'il apprit à parler, il sut demander l'aumône aux passants de l'avenue Abancay, en faisant un visage d'ange du ruisseau qui rendait charitables les dames de la haute société. Puis il fut cireur de souliers, gardien d'automobiles, vendeur de journaux, de tisanes, de nougats, placeur au stade et fripier. Qui aurait dit que cet enfant aux ongles noirs, aux pieds crasseux, à la tête pleine de poux, enfoncé dans un vieux chandail rapiécé et troué serait, au bout des années, le curé le plus controversé du Pérou ?

Ce fut un mystère qu'il apprît à lire, parce qu'il n'avait jamais mis les pieds à l'école. Au Chirimoyo on disait que son parrain, le concierge du Congreso, lui avait appris à épeler l'alphabet et à former des syllabes, et que le reste lui vint, enfants du ruisseau qui à force de constance arrivent jusqu'au Nobel, par effort de volonté. Seferino Huanca Leyva avait douze ans et parcourait la ville en demandant dans les palais du linge hors d'usage et de vieux souliers (qu'il revendait ensuite dans les bidonvilles) quand il fit la connaissance d'une personne qui allait lui donner les moyens de devenir un saint : une propriétaire terrienne d'origine basque, Mayte Unzátegui, chez qui il était impossible de discerner si était plus grande sa fortune ou sa foi, la dimension de ses haciendas ou sa dévotion au Seigneur de Limpias. Elle sortait de sa résidence mauresque de l'avenue San Felipe, à Orrantia, et le chauffeur lui ouvrait déjà la porte de sa Cadillac quand la dame aperçut, planté au milieu de la rue, près de sa charrette de vieux vêtements recueillis ce matin, le produit du stupre. Sa misère stupide, ses yeux intelligents, ses traits de jeune loup volontaire lui plurent.

Elle lui dit qu'elle irait lui rendre visite, à la tombée de la nuit.

Au Chirimoyo on rit fort quand Seferino Huanca Leyva annonça que cet après-midi une dame allait venir le voir dans une belle bagnole conduite par un chauffeur en uniforme bleu. Mais quand à six heures la Cadillac freina à l'entrée de la ruelle, et que doña Mayte Unzátegui, élégante comme une duchesse, y pénétra et demanda après Teresita, tout le monde fut convaincu (et stupéfait). Doña Mayte, femme d'affaires dont même le temps de la menstruation est compté, fit sans plus attendre une proposition à la lavandière qui lui arracha un hurlement de bonheur. Elle prendrait en charge l'éducation de Seferino Huanca Leyva et donnerait une gratification de dix mille sols à sa mère à condition que le garçon devienne curé.

C'est ainsi que l'enfant du stupre devint pupille du séminaire Santo Toribio de Mogrovejo, à Magdalena del Mar. A la différence des autres, chez qui la vocation précède l'action, Seferino Huanca Leyva découvrit qu'il était né pour être curé après avoir été séminariste. Il fut étudiant pieux et appliqué, choyé par ses maîtres et orgueil de la Négresse Teresita et de sa protectrice. Mais en même temps que ses notes en latin, théologie et patristique atteignaient les plus hautes cimes, et que sa religiosité se manifestait de façon irréprochable en messes entendues, prières récitées et flagellations auto-administrées, dès l'adolescence on put remarquer chez lui des symptômes de ce que, plus tard, au moment des grands débats que ses audaces provoquèrent, ses défenseurs appelleraient des impatiences de zèle religieux, et ses détracteurs le pouvoir délictueux et délinquant du Chirimoyo. Ainsi, par exemple, avant d'être ordonné prêtre, se mit-il à propager parmi les séminaristes la thèse selon laquelle il fallait ressusciter les Croisades, reprendre la lutte contre Satan non seulement avec les armes féminines de la prière et du sacrifice, mais avec les viriles (et, assurait-il, plus efficaces) du coup de poing, du coup de tête, et si les circonstances l'exigeaient, du couteau et des armes à feu.

Ses supérieurs, alarmés, s'empressèrent de combattre ces extravagances, mais celles-ci, en revanche, furent chaleureusement appuyées par doña Mayte Unzátegui, et comme la philanthropie latifundiaire subvenait aux besoins d'un tiers des séminaristes, ceux-là, raisons de budget qui font avaler des couleuvres, durent dissimuler et fermer les yeux et les oreilles devant les théories de Seferino Huanca Leyva. Ce n'étaient pas seulement des théories : la pratique les corroborait. Il n'y avait pas de jour de sortie où, à la nuit, le fils du Chirimoyo ne revenait avec quelque exemple de ce qu'il appelait la prédication armée. C'est ainsi qu'un jour, voyant dans les rues agitées de son quartier un mari ivrogne battre sa femme, il était intervenu en lui brisant les tibias à coups de pied et lui faisant une conférence sur le comportement du bon époux chrétien. C'est ainsi qu'un autre jour où il avait surpris dans le bus de Cinco Esquinas un pickpocket débutant qui prétendait dévaliser une vieille femme, il l'avait démoli à coups de tête (le conduisant lui-même ensuite au dispensaire public pour qu'on lui recouse le visage). C'est ainsi, enfin, qu'un jour où il avait surpris au milieu des plantes élevées du bois de Matamula un couple qui prenait un plaisir animal, il les avait fouettés tous deux jusqu'au sang et leur avait fait jurer, à genoux, sous la menace de nouvelles raclées, qu'ils iraient se marier séance tenante. Mais le bouquet final (pour le qualifier d'une certaine façon) de Seferino Huanca Leyva, pour ce qui se réfère à son axiome selon lequel « la pureté, comme l'alphabet, s'apprend à coups de trique », ce fut le coup de poing qu'il décocha, rien de moins qu'en la chapelle du séminaire, à son tuteur et maître de philosophie thomiste, le doux Père Alberto de Quinteros, qui, en un geste de fraternité ou un élan solidaire, avait tenté de l'embrasser sur la bouche. Homme simple et nullement rancunier (il était venu à la prêtrise sur le tard, après avoir conquis fortune et gloire comme psychologue avec un cas célèbre, la guérison d'un jeune médecin qui avait écrasé et tué sa propre fille aux environs de Pisco), le Révérend Père Quinteros, au retour de l'hôpital où l'on avait soigné sa blessure à la bouche et remplacé les trois dents perdues, s'opposa à l'expulsion de Seferino Huanca Leyva et c'est lui-même, générosité des grands esprits qui à force de tendre l'autre joue trouvent une place posthume sur les autels, qui parraina la messe où l'enfant du stupre fut consacré prêtre.

Mais ce n'est pas seulement sa conviction que l'Eglise devait combattre le mal par le pugilat qui inquiéta ses supérieurs quand Seferino Huanca Leyva était séminariste, sinon, plus encore, sa croyance (désintéressée ?) que, dans le vaste répertoire des péchés mortels, ne devait en aucune façon figurer l'attouchement personnel. Malgré les réprimandes de ses maîtres qui, citations bibliques et bulles papales nombreuses qui fulminent le péché d'Onan, prétendirent le tirer de son erreur, le fils de l'avorteuse doña Angélica, têtu comme il l'était avant de naître, soulevait la nuit ses camarades en leur affirmant que l'acte manuel avait été conçu par Dieu pour indemniser les ecclésiastiques du vœu de chasteté, et, en tout cas, le rendre supportable. Le péché, argumentait-il, se trouve dans le plaisir qu'offre la chair de la femme, ou (plus perversement) le corps de *l'autre*, mais pourquoi résiderait-il dans l'humble, solitaire et improductif soulagement qu'offrent, ensemble, l'imagination et les doigts ? Dans une dissertation lue en classe du vénérable Père Leoncio Zacarías, Seferino Huanca Leyva en vint à suggérer, en interprétant des épisodes captieux du Nouveau Testament, qu'il y avait des raisons pour ne pas écarter comme une hypothèse échevelée celle selon laquelle le Christ en personne, quelquefois — peut-être après avoir fait la connaissance de Marie-Madeleine ? — aurait combattu par la masturbation la tentation de l'impureté. Le Père Zacarías faillit s'évanouir et le protégé de la pianiste basque fut sur le point d'être renvoyé du séminaire pour blasphème.

Il se repentit, demanda pardon, fit les pénitences qu'on lui imposa et, pendant un temps, cessa de propager ces bruits extravagants qui donnaient la fièvre à ses maîtres et échauffaient les séminaristes. Mais en ce qui concerne sa personne il ne cessa de les mettre en pratique, car, très vite, ses confesseurs l'entendirent à nouveau, dès qu'il était agenouillé sous les grilles du confessionnal : « Cette semaine j'ai été amoureux de la Reine de Saba, de Dalila et de l'épouse d'Holopherne. » C'est cet engouement qui l'empêcha de faire un voyage qui aurait enrichi son esprit. Il venait d'être ordonné et comme, en dépit de ses délires hétérodoxes, Seferino Huanca Leyva avait été un élève exceptionnellement appliqué et que nul ne mit jamais en doute le rayonnement de son intelligence, la Hiérarchie décida de l'envoyer faire des études de Doctorat à l'Université grégorienne de Rome. Immédiatement, le prêtre flambant neuf annonça son intention de préparer, érudits qui perdent la vue en consultant les poussiéreux manuscrits de la Bibliothèque vaticane, une thèse qu'il intitulerait : « Du vice solitaire comme citadelle de la chasteté ecclésiastique. » Son projet repoussé avec colère, il renonça à son voyage à Rome et alla s'enterrer dans l'enfer de Mendocita, d'où il n'allait plus jamais sortir.

Il choisit lui-même le quartier quand il sut que tous les prêtres de Lima le redoutaient comme la peste, point tant pour la concentration microbienne qui avait fait de sa topographie hiéroglyphique aux trottoirs sablonneux et aux baraques de manières diverses — carton, zinc, raphia, planche, chiffon et papier-journal — un laboratoire des formes les plus raffinées d'infection et de parasitose, que pour sa violence sociale. Ce quartier était, en effet, alors une Université du Délit, dans ses spécialités les plus prolétaires : vol par effraction ou escalade, prostitution, coups de couteau, escroquerie en tout genre, trafic de drogue et maquerellage.

Le Père Seferino Huanca Leyva construisit de ses mains, en deux jours, une maisonnette de torchis où il ne mit pas de porte, y amena un sommier de seconde main et un matelas en paille achetés à La Parada, et annonça qu'il célébrerait tous les jours à sept heures une messe en plein air. Il fit savoir aussi qu'il confesserait du lundi au samedi les femmes de deux à six et les hommes de sept à minuit, pour éviter la promiscuité. Et il annonça que chaque matin, de huit à quatorze heures, il se proposait de faire la classe aux enfants du quartier pour leur apprendre l'alphabet, les chiffres et le catéchisme. Son enthousiasme se brisa sur la dure réalité. Sa clientèle aux messes matutinales ne dépassa pas une poignée de vieillards chassieux, aux réflexes corporels agonisants, qui, parfois, sans le savoir, pratiquaient cette coutume impie de gens de certain pays (célèbre par ses bœufs et ses tangos ?) de lâcher des pets et de faire leurs besoins tout habillés durant l'office. Quant à la confession l'après-midi et à l'école du matin, pas même un curieux ne montra le bout du nez.

Qu'y avait-il ? Le guérisseur du quartier, Jaime Concha, un robuste ex-brigadier de la Garde Civile qui avait abandonné l'uniforme depuis qu'on lui avait donné l'ordre d'exécuter un pauvre jaune arrivé comme passager clandestin à El Callao depuis quelque port d'Orient, et voué depuis lors avec tant de succès à la médecine plébéienne qu'il tenait véritablement sous sa coupe le cœur de Mendocita, avait vu avec méfiance l'arrivée d'un concurrent possible et organisé le boy-cottage de la paroisse.

Informé de la chose par une délatrice (l'ex-sorcière de Mendocita, doña Mayte Unzátegui, une Basque au sang bleu indigo ruinée et détrônée comme reine et maîtresse du quartier par Jaime Concha), le Père Seferino Huanca Leyva sut, joies qui embuent le regard et embrasent le cœur, qu'était arrivé enfin le temps de mettre en action sa théorie de la prédication armée. Comme un annonceur de cirque, il parcourut les ruelles pestilentielles en proclamant à tue-tête que ce dimanche-ci, à onze heures du matin, sur le terrain de football, lui et le guérisseur prouveraient à coups de poing qui des deux était le plus fort. Quand le musculeux Jaime Concha se présenta à la baraque de torchis pour demander au Père Seferino s'il devait interpréter cela comme un défi pour se cogner dessus, l'homme du Chirimoyo se borna à lui demander à son tour, froidement, s'il préférait que les mains, au lieu d'être nues au combat, fussent armées de couteaux. L'ex-sergent s'éloigna, en se tenant le ventre de rire et expliquant aux voisins que lorsqu'il était garde civil il avait l'habitude de tuer d'une chiquenaude à la tête les chiens hargneux qu'il rencontrait dans la rue.

Le combat du prêtre et du guérisseur souleva une

314

curiosité extraordinaire et non seulement Mendocita au grand complet, mais aussi la Victoria, le Porvenir, le Cerro San Cosme et l'Agustino vinrent y assister. Le Père Seferino se présenta en pantalon et chemisette et se signa avant le combat. Celui-ci fut court mais spectaculaire. L'homme du Chirimoyo était physiquement moins puissant que l'ex-garde civil, mais il le dépassait en ruse. D'entrée de jeu il lui lança une poignée de poudre de piment en plein dans les yeux (il devait expliquer ensuite à ses supporters : « Chez nous dans une bagarre tous les coups sont permis ») et quand le géant, Goliath mis hors de combat par le coup de fronde intelligent de David, se mit à tituber, aveugle, il l'affaiblit par une série de coups de pied dans les parties jusqu'à le plier en deux. Sans le laisser souffler, il entreprit alors une attaque de front contre son visage, à coups de droit, à coups de gauche, et ne changea de style que lorsqu'il l'eut mis à terre. Là il consomma le massacre en lui bourrant les côtes et l'estomac. Jaime Concha, rugissant de douleur et de honte, s'avoua vaincu. Au milieu des applaudissements, le Père Seferino Huanca Leyva tomba à genoux et pria dévotement, le visage au ciel et les mains en croix.

Cet épisode — dont même les journaux parlèrent et qui incommoda l'archevêque — commença à gagner au Père Seferino les sympathies de ses encore potentiels paroissiens. A partir de ce jour, les messes matutinales furent plus fréquentées et quelques âmes pécheresses, surtout féminines, demandèrent à se confesser, quoique, naturellement, ces rares cas n'arrivèrent pas à occuper le dixième des vastes horaires que — calculant, à vue de nez, la capacité à pécher de Mendocita — l'optimiste curé avait fixés. Un autre fait bien accueilli dans le quartier et qui lui gagna de nouveaux clients fut son comportement avec Jaime Concha après son humiliante défaite. Il aida lui-même les femmes à lui mettre du mercurochrome et de l'arnica, il lui fit savoir qu'il ne l'expulsait pas de Mendocita et qu'au contraire, générosité des Napoléons qui offrent le champagne et marient leur fille au général dont ils viennent d'anéantir l'armée, il était disposé à l'associer à la paroisse en qualité de sacristain. Le guérisseur fut autorisé à continuer de procurer des philtres pour l'amitié et l'inimitié, le mauvais œil et l'amour, mais aux tarifs modérés que stipulait le propre curé, et il lui interdit seulement de s'occuper des questions relatives à l'âme. Il lui permit aussi de continuer d'exercer le métier de rebouteux, pour ceux qui se luxaient un membre ou avaient des douleurs aux articulations, à condition qu'il n'essaie pas de soigner les malades d'une autre nature, lesquels devaient être acheminés à l'hôpital.

La façon dont le Père Seferino Huanca Leyva réussit à attirer, mouches qui sentent le miel, pélicans qui aperçoivent le poisson, à sa malheureuse école les gosses de Mendocita, fut peu orthodoxe et lui valut le premier avertissement sérieux de l'autorité ecclésiastique. Il fit savoir que pour chaque semaine d'assiduité, les enfants recevraient en cadeau une image. Cet appât aurait été insuffisant pour la foule des petits gueux si les euphémiques « images » du fils du Chirimoyo n'avaient été, en réalité, des images de femmes nues qu'il était difficile de prendre pour des Vierges. Aux mères de famille qui s'étonnèrent de ses méthodes pédagogiques, le curé affirma solennellement que, pour incroyable que cela fût, les « images » éloigneraient de la chair impure leur progéniture et la rendraient moins dissipée, plus docile et somnolente.

Pour conquérir les fillettes du quartier il se servit des

316

penchants qui firent de la femme la première pécheresse biblique et des services de Mayte Unzátegui, également incorporée au personnel de la paroisse en qualité d'assistante. Cette dernière, sagesse que seules vingt années de direction de bordels à Tingo María peut forger, sut se gagner la sympathie des fillettes en leur donnant des cours qui les amusaient : tels que se maquiller lèvres, joues et paupières sans avoir à acheter des fards dans les boutiques, tels que fabriquer avec du coton, des coussins et même du papier-journal des seins, hanches et fesses postiches, tels que d'apprendre les danses à la mode : la rumba, la guaracha, le porro et le mambo. Quand le Visiteur de la Hiérarchie inspecta la paroisse et vit, dans la section féminine de l'école, toutes ces petites morveuses, se passant à tour de rôle l'unique paire de souliers à hauts talons du quartier et se tortiller sous l'œil expert de l'excélestine, il se frotta les yeux. A la fin, retrouvant la parole, il demanda au Père Seferino s'il avait créé une école de prostituées.

— La réponse est oui, répondit le fils de la Négresse Teresita, en homme qui n'a pas peur des mots. Puisqu'elles n'ont d'autre solution que d'exercer ce métier, qu'au moins elles l'exercent avec talent.

(C'est alors qu'il reçut le second avertissement sévère de l'Autorité ecclésiastique.)

Mais il n'est pas sûr que le Père Seferino, comme ses détracteurs en firent courir le bruit, fût le Grand Maquereau de Mendocita. C'était seulement un homme réaliste, qui connaissait la vie comme la paume de sa main. Il n'encouragea pas la prostitution, il essaya de la rendre plus décente et il livra d'orgueilleuses batailles pour empêcher que les femmes qui gagnaient leur vie avec leur corps (toutes celles de Mendocita entre douze et soixante ans) ne contractent des blennorragies et coient dépouillées par leurs souteneurs. L'éradication de la vingtaine de maquereaux du quartier (dans quelque cas, leur régénération) fut une tâche héroïque de salubrité sociale, qui valut au père Seferino plusieurs coups de couteau et des félicitations du maire de la Victoria. Il employa à ces fins sa philosophie de la prédication armée. Il fit savoir, en utilisant Jaime Concha comme crieur public, que la loi et la religion défendaient aux hommes de vivre comme des parasites, aux dépens d'êtres inférieurs, et qu'en conséquence qui exploiterait des femmes devrait affronter ses poings. C'est ainsi qu'il dut casser la figure au Grand Margarita Pacheco, éborgner El Padrillo, rendre impuissant Pedrito Garrote, idiot Macho Sampedri et infliger des hématomes violacés à Cojinoba Huambachano. Durant cette campagne donquichottesque il tomba une nuit en embuscade et fut lardé de coups de couteau ; ses agresseurs, le croyant mort, le laissèrent dans la boue, pour les chiens. Mais la résistance du petit darwinien fut plus forte que les lames rouillées des couteaux qui l'avaient blessé, et il s'en tira, conservant, pour ça oui — marques de fer au corps et au visage de l'homme que les femmes lubriques jugent appétissantes — la demi-douzaine de cicatrices qui, après le procès, envoyèrent à l'hôpital psychiatrique, comme fou incurable, le chef de ses agresseurs, cet homme d'Arequipa au prénom religieux et au patronyme maritime, Ezequiel Delfín.

Les sacrifices et les efforts portèrent leurs fruits et Mendocita, à l'étonnement général, fut nettoyée de ses maquereaux. Le Père Seferino devint l'idole des femmes du quartier : elles assistèrent dès lors massivement à la messe et se confessèrent toutes les semaines. Pour rendre moins pernicieux le métier qui leur donnait à manger, le Père Seferino invita à venir un médecin du Secours catholique pour qu'il leur donnât des conseils de prophylaxie sexuelle et leur enseignât les moyens pratiques de déceler à temps, chez le client ou elles-mêmes, l'apparition du gonocoque. Pour les cas où les techniques de contrôle des naissances que Mayte Unzátegui leur inculquait n'auraient pas donné de résultats, le Père Seferino fit venir du Chirimoyo à Mendocita une disciple de doña Angélica, afin d'expédier opportunément aux limbes les têtards de l'amour mercenaire. L'avertissement sérieux qu'il reçut de l'Autorité ecclésiastique, quand elle apprit que le curé recommandait l'usage des préservatifs et des diaphragmes et était partisan de l'avortement, fut le treizième.

Le quatorzième fut pour la soi-disant Ecole des Métiers qu'il eut l'audace de monter. Là, les experts du quartier, en d'agréables causeries — anecdotes par-ci anecdotes par-là sous les nuages ou les fortuites étoiles de la nuit liménienne —, enseignaient aux débutants sans expérience les différentes manières de gagner sa pitance. Ils pouvaient y apprendre, par exemple, les exercices qui font des doigts des intrus intelligents et très discrets capables de se glisser dans l'intimité de n'importe quel sac, poche, portefeuille ou serviette, et de reconnaître, entre toutes les pièces hétérogènes, la proie convoitée. On y découvrait comment, avec une patience artisanale, n'importe quel bout de fil de fer est capable de remplacer avantageusement la plus baroque des clés pour l'ouverture des portes, et comment l'on peut mettre en marche les voitures de différentes marques si l'on n'en est pas, d'aventure, le propriétaire. On y enseignait à arracher des vêtements à toute vitesse, à pied ou à bicyclette, à escalader des murs et à briser silencieusement les vitres des fenêtres, à pratiquer la chirurgie plastique sur tout objet qui

changerait brusquement de propriétaire et à sortir des
différentes geoles de Lima sans l'autorisation du commissaire. Même la fabrication des couteaux et —
médisances nées de l'envie ? — la distillation de pâte
de coca s'enseignaient dans cette école, ce qui valut au
Père Seferino, enfin, l'amitié et la complicité des
hommes de Mendocita, et aussi son premier accro-
chage avec le commissariat de la Victoria, où il fut
conduit un soir et menacé de procès et de prison en
tant qu'éminence grise des délits. Il fut sauvé, naturellement, par son influence protectrice.

Déjà à cette époque le Père Seferino était devenu une
figure populaire, dont s'occupaient les journaux, les
revues et les radios. Ses initiatives étaient l'objet de
polémiques. Certains le tenaient pour un éminent et
saint homme, un représentant de cette nouvelle four-
née de prêtres qui allaient révolutionner l'Eglise, mais
d'autres étaient convaincus qu'il appartenait à la
Cinquième Colonne de Satan chargée de miner la
Maison de Pierre de l'intérieur. Mendocita (grâce à lui
ou par sa faute ?) devint une attraction touristique :
curieux, dévots, journalistes, snobs s'approchaient de
l'ancien paradis de la pègre pour voir, toucher, interviewer ou demander des autographes au Père Seferino.
Cette publicité divisait l'Eglise : un secteur la considé-
rait comme bénéfique et l'autre préjudiciable.

Quand le Père Seferino Huanca Leyva, à l'occasion
d'une procession à la gloire du Seigneur de Limpias
— culte introduit par lui à Mendocita et qui avait pris
comme du bois sec —, annonça triomphalement que,
dans sa paroisse, il n'y avait pas un seul enfant vivant,
en comptant ceux qui étaient nés dans les dix dernières
heures, qui n'eût été baptisé, un sentiment d'orgueil
s'empara des croyants, et la Hiérarchie, pour une fois,

parmi tant d'avertissements, lui adressa ses félicitations.

Mais en revanche, il provoqua un scandale le jour où, à l'occasion de la fête de la patronne de Lima, sainte Rose, il fit savoir au monde, lors d'un prêche en plein air sur le terrain vague de Mendocita, que, dans les limites poussiéreuses de son ministère, il n'y avait aucun couple dont l'union n'eût été sanctifiée devant Dieu et l'autel de la baraque de torchis. Stupéfaits, car ils savaient fort bien que dans l'ex-Empire des Incas l'institution la plus solide et respectée — en dehors de l'Eglise et l'Armée — était le lupanar, les prélats de l'Eglise péruvienne vinrent (en traînant les pieds ?) constater de leurs propres yeux cette prouesse. Et ce qu'ils trouvèrent, en fouinant dans la promiscuité des foyers de Mendocita, les laissa atterrés et avec un arrière-goût de dérision sacramentelle aux lèvres. Les explications du Père Seferino leur parurent absconses et argotiques (le fils du Chirimoyo, après tant d'années de bidonville, avait oublié le parler châtié du séminaire et contracté tous les barbarismes et idiotismes de l'argot péruvien) et ce fut l'ex-guérisseur et ex-garde civil Lituma qui leur expliqua le système utilisé pour abolir le concubinage. C'était sacrilègement simple. Il consistait à christianiser, devant les Evangiles, tout couple constitué ou à constituer. Ceux-ci, dès les premiers ébats, venaient dare-dare se marier comme Dieu l'ordonne, devant leur cher curé, et le Père Seferino, sans les ennuyer de questions impertinentes, leur conférait le sacrement. Et comme, de la sorte, beaucoup se trouvèrent mariés plusieurs fois sans devenir veufs auparavant — vitesse aéronautique avec laquelle les couples du quartier se défaisaient, s'échangeaient et se refaisaient —, le Père Seferino réparait les dégâts causés, dans le domaine du péché, par la puriflante confession. (Il l'avait expliqué au moyen d'un dicton qui, en plus d'hérétique, était vulgaire : « Un clou chasse l'autre. ») Désavoué, admonesté presque souffleté par l'archevêque, le Père Seferino Huanca Leyva célébra de la sorte une longue éphéméride : l'avertissement numéro cent.

C'est ainsi qu'entre d'audacieuses initiatives et de scandaleuses réprimandes, objet de polémiques, aimé des uns et vilipendé des autres, le Père Seferino Huanca Leyva arriva à la fleur de l'âge : la cinquantaine. C'était un homme au large front, nez aquilin, regard pénétrant, esprit plein de bonté et de droiture, que sa conviction, depuis les jours auroraux de séminariste, que l'amour imaginaire n'était pas un péché mais au contraire un puissant garde du corps pour la chasteté, avait conservé effectivement pur, quand fit son entrée au quartier de Mendocita, serpent du paradis qui adopte les formes voluptueuses, luxuriantes, éclatantes de la femelle, une perverse qui s'appelait Mayte Unzátegui et se faisait passer pour assistante sociale (en vérité elle était, femme en fin de compte ? prostituée).

Elle disait avoir travaillé avec abnégation dans les forêts de Tingo María, purgeant de leurs parasites les ventres des indigènes, et avoir fui de là, fort contrariée, après qu'une bande de rats carnivores eut dévoré son enfant. Elle était de sang basque, et, par conséquent, aristocratique. Bien que ses horizons turgescents et sa démarche de gélatine eussent dû l'alerter du danger, le Père Seferino Huanca Leyva commit, attrait de l'abîme qui a vu succomber des vertus monolithiques, la folie de l'accepter comme assistante, croyant que, comme elle le disait, son dessein était de sauver des âmes et de tuer des parasites. En réalité, elle voulait le faire pécher. Elle mit en pratique son programme,

322

venant s'installer dans la baraque de torchis, sur un grabat séparé de lui par un ridicule petit rideau qui, pour comble, était transparent. Et la nuit, à la lumière d'une bougie, la tentatrice, sous prétexte qu'ainsi elle dormait mieux et gardait son organisme en bonne santé, faisait des exercices. Mais pouvait-on appeler gymnastique suédoise cette danse de harem des Mille et Une Nuits que, sur place, tortillant des hanches, trémoussant des épaules, gigotant des jambes et frétillant des bras, exécutait la Basque, et qu'apercevait à travers le rideau éclairé par les reflets de la bougie, comme un bouleversant spectacle d'ombres chinoises, le haletant ecclésiastique ? Et plus tard, quand tout le peuple de Mendocita plongeait dans le silence du sommeil, Mayte Unzátegui avait l'insolence de s'enquérir d'une voix melliflue, en entendant les craquements du grabat voisin : « Vous ne dormez pas, mon Père ? »

Il est vrai que, pour dissimuler, la belle corruptrice travaillait douze heures par jour, faisant des piqûres, soignant la gale, désinfectant des taudis et faisant prendre l'air aux vieillards. Mais elle le faisait en short, jambes, épaules, bras et taille à l'air, alléguant qu'elle s'était habituée dans la forêt vierge à aller de la sorte. Le Père Seferino continuait à exercer son créatif ministère, mais il maigrissait à vue d'œil, il avait des cernes, il cherchait tout le temps du regard Mayte Unzátegui et, en la voyant passer, il restait la bouche ouverte avec un filet de salive vénielle qui coulait de ses lèvres. C'est à cette époque qu'il avait pris l'habitude de marcher jour et nuit, les mains dans les poches, et sa sacristaine, l'ex-avorteuse doña Angélica, prophétisait qu'à tout moment il allait se mettre à cracher le sang de la tuberculose.

Le pasteur allait-il succomber aux machinations de

l'assistante sociale, ou ses débilitants antidotes lui permettraient-ils de résister ? Le conduiraient-ils à l'asile, à la tombe ? Avec un esprit sportif, les parois siens de Mendocita suivaient cette lutte et prenaient des paris, où l'on fixait des délais péremptoires et l'on échangeait des options allergiques : la Basque serait mise enceinte par le curé, l'homme de Chirimoyo la tuerait pour tuer la tentation, ou il jetterait son froc aux orties et se marierait avec elle. La vie se chargea, naturellement, de battre tout le monde avec une carte truquée.

Le Père Seferino, sous prétexte de retour à l'Eglise des premiers âges, la pure et simple Eglise des Evangiles, quand tous les croyants vivaient ensemble et partageaient leurs biens, entreprit une campagne énergique pour rétablir à Mendocita — véritable laboratoire d'expérimentation chrétienne — la vie communale. Les couples devaient se dissoudre en collectivités de quinze ou vingt membres, qui se partageraient le travail, la manutention et les devoirs domestiques, et ils vivraient ensemble dans des maisons adaptées pour abriter ces nouvelles cellules de la vie sociale qui remplaceraient le couple classique. Le Père Seferino donna l'exemple en agrandissant sa baraque et en y installant, en plus de l'assistante sociale, ses deux sacristains : l'ex-brigadier Lituma et l'ex-avorteuse doña Angélica. Cette micro-commune fut la première de Mendocita, à l'exemple de laquelle devaient se constituer les autres.

Le Père Seferino stipula que dans chaque commune catholique devait exister l'égalité la plus démocratique entre les membres d'un même sexe. Les hommes entre eux et les femmes entre elles devaient se tutoyer, mais, pour qu'on n'oubliât pas les différences de musculature, d'intelligence et de bon sens établies par Dieu, il conseilla aux femmes de vouvoyer leurs mâles et d'essayer de ne pas les regarder dans les yeux en signe de respect. Les tâches domestiques telles que cuisiner, balayer, apporter de l'eau de la fontaine, tuer les cafards et les rats, et caetera étaient assumées à tour de rôle et l'argent gagné — de bonne ou mauvaise manière — par chaque membre devait être intégralement remis à la communauté qui, à son tour, le redistribuait à parts égales après avoir couvert les frais communs. Les locaux d'habitation n'avaient plus de cloisons afin d'abolir l'habitude coupable du secret, et toutes les activités de la vie quotidienne, depuis l'évacuation intestinale jusqu'à l'étreinte sexuelle, devaient se dérouler à la vue des autres.

Avant que la police et l'armée n'investissent Mendocita, en un déploiement cinématographique de carabines, masques à gaz et bazookas et opérassent ce coup de filet qui retint plusieurs jours hommes et femmes du quartier dans les casernes, non pour ce qu'ils étaient ou avaient été en réalité (voleurs, agresseurs, prostituées) mais pour subversion et menace de désagrégation sociale, et que le Père Seferino fût traduit devant un tribunal militaire accusé d'établir, à l'abri de la soutane, une tête de pont pour le communisme (il fut absous grâce aux démarches de sa protectrice, la millionnaire Mayte Unzátegui), l'expérience des archaïques communes chrétiennes était déjà condamnée.

Condamnée par l'Autorité ecclésiastique, naturellement (sérieux avertissement deux cent trente-trois), qui la trouva suspecte en théorie et insensée en pratique (les faits, hélas ! lui donnèrent raison), mais surtout, de par la nature des hommes et femmes de Mendocita, clairement allergique au collectivisme. Le problème numéro un fut le trafic sexuel. Sous la protection de l'obscurité, dans les dortoirs collectifs, de matelas à matelas se produisaient les plus ardents attouchements, frôlement séminaux, frottements, ou, directement, viols, sodomies, engrossements, et, par conséquent, les crimes passionnels se multiplièrent. Le problème numéro deux ce furent les vols : la vie en commun, au lieu d'abolir l'appétit de propriété l'exacerba jusqu'à la folie. Les gens se volaient les uns les autres jusqu'à l'air putride qu'ils respiraient. La cohabitation, au lieu de réunir fraternellement les habitants de Mendocita, en fit des ennemis à mort. Ce fut en ces temps de désordre et de bouleversement que l'assistante sociale (Mayte Unzátegui ?) déclara qu'elle était enceinte et l'ex-brigadier Lituma admit qu'il était le père de l'enfant. Avec des larmes aux yeux, le Père Seferino bénit chrétiennement cette union forgée par ses inventions socio-catholiques. (On dit qu'il avait coutume, depuis lors, de sangloter la nuit en chantant des élégies à la lune.)

Mais presque immédiatement après il dut faire face à une catastrophe pire que celle d'avoir perdu cette Basque qu'il n'arriva jamais à posséder : l'arrivée à Mendocita d'un concurrent de marque en la personne du pasteur évangéliste don Sebastián Bergua. Celui-ci était un homme jeune, à l'aspect sportif et aux forts biceps, qui dès son arrivée fit savoir qu'il se proposait, en un délai de six mois, de gagner à la religion véritable — la réformée — tout Mendocita, y compris le curé catholique et ses trois acolytes. Don Sebastián (qui avait été, avant d'être pasteur, un gynécologue riche à millions ?) avait les moyens d'impressionner les habitants : il se construisit pour lui une maison de briques, en donnant du travail royalement payé aux gens du quartier, et il inaugura ce qu'il appelait les « petits déjeuners religieux » auxquels il invitait gratuitement ceux qui assistaient à ses homélies sur la Bible et apprenaient par cœur certains cantiques. Les habitants, séduits par son éloquence et sa voix de baryton ou par le café au lait avec le pain au lard qui l'accompagnait, se mirent à déserter les torchis catholiques pour les briques évangélistes.

Le Père Seferino recourut, naturellement, à la prédication armée. Il défia don Sebastián Bergua pour prouver publiquement qui était le véritable ministre de Dieu. Affaibli par la pratique excessive de l'Exercice d'Onan qui lui avait permis de résister aux provocations du démon, l'homme du Chirimoyo fut mis knock-out au second coup de poing de don Sebastián Bergua qui, durant vingt ans, avait fait une heure par jour d'échauffement et boxe (au gymnase Remigius de San Isidro ?). Ce ne fut pas de perdre deux incisives et d'avoir le nez aplati qui désespéra le Père Seferino, mais l'humiliation d'être vaincu avec ses propres armes et de remarquer qu'il perdait chaque jour plus de paroissiens devant son adversaire.

Mais, en téméraire prêt à tout face au danger et adepte du dicton : aux grands maux les grands remèdes, un jour mystérieusement l'homme du Chirimoyo apporta dans sa baraque de torchis des bidons pleins d'un liquide qu'il cacha aux regards des curieux (mais que tout odorat sensible aurait reconnu comme étant de l'essence.) Cette nuit-là, pendant que tout le monde dormait, accompagné de son fidèle Lituma, il mura de l'extérieur, avec de grosses planches et d'énormes clous, les portes et les fenêtres de la maison de briques. Don Sebastián Bergua dormait du sommeil du juste, rêvant d'un neveu incestueux qui, repenti d'avoir attenté à sa sœur, finissait curé papiste dans un bidonville de Lima : Mendocita ? Il ne pouvait entendre les coups de marteau de Lituma qui transformaient le temple évangéliste en souricière, parce que l'ex-sage-femme doña Angelica, sur ordre du Père Seferino, lui avait administré une potion épaisse et anesthésique. Quand la Mission fut murée, l'homme du Chirimoyo en personne l'arrosa d'essence. Puis, se signant, il frotta une allumette et s'apprêta à la jeter. Mais quelque chose le fit hésiter. L'ex-brigadier Lituma, l'assistante sociale, l'ex-avorteuse, les chiens de Mendocita le virent, long et maigre sous les étoiles, les yeux tourmentés, une allumette entre les doigts, se demandant s'il allait faire rôtir son ennemi.

Le ferait-il ? Jetterait-il l'allumette ? Le Père Seferino Huanca Leyva ferait-il de la nuit de Mendocita un crépitant enfer ? Ruinerait-il ainsi toute une vie consacrée à la religion et au bien commun ? Ou, soufflant la flamme qui lui brûlait les ongles, ouvrirait-il la porte de la maison de briques pour, à genoux, demander pardon au pasteur évangéliste ? Comment finirait cette parabole du bidonville ?

XV

La première personne à qui je parlai de ma demande
en mariage de tante Julia ne fut pas Javier mais ma
cousine Nancy. Je l'appelai, après ma conversation
téléphonique avec tante Julia, et lui proposai d'aller au
cinéma. En réalité nous allâmes à El Patio, une
brasserie de la rue San Martín, à Miraflores, où se
retrouvaient d'ordinaire les lutteurs que Max Aguirre,
le promoteur du Luna-Park, faisait venir à Lima.
L'établissement — une maisonnette d'un étage, conçue
comme une demeure de classe moyenne qu'indispo-
saient notoirement ses fonctions de bar — était vide, et
nous pûmes parler tranquillement, tandis que je prenais ma dixième tasse de café du jour et la petite
Nancy un coca-cola.

Dès que nous fûmes assis, j'essayai d'imaginer comment enjoliver la chose. Mais elle me devança en
m'annonçant les dernières nouvelles. Il y avait eu la
veille une réunion de famille chez la tante Hortensia, à
laquelle avaient assisté une douzaine de parents pour
parler de l' « affaire ». Il y avait été décidé que l'oncle
Lucho et la tante Olga demanderaient à tante Julia de
retourner en Bolivie.

— Ils l'ont fait pour toi, m'expliqua la petite Nancy.

Il paraît que ton père est dans une colère noire et qu'il a écrit une lettre terrible.

Mes oncles Jorge et Lucho, qui m'aimaient tant, étaient maintenant inquiets du châtiment qu'il pouvait m'infliger. Ils pensaient que si tante Julia était déjà partie quand il arriverait à Lima, il se calmerait et ne serait pas aussi sévère.

— A vrai dire, ces choses n'ont plus d'importance, lui dis-je avec suffisance. J'ai demandé à tante Julia de se marier avec moi.

Sa réaction fut spectaculaire et caricaturale, on eût dit un film. Elle s'étrangla avec son coca-cola, elle se mit à tousser de façon franchement excessive et ses yeux s'emplirent de larmes.

— Arrête de faire le clown, espèce d'idiote, lui dis-je en colère. J'ai besoin que tu m'aides.

— J'ai avalé de travers, c'est tout, balbutia ma cousine en séchant ses yeux et en s'éclaircissant encore la voix. — Et quelques secondes après, baissant le ton, elle ajouta : — Mais tu es un gosse. As-tu seulement de l'argent pour te marier ? Et ton père ? Il va te tuer !

Mais instantanément chatouillée par sa terrible curiosité, elle me bombarda de questions sur des détails auxquels je n'avais pas eu le temps de penser : Julia avait-elle accepté ? Allions-nous prendre la fuite ? Qui seraient nos témoins ? Nous ne pouvions pas nous marier à l'église puisqu'elle était divorcée, n'est-ce pas ? Où allions-nous vivre ?

— Mais Marito, répéta-t-elle à la fin de sa cascade de questions en s'étonnant à nouveau, tu ne te rends pas compte que tu as dix-huit ans ?

Elle se mit à rire, moi aussi je me mis à rire. Je lui dis qu'elle avait peut-être raison, mais qu'il s'agissait maintenant de m'aider à réaliser ce projet. Nous avions été élevés ensemble, nous nous aimions beaucoup, et je savais qu'elle serait en tout cas de mon côté.

— Bien sûr, si tu me le demandes, je vais t'aider, même à faire des folies, et même si l'on me tue avec toi. A propos, as-tu pensé à la réaction de la famille si tu te maries vraiment ?

Nous jouâmes de fort bonne humeur pendant un moment à ce qu'allaient dire, à ce qu'allaient faire oncles et tantes, cousins et cousines quand ils l'apprendraient. La tante Hortensia pleurerait, la tante Jesús irait à l'église, l'oncle Javier ne manquerait pas d'y aller de sa classique exclamation (quelle honte !), et le benjamin des cousins, Jaimito, qui avait trois ans et zozotait, demanderait : Qu'est-ce que c'est se marier, maman ? Nous finîmes par rire aux éclats, d'un rire nerveux qui fit s'approcher les garçons curieux de connaître la bonne blague. Une fois calmés, la petite Nancy avait accepté d'être notre espionne, de nous communiquer tous les mouvements et intrigues de la famille. Je ne savais pas combien de jours me prendraient les préparatifs et j'avais besoin d'être au courant de ce que tramaient les parents. D'un autre côté, elle servirait de messagère à tante Julia et, de temps en temps, la ferait sortir dans la rue pour que je puisse la voir.

— Oké, oké, je serai la marraine. Mais si un jour j'en ai besoin, j'espère que vous me rendrez la pareille.

Dans la rue, sur le chemin du retour, ma cousine se toucha la tête :

— Quelle chance tu as, se souvint-elle. Je peux te procurer juste ce qu'il te faut. Un appartement dans une villa de la rue Porta. Une seule pièce, coin-cuisine et salle de bains, très mignonne, une bonbonnière, et à peine cinq cents par mois.

Il s'était libéré depuis quelques jours, c'est une amie

à elle qui le louait, elle pouvait lui parler. Je fus émerveillé du sens pratique de ma cousine, capable de penser en ce moment au problème terre à terre du logement tandis que je me perdais dans la stratosphère romantique du problème. De plus cinq cents sols c'était à ma portée. J'avais seulement besoin maintenant de gagner plus d'argent « pour les extra » (comme disait grand-père). Sans y regarder à deux fois, je la chargeai de dire à son amie qu'elle avait un locataire.

Après avoir laissé Nancy, je courus à la pension de Javier, avenue 28 de Julio, mais la maison était dans l'obscurité et je n'osai pas réveiller la propriétaire, qui avait mauvais caractère. Je sentis une grande frustration car j'avais besoin de raconter à mon meilleur ami mon grand projet et d'écouter ses conseils. Cette nuit-là j'eus un sommeil agité. Je déjeunai à l'aube avec grand-père qui se levait toujours avec le jour, et je courus à la pension. Je tombai sur Javier comme il sortait. Nous allâmes ensemble à l'avenue Larco prendre le taxi collectif pour le centre. La veille au soir, pour la première fois de sa vie, il avait écouté tout un feuilleton de Pedro Camacho, avec sa propriétaire et les autres pensionnaires, et il était impressionné.

— Tu sais que ton petit copain Camacho est capable de tout, me dit-il. Connais-tu celui d'hier soir ? Une vieille pension de Lima, une pauvre famille descendue de la Sierra. Ils étaient en train de déjeuner et soudain un tremblement de terre. Si bien rendu le tremblement des vitres et des portes, et les cris, qu'on s'est levés et Mme Gracia est sortie en courant dans le jardin.

J'imaginai le génial Foulon ronflant pour imiter l'écho profond de la terre, reproduisant à l'aide d'un tambour de basque et de billes de verre qu'il frottait près du micro la danse des édifices et maisons de Lima,

332

et des pieds cassant des noix ou heurtant des pierres, pour qu'on perçoive les craquements des toits et des murs se lézardant, des escaliers se fendant et s'écroulant, tandis que Josefina, Luciano et les autres acteurs s'effrayaient, priaient, hurlaient de douleur et criaient au secours sous le regard vigilant de Pedro Camacho.

— Mais le tremblement de terre ce n'est rien, m'interrompit Javier comme je lui racontais les prouesses de Foulon. Le meilleur c'est que la pension s'écroula et que tous moururent écrasés. Pas un seul n'eut la vie sauve, c'est incroyable. Un type capable de tuer tous les personnages d'une histoire avec un tremblement de terre est digne de respect.

Nous étions arrivés à la station de taxis collectifs et je ne pus résister davantage. Je lui racontai en deux mots ce qui s'était passé la veille et ma grande décision. Il fit celui qui n'est pas surpris :

— Bon, toi aussi tu es capable de tout, dit-il en secouant la tête d'un air de pitié, puis un moment après : Es-tu sûr de vouloir te marier ?

— Je n'ai jamais été aussi sûr de rien dans ma vie, lui jurai-je.

A ce moment-là c'était bien vrai. La veille, quand j'avais demandé à tante Julia de se marier avec moi, j'avais encore l'impression de quelque chose d'irréfléchi, une simple phrase, presque une blague, mais maintenant, après avoir parlé avec Nancy, je me sentais très sûr de moi. Je pensais que j'étais en train de lui communiquer une décision inébranlable, longuement méditée.

— Ce qu'il y a de sûr c'est que tes folies finiront par me conduire en prison, commenta Javier, résigné dans le taxi. — Et après quelques rues, à la hauteur de l'avenue Javier Prado : — Tu as peu de temps devant toi. Si ton oncle et ta tante ont demandé à Julita de s'en aller, elle ne peut rester bien longtemps avec eux. Et Il faut que ce soit avant l'arrivée du croquemitaine, car avec ton père, là ce sera difficile.

Nous demeurâmes silencieux tandis que le taxi collectif s'arrêtait aux angles de l'avenue Arequipa, déposant et ramassant des passagers. En passant devant le collège Raimondi, Javier se remit à parler, maintenant tout entier possédé par ce problème :

— Tu vas avoir besoin d'argent. Comment vas-tu faire ?

— Demander une avance à la radio. Vendre tout ce que j'ai de vieux, livres, frusques. Mettre au clou ma machine à écrire, ma montre, enfin, tout ce qui est monnayable. Et commencer à chercher d'autres travaux, comme un fou.

— Moi aussi je peux engager quelques choses, ma radio, mes stylos et ma montre, qui est en or, dit Javier. — Fermant à demi les yeux et faisant une addition sur ses doigts, il calcula : — Je crois pouvoir te prêter environ mille sols.

Nous nous séparâmes sur la place San Martín et convînmes de nous voir à midi, à mon cagibi de Panamericana. Parler avec lui m'avait fait du bien et j'arrivai au boulot de bonne humeur et très optimiste. Je lus les journaux, je sélectionnai les nouvelles, et, pour la seconde fois, Pascual et le Grand Pablito trouvèrent les premiers bulletins terminés. Malheureusement, tous deux étaient là quand la tante Julia m'appela et ils gênèrent notre conversation. Je n'osai pas lui raconter devant eux ce que nous avions dit avec Nancy et Javier.

— Je dois te voir aujourd'hui même, ne serait-ce que quelques minutes, lui demandai-je. Tout est en bonne voie.

— Je suis soudain complètement découragée, me dit

tante Julia. Moi qui ai toujours su faire contre mauvaise fortune bon cœur, je me sens maintenant plus bas que terre.

Elle avait une bonne raison pour venir dans le centre de Lima sans éveiller les soupçons : réserver à la Lloyd Aéreo Boliviano son billet d'avion pour La Paz. Elle passerait à la radio vers trois heures. Ni elle ni moi ne mentionnâmes le sujet du mariage, mais cela me causa de l'angoisse de l'entendre parler d'avions. Immédiatement après avoir raccroché, je me rendis à la mairie de Lima m'informer de ce qu'il fallait pour un mariage civil. J'avais un camarade qui y travaillait et il me fournit tous les renseignements, en croyant que c'était pour un parent qui allait se marier avec une étrangère divorcée. Les formalités étaient inquiétantes. Tante Julia devait présenter un extrait de naissance et l'acte du divorce légalisé par les ministères des Affaires étrangères de Bolivie et du Pérou. Moi, mon extrait de naissance. Mais, comme j'étais mineur, j'avais besoin de l'autorisation notariée de mes parents pour contracter mariage ou être « émancipé » (déclaré majeur) par eux devant le juge pour enfants. Ces deux possibilités étaient à écarter.

Je sortis de la mairie en faisant des calculs ; obtenir seulement la légalisation des papiers de tante Julia, en supposant qu'elle les ait à Lima, prendrait des semaines. Si elle ne les avait pas et devait les demander en Bolivie, à la mairie et au greffe du tribunal respectivement, des mois. Et mon extrait de naissance ? J'étais né à Arequipa et écrire à quelque parent là-bas pour qu'il me l'envoie prendrait aussi du temps (sans parler du risque). Les difficultés se dressaient l'une derrière l'autre, comme des défis, mais au lieu de me dissuader elles renforçaient ma décision (depuis tout petit j'avais été très obstiné). A mi-chemin de la radio à la hauteur

335

de *La Prensa* soudain, dans un élan inspiré, je changeai d'idée et, presque au pas de course, je me dirigeai au parc universitaire, où j'arrivai tout en sueur. Au secrétariat de la faculté de Droit, Mme Riofrío, chargée de nous communiquer les notes, me reçut avec son air maternel habituel et écouta pleine de bienveillance l'histoire compliquée que je lui racontai, les formalités judiciaires urgentes, la chance unique d'obtenir un travail qui m'aiderait à payer mes études.

— C'est interdit par le règlement, se plaignit-elle en soulevant sa paisible personne du bureau poussiéreux et avançant, moi à ses côtés, jusqu'aux archives. Comme j'ai bon cœur, vous abusez. Un jour je vais perdre ma place à force de rendre service et nul ne lèvera le petit doigt pour moi.

Je lui dis, tandis qu'elle fouillait les dossiers des étudiants, en soulevant des nuages de poussière qui nous faisaient éternuer, que si un jour pareille chose arrivait, toute la faculté se mettrait en grève. Elle trouva enfin mon dossier où, en effet, figurait mon extrait de naissance et elle m'avertit qu'elle ne me le prêtait que pour une demi-heure. J'eus à peine besoin de quinze minutes pour faire faire deux photocopies dans une librairie de la rue Azángaro et en restituer une à Mme Riofrío. J'arrivai à la radio tout exultant, me sentant capable de pulvériser tous les dragons qui me barreraient la route.

J'étais assis à mon bureau, après avoir rédigé deux autres bulletins et avoir interviewé pour le Panaméricain Gaucho Guerrero (un coureur de fond argentin, naturalisé péruvien, qui passait sa vie à battre son propre record ; il courait autour d'une place pendant des jours et des nuits, et était capable de manger, se raser, écrire et dormir en courant), déchiffrant, après la prose bureaucratique de l'extrait, quelques détails

336

de ma naissance — j'étais né boulevard Parra, mon grand-père et mon oncle Alejandro avaient été à la mairie annoncer ma venue au monde — quand Pascual et le Grand Pablito en entrant au cagibi m'interrompirent. Ils parlaient d'un incendie, morts de rire en évoquant les cris des victimes qui grillaient. Je tâchai de continuer à lire l'abscons extrait de naissance, mais les commentaires de mes rédacteurs sur les gardiens de la paix de ce commissariat d'El Callao arrosé d'essence par un pyromane dément, qui avaient péri tous carbonisés, du commissaire au dernier flic sans parler du chien mascotte, détournèrent à nouveau mon attention.

— J'ai vu tous les journaux et cela m'a échappé, où l'avez-vous lu ? leur demandai-je. — Et à Pascual : — Prends garde de ne pas consacrer tous les bulletins d'aujourd'hui à l'incendie. — Et à tous deux : — Quelle bande de sadiques.

— Ce n'est pas une nouvelle, mais le feuilleton de onze heures, m'expliqua le Grand Pablito. L'histoire du brigadier Lituma, la terreur de la pègre d'El Callao.

— Lui aussi il s'est fait griller, enchaîna Pascual. Il aurait pu se sauver, il sortait faire sa ronde, mais il est revenu sur ses pas pour sauver son capitaine. Son bon cœur l'a perdu.

— Pas le capitaine, la chienne Choclito, rectifia le Grand Pablito.

— Ça n'a pas été clair, dit Pascual. Une des grilles du cachot lui est tombée dessus. Si vous aviez vu don Pedro Camacho tandis qu'il se brûlait. Quel acteur !

— Et que dire de Foulon ! s'enthousiasma le Grand Pablito généreusement. Si l'on m'avait dit qu'avec deux doigts on pouvait faire chanter un incendie, je ne l'aurais pas cru. Mais ces yeux que voici l'ont vu, don Mario !

L'arrivée de Javier interrompit ce bavardage. Nous allâmes prendre notre habituel café au Bransa et je lui résumai l'état de mes démarches en lui montrant triomphalement mon extrait de naissance.

— J'ai bien réfléchi et je dois te dire que c'est une bêtise que tu fais en te mariant, me lâcha-t-il d'entrée de jeu, un peu mal à l'aise. Non seulement parce que tu es un morveux, mais, surtout, à cause de la question d'argent. Tu vas te casser le cul à des tas de conneries pour pouvoir croûter.

— Alors toi aussi tu vas me sortir les choses que mon père et ma mère ne manqueront pas de me dire, me moquai-je de lui. Tu vas me dire aussi que je vais gâcher mes études de Droit en me mariant ? Que je n'arriverai jamais à être un grand jurisconsulte ?

— Qu'en te mariant tu n'auras même plus le temps de lire, me répondit Javier. Qu'en te mariant tu n'arriveras jamais à devenir écrivain.

— On va se disputer si tu continues, l'avertis-je.

— Bon, alors je remets ma langue dans ma poche, rit-il. J'ai fait ce que me dictait ma conscience, en devinant ton avenir. Ce qu'il y a de sûr, c'est que si la petite Nancy voulait, moi aussi je me marierais aujourd'hui même. Par où on commence ?

— Comme je ne vois pas mes parents m'autoriser à me marier ou m'émanciper, et comme il est possible que Julia n'ait pas non plus tous les papiers nécessaires, la seule solution est de trouver un maire complaisant.

— Tu veux dire un maire qu'on puisse corrompre, me corrigea-t-il. — Il m'examina comme un scarabée : — Mais qui peux-tu corrompre, toi, crève-la-faim.

— Un maire un peu planeur, insistai-je. Un à qui l'on puisse raconter l'histoire de l'oncle.

— Bon, mettons-nous en quête de cet imbécile

338

heureux capable de te marier contre toutes les lois existantes, se remit-il à rire. Dommage que Julita soit divorcée, tu aurais pu te marier à l'église. C'était facile, parmi les curés, d'en trouver un et plus.

Javier me remontait toujours le moral et nous finîmes par plaisanter de ma lune de miel, des honoraires que je demanderais (pour l'aider à enlever la petite Nancy, naturellement), et par regretter de n'être pas à Piura où, comme la fugue était une coutume bien répandue pour se marier, nous n'aurions pas eu de problème à trouver l'imbécile heureux. En nous séparant, il s'était engagé à chercher le maire ce même après-midi et à mettre en gage tous ses biens non indispensables pour contribuer à la noce.

Tante Julia devait passer à trois heures et comme à trois heures et demie elle n'était pas arrivée je commençai à m'inquiéter. A quatre heures mes doigts se disputaient avec la machine à écrire et je fumais comme un pompier. A quatre heures et demie le Grand Pablito me demanda, en voyant mon air pâle, si j'étais malade. A cinq heures je fis téléphoner par Pascual chez l'oncle Lucho pour demander après elle. Elle n'était pas rentrée. Et une demi-heure plus tard elle n'était toujours pas rentrée, ni à six heures, ni à sept heures du soir. Après le dernier bulletin, au lieu de descendre à la rue des grands-parents, je continuai dans le taxi jusqu'à l'avenue Armendáriz et je rôdai autour de la maison de mes oncle et tante sans oser sonner. Par les fenêtres j'apercevais la tante Olga, changeant l'eau d'un vase de fleurs, et, peu après, l'oncle Lucho, qui éteignait les lumières de la salle à manger. Je fis plusieurs fois le tour de la maison, en proie à des sentiments contraires : inquiétude, colère, tristesse, désir de gifler tante Julia et de l'embrasser. Je finissais un de ces tours agités quand je la vis descen-

dre d'une luxueuse auto à plaque diplomatique. Je
m'approchai à grands pas, tremblant de colère et de
jalousie et décidé à me bagarrer avec mon rival, quel
qu'il fût. Il s'agissait d'un homme aux cheveux blancs
et il y avait en outre une dame à l'intérieur de la
voiture. Tante Julia me présenta comme un neveu de
son beau-frère et eux comme les ambassadeurs de
Bolivie. Je me sentis ridicule en même temps qu'ils
m'ôtaient un grand poids de la poitrine. Quand l'auto
redémarra, je pris tante Julia par le bras et presque en
la traînant je la fis traverser l'avenue et marcher vers
le Malecón.

— Eh bien ! quel mauvais caractère ! l'entendis-je
dire, tandis que nous approchions de la mer. Face au
pauvre docteur Gumucio tu avais pris un air d'étran-
gleur.

— C'est toi que je vais étrangler, lui dis-je. Je
t'attends depuis trois heures et il est onze heures du
soir. Tu as oublié que nous avions rendez-vous ?

— Je n'ai pas oublié, me répondit-elle avec détermination. J'ai fait exprès de te laisser tomber.

Nous arrivions au petit parc devant le séminaire des
jésuites. Il était désert, et bien qu'il ne plût pas
l'humidité faisait briller le gazon, les lauriers, les
bouquets de géraniums. La brume formait des ombrel-
les fantomatiques autour des cônes jaunes des lampadaires.

— Bon, laissons cette dispute pour un autre jour, lui
dis-je en la faisant s'asseoir sur le rebord de la jetée,
d'où montait, synchronique, profonde, la rumeur de la
mer. Nous avons peu de temps maintenant et beaucoup de problèmes. As-tu ici ton extrait de naissance et
ton jugement de divorce ?

— Ce que j'ai ici c'est mon billet pour La Paz, me
dit-elle en touchant son sac. Je pars dimanche à dix

heures du matin. Et je suis heureuse. Le Pérou et les Péruviens, j'en ai jusque-là.

— Je le regrette pour toi, mais pour le moment il n'est pas possible que nous changions de pays, lui dis-je en m'asseyant à côté d'elle et lui passant un bras autour des épaules. Mais je te promets qu'un jour nous irons vivre dans une mansarde à Paris.

Jusqu'à ce moment, en dépit des choses agressives que je disais, elle était restée calme, légèrement moqueuse, très sûre d'elle-même. Mais soudain un rictus amer se dessina sur son visage et elle parla d'une voix dure, sans me regarder :

— Ne me rends pas la vie difficile, Varguitas. Je rentre en Bolivie par la faute de tes parents, mais aussi parce que notre histoire est stupide. Tu sais fort bien que nous ne pouvons pas nous marier.

— Oui, nous le pouvons, lui dis-je en l'embrassant sur la joue, dans le cou, en la serrant avec force, lui touchant les seins, cherchant sa bouche avec ma bouche. Nous avons besoin d'un maire complaisant. Javier m'aide. Et la petite Nancy nous a trouvé un petit logement, à Miraflores. Il n'y a pas lieu d'être pessimistes.

Elle se laissait embrasser et caresser, mais restait distante, très grave. Je lui racontai ma conversation avec ma cousine, avec Javier, mes démarches à la mairie, comment j'avais réussi à obtenir mon extrait de naissance, je lui dis que je l'aimais de tout mon cœur, que nous allions nous marier même s'il me fallait passer sur le corps de tas de gens. Quand j'insistai avec ma langue pour qu'elle écarte ses dents, elle résista, mais ensuite ouvrit sa bouche et je pus y entrer, lécher son palais, ses gencives, boire sa salive. Je sentis le bras libre de Julia entourer mon cou, elle se pelotonnait contre moi, se mettait à pleurer avec des

sanglots qui secouaient sa poitrine. Je la consolais,
d'une voix qui était un murmure incohérent, sans
cesser de l'embrasser.

— Tu es encore un petit morveux, l'entendis-je
murmurer, entre rires et larmes, tandis que je lui
répétais, sans reprendre mon souffle, que j'avais besoin
d'elle, que je l'aimais, que je ne la laisserais jamais
retourner en Bolivie, que je me tuerais si elle partait.
— A la fin, elle se remit à parler, tout bas, en essayant
de plaisanter : — Qui couche avec un morveux se
retrouve mouillé au matin. Connais-tu ce proverbe ?

— C'est cucul et cela ne peut se dire, lui répondis-je
en séchant ses yeux de mes lèvres, de mes doigts. As-tu
sur toi ces papiers ? Ton ami l'ambassadeur pourrait-il
les légaliser ?

Elle était un peu remise. Elle avait cessé de pleurer
et me regardait avec tendresse.

— Combien de temps cela durera-t-il, Varguitas ?
me demanda-t-elle d'une voix triste. Au bout de combien de temps te fatigueras-tu ? Un an, deux ans, trois
ans ? Crois-tu que ce sera juste que dans deux ou trois
ans tu t'en ailles et que je doive recommencer à
nouveau ?

— L'ambassadeur pourra-t-il les légaliser ? insistai-
je. S'il les légalise du côté bolivien, il sera facile
d'obtenir la légalisation péruvienne. Je trouverai au
ministère quelque ami pour nous aider.

Elle me regarda mi-compatissante, mi-émue, et un
sourire éclaira son visage.

— Si tu me jures que tu me supporteras cinq ans,
sans t'éprendre d'une autre, en n'aimant que moi, alors
oké, me dit-elle. Pour cinq ans de bonheur je commets
cette folie.

— As-tu les papiers ? lui dis-je en remettant en ordre

ses cheveux, en les embrassant. Est-ce que ton ambassadeur les légalisera ?

Elle les avait et nous obtînmes, en effet, que l'ambassade de Bolivie les légalisât avec une bonne quantité de cachets et de signatures multicolores. L'opération dura à peine une demi-heure, car l'ambassadeur goba diplomatiquement l'histoire de tante Julia : elle avait besoin des papiers ce matin même pour parachever une formalité qui lui permettrait de sortir de Bolivie les biens qui lui étaient échus au moment du divorce. Il ne fut pas difficile non plus de faire légaliser les documents boliviens par le ministre des Affaires étrangères du Pérou. Je fus aidé en cette tâche par un professeur de l'université, assesseur de la Chancellerie, pour qui je dus inventer un autre feuilleton embrouillé : une dame cancéreuse à l'agonie qu'il fallait marier au plus tôt avec l'homme qui vivait avec elle depuis des années, afin qu'elle meure en paix avec le Ciel.

Là, dans une pièce aux antiques boiseries coloniales et aux jeunes gens tirés à quatre épingles du palais de la Tour Tagle, tandis que j'attendais que le fonctionnaire, mis au fait par le coup de téléphone de mon professeur, apposât à l'extrait de naissance et au jugement de divorce de tante Julia d'autres cachets et recueillît les signatures correspondantes, j'entendis parler d'une nouvelle catastrophe. Il s'agissait d'un naufrage, quelque chose de presque inconcevable. Un bateau italien, à quai à El Callao, rempli de passagers et des personnes qui venaient leur faire leurs adieux, tout soudain, contrevenant à toutes les lois de la physique et de la raison, s'étais mis à tourner sur lui-même, s'était renversé à bâbord et avait coulé rapidement dans le Pacifique, entraînant dans la mort, sous l'effet du choc, par noyade, ou mangés par les requins, tous ceux qui se trouvaient à bord. C'étaient deux dames qui bavardaient à mes côtés, dans l'attente de quelque démarche. Elles ne plaisantaient pas, elles prenaient ce naufrage très au sérieux.

— C'est arrivé dans un feuilleton de Pedro Camacho, n'est-ce pas ? m'entremis-je.

— Celui de quatre heures, acquiesça la plus âgée, une femme osseuse et énergique avec un fort accent slave. Celui d'Alberto de Quinteros, le cardiologue.

— Celui qui était gynécologue le mois passé, se mêla à la conversation en souriant une demoiselle qui tapait à la machine. Et elle se toucha la tempe, avec l'air de dire que quelqu'un était devenu fou.

— Vous n'avez pas entendu l'émission d'hier ? compatit en s'attendrissant celle qui accompagnait l'étrangère, une dame à lunettes avec un accent ultraliménien. Le docteur Quinteros s'en allait en vacances au Chili avec sa femme et sa petite fille Charo. Et ils se sont noyés tous les trois !

— Ils se sont tous noyés, précisa l'étrangère. Le neveu Richard, Elianita et son mari, Antúnez le Rouquin, ce petit crétin, et même l'enfant de l'inceste, Rubencito. Ils étaient venus leur dire au revoir.

— Mais ce qu'il y a de drôle c'est qu'au nombre des victimes se trouve aussi le lieutenant Jaime Concha, qui est de l'autre feuilleton, et qui était déjà mort dans l'incendie d'El Callao il y a trois jours — intervint à nouveau, morte de rire, la jeune fille qui avait cessé de taper à la machine. Ces feuilletons de la radio sont devenus une vraie blague, vous ne trouvez pas ?

Un jeune homme tiré à quatre épingles, avec un air intellectuel (spécialité Frontières de la Patrie) lui sourit avec indulgence et nous lança un regard que Pedro Camacho aurait eu bien le droit d'appeler argentin :

— Ne t'ai-je pas dit que c'est Balzac qui a inventé de

faire passer des personnages d'une histoire à l'autre ? dit-il en gonflant sa poitrine avec science. — Mais il tira une conclusion qui le perdit : — S'il apprend qu'il le plagie, il l'envoie en prison.

— Ce qu'il y a de marrant ce n'est pas qu'il les fasse passer d'une histoire à une autre, mais qu'il les ressuscite, se défendit la fille. Le lieutenant Concha avait brûlé tandis qu'il lisait un *Donald*, alors comment peut-il maintenant se noyer ?

— C'est un type qui n'a pas de chance, suggéra le jeune homme tiré à quatre épingles qui apportait mes papiers.

Je partis heureux avec mes papiers munis de tous les sacrements, laissant les deux dames, la secrétaire et les diplomates engagés dans une discussion animée sur le scribe bolivien. Tante Julia m'attendait dans un café et rit de cette histoire ; elle n'avait pas écouté depuis longtemps les émissions de son compatriote.

A part la légalisation de ces papiers, qui fut très simple à obtenir, toutes les autres formalités, en cette semaine de démarches à n'en plus finir que je fis seul ou accompagné par Javier dans les bureaux de mairie de Lima, furent frustrantes et épuisantes. Je ne mettais les pieds à la radio que pour le bulletin Panaméricain, et je laissais tout le reste à Pascual, qui put ainsi offrir aux auditeurs un véritable festival d'accidents, de crimes, d'agressions, de séquestrations, qui fit couler sur Radio Panamericana autant de sang qu'en produisait, parallèlement, mon ami Camacho dans son génocide systématique de personnages.

Je commençais à courir très tôt. Je me rendis au début aux bureaux de mairie les plus minables et les plus éloignés du centre, ceux de Rímac, du Porvenir, de Vitarte, de Chorrillos. Quantité de fois (au début je rougissais, puis sans nulle gêne) j'expliquai le problème aux maires, aux adjoints, aux syndics, aux secrétaires, aux concierges, aux commissionnaires, et chaque fois l'on m'opposait des refus catégoriques. La pierre d'achoppement était toujours la même : tant que je n'obtiendrais pas l'autorisation paternelle, ou que je ne serais pas émancipé par voie de justice, je ne pouvais me marier. Ensuite je tentai ma chance dans les mairies des quartiers du centre (à l'exclusion de Miraflores et de San Isidro où il pouvait y avoir des gens qui connaissaient la famille) avec le même résultat. Les employés municipaux, après avoir consulté mes papiers, faisaient des plaisanteries qui étaient comme autant de coups de pied au ventre : « Mais quoi, tu veux te marier avec ta maman ? », « Ne sois pas idiot, mon petit, pourquoi te marier, colle-toi avec elle, un point c'est tout. » Le seul endroit où brilla une lueur d'espérance fut la mairie de Surco, où un secrétaire dodu et renfrogné nous dit que la chose pouvait se faire pour dix mille sols, « parce qu'il fallait que beaucoup de gens ferment les yeux ». Je tentai de marchander et lui offris même une somme que j'aurais été bien en peine de réunir (cinq mille sols), mais le grassouillet, comme effrayé de son audace, fit marche arrière et finit par nous mettre à la porte de sa mairie.

Je parlais par téléphone deux fois par jour avec tante Julia et je la trompais, je lui disais que tout était en règle, qu'elle prépare une petite valise avec ses affaires indispensables, à tout moment je pouvais lui dire « ça y est ». Mais je me sentais de plus en plus démoralisé. Le vendredi soir, en revenant chez mes grands-parents, je trouvai un télégramme de mes parents : « Arrivons lundi, Panagra, vol 516. »

Cette nuit-là, après avoir bien réfléchi, me tournant et retournant dans mon lit, j'allumai la lampe de chevet et j'écrivis sur un cahier, où je notais des sujets de nouvelles, par ordre de priorité, les choses que je ferais. La première c'était me marier avec tante Julia et mettre ma famille devant le fait accompli afin qu'elle se résigne, qu'elle le veuille ou non. Comme il manquait peu de jours et que la résistance des mairies liméniennes était tenace, cette première option devenait de plus en plus utopique. La seconde c'était fuir avec tante Julia à l'étranger. Pas en Bolivie ; l'idée de vivre dans un monde où elle avait vécu sans moi, où elle avait tant d'amis et connaissances, à commencer par son propre ex-mari, me gênait. Le pays indiqué était le Chili. Elle pouvait partir à La Paz, pour tromper la famille, et moi je foutrais le camp en bus ou en taxi jusqu'à Tacna. D'une façon ou d'une autre je franchirais clandestinement la frontière, jusqu'à Arica, puis je continuerais par la route jusqu'à Santiago où tante Julia viendrait me rejoindre ou m'attendrait. La possibilité de voyager et de vivre sans passeport (pour l'obtenir il fallait aussi une autorisation paternelle) ne me paraissait pas impossible, et me plaisait, à cause de son caractère romanesque. Si la famille, comme c'était sûr, me faisait chercher, retrouvait ma trace et me rapatriait, je m'échapperais à nouveau, chaque fois qu'il le faudrait, et ainsi vivrais-je jusqu'à atteindre ces vingt et un ans libérateurs si désirés. La troisième option c'était me tuer, en laissant une lettre bien écrite, pour plonger mes parents dans le remords.

Le lendemain, très tôt, je courus à la pension de Javier. Nous passions en revue, chaque matin, tandis qu'il se rasait et se douchait, les événements de la veille et nous préparions le plan d'action de la journée Assis sur la cuvette des vécés, tandis qu'il se savonnait, je lui lus mon cahier où j'avais résumé, avec des commentaires dans la marge, les options de mon

347

destin. Tout en s'essuyant il me pria instamment de changer l'ordre des priorités et de placer le suicide en tête :

— Si tu te tues, les cochonneries que tu as écrites deviendront intéressantes, les gens morbides voudront les lire et il sera facile de les publier en livre, me persuadait-il tout en s'essuyant furieusement. Tu deviendras, bien que posthumement, un écrivain.

— Tu vas me faire manquer le premier bulletin d'informations, le pressais-je. Cesse de jouer les Cantinflas, je ne trouve pas ça drôle du tout.

— Si tu te tues, je n'aurais plus à manquer tellement à mon travail ni à l'université, continuait Javier tout en s'habillant. L'idéal c'est que tu le fasses aujourd'hui, ce matin même, tout de suite. Ainsi tu m'éviteras de mettre au clou mes affaires que je ne récupérerai jamais plus, car est-ce que tu pourras me payer un jour ?

Et maintenant dehors, tandis que nous nous hâtions vers les taxis, se sentant d'excellente humeur :

— Et enfin, si tu te tues, tu deviendras fameux, et ton meilleur ami, ton confident, le témoin de ta tragédie, on lui fera des reportages, on parlera de lui dans les journaux. Et tu ne crois pas alors que ta cousine Nancy se laisserait fléchir par cette publicité ?

A la Caisse de Pignoration (l'horriblement nommée) de la place d'Armes, nous engageâmes ma machine à écrire et sa radio, ma montre et ses stylos, et à la fin je le convainquis d'engager aussi sa montre. Tout en marchandant comme des diables, nous n'en tirâmes que deux mille sols. Les jours précédents, sans que mes grands-parents ne le remarquent, j'avais vendu, chez les fripiers de la rue La Paz, complets, chaussures, chemises, cravates, chandails, jusqu'à rester pratiquement avec seulement ce que je portais sur moi. Mais l'immolation de ma garde-robe représenta à peine quatre cents sols. En revanche, j'avais eu plus de chance avec mon directeur progressiste que je parvins, après une demi-heure dramatique, à convaincre de m'avancer quatre mois de salaire et de me les retenir sur toute une année. Notre discussion eut une fin inattendue. Je lui jurais que cet argent était destiné à payer l'opération de la hernie de ma grand-mère, une urgence, mais il ne bronchait pas. Et puis soudain il me dit : « D'accord. » Avec un sourire d'ami, il ajouta : « Mais avoue que c'est pour faire avorter ta petite amie. » Je baissai les yeux et le suppliai de garder le secret.

En voyant ma dépression devant le peu d'argent réuni au mont-de-piété, Javier m'accompagna jusqu'à la radio. Nous convînmes de demander une autorisation d'absence dans notre travail respectif afin d'aller dans l'après-midi à Huacho. Peut-être qu'en province les mairies seraient plus sentimentales. J'arrivai au cagibi comme le téléphone sonnait. Tante Julia était dans tous ses états. La veille, la tante Hortensia et l'oncle Alejandro étaient venus chez l'oncle Lucho, en visite, et ils n'avaient même pas daigné lui dire bonjour.

— Ils m'ont regardée avec un mépris olympien, il ne leur manquait plus que de me traiter de *p*, me raconta-t-elle indignée. J'ai dû me mordre la langue pour ne pas les envoyer où je pense. Je l'ai fait pour ma sœur, mais aussi pour nous, pour ne pas compliquer davantage les choses. Comment cela va tout ça, Varguitas ?

— Lundi à la première heure, lui assurai-je. Tu dois dire que tu retardes d'un jour ton départ pour La Paz. J'ai presque tout prêt.

— Ne te casse pas la tête pour le maire complaisant, me dit tante Julia. Maintenant je me fous de tout, je suis en rage. Même si tu ne le trouves pas, nous fuirons quand même.

— Pourquoi ne vous mariez-vous pas à Chincha, don Mario ? entendis-je dire à Pascual dès que j'eus raccroché. — En voyant ma stupeur, il fut confus : — Ce n'est pas que je veuille me mêler de ce qui ne me regarde pas. Mais que voulez-vous, à force de vous entendre, je suis au courant. Je fais ça pour vous aider. Le maire de Chincha est mon cousin et il peut vous marier en moins de deux, avec ou sans papiers, que vous soyez ou non majeur.

Ce même jour tout fut donc miraculeusement réglé. Javier et Pascual partirent cet après-midi-là à Chincha, en taxi collectif, avec les papiers et la consigne de tout préparer pour lundi. Tandis que j'allai, de mon côté, avec ma cousine Nancy, louer le petit logement de la villa miraflorine. Je demandai trois jours de congé à la radio (je les obtins après une discussion homérique avec Genaro père, que je menaçai témérairement de démissionner s'il me les refusait) et j'organisai ma fugue de Lima. Le samedi soir Javier revint avec de bonnes nouvelles. Le maire était un jeune gars sympathique, et quand Pascual et lui racontèrent mon histoire, il avait ri et applaudi au projet d'enlèvement. « Comme c'est romantique », leur avait-il dit. Il avait gardé les papiers et leur avait assuré qu'entre amis on pouvait aussi éviter de publier les bans.

Le dimanche j'avertis tante Julia par téléphone que j'avais trouvé l'imbécile heureux, que nous nous enfuirions le lendemain à huit heures du matin, et qu'à midi nous serions mari et femme.

XVI

Joaquín Hinostroza Bellmont, qui devait faire trembler les stades, non pas en marquant des buts ou en arrêtant des pénalties mais en arbitrant des matches de football, et dont la soif d'alcool laisserait des traces et des dettes dans les bars de Lima, naquit dans une de ces résidences que les mandarins construisirent voici trente ans à la Perla, quand ils prétendirent faire de ce terrain vague une Copacabana liménienne (prétention mise en échec par l'humidité qui, châtiment du chameau qui s'obstine à passer par le chas de l'aiguille, ravagea gorges et bronches de l'aristocratie péruvienne).

Joaquín fut le fils unique d'une famille fortunée, et en outre alliée, épaisse forêt dont les arbres sont des titres et des blasons, à des marquis d'Espagne et de France. Mais le père du futur arbitre et ivrogne avait mis de côté les parchemins et consacré sa vie à l'idéal moderne de faire fructifier sa fortune dans des affaires qui allaient de la fabrication des cachemires jusqu'à l'introduction de l'ardente culture du piment en Amazonie. La mère, madone lymphatique, épouse pleine d'abnégation, avait passé sa vie à dépenser l'argent que produisait son mari en médecins et guérisseurs (car elle souffrait de diverses maladies de haute classe sociale) Tous deux avaient eu Toaquito sur le tard, après avoir longtemps prié le Ciel qu'il leur accordât un héritier. Sa naissance fut un bonheur indescriptible pour ses parents, qui, penchés sur son berceau, rêvèrent pour lui un avenir de prince de l'industrie, de roi de l'agriculture, de mage de la diplomatie ou de Lucifer de la politique.

Est-ce par rébellion, par insubordination contre ce destin de gloire chrématistique et de rayonnement social que l'enfant devint arbitre de football, ou plutôt par insuffisance de psychologie ? Non, ce fut par vocation pure. Il eut, naturellement, depuis son dernier biberon jusqu'à son premier duvet, une quantité d'institutrices, importées de pays exotiques : la France, l'Angleterre. Et c'est dans les meilleurs collèges de Lima que furent recrutés les professeurs qui lui apprirent les chiffres et les lettres. Tous, l'un après l'autre, finirent par renoncer au gras salaire, démoralisés et hystériques, devant l'indifférence ontologique de l'enfant à toute espèce de savoir. A huit ans il ne savait pas compter et de l'alphabet il se souvenait à grand-peine des voyelles. Il ne disait que des monosyllabes, il était tranquille, il se promenait dans les pièces de la Perla, au milieu de la foule de jouets acquis en différents points du globe pour le distraire — meccanos allemands, trains japonais, puzzles chinois, soldats de plomb autrichiens, tricycles nord-américains —, avec l'air de s'ennuyer mortellement. La seule chose qui semblait le tirer, par moments, de sa torpeur brahmanique, c'étaient les petites images de football des tablettes de chocolat Mar del Sur, qu'il collait dans des cahiers satinés et contemplait, des heures et des heures, avec curiosité.

Atterrés à l'idée d'avoir engendré un enfant fin de race, hémophile et taré, qui serait plus tard un bouffon

352

pour tout le monde, les parents recoururent à la science. D'illustres esculapes défilèrent à la Perla. Ce fut le pédiatre vedette de la ville, le docteur Alberto de Quinteros, qui décrassa lumineusement les tourmentés :

— Il a ce que j'appelle le mal de serre, leur expliqua-t-il. Les fleurs qui ne vivent pas dans le jardin, parmi des fleurs et des insectes, poussent fanées et leur parfum est nauséabond. La prison dorée l'abrutit. Professeurs et gouvernantes doivent être congédiés et l'enfant envoyé au collège pour fréquenter des garçons de son âge. Il sera normal le jour où un camarade lui cassera le nez !

Prêt à tous les sacrifices afin de le déniaiser, l'orgueilleux couple consentit à laisser le petit Joaquín se plonger dans le monde extérieur et plébéien. On choisit pour lui, bien entendu, le collège le plus cher de Lima, les Pères de Santa María, et, afin de ne pas détruire toutes les hiérarchies, on lui fit faire un uniforme à la couleur réglementaire, mais en velours.

La recette du fameux docteur donna des résultats appréciables. C'est vrai que Joaquín obtenait des notes extraordinairement basses et que, pour qu'il réussisse ses examens, envie dorée qui provoqua tant de discordes, ses parents devaient faire des dons (vitraux pour la chapelle du collège, soutanes de drap pour les acolytes, pupitres robustes pour la petite école des pauvres, et caetera), mais le fait est que l'enfant devint sociable et qu'à partir de ce moment on lui vit parfois l'air content. C'est à cette époque qu'il manifesta le premier indice de sa génialité (son père incompréhensif la qualifiait de tare) : un goût pour le football. Quand ils furent informés que le petit Joaquín, dès qu'il avait des chaussures de foot aux pieds, d'anesthésique et monosyllabique qu'il était, devenait dynamique et babil-

tard, ses parents se réjouirent fort. Et ils acquirent
immédiatement un lopin contigu à leur maison de la
Perla, pour construire un terrain de football, aux
proportions appréciables, où le petit Joaquín pût
s'amuser à sa guise.

On vit à partir d'alors, dans la brumeuse avenue de
Las Palmeras, à la Perla, débarquer de l'autobus du
Santa María, à la sortie des classes, vingt-deux élèves
— leur visage changeait mais le nombre restait le
même — qui venaient jouer sur le stade des Hinostroza
Bellmont. La famille régalait les joueurs, après le
match, d'un thé assorti de chocolats, gâteaux, meringues et glaces. Les richards se réjouissaient de voir
chaque après-midi leur petit Joaquín haletant de
plaisir.

Ce n'est qu'après quelques semaines que le pionnier
de la culture du piment au Pérou s'avisa qu'il se
passait quelque chose d'étrange. Deux, trois, dix fois il
avait trouvé le petit Joaquín arbitrant le match. Un
sifflet à la bouche et une petite casquette pour le soleil,
il courait derrière les joueurs, sifflait les fautes, imposait des pénalties. Quoique l'enfant ne semblât pas
complexé de jouer ce rôle au lieu d'être un joueur, le
millionnaire se fâcha. Il les invitait chez lui, il les
gavait de sucreries, leur permettait de côtoyer son fils
d'égal à égal et ils avaient le culot de reléguer Joaquín
à la médiocre fonction d'arbitre ? Il fut sur le point
d'ouvrir les cages de ses dobermans et de flanquer une
bonne peur à ces effrontés. Mais il se borna à les
sermonner. A sa grande surprise, les garçons se décla-
rèrent innocents, ils jurèrent que Joaquín était arbitre
parce qu'il voulait l'être et le préjudicié corrobora sur
Dieu et sur sa mère qu'il en était ainsi. Quelques mois
plus tard, en consultant son carnet et d'après les
informations de ses majordomes, le père fut placé

devant ce bilan : en cent trente-deux matches disputés sur son stade, Joaquín Hinostroza Bellmont n'avait joué dans aucun et en avait arbitré cent trente-deux. Echangeant un regard, les parents sublimes se dirent que quelque chose n'allait pas : comment cela pouvait-il être la normalité ? A nouveau, la science fut requise.

Ce fut le plus insigne astrologue de la ville, un homme qui lisait les âmes dans les étoiles et qui raccommodait les esprits de ses clients (il préférait dire ses « amis ») au moyen des signes du zodiaque, le professeur Lucio Acémila qui, après de nombreux horoscopes, interrogatoires des corps célestes et médi-tation lunaire, fit connaître le verdict qui, s'il n'était pas des plus justes, fut le plus flatteur pour les parents :

— L'enfant se sait biologiquement aristocrate, et, fidèle à son origine, il ne tolère pas l'idée d'être l'égal des autres, leur expliqua-t-il en ôtant ses lunettes pour qu'on puisse mieux apercevoir l'éclat d'intelligence qui brillait dans ses pupilles lorsqu'il émettait un pronostic ? Il aime mieux être arbitre que joueur parce que celui qui arbitre un match est celui qui com-mande. Croyez-vous que dans ce rectangle vert le petit Joaquín fait du sport ? Erreur, erreur. Il exerce un appétit ancestral de domination, de singularité et de hiérarchie qu'il a, sans doute, dans les veines.

Sanglotant de bonheur, le père étouffa de baisers son fils, se déclara homme bienheureux, et ajouta un zéro aux honoraires, déjà en soi royaux, que lui avait soumis le professeur Acémila. Convaincu que cette manie d'arbitrer les matches de football de ses cama-rades venait d'impétueux élans du subjugation et de puissance qui, plus tard, feraient de son fils le maître du monde (ou, au pire des cas, du Pérou), l'industriel abandonna bien des après-midi son multiple bureau pour, faiblesse du lion qui pleurniche en voyant son lionceau dépouer sa première brebis, se rendre à son stade privé de la Perla se réjouir paternellement en voyant Joaquín, dans la belle tenue qu'il lui avait offerte, donner du sifflet derrière cette horde bâtarde (les joueurs ?).

Dix ans plus tard, les parents déconcertés n'eurent d'autre remède que de commencer à se dire que, peut-être, les prophéties astrales avaient péché par optimisme. Joaquín Hinostroza Bellmont avait alors dix-huit ans et était arrivé au dernier degré du cours secondaire quelques années après ses camarades et encore grâce à la philanthropie familiale. Les gènes de conquérant du monde qui, selon Lucio Acémila, se camouflaient sous l'innocent caprice d'arbitrer des matches de football, n'apparaissaient nulle part, et, en revanche, il devenait terriblement évident que ce fils d'aristocrates était une calamité sans remède pour tout ce qui n'était pas siffler des coups francs. Son intelligence, à en juger par ce qu'il disait, le plaçait, darwiniennement, entre l'oligophrène et le singe, et son manque de grâce, d'ambition, d'intérêt pour tout ce qui n'était pas cette activité agitée d'arbitre, faisaient de lui un être profondément insipide.

Mais il est vrai qu'en ce qui concernait son vice premier (le second fut l'alcool) le garçon dénotait quelque chose qui méritait de s'appeler talent. Son impartialité tératologique (dans l'espace *sacré* du stade et le temps *ensorceleur* de la compétition ?) lui valut du prestige comme arbitre entre les élèves et professeurs du Santa María, et aussi, épervier qui du nuage aperçoit sous le caroubier le rat qui sera son déjeuner, sa vision qui lui permettait d'infailliblement détecter, à n'importe quelle distance et sous n'importe quel angle, le coup de pied en traître de l'arrière sur le tibia de l'avant-centre, ou le vil coup de coude de l'ailier au gardien de buts qui sautait avec lui. Insolites aussi étaient son omniscience des règles et l'intuition heureuse qui lui faisait suppléer avec des décisions éclair les vides du règlement. Sa renommée franchit les murs du Santa María et l'aristocrate de la Perla commença à arbitrer des rencontres inter-scolaires, des championnats de quartier, et un jour on apprit que, au stade du Potao ? il avait remplacé un arbitre dans un match de seconde division.

Après le collège se posa aux progéniteurs accablés de Joaquín un autre problème : son avenir. L'idée qu'il aille à l'Université fut douloureusement écartée, pour éviter au garçon des humiliations inutiles, des complexes d'infériorité, et, à la fortune familiale, de nouvelles ponctions sous forme de dons. Une tentative de lui faire apprendre des langues déboucha sur un cuisant échec. Une année aux Etats-Unis et une autre en France ne lui apprirent pas un seul mot d'anglais ni de français, et, en revanche, tuberculisèrent son déjà en soi rachitique espagnol. Quand il revint à Lima, le fabricant de cachemires choisit de se résigner à ce que son fils n'arborât aucun titre, et, plein de désillusion, le mit à travailler dans la broussaille des entreprises familiales. Les résultats furent naturellement catastrophiques. En deux ans, ses agissements ou omissions avaient conduit à la faillite deux filatures, mené au déficit la firme la plus florissante du conglomérat — une entreprise de construction de routes — et les plantations de piment de la forêt avaient été rongées par les insectes, écrasées par les avalanches et noyées sous les inondations (ce qui confirma que le petit Joaquín était aussi catastrophique). Accablé par l'incommensurable incompétence de son fils, blessé dans son amour-propre, le père perdit toute énergie, devint nihiliste et délaissa ses affaires qui en peu de temps furent saignées à vif par d'avides lieutenants, et il contracta un tic risible qui consistait à tirer la langue pour essayer (insensément ?) de se lécher l'oreille. Sa nervosité et ses insomnies le jetèrent, suivant les traces de son épouse, entre les mains de psychiatres et de psychanalystes (Alberto de Quinteros ? Lucio Acémila ?) qui vinrent rapidement à bout de ce qui restait de son bon sens et de son argent.

Le collapsus économique et la ruine mentale de ses progéniteurs ne mirent pas Joaquín Hinostroza Bellmont au bord du suicide. Il vivait toujours à la Perla, dans une demeure fantomatique, qui s'était peu à peu flétrie, moisie, dépeuplée, perdant jardins et terrain de football (pour payer des dettes) et qu'avaient envahie la crasse et les araignées. Le jeune homme passait ses journées à arbitrer les matches dans la rue qu'organisaient les vagabonds du quartier, dans les terrains vagues qui séparent Bellavista et la Perla. Ce fut lors d'un de ces matches disputés par de chaotiques gamins en plein sur la voie publique, où deux pierres servaient à faire les buts et une fenêtre et un poteau les limites du terrain, et que Joaquín — prince d'élégance qui se met en smoking pour dîner en pleine forêt vierge — arbitrait comme s'il s'agissait de la finale du championnat, que ce fils d'aristocrates connut la personne qui allait faire de lui un cirrhotique et une vedette : Sarita Huanca Salaverría ?

Il l'avait vu jouer plusieurs fois dans ces matches de rue et il l'avait même sifflée souvent pour l'agressivité avec laquelle elle fonçait sur l'adversaire. On l'appelait Virago, mais malgré cela Joaquín n'aurait jamais pensé que cet adolescent olivâtre, chaussé de vieilles pantoufles, portant un blue-jeans et un chandail déchiré, fût une femme. Il le découvrit érotiquement.

Un jour, après lui avoir sifflé un pénalty indiscutable (Virago avait marqué un but en enfonçant le goal dans les bois), il reçut comme réponse une insulte à sa mère.

— Qu'est-ce que tu as dit ? s'indigna ce fils d'aristocrates, en pensant qu'en cet instant même sa mère avalait une pilule, dégustait une potion, subissait une injection. Répète un peu si tu es un homme.

— Je ne le suis pas mais je répète, rétorqua Virago. Et, honneur de spartiate capable d'aller au bûcher pour ne pas se rétracter, elle répéta, enrichie d'adjectifs du ruisseau, l'insulte à sa mère.

Joaquín essaya de lui donner un coup de poing, qu'il donna seulement en l'air, et se vit à l'instant jeté par terre d'un coup de tête de Virago qui tomba sur lui, le frappant des mains, des pieds, des genoux et des coudes. Et là, efforts gymniques sur le tapis qui finissent par ressembler à des étreintes amoureuses, il découvrit, stupéfait, érogénisé, éjaculant, que son adversaire était une femme. L'émotion que lui produisirent ces frôlements pugilistiques avec ces turgescences inattendues fut si grande qu'elle changea sa vie. Là même, en faisant la paix après la dispute et apprenant qu'elle s'appelait Sarita Huanca Salaverría, il l'invita au cinéma à voir Tarzan, et une semaine plus tard lui proposa le mariage. Le refus de Sarita d'être son épouse et même de se laisser embrasser poussèrent classiquement Joaquín vers les troquets. En peu de temps, il passa du romantique qui noie son chagrin dans le whisky à l'alcoolique impénitent capable d'apaiser sa soif africaine avec du pétrole.

Qu'est-ce qui éveilla chez Joaquín cette passion pour Sarita Huanca Salaverría ? Elle était jeune et avait un physique svelte de petit coq, une peau tannée par la vie au grand air, une frange qui dansait sur son front, et comme joueur de foot elle n'était pas mal. Mais sa façon de s'habiller, les choses qu'elle faisait et les personnes qu'elle fréquentait semblaient jurer avec sa condition de femme. Était-ce cela, peut être vice d'originalité, frénésie d'extravagance — qui la rendait si attirante pour l'aristocrate? Le premier jour qu'il mena Virago à la ruineuse bâtisse de la Perla, ses parents, après que le couple fut parti, se regardèrent écœurés. L'ex-riche enferma en une phrase l'amertume de son esprit : « Non seulement nous avons engendré un crétin, mais aussi un pervers sexuel. »

Cependant, Sarita Huanca Salaverría, en même temps qu'elle alcoolisa Joaquín, fut le tremplin qui le haussa des matches de rue avec une balle en chiffon aux championnats du Stade national.

Virago ne se contentait pas de repousser la passion de l'aristocrate ; elle se plaisait à le faire souffrir. Elle se laissait inviter au cinéma, au football, aux courses de taureaux, au restaurant, elle consentait à recevoir de coûteux cadeaux (par lesquels l'amoureux dilapidait les décombres du patrimoine familial ?), mais elle ne permettait pas à Joaquín de lui parler d'amour. A peine le tentait-il en, timidité de jouvenceau qui rougit de complimenter une fleur, s'étranglant, lui disait-il combien il l'aimait, Sarita Huanca Salaverría se levait en colère, le blessait avec des insultes d'une grossièreté digne de Bajo el Puente, et se faisait reconduire. C'est alors que Joaquín se mettait à boire, allant d'un troquet à un autre et mélangeant les alcools pour obtenir des effets rapides et explosifs. Ce fut un spectacle courant pour ses parents que de le voir aller se coucher à l'heure des chouettes, et traverser les pièces de la Perla en titubant, laissant derrière lui un sillage de vomissure. Quand il paraissait près de se désintégrer dans l'alcool, un coup de fil de Sarita le ressuscitait. Il caressait de nouvelles espérances et le

360

cycle infernal recommençait. Démolis par l'amertume, l'homme au tic et l'hypocondriaque moururent presque en même temps et furent enterrés dans un caveau du cimetière presbytérien Maestro. La croûlante bâtisse de la Perla, tout comme les biens qui survivaient, furent adjugés aux créanciers ou confisqués par l'Etat. Joaquín Hinostroza Bellmont dut gagner sa vie.

S'agissant de qui il s'agissait (son passé rugissait qu'il mourrait de consomption ou finirait mendiant) il le fit plus que bien. Quelle profession choisit-il? Arbitre de football! Poussé par la faim et le désir de continuer à choyer l'ingrate Sarita, il se mit à réclamer quelques sols aux gosses qui lui demandaient d'arbitrer leurs parties, et en voyant que ceux-ci, en se cotisant, les lui donnaient, deux plus deux font quatre et quatre plus deux font six, il augmenta progressivement son tarif et s'administra mieux. Comme son habileté sur le terrain était connue, il obtint des contrats dans des rencontres juniors, et un jour, audacieusement, il se présenta à l'Association des arbitres et entraîneurs de football et sollicita son inscription. Il passa les examens avec un brio qui dégoûta ceux que dès lors il put (vaniteusement?) appeler des collègues.

L'apparition de Joaquín Hinostroza Bellmont — tenue noire piquée de blanc, petite visière verte sur le front, sifflet argenté aux lèvres — sur le stade national de José Díaz représenta une date dans le football péruvien. Un chroniqueur sportif de renom écrirait : « Avec lui pénétrèrent sur les terrains de foot la justice inflexible et l'inspiration artistique. » Sa correction, son impartialité, sa rapidité à découvrir la faute et son doigté pour sanctionner, son autorité (les joueurs s'adressaient toujours à lui en baissant les yeux et en l'appelant don Joaquín), et ses qualités physiques qui lui permettaient de courir pendant les

quatre vingt-dix minutes du match et de n'être jamais
à plus de dix mètres du ballon, le rendirent rapidement
populaire. Il fut, comme on le dit lors d'un discours, le
seul arbitre jamais désobéi par les joueurs ni agressé
par les spectateurs, et le seul qui, après chaque partie,
était ovationné dans les tribunes.

Ces talents et ces efforts naissaient-ils seulement
d'une exceptionnelle conscience professionnelle ? Egalement. Mais la raison profonde en était que Joaquín
Hinostroza Bellmont voulait, avec sa magie d'arbitre,
secret de jeune homme qui triomphe en Europe et vit
dans l'amertume parce que ce qu'il souhaitait c'était
l'applaudissement de son petit village des Andes,
impressionner Virago. Ils continuaient à se voir, presque chaque jour, et la scabreuse médisance populaire
les croyait amants. En réalité, malgré son obstination
sentimentale, intacte au long des années, l'arbitre
n'avait pas réussi à vaincre la résistance de Sarita.

Celle-ci, un jour, après l'avoir ramassé par terre dans
un troquet d'El Callao, conduit à la pension du centre
où il vivait, nettoyé des taches de crachat et de sciure
et couché, lui confia le secret de sa vie. Joaquín
Hinostroza Bellmont apprit ainsi, lividité de l'homme
qui a reçu le baiser du vampire, qu'il y avait dans la
première jeunesse de cette fille un amour maudit et
une catastrophe conjugale. En effet, entre Sarita et son
frère (Richard ?) avait germé un amour tragique qui
— cataractes de feu, pluie de soufre sur l'humanité —
avait abouti à une grossesse. Elle avait contracté
astucieusement mariage avec un jeune homme qu'auparavant elle repoussait (Antúnez le Rouquin ? Luis
Marroquín ?) pour que le fruit de l'inceste eût un nom
impollué, mais le jeune et heureux mari — queue du
diable qui pénètre dans la marmite et fait tourner la
sauce — avait découvert à temps la supercherie et

362

répudié la tricheuse qui voulait lui faire endosser la paternité. Contrainte d'avorter, Sarita renonça à sa famille huppée, à son quartier résidentiel, à son nom redondant, et, devenue vagabonde dans les terrains vagues de Bellavista et de la Perla, elle avait acquis la personnalité et le surnom de Virago. Elle avait juré dès lors de ne plus jamais se donner à un homme et de vivre toujours, pour tous les effets pratiques (sauf, peut-être celui des spermatozoïdes ?), comme un homme.

Connaître la tragédie, empreinte de sacrilège, de transgression des tabous, de piétinement de la morale civile et des commandements religieux, de Sarita Huanca Salaverría, n'abolit pas la passion amoureuse de Joaquín Hinostroza Bellmont, mais au contraire la fortifia. L'homme de la Perla conçut même l'idée de guérir Virago de ses traumatismes et de la réconcilier avec la société et les hommes ; il voulut faire d'elle, à nouveau, une Liménienne féminine et coquette, coquine et savoureuse, comme la Périchole ?

En même temps que sa gloire montait et qu'il était sollicité pour arbitrer des matches internationaux à Lima et à l'étranger et recevait des propositions pour travailler au Mexique, au Brésil, en Colombie, au Venezuela que, patriotisme du savant qui renonce aux ordinateurs de New York pour poursuivre ses expériences sur les cobayes tuberculeux de San Fernando, il repoussa toujours, son siège du cœur de l'incestueuse se fit plus insistant.

Et il lui sembla entrevoir quelques signes — fumée apache sur les collines, tam-tam dans la savane africaine — de faiblesse chez Sarita Huanca Salaverría. Un soir, après un café avec des croissants au Haïti de la place d'Armes, Joaquín put retenir entre les siennes la main droite de la jeune fille pendant plus d'une minute (exactement : sa tête d'arbitre le chronométra). Peu après, il y eut un match où la Sélection nationale affronta un ramassis d'assassins, d'un pays de pauvre renom — l'Argentine, quelque chose comme ça ? — qui se présentèrent pour jouer avec des souliers cuirassés de clous, des genouillères et des cubitières qui, en vérité, étaient des instruments pour blesser l'adversaire. Sans écouter leurs arguments (par ailleurs certains) selon lesquels dans leur pays on jouait toujours au football de la sorte — en le panachant avec la torture et le crime ? — Joaquín Hinostroza Bellmont les expulsa du terrain, jusqu'à ce que l'équipe péruvienne gagnât tactiquement par manque de concurrents. L'arbitre, naturellement, fut porté en triomphe par la foule et Sarita Huanca Salaverría, quand ils furent seuls — élan de péruvianisme ? sensiblerie sportive ? —, jeta ses bras autour de son cou et l'embrassa. Une fois où il fut malade (la cirrhose, discrète, fatidique, minait le foie de l'Homme des Stades et commençait à lui provoquer des crises périodiques) elle le soigna sans bouger de son chevet toute la semaine où il resta à l'hôpital Carió et Joaquín la vit, une nuit, verser quelques larmes, sur lui ? Tout cela l'encourageait et il lui proposait chaque jour, avec des arguments nouveaux, le mariage. C'était inutile. Sarita Huanca Salaverría assistait à tous les matches qu'il arbitrait (les chroniqueurs comparaient ses arbitrages à la direction d'une symphonie), elle l'accompagnait à l'étranger et avait même déménagé à la Pension Coloniale où Joaquín vivait avec sa sœur pianiste et ses vieux parents. Mais elle se refusait à ce que cette fraternité cessât d'être chaste et devînt batifolage. L'incertitude, marguerite dont les pétales n'en finissent jamais d'être effeuillés, aggrava l'alcoolisme de

Joaquín Hinostroza Bellmont, qui finit par être plus souvent ivre que sobre.

L'alcool fut le talon d'Achille de sa vie professionnelle, le lest qui, disaient les connaisseurs, l'empêcha d'aller arbitrer en Europe. Comment expliquer, d'autre part, qu'un homme qui buvait tant eût pu exercer une profession aux telles rigueurs physiques ? Le fait est que, énigmes qui parsèment l'histoire, il développa les deux vocations en même temps, et, à partir de la trentaine, elles furent simultanées : Joaquín Hinostroza Bellmont se mit à arbitrer des matches ivre comme un trou et à continuer de les arbitrer mentalement dans les bistrots.

L'alcool n'amoindrissait pas son talent, ni n'embuait sa vue, ni n'affaiblissait son autorité, ni ne retardait ses démarrages. Il est vrai qu'on le vit parfois, au milieu d'un match, pris de hoquet, et on assure que, calomnies qui empoisonnent l'air et poignardent la vertu, une fois, en proie à une soif saharienne, il arracha des mains d'un infirmier qui courait porter secours à un joueur une bouteille de liniment et qu'il la but comme de l'eau fraîche. Mais ces épisodes — série d'anecdotes pittoresques, mythologie du génie — n'interrompirent pas sa course aux succès.

Et ainsi, au milieu des applaudissements étourdissants du stade et des soûleries de pénitence avec lesquelles il tâchait de calmer ses remords — fers d'inquisiteur qui fouillent les chairs, chevalet de torture qui disloque les os — en son âme de missionnaire de la vraie foi (Témoins de Jéhova ?) pour avoir inopinément violé, une nuit folle de sa jeunesse, une mineure de la Victoria (Sarita Huanca Salaverría ?), Joaquín Hinostroza Bellmont arriva à la fleur de l'âge : la cinquantaine. C'était un homme au large front, nez aquilin, regard pénétrant, l'esprit plein de bonté et de droiture, qui s'était hissé au sommet de sa profession.

Dans ces circonstances Lima eut le privilège d'être la scène de la plus importante rencontre footballistique du demi-siècle, la finale du championnat sud-américain entre deux équipes qui, lors des éliminatoires, avaient, chacune de son côté, infligé de déshonorantes défaites à leurs adversaires : la Bolivie et le Pérou. Bien que la coutume conseillât de faire arbitrer ce match par un arbitre d'un pays neutre, les deux équipes, et avec une insistance toute spéciale — chevalerie de l'Altiplano, noblesse andine, point d'honneur aymara — les étrangers exigèrent que ce fût le célèbre Joaquín Hinostroza Bellmont qui arbitrât le match. Et comme joueurs, suppléants et entraîneurs menacèrent de faire grève si on ne leur donnait pas satisfaction, la Fédération accepta et le Témoin de Jéhova reçut la mission de diriger ce match que tous prophétisaient comme mémorable.

Les opiniâtres nuages gris de Lima se dégagèrent ce dimanche pour que le soleil chauffât la rencontre. Beaucoup de personnes avaient passé la nuit en plein air, avec l'illusion d'avoir des places (alors qu'on savait qu'il n'en restait plus depuis un mois). Dès l'aube, tout autour du stade national, ce fut un bouillonnement de gens en quête de revendeurs et disposés à n'importe quel délit pour entrer. Deux heures avant le match, au stade il n'y avait même pas place pour une épingle. Plusieurs centaines de citoyens du grand pays du Sud (la Bolivie ?), venus jusqu'à Lima depuis leurs limpides hauteurs en avion, en auto, à pied, s'étaient concentrés dans la Tribune d'Orient. Les applaudissements et les cris enthousiastes des visiteurs et des aborigènes chauffaient l'ambiance, en attente des équipes.

Devant l'ampleur de la concentration populaire, les

autorités avaient pris des précautions. La plus célèbre brigade de la Garde Civile, celle qui, en quelques mois — héroïsme et abnégation, audace et urbanité —, avait nettoyé de délinquants et de vauriens El Callao, fut amenée à Lima afin de garantir la sécurité et la cohabitation citadines dans les tribunes et sur le terrain. Son chef, le célèbre capitaine Lituma, terreur du crime, se promenait fiévreusement sur le stade et parcourait les rues adjacentes et les portes, vérifiant que les patrouilles fussent bien en place et dictant ses instructions inspirées à son adjoint aguerri, le brigadier Jaime Concha.

Dans la tribune occidentale, contusionnés parmi la masse rugissante et presque sans souffle, se trouvaient au moment du coup d'envoi, outre Sarita Huanca Salaverría — qui, masochisme de victime qui est éprise de son violeur, ne manquait jamais les matches qu'il arbitrait —, le vénérable don Sebastián Bergua, récemment levé du lit de douleur où il gisait après les coups de couteau qu'il avait reçus du visiteur médical Luis Marroquín Bellmont (qui se trouvait dans le stade, dans la tribune nord, avec une autorisation toute spéciale de la direction des prisons?), son épouse Margarita et sa fille Rosa, maintenant tout à fait rétablie des morsures que lui avaient infligées — ô funeste matin amazonique! — une horde de rats.

Rien ne laissait présager la tragédie quand Joaquín Hinostroza (Tello? Delfín?) — qui, comme d'habitude, avait été obligé de faire un tour de piste pour remercier des applaudissements —, alerte, agile, siffla le coup d'envoi. Au contraire, tout se déroulait dans une ambiance d'enthousiasme et de courtoisie : les passes des joueurs, les acclamations des supporters qui ponctuaient les descentes des avants et les arrêts des gardiens de buts. Dès le premier instant il fut clair que les oracles s'accompliraient : le jeu était équilibré et, bien que courtois, dur. Plus créatif que jamais Joaquin Hinostroza (Abril ?) glissait sur le gazon comme avec des patins, sans gêner les joueurs et se plaçant toujours à l'angle le plus heureux, et ses décisions, sévères mais justes, empêchaient que, ardeurs de l'affrontement qui le rendent bagarreur, le match dégénérât en violence. Mais, frontières de la condition humaine, pas même un saint Témoin de Jéhova ne pouvait empêcher que s'accomplît ce que, indifférence de fakir, flegme britannique, avait ourdi le destin.

Le mécanisme infernal se mit irrémissiblement en marche, à la seconde mi-temps, quand les équipes en étaient à un à un et les spectateurs se trouvaient aphones et les paumes en feu. Le capitaine Lituma et le brigadier Concha se disaient, naïvement, que tout allait bien : pas un seul incident — vol, dispute, perte d'enfant — n'était venu gâcher l'après-midi.

Mais voici qu'à quatre heures treize, il fut donné aux cinquante mille spectateurs de connaître l'insolite. Du fond le plus bondé de la tribune sud, soudain — noir, maigre, très grand, dents immenses — surgit un homme qui escalada avec légèreté le grillage et pénétra sur le terrain en poussant des cris incompréhensibles. Les gens furent moins surpris de le voir presque nu — il portait seulement un pagne autour de la taille — que de le voir, des pieds à la tête, couvert d'incisions. Un ronflement de panique secoua les tribunes ; tous comprirent que le tatoué se proposait d'agresser l'arbitre. Il n'y avait pas de doute : le géant hurleur courait droit sur l'idole du foot (Gumercindo Hinostroza Delfín ?) qui, absorbé par son art, ne l'avait pas vu et continuait à modeler le match.

Qui était l'imminent agresseur ? Peut-être ce passager clandestin mystérieusement débarqué à El Callao, et surpris par la ronde de nuit? Etait-ce le même malheureux que les autorités avaient euthanasiquement décidé d'exécuter et à qui le brigadier (Concha?) avait laissé la vie sauve une nuit obscure? Ni le capitaine Lituma ni le brigadier Concha n'eurent le temps de le vérifier. Comprenant que, s'ils n'agissaient pas sur-le-champ, une gloire nationale pouvait subir un attentat, le capitaine — supérieur et subordonnés avaient une méthode pour se comprendre avec des mouvements de cils — ordonna au brigadier d'agir. Jaime Concha, alors, sans se lever, sortit son revolver et tira ses douze balles, qui allèrent toutes s'incruster (cinquante mètres plus loin) dans différentes parties du nudiste. De la sorte, le brigadier venait d'accomplir, mieux vaut tard que jamais dit le proverbe, l'ordre reçu, parce qu'en effet, il s'agissait du clandestin d'El Callao!

Il lui suffit de voir criblé de balles le potentiel bourreau de son idole, qu'un instant auparavant elle haïssait, pour qu'immédiatement — velléités de sentimentalisme frivole, coquetteries de femme volage — la foule se solidarisât avec lui, le transformât en victime et se tournât contre la Garde Civile. Des sifflements assourdissant les oiseaux du ciel s'élevèrent, par lesquels les tribunes des deux bords laissaient parler leur colère devant le Noir qui, là-bas, à terre, saignait par douze plaies. Les coups de feu avaient déconcerté les joueurs, mais le Grand Hinostroza (Téllez Unzátegui?), fidèle à lui-même, n'avait pas permis qu'on interrompît la fête, et continuait à courir, autour du cadavre du malheureux, sourd aux sifflements, auxquels s'ajoutaient maintenant interjections, hurlements et insultes. Déjà commençait à tomber — multicolores, voltigeurs — un déluge de coussins contre le détachement de police du capitaine Lituma.

Celui-ci flaira l'ouragan et décida d'agir rapidement. Il ordonna à ses hommes de préparer les grenades lacrymogènes. Il voulait éviter un bain de sang à tout prix. Et quelques moments après, quand déjà les barrières étaient franchies en plusieurs points de l'arène et, ici et là, d'audacieux taureauphiles se précipitaient en lice belliqueusement, il ordonna à ses hommes d'arroser le périmètre de quelques grenades. Les larmes et les éternuements, pensait-il, calmeraient les colériques et la paix régnerait à nouveau aux arènes d'Acho dès que le vent dissiperait les effluves chimiques. Il fit également entourer d'un groupe de quatre gardes le brigadier Jaime Concha, qui était devenu la cible des exaltés : ils étaient visiblement décidés à le lyncher, même si pour cela ils eussent dû affronter le taureau.

Mais le capitaine Lituma oubliait quelque chose d'essentiel ; il avait lui-même, deux heures auparavant, pour empêcher que les spectateurs sans billets qui rôdaient, menaçants, autour des arènes, n'envahissent les lieux de force, ordonné d'abaisser les grilles et rideaux métalliques qui fermaient l'accès aux gradins. De sorte que, lorsque, ponctuels exécutants des ordres, les gardes aspergèrent le public de grenades lacrymogènes, et qu'ici et là, en quelques secondes, s'élevèrent les fumées pestilentielles dans les gradins, la réaction des spectateurs fut de fuir. En se bousculant, sautant, poussant, tandis qu'ils se couvraient la bouche d'un mouchoir et commençaient à pleurer, ils coururent vers les sorties. La marée humaine se vit freinée par les grilles qui les fermaient. Freinée ? Quelques secondes furent suffisantes pour que les premiers rangs de chaque colonne, transformés en béliers par la pression de ceux qui étaient derrière, les enfoncent, déchirent et fassent sauter. De la sorte, les habitants du Rímac qui, par hasard, se promenaient ce dimanche autour des arènes à quatre heures trente de l'après-midi, purent assister à un spectacle barbare et original : soudain, au milieu d'un crépitement d'agonie, les portes d'Acho volèrent en éclats et se mirent à cracher des cadavres meurtris qui, un malheur n'arrive jamais seul, étaient, en outre, écrasés par la foule affolée qui s'échappait par les brèches sanglantes.

Parmi les premières victimes de l'holocauste de Bajo el Puente, il échut aux introducteurs des Témoins de Jéhova au Pérou de figurer : l'homme de Moquegua, don Sebastián Bergua, son épouse Margarita, et leur fille Rosa, éminente joueuse de flûte douce. La religieuse famille fut perdue par ce qui aurait dû la sauver : sa prudence. Parce que, dès que se produisit l'incident du cannibale franchissant la barrière, quand celui-ci venait d'être mis en pièces par le taureau, don Sebastián Bergua, sourcils dressés et doigt dictatorial, avait ordonné à sa tribu : « En retraite. » Ce n'était pas de la peur, mot que le prédicateur ignorait, mais mesure de sûreté, car ni lui ni les siens ne devaient être mêlés à aucun scandale, afin d'éviter que sous ce prétexte ses ennemis essaient de traîner dans la boue le renom de sa foi. Et ainsi, la famille Bergua, à la hâte, abandonna les gradins et descendit vers la sortie quand éclatèrent les grenades lacrymogènes. Ils se trouvaient tous trois, béatifiques, près du rideau métallique numéro six, attendant qu'on le lève, quand ils virent surgir derrière eux, grondante et lacrymale, la multitude. Ils n'eurent pas le temps de se repentir des péchés qu'ils n'avaient pas commis qu'ils furent littéralement désintégrés (transformés en purée, en soupe humaine ?) contre la grille par la masse épouvantée. Une seconde avant de passer de celle-ci à l'autre vie qu'il niait, don Sebastián put encore crier, têtu, croyant et hétérodoxe : « Le Christ mourut sur un arbre, pas sur une croix. »

La mort du déséquilibré agresseur de don Sebastián Bergua et violeur de doña Margarita et de l'artiste fut, pouvait-on le dire ? moins injuste. Parce que, sitôt éclatée la tragédie, le jeune Marroquín Delfín crut venue sa chance : au milieu de la confusion, il échapperait à l'agent que la Direction des Prisons lui avait destiné comme accompagnateur pour qu'il vît la corrida historique, et il fuirait de Lima, du Pérou, et, à l'étranger, sous un autre nom, il entreprendrait une nouvelle vie de folie et de crimes. Illusions qui allaient être pulvérisées cinq minutes plus tard, quand, à la porte de sortie numéro cinq, à (Lucho ? Ezequiel ?) Marroquín Delfín et l'agent de prisons Chumpitaz, qui le tenait par la main, il échut le douteux honneur de faire partie du premier rang de taureauphiles triturés par la multitude. (Les doigts entrelacés du policier et du visiteur médical, bien que cadavres, firent jaser.)

Le décès de Sarita Huanca Salaverría eut, au moins, l'élégance de n'être pas mêlé à pareille promiscuité. Il constitua un cas d'immense malentendu, d'évaluation erronée d'actes et d'intentions de la part des autorités. Lorsque les incidents éclatèrent, qu'elle vit le cannibale encorné, les fumées des grenades, qu'elle entendit les hurlements des piétinés, la fille de Tingo María décida, passion amoureuse qui enlève toute peur de la mort, qu'elle devait être près de l'homme qu'elle aimait. A l'inverse de la foule, elle descendit alors vers l'arène, ce qui lui évita d'être écrasée. Mais ne la sauva pas du regard de lynx du capitaine Lituma, qui, apercevant au milieu des nuages de gaz qui se répandaient, une silhouette incertaine et rapide qui franchissait la barrière et se précipitait vers le toréador (qui, en dépit de tout cela, continuait à affronter l'animal et à faire des passes à genoux), et convaincu que son devoir était d'empêcher, tant qu'il lui resterait un souffle de vie, que le matador soit agressé, tira son revolver et de trois coups rapides coupa net la course et la vie de l'amoureuse : Sarita vint tomber morte aux pieds mêmes de Gumercindo Bellmont.

L'homme de la Perla fut le seul, parmi les morts de cet après-midi grec, à mourir de mort naturelle. Si l'on peut appeler naturel le phénomène, insolite en ces temps prosaïques, d'un homme chez qui le spectacle de sa bien-aimée morte à ses pieds paralyse le cœur et qui meurt. Il tomba près de Sarita et ils réussirent tous deux, avec leur dernier souffle, à s'étreindre et entrer ainsi unis dans la nuit des amants malheureux (comme certains Roméo et Juliette ?)...

Et alors, le gardien de l'ordre à la feuille d'états de services immaculée, considérant avec mélancolie que, en dépit de son expérience et de sa sagacité, non seulement l'ordre avait été troublé mais que les arènes d'Acho et les environs s'étaient transformés en un cimetière de cadavres sans sépulture, utilisa sa dernière balle pour, loup de mer qui accompagne son bateau au fond de l'océan, se faire sauter la cervelle et achever (virilement bien que non brillamment) son curriculum vitae. Dès qu'ils virent périr leur chef, la morale des agents s'écroula ; ils oublièrent la discipline, l'esprit de corps, l'amour de l'institution, et ne pensèrent qu'à ôter leur uniforme, à se cacher dans les vêtements civils qu'ils arrachaient aux morts et à échapper. Plusieurs y parvinrent. Mais pas Jaime Concha, que les survivants, après l'avoir châtré, pendirent avec sa propre buffleterie à la traverse du toril. C'est là que resta le brave lecteur des *Donald*, le diligent centurion, à se balancer sous le ciel de Lima, qui, voulant se mettre à l'unisson de l'événement ?

s'était hérissé de nuages et se mettait à pleuvoir en son
habituelle bruine d'hiver...

Cette dantesque boucherie, cette histoire finirait-elle
ainsi ? Ou, comme la Colombe Phénix (la Poule ?),
renaîtrait-elle de ses cendres en de nouveaux épisodes
et en personnages récalcitrants ? Qu'adviendrait-il de
cette tragédie taurine ?

XVII

Nous partîmes de Lima à neuf heures du matin, dans un taxi collectif que nous prîmes au parc universitaire. Tante Julia était sortie de chez mes oncle et tante sous prétexte d'effectuer les dernières courses avant son voyage, et moi, de chez mes grands-parents, comme si j'allais travailler à la radio. Elle avait mis dans un sac une chemise de nuit et du linge de corps ; moi, j'avais, dans mes poches, ma brosse à dents, un peigne et un rasoir électrique (qui, à vrai dire, ne me servait pas encore beaucoup).

Pascual et Javier nous attendaient au parc universitaire et avaient acheté les billets. Heureusement, aucun autre voyageur ne se présenta. Pascual et Javier, très discrets, s'assirent devant, avec le chauffeur, et nous laissèrent le siège arrière à tante Julia et moi. C'était un matin d'hiver caractéristique, ciel couvert et bruine incessante, qui nous tint compagnie un bon bout du désert. Presque tout le voyage, tante Julia et moi nous embrassâmes, passionnément, nous étreignant les mains, sans parler, tandis que nous entendions, mêlée au bruit du moteur, la conversation de Pascual et Javier, et, parfois, quelques commentaires du chauffeur. Nous arrivâmes à Chincha à onze heures du matin, avec un soleil splendide et une petite chaleur delicieuse. Le ciel limpide, la luminosité de l'air, le charivari des rues pleines de monde, tout semblait de bon augure. Tante Julia souriait, contente.

Tandis que Pascual et Javier nous précédaient à la mairie pour voir si tout était prêt, tante Julia et moi allâmes nous installer à l'Hôtel Sudamericano. C'était une vieille maison à un seul étage, en bois et en torchis, avec un patio couvert qui faisait office de salle à manger et une douzaine de petites chambres disposées de chaque côté d'un couloir dallé, comme un bordel. L'homme de la réception nous demanda nos papiers ; il se contenta de ma carte de journaliste, et, quand j'apposai « et madame » à côté de mon nom, il se borna à lancer à tante Julia un coup d'œil moqueur. La petite chambre qu'on nous donna avait un carrelage éventré par où l'on voyait la terre, un grand lit effondré avec un couvre-lit à losanges verts, une petite chaise de paille et de gros clous dans le mur pour pendre notre linge. Dès que nous entrâmes, nous nous embrassâmes avec ardeur, entre étreintes et caresses, jusqu'à ce que tante Julia m'écartât en riant :

— Bas les pattes, Varguitas, d'abord nous devons nous marier.

Elle était rouge, avec des yeux brillants et joyeux, et je sentais que je l'aimais beaucoup, j'étais heureux de me marier avec elle, et tandis que j'attendais qu'elle se lavât les mains et se peignât, dans la salle de bains commune de la galerie, je me jurais que nous ne serions pas comme tous les ménages que je connaissais, une autre calamité, mais que nous vivrions toujours heureux, et que le mariage ne m'empêcherait pas de devenir un jour écrivain. Tante Julia sortit enfin et nous nous dirigeâmes, main dans la main, à la mairie.

Nous trouvâmes Pascual et Javier à la porte d'un

café, prenant un rafraîchissement. Le maire avait été présider une inauguration, mais il allait rentrer. Je leur demandai s'ils étaient absolument sûrs d'être convenus avec le parent de Pascual qu'il nous marierait à midi et ils se moquèrent de moi. Javier fit quelques plaisanteries sur le fiancé impatient et nous assena un proverbe opportun : qui espère désespère. Pour passer le temps, nous fîmes tous quatre un tour sur les hauts eucalyptus et les chênes de la place d'Armes. Il y avait des gosses qui couraient et des vieux qui se faisaient cirer les chaussures tout en lisant les journaux de Lima. Une demi-heure plus tard nous étions de retour à la mairie. Le secrétaire, un petit homme maigre avec de grosses lunettes, nous donna une mauvaise nouvelle : le maire était rentré de l'inauguration, mais était allé déjeuner à El Sol de Chincha.

— Ne lui avez-vous pas dit que nous l'attendions, pour le mariage ? le reprit Javier.

— Il était en groupe et ce n'était pas le moment, dit le secrétaire, de l'air du connaisseur de l'étiquette.

— Allons le chercher au restaurant et ramenons-le, me tranquillisa Pascual. Ne vous en faites pas, don Mario.

En demandant, nous trouvâmes El Sol de Chincha aux environs de la place. C'était un restaurant typique avec des petites tables sans nappe, et une cuisine au fond, qui crépitait et fumait et autour de laquelle des femmes manipulaient des casseroles de cuivre, des poêles et des plats odorants. Un phonographe jouait une valse et il y avait beaucoup de monde. Quand tante Julia commençait à dire, à la porte, qu'il serait peut-être plus prudent d'attendre que le maire finisse de déjeuner, celui-ci reconnut Pascual et l'appela. Nous vîmes le rédacteur de Panamericana donner l'accolade à un homme jeune, à moitié blond, qui se leva d'une table où il y avait une demi-douzaine de commensaux, tous des hommes, et tout autant de bouteilles de bière Pascual nous fit signe d'approcher.

— Bien sûr, les fiancés, j'avais complètement oublié, dit le maire en nous serrant la main et toisant tante Julia de haut en bas, avec un regard d'expert. — Il se tourna vers ses collègues qui le contemplaient servilement, et leur raconta, à voix haute, pour couvrir la musique de la valse : — Ils viennent de faire une fugue de Lima et je vais les marier.

Il y eut des rires, des applaudissements, des mains qui se tendaient vers nous, et le maire exigea que nous nous asseyions avec eux et demanda de la bière pour trinquer à notre bonheur.

— Mais ne vous mettez pas ensemble, vous avez toute la vie pour cela, dit-il euphorique, prenant tante Julia par le bras et l'installant près de lui. La fiancée ici, à côté de moi, heureusement que ma femme n'est pas là.

Toute la tablée applaudit. Il y avait là des gens plus âgés que le maire, commerçants ou agriculteurs endimanchés, et ils semblaient tous aussi saouls que lui. Quelques-uns connaissaient Pascual et l'interrogeaient sur sa vie à Lima, lui demandaient quand il reviendrait au pays. Assis près de Javier, à un bout de la table, j'essayais de sourire, je buvais à petites gorgées une bière demi-tiède, et je comptais les minutes. Très vite le maire et la tablée se désintéressèrent de nous. Les bouteilles se succédaient, d'abord seules, puis accompagnées de poisson cru mariné au citron, de sole cuite à la fumée et de gimblettes, pour finir à nouveau par de la bière. Personne ne se rappelait notre mariage, pas même Pascual qui, le regard enflammé et la voix pâteuse, faisait chorus aux chansons du maire. Celui-ci, après avoir baratiné tout le déjeuner tante Julia, tentait maintenant de lui passer les bras autour de ses épaules et approchait d'elle son visage congestionné. Faisant des efforts pour sourire, tante Julia le maintenait à distance et, de temps à autre, nous lançait des regards angoissés.

— Du calme, vieux, me disait Javier. Pense au mariage et à rien d'autre.

— Je crois que c'est foutu, lui dis-je quand j'entendis le maire, au comble du bonheur, parler de faire venir des guitaristes, de fermer El Sol de Chincha, de nous mettre à danser. Et je crois bien que je vais finir en prison quand j'aurai cassé la figure à cette tête de con.

J'étais furieux et prêt a lui rentrer dedans s'il dépassait les bornes, quand je me levai et dis à tante Julia que nous partions. Elle se leva immédiatement, soulagée, et le maire ne tenta pas de la retenir. Il continua à chanter des *marineras*, d'une voix juste, et en nous voyant partir il nous fit au revoir avec un petit sourire qui me sembla sarcastique. Javier, qui venait derrière, disait qu'il n'était qu'alcoolique. Tout en marchant vers l'Hôtel Sudamericano, je pestais contre Pascual, que, je ne sais pourquoi, je rendais responsable de ce repas absurde.

— Ne joue pas les enfants mal élevés, apprends a garder la tête froide, me grondait Javier. Il est rond et ne se souvient de rien. Mais ne t'en fais pas, aujourd'hui il vous marie. Attendez à l'hôtel jusqu'à ce que je vous appelle.

Dès que nous fûmes seuls, dans notre chambre, nous nous jetâmes dans les bras l'un de l'autre et nous nous embrassâmes avec une sorte de désespoir. Nous ne nous disions rien, mais nos mains et bouches se disaient éloquemment les choses intenses et belles que nous sentions. Nous avions commencé à nous embrasser debout, près de la porte, et peu à peu nous nous approchâmes du lit, où bientôt nous nous assîmes et enfin nous étendîmes, sans relâcher un moment notre étreinte. A demi aveugle de bonheur et de désir, je caressai le corps de tante Julia avec des mains inexpertes et avides, d'abord sur ses vêtements, puis je déboutonnai son chemisier couleur brique, maintenant tout froissé, et je lui embrassai les seins quand on frappa inopportunément à la porte.

— Tout est prêt, les concubins — c'était la voix de Javier —, dans cinq minutes à la mairie. L'imbécile heureux vous y attend.

Nous sautâmes du lit, heureux, étourdis, et tante Julia, rouge de honte, remettait en place ses vêtements tandis que moi, fermant les yeux, comme lorsque j'étais petit, je pensais à des choses abstraites et respectables — nombres, triangles, cercles, grand-mère, maman — pour faire cesser mon érection. Dans la salle de bains du couloir, elle d'abord, moi ensuite, nous fîmes un brin de toilette et nous peignâmes un peu, puis retournâmes à la mairie d'un pas si rapide que nous arrivâmes à bout de souffle. Le secrétaire nous fit entrer immédiatement dans le bureau du maire, une vaste pièce avec un écusson péruvien accroché au mur, dominant une table portant des petits drapeaux et les registres d'actes, et avec une demi-douzaine de bancs, comme des pupitres de collège. Le visage lavé et les cheveux encore humides, très serein, le rubicond bourgmestre nous fit un salut cérémonieux derrière son bureau. C'était une autre personne, pleine de solennité. De chaque côté du bureau, Javier et Pascual nous souriaient d'un air coquin.

— Eh bien! commençons, dit le maire; sa voix le

trahissait : pâteuse et hésitante, et la langue embour-
bée. Où sont les papiers ?

— Ils sont en votre possession, monsieur le maire,
lui répondit Javier avec une infinie politesse. Pascual
et moi nous vous les avons laissés vendredi pour hâter
les formalités, vous en souvenez-vous ?

— Faut-il que tu sois bourré, cousin, pour avoir
oublié, se mit à rire Pascual d'une voix également
d'ivrogne. C'est toi-même qui nous a demandé de te les
laisser.

— Bon, alors le secrétaire doit les avoir, murmura le
maire, gêné, et, regardant Pascual d'un air fâché, il
appela : Secrétaire !

Le petit homme maigre aux grosses lunettes tarda
plusieurs minutes avant de trouver les extraits de
naissance et le jugement de divorce de tante Julia.
Nous attendîmes en silence, tandis que le maire
fumait, bâillait et regardait sa montre avec impatience. A la fin il les apporta en les scrutant avec
antipathie. Et les posant sur le bureau, il murmura
d'un petit ton bureaucratique :

— Les voici, monsieur le maire. Il y a un empêchement à cause de l'âge du jeune homme, je vous en ai
déjà parlé.

— On vous a demandé quelque chose ? dit Pascual
en faisant un pas vers lui comme s'il allait l'étrangler.

— Je fais mon devoir, lui répondit le secrétaire. —
Et se tournant vers le maire, il insista avec acidité en
me montrant du doigt : — Il n'a que dix-huit ans et ne
présente pas de dispense judiciaire pour se marier.

— Comment se fait-il que tu aies un imbécile
comme adjoint, cousin ? éclata Pascual. Qu'attends-tu
pour le flanquer dehors et engager quelqu'un avec un
peu plus de jugeote ?

— Tais-toi, l'alcool te monte à la tête et tu deviens

agressif, lui dit le maire. Il se racla la gorge pour gagner du temps. Il croisa les bras et nous regarda, tante Julia et moi, gravement. — J'étais prêt à passer par-dessus la publication des bans, pour vous faire plaisir. Mais ça c'est plus sérieux. Je le regrette beaucoup.

— Quoi ? lui dis-je déconcerté. Vous ne saviez peut-être pas cette histoire d'âge vendredi dernier ?

— Qu'est-ce que c'est que cette farce ? intervint Javier. Vous et moi étions convenus que vous les marierez sans problème.

— Vous me demandez de commettre un délit ? s'indigna à son tour le maire ; et d'un air offensé : Et puis, n'élevez pas la voix. Les personnes bien élevées s'expliquent en parlant, pas en criant.

— Mais, cousin, tu es devenu fou, dit Pascual, hors de lui et frappant du poing sur le bureau. Tu étais d'accord, tu connaissais cette histoire d'âge, tu m'avais dit que cela n'avait pas d'importance. Alors ne fais pas l'amnésique ni le légaliste. Marie-les une bonne fois et cesse tes conneries !

— Ne dis pas de gros mots devant une dame et ne recommence pas à boire, parce que tu ne sais pas te tenir, dit tranquillement le maire. — Il se tourna vers le secrétaire et lui fit signe de se retirer. Quand nous restâmes seuls il baissa la voix et nous sourit d'un air complice : — Vous ne voyez pas que cet individu est un espion de mes ennemis ? Maintenant qu'il s'en est rendu compte, je ne peux pas vous marier. Il me ferait tomber dans un de ces guêpiers.

Il n'y eut pas moyen de le convaincre : je lui jurai que mes parents vivaient aux Etats-Unis, c'est pourquoi je ne présentais pas de dispense judiciaire, nul dans ma famille ne ferait d'histoires pour ce mariage, tante Julia et moi sitôt mariés partirions pour l'étranger pour toujours.

— Nous étions d'accord, vous ne pouvez nous jouer ce sale tour, dit Javier.

— Ne sois pas dégueulasse, cousin, lui prenait le bras Pascual. Tu ne vois pas que nous sommes venus tout exprès de Lima ?

— Du calme, ne m'accablez pas, il me vient une idée, ça y est, tout est résolu, dit enfin le maire qui se leva et nous fit un clin d'œil. Tambo de Mora ! Martín le pêcheur ! Allez-y tout de suite. Dites-lui que vous venez de ma part. Martín le pêcheur est un métis très sympathique. Il sera ravi de vous marier. C'est mieux ainsi, un petit village, pas de scandale. Martín, le maire Martín. Vous lui refilez la pièce, un point c'est tout. Il ne sait presque pas lire ni écrire, il ne regardera même pas vos papiers.

J'essayai de le convaincre de venir avec nous, je plaisantai, lui passai de la pommade, mais rien n'y fit : il avait des rendez-vous, du travail, sa famille l'attendait. Il nous raccompagna jusqu'à la porte, nous assurant qu'à Tambo de Mora ce ne serait qu'une question de minutes.

A la sortie même de la mairie nous nous mîmes d'accord avec un vieux taxi à la carrosserie rapiécée pour qu'il nous conduise à Tambo de Mora. Pendant le voyage, Javier et Pascual parlaient du maire, Javier disait que c'était le type le plus cynique qu'il eût connu, Pascual tâchait de faire retomber la faute sur le secrétaire, et soudain le chauffeur y alla aussi de son couplet en disant pis que pendre du bourgmestre de Chincha, ajoutant qu'il ne vivait que pour les affaires et les pots-de-vin. Tante Julia et moi étions main dans la main, nous regardant dans les yeux, et je lui susurrais à l'oreille à tout moment que je l'aimais.

Nous arrivâmes à Tambo de Mora, à l'heure du crépuscule et de la plage, nous vîmes un disque de feu s'enfoncer dans la mer, sous un ciel sans nuages, où commençaient à surgir des myriades d'étoiles. Nous parcourûmes les deux douzaines de baraques de torchis qui constituaient le village, parmi des barques défoncées et des filets de pêche étendus sur des pieux pour être raccommodés. Nous sentions le poisson frais et la mer. Des négrillons à demi nus nous entouraient et nous accablaient de questions : qui étions-nous, d'où venions-nous, que voulions-nous acheter ? Finalement nous trouvâmes la baraque du maire. Sa femme, une Noire qui attisait un brasero avec un éventail de paille, essuyant la sueur de son front avec sa main, nous dit que son mari était à la pêche. Elle examina le ciel et ajouta qu'il allait bientôt rentrer. Nous allâmes l'attendre sur la petite plage, et pendant une heure, assis sur un tronc, nous vîmes rentrer les barques, le travail fini, les pêcheurs les tirer lourdement sur le sable et les femmes, gênées par les chiens avides, couper les têtes et vider les poissons, là même sur la plage. Martín fut le dernier à rentrer. Il faisait sombre et la lune était sortie.

C'était un Noir chenu avec un énorme ventre, blagueur et loquace, qui, malgré la fraîcheur du crépuscule, ne portait qu'une vieille culotte qui collait à sa peau. Nous le saluâmes comme un être venu du ciel, nous l'aidâmes à tirer sa barque sur le sable et l'escortâmes jusqu'à sa baraque. Tout en marchant, à la pâle clarté des fourneaux des maisons sans porte des pêcheurs, nous lui expliquâmes la raison de notre visite. Découvrant de longues dents de cheval, il se mit à rire :

— Même pas pour rire, mes petits gars, cherchez-vous une autre poire, nous dit-il de sa grosse voix musicale. Pour une plaisanterie de ce genre, j'ai failli prendre une balle dans la peau.

Il nous raconta que quelques semaines auparavant, pour rendre service au maire de Chincha, il avait marié un couple en passant sous silence la publication des bans. Quatre jours plus tard, était venu le trouver, fou de rage, le mari de la fiancée — « une fille née au village de Cachiche, où toutes les femmes ont un manche à balai et volent la nuit », disait-il — qui était déjà mariée depuis deux ans, menaçant de tuer cet entremetteur qui osait légaliser l'union des adultères.

— Mon collègue de Chincha a plus d'un tour dans son sac, il est tellement malin qu'il va aller droit au ciel, se moquait-il en se donnant de grandes claques sur le ventre brillant de gouttelettes d'eau. Chaque fois qu'il y a quelque chose de pourri qui se présente à lui, il en fait cadeau à Martín le pêcheur, et que le négro enlève le corps. Faut-il qu'il soit malin !

Il n'y eut rien à faire pour le fléchir. Il ne voulut même pas jeter un œil sur les papiers, et à mes arguments, à ceux ce Javier, de Pascual — tante Julia restait muette, souriant parfois malgré elle devant la bonne humeur coquine du Noir, — il répondait par des blagues, il riait du maire de Chincha, ou nous racontait à nouveau, en riant aux éclats, l'histoire du mari qui avait voulu le tuer parce qu'il avait marié à un autre la petite diablesse de Cachiche sans qu'il soit mort ni divorcé. En arrivant à sa baraque, nous trouvâmes une alliée inespérée en sa femme. Il lui raconta lui-même ce que nous voulions, tandis qu'il s'essuyait le visage, les bras, le torse large, et respirait avec appétit la marmite qui bouillait sur le basero.

— Marie-les, tu n'as pas de cœur, lui dit sa femme en désignant avec compassion tante Julia. Regarde-la la pauvre, on l'a enlevée et elle ne peut pas se marier, elle doit souffrir de tout ça. Qu'est ce que ça te fait, toi, ou est ce que ça te tourne la tête d'être maire ?

Martín allait et venait, avec ses pieds carrés, sur le sol de terre battu de la baraque, ramassant verres et tasses, tandis que nous revenions à la charge et lui offrions de tout : depuis notre reconnaissance éternelle jusqu'à une gratification qui équivaudrait à plusieurs jours de pêche. Mais il resta inflexible et finit par dire grossièrement à sa femme de ne pas fourrer son nez où ça ne la regardait pas. Mais il retrouva immédiatement sa bonne humeur et nous mit un verre ou une tasse dans la main à chacun et nous servit un doigt de pisco :

— Pour que vous n'ayez pas fait le voyage pour rien, les amis, nous consola-t-il sans aucune ironie, et levant son verre, son toast fut, étant donné les circonstances, irrésistible : Je bois au bonheur des mariés.

En nous quittant il nous dit que nous avions commis une erreur en venant à Tambo de Mora, à cause du précédent de la fille de Cachiche. Mais qu'en allant à Chincha Baja, à El Carmen, à Sunampe, à San Pedro, à n'importe lequel des autres villages de la province, on nous marierait sur-le-champ.

— Ces maires-là sont des paresseux, ils n'ont rien à faire et quand une noce se présente ils se saoulent de joie, nous cria-t-il.

Nous revînmes là où nous attendait le taxi, sans parler. Le chauffeur nous avertit que, comme l'attente avait été plus longue que prévue, nous devions discuter à nouveau le tarif. Pendant le retour à Chincha, nous décidâmes de parcourir le lendemain, dès la première heure, les villages et hameaux, l'un après l'autre, en proposant de larges pourboires, jusqu'à trouver le maudit maire.

— Il est près de neuf heures, dit tante Julia soudain. On a déjà dû avertir ma sœur.

J'avais fait apprendre par cœur et répéter dix fois au Grand Pablito ce qu'il devait dire à mon oncle Lucho ou à ma tante Olga, et, pour plus de sûreté, j'avais fini par lui écrire sur un papier : « Mario et Julia se sont mariés. Ne vous souciez pas d'eux. Ils vont bien et reviendront à Lima dans quelques jours. » Il devait appeler à neuf heures du soir, d'un téléphone public, et raccrocher sitôt transmis le message. Je regardai ma montre, à la lumière d'une allumette : oui, la famille était maintenant au courant.

— Ils doivent assaillir de questions la pauvre Nancy, dit tante Julia, s'efforçant de parler avec naturel, comme si l'affaire concernait d'autres personnes. Ils savent qu'elle est complice. Ils vont lui faire passer un mauvais quart d'heure à la petite.

Sur la piste pleine d'ornières, le vieux taxi rebondissait, à chaque instant il semblait sur le point de verser, et toute sa carcasse grinçait. La lune éclairait faiblement les dunes, et nous apercevions parfois des silhouettes de palmiers, de figuiers et d'acacias du Pérou. Il y avait beaucoup d'étoiles.

— De sorte qu'ils l'ont maintenant annoncé à ton père, dit Javier. Dès la descente d'avion. Quel accueil !

— Je jure par le Ciel que nous trouverons un maire, dit Pascual. Je ne suis plus de Chincha si demain nous ne vous marions pas dans ce pays. Ma parole d'homme.

— Vous avez besoin d'un maire pour vous marier ? s'intéressa le chauffeur. Vous avez enlevé la petite dame ? Pourquoi ne pas me l'avoir dit avant, quel manque de confiance ! Je vous aurais amené à Grocio Prado, le maire est mon copain et il vous aurait mariés aussitôt.

Je proposai de continuer, donc, jusqu'à Grocio Prado, mais il m'en dissuada. Le maire ne devait pas être au village à cette heure, mais dans son lopin, à une heure de route à dos d'âne. Il valait mieux attendre demain. Nous convînmes qu'il passerait nous prendre à huit heures et je lui proposai un bon pourboire s'il nous aidait avec son copain.

— Naturellement, nous remonta-t-il le moral. Que demander de mieux, vous allez vous marier dans le village de la Bienheureuse Melchorita.

A l'Hôtel Sudamericano ils allaient fermer la salle à manger, mais Javier convainquit le garçon de nous préparer quelque chose. Il nous apporta du coca-cola et des œufs frits au riz réchauffé, que nous goutâmes à peine. Soudain, au milieu du repas, nous nous aperçûmes que nous parlions à voix basse, comme des conspirateurs, et cela nous flanqua le fou rire. Alors que nous allions regagner nos chambres respectives — Pascual et Javier devaient retourner à Lima ce même jour, après la noce, mais comme les choses avaient changé ils restèrent et pour économiser leurs sous ils prirent une chambre pour deux — nous vîmes entrer dans la salle à manger une demi-douzaine de types, les uns avec des bottes et culottes de cavaliers, qui demandèrent de la bière à grands cris. Avec leurs voix alcooliques, leurs éclats de rire, leurs verres trinqués, leurs blagues stupides, leurs toasts grossiers, et, plus tard, leurs rots et vomissures, ils furent la musique de fond de notre nuit de noces. Malgré la frustration municipale du jour, ce fut une intense et belle nuit de noces où, sur ce vieux lit qui grinçait comme un chat sous nos baisers et qui était sûrement plein de puces, nous fîmes plusieurs fois l'amour, avec un feu qui renaissait sans cesse, en nous disant, tandis que nos mains et nos lèvres apprenaient à se connaître et à se donner du plaisir, que nous nous aimions et que jamais nous ne nous mentirions, ni ne nous tromperions ni ne nous séparerions. Quand on vint frapper à notre porte

— nous avions demandé à être réveillés à sept heures — les ivrognes venaient de se taire et nous avions encore les yeux ouverts, nus et entortillés sur le couvre-lit aux losanges verts, plongés dans un enivrant assoupissement et nous regardant avec gratitude.

Notre toilette, dans la salle de bains commune de l'Hôtel Sudamericano, tint de la prouesse. La douche semblait n'avoir jamais été utilisée, de la pomme d'arrosoir vert-de-gris sortaient des jets qui allaient dans toutes les directions sauf celle de l'utilisateur, et il fallait recevoir une bonne quantité de liquide noir avant que l'eau ne devienne limpide. Il n'y avait pas de serviettes, seulement un chiffon sale pour les mains, de sorte que nous dûmes nous sécher avec les draps. Mais nous étions heureux, exaltés et les inconvénients nous amusaient. Dans la salle à manger nous trouvâmes Javier et Pascual déjà habillés, jaunes de sommeil, regardant avec dégoût l'état catastrophique dans lequel avaient laissé les lieux les ivrognes de la veille, verres brisés, mégots, vomissures et crachats sur lesquels un employé jetait des seaux de sciure, et une grande pestilence. Nous allâmes prendre un café au lait dehors, dans une petite taverne de laquelle on pouvait voir les hauts arbres feuillus de la place. C'était une sensation bizarre, venant de la brumeuse et blanche Lima, de commencer la journée avec un soleil puissant et un ciel dégagé. A notre retour à l'hôtel, le chauffeur nous attendait déjà.

Sur le trajet de Grocio Prado, une piste poussiéreuse qui contournait des vignobles et des plantations de coton et de laquelle on apercevait, au fond, derrière le désert, l'horizon gris de la Cordillère, le chauffeur, avec une loquacité qui constratait avec notre mutisme, nous parla à n'en plus finir de la Bienheureuse Melchorita : elle donnait tout ce qu'elle possédait aux pauvres, elle soignait les malades et les vieillards, consolait ceux qui souffraient, de son vivant elle avait été si célèbre que de tous les coins du département des fidèles venaient prier près d'elle. Il nous raconta quelques-uns de ses miracles. Elle avait sauvé des agonisants incurables, parlé avec des saints qui lui apparaissaient, vu Dieu et fait fleurir une rose sur une pierre que l'on conservait.

— Elle est plus populaire que la Petite Bienheureuse de Humay et que le Seigneur de Luren, il suffit de voir combien de gens viennent à son ermitage en procession, disait-il. Il n'y a pas de raison qu'on n'en fasse pas une sainte. Vous, qui êtes de Lima, remuez-vous et faites activer la chose. C'est justice, croyez-moi.

Quand nous arrivâmes, enfin, couverts de poussière des pieds à la tête, sur la grande place carrée sans arbres de Grocio Prado, nous appréciâmes la popularité de Melchorita. Des nuées de gosses et de femmes entourèrent la voiture et, criant et gesticulant, se proposaient de nous conduire à l'ermitage, à la maison où elle était née, l'endroit où elle se mortifiait, où elle avait fait des miracles où elle avait été enterrée, et nous proposaient des images pieuses, des prières, des scapulaires et des médailles à l'effigie de la Bienheureuse. Le chauffeur dut les convaincre que nous n'étions pas des pèlerins ni des touristes pour qu'ils nous laissent en paix.

La municipalité, une maison en brique crue au toit de zinc, petite et misérable, languissait sur un côté de la place. Elle était fermée :

— Mon copain ne va pas tarder à arriver, dit le chauffeur. Attendons-le à l'ombre.

Nous nous assîmes sur le trottoir, sous l'avant-toit de la mairie, et de là nous pouvions voir, à la fin des rues droites en terre battue qu'à moins de cinquante mètres à la ronde s'achevaient les maisonnettes fragiles et les

390

baraques de torchis et commençaient les fermes et le désert. Tante Julia était contre moi, le visage appuyé sur mon épaule, les yeux fermés. Cela faisait une demi-heure que nous étions là, à regarder passer les muletiers, à pied ou à dos d'âne, et les femmes qui allaient chercher de l'eau à un ruisseau qui coulait à l'un des angles de rues, quand passa un vieillard à cheval.

— Vous attendez don Jacinto ? nous demanda-t-il en ôtant son grand chapeau de paille. Il s'est rendu à Ica, voir le préfet pour qu'il fasse sortir son fils de la caserne. Les soldats l'ont emmené faire son service militaire. Il ne reviendra pas avant ce soir.

Le chauffeur proposa que nous restions à Grocio Prado et visitions les lieux de Melchorita, mais j'insistai pour que nous tentions notre chance ailleurs. Après s'être fait prier un bon moment, il accepta de rester avec nous jusqu'à midi.

Il était seulement neuf heures du matin quand nous entreprîmes cette traversée qui, nous ballottant sur des chemins muletiers, nous ensablant sur des sentiers à moitié mangés par les dunes, nous approchant parfois de la mer et d'autres fois des contreforts de la Cordillère, nous fit parcourir pratiquement toute la province de Chincha. A l'entrée d'El Carmen nous crevâmes, et, comme le chauffeur n'avait pas de cric, nous dûmes à nous quatre soulever la bagnole jusqu'à ce qu'il eût changé la roue. Au milieu de la matinée le soleil, qui brûlait jusqu'à devenir un supplice, chauffait la carrosserie et nous suions tous comme dans un bain turc. Le radiateur se mit à fumer et il fallut emporter avec nous un bidon plein d'eau pour le rafraîchir périodiquement.

Nous parlâmes avec trois ou quatre maires de districts et tout autant d'adjoints de hameaux qui n'étaient parfois qu'une vingtaine de chaumières, hommes rustiques qu'il fallait aller chercher dans leurs champs où ils travaillaient la terre, ou dans leur boutique où ils débitaient de l'huile et des cigarettes à leurs administrés, et l'un d'eux, celui de Sunampe, nous dûmes le réveiller en le secouant du fossé où il cuvait sa cuite. Dès que nous mettions la main sur l'autorité municipale, je descendais du taxi, accompagné parfois de Pascual, parfois du chauffeur, et parfois de Javier — l'expérience montra que plus nous étions nombreux plus nous intimidions le maire — fournir les explications. Quels que furent les arguments, je voyais infailliblement sur le visage du paysan, pêcheur ou commerçant (celui de Chincha Baja se présenta lui-même comme « guérisseur ») naître la méfiance, une lueur d'inquiétude dans les yeux. Seuls deux d'entre eux refusèrent franchement : celui d'Alto Larán, un petit vieux qui, tandis que je lui parlais, chargeait des bêtes avec des ballots de luzerne, nous dit qu'il ne mariait personne en dehors de ceux du village, et celui de San Juan de Yanac, un agriculteur métis qui s'effraya de nous voir parce qu'il crut que nous étions de la police et que nous venions lui demander des comptes pour quelque chose. Quand il sut ce que nous voulions, il devint furieux : « Non, même pas pour rire, il y a du louche là-dessous pour que des petits Blancs viennent se marier dans ce village abandonné du Ciel. » Les autres nous donnèrent des raisons semblables. La plus commune : le registre d'état civil s'était égaré ou épuisé, et, jusqu'à en recevoir un nouveau de Chincha, la mairie ne pouvait enregistrer de naissances ni de morts ni marier personne. La réponse la plus imaginative c'est le maire de Chavín qui nous la donna : il ne pouvait par manque de temps, il devait aller tuer un renard qui chaque nuit dévorait deux ou trois poules de la région. Nous fûmes sur le point d'aboutir seulement à Pueblo Nuevo. Le maire nous écouta avec attention, acquiesça et dit que cela nous coûterait cinquante livres de nous dispenser de la publication des bans. Il n'accorda aucune importance à mon âge et sembla croire ce que nous lui affirmions, à savoir que la majorité avait été abaissée de vingt et un à dix-huit ans. Nous étions déjà installés devant une planche posée sur deux barils qui tenait lieu de bureau (la pièce était une baraque en brique crue avec un toit troué par lequel on voyait le ciel) quand le maire se mit à épeler, lettre par lettre, les papiers d'identité. Sa peur s'éveilla lorsqu'il vit que tante Julia était bolivienne. Cela ne servit de rien de lui expliquer que ce n'était pas un empêchement, que les étrangers aussi pouvaient se marier, de lui proposer plus d'argent. « Je ne veux pas me compromettre, disait-il, cela peut être grave que madame soit bolivienne. »

Nous revînmes à Chincha à près de trois heures de l'après-midi, morts de chaleur, couverts de poussière et déprimés. Tante Julia s'était mise à pleurer. Je l'embrassais, lui disais à l'oreille de ne pas se mettre dans cet état, que je l'aimais, que nous nous marierions quand bien même il fallût parcourir tous les villages du Pérou.

— Ce n'est pas que nous ne pouvons pas nous marier, disait-elle dans ses larmes en tâchant de sourire, mais parce que tout cela devient ridicule.

A l'hôtel, nous demandâmes au chauffeur de revenir une heure plus tard, pour aller à Grocio Prado voir si son copain était revenu.

Aucun de nous quatre n'avait grand faim, de sorte que nous déjeunâmes d'un sandwich au fromage et d'un coca-cola que nous prîmes debout au comptoir. Puis nous allâmes nous reposer. Malgré notre nuit tout éveillés et les frustrations de la matinée nous eûmes assez de cœur pour faire l'amour, et avec ardeur, sur le comme lit aux losanges, dans une clarté rare et ténébreuse. Depuis le lit nous voyions le soleil qui pouvait à peine infiltrer ses rayons, minces, tamisés, par une haute lucarne aux vitres couvertes de crasse. Immédiatement après, au lieu de nous lever pour rejoindre nos complices dans la salle à manger, nous tombâmes endormis. Ce fut un rêve anxieux et agité, dans lequel à d'intenses rafales de désir qui nous faisaient nous chercher et nous caresser instinctivement, succédaient des cauchemars; ensuite nous nous les racontâmes et nous vîmes que chez l'un et l'autre apparaissaient les visages de nos parents, et tante Julia rit quand je lui dis qu'à un moment de mon rêve, je m'étais vu vivre un des derniers cataclysmes de Pedro Camacho.

Des coups frappés à la porte me réveillèrent. Il faisait sombre, et, par les fentes de la lucarne, on voyait une lueur de lumière électrique. Je criai que j'allai ouvrir, et, tout en secouant la tête pour chasser la torpeur du sommeil, je frottai une allumette et regardai ma montre. Il était sept heures du soir. Je sentis le monde me tomber dessus; un autre jour perdu, et, ce qu'il y avait de pire, il ne me restait presque plus d'argent pour continuer à chercher des maires. Je me dirigeai à tâtons vers la porte, l'entrouvris et allais gronder Javier de ne m'avoir pas réveillé quand je remarquai son visage fendu d'un large sourire :

— Tout est arrangé, Varguitas, dit-il, fier comme un paon. Le maire de Grocio Prado prépare l'acte de mariage. Assez péché et dépêchez-vous. Nous vous attendons dans le taxi

Il ferma la porte et j'entendis son rire, tandis qu'il s'éloignait. Tante Julia s'était assise dans le lit, se frottait les yeux, et dans la pénombre je ne parvenais pas à deviner son air étonné et un peu incrédule.

— Ce chauffeur-là je m'en vais te lui dédier le premier livre que j'écrirai, disais-je tout en m'habillant.

— Ne chante pas encore victoire, souriait tante Julia. Même quand je verrai le certificat de mariage je ne le croirai pas.

Nous partîmes précipitamment et, en passant par la salle à manger où il y avait déjà beaucoup d'hommes qui buvaient de la bière, quelqu'un lança un compliment à tante Julia si plaisant que beaucoup rirent. Pascual et Javier se trouvaient à l'intérieur du taxi, mais ce n'était pas celui du matin, pas plus que le chauffeur.

— Il a voulu faire le malin et nous prendre le double en profitant de la situation nous expliqua Pascual. Aussi l'avons-nous envoyé se faire voir et avons-nous contacté le maître que voici, une personne tout à fait comme il faut.

J'eus soudain toutes sortes de terreurs, en pensant que le changement de chauffeur ferait échouer une fois de plus notre mariage. Mais Javier nous tranquillisa. L'autre chauffeur n'avait pas été non plus avec eux à Grocio Prado cet après-midi, mais celui-ci. Ils nous racontèrent, comme une bonne blague, qu'ils avaient décidé de « nous laisser nous reposer » pour que tante Julia n'ait pas à subir encore l'épreuve d'un nouveau refus, et de s'en aller seuls faire les démarches à Grocio Prado. Ils avaient eu une longue conversation avec le maire.

— Un métis très savant, un de ces hommes supérieurs que seule produit la terre de Chincha, disait Pascual. Il te faudra en rendre grâce à Melchorita en venant à sa procession.

Le maire de Grocio Prado avait écouté tranquillement les explications de Javier, lu tous les papiers avec minutie, réfléchi un bon moment, puis stipulé ses conditions : mille sols, mais à condition de modifier sur mon extrait de naissance un six par un trois, de façon à me faire naître trois années auparavant.

— L'intelligence des prolétaires, disait Javier. Nous sommes une classe en décadence, conviens-en. Cela ne nous est même pas venu à l'esprit et cet homme du peuple, avec son lumineux bon sens, l'a vu en un instant. Ça y est, te voilà majeur.

Là même, dans la mairie, entre le maire et Javier, ils avaient changé le six pour un trois, à la main, et l'homme avait dit : qu'est-ce que cela fait que l'encre ne soit pas la même, ce qui importe c'est le contenu. Nous arrivâmes à Grocio Prado vers les huit heures. Il faisait une nuit claire, avec des étoiles, d'une tiédeur bienfaisante, et dans toutes les maisonnettes et baraques du village scintillaient des petites flammes. Nous aperçûmes une demeure plus illuminée, avec un grand crépitement de bougies entre les joncs, et Pascual, faisant le signe de la croix, nous dit que c'était l'ermitage où avait vécu la Bienheureuse.

Dans la mairie, le maire finissait de rédiger l'acte de mariage sur un gros livre à couverture noire. Le sol de la seule pièce était en terre battue, il avait été mouillé récemment et une vapeur humide s'en élevait. Sur la table étaient posées trois bougies allumées et leur pauvre clarté laissait voir, sur les murs chaulés, un drapeau péruvien accroché avec des clous et un petit tableau avec le visage du président de la République. Le maire était un homme de cinquante ans, gros et inexpressif ; il écrivait lentement, avec un porte-plume qu'il trempait après chaque phrase dans un encrier au large col. Il nous salua Tante Julia et moi d'une révérence funèbre. Je calculai qu'au rythme où il écrivait cela avait dû lui prendre une heure de rédiger l'acte. Quand il eût fini, sans bouger, il dit :

— Il faut deux témoins.

Javier et Pascual s'avancèrent, mais seul ce dernier fut accepté par le maire, car Javier était mineur. Je sortis parler au chauffeur qui était resté dans le taxi ; il accepta d'être notre témoin pour cent sols. C'était un métis maigre, avec une dent en or ; il fumait tout le temps et lors du voyage à l'aller il était resté muet. Au moment où le maire lui indiqua où il devait signer, il secoua la tête avec tristesse :

— Quelle calamité, dit-il comme se repentant. Où a-t-on vu une noce sans une misérable bouteille pour trinquer à la santé des mariés ? Je ne peux pas parrainer une chose comme ça. — Il nous jeta un regard de pitié et ajouta depuis la porte : — Attendez-moi une seconde.

Se croisant les bras, le maire ferma les yeux et eut l'air de dormir. Tante Julia, Pascual, Javier et moi nous nous regardions sans savoir que faire. A la fin, je me disposai à aller chercher un autre témoin dans la rue.

— Ce n'est pas nécessaire, il va revenir, m'arrêta Pascual. De plus, ce qu'il a dit c'est bien vrai. On aurait dû penser au toast. Ce métis nous a donné une leçon.

— Il faut avoir les nerfs solides, susurra tante Julia, en me prenant la main. N'as-tu pas l'impression de voler une banque en sentant que la police va arriver ?

Le métis tarda dix minutes, qui semblèrent des siècles, mais il revint à la fin, avec deux bouteilles de vin à la main. La cérémonie put continuer. Une fois que les témoins eurent signé, le maire nous fit signer tante Julia et moi, ouvrit un code civil et, s'approchant d'une des bougies il nous lut, aussi lentement qu'il écrivait, les articles correspondants aux obligations et devoirs conjugaux. Puis il nous tendit un certificat et nous dit que nous étions mariés. Nous nous embrassâmes et embrassâmes les témoins et le maire. Le chauffeur déboucha les bouteilles avec ses dents. Il n'y avait pas de verre, de sorte que nous bûmes au goulot, en nous passant les bouteilles de main en main après chaque gorgée. Au voyage de retour à Chincha — nous étions tous joyeux et en même temps apaisés — Javier essaya catastrophiquement de siffler la *Marche nuptiale*.

Après avoir payé le taxi, nous allâmes à la place d'Armes, pour que Javier et Pascual pussent prendre un taxi collectif jusqu'à Lima. Il y en avait un qui partait dans une heure, de sorte que nous eûmes le temps de manger à El Sol de Chincha. Là, nous décidâmes d'un plan. Javier, en arrivant à Miraflores, irait chez tante Olga et oncle Lucho, pour prendre la température de la famille et nous appellerait par téléphone. Nous reviendrions à Lima le lendemain matin. Pascual devrait inventer une bonne excuse pour justifier son absence de plus de deux jours à la radio.

Nous nous séparâmes à la station de taxis et revînmes à l'Hôtel Sudamericano en bavardant comme deux vieux époux. Tante Julia avait l'âme sentimentale et croyait que c'était le vin de Grocio Prado. Je lui dis qu'il m'avait semblé un vin exquis, mais je ne lui racontai pas que c'était la première fois de ma vie que je buvais du vin.

XVIII

Le barde de Lima, Crisanto Maravillas, naquit au centre de la ville, une ruelle de la place de Santa Ana, des toits de laquelle on faisait voler les plus gracieux cerfs-volants du Pérou, beaux objets en papier de soie qui, lorsqu'ils s'élevaient élégamment au-dessus de Barrios Altos, allaient épier par leurs lucarnes les petites sœurs cloîtrées du couvent de Las Descalzas. Précisément, la naissance de l'enfant qui, des années plus tard, allait porter à des hauteurs de cerf-volant la valse péruvienne, la marinera, les polkas, coïncida avec le baptême d'un cerf-volant, fête qui réunissait dans la ruelle de Santa Ana les meilleurs guitaristes, tambourinaires et chanteurs du quartier. La sage-femme, en ouvrant la petite fenêtre de la chambre H où eut lieu la mise au monde, pour annoncer que la démographie de ce coin de la ville s'était accrue, pronostiqua : « S'il survit, il sera chanteur populaire. »

Mais il semblait douteux qu'il survécût : il pesait moins d'un kilo et ses petites jambes étaient si réduites qu'il ne marcherait probablement jamais. Son père, Valentín Maravillas, qui avait passé sa vie à essayer d'acclimater dans le quartier la dévotion du Seigneur de Limpias (il avait fondé dans sa propre chambre la

399

Confrérie, et, acte téméraire ou astucieux pour s'assu-
rer une longue vieillesse, juré qu'avant sa mort elle
compterait plus de membres que celle du Seigneur des
Miracles), proclama que son saint patron accomplirait
cette prouesse : il sauverait son fils et lui permettrait
de marcher comme un chrétien normal. Sa mère,
María Portal, cuisinière aux doigts de fée qui n'avait
jamais souffert pas même d'un rhume, fut si impressionnée en voyant que le fils tant rêvé et demandé à
Dieu était cela — une larve d'hominidé, un fœtus
triste ? — qu'elle mit son mari à la porte en le rendant
responsable et l'accusant, devant tous les voisins, de
n'être qu'un demi-homme par la faute de sa bigoterie.

Ce qu'il y a de sûr c'est que Crisanto Maravillas
survécut et, malgré ses petites jambes ridicules, réussit
à marcher. Sans aucune élégance, naturellement, plutôt comme un pantin qui articule chaque pas en trois
mouvements — lever la jambe, plier le genou, baisser
le pied — et avec tant de lenteur que ceux qui étaient à
ses côtés avaient l'impression de suivre la procession
quand elle s'embouteille dans les rues étroites. Mais du
moins, disaient ses géniteurs (maintenant réconciliés),
Crisanto se déplace de par le monde sans béquilles et
par sa propre volonté. Don Valentín, agenouillé à
l'église de Santa Ana, remerciait le Seigneur de Limpias de ses yeux humides mais María Portal disait que
l'auteur du miracle était, exclusivement, le plus
fameux esculape de la ville, un spécialiste en infirmes,
qui avait fait galoper une foule innombrable de paraly-
tiques : le docteur Alberto de Quinteros. María avait
préparé de mémorables banquets péruviens chez lui et
le savant lui avait appris les massages, exercices et
soins pour que, bien que si menues et rachitiques, les
extrémités de Crisanto pussent le soutenir et le déplacer sur les routes du monde.

On ne peut dire que Crisanto Maravillas eut une enfance semblable à celle des autres enfants du quartier traditionnel où le hasard le fit naître. Pour son malheur ou sa chance, son organisme sans nulle force ne lui permit de partager aucune de ces activités qui forgent le corps et l'esprit des garçons du cru : il ne joua pas au football avec une balle en chiffon, il ne put jamais boxer sur un ring ni se bagarrer à l'angle d'une rue, il ne participa jamais à ces combats à la fronde, aux coups de pierre ou de pied, qui, dans les rues de la vieille Lima, opposaient les garçons de la place de Santa Ana aux bandes du Chirimoyo, de Cocharcas, de Cinco Esquinas, du Cercado. Il ne put aller avec ses camarades de la petite école publique de la place de Santa Clara (où il apprit à lire) voler des fruits dans les vergers de Cantogrande et Ñaña, ni se baigner tout nu dans le Rímac, ni monter des ânes aux pâturages du Santoyo. Minuscule, à la limite du nanisme, maigre comme un clou, avec la peau café au lait de son père et les cheveux raides de sa mère, Crisanto regardait de loin avec ses yeux intelligents ses camarades, et les voyait s'amuser, suer, pousser et forcir dans ces aventures qui lui étaient interdites, et sur son visage se dessinait une expression de mélancolie résignée ? de paisible tristesse ?

Il sembla, à une époque, devenir aussi religieux que son père (qui, outre le culte du Seigneur de Limpias, avait passé sa vie à porter en procession des Christs et des Vierges, et à vêtir divers habits de religieux) parce que durant des années il fut un enfant de chœur empressé dans les églises du quartier de Santa Ana. Comme il était ponctuel, connaissait par cœur les réponses et avait un air innocent, les curés du quartier lui pardonnaient la lenteur et la maladresse de ses mouvements et l'appelaient fréquemment pour aider les messes, tenir les clochettes lors des chemins de croix de la semaine sainte ou répandre l'encens dans les processions. En le voyant enfoncé dans la soutane d'enfant de chœur, qui lui allait toujours trop grande, et l'entendant réciter avec dévotion, et en bon latin, sur les autels des Trinitaires, de San Andrés, du Carmel, de la Bonne Mort et même de l'église de Cocharcas (car on l'appelait même de ce lointain quartier), María Portal, qui aurait souhaité pour son fils un tempétueux destin de militaire, d'aventurier, d'irrésistible don Juan, réprimait un soupir. Mais le roi de la Confrérie de Lima, Valentín Maravillas, sentait son cœur grandir devant la perspective pour le rejeton de son sang de devenir curé.

Ils se trompaient tous, l'enfant n'avait pas de vocation religieuse. Il était doué d'une intense vie intérieure et sa sensibilité ne trouvait pas comment, où, de quoi s'alimenter. L'ambiance de cierges crépitants, de fumigations et de prières, de statues constellées d'ex-voto, de répons et de rites, de croix et de génuflexions, étancha sa précoce avidité de poésie, sa faim de spiritualité. María Portal aidait les carmélites déchaussées dans leurs travaux domestiques et leurs pâtisseries et était, pour cela, une des rares personnes qui franchissaient la sévère clôture du couvent. L'illustre cuisinière emmenait avec elle Crisanto, et quand celui-ci eut grandi (en âge, pas en taille) les déchaussées s'étaient tellement habituées à le voir (simple objet, loque, demi-portion, déchet humain) qu'elles le laissaient vagabonder dans les cloîtres tandis que María Portal préparait avec les nonnes les biscuits célestes, les tremblotants gâteaux de maïs, les blanches langues de chat, les œufs meringués et les massepains que l'on vendrait ensuite pour réunir des fonds pour les missions en Afrique. C'est ainsi que Crisanto Maravillas, à dix ans, connut l'amour...

La fillette qui le séduisit instantanément s'appelait Fátima, elle avait son âge et exerçait dans le féminin univers des carmélites déchaussées les humbles fonctions de domestique. Quand Crisanto Maravillas la vit pour la première fois, la petite finissait de laver à grande eau les galeries dallées du cloître et s'apprêtait à arroser les lis et les roses du jardin. C'était une fillette qui, bien qu'engoncée dans un sac de toile troué et les cheveux cachés par un chiffon de coton grossier, à la façon d'une coiffe, ne pouvait dissimuler son origine : teint d'ivoire, cernes bleus, menton arrogant, mollets svelets. C'était, tragédies de sang bleu qu'envie le vulgaire, une enfant trouvée. Elle avait été abandonnée, une nuit d'hiver, enveloppée dans une couverture bleue, autour du couvent de la rue Junín, avec un message où les pleurs se mêlaient à l'encre : « Je suis le fruit d'un amour funeste, qui désespère une famille honorable, et je ne pourrais vivre dans la société sans être une accusation contre le péché des auteurs de mes jours qui, parce qu'ils ont le même père et la même mère, sont empêchés de s'aimer, de m'avoir et de me reconnaître. Vous, bienheureuses carmélites, vous êtes les seules personnes qui puissent m'élever sans avoir honte de moi ni me faire honte. Mes procréateurs tourmentés récompenseront la Congrégation avec générosité pour cette œuvre de charité qui vous ouvrira les portes du ciel. »

Les nonnes trouvèrent, près de la fille de l'inceste une bourse pleine d'argent qui, cannibales du paganisme qu'il faut évangéliser, habiller et nourrir, acheva de les convaincre : elles la prendraient comme domestique, et, plus tard, si elle avait la vocation, elles feraient d'elle une autre esclave du Seigneur, à l'habit blanc. Elles la baptisèrent du nom de Fátima, parce qu'elle avait été recueillie le jour de l'apparition de la Vierge aux bergers du Portugal. La fillette poussa de la sorte, loin du monde, au milieu des virginales murailles du couvent des déchaussées, dans une atmosphère impolluée, sans voir d'autre homme (avant Crisanto) que ce vieillard goutteux de don Sebastián (Bergua?), le chapelain qui venait une fois par semaine absoudre de leurs péchés (toujours véniels) les bonnes sœurs. Elle était douce, gentille et docile et les religieuses les plus averties disaient que, pureté d'esprit qui bonifie le regard et béatifie le souffle, l'on voyait dans sa façon d'être des signes non équivoques de sainteté.

Crisanto Maravillas, faisant un effort surhumain pour vaincre la timidité qui ligotait sa langue, s'approcha de la fillette et lui demanda s'il pouvait l'aider à arroser le jardin. Elle y consentit et, dès lors, chaque fois que María Portal allait au couvent, tandis qu'elle aidait les nonnes à la cuisine, Fátima et Crisanto balayaient ensemble les cellules ou ensemble frottaient les parterres ou changeaient ensemble les fleurs de l'autel ou lavaient ensemble les vitres des fenêtres ou ensemble ciraient les sols ou époussetaient ensemble les missels. Entre le garçon laid et la jolie fillette naquit, premier amour qu'on se rappelle toujours comme le meilleur, un lien que briserait la mort?

C'est quand le jeune homme à demi-infirme approchait des douze ans que Valentín Maravillas et María Portal remarquèrent les premiers signes de cette inclination qui allait faire de Crisanto, en peu de temps, un poète des plus inspirés et un fameux compositeur.

Cela arrivait pendant les célébrations qui, au moins une fois par semaine, rassemblaient les paroissiens de la place de Santa Ana. Dans la remise du tailleur Chumpitaz, la petite cour de la quincaillerie des Lama, dans la ruelle de Valentín, avec pour motif une naissance ou une veillée funèbre (pour fêter un événement heureux ou cicatriser une peine ?), les prétextes ne manquaient jamais, on organisait des fêtes populaires jusqu'à l'aube qui associaient les pizzicati des guitares, les sonorités du tambour, les claquements de paumes et la voix des ténors. Tandis que les couples, en mesure — brûlante eau-de-vie et viandes aromatiques de María Portal ! — sautaient joyeusement sur les dalles, Crisanto Maravillas regardait les guitaristes, chanteurs et tambourinaires, comme si leurs paroles et leurs sons fussent quelque chose de surnaturel. Et quand les musiciens faisaient une pause pour fumer une cigarette ou vider un verre, l'enfant, avec respect, s'approchait des guitares, les caressait prudemment pour ne pas les effrayer, pinçait les six cordes et l'on entendait des arpèges...

Il fut très vite évident qu'il s'agissait d'une aptitude, d'un don remarquable. L'infirme avait une oreille très juste, il écoutait et retenait sur-le-champ n'importe quel rythme, et bien que ses menottes fussent faibles il savait accompagner en expert n'importe quelle musique péruvienne sur le tambour. Durant ces entractes de l'orchestre pour manger ou trinquer, il apprit seul les secrets et devint ami intime des guitares. Les gens s'accoutumèrent à le voir lors des fêtes comme un musicien de plus.

Ses jambes n'avaient pas poussé et, bien qu'il eût quatorze ans, il en paraissait huit. Il était très maigre, car — signe éminent de nature artistique, sveltesse qui caractérise les inspirés — il n'avait jamais d'appétit, et si María Portal n'avait été là, avec son dynamisme militaire, pour lui faire avaler sa nourriture, le jeune barde se serait volatilisé. Cette fragile créature, cependant, ne connaissait pas la fatigue dès lors qu'il

405

s'agissait de musique. Les guitaristes du quartier roulaient par terre, épuisés, après avoir joué et chanté plusieurs heures, leurs doigts avaient des crampes et ils devenaient aphones, quand l'infirme restait là, sur une petite chaise de paille (petits pieds japonais qui n'arrivent jamais à toucher le sol, petits doigts infatigables), arrachant de ravissantes harmonies aux cordes et chantonnant comme si la fête venait de commencer. Il n'avait pas une voix puissante ; il aurait été incapable de rivaliser avec les prouesses d'Ezequiel Delfín qui, en chantant certaines valses, en clé de sol, fêlait les vitres des fenêtres devant lui. Mais son manque de puissance était compensé par son rythme infaillible, sa perfection maniaque, cette richesse de nuances qui ne dédaignait ni ne blessait une note.

Cependant ce ne sont pas ses qualités d'interprète mais celles de compositeur qui allaient le rendre célèbre. Que le jeune infirme de Barrios Altos, en plus de jouer et de chanter la musique péruvienne, sût l'inventer, voilà qui fut révélé un samedi, au milieu d'une fête tumultueuse qui, sous les papiers de couleurs, les boute-en-train et les serpentins, réjouissait la ruelle de Santa Ana, en hommage à la cuisinière dont c'était la fête. A minuit, les musiciens surprirent le public en jouant une polka inédite dont les paroles dialoguaient gracieusement !

Comment ?
Avec amour, avec amour, avec amour
Que fais-tu ?
Je porte une fleur, une fleur, une fleur
Où ça ?
A la boutonnière, à la boutonnière, à la boutonnière
Pour qui ?
Pour María Portal, María Portal, María Portal...
Le rythme poussa avec un désir compulsif l'assis-

tance à danser, sauter, bondir, et les paroles amusèrent et émurent. La curiosité fut unanime : quel en était l'auteur ? Les musiciens tournèrent la tête et désignèrent Crisanto Maravillas qui, modestie des véritablement grands, baissa les yeux. María Portal le dévora de baisers. Valentín essuya une larme et tout le quartier fit une ovation au nouvel orfèvre de vers. Dans la ville de la Périchole un artiste était né.

La carrière de Crisanto Maravillas (si ce terme pédestrement athlétique peut qualifier une tâche placée sous le signe du souffle de Dieu ?) fut météorique. En quelques mois, ses chansons étaient connues à Lima et en quelques années elles étaient dans la mémoire et le cœur du Pérou. Il n'avait pas vingt ans quand les Abels et les Caïns reconnaissaient que c'était le compositeur le plus aimé du pays. Ses valses égayaient les fêtes des riches, étaient dansées dans les agapes de la classe moyenne et constituaient le mets des pauvres. Les orchestres de la capitale rivalisaient en interprétant sa musique et il n'y avait pas d'homme ou de femme qui, pour débuter dans la difficile profession de chanteur, ne choisît les merveilles de Maravillas pour son répertoire. On le trouva en disques et en recueils de chansons, et dans les radios et les revues sa présence était obligatoire. Pour les commérages et l'imagination des gens le compositeur infirme de Barrios Altos devint une légende.

La gloire et la popularité ne tournèrent pas la tête du garçon simple qui recevait ces hommages avec l'indifférence du cygne. Il quitta le collège en seconde pour se consacrer à l'art. Avec les cadeaux qu'on lui faisait pour jouer dans les fêtes, donner des sérénades ou composer des acrostiches, il put s'acheter une guitare. Le jour où il l'eut il fut heureux : il avait trouvé un confident pour ses peines, un compagnon pour sa solitude et une voix pour son inspiration.

Il ne savait lire ni écrire la musique et n'apprit jamais à le faire. Il travaillait d'oreille, à base d'intuition. Une fois qu'il avait appris la mélodie, il la chantait au métis Blas Sanjinés, un professeur du quartier, qui l'écrivait avec des notes sur des portées. Il ne voulut jamais administrer son talent : il ne déposa jamais ses compositions, ni n'encaissa pour elles de droits d'auteur, et quand ses amis venaient lui dire que les médiocrités des bas-fonds artistiques plagiaient ses musiques et ses paroles, il se contentait de bâiller. En dépit de ce désintérêt, il arriva à gagner quelque argent, que lui envoyaient les maisons de disques, les radios, ou que lui forçaient à accepter les gens qui lui demandaient de jouer à une fête. Crisanto offrait cet argent à ses géniteurs, et quand ceux-ci moururent (il avait alors trente ans), il le dépensait avec ses amis. Il ne voulut jamais quitter Barrios Altos, ni la chambre H de la ruelle où il était né. Etait-ce par fidélité et tendresse pour son humble origine, par amour du ruisseau ? Aussi, sans doute. Mais c'était, surtout, parce que dans cet étroit vestibule il se trouvait à un jet de pierre de la fille des consanguins prénommée Fátima, qu'il avait connue quand elle était domestique et qui maintenant avait pris le voile et prononcé ses vœux d'obéissance, pauvreté et (hélas !) chasteté comme épouse du Seigneur.

C'était, ce fut le secret de sa vie, la raison d'être de cette tristesse que tout le monde, aveuglement de la multitude pour les plaies de l'âme, attribua toujours à ses jambes mortifiées et à sa petite personne asymétrique. Par ailleurs, grâce à sa difformité qui lui rétrocédait des années, Crisanto avait continué à accompagner sa mère dans la citadelle religieuse des déchaussées, et, une fois par semaine au moins, il avait pu voir la fille de ses rêves. Sœur Fátima aimait-elle l'invalide autant qu'il l'aimait ? Impossible de le savoir ? Fleur de serre, ignorant les mystères lubriques du pollen des champs, Fátima avait pris conscience, poussé, était passée de l'enfance à l'adolescence puis à l'âge adulte dans un monde aseptique et conventuel, entourée de vieilles femmes. Tout ce qui était arrivé à ses oreilles, à ses yeux, à son imagination, fut rigoureusement filtré par le blutoir moral de la Congrégation (strict parmi les stricts). Comment cette vertu faite corps aurait-elle deviné que ce qu'elle croyait propriété de Dieu (l'amour ?) pouvait être aussi trafic humain ?

Mais, eau qui descend de la montagne pour trouver la rivière, veau qui avant d'ouvrir les yeux cherche la mamelle pour téter le lait blanc, peut-être l'aimait-elle. En tout cas il fut son ami, la seule personne de son âge qu'elle connut, l'unique compagnon de jeux qu'elle eut, s'il convient d'appeler jeux ces travaux qu'ils partageaient pendant que María Portal, l'illustre couturière, apprenait aux nonnes le secret de ses broderies : balayer les sols, frotter les carreaux, arroser les plantes et allumer les cierges.

Mais il est vrai que les enfants, devenus jeunes gens, bavardèrent beaucoup au long de ces années. Dialogues ingénus — elle était innocente, lui était timide — dans lesquels, délicatesse de lis et spiritualité de colombes, ils se parlaient d'amour sans le mentionner, par sujets interposés, comme les belles couleurs de la collection d'images pieuses de sœur Fátima et les explications que Crisanto lui donnait de ce qu'étaient les tramways, les autos, les cinémas. Tout cela était raconté, comprenne qui voudra comprendre, dans les chansons de Maravillas dédiées à cette mystérieuse femme jamais nommée, sauf dans la très célèbre valse,

dont le titre avait tant intrigué ses admirateurs :
Fátima ou la Vierge de Fátima.

Bien qu'il sût qu'il ne pourrait jamais la faire sortir
du couvent et la faire sienne, Crisanto Maravillas était
heureux en voyant sa muse quelques heures par
semaine. De ses brèves rencontres son inspiration
sortait renforcée et ainsi naissaient les *mozamalas,
yaravíes, festejos,* et *resbalosas,* toutes ces danses péruviennes. La seconde tragédie de sa vie (après son
invalidité) se produisit le jour où, par hasard, la
supérieure du couvent le découvrit en train de vider sa
vessie. La Mère Lituma changea plusieurs fois de
couleur et eut une crise de hoquet. Elle courut demander à María Portal quel âge avait son fils et la
couturière avoua que, malgré sa taille et ses formes de
dix ans, il en avait dix-huit sonnés. La Mère Lituma,
faisant le signe de croix, lui interdit l'entrée du couvent
à tout jamais.

Ce fut un coup presque mortel pour le barde de la
place de Santa Ana, qui tomba malade d'une maladie
romantique et indéfinissable. Il resta plusieurs jours
au lit — fièvres très élevées, délires mélodieux —
tandis que médecins et guérisseurs essayaient
onguents et conjurations pour le faire sortir du coma.
Quand il se releva, c'était un spectre qui se tenait à
peine debout. Mais, pouvait-il en être autrement ? être
arraché de sa bien-aimée fut profitable pour son art :
il sentimentalisa sa musique jusqu'aux larmes et drama-
tisa virilement ses paroles. Les grandes chansons
d'amour de Crisanto Maravillas sont de ces années-là.
Ses amis, chaque fois qu'ils écoutaient, accompagnant
les douces mélodies, ces vers déchirants qui parlaient
d'une jeune fille emprisonnée, d'un chardonneret dans
sa cage, d'une colombe prise au piège, d'une fleur
recueillie et séquestrée dans le temple du Seigneur, et

d'un homme dolent qui aimait à distance et sans espoir, se demandaient : « Qui est-elle ? » Et, curiosité qui perdit Eve, ils tâchaient d'identifier l'héroïne parmi les femmes qui assiégeaient l'aède.

Parce que, malgré sa petitesse et sa laideur, Crisanto Maravillas exerçait un attrait ensorceleur sur les Liméniennes. Blanches à comptes en banque, métisses délurées, Indiennes de maisons closes, jeunes filles qui apprenaient à vivre ou moins jeunes qui faisaient un faux pas, elles surgissaient dans la modeste chambre H sous prétexte de demander un autographe. Elles lui faisaient les yeux doux, des petits cadeaux, des salamalecs, lui proposaient rendez-vous ou, directement, lui faisaient des avances. C'était que ces femmes, comme celles de certain pays qui jusqu'au nom de sa capitale étale sa pédanterie (bons vents, bons temps, airs salutaires [1] ?), elles avaient l'habitude de préférer les hommes difformes, par ce stupide préjugé selon lequel ils valent mieux, matrimonialement parlant, que les normaux ? Non, dans ce cas il se produisait que la richesse de son art nimbait l'homoncule de la place de Santa Ana d'une parure spirituelle, faisait disparaître sa misère physique et le rendait même désirable.

Crisanto Maravillas, douceur de convalescent de tuberculose, décourageait poliment ces avances et faisait savoir aux quémandeuses qu'elles perdaient leur temps. Il prononçait alors une phrase ésotérique qui produisait une indescriptible agitation de cancans autour de lui : « Je crois à la fidélité et suis un petit berger du Portugal. »

Sa vie était alors la bohème des gitans de l'esprit. Il se levait vers midi et déjeunait d'ordinaire avec le curé de l'église de Santa Ana, un ex-juge d'instruction dans

---

1. Allusion ironique à Buenos Aires (*N.d.T.*).

le bureau duquel s'était mutilé un quaker (don Pedro Barreda y Zaldívar ?) pour démontrer son innocence d'un crime qu'on lui attribuait (avoir tué un Noir venu comme passager clandestin dans le ventre d'un transatlantique depuis le Brésil ?). Le docteur don Gumercindo Tello, profondément impressionné, avait alors troqué la toge pour la soutane. L'histoire de la mutilation fut immortalisée par Crisanto Maravillas dans un *festejo*[1] pour *quijada*[2], guitare et *cajón*[2] : *Le sang m'absout*.

Le barde et le Père Gumercindo avaient coutume d'aller ensemble dans ces rues liméniennes où Crisanto — artiste qui se nourrissait de la vie même ? — recueillait des personnages et des thèmes pour ses chansons. Sa musique — tradition, histoire, folklore, rumeur publique — éternisait en mélodies les types et coutumes de la ville. Dans les cours des immeubles de la place du Cercado et de Santo Cristo, Maravillas et le Père Gumercindo assistaient à l'entraînement des coqs pour les combats au Coliseo de Sandia, et ainsi naquit la *marinera*[1] : *Soigne-moi bien le coq aux plumes rouges, maman*. Ou bien ils prenaient le soleil sur la petite place de Carmen Alto, sur le parvis de laquelle, voyant le montreur de marionnettes Monleón amuser tout le quartier avec ses poupées de chiffon, Crisanto trouva le sujet de la valse : *La demoiselle de Carmen Alto* (qui commence ainsi : « Tu as des petits doigts de fer et un cœur de paille, hélas, mon amour »). Ce fut sans doute aussi durant ces promenades liméniennes dans la vieille ville que Crisanto croisa ces petites vieilles à voiles noirs qui apparaissent dans sa valse : *Petite dévote, tu fus femme toi aussi*, et où il assista à ces

---

1. Danses populaires péruviennes (*N.d.T.*).
2. Instruments à percussion typique du Pérou (*N.d.T.*).

412

bagarres d'adolescents dont parle la polka : *Les voyous.*

Vers les six heures, les amis se séparaient ; le curé revenait à sa paroisse prier pour l'âme du cannibale assassiné à El Callao et le barde au garage du tailleur Chompitaz. Là, avec le groupe de ses intimes — le batteur Sifuentes, le percussionniste Tiburcio, la chanteuse Lucía Acémila ? les guitaristes Felipe et Juan Portocarrero —, il répétait de nouvelles chansons, faisait des arrangements et, quand tombait la nuit, quelqu'un sortait la fraternelle bouteille de pisco. Ainsi, entre musiques et conversation, répétition et alcool, s'écoulaient les heures. Quand il faisait nuit, le groupe allait manger dans quelque restaurant de la ville, où l'artiste était toujours invité d'honneur. D'autres jours les attendaient des fêtes — anniversaires, fiançailles, mariages — ou des contrats dans quelque club. Ils rentraient à l'aube et ses amis prenaient toujours congé du barde estropié à la porte de sa maison. Mais quand ils étaient partis et dormaient dans leurs taudis, l'ombre d'une silhouette contrefaite et à la démarche maladroite émergeait de la ruelle. Elle traversait la nuit humide, traînant une guitare, fantomatique entre la bruine et la brume de l'aube, et allait s'asseoir sur la petite place déserte de Santa Ana, sur le banc de pierre qui fait face au couvent des déchaussées. Les chats de l'aube écoutaient alors les plus beaux arpèges jamais jaillis d'une guitare terrestre, les plus ardentes chansons d'amour surgies d'une inspiration humaine. Quelques bigotes matinales qui, parfois, le surprirent ainsi, chantant tout bas et pleurant devant le couvent, répandirent l'atroce rumeur qu'ivre de vanité il s'était épris de la Vierge, à qui il donnait la sérénade au point du jour.

Des semaines, des mois, des années passèrent. La

renommée de Crisanto Maravillas s'étendit, destin de ballon qui croît et monte derrière le soleil, comme sa musique. Personne, pourtant, pas même son ami intime, le curé Gumercindo Lituma, ex-garde civil brutalement frappé par son épouse et ses enfants (pour avoir élevé des souris ?) et qui, durant sa convalescence, entendit l'appel du Seigneur, ne se doutait de l'histoire de cette incommensurable passion pour sœur Fátima la recluse qui, durant toutes ces années, avait continué à trotter vers la sainteté. Le chaste couple n'avait pu échanger un mot depuis le jour où la supérieure (sœur Lucía Acémila ?) avait découvert que le barde était un être doté de virilité (en dépit de ce qui s'était passé, ce matin funeste, dans le bureau du juge d'instruction ?). Mais au fil des ans ils eurent le bonheur de se voir, quoique difficilement et à distance. Sœur Fátima, une fois religieuse, dut, comme ses compagnes du couvent, monter la garde dans la chapelle où se tiennent en permanence en prière, vingt-quatre heures par jour, deux par deux, les déchaussées. Les nonnes de faction sont séparées du public par une grille de bois qui, bien que d'ajour étroit, permet aux gens des deux côtés d'arriver à se voir. Cela expliquait, en bonne part, la religiosité tenace du barde de Lima, qui en faisait parfois la victime des moqueries des gens de son quartier, auxquelles Maravillas répondit par le pieux *tondero : Oui, je suis croyant...*

Crisanto passait, en effet, de longs moments à l'église des déchaussées. Il y entrait plusieurs fois par jour, se signait et jetait un œil à la grille de bois. Si — coup au cœur, panique du pouls, froid dans le dos — à travers la charpente quadrillée, sur un des prie-Dieu occupés par les éternelles silhouettes blanches, il reconnaissait sœur Fátima, il tombait immédiatement à genoux sur les dalles coloniales. Il se plaçait en position oblique (son physique l'y aidait, qui ne permettait pas facilement de différencier le côté face du profil) et il pouvait de la sorte donner l'impression de regarder l'autel quand en réalité il avait les yeux rivés sur les longs voiles, les flocons amidonnés qui enveloppaient le corps de sa bien-aimée. Sœur Fátima, parfois, respirations que prend l'athlète pour redoubler d'efforts, interrompait ses prières, levait les yeux vers le (quadrillé ?) autel, et reconnaissait alors, interposé, le buste de Crisanto. Un imperceptible sourire apparaissait sur la face nivéenne de la nonnette et dans son cœur délicat se ravivait un tendre sentiment, en reconnaissant l'ami d'enfance. Leurs yeux se rencontraient et dans ces secondes-là — sœur Fátima se sentait obligée de baisser les siens — ils se disaient des choses qui faisaient même rougir les anges du Ciel ? Parce que — oui, oui — cette jeune fille miraculeusement sauvée des roues de l'automobile conduite par le visiteur médical Lucho Abril Marroquín, qui l'avait renversée un matin ensoleillé aux environs de Pisco, quand elle n'avait pas encore cinq ans, et qui par reconnaissance pour la Vierge de Fátima s'était faite religieuse, était arrivée avec le temps, dans la solitude de sa cellule, à aimer d'un amour sincère l'aède de Barrios Altos.

Crisantos Maravillas s'était résigné à ne pas épouser charnellement sa bien-aimée, à seulement communiquer avec elle de cette manière sublimée dans la chapelle. Mais il ne s'était jamais plié à l'idée — cruelle pour une homme dont l'unique beauté était son art — que sœur Fátima n'entendît pas sa musique, ces chansons que, sans le savoir, elle inspirait. Il se doutait — certitude pour qui aurait jeté un coup d'œil sur l'épaisseur fortifiée du couvent — qu'aux oreilles de son aimée n'arrivaient pas les sénérades que, défiant la pneumonie, il lui donnait chaque matin depuis vingt ano. Un jour, Crisanto Maravillas se mit à incorporer des thèmes religieux et mystiques à son répertoire : les miracles de sainte Rose, les prouesses (zoologiques ?) de saint Martín de Porres, anecdotes des martyrs et exécrations de Ponce Pilate succédèrent aux chansons de mœurs. Cela n'affaiblit pas son succès auprès des foules, mais lui gagna une nouvelle légion de fanatiques : curés et moines, les bonnes sœurs, l'Action Catholique. La musique péruvienne, dignifiée, parfumée à l'encens, chargée de sujets saints, commença à sauter les murailles qui l'avaient emprisonnée dans les salons et les clubs, et à être entendue dans des lieux où auparavant elle était inconcevable : églises, processions, maisons de retraite, séminaires.

L'astucieux plan tarda dix ans mais fut couronné de succès. Le couvent des déchaussées ne put refuser l'offre qu'il reçut un jour d'admettre que le barde choyé par les paroissiens, le poète des congrégations, le musicien des chemins de croix, donnât dans sa chapelle et ses cloîtres un récital de chansons au bénéfice des missionnaires d'Afrique. L'archevêque de Lima, sagesse de pourpre et oreille de connaisseur, fit savoir qu'il autorisait l'acte et que, pour quelques heures, il suspendait la clôture afin que les sœurs déchaussées pussent se délecter de musique. Lui-même se proposait d'assister au récital avec sa cour de dignitaires.

L'événement, marqué d'une pierre blanche dans la cité des vice-rois, eut lieu le jour où Crisanto Maravillas arrivait à la fleur de l'âge : la cinquantaine ? C'était un homme au front pénétrant, large nez, regard aquilin, esprit plein de bonté et de droiture, et d'une élégance physique qui répondait à sa beauté morale.

Bien que, prévisions de l'individu que la société triture, on eût distribué des invitations personnelles et averti que nul sans elles ne pourrait assister à l'événement, le poids de la réalité s'imposa : la barrière policière, commandée par le célèbre brigadier Lituma et son adjoint le maréchal des logis Jaime Concha, céda comme si elle avait été de papier face à la foule. Celle-ci rassemblée là depuis la veille au soir, inonda les lieux et envahit les cloîtres, vestibules, escaliers, galeries, en attitude révérencieuse. Les invités durent entrer par une porte secrète directement aux balcons supérieurs où, entassés derrière de vieilles balustrades, ils s'apprêtèrent à jouir du spectacle.

Quand, à six heures du soir, le barde — sourire de conquistador, vêtement bleu marine, pas de gymnastique, chevelure dorée flottant au vent — entra escorté par son orchestre et ses chœurs, une ovation qui se répercuta aux plafonds secoua les déchaussées. De là, tandis qu'il se mettait à genoux, et que, d'une voix de baryton, Gumercindo Maravillas entonnait un Pater Noster et un Ave Maria, ses yeux (craintifs ?) identifiaient, parmi les têtes, un bouquet de connaissances.

Il y avait là, au premier rang, un célèbre astrologue, le professeur (Ezequiel ?) Delfín Acémila qui, scrutant les cieux, mesurant les marées et faisant des passes cabbalistiques, avait deviné le destin des dames millionnaires de la ville, et qui, simplicité du savant qui joue aux billes, avait la faiblesse d'aimer ces rythmes péruviens. Et il y avait là aussi, sur son trente et un, un œillet rouge à la boutonnière et un chapeau de paille flambant neuf, le Noir le plus populaire de Lima, celui qui avait traversé l'Océan comme passager clandestin dans le ventre d'un avion ? avait refait ici sa vie (consacrée au passe-temps civique de tuer des souris au moyen de poisons typiques de sa tribu, avec quoi il était devenu riche ?). Et, hasards qu'ourdit le diable ou le sort, comparaissaient également, attirés par leur commune admiration pour le musicien, le Témoin de

Jéhova Lucho Abril Marroquín, qui, à la suite de la prouesse qu'il avait accomplie — s'autodécapiter, avec un coupe papier aiguisé, l'index de la main droite ? —, avait reçu le surnom de l'Ecorné, et Sarita Huanca Salaverría, la belle victorienne, capricieuse et charmante, qui avait exigé de lui, en offrande d'amour, si dure épreuve. Et comment ne point y voir, exsangue parmi la foule péruvienne, le miraflorin Richard Quinteros ? Profitant que, une fois dans la vie et pas plus, s'ouvraient les portes du couvent des déchaussées, il s'était glissé dans le cloître, mêlé à la foule, pour voir ne fût-ce que de loin cette sœur à lui (sœur Fátima ? sœur Lituma ? sœur Lucía ?) enfermée là par ses parents pour la libérer de son incestueux amour. Et même les Bergua, sourds-muets qui n'abandonnaient jamais la Pension Coloniale où ils vivaient, voués à l'altruiste occupation d'apprendre à dialoguer entre eux, avec des gestes et des grimaces, aux enfants pauvres privés d'ouïe et de parole, se trouvaient présents, contaminés par la curiosité générale, pour voir (puisqu'ils ne pouvaient l'entendre) l'idole de Lima.

L'apocalypse qui allait endeuiller la ville se déchaîna quand le Père Gumercindo Tello avait déjà commencé son récital. Devant l'hypnose de centaines de spectateurs empilés dans vestibules, patios, escaliers, terrasses, le chanteur, accompagné par l'orgue, interprétait les dernières notes de la merveilleuse apostrophe : *Ma religion ne se vend pas.* La même salve d'applaudissements qui récompensa le Père Gumercindo, mal et bien qui se mélangent comme le café au lait, perdit l'assistance. Car, trop absorbés par le chant, trop attentifs aux applaudissements, hourras et vivats, ils confondirent les premiers symptômes du cataclysme avec l'agitation créée chez eux par le Canari du

418

Seigneur. Ils ne réagirent pas durant les secondes où il était encore possible de courir, sortir, se mettre à l'abri. Quand, rugissement volcanique qui détruit les tympans, ils découvrirent que ce n'était pas eux qui tremblaient mais la terre, il était trop tard. Parce que les trois uniques portes des carmélites — coïncidence, volonté divine, maladresse des architectes — étaient restées bloquées par les premiers éboulis, ensevelissant, le grand angelot de pierre qui mura la porte principale, le maréchal des logis Crisanto Maravillas, qui, aidé par le brigadier Jaime Concha et le garde Lituma, au début du tremblement de terre, essayait de faire évacuer le couvent. Le valeureux citoyen et ses deux adjoints furent les premières victimes de la déflagration souterraine. Ainsi finirent, cafards qu'écrase le soulier, sous un indifférent personnage de granit, aux portes saintes des carmélites (attente du Jugement dernier ?) les trois mousquetaires du Corps des Pompiers du Pérou.

Entre-temps, à l'intérieur du couvent, les fidèles rassemblés là par la musique et la religion mouraient comme des mouches. Aux applaudissements avait succédé un chœur de lamentations, cris et hurlements. Les nobles pierres, les vieilles briques ne purent résister à la secousse — convulsive, interminable — des profondeurs. Un à un les murs se fissurèrent, s'écroulèrent et triturèrent ceux qui essayaient de les escalader pour gagner la rue. Ainsi moururent de célèbres exterminateurs de rats et souris : les Bergua ? Quelques secondes plus tard s'effondrèrent, bruit d'enfer et poussière de tornade, les galeries du second étage, précipitant — projectiles vivants, bolides humains — contre les gens entassés dans la cour les gens qui s'étaient installés en haut pour mieux entendre la sœur Gumercinda. Ainsi mourut, le crâne fra·

cassé contre les dalles, le psychologue de Lima, Lucho Abril Marroquín, qui avait soigné les névroses de la moitié de la ville au moyen d'un traitement de son invention (qui consistait à jouer au jeu pompeux des banderilles ?). Mais ce fut l'écroulement des plafonds carmélites qui produisit le plus grand nombre de morts dans le minimum de temps. Ainsi mourut, entre autres, la sœur Lucía Acémila, qui avait acquis tant de renommée au monde, après avoir déserté son ancienne secte, les Témoins de Jéhova, pour avoir écrit un livre loué par le Pape : *Dérision du Tronc au nom de la Croix.*

La mort de sœur Fátima et Richard, élan d'amour que ni le sang ni le voile n'arrêtèrent, fut encore plus triste. Tous deux, durant les siècles que dura le feu, demeurèrent indemnes, s'étreignant, tandis qu'autour d'eux, asphyxiés, écrasés, roussis, périssaient les gens. Maintenant l'incendie avait cessé et, entre les charbons et les épaisses nuées, les deux amants s'embrassaient, entourés de cadavres. Le moment était venu de gagner la rue. Richard, alors, prenant par la taille sœur Fátima, l'entraîna vers une des brèches ouvertes dans les murs par la sauvagerie de l'incendie. Mais à peine les amants eurent-ils fait quelques pas que — infamie de la terre carnivore ? justice du Ciel ? — la terre s'ouvrit sous leurs pieds. Le feu avait dévoré la trappe qui cachait la cave coloniale où les carmélites conservaient les os de leurs morts, et c'est là que tombèrent, se brisant contre l'ossuaire, le frère et la sœur lucifériens ?

Etait-ce le diable qui les emportait ? L'enfer était-il l'épilogue de leurs amours ? Ou était-ce Dieu qui, ému par leur souffrance funeste, les faisait monter aux cieux ? Etait-elle finie ou aurait-elle une suite ultra-terrestre cette histoire de sang, chant, mysticisme et feu ?

XIX

Javier nous appela de Lima à sept heures du matin.
La communication était fort mauvaise, mais ni les
bourdonnements ni les vibrations qui interféraient ne
dissimulaient l'inquiétude de sa voix.

— Mauvaises nouvelles, me dit-il d'emblée. Des tas
de mauvaises nouvelles.

A environ cinquante kilomètres de Lima, le taxi qui
ramenait Pascual et lui la veille avait quitté la route et
avait fait un tonneau dans la sablière. Aucun des deux
n'avait été blessé, mais le chauffeur et un autre
passager avaient eu de sérieuses contusions : ce fut un
cauchemar d'obtenir, en pleine nuit, qu'une voiture
consente à s'arrêter et leur donne un coup de main.
Javier était arrivé à la pension moulu de fatigue. Là il
avait eu une peur encore plus grande. A la porte
l'attendait mon père. Il s'était approché de lui, livide,
lui avait montré un revolver, l'avait menacé de lui tirer
dessus s'il ne révélait à l'instant où nous étions, tante
Julia et moi. Mort de panique (« Jusqu'alors je n'avais
vu de revolver qu'au cinéma, mon vieux ») Javier lui
avait juré sur sa mère et sur tous les saints qu'il ne le
savait pas, qu'il ne m'avait pas vu depuis une semaine.
A la fin, mon père s'était calmé un peu et lui avait
laissé une lettre à me remettre en personne. Etourdi de
ce qui venait d'arriver, Javier (« quelle nuit, Vargui-

421

tas! »), dès que mon père fut parti, décida de parler immédiatement à l'oncle Lucho pour savoir si ma famille maternelle était arrivée aussi à cet excès de rage. L'oncle Lucho le reçut en robe de chambre. Ils avaient discuté près d'une heure. Lui, il n'était pas en colère, mais peiné, préoccupé, troublé. Javier lui confirma que nous étions mariés le plus légalement du monde et lui affirma qu'il avait essayé lui aussi de m'en dissuader, mais en vain. L'oncle Lucho suggérait que nous rentrions à Lima le plus vite possible, afin de prendre le taureau par les cornes et tâcher d'arranger les choses.

— Le gros problème c'est ton père, Varguitas, conclut son rapport Javier. Le reste de la famille acceptera peu à peu la situation. Mais lui, il écume. Tu ne sais pas encore la lettre qu'il t'a torchée !

Je le réprimandai de lire les lettres des autres, et lui dis que nous revenions à Lima sur-le-champ, que je passerais le voir à son travail à midi ou que je l'appellerais au téléphone. Je racontai tout cela à tante Julia tandis qu'elle s'habillait, sans rien lui cacher, mais en essayant de gommer la cruauté des faits.

— Ce que je n'aime pas du tout c'est ce revolver, commenta-t-elle. Je suppose que c'est sur moi qu'il voudra tirer, non ? Ecoute, Varguitas, j'espère que mon beau-père ne me tuera pas en pleine lune de miel. Et cette histoire d'accident ? Pauvre Javier ! Pauvre Pascual ! Dans quelles histoires nous les avons fourrés avec nos folies.

Elle n'était ni effrayée ni peinée, absolument pas, elle semblait très contente et résolue à affronter les calamités. Je me sentais pareil aussi. Nous payâmes l'hôtel, nous allâmes prendre un café au lait sur la place d'Armes et une demi-heure après nous étions à nouveau sur la route, dans un vieux taxi collectif, direction Lima. Durant presque tout le trajet nous nous embrassâmes, sur la bouche, sur les joues, les mains, en nous disant à l'oreille que nous nous aimions et en nous moquant des regards inquiets des passagers et du chauffeur qui nous épiait dans le rétroviseur.

Nous arrivâmes à Lima à dix heures du matin. C'était un jour gris, la brume donnait aux maisons et aux gens une allure fantomatique, tout était humide et on avait l'impression de respirer de l'eau. Le collectif nous laissa chez tante Olga et oncle Lucho. Avant de sonner, nous nous serrâmes avec force les mains pour nous donner du courage. Tante Julia était devenue grave et je sentis mon cœur s'emballer.

C'est oncle Lucho en personne qui nous ouvrit. Il eut un sourire qui sembla terriblement forcé, embrassa tante Julia sur la joue et m'embrassa aussi.

— Ta sœur est encore au lit, mais réveillée, dit-il à tante Julia en lui désignant la chambre à coucher. Entre, vas-y.

Nous allâmes nous asseoir, lui et moi, dans le petit salon d'où l'on apercevait le séminaire des jésuites, le Malecón et la mer, quand il n'y avait pas de brume. A cette heure on ne voyait, dans le flou, que le mur et la terrasse en briques rouges du séminaire.

— Je ne vais quand même pas te tirer les oreilles, tu es trop grand, murmura oncle Lucho. — Il semblait vraiment abattu avec son visage de papier mâché. — Est-ce que tu te doutes, au moins, du pétrin dans lequel tu m'as mis ?

— C'était le seul moyen pour qu'on ne nous sépare pas, lui répondis-je, avec les mots que j'avais déjà préparés. Julia et moi nous nous aimons. Nous n'avons fait aucune folie. Nous avons bien réfléchi et nous sommes sûrs d'avoir bien agi. Je te promets qu'on viendra à bout des difficultés.

423

— Tu n'es qu'un morveux, tu n'as pas de métier ni même un toit pour vivre, tu devras renoncer à tes études et te décarcasser pour subvenir aux besoins de ta femme, murmura oncle Lucho, en allumant une cigarette et en remuant la tête. Tu t'es passé la corde au cou tout seul. Personne ne s'y résigne, parce que dans la famille nous avions tous l'espoir que tu arrives à être quelqu'un. Cela fait peine de voir que pour un caprice tu t'es plongé dans la médiocrité.

— Je ne vais pas renoncer à mes études, je vais les terminer, je ferai la même chose que j'aurais faite sans me marier, lui assurai-je avec flamme. Tu dois me croire et faire en sorte que la famille me croie. Julia va m'aider, maintenant je vais étudier et travailler avec plus d'envie.

— Pour le moment, il faut calmer ton père qui est hors de lui, me dit oncle Lucho en s'attendrissant d'un coup. — Il avait fait ce qu'il devait en me tirant les oreilles et maintenant il semblait disposé à m'aider. — Il ne veut rien entendre, il menace de dénoncer Julia à la police et je ne sais quoi encore.

Je lui dis que je lui parlerais et essaierais de lui faire accepter le fait accompli. L'oncle Lucho me regarda des pieds à la tête : c'était une honte qu'un tout nouveau marié eût une chemise sale, il fallait que j'aille me changer et me laver, et au passage tranquilliser mes grands-parents, qui étaient très inquiets. Nous bavardâmes encore un moment, et prîmes même un café sans que tante Julia sorte de la chambre de tante Olga. Je tendais l'oreille pour essayer de savoir s'il y avait des cris, des pleurs, une discussion. Mais non, aucun bruit ne filtrait. Tante Julia apparut à la fin seule. Elle était cramoisie, comme si elle avait pris trop de soleil, mais elle souriait.

— Au moins tu es vivante et entière, dit oncle Lucho. Je croyais que ta sœur allait t'arracher les cheveux.

— Au début c'est tout juste si elle ne m'a pas giflée, avoua tante Julia, en s'asseyant à côté de moi. Elle m'a sorti des énormités, naturellement. Mais il semble que, malgré tout, je puisse rester ici, jusqu'à ce que les choses s'éclaircissent.

Je me levai et dis que je devais aller à Radio Panamericana : ce serait tragique que, précisément en ce moment, je perde ma place. L'oncle Lucho m'accompagna jusqu'à la porte, il me dit de revenir pour déjeuner, et quand, en m'en allant, j'embrassai tante Julia, je vis qu'il souriait.

Je courus à l'épicerie du coin téléphoner à ma cousine Nancy et j'eus de la chance qu'elle réponde elle-même au téléphone. Sa voix s'étrangla lorsqu'elle me reconnut. Nous convînmes de nous retrouver dans dix minutes au parc Salazar. Quand j'y arrivai ma petite cousine était déjà là, morte de curiosité. Avant qu'elle ne me dise quoi que ce soit, je dus lui raconter toute l'aventure de Chincha et répondre à ses innombrables questions sur des détails inattendus, tels que, par exemple, la robe que tante Julia portait pour le mariage. Ce qui l'enchanta et la fit rire aux éclats (mais elle ne me crut pas) ce fut la version légèrement déformée selon laquelle le maire qui nous avait mariés était un pêcheur noir, à moitié nu et sans souliers. Finalement, après cela, je pus apprendre comment la famille avait réagi à la nouvelle. Ce qui était prévisible : des allées et venues de maison à maison, des conciliabules effervescents, d'innombrables coups de téléphone, des larmes abondantes, et, semble-t-il, ma mère avait été consolée, visitée, accompagnée comme si elle avait perdu un fils unique. Quant à Nancy, on l'avait accablée de questions et de menaces, convaincue que c'était notre alliée, pour qu'elle dise où nous nous trouvions. Mais elle avait tenu bon, niant avec la dernière énergie, et versant même des larmes de crocodile qui les avaient fait douter. La petite Nancy aussi était inquiète à cause de mon père :

— Surtout ne va pas le voir avant que sa colère soit tombée, m'avertit-elle. Il est tellement furieux qu'il pourrait te tuer.

Je lui demandai des nouvelles du petit logement que j'avais loué, et une fois de plus je fus surpris par son sens pratique. Ce matin même elle avait parlé avec la propriétaire. Il fallait arranger la salle de bains, changer une porte et le repeindre, de sorte qu'il ne serait pas habitable avant dix jours. Je me sentis découragé. Tout en marchant vers la maison de mes grands-parents, je me demandais où diable nous pourrions nous réfugier pendant ces deux semaines.

Sans avoir résolu le problème j'arrivai chez mes grands-parents et là je tombai sur ma mère. Elle était au salon et, en me voyant, elle éclata en larmes de façon spectaculaire. Elle m'embrassa avec force, et, tout en me caressant les yeux, les joues, et m'enfonçant les doigts dans les cheveux, à demi étouffée par les sanglots, elle répétait avec une infinie pitié : « Mon petit, mon bébé, mon amour, qu'est-ce qu'on t'a fait, qu'a fait cette femme avec toi. » Cela faisait près d'un an que je ne l'avais vue, et malgré ses larmes qui gonflaient son visage, je la trouvai rajeunie et belle. Je fis mon possible pour la calmer, en lui assurant qu'on ne m'avait rien fait, que c'est moi seul qui avais pris la décision de me marier. Elle ne pouvait entendre mentionner le nom de sa très récente bru sans repartir à pleurer de plus belle ; elle avait des accès de fureur pendant lesquels elle appelait tante Julia « cette vieille », « cette effrontée », « cette divorcée ». Soudain, au milieu de la scène, je découvris quelque chose qui ne m'était pas venu à l'esprit : plus que le qu'en dira-t-on, c'est la religion qui la faisait souffrir. Elle était très catholique et se préoccupait moins de ce que tante Julia fût plus âgée que moi que de ce qu'elle fût divorcée (c'est-à-dire empêchée de se marier à l'église).

Je réussis enfin à la calmer, avec l'aide des grands-parents, qui furent un modèle de tact, de bonté et de discrétion. Grand-père se borna à me dire, tandis qu'il me donnait sur le front le sec baiser habituel : « Eh bien ! poète, te voilà enfin, tu nous as fait faire du souci. » Et grand-mère, après plein de baisers et d'embrassades, me demanda à l'oreille avec une espèce de secrète coquinerie, tout bas, pour que ma mère n'entende pas : « Et Julita, elle va bien ? »

Après m'être douché et avoir changé de vêtements — je sentis une sorte de libération en me débarrassant de ceux que je portais depuis quatre jours — je pus bavarder avec ma mère. Elle avait cessé de pleurer et prenait une tasse de thé que lui avait préparée grand-mère qui, assise sur le bras du fauteuil, la caressait comme si c'était une enfant. J'essayai de 'a faire sourire avec une plaisanterie qui fut du plus mauvais goût (« mais, ma petite maman, tu devrais être heureuse, je me suis marié avec une de tes grandes amies »), mais ensuite je touchai des cordes sensibles en lui jurant que je n'abandonnerais pas mes études, que je deviendrais avocat et que, même, je réussirais peut-être à changer d'opinion au sujet de la diplomatie péruvienne (« ceux qui ne sont pas crétins sont pédé-rastes, maman ») de sorte que j'entrerais aux Affaires étrangères, le rêve de sa vie. Peu à peu elle perdit de sa dureté, et quoique toujours avec un visage affligé, elle demanda après mon travail à l'Université, mes notes, ce que je faisais à la radio et me gronda en ingrat que j'étais parce que je lui écrivais à peine. Elle me dit que mon père avait reçu un coup terrible : lui aussi ambitionnait de grandes choses pour moi, c'est pourquoi il empêcherait que « cette femme » ruine ma vie. Il avait consulté des avocats, le mariage n'était pas valable, il serait annulé et tante Julia pouvait être accusée de détournement de mineur. Mon père était si furieux que, pour le moment, il ne voulait pas me voir, pour que « quelque chose de terrible » ne se produise pas, et il exigeait que tante Julia quitte immédiatement le pays. Sinon, elle en supporterait les conséquences.

Je lui répondis que tante Julia et moi nous nous étions mariés justement pour ne pas nous séparer et qu'il allait être très difficile de renvoyer ma femme à l'étranger deux jours après notre mariage. Mais elle ne voulait pas discuter avec moi : « Tu connais bien ton père, tu sais le caractère qu'il a, il faut lui faire plaisir sinon... » et elle prenait un air terrifié. A la fin, je lui dis que j'allais arriver en retard à mon travail, que nous en reparlerions, et avant de partir je la tranquillisai à nouveau sur mon avenir, en l'assurant que je serais reçu avocat.

Dans le taxi qui me ramenait dans le centre, j'eus un pressentiment lugubre : et si je trouvais quelqu'un à ma place ? J'avais manqué trois jours et, ces dernières semaines, à cause des interminables préparatifs de mariage, j'avais complètement négligé les bulletins, Pascual et le Grand Pablito avaient dû faire toutes sortes d'énormités. Je pensai avec horreur ce que ce serait, en plus des complications personnelles de l'heure, que de perdre mon emploi. Je commençai à inventer des arguments capables d'attendrir les Genaro père et fils. Mais en entrant dans l'immeuble de Panamericana, dans mes petits souliers, ma sur-

428

prise fut immense de voir le directeur progressiste, avec qui je pris l'ascenseur, me saluer comme si nous nous étions vus dix minutes auparavant. Il avait l'air grave :

— La catastrophe se confirme, me dit-il en secouant tristement la tête, comme si nous avions discuté de la chose un moment auparavant. Veux-tu me dire ce que nous allons faire maintenant ? Il faut l'interner.

Il descendit au deuxième étage et moi qui, pour entretenir la confusion, avais pris un air funèbre et murmuré, comme si j'étais parfaitement au courant de ce qu'il me disait, « ah oui ! quel dommage ! », je me sentis heureux que quelque chose de si grave soit arrivé que mon absence était passée inaperçue. Au cagibi, Pascual et le Grand Pablito écoutaient d'un air funèbre Nelly, la secrétaire de Genaro fils. Ils me saluèrent à peine, et personne ne plaisanta sur mon mariage. Ils me regardaient l'air désolé :

— Pedro Camacho on l'a emmené à l'asile d'aliénés, balbutia le Grand Pablito d'une voix brisée. Que c'est triste, don Mario !

Puis, à eux trois, mais surtout Nelly qui avait suivi les événements depuis le bureau directorial, ils me racontèrent la chose par le détail. Tout avait commencé les jours mêmes où j'étais absorbé par mes démarches prématrimoniales. Le début de la fin ce furent les catastrophes, ces incendies, tremblements de terre, accidents naufrages, déraillements qui avaient dévasté les feuilletons radio, en finissant en quelques minutes avec des dizaines de personnages. Cette fois, les acteurs eux-mêmes et les techniciens de Radio Central, effrayés, avaient cessé de servir de mur protecteur au scribe, ou avaient été incapables d'empêcher le concert de protestations des auditeurs d'arriver jusqu'aux Genaro. Mais ceux-ci étaient déjà alertés par les journaux dont les chroniqueurs de radio se moquaient, depuis des jours, des cataclysmes de Pedro Camacho. Les Genaro l'avaient appelé, interrogé, avec un maximum de précautions pour ne pas le blesser ni l'exaspérer. Mais il s'était effondré avec une crise de nerfs : les catastrophes étaient des stratagèmes pour recommencer les histoires à zéro, car sa mémoire était défaillante, il ne savait plus ce qui était arrivé avant, ni qui était qui, ni à quelle histoire appartenait tel personnage, et — « pleurant à grands cris et s'arrachant les cheveux », assurait Nelly — il leur avait avoué que, les dernières semaines, son travail, sa vie, ses nuits étaient un supplice. Les Genaro l'avaient fait voir par un grand médecin de Lima, le docteur Honorio Delgado, qui avait décrété aussitôt que le scribe n'était pas en condition de travailler ; son cerveau « épuisé » devait connaître un temps de repos.

Nous étions suspendus au récit de Nelly quand le téléphone sonna. C'était Genaro fils qui voulait me voir de toute urgence. Je descendis à son bureau, convaincu qu'il s'agissait là maintenant, au moins, d'une admonestation. Mais il me reçut comme dans l'ascenseur, en croyant que j'étais au courant de ses problèmes. Il venait de parler par téléphone avec La Havane, et pestait parce que la C.M.Q., profitant de sa situation et de l'urgence, avait quadruplé ses tarifs

— C'est une tragédie, une malchance unique, c'étaient les émissions de plus grande écoute, les annonceurs se les disputaient, disait-il en brassant les papiers sur son bureau. Quel désastre de dépendre à nouveau de ces requins de la C.M.Q. !

Je lui demandai comment allait Pedro Camacho, s'il l'avait vu, dans combien de temps il pourrait recommencer à travailler.

— Il n'y a aucun espoir, grogna-t-il avec une sorte de

fureur, mais il finit par adopter un ton de compassion. Le docteur Delgado dit que son psychisme est en déliquescence. Déliquescence. Tu comprends ça ? Que son âme tombe en morceaux, je suppose, que sa tête pourrit ou quelque chose comme ça, non ? Quand mon père lui a demandé si le rétablissement pouvait prendre quelques mois, il nous a répondu : « Peut-être des années. » Tu te rends compte !

Il baissa la tête, accablé, et avec la certitude du devin me prédit ce qui allait arriver : en apprenant que les livrets allaient être désormais ceux de la C.M.Q., les annonceurs annuleraient leurs contrats ou demanderaient des remises de cinquante pour cent. Pour comble de malchance, les nouveaux feuilletons radio n'arriveraient pas avant trois semaines ou un mois, parce qu'à Cuba c'était maintenant le bordel, il y avait du terrorisme, la guérilla, la C.M.Q. était sens dessus dessous, avec des gens arrêtés, un sac de nœuds. Mais il était impensable que les auditeurs puissent rester un mois sans feuilletons, Radio Central allait perdre son public, Radio La Crónica ou Radio Colonial allaient le lui ravir, eux qui avaient commencé à faire une dure concurrence avec les feuilletons argentins, tellement stupides.

— A propos, je t'ai fait venir pour ça, ajouta-t-il en me regardant comme s'il m'apercevait là tout soudain. Tu dois nous donner un coup de main. Après tout tu es à moitié intellectuel, pour toi ce sera un travail facile.

Il s'agissait de fouiller les archives de Radio Central, là où étaient conservés les vieux livrets, antérieurs à l'arrivée de Pedro Camacho. Il fallait les revoir, découvrir ceux qui pouvaient être utilisés immédiatement, jusqu'à ce qu'arrivent les nouveaux feuilletons de la C.M.Q.

431

— Naturellement, nous le paierons en plus, me précisa-t-il. Nous n'exploitons personne ici.

Je sentis une immense gratitude pour Genaro fils et une grande pitié pour ses problèmes. Même s'il ne me donnait que cent sols, en cet instant cela tombait on ne peut mieux. Comme je sortais de son bureau, sa voix m'immobilisa à la porte :

— Ecoute, c'est vrai que tu t'es marié ? — Je me retournai, il me faisait un geste affectueux — Qui est la victime ? Une femme, je suppose, non ? Bon, félicitations. Nous arroserons cela.

De mon bureau j'appelai tante Julia. Elle me dit que ma tante Olga s'était un peu calmée, mais qu'à tout moment elle s'étonnait de nouveau et lui disait : « Ce que tu es folle. » Elle ne fut pas trop peinée d'apprendre que notre logement n'était pas encore disponible (« Nous avons dormi tant de temps séparés que nous pouvons le faire deux semaines encore, Varguitas ») et elle me dit qu'après avoir pris un bon bain et s'être changée, elle se sentait plus optimiste. Je l'avisai que je ne pouvais venir déjeuner parce que je devais mettre le nez dans une montagne de feuilletons radio et que nous nous verrions ce soir. Je préparai le Bulletin Panaméricain et deux bulletins d'information, puis allai me plonger dans les archives de Radio Central. C'était une cave sans lumière, pleine de toiles d'araignées, et en entrant j'entendis courir des souris dans l'obscurité. Il y avait des papiers partout : entassés, éparpillés, ficelés en paquets. Je commençai par éternuer à cause de la poussière et de l'humidité. Il n'était pas possible de travailler là, aussi me mis-je à monter des liasses de papier au réduit de Pedro Camacho et m'installai à ce qui avait été son bureau. Il ne restait aucune trace de lui : ni son dictionnaire de citations, ni la carte de Lima, ni ses fiches sociologico-psychologico-raciales.

Le désordre et la crasse des vieux feuilletons de la C.M.Q. étaient incroyables : l'humidité avait effacé les lettres, les souris et les blattes avaient mordillé et embrené les pages, et les livrets s'étaient mélangés les uns aux autres comme les histoires de Pedro Camacho. Il n'y avait pas grand-chose à sélectionner ; tout au plus, essayer de découvrir quelques textes lisibles.

Cela faisait trois heures que j'étais en proie à des éternuements allergiques, plongeant dans des horreurs sirupeuses pour fabriquer quelque puzzle théâtral, quand s'ouvrit la porte du réduit et apparut Javier.

— C'est incroyable qu'en ce moment, avec les soucis que tu as, tu continues avec ta manie de Pedro Camacho, me dit-il, furieux. Je viens de chez tes grands-parents. Apprends au moins ce qui t'arrive et tremble.

Il lança sur ma table encombrée de livrets en souffrance deux enveloppes. L'une contenait la lettre que lui avait laissé mon père la veille au soir. Elle disait :

« Mario : J'accorde quarante-huit heures de délai pour que cette femme quitte le pays. Si elle ne le fait pas, je me chargerai, moi, en faisant jouer les influences qu'il faudra, de lui faire payer cher son audace. Quant à toi, je veux que tu saches que je suis armé et que je ne te permettrai pas de te moquer de moi. Si tu n'obéis pas au pied de la lettre et si cette femme ne quitte pas le pays dans le délai indiqué, je te tuerai de cinq balles dans la peau comme un chien, en pleine rue. »

Il avait signé de ses deux patronymes et ajoutait un post-scriptum : « Tu peux demander la protection de la police, si tu veux. Et pour que ce soit bien clair, je signe à nouveau ma décision de te tuer là où je te trouverai comme un chien. » Et en effet, il avait signé une seconde fois, d'un trait plus énergique que la première. L'autre enveloppe, grand-mère l'avait remise à Javier il y avait une demi-heure pour qu'il me la donne. Un gendarme l'avait apportée ; c'était une convocation au commissariat de Miraflores. Je devais m'y présenter le lendemain à neuf heures du matin.

— Ce qu'il y a de pire ce n'est pas la lettre, mais que, tel que je l'ai vu hier soir, il peut fort bien mettre à exécution sa menace, me consola Javier en s'asseyant sur le rebord de la fenêtre. Qu'est-ce qu'on fait, mon vieux ?

— Pour le moment, consulter un avocat — c'est la seule chose qui me vint à l'esprit. — Au sujet de mon mariage et de l'autre chose. Connais-tu quelqu'un qui puisse s'occuper de nous gratuitement, ou nous faire crédit ?

Nous allâmes chez un jeune avocat, un parent à lui, avec qui nous avions quelquefois fait du surf sur la plage de Miraflores. Il fut très aimable, prit avec humour l'histoire de Chincha et plaisanta ; comme Javier l'avait calculé, il ne voulut pas se faire payer. Il m'expliqua que le mariage n'était pas nul, mais annulable, à cause de la correction des dates sur mon extrait de naissance. Mais cela exigeait une action en justice. Si elle n'était pas entreprise, au bout de deux ans le mariage serait automatiquement « validé » et ne pourrait plus être annulé. Quant à tante Julia, il était possible de la dénoncer pour « détournement de mineur », eh oui ! de déposer plainte à la police et de la faire arrêter, du moins provisoirement. Ensuite il y aurait procès, mais il était sûr qu'étant donné les circonstances — c'est-à-dire, que j'avais dix-huit ans et non douze ans — il était impossible de maintenir l'accusation : n'importe quel tribunal l'acquitterait.

— De toute façon, s'il le veut, ton père peut faire

passer un très mauvais quart d'heure à Julita, conclut Javier tandis que nous retournions à la radio par la rue de la Unión. Est-ce vrai qu'il a des relations au gouvernement ?

Je l'ignorais ; peut-être était-il ami d'un général, camarade de quelque ministre. Brusquement je décidai de ne pas attendre le lendemain pour savoir ce que voulait le commissariat. Je demandai à Javier de m'aider à sauver quelques feuilletons radio du magma de papiers de Radio Central, afin de m'ôter un doute aujourd'hui même. Il accepta, et s'offrit également dans le cas où l'on m'arrêterait, à venir me rendre visite et à m'apporter des cigarettes.

A six heures du soir je remis à Genaro fils deux feuilletons radio plus ou moins rafistolés et lui en promis trois autres pour le lendemain ; je jetai un coup d'œil rapide sur les bulletins de sept et huit heures, promis à Pascual que je reviendrais pour le Panaméricain et une demi-heure plus tard nous étions, Javier et moi, au commissariat du Malecón 28 de Julio, à Miraflores. Nous attendîmes un bon moment et, enfin, le commissaire — un major en uniforme — et le chef de la P.I.P. nous reçurent. Mon père était venu ce matin demander qu'on prenne ma déposition officielle sur ce qui s'était passé. Ils avaient une liste de questions à la main, mais le policier en civil enregistra mes réponses à la machine à écrire, ce qui prit beaucoup de temps, car c'était un fort mauvais dactylo. J'admis que je m'étais marié (et soulignai emphatiquement que je l'avais fait « de mon propre gré ») mais je refusai de dire où et devant quel maire. Je ne dis pas non plus qui avaient été mes témoins. Les questions étaient d'une telle nature qu'elles semblaient conçues par un avocaillon plein de mauvaises intentions : ma date de naissance et à la suite (comme si ce n'était pas

435

implicite dans la question précédente) si j'étais mineur ou non, où je vivais et avec qui, et, naturellement, l'âge de tante Julia (que l'on appelait « doña » Julia), réponse à laquelle je refusai également de répondre en disant que c'était de mauvais goût de relever l'âge des dames. Cela provoqua une curiosité infantile chez les deux policiers qui, après que j'eus signé ma déposition, prenant un air paternel, me demandèrent, « seulement par pure curiosité », combien d'années de plus que moi avait la « dame ». En sortant du commissariat je me sentis soudain très déprimé, avec la pénible sensation d'être un assassin ou un voleur.

Javier pensait que j'avais gaffé ; refuser de révéler le lieu du mariage était une provocation qui irriterait davantage mon père, et totalement inutile, car il le découvrirait en quelques jours. C'était au-dessus de mes forces de retourner à la radio ce soir-là, dans l'état d'esprit où je me trouvais, aussi m'en allais-je chez l'oncle Lucho. C'est tante Olga qui m'ouvrit ; elle me reçut l'air sérieux et le regard assassin mais elle ne me dit pas un mot, et, même, me tendit sa joue pour l'embrasser. Elle entra avec moi au salon où se trouvaient tante Julia et l'oncle Lucho. Il suffisait de les voir pour savoir que tout allait on ne peut plus mal. Je leur demandai ce qui se passait :

— Les choses prennent mauvaise tournure, me dit tante Julia en nouant ses doigts aux miens, et je vis combien cela mettait ma tante Olga mal à l'aise. Mon beau-père veut me faire expulser du Pérou.

L'oncle Jorge, l'oncle Juan et l'oncle Pedro avaient eu une entrevue cet après-midi avec mon père et étaient revenus effrayés de l'état où ils l'avaient trouvé. Une fureur froide, un regard fixe, une façon de parler qui indiquaient une détermination inébranlable. Il était catégorique : tante Julia devait quitter le Pérou sous quarante-huit heures ou alors en supporter les conséquences. En effet, il était très ami, camarade de collège, peut-être — avec le ministre du Travail de la dictature, un général nommé Villacorta, il avait déjà parlé avec lui et, si elle ne partait pas de sa propre volonté, tante Julia partirait escortée par des soldats jusqu'à l'avion. Quant à moi, si je ne lui obéissais pas, je le paierais cher. Et tout comme à Javier, il avait montré son revolver à mes oncles. Je complétai le tableau en leur montrant la lettre et leur racontant l'interrogatoire de police. La lettre de mon père eut la vertu de les gagner tout à fait à notre cause. L'oncle Lucho servit du whisky et, comme nous buvions, ma tante Olga se mit soudain à pleurer et à s'écrier : comment était-ce possible, sa sœur traitée comme une criminelle, menacée par la police, alors qu'elles appartenaient à une des meilleures familles de Bolivie.

— Il n'y a pas d'autre moyen que de partir, Varguitas, dit tante Julia. — Je vis qu'elle échangeait un regard avec mon oncle et ma tante et je compris qu'ils avaient déjà parlé de cela. — Ne me regarde pas comme ça, ce n'est pas une conspiration, ce n'est pas pour toujours. Seulement jusqu'à ce que ton père ne soit plus en rage. Pour éviter d'autres scandales.

Tous les trois en avaient parlé et discuté et avaient préparé un plan. Ils avaient écarté la Bolivie et suggéraient que tante Julia aille au Chili, à Valparaiso, où vivait sa grand-mère. Elle y resterait juste le temps indispensable pour que les esprits s'apaisent. Elle reviendrait à l'instant même où je la rappellerais. Je m'y opposai furieusement, dis que tante Julia était ma femme, que je m'étais marié avec elle pour que nous soyons ensemble, qu'en tout cas nous partirions tous les deux. Ils me rappelèrent que j'étais mineur : je ne pouvais solliciter de passeport ni sortir du pays sans autorisation paternelle. Je dis que je traverserais la frontière clandestinement. Ils me demandèrent combien d'argent j'avais pour m'en aller vivre à l'étranger. (Il me restait à peine de quoi m'acheter des cigarettes pendant quelques jours : le mariage et le paiement de la location du logement avaient absorbé l'avance de Radio Panamericana, la vente de mes vêtements et les mises au clou.)

— Nous sommes déjà mariés et cela personne ne va nous l'enlever, disait tante Julia en me dépeignant et m'embrassant, les yeux pleins de larmes. Ce n'est que pour quelques semaines, tout au plus quelques mois. Je ne veux pas qu'on te tire dessus par ma faute.

Durant le repas, ma tante Olga et l'oncle Lucho exposèrent leurs arguments pour me convaincre. Je devais être raisonnable, j'en avais fait à ma tête, je m'étais marié, maintenant je devais faire une concession provisoire, pour éviter quelque chose d'irréparable. Je devais les comprendre ; eux, en tant que sœur et beau-frère de tante Julia, étaient dans une position très délicate devant mon père et le reste de la famille : ils ne pouvaient être contre elle ni pour elle. Ils nous aideraient, ils le faisaient en ce moment, et il fallait que je fasse quelque chose pour ma part. Tandis que tante Julia serait à Valparaiso je devrais chercher quelque autre travail, car sinon de quoi diable allions-nous vivre, qui subviendrait à nos besoins. Mon père finirait par se calmer, par accepter le fait accompli.

Vers minuit — mon oncle et ma tante étaient allés discrètement dormir, et tante Julia et moi nous faisions l'amour horriblement, à moitié habillés, avec appréhension, l'oreille attentive au moindre bruit — je finis par me rendre. Il n'y avait pas d'autre solution. Le lendemain matin nous essaierions d'échanger le billet de La Paz pour un autre en direction du Chili. Une

438

demi-heure plus tard, en marchant dans les rues de Miraflores en direction de ma chambre de célibataire chez mes grands-parents, je ressentais amertume et impuissance, et me maudissais de n'avoir pas même de quoi m'acheter moi aussi un revolver.

Tante Julia partit pour le Chili deux jours plus tard, avec un avion qui décolla à l'aube. La compagnie d'aviation n'eut pas d'inconvénient à changer le billet, mais il y avait une différence de prix qu'il fallut couvrir au moyen d'un prêt de cinq cents sols que nous fit personne d'autre que Pascual. (Il me laissa comme deux ronds de flan en me disant qu'il avait cinq mille sols à la Caisse d'épargne, ce qui, étant donné ce qu'il gagnait, était réellement une prouesse.) Pour que tante Julia pût emporter un peu d'argent je vendis, au libraire de la rue La Paz, tous les livres que j'avais encore en ma possession, y compris les codes civils et manuels de Droit, avec quoi j'achetai cinquante dollars.

La tante Olga et l'oncle Lucho allèrent à l'aéroport avec nous. La nuit précédente j'étais resté chez eux. Nous ne dormîmes pas, nous ne fîmes pas l'amour. Après le repas, mon oncle et ma tante se retirèrent et moi, assis au bout du lit, je vis tante Julia faire soigneusement sa valise. Puis, nous allâmes nous asseoir au salon, qui était dans l'obscurité. Nous restâmes là trois ou quatre heures, les mains entrelacées, serrés l'un contre l'autre sur le fauteuil, parlant à voix basse pour ne pas réveiller la famille. Parfois nous nous embrassions, nous approchions nos visages et nous échangions des baisers, mais la plupart du temps nous le passâmes à fumer et à discuter. Nous parlions de ce que nous ferions lorsque nous nous retrouverions, comment elle m'aiderait dans mon travail et comment, d'une façon ou d'une autre, tôt ou tard, nous

Irions vivre à Paris dans une mansarde où je deviendrais, enfin écrivain Je lui racontai l'histoire de son compatriote Pedro Camacho, qui était maintenant en clinique entouré de fous, devenant fou lui-même probablement, et nous envisagions de nous écrire tous les jours, de longues lettres où nous nous raconterions prolixement tout ce que nous aurions fait, pensé et senti. Je lui promis, quand elle reviendrait, que j'aurais tout arrangé et que je gagnerais suffisamment pour ne pas mourir de faim. Quand le réveil sonna, à cinq heures, il faisait encore nuit noire, et quand nous arrivâmes à l'aéroport de Limatambo, une heure plus tard, le jour commençait à peine à poindre. Tante Julia avait mis sa robe bleue qui me plaisait tant et qui lui allait si bien. Elle fut très calme quand nous nous dîmes au revoir, mais je sentis qu'elle tremblait dans mes bras et, en revanche, moi, quand je la vis monter dans l'avion, j'eus un nœud dans la gorge et les larmes me montèrent aux yeux.

Son exil chilien dura un mois et quatorze jours. Ce fut, pour moi, six semaines décisives durant lesquelles (grâce aux démarches auprès d'amis, de connaissances, de condisciples, de professeurs à qui je rendis visite, que je priai, j'ennuyai, je rendis fou pour qu'ils me donnent un coup de main) je réussis à accumuler sept travaux, y compris, naturellement, celui que j'avais déjà à Panamericana. Le premier fut un emploi à la bibliothèque du club National, qui se trouvait à côté de la radio ; je devais y aller deux heures par jour, entre les bulletins du matin, pour enregistrer les nouveaux livres et revues et faire un catalogue du fonds. Un professeur d'histoire de San Marcos, dans la classe duquel j'avais obtenu des notes excellentes, m'engagea comme assistant, l'après-midi, de trois à cinq, chez lui à Miraflores, où je mettais en fiches divers thèmes des chroniques en vue d'une Histoire du Pérou à laquelle il collaborait pour les volumes de la Conquête et de l'Emancipation. Le plus pittoresque de ces nouveaux travaux était un contrat avec l'Assistance publique de Lima. Au cimetière colonial il existait une série de carrés de l'époque dont on avait égaré les registres. Ma mission consistait à déchiffrer ce que disaient les pierres tombales et à dresser des listes avec les noms et les dates. C'était quelque chose que je pouvais mener à bien à l'heure que je voulais et pour laquelle on me payait au forfait : un sol par mort. Je le faisais l'après-midi, entre le bulletin de six heures et le Panaméricain, et Javier, qui était libre à ces heures, avait coutume de m'accompagner. Comme c'était l'hiver et qu'il faisait nuit de bonne heure, le directeur du cimetière, un gros qui disait avoir assisté en personne, au Congrès, à la prise de fonctions de huit présidents du Pérou, nous prêtait des lampes électriques et un escabeau pour pouvoir lire les niches hautes. Parfois, en jouant à entendre des voix, des plaintes, des chaînes, et à voir des formes blanchâtres entre les tombes, nous réussîmes à nous faire peur pour de bon. J'y allai deux ou trois fois par semaine, et en plus je consacrai à cette tâche tous mes dimanches matin. Les autres travaux étaient plus ou moins (plutôt moins que plus) littéraires. Pour le supplément dominical de *El Comercio* je faisais chaque semaine une interview d'un poète, romancier ou essayiste, dans une rubrique intitulée « L'homme et son œuvre ». Dans la revue *Cultura Peruana* j'écrivais un article mensuel, pour une rubrique que j'inventai : « Hommes, livres et idées », et, finalement, un autre professeur de mes amis me chargea de rédiger pour les candidats à l'Université catholique (bien que je fusse élève de la rivale, l'Université San Marcos) un texte d'Education civique ;

chaque lundi je devais lui remettre développé l'un des thèmes du programme d'entrée (qui étaient fort divers, un éventail qui couvrait depuis les symboles de la Patrie jusqu'à la polémique entre indigénistes et hispanistes, en passant par les fleurs et animaux aborigènes).

Grâce à ces travaux (qui me faisaient me sentir, un peu, l'émule de Pedro Camacho) je parvins à tripler mes rentrées et à les arrondir suffisamment pour que deux personnes pussent vivre. Dans tous je demandai des avances et ainsi tirai du clou ma machine à écrire, indispensable pour les tâches journalistiques (quoique je fisse beaucoup d'articles à Panamericana), et de cette façon aussi ma cousine Nancy acheta quelques objets pour meubler l'appartement loué que la propriétaire me remit, en effet, au bout de quinze jours. Quel bonheur le matin où je pris possession de ses deux petites pièces avec sa minuscule salle de bains. Je continuai à dormir chez mes grands-parents, parce que je décidai de l'étrenner le jour où reviendrait tante Julia, mais j'y allais presque chaque soir rédiger des articles et établir les listes des morts. Quoique je n'arrêtasse pas de faire des choses, d'entrer et sortir d'un endroit à l'autre, je ne me sentais pas fatigué ni déprimé, mais, au contraire, très enthousiaste, et je crois même que je continuais à lire comme avant (quoique seulement dans les innombrables bus et taxis collectifs que je prenais quotidiennement).

Fidèle à notre promesse, les lettres de tante Julia arrivaient chaque jour et grand-mère me les remettait avec une lueur espiègle dans les yeux, en murmurant : « De qui peut être cette petite lettre, qui ça doit être ? » Moi aussi je lui écrivais continuellement, c'était la dernière chose que je faisais chaque nuit, parfois ivre de sommeil, lui rendant compte de mes allées et venues de la journée. Les jours qui suivirent son départ je rencontrai chez mes grands-parents, chez Lucho et Olga, dans la rue, mes nombreux parents et découvris leurs réactions. Elles étaient diverses et certaines inattendues. L'oncle Pedro eut la plus sévère : il me planta là avec mon bonjour et me tourna le dos après un regard glacial. Ma tante Jesús versa des larmes de crocodile et m'embrassa en susurrant d'une voix dramatique : « Pauvre enfant ! » D'autres oncles et tantes choisirent d'agir comme si rien ne s'était passé ; ils étaient affectueux avec moi, mais ne mentionnaient pas tante Julia et affectaient d'ignorer notre mariage.

Mon père, je ne l'avais pas vu, mais je savais qu'une fois satisfaite son exigence de faire partir tante Julia du pays, il s'était quelque peu calmé. Mes parents étaient logés chez un oncle paternel, chez qui je n'allais jamais, mais ma mère venait tous les jours chez mes grands-parents et nous nous y voyions. Elle adoptait envers moi une attitude ambivalente, affectueuse, maternelle, mais chaque fois que surgissait, directement ou indirectement, le thème tabou, elle pâlissait, ses larmes jaillissaient et elle assurait : « Je ne l'accepterai jamais. » Quand je lui proposai de venir voir l'appartement elle s'offensa comme si je l'avais insultée, et elle se référait toujours au fait que j'avais vendu mes vêtements et mes livres comme à une tragédie grecque. Je la faisais taire en lui disant : « Ma petite maman, ne commence pas encore avec tes feuilletons radio. » Elle ne parlait pas de mon père pas plus que je ne lui posais de questions à son sujet, mais, par d'autres parents qui le voyaient, je sus que sa colère avait fait place au désespoir au sujet de mon avenir, et qu'il disait couramment : « Il devra m'obéir jusqu'à ce qu'il ait vingt et un ans ; ensuite il peut aller se faire pendre. »

En dépit de mes nombreuses occupations, durant ces semaines-là j'écrivis une nouvelle intitulée *La Bienheureuse et le Père Nicolás*. Elle se situait à Grocio Prado, naturellement, et était anticléricale : c'était l'histoire d'un petit curé malin qui, remarquant la dévotion populaire envers la Bienheureuse Melchorita, décidait de l'industrialiser à son profit, et avec le sang-froid et l'ambition d'un bon homme d'affaires, il organisait un commerce multiple qui consistait à fabriquer et à vendre des images pieuses, des scapulaires, des porte-bonheur et toutes sortes de reliques de la petite Bienheureuse, à faire payer l'entrée aux endroits où elle avait vécu, et à organiser des collectes et des tombolas pour lui bâtir une chapelle et payer des commissions qui iraient activer sa canonisation à Rome. J'écrivis deux épilogues différents, comme une nouvelle de journal : dans l'un, les habitants de Grocio Prado découvraient les affaires du Père Nicolás et le lynchaient, et dans l'autre le petit curé arrivait à devenir archevêque de Lima. (Je décidai de choisir entre les deux après l'avoir lue à tante Julia.) Je l'écrivis à la bibliothèque du Club national où mon travail de catalogueur de nouveautés était quelque chose de symbolique.

Les feuilletons radio que je sauvai des magasins de Radio Central (travail qui représenta deux cents sols supplémentaires) furent condensés en un mois d'écoute, le temps que mirent à arriver les livrets de la C.M.Q. Mais ni ceux-là ni ceux-ci, comme l'avait prévu le directeur progressiste, ne purent conserver l'audience gigantesque conquise par Pedro Camacho. L'indice d'écoute dégringola et les tarifs publicitaires durent être abaissés pour ne pas perdre de clients. Mais la chose ne fut pas trop terrible pour les Genaro qui, toujours inventifs et dynamiques, trouvèrent une

444

nouvelle mine d'or avec une émission intitulée
« Répondez pour soixante-quatre mille sols ». Elle
était diffusée depuis le cinéma Le Paris où des candidats érudits en diverses matières (automobiles, Sophocle, football, les Incas) répondaient aux questions pour
des sommes d'argent qui pouvaient atteindre ce chif-
fre. A travers Genaro fils, avec qui (maintenant de loin
en loin) je prenais des petits cafés au Bransa de la
Colmena, je suivais la trace de Pedro Camacho. Il était
resté près d'un mois à la clinique privée du Dr Delgado, mais comme cela revenait très cher, les Genaro
avaient réussi à le faire transférer à Larco Herrero,
l'asile de l'Assistance publique où, semble-
t-il, on avait beaucoup de considération pour lui. Un
dimanche, après avoir catalogué les tombes au cimetière colonial, je me rendis en bus jusqu'à la porte de
Larco Herrera avec l'intention de lui rendre visite. Je
lui apportais en cadeau des sachets de verveine-
menthe pour qu'il prenne ses infusions. Mais au
moment même où j'allais franchir, avec d'autres visiteurs, le portail carcéral, je décidai de ne pas le faire.
L'idée de revoir le scribe dans cet endroit fortifié et
dans la promiscuité — en première année d'Université
nous avions eu là des travaux pratiques de psychologie
—, devenu un fou parmi tant d'autres, me produisit
préventivement une grande angoisse. Je fis demi-tour
et retournai à Miraflores.

Ce lundi je dis à ma mère que je voulais m'entretenir
avec mon père. Elle me conseilla d'être prudent, de ne
rien dire qui le mît en colère, de ne pas m'exposer à ce
qu'il me fît mal, et elle me donna le numéro de
téléphone de la maison où il logeait. Mon père me fit
savoir qu'il me recevrait le lendemain matin à onze
heures dans ce qui avait été son bureau avant son
départ aux Etats-Unis. Il se trouvait dans l'avenue

Carabaya, au fond d'un couloir carrelé des deux côtés duquel il y avait des pièces et des bureaux. A la compagnie d'import-export — je reconnus quelques employés qui avaient déjà travaillé avec lui — on me fit passer à la direction. Mon père se trouvait seul, assis à son vieux bureau. Il portait un complet crème, une cravate verte à pois blancs ; il me semblait plus mince qu'il y a un an et un peu pâle.

— Bonjour, papa, dis-je à la porte en faisant un gros effort pour que ma voix soit ferme.

— Dis-moi ce que tu as à me dire, dit-il de façon plus neutre que coléreuse, en me désignant un siège.

— Je suis venu te raconter ce que je suis en train de faire, ce que je vais faire, bégayai-je.

Il resta silencieux, attendant que je continue. Alors, parlant très lentement pour paraître serein, épiant ses réactions, je lui détaillai par le menu les travaux que j'avais réussi à avoir, ce que je gagnais dans chaque, comment j'avais réparti mon temps pour pouvoir tout faire et, en plus, faire les devoirs et présenter les examens à l'université. Je ne mentis pas, mais présentai le tout sous l'éclairage le plus favorable : j'avais organisé ma vie de façon intelligente et sérieuse, et j'avais hâte de terminer mes études. Quand je me tus, mon père resta également muet, dans l'attente de la conclusion. Aussi, avalant ma salive, je dus la lui donner :

— Tu vois donc que je peux gagner ma vie, subvenir à mes besoins et poursuivre mes études. — Puis sentant que ma voix devenait plus faible au point qu'on l'entendait à peine : — Je suis venu te demander l'autorisation d'appeler Julia. Nous nous sommes mariés et elle ne peut continuer à vivre seule.

Il battit des paupières, pâlit encore davantage et, l'espace d'un instant, je crus qu'il allait avoir un de ces acces de rage qui avaient été le cauchemar de mon enfance. Mais il se borna à me dire, sèchement :

— Comme tu le sais, ce mariage ne vaut pas. Toi, mineur, tu ne peux te marier sans mon consentement. De sorte que si tu t'es marié, tu n'as pu le faire qu'en falsifiant l'autorisation paternelle ou ton extrait de naissance. Dans les deux cas, le mariage peut être facilement annulé.

Il m'expliqua que la falsification d'un document public était quelque chose de grave, puni par la loi. Si quelqu'un devait payer les pots cassés pour cela, ce ne serait pas moi, le mineur, mais la personne majeure qui serait accusée par la justice de détournement. Après cet exposé légal, qu'il proféra d'un ton glacé, il parla longuement, laissant transparaître, peu à peu, son émotion. Je croyais qu'il me détestait, quand la vérité était qu'il avait toujours voulu mon bien, s'il s'était montré quelquefois sévère c'était afin de corriger mes défauts et de me préparer pour l'avenir. Mon esprit rebelle et de contradiction ferait ma perte. Ce mariage, c'était me mettre la corde au cou. Il s'y était opposé pour mon bien et non, comme je le croyais, pour me faire tort, parce que quel père n'aimait pas son fils ? Pour le reste, il comprenait que je sois tombé amoureux, ce n'était pas un mal, après tout c'était un acte d'homme, ç'aurait été plus terrible, par exemple, que je sois devenu pédéraste. Mais me marier à dix-huit ans, étant un morveux, un étudiant, et avec une femme mûre et divorcée était une folie incommensurable, quelque chose dont je ne comprendrais les véritables conséquences que plus tard, quand, à cause de ce mariage, je serais devenu quelqu'un d'amer, un pauvre diable dans la vie. Il ne désirait pour moi rien de cela, seulement ce qu'il y avait de mieux et de plus grand. Enfin, que j'essaie seulement de ne pas renoncer à mes

447

études, car je le regretterais toujours. Il se leva et moi aussi je me levai. Un silence gêné suivit, ponctué par le cliquettement des machines à écrire de l'autre pièce. Je balbutiai que je lui promettais de finir mes études et il acquiesça. Pour nous séparer, après une seconde d'hésitation, nous nous embrassâmes.

De son bureau, j'allai à la poste centrale et envoyai un télégramme : « Amnistiée. Enverrai billet le plus tôt possible. Baisers. » Je passai cet après-midi chez l'historien, sur la terrasse de Panamericana, au cimetière, en me creusant la cervelle pour imaginer comment réunir les sous. Je fis cette nuit-là une liste des personnes à qui j'emprunterais et combien à chacune. Mais le lendemain on amena chez mes grands-parents un télégramme de réponse : « Arrive demain vol LAN. Baisers. » Je sus ensuite qu'elle avait acheté son billet en vendant ses bagues, boucles d'oreilles, broches, bracelets et presque tout son linge. De sorte que lorsque je l'accueillis à l'aéroport de Limatambo le jeudi après-midi, c'était une femme très pauvre.

Je la conduisis directement à notre petit appartement, qui avait été ciré et astiqué par ma cousine Nancy en personne, et embelli d'une rose rouge qui disait : « Bienvenue. » Tante Julia passa tout en revue, comme si c'était un jouet neuf. Elle s'amusa en voyant les fiches du cimetière, que je tenais bien ordonnées, mes notes pour les articles de *Cultura Peruana*, la liste d'écrivains à interviewer pour *El Comercio*, et l'horaire de travail et l'état des frais que j'avais établi et qui démontrait que théoriquement nous pouvions vivre. Je lui dis qu'après lui avoir fait l'amour, je lui lirais une nouvelle qui s'appelait *La Bienheureuse et le Père Nicolás* pour qu'elle m'aide à choisir la fin.

— Eh bien ! Varguitas, riait-elle tout en se déshabillant à la hâte, te voilà devenu un petit homme. Maintenant, pour que tout soit parfait et que tu n'aies plus ce visage de bébé, promets-moi que tu te laisseras pousser la moustache.

XX

Le mariage avec tante Julia fut vraiment un succès
et dura bien plus longtemps que ce que toute la
famille et elle-même avaient craint, désiré ou pronos-
tiqué : huit ans. Durant ce temps, grâce à mon obstination et à son aide et son enthousiasme, combinés à une
bonne dose de chance, d'autres pronostics (rêves,
appétits) devinrent réalité. Nous avions réussi à vivre
dans la fameuse mansarde de Paris et moi, tant bien
que mal, j'étais devenu écrivain et j'avais publié
quelques livres. Je ne finis jamais mes études d'avocat,
mais, pour indemniser de quelque façon la famille et
pour pouvoir gagner ma vie plus facilement, je décro-
chai un titre universitaire, dans une spécialité acadé-
mique aussi assommante que le Droit : la Philologie
romane.

Quand tante Julia et moi divorçâmes, il y eut dans
ma vaste famille d'abondantes larmes, parce que tout
le monde (à commencer par mon père et ma mère,
naturellement) l'adorait. Et quand, une année après, je
me remariai, cette fois avec une cousine (fille de tante
Olga et d'oncle Lucho, quel hasard) le scandale familial fut moins tapageur que la première fois (il consista
surtout en un bouillonnement de ragots). Cela oui, il y
eut une conspiration parfaite pour m'obliger à me

marier à l'église, dans laquelle trempa même l'archevêque de Lima (c'était, bien entendu, un de nos parents) qui se hâta de signer les dispenses autorisant notre union. A cette époque-là, la famille était déjà vaccinée et attendait de moi (ce qui équivalait à : me pardonnait d'avance) n'importe quelle énormité.

J'avais vécu avec tante Julia un an en Espagne et cinq en France, puis j'avais continué à vivre avec ma cousine Patricia en Europe, d'abord à Londres, puis à Barcelone. A cette époque, j'avais une combine avec une revue de Lima, à laquelle j'envoyais des articles qu'elle me payait sous forme de billets d'avion qui me permettaient de revenir tous les ans au Pérou pour quelques semaines. Ces voyages, grâce auxquels je voyais ma famille et mes amis, étaient pour moi très importants. Je pensais continuer à vivre en Europe de manière indéfinie, pour plusieurs raisons, mais surtout parce que j'y avais toujours trouvé, comme journaliste, traducteur, speaker ou professeur, des travaux qui me laissaient du temps libre. En arrivant à Madrid, la première fois, j'avais dit à tante Julia : « Je vais tâcher d'être un écrivain, je ne vais accepter que des tâches qui ne m'éloignent pas de la littérature. » Elle m'avait répondu : « Je fends ma jupe jusqu'à la cuisse, je me mets un turban et je sors sur la Gran Vía chercher des clients à partir d'aujourd'hui ? » Ce qu'il y a de sûr, c'est que j'eus beaucoup de chance. En enseignant l'espagnol à l'école Berlitz de Paris, en rédigeant des nouvelles pour l'agence France-Presse, en traduisant pour l'Unesco, en doublant des films dans les studios de Gennevilliers ou en préparant des émissions pour la radio-télévision française, j'avais toujours trouvé des emplois alimentaires qui me laissaient, au bas mot, la moitié de mes journées exclusivement pour écrire. Le problème était que tout ce que j'écrivais se référait au

Pérou. Cela me posait, chaque fois davantage, un problème d'insécurité à cause de l'usure de la perspective (j'avais la manie de la fiction « réaliste »). Mais l'idée même de vivre à Lima me semblait inimaginable. Le souvenir de mes sept travaux alimentaires liméniens qui nous permettaient tout juste de manger, de lire à peine, et d'écrire seulement à la dérobée, dans les petits creux qui restaient libres me tourmentait, et quand j'étais fatigué j'avais les cheveux qui se dressaient sur la tête et je me jurais de ne pas recommencer ce régime, pas même mort. D'autre part, le Pérou m'a toujours semblé un pays aux gens tristes.

C'est pourquoi le marché que nous conclûmes, d'abord avec le journal *Expreso* puis avec la revue *Caretas*, d'articles pour deux billets d'avion par an fut pour moi providentiel. Ce mois que nous passions au Pérou, chaque année, généralement en hiver (juillet ou août), me permettait de me plonger dans l'ambiance, les paysages, les êtres sur lesquels j'avais essayé d'écrire les onze mois antérieurs. Il m'était énormément utile (je ne sais pas si dans les faits, mais sans le moindre doute psychologiquement), une injection d'énergie, de réentendre parler péruvien, d'écouter autour de moi ces expressions, ces mots, ces intonations qui me réinstallaient dans un milieu dont je me sentais viscéralement proche, mais dont je m'étais, de toute façon, éloigné, dont je perdais chaque année les innovations, les résonnances, les clés.

Mes venues à Lima étaient, donc, des vacances durant lesquelles je ne me reposais littéralement pas une seconde et dont je revenais en Europe épuisé. Ne serait-ce qu'avec ma parentèle rustique et mes nombreux amis, nous avions des invitations chaque jour à déjeuner et dîner, et le reste du temps était pris par mes recherches de documents. Ainsi, une année, j'avais entrepris un voyage dans la région du Haut Marañón, pour voir, entendre et sentir de près un monde qui était la scène du roman que j'écrivais, et une autre année, accompagné d'amis diligents, j'avais effectué une exploration systématique des antres nocturnes — cabarets, bars, lupanars — où se passait la mauvaise vie du protagoniste d'une autre histoire. Mêlant le travail au plaisir — parce que ces « recherches » ne furent jamais une obligation, ou le furent toujours d'une façon très vivante, efforts qui m'amusaient en eux-mêmes et non seulement pour le profit littéraire que je pouvais en tirer —, durant ces voyages, je faisais des choses qu'auparavant, quand je vivais à Lima, je n'avais jamais faites, et que maintenant que je suis retourné vivre au Pérou je ne fais pas non plus : me rendre dans des clubs populaires et dans des théâtres assister à des danses folkloriques, parcourir les taudis des quartiers marginaux, marcher dans des zones que je connaissais mal ou pas du tout telles que El Callao, Bajo el Puente et Barrios Altos, jouer aux chevaux, farfouiller dans les catacombes des églises coloniales et la (prétendue) maison de la Périchole.

Cette année, en revanche, je me consacrai à des recherches plutôt livresques. J'écrivais un roman situé à l'époque du général Manuel Apolinario Odría (1948-1956), et durant mon mois de vacances liméniennes, j'allais deux matins par semaine à l'hémérothèque de la Bibliothèque nationale feuilleter les journaux et revues de ces années, et même, avec un peu de masochisme, lire quelques-uns des discours que ses conseillers (tous avocats, à en juger par la rhétorique juridique) faisaient dire au dictateur. En sortant de la Bibliothèque nationale, sur le coup de midi, je descendais à pied l'avenue Abancay, qui commençait à devenir un immense marché de vendeurs ambulants.

Sur ses trottoirs, une foule serrée d'hommes et de femmes, beaucoup avec des ponchos et des jupes de la Sierra, vendaient sur des couvertures étendues par terre, sur des journaux ou dans des kiosques improvisés de caisses, bidons et bâches, toutes les babioles imaginables, depuis des épingles et des aiguilles jusqu'à des robes et des complets, et, naturellement, toutes sortes de plats préparés sur place, sur de petits braseros. C'était un des endroits de Lima qui avaient le plus changé, cette avenue Abancay, maintenant populeuse et andine, sur laquelle il n'était pas rare, dans la très forte odeur de friture et d'épices, d'entendre parler quéchua. Elle ne ressemblait en rien à la large et sévère avenue d'employés de bureau avec de temps à autre quelque mendiant, que je parcourais, dix ans auparavant, quand j'étais bizuth à l'université, en direction de cette même Bibliothèque nationale. On pouvait, de chaque côté de l'avenue, voir et toucher, en concentré, le problème des migrations paysannes vers la capitale qui, dans cette décennie, avaient doublé la population de Lima et avaient fait surgir sur les collines, les sablières, les dépotoirs, cette ceinture de bidonvilles où venaient s'entasser les milliers et milliers d'êtres qui, à cause de la sécheresse, des dures conditions de travail, du manque de perspectives, de la faim, abandonnaient les provinces.

Apprenant à connaître ce nouveau visage de la ville, je descendais l'avenue Abancay en direction du parc universitaire et de ce qui avait été auparavant l'Université de San Marcos (les facultés avaient déménagé aux environs de Lima et dans cette bâtisse où j'avais fait mes études de Lettres et de Droit il y avait maintenant un musée et des bureaux). Je le faisais non seulement par curiosité et avec une certaine nostalgie, mais aussi par intérêt littéraire, car dans le roman

454

auquel je travaillais quelques épisodes se passaient dans le parc universitaire, dans le bâtiment de San Marcos et dans les librairies d'occasion, les salles de billard et les petits bars crasseux des alentours. Précisément ce matin j'étais planté comme un touriste face à la jolie Chapelle des Hommes Illustres, observant les vendeurs ambulants du voisinage — cireurs de souliers, marchands de gimblettes, de glaces et de sandwiches — quand je sentis qu'on me touchait l'épaule. C'était — douze ans plus vieux, mais inchangé — le Grand Pablito.

Nous nous donnâmes de grandes embrassades. Il n'avait vraiment pas changé : c'était le même métis costaud et souriant, au souffle asthmatique, qui soulevait à peine les pieds du sol pour marcher et semblait patiner dans la vie. Il n'avait pas un cheveu blanc, bien qu'il dût froler la soixantaine, et ses cheveux étaient bien gominés, soigneusement aplatis, comme un Argentin des années quarante. Mais il était bien mieux habillé que lorsqu'il était journaliste (en théorie) à Radio Panamericana : un complet vert, à carreaux, une petite cravate voyante (c'était la première fois que je le voyais cravaté) et les souliers étincelants. Cela me fit tellement plaisir de le voir que je l'invitai à prendre un café. Il accepta et nous aboutîmes à une table du Palermo, un petit bar-restaurant lié aussi, dans ma mémoire, à mes années universitaires. Je lui dis que je ne lui demandais pas ce qu'il était devenu parce qu'il suffisait de le voir pour savoir que tout allait bien. Il sourit — il portait à l'index une bague dorée avec un dessin inca — satisfait :

— Je ne peux pas me plaindre, acquiesça-t-il. Après tant de tracasseries, ma fortune a tourné sur le tard. Mais avant tout, laissez-moi vous offrir une petite bière, tellement j'ai plaisir à vous voir. — Il appela le

garçon, commanda une Pilsen bien fraîche, et lança un
éclat de rire qui lui provoqua sa traditionnelle crise
d'asthme. — On dit que celui qui se marie est foutu.
Avec moi ce fut le contraire.

Tout en prenant notre bière, le Grand Pablito, avec
les pauses qu'exigeaient ses bronches, me raconta qu'à
l'avènement de la télé au Pérou, les Genaro l'avaient
nommé portier, avec uniforme et casquette grenat,
dans l'immeuble qu'ils avaient construit avenue Arequipa pour la cinquième chaîne.

— De journaliste à portier, cela ressemble à une
dégradation, haussa-t-il les épaules. Et ce l'était, du
point de vue des titres. Mais est-ce que cette denrée-là
se mange ? On m'augmenta et c'était là le principal.

Etre portier n'était pas un travail tuant : annoncer
les visiteurs, leur indiquer les différentes sections de la
Télévision, mettre bon ordre aux queues des spectateurs pour les émissions publiques. Le reste du temps il
le passait à discuter football avec l'agent de police du
coin. Mais, en plus — et il claqua la langue, savourant
un souvenir agréable —, au bout de quelques mois, un
aspect de son travail fut d'aller, tous les midis, acheter
ces petites *empanadas* au fromage et à la viande que
l'on prépare chez Berisso, la petite boutique qui se
trouve à Arenales, une rue plus loin. Les Genaro en
raffolaient, tout comme les employés, les acteurs, les
speakers et les producteurs à qui le Grand Pablito
apportait ces *empanadas*, et avec quoi il se faisait de
bons pourboires. C'est lors de ces allées et venues entre
la Télé et le Berisso (son uniforme lui avait valu parmi
les gosses du quartier le surnom de Pompier) que le
Grand Pablito fit la connaissance de sa future épouse.
C'était la femme qui fabriquait ces délices croustillan-
tes : la cuisinière du Berisso.

— Elle fut impressionnée par mon uniforme et mon

képi de général, elle me vit et eut le coup de foudre, riait, s'étouffait, buvait sa bière, s'étouffait à nouveau et poursuivait le Grand Pablito. Une brune qui est je ne vous dis que ça. Vingt ans plus jeune que celui qui vous parle. Des nichons à tout casser Comme je vous dis, don Mario.

Il avait commencé à engager la conversation et à lui dire des galanteries, et elle de rire et puis ils étaient sortis ensemble. Ils s'étaient épris mutuellement et vivaient une romance de film. La brunette était une femme énergique, résolue et la tête pleine de projets. C'est elle qui voulut ouvrir un restaurant. Et quand le grand Pablito demandait : « Avec quoi ? » elle répondait : avec l'argent qu'on lui donnerait en quittant sa place. Et bien qu'il lui semblât que c'était une folie de quitter le sûr pour l'incertain, elle arriva à ses fins L'indemnité reçue leur permit d'acheter un petit local très modeste dans la rue Paruro, et ils durent emprunter à tout le monde pour payer les tables et la cuisine ; c'est lui-même qui peignit les murs et le nom sur la porte : El Pavo Real. La première année, il avait produit à peine de quoi survivre et le travail fut très dur. Ils se levaient à l'aube pour aller à la Parada se procurer les meilleurs ingrédients et aux prix les plus bas, et ils faisaient tout tout seuls : elle cuisinait, il servait, encaissait, et ils balayaient et nettoyaient tout à eux deux. Ils dormaient sur des matelas qu'ils installaient entre les tables, quand ils avaient fermé. Mais à partir de la seconde année, la clientèle s'était accrue. Au point qu'ils avaient dû engager quelqu'un pour la cuisine, plus un garçon pour servir, et à la fin ils refusaient des clients, parce qu'il n'y avait plus de place. C'est alors que la brunette avait eu l'idée de louer la maison à côté, trois fois plus grande. Ils l'avaient fait et ne s'en repentaient pas. Maintenant, ils

457

avaient même aménagé le second étage, et ouï, ils
avaient une petite maison en bas d'El Pavo Real.
Voyant qu'ils s'entendaient si bien, ils s'étaient mariés.

Je le félicitai et lui demandai s'il avait appris à
cuisiner.

— J'ai une idée, dit soudain le Grand Pablito. Allons
chercher Pascual et nous déjeunerons au restaurant.
Permettez-moi de vous inviter, don Mario.

J'acceptai, parce que je n'ai jamais su refuser des
invitations, et, aussi, parce que j'étais curieux de voir
Pascual. Le Grand Pablito me dit qu'il dirigeait une
revue de concierge et qu'il avait lui aussi progressé. Ils
se voyaient fréquemment, car Pascual était un assidu
d'El Pavo Real.

La revue *Extra* était située assez loin, dans une rue
transversale de l'avenue Arica, à Breña. Nous nous y
rendîmes avec un bus qui de mon temps n'existait pas.
Nous dûmes faire plusieurs tours, parce que le Grand
Pablito ne se souvenait pas de l'adresse exacte. Nous la
trouvâmes enfin dans une petite ruelle perdue, au dos
du cinéma Fantasía. De l'extérieur on pouvait voir que
Extra ne nageait pas dans l'aisance : deux portes de
garage entre lesquelles un écriteau précairement suspendu à un seul clou annonçait le nom de l'hebdomadaire. A l'intérieur, on s'apercevait que les garages
avaient été réunis au moyen d'un simple trou creusé
dans le mur, pas même égalisé ni plâtré, comme si le
maçon avait abandonné son travail à moitié fait.
L'ouverture était dissimulée par un paravent en carton, constellé, comme dans les toilettes publiques, de
gros mots et de dessins obscènes. Sur les murs du
garage par où nous entrâmes, entre des taches d'humidité et de crasse, il y avait des photos, des affiches et
des premières pages de *Extra* : on reconnaissait des
visages de footballeurs, de chanteurs, et, évidemment,

458

de délinquants et de victimes. Chaque première page était accompagnée de titres tapageurs et je pus lire des phrases telle que « Il tue la mère pour se marier avec la fille » et « La police fait irruption dans un bal masqué : c'étaient tous des hommes ! » Cette pièce servait de salle de rédaction, d'atelier photographique et d'archives. Il y avait un tel entassement d'objets qu'il était difficile de se frayer un chemin : petites tables avec machines à écrire, où deux types tapaient à toute hâte, liasses d'invendus qu'un gamin ordonnait en paquets qu'il attachait avec de la ficelle ; dans un coin, une armoire ouverte pleine de négatifs, de photos, de clichés, et, derrière une table, dont l'un des pieds avait été remplacé par trois briques, une fille en pull rouge inscrivait les reçus sur un livre de caisse. Les choses et les personnes du lieu semblaient en un état extrême de gêne. Personne ne nous arrêta ni ne nous demanda rien, et personne ne nous rendit notre bonjour.

De l'autre côté du paravent, devant des murs couverts aussi de manchettes à sensation, il y avait trois bureaux sur lesquels un bristol spécifiait, à l'encre, les fonctions de leurs occupants : directeur, rédacteur en chef, administrateur. En nous voyant pénétrer dans la pièce, deux personnes penchées sur des épreuves relevèrent la tête. Celui qui était debout c'était Pascual.

Nous nous donnâmes une forte accolade. Il avait passablement changé, lui ; il était gros, avec du ventre et un double menton, et quelque chose dans l'expression le faisait paraître presque vieux. Il s'était laissé pousser une petite moustache très bizarre, vaguement hitlérienne, qui grisonnait. Il me fit d'amples démonstrations d'affection ; quand il sourit, je vis qu'il avait perdu des dents. Après les salutations, il me présenta l'autre personnage, un brun à la chemise couleur moutarde, qui restait à son bureau ;

— Le directeur de *Extra,* dit Pascual. Le docteur Rebagliati.

— J'ai failli gaffer, le Grand Pablito m'avait dit que c'était toi le directeur, lui dis-je en tendant la main au docteur Rebagliati.

— Nous sommes en décadence, mais pas à ce point, commenta ce dernier. Asseyez-vous, asseyez-vous.

— Je suis rédacteur en chef, m'expliqua Pascual. Et voici mon bureau.

Le Grand Pablito lui dit que nous étions venu le chercher pour aller à El Pavo Real, pour nous rappeler l'époque de Panamericana. Il applaudit à l'idée, mais il fallait que nous l'attendions quelques minutes, il devait retourner à l'imprimerie ces épreuves, c'était urgent car ils bouclaient l'édition. Il s'en alla et nous laissa face à face, le docteur Rebagliati et moi. Celui-ci, quand il apprit que je vivais en Europe, m'accabla de questions. Les Françaises étaient-elles aussi faciles qu'on le disait ? Etaient-elles vraiment savantes et dévergondées au lit ? Il me somma de lui fournir des statistiques, des tableaux comparatifs sur les femmes d'Europe. Etait-il vrai que les femelles de chaque pays avaient des habitudes originales ? Lui, par exemple (le Grand Pablito l'écoutait en roulant des yeux avec délectation), il avait entendu dire, chez des gens qui avaient beaucoup voyagé, des choses fort intéressantes. N'est-ce pas que les Italiennes avaient l'obsession du chibre ? Que les Parisiennes n'étaient jamais contentes si on ne les bombardait pas par-derrière ? Que les Nordiques cédaient à leur propre père ? Je répondais comme je pouvais à la verbhorrée du docteur Rebagliati, qui contaminait l'atmosphère de la petite pièce d'une densité luxurieuse, séminale, et regrettais à tout instant davantage de m'être fait prendre à ce repas que j'allais certainement achever à une heure indue. Le Grand Pablito riait, étonné, et très excité par les révélations érotico-sociologiques du directeur. Quand la curiosité de ce dernier m'eut épuisé, je lui demandai le téléphone. Il prit un air sarcastique :

— Il est coupé depuis une semaine, par défaut de paiement, dit-il avec une franchise agressive. Parce que tels que vous nous voyez, cette revue s'écroule et nous tous, les imbéciles qui travaillons ici, nous nous écroulons avec elle.

Aussitôt, avec un plaisir masochiste, il me raconta que *Extra* était née à l'époque d'Odría, sous de bons auspices ; le régime lui fournissait des annonces publicitaires et lui refilait de l'argent en sous-main pour attaquer certaines personnes et en défendre d'autres. En outre, c'était une des rares revues permises et elle se vendait comme des petits pains. Mais, au départ d'Odría, une terrible concurrence avait surgi et elle avait fait faillite. C'est alors qu'il l'avait reprise en main, déjà moribonde. Il l'avait relevée, en modifiant sa ligne, la transformant en revue de faits à sensation. Tout avait marché comme sur des roulettes, un certain temps, malgré les dettes comme un boulet. Mais cette dernière année, avec l'augmentation du prix du papier et de l'impression, la campagne contre elle de ses ennemis et la perte des annonces publicitaires, les choses avaient empiré. Et puis, il avait perdu des procès, contre des canailles qui les accusaient de diffamation. Maintenant, les propriétaires atterrés avaient offert toutes les actions aux rédacteurs, pour ne pas payer les pots cassés, quand on leur assènerait le coup de grâce. Ce qui n'allait pas tarder, déjà ces dernières semaines la situation était devenue tragique : il ne restait plus d'argent pour les salaires, les gens emportaient les machines, vendaient les bureaux, volaient tout ce qui avait quelque valeur, devançant le collapsus.

— Il n'y en a pas pour un mois, mon ami, répéta-t-il en soufflant avec une sorte de dégoût heureux. Nous sommes déjà moribonds, vous ne sentez pas la putréfaction ?

J'allais lui dire qu'effectivement je la sentais quand notre conversation fut interrompue par une silhouette squelettique qui entra dans la pièce sans écarter le paravent, en passant par l'étroite ouverture. Elle avait une coupe de cheveux à l'allemande, un peu ridicule, et portait comme un vagabond un pardessus bleuâtre et une chemisette raccommodée sous un tricot grisâtre qui lui allait trop juste. Le plus insolite c'étaient ses souliers : des tennis rougeâtres, si vieux que l'un d'eux était attaché avec un cordon autour de la pointe, comme si la semelle était détachée ou près de l'être. Dès qu'il le vit, le docteur Rebagliati se mit à le réprimander :

— Si vous croyez que vous allez continuer à vous moquer de moi, vous vous trompez, dit-il en s'approchant de lui d'un air si menaçant que le squelette fit un petit bond. Ne deviez-vous pas apporter hier soir l'arrivée du Monstre d'Ayacucho ?

— Je l'ai apportée, monsieur le directeur. J'étais ici, avec tous les détails pertinents une demi-heure après que la patrouille eut débarqué à la préfecture l'occis, déclama le petit homme.

La surprise fut si grande que je dus prendre un air hébété. La parfaite diction, le timbre chaud, les mots « pertinents » et « occis » ne pouvaient être que de lui. Mais comment identifier le scribouillard bolivien dans le physique et la tenue de cet épouvantail que le docteur Rebagliati mangeait tout vif ?

— Ne mentez pas, ayez au moins le courage de vos défauts. Vous n'avez pas apporté le matériel et Melcochita n'a pu compléter sa chronique, l'information restera boiteuse. Et moi je n'aime pas les chroniques boiteuses, parce que ça, c'est du mauvais journalisme.

— Je l'ai apporté, monsieur le directeur, répondait avec éducation et inquiétude Pedro Camacho. J'ai trouvé la revue fermée. Il était onze heures et quart exactement. J'ai demandé l'heure à un passant, monsieur le directeur. Et alors, parce que je savais l'importance de ces éléments, je me suis rendu chez Melcochita. Et je l'ai attendu sur le trottoir jusqu'à deux heures du matin, mais il n'est pas venu coucher chez lui. Ce n'est pas ma faute, monsieur le directeur. La patrouille qui ramenait le Monstre a été retardée par un éboulement qui a bloqué la route, elle est arrivée à onze heures au lieu de neuf. Ne m'accusez pas de manque de conscience professionnelle. Pour moi, la revue passe en premier, avant même la santé, monsieur le directeur.

Peu à peu, non sans effort, je reliai, rattachai ce que je me rappelais de Pedro Camacho avec ce que j'avais sous les yeux. Les yeux saillants étaient les mêmes, mais ils avaient perdu leur fanatisme, la vibration obsessionnelle. Maintenant leur éclat était pauvre, opaque, fuyant et craintif. Et aussi les gestes, la façon de gesticuler en parlant, ce mouvement antinaturel du bras et de la main qui semblait celle d'un bonimenteur de cirque, étaient ceux d'avant, tout comme son incomparable voix, cadencée et charmeuse.

— Ce qui se passe c'est que vous, avec votre ladrerie de ne pas prendre un bus, un taxi, vous arrivez tard partout, voilà la vérité toute nue, grognait, hystérique, le docteur Rebagliati. Ne soyez pas avare, bordel déponoon les quatre ronds du bus et arrivez à l'heure.

Mais les différences l'emportaient sur les ressemblances. Le changement principal était dû aux cheveux ; en coupant sa chevelure qui lui arrivait jusqu'aux épaules et en adoptant cette coupe à ras, son visage était devenu plus anguleux, plus petit, il avait perdu du caractère, son autorité. Et il était, en plus, infiniment plus maigre, on aurait dit un fakir, presque un esprit. Mais ce qui, peut-être, m'empêcha de le reconnaître dans un premier temps c'étaient ses vêtements. Avant, je l'avais toujours vu vêtu de noir, avec son complet funèbre et lustré et son nœud papillon, inséparables de sa personne. Maintenant avec ce pardessus de portefaix, cette chemise raccommodée, ces souliers ficelés, il ressemblait à une caricature de la caricature qu'il était douze ans auparavant.

— Je vous assure que ce n'est pas ce que vous pensez, monsieur le directeur, se défendait-il avec conviction. Je vous ai démontré qu'à pied j'arrive plus vite n'importe où que dans ces guimbardes empestées. Ce n'est pas par ladrerie que je vais à pied, mais pour remplir ma mission avec plus de diligence. Et très souvent je cours, monsieur le directeur.

Là aussi il restait celui d'avant : dans son manque absolu d'humour. Il parlait sans la plus légère ombre de malice, d'esprit et, même, d'émotion, de façon automatique, dépersonnalisée, bien que les choses qu'il disait maintenant eussent été alors impensables dans sa bouche.

— Cessez vos stupidités et vos manies, je suis trop vieux pour qu'on se paie ma tête. — Le docteur Rebagliati se tourna vers nous en nous prenant à témoin —. Avez-vous entendu pareille idiotie ? Qu'on puisse parcourir les commissariats de Lima plus vite à pied qu'en autobus ? Et ce monsieur veut que j'avale pareilles salades. — Il se tourna à nouveau vers le scribe bolivien, qui n'avait pas détourné ses yeux de lui sans même nous jeter un regard de biais : — Je n'ai pas besoin de vous le rappeler, parce que j'imagine que vous vous en souvenez chaque fois que vous vous asseyez devant votre assiette pour manger, ici on vous fait une grande faveur en vous donnant du travail, alors que nous sommes en si mauvaise situation que nous devrions supprimer les postes de rédacteur, je ne parle pas des coursiers en information. Soyez au moins reconnaissant et faites bien votre travail.

Là-dessus Pascual entra en disant depuis le paravent : « Tout est prêt, le numéro est sous presse », et s'excusant de nous avoir fait attendre. Je m'approchai de Pedro Camacho, alors qu'il s'apprêtait à partir :

— Comment allez-vous, Pedro ? lui dis-je en lui tendant la main. Vous ne vous souvenez pas de moi ?

Il me regarda de haut en bas, en clignant les yeux et avançant son visage, surpris comme s'il me voyait pour la première fois. A la fin, il me tendit la main, dans un salut sec et cérémonieux, en même temps que, faisant sa courbette caractéristique, il disait :

— Bien le plaisir. Pedro Camacho, pour vous servir.

— Mais, ce n'est pas possible, dis-je en sentant un grand trouble. Suis-je devenu si vieux ?

— Arrête de jouer les amnésiques ! — Pascual lui donna une tape sur l'épaule qui le fit trébucher. — Tu ne te rappelles pas non plus que tu passais ton temps à lui extorquer des petits cafés au Bransa ?

— Plutôt des verveine-menthe, plaisantai-je en scrutant, à la recherche d'un signe, le petit visage attentif et en même temps indifférent de Pedro Camacho.

Il acquiesça (je vis son crâne presque pelé), ébau-

chant un très bref sourire de circonstance, qui décou
vrit ses dents :

— Très recommandable pour l'estomac, bon diges-
tif, et, en outre, cela brûle les graisses, dit-il. — Et
rapidement, comme faisant une concession pour se
libérer de nous : — Oui, c'est possible, je ne le nie pas.
Nous avons pu nous rencontrer, certainement. — Et il
répéta : — Bien le plaisir.

Le Grand Pablito aussi s'était approché et lui passa
un bras autour de l'épaule, dans un geste paternel et
moqueur. Tandis qu'il le berçait mi-affectueusement
mi-dédaigneusement, il s'adressa à moi :

— C'est qu'ici Pedrito ne veut pas se souvenir de
l'époque où il était un personnage, maintenant qu'il est
la cinquième roue de la charrette. — Pascual rit, le
Grand Pablito rit, je fis semblant de rire et Pedro
Camacho lui-même s'efforça de sourire. — Il nous sort
même qu'il ne se souvient ni de Pascual ni de moi. — Il
lui passa la main sur les cheveux, comme à un petit
chien. — Nous allons déjeuner, pour rappeler cette
époque où tu étais roi. Tu as de la chance, Pedrito,
aujourd'hui tu mangeras chaud. Tu es invité !

— Je vous en suis très reconnaissant, collègues, dit-
il à l'instant, en faisant sa courbette rituelle. Mais il ne
m'est pas possible de vous accompagner. Mon épouse
m'attend. Elle s'inquiéterait si elle ne me voyait pas
arriver.

— Elle te domine, tu es son esclave, quelle honte, le
secoua encore le Grand Pablito.

— Etes-vous marié ? dis-je ahuri, car je ne concevais
pas que Pedro Camacho eût un foyer, une épouse, des
enfants. Eh bien ! félicitations, je vous croyais un
célibataire endurci.

— Nous avons fêté nos noces d'argent, me répliqua-
t-il de son ton précis et aseptique. Une grande épouse,

466

monsieur, pleine d'abnégation et bonne comme personne. Nous avons été séparés par les circonstances de l'existence, mais quand j'eus besoin d'aide, elle revint pour me donner son appui. Une grande épouse, comme je vous dis. C'est une artiste, une artiste étrangère.

Je vis que le Grand Pablito, Pascual et le docteur Rebagliati échangeaient un regard moqueur, mais Pedro Camacho ne se sentit pas visé. Après une pause, il ajouta :

— Bon, amusez-vous bien, collègues, je serai avec vous par la pensée.

— Attention de ne pas me faire défaut une fois de plus, parce que ce serait la dernière, l'avertit le docteur Rebagliati comme le scribe disparaissait derrière le paravent.

Les pas de Pedro Camacho ne s'étaient pas évanouis — il devait atteindre la porte d'entrée — que Pascual, le Grand Pablito et le docteur Rebagliati éclatèrent de rire, en même temps qu'ils se faisaient des clins d'œil, prenaient l'air coquin et désignaient l'endroit par où il était parti.

— Il n'est pas si con qu'il en a l'air, il fait le con pour dissimuler les cornes, dit le docteur Rebagliati, maintenant exultant. Chaque fois qu'il parle de sa femme je sens une envie terrible de lui dire d'arrêter d'appeler artiste ce qui en bon péruvien s'appelle strip-teaseuse de trois sous.

— Personne n'imagine le monstre que c'est, me dit Pascual en prenant l'air d'un enfant qui voit le croque-mitaine. Une Argentine très vieille, grosse, les cheveux oxygénés et peinturlurée. Elle chante des tangos à moitié nue, au Mezzanine, cette boîte pour va-nu-pieds.

— Taisez-vous, ne soyez pas ingrats, vous vous l'êtes

envoyée tous les deux, dit le docteur Rebagliati. Moi aussi, pour la circonstance.

— Quelle chanteuse, quelle chanteuse, c'est une putain, s'écria le Grand Pablito les yeux comme des braises. Je sais de quoi je parle. J'ai été la voir au Mezzanine et après le show elle s'est approchée de moi et m'a dit qu'elle me suçait pour vingt livres. Non, quoi, ma vieille, tu n'as plus de dents et moi ce que j'aime c'est qu'on me mordille doucement. Pas même gratis, pas même si tu me payais. Parce que je vous jure qu'elle n'a pas de dents, don Mario.

— Ils avaient déjà été mariés, me dit Pascual tandis qu'il déroulait ses manches de chemise, enfilait son veston et remettait sa cravate. Là-bas en Bolivie, avant que Pedrito ne vienne à Lima. Il semble qu'elle l'ait quitté, pour aller faire la putain quelque part. Ils se sont remis ensemble au moment de l'asile. C'est pourquoi il passe son temps à dire que c'est une dame si pleine d'abnégation. Parce qu'elle s'est remise avec lui alors qu'il était fou.

— Il lui est reconnaissant comme un petit toutou parce que c'est grâce à elle qu'il mange, rectifia le docteur Rebagliati. Ou crois-tu qu'ils peuvent vivre de ce que gagne Camacho en apportant l'information policière ? Ils mangent grâce à la pute, sinon il serait tuberculeux.

— A vrai dire, Pedrito n'a pas besoin de beaucoup pour manger, dit Pascual qui m'expliqua : ils vivent dans une ruelle du Santo Cristo. Il est tombé bien bas, non ? Ici le directeur ne veut pas me croire quand je dis que c'était un personnage, qu'il écrivait des feuilletons à la radio et qu'on lui demandait des autographes.

Nous partîmes. Dans le garage contigu, la fille des reçus, les rédacteurs et le gosse des paquets avaient disparu. Ils avaient éteint la lumière et l'entassement et le désordre avaient maintenant un petit air spectral. Dans la rue, le docteur Rebagliati ferma la porte à double tour. Nous nous mîmes à marcher vers l'avenue Arica à la recherche d'un taxi, les quatre de front. Pour dire quelque chose, je demandai pourquoi Pedro Camacho était seulement coursier, pourquoi pas rédacteur.

— Parce qu'il ne sait pas écrire, dit de façon prévisible le docteur Rebagliati. Il est prétentieux, il emploie des mots que personne ne comprend, la négation du journalisme. C'est pourquoi je l'emploie à parcourir les commissariats. Je n'en ai pas besoin, mais cela m'amuse, c'est un bouffon, et, de plus, il gagne moins qu'un domestique. — Il rit d'une façon obscène et demanda : — Bon, parlons clair, suis-je ou non invité à ce déjeuner ?

— Bien sûr que oui, Il ne manquerait plus que ça, dit le Grand Pablito. Vous et don Mario vous êtes les invités d'honneur.

— C'est un type plein de manies, dit Pascual, maintenant dans le taxi, direction la rue Paruro, revenant au même thème. Par exemple, il ne veut pas prendre l'omnibus. Il fait tout à pied, il dit que c'est plus rapide. J'imagine ce qu'il marche par jour et je me fatigue, rien que de parcourir les commissariats du centre c'est une flopée de kilomètres. Vous avez vu l'état de ses savates, non ?

— C'est un sale avare, dit le docteur Rebagliati avec dégoût.

— Je ne crois pas qu'il soit radin, le défendit le Grand Pablito. Seulement un peu timbré, et, en plus, un gars qui n'a pas de chance.

Le déjeuner fut très long, une succession de plats typiques, multicolores et ardents, arrosés de bière froide, et il y eut un peu de tout, des histoires salées, des anecdotes du passé, pas mal de ragots, une pincée de politique, et je dus, une fois de plus, satisfaire d'abondantes curiosités sur les femmes d'Europe. Il y eut même une menace de coups de poing quand le docteur Rebagliati, alors saoul, se mit à dépasser la mesure avec la femme du Grand Pablito, une brune quadragénaire encore belle fille. Mais je m'ingéniai pour qu'au long de cet épais après-midi, aucun des trois ne dît un mot de plus sur Pedro Camacho.

Quand j'arrivai chez tante Olga et oncle Lucho (qui de beaux-frères étaient devenus mes beaux-parents) j'avais mal à la tête, je me sentais déprimé et la nuit était tombée. Ma cousine Patricia me reçut avec une tête d'un empan. Elle me dit qu'il était possible que sous prétexte de me documenter pour mes romans j'aie pu faire tourner en bourrique tante Julia, car la pauvre n'osait rien me dire pour qu'on ne pense pas qu'elle commettait un crime de lèse-culture. Mais qu'elle se foutait pas mal de commettre des crimes de lèse-culture, de sorte que la prochaine fois que je m'en irais à huit heures du matin sous prétexte d'aller à la Bibliothèque nationale m'envoyer les discours du général Manuel Apolinario Odría et reviendrais à huit heures du soir les yeux rouges et puant la bière, avec sûrement des taches de rouge sur mon mouchoir, elle m'étriperait ou me briserait une assiette sur la tête. Ma cousine Patricia est une fille de beaucoup de caractère, tout à fait capable de faire ce qu'elle me promettait.

DU MÊME AUTEUR

Aux Éditions Gallimard

LA VILLE ET LES CHIENS.
LA MAISON VERTE.
CONVERSATION À « LA CATHÉDRALE ».
LES CHIOTS, *suivi de* LES CAÏDS.
L'ORGIE PERPÉTUELLE.
LA TANTE JULIA ET LE SCRIBOUILLARD.
LA DEMOISELLE DE TACNA, *théâtre.*
LA GUERRE DE LA FIN DU MONDE.
HISTOIRE DE MAYTA.
QUI A TUÉ PALOMINO MOLERO ?
KATHIE ET L'HIPPOPOTAME, *suivi de* LA CHUNGA,
   théâtre
L'HOMME QUI PARLE.
LITUMA DANS LES ANDES

Impression Bussière Camedan Imprimeries
à Saint-Amand (Cher),
le 9 mars 1999.
Dépôt légal : mars 1999.
1er dépôt légal dans la collection : mai 1985.
Numéro d'imprimeur : 991172/1.

ISBN 2-07-037649-4./Imprimé en France.

Impression Bussière à Saint-Amand (Cher),
le 3 mars 1990.
Dépôt légal : mars 1990.
1er dépôt légal dans la même collection : avril 1987.
Numéro d'imprimeur : 1006.
ISBN 2-07-037649-3./Imprimé en France.